〔監修・和田博文〕

コレクション・戦後詩誌

5 戦前詩人の結集Ⅰ

大川内夏樹 編

ゆまに書房

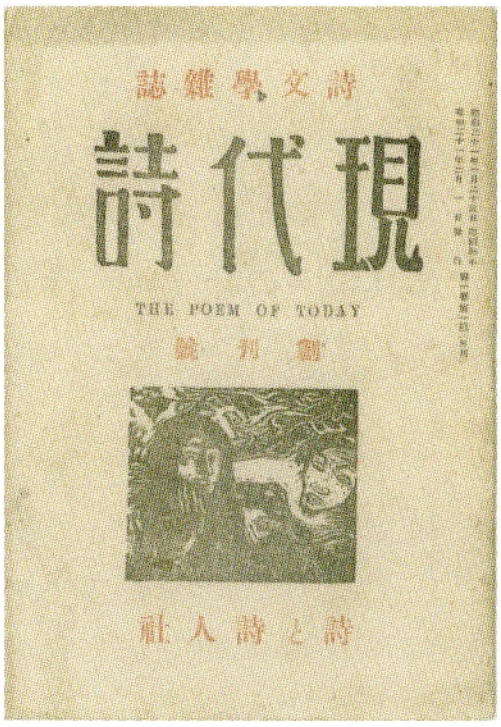

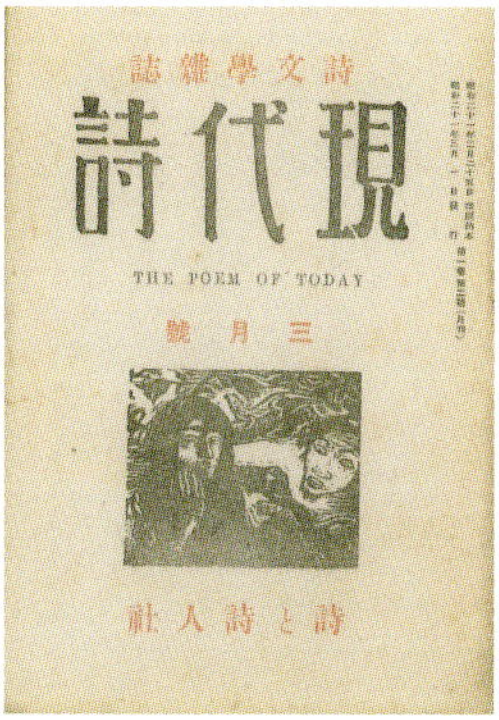

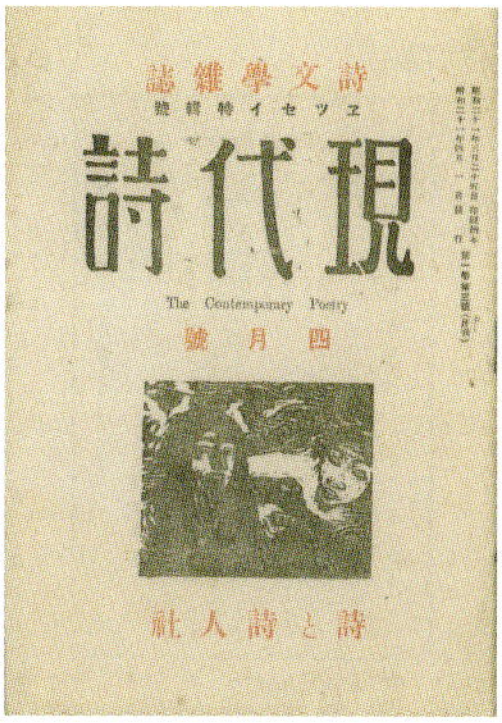

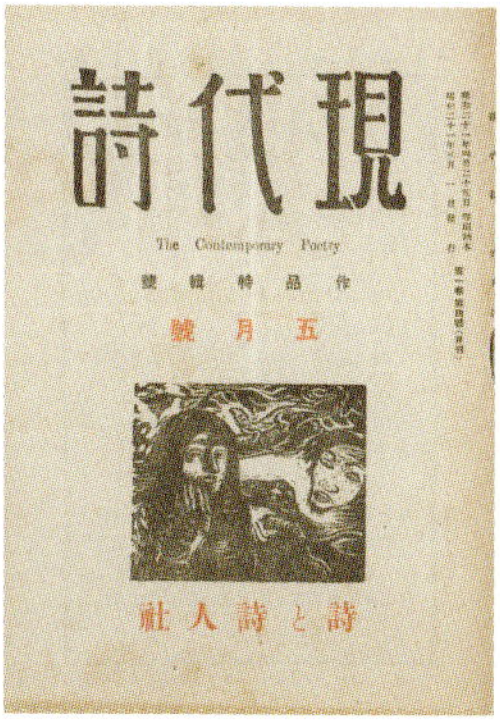

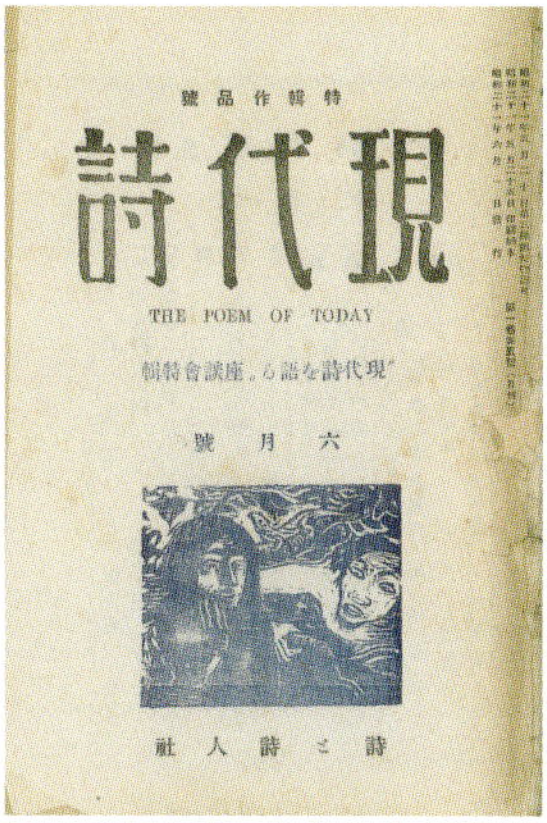

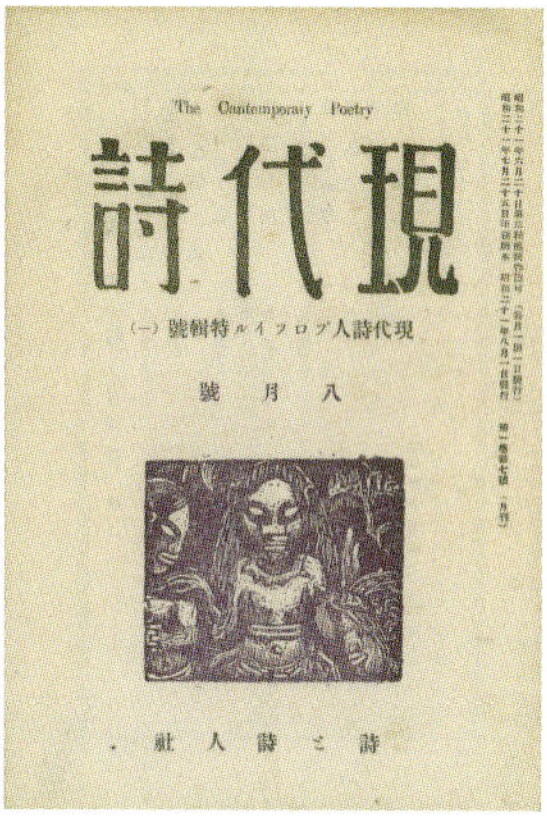

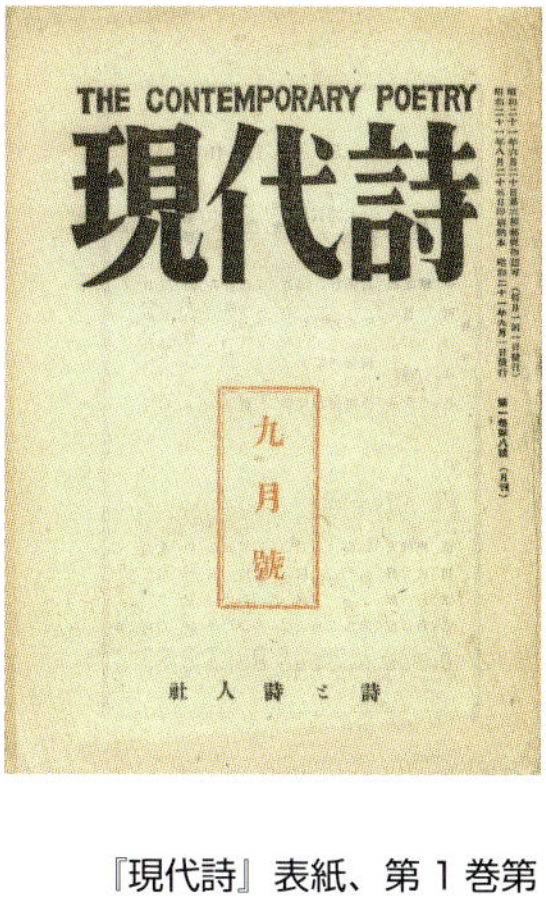

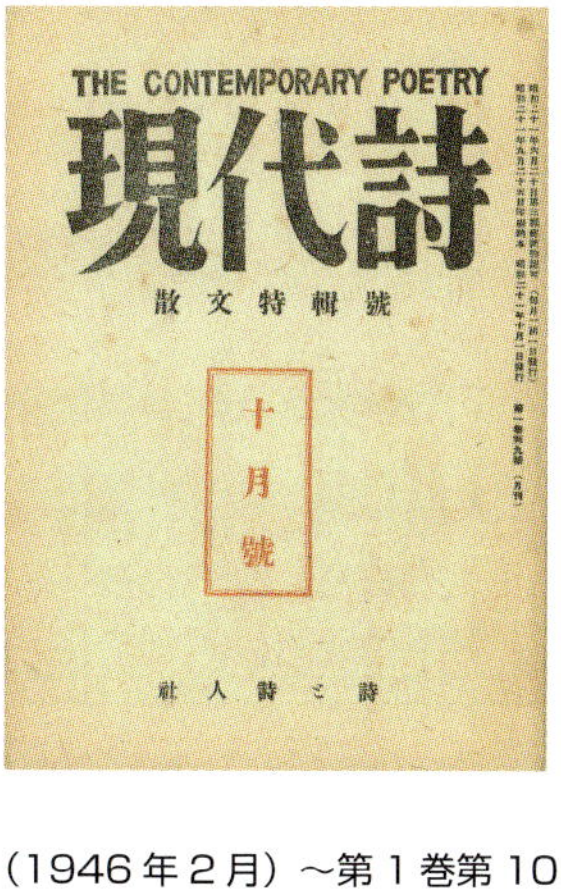

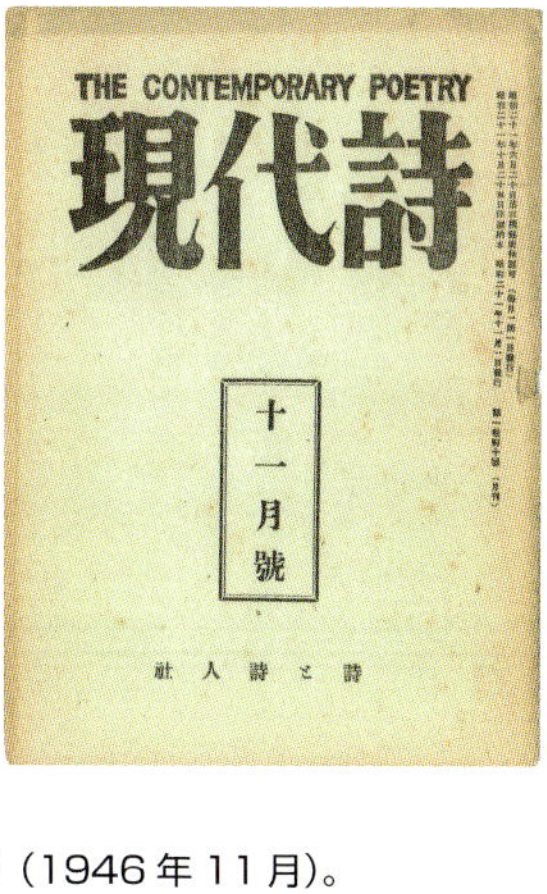

『現代詩』表紙、第１巻第1号（1946 年２月）～第１巻第 10 号（1946 年 11 月)。

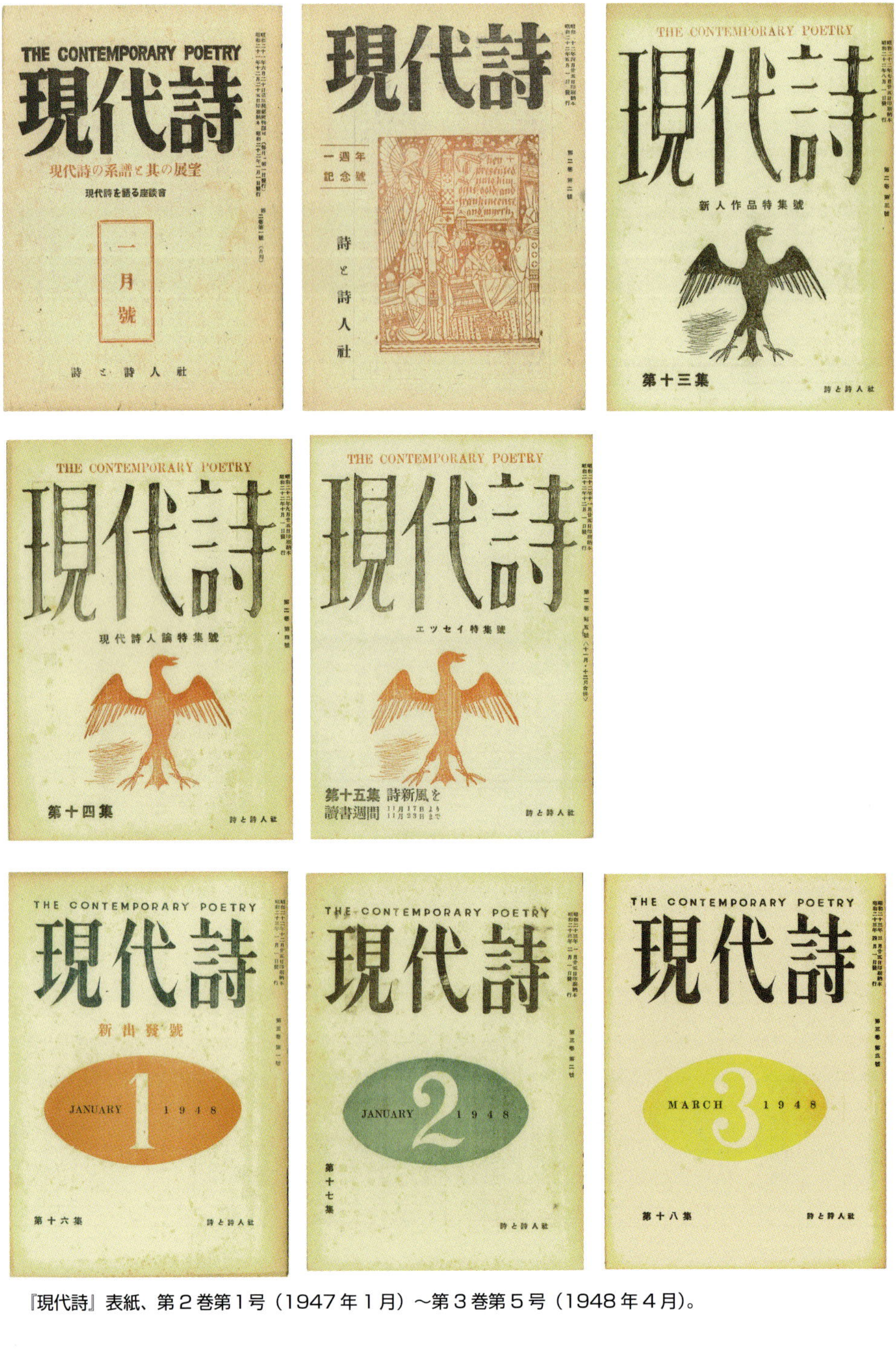

『現代詩』表紙、第２巻第1号（1947年１月）～第３巻第５号（1948年４月）。

凡例

◇『コレクション・戦後詩誌』は、一九四五〜一九七五年の三〇年間に発行された詩誌を、トータルに俯瞰できるよう、第一期全20巻で構成しテーマを設定した。単なる復刻版全集ではなく、各テーマ毎にエッセイ・解題・関連年表・人名別作品一覧・主要参考文献を収録し、読者がそのテーマの探求を行う際の、水先案内役を務められるように配慮した。

◇復刻の対象は、各巻のテーマの代表的な稀覯詩誌を収録することを原則とした。

◇収録にあたっては本巻の判型（A五判）に収まるように、適宜縮小をおこなった。原資料の体裁は以下の通り。

・『現代詩』（第1巻第1号〜第10号、第2巻第1号〜第5号、第3巻第1号〜第3号）

　縦二一センチ×横一五センチ

収録詩誌のそのほかの書誌については第7巻に収録の解題を参照されたい。

◇表紙などにおいて二色以上の印刷がなされている場合、その代表的なものを口絵に収録した。本文においてはモノクロの印刷で収録した。

◇本巻作成にあたっての原資料の提供を監修者の和田博文氏より、また、日本近代文学館よりご提供いただいた。記して深甚の謝意を表する。

目次

『現代詩』

第1巻第1号〜第10号、第2巻第1号〜第5号、第3巻第1号〜第3号
（一九四六・二〜一九四八・四）

戦前詩人の結集Ⅰ

——コレクション・戦後詩誌　第5巻

『現代詩』

第1巻第1号～第10号、第2巻第1号～第5号、第3巻第1号～第3号

（一九四六・二～一九四八・四）

詩文學雜誌

現代詩

THE POEM OF TODAY

創刊號

昭和二十一年一月二十五日 印刷納本
昭和二十一年二月 一 日發行 第一卷第一號（月刊）

詩と詩人社

●現代詩 目次●

創刊號

冬景

北川冬彦

冬の山路を行けば
枯草が茫々と、
わたしは　覆はれた。
枯草は枯草だが
枯草ではない。
その根のあたりに籠る新芽のいぶき。
焼土の印象未だ消えやらぬわたしの
　胸は
ふかぶかと吸ひ込んだ。

絶望への意慾

——「現代詩」の發刊に寄せて——

神保光太郎

ひさかたぶりで、疎開先の田舍をひきあげて東京に出た。銀座から新橋の邊りを歩いて見たが、爆撃の跡は格別の復興も見せてゐないが、立ち竝ぶ露店をかこんで流れる人波は田舍の山河ばかりに親しんできた眼には、どうとも、ピントを合はせ兼ねる風景である。

これは賑やかといへば賑やかな景色であり、明るいと形容することもできるであらう。又、一方、インフレ症狀を示した敗戰國の現象とも見られる。たしかに、この目にあまる人波のもたらしてゐる雰圍氣は明るいやうに見えながら、何か知ら追はれてゐるやうな不安で陰慘なものがある。しかし、さう云つても、うなだれ切つた沈鬱な表情でもない。しかも、最近能く云はれる虛脫とか無氣力と言ひ切つてしまふには、まだまだたのもしい底力を感じさせられる。

「絶望を知らない民族」。僕はいつからか、かうした表題で、日本民族に就て、小論を物したいと思つてゐたが、この場合も、かうした表現が當てはまらないことはないと思はれた。しかしながら「絶望を知らない」とは、必ずしも、「どんな危機に遭遇しても起ちあがる」といつた良い意味ばかりで考へるのではない。

日本民族はいつも、絶望すべき時に當面しながらも、その絶望をおき忘れて、無關心か、或ひは、これとは別の世界で、小さく妥協してしまふのである。

この度の敗北は、日本民族にとつて、これ以上の絶望はないわけである。しかしながら、東京の街頭風景にせよ、議會を通じての政治家達の言動にせよ、或ひは、簇生する文化運動などの姿にせよ、この絶望のかなしみを故意に抹殺して、イズムの塗り代へや、思ひあがつた樂觀主義に支配されてゐないか。しかし、これはこの度の現象にとどまるものではない。明治維新の無血革命も、いはば、この日本民族が突き當るべきもの、すなはち、封建主義に對する徹底した解決を見ることなくして通り過ぎた結果が、今日まで、その累を擴げたと見ることができるし、又、遡つて、支那文化や、佛敎文化の移入の場合にしても、さうした先進文化に明瞭に敗北しながら、その敗北の認識を逃避して、巧みに、これを日本的に消化したとする小器用な態度が見られる。

僕はこの意味で、これまでのやうに、日本民族の優越感を前提として、一切の敗北も絶望をも、所謂「日本的」なる名稱に依て、蔽ひかくした日本文化史を、思ひ切つて、敗北の認識といふ冷嚴なる眞實を中軸にして、書きなほすべきであると思ふ。

詩の問題に就ても、このことは言はれるであらう。新體詩以來、既に八十年、われわれは一時、この西洋移入の新詩形を全く日本的に消化し、既に、彼に劣ることなしとの自負すら持つた。この自負は、必ずしも、空疏な思ひあがりとのみ一蹴できないであらう。しかしながら、われわれはこの場合、もう一度、詩の在り方を遡源的に省みて見る必要があるのではないか。世界詩といふ命題の下に、小乘的な詩壇意識とか、あれこれの因襲のまつはりを洗ひ流して、詩の高嶺の前に、絶望すべきではないか。この絶望の鬪ひなくして、新しき明日の詩はきたらないと信ずる。

新しい勤勞詩について

近藤　東

日本文化の將來に對する當面の問題に關して、われわれの努力は、如何に力強くポッダム宣言の中に生きるかに集中させられるべきであらう。それはわれわれが戰爭に熱心であればあつたほど、敗戰の現實も身にこたえて認識すべきであるからである。

その爲に現在われわれに必要とされてゐることの一つは勞働意欲の昂揚精神であるが、これを詩藝術の上で如何に處理すべきであるかを考察すべきである。詩人といふものは、このやうな社會的希求に對して決してノン・シャランであるべきではないと私は信じるが、考へられるのは、藝術はそれ自體の要求に非ざるかぎり、かかる外的條件に左右さるべきでないと主張する人が多いことであらう。しかしさういふ人たちでも、自分の詩の影響を考慮しないわけには行かないであらうから、われわれが詩的行爲に入る前に直面することは、(1)果してわれわれが敗戰狀態の周圍の中に生きてゐることを認識してゐるかといふ自問と、(2)この敗戰共通の忘我狀態を、忘我狀態としてアプリオに記述しただけでよいかといふ煩悶である。

第一次世界大戰直後の狀態が人心に與へた思向は、現實拒否（ドイツ）とか、現實超越（フランス）とか、現實憐愍（イギリス）とか、一般的に言つて現實遊離の傾同であつた。しかしこのことは、決して社會の生き方を暗示したものではなく、やがては殆んど社會主義的なるものに整理されて行つた。ルイ・アラゴンの左傾など、唐突の如くして唐突でないところの一つの極端なる事例である。

現在一般の忘我の狀態は、戰禍よりの安堵と獨立的企劃の不可能とから來た受動性を意味するばかりではなく、積極的に敗戰の傷手に觸れまいとする現實回避の感情が多分に動いてゐる。それだからといつてそのままに放置するときは、一種の思想的アナアキイに突入するのみである。ここに關心を持つ以上は、敢て事構へるに非ざる限り、文學行爲も第三者的ではあり得ない。

玆に於て、われわれの勤勞詩も亦、**主觀的條件にリイドされ易い**のである。しかし、それは勤勞詩が主觀的表現に依つた場合の辯護にはならないのであつて、さうした表現は獨尊に陷り、逆効果をもたらすに過ぎない。勤勞詩は飽くまで具象的・即物的・經驗的・客觀的であらねばならぬ。ただ、その作者の姿勢が純粹に第三者ではあり得ないといふのである。

勤勞詩がイデオロギイによつて作られることは、戰爭中にも行はれたので、戰後の新しい傾向は、そのイデオロギイたる軍國主義を排除することを急ぐあまり、勤勞詩に採用された前述の方法論的システムも亦崩壞せしめるものだと考へるのは誤謬である。更に進んで勤勞詩に取扱はれた勤勞意欲全體をも追放するものだと考へるのは早計である。

★

勤勞詩には二つのタイプがあつて、(1)自己の勤勞を或る目的に直結させることを歌つた外部發散的なるものと、(2)勤勞それ自體を叙述する内部浸攻的なるものとがあるが、前者は主として戰爭中に現れた。又後者のうちでもナチ・ドイツの作品のごときは前者のカテゴリイに入れらるべきものである。前者に關しても、ソヴエト・ロシアの或る評論家が、破壊と建設との目的上の本質的差違から「兵士の詩」は「勞働者の詩」ではないことを分析主張してゐることも記憶されてよい。

實證的に手元から二篇を採つてみよう。

炭山の朝　（註1）

朝霧晴れて眞夏の光強し
綠濃き山路　露に濡れて我は急ぐ
スコップと鶴嘴を肩にせし坑夫ら
往く者白く　歸る者黒し
「オヽ」と肩打たれ　ハッと見詰むれば
炭塵に汚れし友の顏あやし
一夜の疲れ　目うるみ肉たるむ
然れども眉間の皺　その心　常に猛し
黒き手　白き我が手をシッカと握る
黒白の誓　無言の中に固し
晝なく夜なく　千尺の地底に闘ふ坑夫ら
この朝に強く　光あり　喜びあり

といふ作品は、明らかに勞働自體の歡喜を主題としたものである。ただ、この詩は歡喜のみを追究してゐるので、そこに存在する疲勞の部面を看過し勝ちなのは、今後の實證展開に有力な文學上の脆弱點となるであらう。

故郷へ行く貨車　（註2）

今停つたばかりの貨物列車から
制輪子の鐵の匂ひがプンプン鼻をついてくる
色褪せた禿げた古い貨車
艶のある若々しい貨車
次々と車票を見てゆくと
私の故郷へ行く貨車もあつた
なつかしい故郷へ行く貨車は
西瓜が一ぱい積まれてゐた
この上ない愛着を感じて
そつと貨車をさすつてみた
すると山や河や幼い頃の思ひ出が
私の心をかけめぐつた

故郷はやがて盂蘭盆です

このやうに、勤勞詩に現れるものは、勤勞者自身でなければ觀察出來ない境遇を歌ふであらうから、從來職業詩人がしたやうな傍觀的な、第三者的な乃至は單なる「タネとり」態度は非力となるのである。勿論、それには勤勞者自身が、職業詩人の水準にまでの技術を獲得すべきであり、怠惰者の詩を放逐すべきであるが。

かくて戰後日本は、勤勞意欲の昂揚によつて新生し、新しい勤勞詩をして文化の一角を占めさせるに至るであらう。

註1　美唄炭山・鳥山和夫氏作　原作には「坑夫」が「戰士」となつてゐる。

註2　糸魚川驛・眞貝金傺氏作

孤獨の中から

淺井十三郎

昨春一月頃であつたかと思ふ。吹雪の朝を早く、照井瑔三氏がひよつこり訪れて來た。夜汽車は寒く寂しく堪へられぬ儘に窓ガラスをこすると小出驛だ。急に君を想ひだして飛び降りたが何分二十四時近くで起きてくれる宿がない。仕方のない時は仕方のないものだ。この時同宿したことのある宿の名も忘れてしまつたが、どうもここらあたりこの宿と頑張に叩いて起きて貰つたが駄目だと云ふ。

昨年淺井君と一緒に來たんでやつと探しあてた宿なんだから何が何でも賴むと上りこんでしまつたが越後の冬は又格別だと云ふ。

僕が死んだら年に一ぺん位は照井デーの詩話會を開いてくれなどとジョウダン言ひながらその晩は一つこんも二こんも傾けた。彼の子供たちはまだ皆幼く、留守を守る小供たちの壕生活の話はいぢらしく未だ忘れられないでゐるが――

その後音沙汰も聞かなかつたが爆死したと云ふ、その照井氏の子供たちはどうなつたか聞きたいものだと思ふが――これは彼氏ばかりではない、あれもこれも昇天して行つた友の數は限りない。「詩と詩人」の友もみんなばらばらに離れて連絡も何もつかないものも隨分とある。「滿洲詩人」の連中や田村や中里やみんなどうしてゐるか。又さうかと思へば同人、會員中からは新しい雜誌が簇出、盛に活動始めたのも嬉しい、が――僕は昨春來、手紙も貰ひつ放し、書けと云ふ原稿もかかず、返事もださぬ始末である。

かつて社會運動に身を投じてゐた頃の孤獨が身の內部に吹き荒れて、結局沈默の中に反省をくり返してゐる。一人孤獨を嚙みしめて運命をその中に握らうとしてゐる。孤獨それのみが僕に眞實と美を與へてくれるであらうことを信じて一人の農民として土いぢりに餘念がなかつた。又一人の詩人として八十年の歷史をかきかへる大きな仕事が我々をまつてゐる。

敗戰といふ嚴たる事實の前に立つて然も與へられたる自由を眞の自由たらしめるために、文學も又眞實の中の眞實を握るに憶病であつてはならず、その科學性を永遠性を世界の中に求めなければならない時がやつて來たのである。

孤獨よ偉大なる孤獨であつてくれと僕はひたすらそれを願ふのみである。

……　……　……

林檎噛む露霜庭にあらはるゝ

——散文詩——

笹澤美明

（或る女性に）

朝の庭も近頃は悉く冷え申候
御見舞にと下され候林檎噛みしめ候ところひとしほ齒に冷たく
沁み渡り候
かくては未だ熱ありと覺え候へども、その快きことこの上なく、

匂ひ又、溢るゝばかりに御座候
荀旦の霜、庭に降り立ちしかと、寝床の中より偲び候も、まことは匂へる霜を嚙む心地せる病むひとの、たまゆらの幻とこそ思ひ候へ。
菊の宿も病める蝶を泊らせて、店を閉ぢ候にや、灯火を打消し、只々寂しく感じ入り申候

落葉記

落葉は落葉を埋め
記憶は記憶に重なる
十一月の櫟林よ
力衰へたる光線よ
終りの季節よ

予は過去を振り返る
撫然たる思ひよりも空しさが先立つ
予は現在を睹る
在る儘の相は、それ故に豊だ
予は未來を語る愚に奔らうとはしない

落葉は肩に散りかかる
歩む足さきに枯れた音《ね》をたてる
夕陽は慘《うらさむ》い風を伴ふ

恰も泣き笑ひの如き表情である
十一月の櫟林よ

予は生涯の埋積を感ずる
悲哀の重量を知つてゐる
けれども又、現在するものの
予に與へられた美しさを解し得る
徒なる否定は遂に攝るところではない

落葉は落葉を埋め
記憶は記憶に重なる
十一月の櫟林よ
予は卒然と佇ち止まる
伏して、仰いで、又、歩いて行く。

城左門

曇り日

岡崎清一郎

うなだりめぐり
うれへさまよう泥の海。
むせびなきつつ　わだつみの
おお　このごみだらけの潮時はどうしてだらう。
向ふにみえる
海洋氣象の赤い旗
午後は萎れて、頭をたれる。

わたしはぢッとなッてゐて
不埒極る神の戯れをみる。
駱駝のやうな、獅子のよな
大きいつむじ曲りのごろの海。
波は咬む。
なにかを拉してゆく。
おお泥の海。
あわだつ穂がしら
夏の海邊の遠心への牽引をただみる。
ざんざと
うなだりめぐり
憂暗に　おぼろめく
ひかりのなかの船のゆれ。

アンケート

明日の文化人の精神生活の據り處について

●　小林善雄

ただ自分だけで、精神的に意義のあることをしてゐると、考へ續けてゐられる――そのことは兎も角一つのよりどころだ。そのアルバイトが、客觀的にも價値があることを前提としてゐるから、自信をもつことだけが、たいへんな努力である。心理的には、重壓を加へられない自由の喜び。美しくあること。

●　高橋玄一郎

封建性の武裝解除といふことになりませう。生活の自主化と言ふのは、すでに幾度か使ひ古されてゐますが、精神生活の中心思想から、封建的な性格を洗ひ落すこと以外に、また、その線に沿つて、思考のトレエニングを行ふことに重點を置かれねばなりますまい。この演習が、うまく行へるものが、文化人として時代の前衞としての安定感が與へられませう。段階に應じ、前進し、發展しないものは、凡そ、文化人の名に價しないものです。

●　村上成實

「今後の時代に於て我國の所謂文化人の所謂精神生活は、どんな方向・性質のものであるべきか？」質問の意味を右の如く解する事が許されたとしても、依然我々には難問たるを免れない。精神生活とは何であるか、或は一體文化人なるもの、精神生活なるものが、これ迄あつたか、又はそれらのものが今迄の日本にはなかつたもので、新しく生れ出るのであらうかといふ事すら疑問であるからだ。少くもこゝ數年間、我國にはその樣なものはどちらもなかつたやうだ。存在したものは迷蒙狂愚と、それを無理やりに表現する道具としての言語文字だけだつたからである。すると我々は、文化人とか、精神生活とかいふものが、これから全く新しく生れ出るのだと解したい。そしてそれらの要求される在り方といふものは、從つて極めて原則的な、第一步的な、ＡＢＣ的なものになる。それは先づ、ともかくも文化人でなければならず、ともかくも精神生活でなければなるまい。それはどんなものかといへば日本以外の諸外國――フランスやアメリカやイギリスなどに今日ある樣な、あゝいふものである。白と赤の旗の代りに、青の旗でも立てたら、そんなものが生れるかも知れない。

● 更に大きな意味で

大瀧　清雄

今後、といふのが戰時に對して云はれるのでありましたら、精神生活に關する限り文化人にとつてはさして變りはないものと思はれます。しかしそれが、原子爆彈の出現を劃して云はれるのでありましたら、それは大きな變りを持つことでありませう。問題は原子爆彈出現の意味であり、これについては私も考へ中で今、苟めに述べることは出來ませんが、しかしこれだけの事は云はれるでせう。それは、文化人の精神の據り處は更に限界を著しく擴大されたといふことです。可能の限界が我々の豫想を越えたといふことであり、更にそれが、尚一層成長し得るといふことです。即ちこの可能の上に立たねばならないと思ひます。そこに自由にして更に壯大なる構想が生れることであると思はれますが、いづれにせよ私はこの一點に心を托さねばと思ひます。

● 小さな私の場合

今後に於ても今日以前に於ても、さして變りはないと思ひます。只眞實と美との探究があるだけです。私の場合、戰場に於ては戰場に於ける眞實と美とを求め、歸國しては銃後に於けるそれを求めて來ました。そして私は戰場生活の詩をうたひ、又詩に依つて銃後の人々のひとすぢの心を讚美しました。只今は私は敗戰の悲しみの中にあります。從つてその中に眞實と美とを見るばかりです。かうして將來は世の變轉と共に私の心も變貌して行くでせう。さうした時には亦そうしたで、そこにひたすらにそれを探求してゆくことでせう。例へば昨日眞實と思はれたことが今日さうでないと思はれるやうなことに出遭つてもそれは私の未熟に歸因するばかりです。そしてそれはどうあらうとも昨日の私には眞實であつたことに變りないわけです。

絶望

小林善雄

突然急行列車がホームを馳けぬけ
思索の水路が二つに分れてしまつた
すでに背後にはなにものもなく
城壁のくづれる音を聞きながら
私は私からぬけだして椅子から立ちあがる
一人の私は
忘れられた風俗の

ゆるやかな流れのあたりへ
一人の私は
光る線路の上へ出ていつた
ながい時がたち
一瞬の間にくづれた城壁を
ふたたび築きあげるため
約束や規則の網の目をくぐり
私をよびもどす魔術や
二つの脳髄を合せる奇蹟を捜したが
思ひがけない網の目が手足を捉へてゐた。

白日

片桐雅夫

時。

時が流れる。

鏡。

しろく澄んだ靑の港に、
しろい船がすべつてくる。

激しい豫感、

わたしは叫んだ、

わたしの口はひらかなかつた。

水面に一筋の龜裂《ひび》がはいる、
蛾が翔び去る。

しづかなる歡喜。
頰よせれば、
鏡もかすかにふるへるのであつた。

日の御崎村にて

木下夕爾

松籟をくぐりぬけると
いちめんの桑畠
その葉のかげに眠つてゐる漁村が見える
ここ出雲の國の突端の
空と水の何といふ明るさ

短い旅の日の午後に
はげしい海鳴りに憑かれながら
私はふと死といふことを考へた

私はいつの日またこの代赭色の土を踏むだらう

あてもなく家を出て
はるかなものにあこがれたこの記憶はどこへ消えさるであらう

仰ぎみる六月の陽のもとに
燈臺は長い影を曳いて立ち
黝んだ桑の實に無心な蟻が群れてゐた

―新人推薦―

森の暗き夜

山崎　馨

女は、獨り室の中に坐つてゐる。
仕事に縛られた貧弱な體は
呼吸のするたび胴骨がおよいでゐる。
掌と掌と叩き合つて夜の暗を讃美する
血に餓ゑた獸の肌の臭ひがする。
生溫い夜、赤味と紫味を帶びた夜の色。
一枚の鐵板のやうな夜の世界

あゝいまも想ひをこらすわれのうへ
慘酷な料理は
再び昔の如く女と無關係となり、
斷頭臺の血の銹びた鐵の色に似て
怒り、恨み、惡み、肉は朽ちゆきたり。

暗い森の生活の腐れた頭から
顏や目や鼻が崩れて
赤と紫の混り毛の鳥がとびだす。
あはれ餓ゑの烈しさにたへずして
風は悲しく叫び
雨は女の涙を幾たびか誘ひたり。

―二〇・一一・二五―

（杉浦伊作推薦）

新篇旅情詩集（三）

あやめ物語

——榛名山麓挿話——

杉浦伊作

温泉療養からの歸途。榛名山麓を伊香保索道で下りの窓外。高原の灌木叢苑に一叢のあやめの咲いてゐるのを見つけた。滿目綠叢の間に目もあやに咲く紫の花。私はその瞬間・妖しい魅力に惑はされ。もどかしげに次の停留所で下車すると、野兎のやうに荊の徑を馳け登つてゐた。野茨の刺・あけびの蔓・ゑにしだの葉の足にからみ。ころび、まろびつつ花のありかを探し求めた。晩夏のかがやける光の中に。おお、むらさきに咲くあやめ。見える。見える。私は溺れる愛人を救助するかのやうに、叢林をスウイムングして、彼女の足下にひれ伏した。彼女のあたりに鮮苔の匂ひがし。私はその匂ひに醉ひ、その根元から、彼女の肢體をみつめた。春先の麥の靑さに似た莖に、尼僧のやうに取り澄してゐるライラックの花。ああいかなる詩神《ミユーズ》が、かかる色合に彼女を裝ほひせしめしか。觸れなばむらさきの染まむか。やはらかき花瓣天を仰ぎあやに開きて處女の羞恥をのぞかす。私は、おどおどして、彼女の周圍を二三べん、徊徊し巡る。草々・樹林・おのおのの耳目を同じゆうして茂れる中に、なんぞ、孤愁に生きるあやめの一莖。ああ、これこそ私一人を招くための彼女の愛情なのであらう。朝《あした》の露の架に開き。夕の床に散りゆるの運命《さだめ》。そのはかなき生命《いのち》のかぎりに、むらさきの色耀《かがや》かす彼女のいたいけなき愛情。私の愛慾は、一莖の彼女を手折らんとするか。ああ、さりながら、彼女を夢に散らし、私を現實にくゆらす。さこそ、暴力をつつしみて。私は、彼女の薄絹・むらさきの花瓣に、接吻のみ。私の官能のしびれ、私の愛慾は終りをつげぬ。私はどうと鮮苔の上に倒れてその幸福感に醉ひしびれてしまふた。

その翌朝——私は、邑人にたすけられてか、擔架で榛名の山麓を下つてゐた。私の洋服のポケットから「雨月物語」の英譯本がのぞいてゐた。

○茶煙詩談○

岩佐東一郎

若い詩人が遊びに來ると、誰もが、これからの詩はどうなるのでせうか、と質問する。なるほど、軍人と、官僚が國家を獨占して、あらゆる文化面を滅茶苦茶に廢頽させて了つた現在にあつて、一應の心配ごととして考へられる。

然し、私は、その質問に內心深い反感を覺えるのを禁じ得ない。冷淡なやうだが、私はその質問者に對して、さあ、どうなるか私にも判らないね、と答へる。早く云へば、私は大道の占師ではないのだから、未來について、斯くあるべしなどと、可笑しくつて云へたものではない。

それよりも、そんな弱氣な、お他力本願じみた質問を發する、若い詩人の無氣力さに強い不滿を覺えるのだ。これからの詩がどうなるか、それこそ、われ／＼自身が開拓すべきことであつて、まづ、苦しんでみることだ、努力してみることだ。世間咄のやうに、詩の未來について語るひまに、一歩も早く詩の荒蕪地に鍬を下ろして、新しい詩の種子を蒔かねばならぬ時なのである。

燒け跡を呆然と眺めつつ、これからの都會はどうなるのか、と、いくら話し合つてゐても仕方がない。それよりも、默々と、地を均して、建設にとりかかることによつてのみ、未來は現實に近づいて來ると云へやう。

詩の荒地を前にして立つたわれ／＼は、下らぬ百の論議は醜議院に任せて、新鮮な詩を栽培しなくてはならぬ。

★

戰爭中、俺は愛國詩なんか書かなかつた。と、誇りかにうそぶく詩人も在る。彼は盛んに愛國詩を書いたから、戰爭責任者の一人と云つてもよい、と得意氣につぶやく詩人も居る。何と云ふ世俗さであらうか、と、私は胸が惡くなる。その國に生れ、その國に育つたもの一人として、心からその國を愛さぬものがあらうか。戰時、平時を問はず、愛國の詩は嚴然と在るべきだ。愛國の詩は、また、時に鋭い自己批判の形も採るであらう。それもよい。

私が、戰爭中に、愛國詩を書いたのも本心であれば、抒情詩を書いたのも本心である。それよりも、云ひたいことは、私は常に私の身の程をわきまへて、つつましく詩を書きつづけたことを滿足してゐる。私は、敢てはつきり云ひたい。私は、常に「詩」を書いたのだと。私は詩人として詩を書きつづけた。

　と云ふのは、多くの詩人が、詩人としての身の程を忘れ、つつましさを失つて、あたかも、院外團の如く、情報局の役人の如く、大本營報道部の如く神官の如く、ラジオ體操の號令の如く宣傳ポスタアの如く、足もとのフラつくのもお構ひなしに、背のびして、メガフォンで皺枯れ聲をふりしぼつて、詩を忘れた標語的文字を、本心の聲の如く振り廻して、軍官に阿諛したことに對して、反省を求めたいのである。それを、愛國詩を書いた書かぬにこだわるのは全く見當違ひと云ふものだ。

★

　地方から送つて來る詩誌で、毎號の批評をしつこく請求してくるものが多い。もつと、徹底したのになると、今まで送つた何冊についての總評と、その中から優れた詩を何篇か選出せよ、など云つて來る。

　雜誌を送られて、すぐその批評を書かねばならないと、誰が決めたのか。忙がしい時など、迷惑も甚だしい。雜誌を送つてくれても、すぐ讀む時もあるし、讀まぬ時もある。それでも、いつかは眼を通すのだ。默つてゐてくれれば、こちらから批評も書きたくなるであらうし、優れた詩を認めるにも決して吝かなるものではない。

　詩誌を送つてくれる好意があるならうるさく受取請求するのだけは止めて貰ひたい。あんまり、ぎやん〳〵云はれると、餘計に意地でも返事なんかしたくなくなつて了ふ。

★

　終戰後、雨後の筍の如く、得體も知れぬ雜誌が澤山出ると見えて、私の所へも、××旬報の娘記者だの、新××の青年記者だのが、詩の執筆を依頼に來た。本當にそんな社が在るのやら、そんな雜誌が出るのやら、甚だ怪しい氣がしてならぬ。

　そこで、その記者たちに、稿料はいくら、と、聞くと、どれもが、さあ、と、ばかりで判らない。稿料も判らないで、詩を賴みに來るのだから、いい度胸だ。私は、續けて云ふ。では、何日に原稿をお渡しするから、その時に稿料御持參願ひたい、と。それが利いたか、それら怪しげな雜誌の、記者君は、そこ〳〵に退散して了つた。ビジネス、イズ、ビジネス、が判らない記者なんてあるものではない。こつちも用心したくならざるを得ないのだ。信用出來る雜誌なら、誰がそんなこと云ふものか。

★

　文學報國會が解散されたので、同時に詩部會も消滅した。これは、是非新らしい形で强力な詩人團體を結成したいものである。詩文化昂揚のためにも新人育成のためにも、他の文藝文化團體と交流のためにも、一刻も早く、純粋な詩人倶樂部組織を作りたいものである。終戰後の詩人らの行動の鈍さは全く口惜しくなる。餘りにも疲れ切つた、餘りにも無氣力な姿ではなからうか。

現代詩風景（私の頁）

杉浦伊作

本誌を編輯するに當つて述懷めいたもの記るす。

今秋、越後の詩人淺井十三郎君から檄が來て、新日本文化建設のために、新しい詩の雜誌を出したいが、その相談に來ないかと云ふ。淺井君が「詩と詩人」を編輯刊行當時から來遊を勸められてゐたが、越後といふとなんさなく遠い氣がしてゐたので其の折がなかなかなかつた。もつとも水上溫泉までは時に出かけるのであつたが、あの清水トンネルを拔けて（越後山脈を越えるのではないくぐるのだ）越後山脈を乘りきる勇氣がなかつたから實行し得なかつた。昔から「賴まれれば越後から米搗きにも來る」と云ふ。その反對に東京から越後に米を搗きに（詩に關係する仕事なら、自分等には米搗き仕事と同じだ）行くのも面白いと、十月十九日河原溫泉まで出かけたので其の足で彼の居城を訪問したのであつた。

×

越後山脈を境に、上洲と越後の凡てが一變するのに、實に驚いた。彼淺井十三郎に「越後山脈」さ云ふ詩集があり、所謂越後山脈的の彼のスケールの大きさ、そして大地にふんばつてゐる根强さのある詩を、彼の地を踏んで、始めて理解することが出來た。そして人間淺井も、彼の生誕の地越後の土地で接する時こそ、面目躍如たるものがあつた。

そこで私達は、二日二夜詩の話を語り續けた。すぶとくなつた彼の百姓姿と二人で田園を（彼は百姓仕事を休み）散歩しながら晝間も詩の話し雜誌の話でもちきつた。

×

贅言を要さない。「俺は出す」「よし編輯は引き受けた」で、私達の話は纒つた。（隔月刊行のもう一つは新人育成の機關紙として）この雜誌は戰前戰後活躍したい同人雜誌の各々の人々に集つて貰つて、そこではヂヤナリーズムから超越した詩的活動を各自の自由意志のもとに勝手にふるまつて貰ふ、詩壇唯一の公的機關雜誌として、いいものを刊行しよう。それ以外になにも要求しない獨自の詩雜誌にしよう。かう云ふ意向の基に進發する雜誌である。

×

昭和二十年四月「詩と詩人」の誌上を借りて編輯刊行した「現代詩研究特輯號」の編輯に當つて、私はかなり機械的に活動したが、本誌の編輯に關して、全然趣を異にした。

前者は、編輯者臭をぷんぷんさして、現代詩への解釋も私的にした。本輯は、編輯者の意欲を出さずに、寄稿家の良心にまかした。それだけに寄稿者の選擇け編輯者の責任なので是れに重大な責任を感ずる。だから原稿依頼も　印刷物等一さい捨てゝ私信として、私は毎日こつこつと手紙を書いた。その人、その時の氣分が整はないと私は手紙を書かない。だから寄稿家に對して手紙到着が不揃ひで、〆切日等に迷惑を相掛けたと思ふが寛恕していただきたい。

この雜誌は、私達詩人の手工業的な雜誌にしたいからである。工業化さない雜誌（大きい意味の同人雜誌）が一つくらゐあつてもいい。營業雜誌では、商物的に好まないやうな、眞の詩壇の研究論攻的なものを掲載して行きたい。諸賢の御援助を冀ふ次第である。

×

私は、私が健康的な時に、夢想的ロマンチックな詩が出來、不健康な時に、思想的に穏健な詩が出來るやうだ。考へて見るに健康がすぐれない時は、あまり深く内省してゐられない。すぐに健康に影響する。昨春上梓の自著の一巻の詩集の如きは、胸の病氣で、退院し、靜養中に作詩したもので今見ると、深さがなくてあきたらぬ。イーヂーゴーイングに作詩したうらみがある。一篇の詩に、一週間くらひ、ふらふらになるまで思索し、推敲しなければ。これには健康がすぐれてゐなければ駄目だ。今試作してゐる新選抒情詩集の如きは、夜蔭でもこいつをひねくり廻してゐても、さほど體に影響しない。がんばるなら今のうちと思つてゐる。

×

この詩は、私の第四次元の詩であるかも知れぬ。

純粋詩誌 **現代詩**

標準 菊版四十頁

毎月刊行

定價 一・五〇

・刊行趣旨書・

同人詩誌 **詩と詩人**

菊版三十二頁

隔月刊行

定價 一・五〇

詩人自身がヂヤナリーズムから遊離して詩人自身の爲、詩壇の爲に、反省と内察を加へ、自由に、その研究、詩作、意見を開陳する機關 そんな雜誌が、日本に一つはあつてもいい。その唯一の雜誌でありたい。高踏的でありたく、又民主的でもありたい。勿論公器的存在を誓約す。寄稿家に依る新人推薦も本誌の權威とす。

新しい時代の展廻は、いつも新人の開拓に始まる。新人が活躍敢闘せずして、新時代の招來は期待出來ない。新人が活躍する舞臺、それを新人が既成の人の招きに應じて參加するでは、新人の熱情がない。求むべき前に、開拓進むべきである。新人の舞臺、本誌を諸君自身で開拓せよ。同人として參加せよ。

發兌所

新潟縣北魚沼郡廣瀬村大字並柳乙一一九番地

詩と人詩社

電話 新潟縣並柳一番
振替 東京16730番

現代詩創刊號寄稿家

（　）内は元主要關係詩誌

北川冬彦（詩・現實）
神保光太郎（四季）
近藤東（詩法）
笹澤美明（詩と詩論）
岡崎淸一郎（歷程）
城左門（文藝汎論）
岩佐東一郎（同　）
小林善雄（詩法）
中桐雅夫（同　）
大瀧淸雄（詩と詩人）
山崎馨（日本詩壇）
高橋玄一郎（同　）
杉浦伊作（詩と詩人）
淺井十三郎（同　）
木下夕爾（詩文學研究）

後記

編輯が終るとぐつたりする。小さいやうな大きな仕事であるからである。創刊號だけに一つの型を作るために隨分努力した。終戰以來各地で詩の雜誌が刊行されるやうだが人々の意嚮で夫々の意識を以つて出現するであらう。その中に伍して決し遜色のない雜誌にするには一通りの努力ではない企劃以來私は公私の用件の間にこの編輯の仕事を一大事とはさみ、毎日それのみに心をとらはれてゐたのである。最初の編輯企劃は私一人でやつたので其の原稿蒐集にも隨分骨が折れた。行けるところへは足を運んで原稿依賴。さい促して貰ひ廻つた。寄稿家が心よく寄稿して呉れたのは嬉しい。北川冬彦氏、神保光太郎氏、近藤東氏、伊藤信吉氏等の鞭撻の聲は有難かつた。小林善雄氏にも隨分世話になつた。次號は北川氏、神保氏の指示をうけて編輯したい。又諸賢にも色々御教示をうけたい。（杉浦）

昨秋計畫が立つと僕は一切を白紙にして杉浦君に委した。詩人自らの手に依つて詩と雜誌を守ること、これがどの位ひ大切であるか、僕はそれをこの雜誌に出したいのである。それが發行主としての責任だとも思つてゐる。事前檢閲のため本編輯によるガリ版雜誌二册を作製。聯合軍最高司令部へ提出するのに、僕は一册の雜誌を全部書き寫して是も又容易ならぬ努力が要ることを思つた。準次立派なものにしたいが、これは寄稿家諸氏の理解ある援助による外はない。色々と力を借して戴きたい。（淺井）

現代詩　創刊號（五〇〇〇部）
月刊　稅込　壹圓五拾錢

廣告料一頁まで相談に應ず
照會の事

詩と詩人會員外購讀ハ主トシテ店頭
購入願度

昭和廿一年一月廿五日印刷納本
昭和廿一年二月一日發行

編輯部員　杉浦伊作
浦和市岸町二ノ二六

編輯兼發行人　關矢與三郎
新潟縣北魚沼郡廣瀨村大字並柳

印刷人　本田芳平
新潟市西堀通三番町
昭和時報社

發行所　新潟縣南魚沼郡廣瀨村大字並柳乙一一九番地
日本出版協會員　詩と詩人社
振替東京一六一七三〇番
會員番號Ａ一一二〇一四

配給元　日本出版配給株式會社

近刊

杉浦伊作著人生旅情・田村昌由詩集・亦木聯夫詩集・淺井十三郎著農耕民族・田中伊左夫詩集

公募

●詩・評論（制限ナシ） 發表本誌或ハ詩と詩人
●各地詩運動情報・讀者ハガ 評論（原稿紙二枚）

現代詩詩集賞設定
規定並ニ選定委員追ッテ 發表ス

定價一圓五十錢

詩文學雜誌

現代詩

THE POEM OF TODAY

三月號

昭和二十一年二月二十五日印刷納本
昭和二十一年三月一日發行
第一卷第二號（月刊）

詩と詩人社

現代詩 三月號 第一巻第二號 目次

現代詩

三月號

"LEAVES OF GRASS"

Walt Whitman

草の葉

おゝやさしい草の葉、冬枯も君を凍え死されることはしまい、
毎年お前は萠え出て來る――隱れ退いたその所から君はまた芽を吹くだらう、
行きずりにどれだけの人がお前を見つけ出して、そのかすかな匂ひを嗅ぎつけるか心
細い、でも五六人はあるだらう、
おゝたわやかな草の葉！ 私の血の華！ お前の胸にをさめた思ひを、お前なりに云
つて見たまへ。

――有島武郎譯――

STRAY birds of Summer Come to my window to Sing fly away.

And yellow Leaves of autumn, which have no songs, flutter and fall there with a Sigh.

河

喜志邦三

昨日も今日も、わが行くは
大河に添へる一條の
礫砂の道よ――破靴の
躓いたき人生かな。

里程の標は、いづれぞや。
世に驕りたる青春も
吹雪のなかに奪はれて
黄昏近き我なりき。

O TROUPE of little Vagrants of the world, leave your footprints in my words.

いま痩身の肩の上に
負へる嚢を、手さぐれど、
底にはかなく殘るもの
ただ七冊の詩集のみ。

世に敗れたる心肉を
河邊の草に憩ませて
聽けば――空無の歳月を
流れてやまぬ水の音。

THE world puts off its mask of vast-ness to its lover.

It becomes small as one song, as one Kiss of the eternal.

長男の社會

安西冬衞

安部能成の「自由と草原」だの
ピアノコンツエルト第五番「皇帝」だの
さうかと思ふと、身體のあまり強くない母親のために
冬枯の庭で薪を割つてやる彼の中のイメエヂ。

IT is the tears of the earth that Keep her smiles in bloom

少し私に見せるイメエヂの斷片の美しさを私は愉しむ。
大阪驛の賣店で彼は「雄鷄通信」を手に入れて來
Black market の見聞記の報告をし、
學生大會を傍聽して先輩の辯護士が吐いた警句
「魚を咥へた猫」といふ譬喩を面白がり
それは獨乙語で三格の語尾の變化だと私に敎へ。……

THE mighty desert is burning for the love of a blade of grass who shakes her head and laughs and flies away.

大晦日の山道

藏原伸二郎

乾燥した風が、
山脈と溪谷とを支配して、
一本のさむしい道が、つづいてゐる。
谷間の村落は低く並んで、
自由のない人間生活が、
一樣に白い障子で閉ざされてゐる。
大晦日の日暮であつた。
枯れるものはすべて枯れきつた路傍に
一匹の白い鷄が、風にふかれて、
何にもない地上をあさつてゐる。

"WHAT language is thine, O sea?"

"The language of eternal question"

その側を、ただ一人
ちよん曲の老人が、歩いて行つた。
古びたソフトをかぶり、
紺色の合羽を飜がへし、
虛空の一點を見つめて彼は行過ぎた。
蒼白の歴日は彼にとつて
まさに逆に廻轉してゐるのか！
ひとすぢのさびしい記憶の山道を辿り、
恒に過去に向つて生活する人が、
今も尙、
逞しい意欲をその面貌に表はし、
大晦日の日沒を、
かの蒼茫たる原始の天に向つて、
ただひとり歩いて行つた。
風は行手の山脈に光り、
骨のやうな疎林を通り抜け、
ばく、ばくと道ばたで鳴いてゐた。

"What language is thy answer, O sky?"

"The language of eternal Silence"

あやめの花の咲く頃は

田中冬二

あやめの花の咲く頃は
夜毎町裏の川沿ひ
蓼雨亭川ふじ柏屋と呼ばれし料亭に
掛行燈青くともり　蒲燒の匂ひなどすなり

LISTEN, my heart, to the whispers of the world
with which it markes love to you

床に水鶏《くひな》と燈心草の圖の軸をかけし小座敷
は水に臨みたり
われ端居《はしゐ》して川下の橋を渡る提燈等ながめ
ひとり酒酌みてあれば
遠く蛙の聲のして　などか寂しき悲しきも
のせまり酒さめやすきを
ああわが家郷またあやめの花の咲く頃なり
山懐《やまふところ》　星あかりに藁屋根高き故園の家
あやめの花咲き栗の花咲き
山の祭りも近く石臼に黄粉《きなこ》碾く故園の家

THE mystery of creation is like the darkness of night—it is great. De-lusions of knowledg-e are like the fog of the morning.

夜明前の街

小林善雄

皮膚病のやうに
汚れた街を走る電車
飢ゑと不安に放心した民が
速力によりかかつたまま走る
一切のものは
積雲のなかへ
とらへられないかなたに
消えてしまつた
うつろな谿と大地と沈默に

DO not seat your love upon a preci-pice because it is high

ひとすぢの光を
ただ一つの階段をと
蜘蛛の糸をたよつて登り
ふたたび地獄へ落ちた
數多くの童話の主人公
この疲れた民たちは
いらだたしい速力で
時間を追ひかけ
めぐるましい驛々の道標を追つてゆく
やがて雄大な草原が開かれるまで
荒れた野原を
喘ぎながら電車は走り
しばし人々は
速力によりかかつてゐる

I SIT at my window this morning where the world like a passer-by stops for a moment, nods to me .and goes.

聽覺について

野田宇太郎

こはれた街の事務所から
電話のベルがなつてゐる
　ちりちりりりり――ん
　ちりちりりりり――ん
この家《や》のあるじは何處へいつたか
とほい何處かへのがれていつたか
　ちりちりりりり――ん
　ちりちりりりり――ん
ゆがんだ窓枠
やぶれた扉
それでもベルがなつてゐる
ちりちりりりり――ん

THESE little thoughts are the rustle of leaves;
they have their whisper of joy in my mind.

あれは電話の音かしら
この街のこの有様をしらないで
誰かが事務所を呼んでゐる
あれは電話の音かしら
　ちりちりりりり――ん
あれは電話の音ではないな
あれは奇態な生き物の呼び聲だ
　ちりちりりりり――ん
　ちりちりりりり――ん
　ちりちりりりり――ん
しんかんと此の世をしづめ
しんかんとひとり悦に入つてゐる
魔性がしてゐるいたづらか
魔性がしでゐるいたづらだ
　ちりちりりりり――ん
誰がそ奴を呼んだのか
誰かそ奴を呼んだのだ　きつと

IF you shed tears when you miss the sun, you atso miss the stars.

誰だらう　誰か！
　ちりちりりりり――ん
俺だ！　俺だよ　通りかかつた
この耳だ　この聽覺といふ奴だ
ちりちりりりり――ん
なんだやつぱり電話の音か
　ちりちりちり
　ちりちりちり
こはれた家にあの音だけが忘れられ
あの音だけがせつなく住んでゐるなんて
ちりちりりりり――ん
　ちりん
おやッ！

（昭和二十年三月八日銀座の記憶）

THE sands in your way beg for your song and your movement, dancing water. Will you carry the burden of their lameness?

雪

山崎　馨

北國の季節が汽車の屋根に訪れた
私は小さくあなたの不思議の下にゐた。
その楕圓の微粒がころげて
せせらわらひ
季節がふるへながら解き放される
鐵と石の間で
いくつも水玉の落ちる音がする
その度に私はあなたのやさしさの中をさまよひ
故鄉に別れたさびしさを想ふ。
肉體は白く秀でた嶺であつた
私はひとしれず季節の終りを怖れてゐた。

HER wistful face haunts my dreams like the rain at night.

雪晴れ

淺井十三郎

幹を倒し枝を折り。どたどたと叩き落つてくる雪煙りが、
窓ガラス一つぱいに重《かさ》なつてくる。
そして一羽の小鳥まで描く。
山川草木の圖
ああ　これは　寒冷の度を加へた
曉の風景。
墨をぼかし　朱を彩り
どこかみたことのある一枚の鐵板。
僕の探してゐるのは
一枚の白紙。

ONCE we dreamt that we were stfangers.

We wake up to find that we weredear to each other

わずか三疊一尺の青疊に坐り
孤獨を數へる
運命の
孤獨。

僕はやにはに筆をとり
壁いつぱいに投げ繪を書《か》く。
と、これは又いつたいどうしたことか
急に雷《いかつち》の音などして。
まばゆいばかりの青空がサッと天地の間を擴げた。

SORROW is hushed into peace in my heart like the evening among the silent trees.

落日の歌

大瀧清雄

もろ掌をあはせて眼をつむつた
般々と私をめぐる光芒が
ひそかにくろまり　靜もつてゆく
果てしも知らない夕空の靜けさの中に沈んでゆく

あゝ　これが懺悔といふものか
これが烈しく　燃えすぎた愛情への
罰といふものか

SOME unseen fingers, like an idle breeze, are playing upon my heart the music of the ripples.

夕風は嘆きの歌をくりかへし
父母のかなしき歌をくりかへし
遠くの梢をめぐれども
すでに　おさへるすべもない

あゝ　私は沈んでゆく
もろ掌をあはせて　沈んでゆく
ひんやりと背筋に空のあかりをうけながら。

研究

詩集「道程」の解説

――高村光太郎論考（二）

杉浦伊作

有名な詩人には各代表詩集と云ふものがある。例へば、島崎藤村と謂へば「若菜集」と云ふやうに、さう云ふ意味で、高村光太郎の詩集と謂へば、誰しも、すぐに「道程」と云ふであらうが、然し他の詩人の代表詩集が、割合廣く讀まれてゐるのに、高村光太郎の「道程」だけは、知られてゐる割合にその全貌を見得なかつたのは、高村光太郎の癇性から、處女出版であるためその「道程」を營利的の出版屋の刊行を赦さないで、再版、改版、その他の方法で、增、刊行しなかつたが故にである。

昭和十五年十一月山雅房で「高村光[註一]太郎詩集道程改訂版」を出すまでは、全く詩集「道程」は、大正三年の[註二]抒情詩社版以後絶版となつてゐて、現代の人には容易に手に入り難く、その初版本を見ることすら困難[註三]であつたのである。勿論此の間に「道程」の一章は他のアンソロヂー等に分割掲載されてはゐたので、その詩集の一部を覗ふことは出來たのである。

大正三年には、現代の大家級の詩人で、詩集を刊行してゐる人には、

獄中哀歌（詩集）[註四]	加藤　介春	東雲堂
太陽の子（詩集）	福士幸次郎	洛陽堂
かなたの空（第二詩集）	川路　柳虹	東雲堂
世界の一人（詩集）	白鳥　省吾	二舎書房
西灘より（詩集）	佐藤　清	警醒社
果樹園（詩集）	柳澤　健	東雲堂
白金の獨樂（詩集）	北原　白秋	金尾文淵堂
印度更紗第二輯		
戀　心（詩集）	人見　東明	金風社

是等の人々を生年順に配列すると高村光太郎（明治一六）で北原白秋、加藤介春等が（明治一八）でその他の人々は、

みんな光太郎より年下である。砕雨として、詩壇に（明星の項参照、但し歌の方面にゐた）出たのが早かつたとしても、處女詩集を出したのは決して早い方ではない。

　高村光太郎三十二歳の時である。そして此の年に長沼智惠子（智惠子抄の智惠子夫人）と結婚したのである。だから、此の詩集「道程」は、高村光太郎には、思ひ出深いものであり、且又、日本詩壇にも劃期的な詩集であつた。後代の詩家が、高村光太郎のこの詩集「道程」を評して、「道程」は全く大正期の最も傑出した詩集の中の一つであると激賞してゐるが、實に、その通りで、後に昭和十七年四月に、此の詩集は初の藝術院賞を獲得したのを見てもわかるであらう。こゝで一寸、この「道程」の出た當時の日本詩壇の雰圍氣と高村光太郎の生活、心境等を覗つて見ることにする。

大正（前期）時代詩壇史（註五）

　新抒情詩時代に開花し、明治末期に瀕ろ頽唐の香氣を病的にまで氾濫さした浪漫精神はいつとなくそれ自身にも疲勞と倦怠とを感じ初めた。青春は老ひ易い。歡樂極つては哀情が生ずる。尤もあの爆發的なパンの狂飆をも、つまりは眞實への道程に起つた若い時代の擾亂であつた。人間の眞實を求め自然の光明を讃する心が、誰の胸にも今は一味の涼風でも慕はずにはゐられなかつた。大正初頭の詩界は少くともさうであつた。

中略

夢より現實に醒めて深切に自己を振り返るべき時が來た。そこにはパンの會の自然消滅があつた。

中略

その初め、新綠の毒素に鬱狂をすら感じ、我を廢頽者として清亮なる心性の友を思ひ時として投げやりの情癡をも歌つた高村光太郎も遂にきつぱりと「冬が來た」と胸を張つてその硬骨な冬に相對した。

　冬よ
　僕に來い、僕に來い
　僕は冬の力　冬は僕の餌食だ。
　しみ透れ、つきぬけ、
　火事を出せ　雪で埋めろ、
　双物のやうな冬が來た。

而して、「無慘なる癈頽者へ血は遂にかの全能の光の爲に滑められた。」と同じ友リーチに消息するに至つた。その後にいよ〳〵彼は飛躍した。全く彼の「道程」は大正期の最も傑出した詩集の中の一つであらう。（後略）

　此の時機は、日本詩壇に於ては、象徴詩勃興（明治三十八年頃から、上田敏の「海潮音」等）から、口語詩の運動が熾になつた時代である。且て筆者が日本青年詩人聯盟の創設に奔走してゐた時、先輩詩人として河井醉名、高村光太郎、川路柳虹の三氏を顧問に推戴せんと、氏を親しく訪ねて、其の三先輩の配列を年齢順に河井、高村、川路とした處「世の中の人があやまつて、詩壇に出た順位と間違へてはいかぬので河井、川路、高村とされたい、その譯は、年齢では、私の方が上だが、川路君は僕の先生だからだ」と云はれた。その質疑に對して、高村氏は「私は川路柳虹の口語詩を讀んで詩作道程に入つたのであるから」と云はれてゐる。口語詩の先驅者が、川路柳虹であることは事實で（いさゝかそれに後章で觸れる）高村光太郎は川路柳虹の口語詩に依つて、短歌の世界から、詩壇に飛び込んで來たものなのである。そして殆んど文語と口語體の詩に終始される高村光太郎が、詩壇に登場したのである。高村光太郎は、川路柳虹の口語體詩に出發して、後に、明治時代の韻律の詩體に反逆したのである。格調の美から破調の美に終始した高村光太郎の道程には、又後に散文詩を打ちたてた後輩が（北川冬彦等の運動、師弟の意味ではない）日本詩の生長に變遷をも與へたのであつた。口語詩に於ける第一聲は、醉名の主宰する詩草社の同人、弱冠川路柳虹に依つて發せられたのである。「詩人」の四十年九月號に載つた「塵溜《はきだめ》」の外三篇がそれで、こゝに初めて詩歌の自由的な解放運動の烽火が揚つたのであつた。

塵　溜

隣の家の穀倉の裏手に
臭い塵溜が蒸された匂ひ、
塵溜のうちのわな〳〵
いろ〳〵の芥《ごもく》のくさみ
梅雨晴れの夕をながれ
漂つて、空はかつかつと爛れてゐる（後略）

この反響は果然詩界に起つて世詩香（服部嘉香）の「言文一致の詩」（明治四十年十月號「詩人」五號）島村抱月の「現代の詩」（同誌十一月號）等で、形式上のクラシシズムや所謂新體詩系の格調の古さを破るの一法は、口語詩以外にないのであるとまで極言されて、若い詩人等の熱聲に迎へられて、今日の口語詩は始まつたのであつた。

さて、かうした時代に、碎雨と短歌を捨てた高村光太郎が今日の高村光太郎の素地を作り、そして、それを作品に現はしたのが「道程」の一卷でもあつた。

そして、初の藝術院賞は次のやうにして獲得したのであつた。

第一回（十六年度）藝術賞

油繪「娘子關を征く」　小磯良平作

詩「道程」　高村光太郎作

歌「歌集鷲および國初聖蹟歌」　川田順作

註六 一昨年（昭和十五年）帝國藝術院が設置され「帝國藝術院は卓絶せる藝術作品に對して賞を授く」以下の授賞規定を設定したが、今回その第一回授賞である。各推薦部會は三月初旬からしばしば開かれ、第一部會（美術）では日本畫、彫塑工藝に適當な作品なしとして油繪「娘子關を征く」を、第二部會（文藝）では詩「道程」、歌は（中略）十三日正式決定をみたので文部省から發表された。（後略）

註七 「道程」……明治時代の抒情、象徴詩から大正時代の自由詩へかけて詩「道程」（大正三年上梓）は（とあるから、詩でなくて詩集である。詩「道程」は詩集「道程」の中の一篇である。）毅然たる揺ぎなき大樹だつた、高村氏の詩質に於て重く量に於て厚く、内容の迫眞力と手法の確實性と相俟つて拔群の觀があつた。その詩的感化力は三十年の歳月とともに深くわが文化層へ滲みわたり、大東亞戰爭勃發後も詩人として、國民の一人としてますます〱わが新しき詩藝術のため貢獻してゐる。作品「道程」への授賞は同時に作者高村氏の大きな業績に與へられた月桂冠である。

尚この藝術院の受賞者を批評した詩人の贊として、百田宗治氏の文を借りれば

詩の父高村光太郎

高村光太郎の詩に初の藝術院賞が贈られるといふことを聞いた私は、これは新しい藝術の勝利であると思つた。いや、あたらしいも古いもない、このことは逆に日本人の藝術の傳統が、まさしく詩の近代性といふものを克復したよろこびを傳へるものといつていゝであらう。（中略）

私は今のわかい詩人たちとともに、この人を私たちの詩の父と呼ぶ。三十年の昔、詩集「道程」がはじめて世に出た時において、この人はすでに私たちの父であつた。今もまださうである。（中略）

鬢髪に霜を置いて、この人はまだ私たちの先頭に立つて時代を導く。私たちに言葉を與へる。「道程」で「僕の前に道はない、僕のうしろに道は出來る」と書いたこの人は、今日「死を滅ぼすの道ただ必死あるのみ」と呼號する。この人において、この言葉は充される。私たちはこの人のあとを行く。

掲詩抄略（落葉を浴びて立つ）註八

この大いなる本然の心からこそ、私たちの千古の國民詩はあらたにせらるるであらう。

次には初版本の詩集「道程」と、改訂版の詩集の「道程」との差異を述べて見る。今回の授賞はおそらくは、改訂版に依るものと思ふ。これは、高村光太郎氏自身で、今日的な意味から誤解を蒙るの怖れを慮つて、割愛した詩篇があるからである。（編者に指示して）

初版「道程」は
自 一九一〇年　明治四十三年
至 一九一四年　大正三年
間の詩篇で、
失はれたるモナ・リザ　明治四十三年十二月
秋の祈　大正三年十月
までの作品である。

初版から昭和十七年の第六改訂版に至る詩集に於ては、約四十篇の詩が削除（別掲）になつてゐる。

尙改訂版には「道程」以後のもの二十篇
自大正五年　わが家（大正五年）
至大正十三年　聖ジャンヌ（大正十三年）
の作品と、「猛獸篇時代」に、
自 大正十三年　清廉（大正十三年十二月）
至 大正十五年　龍（大正十五年）
の七篇が這入つてゐる。

尙此の外に、智惠子夫人（大正三年までは愛人長沼智惠子でありし女性）を主題とした詩篇は、後に、昭和十六年八月龍星閣から、詩集「智惠子抄」[註九]となつて、次の様に刊行されてゐる。

「道程」から削除されてゐる詩篇は、[註一〇]

明治四十三年
生けるもの　根白の國
明治四十四年
熊の毛皮　人形町　甘栗
庭の小鳥　亡命の春　鳩
食後の酒　風　廢頽者より
河內屋與兵衞　髮を洗ふ女　心中宵庚申
夏　なまけもの　手
金秤　めくり暦　葛根湯
夜傘　けもの　あつき日
ビフテキの皿
大正元年
靑い葉が出ても　赤鬚さん　あをい雨
友の妻　夏の夜の食慾　カフエにて（四篇）
冬が來る　夜

大正二年

深夜の雪　よろこびを告ぐ　現實

冬が來た

大正三年

群集浮心

等の詩篇である。この削除は、高村光太郎の愛讀者には、淋しいものであるが、是も高村光太郎が、今日の狀勢から來る誤解を蒙るのおそれあるを慮つて、編輯者に、注意して割愛したとなれば、今日までは、初版の「道程」を手にしない限り、愛誦することは不可能なのである。四十篇に近い是等の作品がない事は、高村光太郎山脈の全貌をきはむる上に於ては、大變殘念の事である。その時代、時代の高村光太郎のいぶきを知るには、是れら山脈と、そこに起伏する山と溪とを眺めなければ、眞に理解することは出來ないとしても、日本アルプスの全山脈を踏破しなくとも、日本アルプスの豪快さが味はれるやうに、改訂版の「道程」に於てすら、詩壇の最高峰詩集を踏破することはさのみ困難でもないと思ふし、又一面から考へれば、改訂版を通じて、第一回の藝術院賞が授與されたものなら（勿論氏の詩壇業績に依るものであるが）現在の讀者は、これで滿足すべきである。尙高村光太郎自選のものと（新潮社の現代詩人全集・昭和四年）昭和十五年の他の編纂者（勿論氏の意志が這入つてるものではあるが）、作品併列の差を列記すると、次のやうになる。勿論、是れには、昭和四年と、昭和十五年との間に社會狀勢の大きな開きのあることを考慮に入れなければならぬ。

高村光太郎自選集（昭和四年）	改訂版編纂者（昭和十五年）
「道程」時代	
失はれたるモナ・リザ	同
根白の國	削除
畫室の夜	同
鳩	削除
食後の酒	削除
寂寥	同
聲	同
新綠の毒素	同
髮を洗ふ女	削除
心中宵庚申	削除
はかなごと	同
地上のモナ・リザ	同
葛根湯	削除
あつき日	削除
泥七寶	同

赤鬚さん　削除
——に　同
或る夜のこころ　同
犬吠の太郎　同
さびしきみち　同
カフエにて　削除
冬が來る　削除
そればつかりは　削除
現實　削除
或る宵　同
獨者の詩　削除
○郊外の人に　同
○冬の朝のめざめ　同
戰鬪　同
○人に　同
○深夜の雪　削除
冬が來た　削除
牛　同
道程　同
○愛の嘆美　同
婚姻の榮誦　同

瀕死の人に與ふ　同
○晩餐　同
五月の土壤　同
秋の祈　同

新に採錄された詩

父の顔
梟の族
○人類の泉
山
冬の詩
○僕等
萬物と共に踊る

改訂版には、以上の八篇が追加されてゐる。ルビの○は詩集「智恵子抄」にも採錄されてある詩篇である。かうして來ると、實際に、現在初版本を手にしない限り讀むことの出來ない詩篇は、

明治四十三年の　生けるもの
明治四十四年の　熊の毛皮　人形町　甘栗
庭の小鳥　亡命者　風　廢頽者より
河內屋與兵衞　夏　なまけもの　手
金秤　めくり暦　けもの　ビフテキの皿

大正元年の　青い葉が出ても　あをい雨　友の妻
　夏の夜の食慾　夜　師走十日
大正二年の　深夜の雨　よろこびを告ぐ
大正三年の　群　集　浮　心

の二十五篇に縮少することが出來る。だから、表記の三冊[註一一]の詩集を繙けば、大方の詩は愛誦出來る譯である。尚此の外に[註一二]現代日本詩集（改造社の現代日本文學全集）の高村光太郎篇には、「雨にうたるるカテドラル」の外十七篇の詩が掲載されてゐるが、これには、「道程」のものは一篇をも採錄されてゐない。

偖、改訂版の「道程」には、「道程」以後及猛獸篇時代のものが採錄されてはゐるが、初版の「道程」には關係ないものなので、是れは、高村光太郎の全作品表の目錄が作製される時に又調査すべきものなるに付割愛する。初版の「道程」が刊行されて以來その中で高村光太郎が夫人（及愛人時代）を詠つた詩篇を、後輩の詩人が「智惠子詩集」と呼んで（猛獸篇をも加へて）ゐた處の詩篇は、前記の詩集「智惠子抄」に編まれたから、それを繙くことに依つて、渇を癒すことが出來る。尚この「智惠子抄」は「道程」[註一三]の後半から初つて斷層のやうに現はれる高村光太郎の詩情である。


註一、昭和十五年十一月、三ッ村繁藏編、山雅房刊、菊判、昭和十七年七月の六版改訂版はB六判である。

註二、昭和三年十月抒情詩社發行、四六判一九一〇年より一九一四年十月に至る著者の作品を集めたもの、とある山宮氏の明治、大正詩書綜覽本文編二〇〇頁、本著卷頭寫眞參照。

註三、昭和四年十月新潮社刊行の「現代詩人全集」の第九卷高村光太郎、室生犀星、萩原朔太郎集の、高村光太郎編ー道程時代」と「道程」以後、「猛獸篇」時代との以後篇。

註四、山宮允著明治大正詩書綜覽、大正三年。

註五、大正（前期）時代詩壇史、現代日本詩集（現代日本文學全集第三七卷）の「明治、大正詩史概觀」北原白秋の執筆にかかるもので同著の五七〇頁。

註六、昭和十七年四月十四日帝都の各新聞報道（本記事は朝日新聞に據る）

註七、昭和十七年四月一日不明の東京朝日新聞學藝欄に掲示の一文。

註八、詩「落葉を浴びて立つ」大正十一年十一月十一日の作品、詩集「道程」の「道程以後」に採錄。

註九、詩集「智惠子抄」これは他の人の編著でなくて、著者の自選で、昭和十六年が初版、昭和十七年五月には、第六版を出してゐる。四六判で一五六頁、本文は（上質の紙がなくなつた當時に於て、奉書紙生漉を使用してゐる）美本で、龍星閣二圓五十錢である。

註一〇、「道程」から削除されてある詩篇の年示及作品名の調査は、改訂版の編者三ッ村繁藏君の調書に依るものなり。

註一一、新潮社の「現代詩人全集の高村光太郎篇」山雅房の「道程」改訂本、龍星閣の「智惠子抄」

註一二、改造社刊昭和四年、新潮社刊のものと同時期。

註一三、本稿の詩集「智惠子抄」の項を參照されたい。

思ひだすまま

塩野筍三

冬支度を急いでゐる、いやすつかり霜枯れた上州の山野を後に、私は再び東京へ舞ひ戻つてきた。終戰直後の險惡な樣相と、割りきれない自己の苦悶から、逃げるやうにして上州の山奧へ引つ込んだのであつたが、こんなに早く東京へ歸らうとは、自分ながら感慨無量を禁ずることが出來ない。

空襲の激烈な最中、よくも帝都のまんなかの神田で頑張つてゐたものだと、自分ながら不思議である。家は燒かれたが爆死もせずに、「いよいよ、これですべてが終つた、さあ、これからだ。」といふ感じを胸に持つて、一人の友人にも會はないで、上州の山奧へかくれてしまつたわけだ。

それから約三ヶ月間、詩筆も持たず、情報といへば一日も二日も遲れて配達される新聞からだけ知れる程度で、ほんとに仙人よろしくといふ生活を送つてきた。

しかし、この間程古里の山を、つくぐ\としんみり眺めたことはなかつた。そしてこんなにも山膚は美しいものであつたかと、驚かされたものであつた。山峽の樹木の美しさ、瞬時も靜止してゐない色の變化、谷々から湧きだす靄の遥曳の神祕さ、雲の靈妙さ、實際私は何度嘆聲をもらしたことであつたか。「國敗れて山河あり」「ああ國敗れて山河あり」と。

東京の樣相は、三ヶ月間にがらり變つてしまつてゐた。人々の眼は、戰爭中と同じやうに血走つてゐた。その血眼は何を意味してゐるのだらうか。もう生命の危險もないではないか。然らばこの血眼は、餘りに淺間しい、餘りに醜い動物性の本性から出たものであつたらうか。

ここには詩はない。既にこれは詩ではない。ここからは詩は生れない、と私は強く感じたのだつた。

だから私は、當分誰にも會はないで、ひそかに詩が生れるのを待たう。急いで、殊更急ぐことはやめよう。機械でも動轉の時も靜止の時もある。血眼もいつか平靜にかへるときがあらう。その時だ、その時に詩が芽生えるのだ。と、いふやうに自問自答の日を送つてきた。

歸つてきて早速困つたのは住宅であつた。住む家がない程痛切なものはない。終戰になつてやれよかつたと思つても、疎開させた子供たちを呼びよせるわけにもゆかず、往復四時間も電車にもまれての通勤には、それこそ骨の髄までが凍りついてしまつた感じだ。食物の魅力もさることながら、「あんな家はいゝな、日當りはよささうだな」と、家の魅力の方が大きいのだ。

先づ、詩を作つたら家の詩ばかりが出來さうでならない。

終戰後の詩作品も、まだ〳〵板についてゐないやうだ。どれもこれも血眼で書いてゐないまでも、輕度の血膜炎ぐらゐな程度で書かれてゐるやうに思へる。所謂詩人も摸索の時代で、方向をはつきり見定めたものではないことだ。これもやむを得まい。

詩人も、國家に協力して戰爭といふ大きな過程を通過してきたのであるから、十年前、二十年前の古い詩精神の復活だけであつたら、何となさけないことか。

新しい詩精神を發生させよ。大動亂の後に湧然たる大なる新しい、世界的な詩が生れなければならないと思ふ。小さい昔の詩精神を、こゝに掘り出すことだけは、どうも私は贊成出來ない。

詩人の戰ひはこれからだ。文化戰に於ける詩人は、いやこれからの日本の詩人は、小さい殼を負つた昔の小詩人であつてはならない。これからだ。ほんとに、これからだ。大きな日本の詩人が生れて來なければならぬのは――

（一月二十六日杉浦宅にて）

―新人推薦―

病床歌

眞壁新之助

其の一

千百の日の出と
千百の落日が
つめたくちらばつてゐる
蕾は蕾をはらむことに終つた。三年その灰のやうな屈辱を身にまとひ
私は夢をたべた　現實をたべた
（ああ
運命と想念とを貝殼のやうにかみくだいて
まつ青な大空に吹きつけ噴きつけ）
私は　ただ
無心な大いなる佛のやうになりたい

其の二

病むことは憎惡にみちた菌らの祝祭なのだ
私の肉塊をふみあらしてゆく異形な歡聲

眼をつぶると私の神經が粉々に散つてゆく
散兵のやうに　時間と忘却に散つてゆく

其の三

あんまりちちははや弟妹やともだちがいつしんになつて私を
いたはつてくれるなら
私はひとおもひにしんでしまをう
反對に邪險にしておいたら
いぢになつても私はいきよう
それはいつたいかなしいことなのかうれしいことなのか
てんがいのこどくのやうに　せいけつに
私は　たにんばかりのなかでくらしてゐる

其の四

冷酷な瞬間は風のやうに虚をまつ
後姿のやうな悔を削りすて
酸化される日毎
露頭に烈しい眞理の灯をかきたてねばならぬ
金屬鹽のやうな白光の燃焼圓は運つて輝いて
この世界のものごとは影のやうに消えうせる
私は青く　私自身で光り
深夜のダイナモのやうに凄愴である
私はきびしく　結晶體となつた

其の五

懷郷は靜物譜
愛國も失意も感傷も熱くさい
赤と靑とのジグザグな羅針盤の威容
それは直線でない曲線でない
それは壯麗な山脈だ
それはりゆうりゆうと光りを鳴らしけばたつ
それは泉のやうに私をぬらす
六月　葉脈は沃野のやうだ
生命《いのち》にみちる
謙虚ないちまいの青葉となり
私は光りの階段で南風にひるがへる

——淺井十三郎推薦

詩壇展望

——（私の頁）——

杉浦伊作

今度又詩の雜誌を編輯する事になつた。十五、六年振りである。その頃「詩、散文」を編輯刊行してゐたのである。當時を想ふと實に懐しい。紙でも、本文は、舶來のコットン、表紙は上質のいろ色さ、自由に買へたし、凸版、木版のカット、みんな自由。印刷屋も親切で、校正に行くと、晝食時には、親子丼や天丼のてんやものを御馳走して呉れたものだつた。

その頃は私も健康で、元氣で、役所勤めの餘暇に、「詩、散文」の編輯に當つてゐたのだが、經費の補足に、別に營業の月刊雜誌の編輯を引き請けて、そのために深更一、二時までは平氣で、仕事したものだつた。その雜誌の原稿の集りが惡るいと、三人くらゐの筆名を以て、四、五十枚の原稿を平氣で書いて、四、六倍判三十數頁の雜誌を作りあげた。

その頃は又、詩の同人雜誌の數も多く、詩人時代や日本詩壇に、上半期、下半期の決算期の詩壇時評になると、四、五十册の雜誌に目を透したものである。スクラップしてあるその頃の時評を今見ると感慨深い。その頃、さかんに活躍した新進詩人の今何處。

玆に再び、（大戰爭も敗戰の憂き身を見終結した今日）今日の詩人の原稿を貰ふに當り、うたた感慨無量のものがある。當時の詩壇で、人氣の頂點にあるものは、大抵月々の同人雜誌や、半營業的の詩雜誌（詩人が編輯發行）の二、三に執筆してゐたものである。既成詩人の圈内にくひ込んで行くのは、みんなさうした人々であつた。さうして、いつか詩壇の席次みたいなものが出來たやうである。

創刊號に詩を寄稿していたゞいた人々は大體その頃いい同人雜誌に據つて熾に活躍してゐた人々だ。私は、なつかしい意味で是れ等の人々と、そして、外の幾多の人々を編輯プランに擧げて、原稿御依頼をしたのだが、實に困つたことは、殆ごが、住所不明といふ點であつた。昭和十八年に出た文報の住所錄で發送すると、五分ノ四くらゐまでは、住所が違つてゐて返送して來る。私の立前として、原稿依頼文を、印刷したものを使ひたくなく、全部私信の形式で出すので、返送される手紙が多いと、がつかりして、もう外の人にすら手紙を書く氣にもならなくなる。つい編輯に齟齬を來たしおくれがちになる。友情にすがつて、純粹な氣持で、そして、いい原稿を集めたいさ思ふさ、印刷文でなしに、まつたく、いちいち手紙文でお願ひするのだが、現在とて官廳勤めの身分には、手紙を書くのも一仕事である。大病以來、夜は仕事をしないやうに氣をつけてゐるので、出勤前の朝の一時、一日一本位の割合で行くので、十人の方々に御依頼するのに、十日程かかる。だから十日目に書いた手紙になると〆切が切迫してゐて申譯ない。本當の事を云ふさ、一々お會して、發行趣旨を述べて、それから、原稿を依頼するのが順當で、理解された上の御寄稿で有難い譯だが、今日の交通機關では、東京都内ですら一日一人がまつたくせいぜい、創刊號は幸にして、訪問出來る範圍の方々は訪問して、原稿をいたゞいて來た。

　無理押しにお願ひしたこれ等の人々に對して原稿料を差上られないのは、編輯者として誠に申譯ない話だが、非營業雜誌として御寛恕願ひたいと思ふ。然し、發行所の方で、かうした手工業的な雜誌でも、採算がつけば、第一號執筆の方々から、何かでもつて御禮したい下心である。薄謝の如き原稿料なら、私はいつそ、野菜でも持つてあがりたいと思ふのである。もつとも、枠が取れた今日、野菜と謂へども馬鹿に出來ず、とろろいもが百目十圓もし、さつま藷が一貫目十五圓、大根が一本五圓もするのでは、どうにもならない。

　私も編輯費を一文だつて貰つてゐる譯ではない。ただ詩が好きで、まつたく手辨當でやつてゐる事、なんとか目鼻のつくまで、御同情の御寄稿でお願ひする。詩壇の爲に詩人が、無報酬で、氣持のいい詩雜誌を一つくらゐ、出して行つてもいいではないでせうか。

×

　或る立場で、乗りものが自由なだけに、土曜から日曜日にかけて、仕事を持つて、他所に出かけるのですが、この頃の旅館の宿泊料の高價には一驚します。前號に掲載した詩「あやめ物語」の場所、伊香保に、今來てゐるのですが、戰爭中の七月來た時は、一泊十二、三圓で泊れたのですが、今日（一月の末）ではなんと三十三圓六十錢これでも安いのださうで、熱海なぞは、八月十五日前十八圓で宿泊してゐたが、一月の十日に子供を連れて行つたら、何んと一泊一人四十圓です。これが、前からの知つた旅館、ふりの客なら六十圓からださうです。怖ろしい世の中です。詩人が、詩を作りに温泉旅館に投宿するとしたら、一篇の詩に對する原稿料も百圓以上貰はなければならない。一詩百圓の原稿料で、月の生活費を稼ぐには、五篇を賣らなければならない。營業雜誌なら、一詩百圓以上とすべきではないか。百圓の詩篇をたゞで寄稿して貰ひたいと願ふ私は、考へて見れば虫が好すぎるかな。

　今日の車中で、ある出版屋さんが、出版屋だけは闇が出來ない。こんなあはない商賣はないと云ふたが、實際その通り、高價な紙を買つて、作りあげた本は丸公以外に闇で流しやうがない。出版屋のみならず、作家詩人すら原稿の闇はない。闇のない立派な生活と云へば、全く出版屋と作家のみではないでせうか。

×

　無報酬の雜誌の編輯に高い金を出して、（そしてなけなしの金を使つて）温泉宿で仕事するなんて、馬鹿の骨頂ですが、毎日朝から晩まで、事務机で勞務してゐる者にはたまには、こんな處に出て來ないと、榮養失調になる。も一つはかうした山の中に來て、仕事して歸らないと仕事が纏まらない。仕事が纏まらないと月給だけでは喰つて行けない。そこで、實は内職に來た譯。今度出版する「人生旅情」の原稿整理である。出版のあかつきには、印税が這入る。印税の前借だ。是れからの著書は、どうしても、原稿料と印税を貰はなければ、喰つて行けまいと思ふ。一册五圓の定價で、一割の五十錢の印税、千部で五百圓、三千部で千五百圓確實に入手出來れば、三十圓の旅館に十日滯在しても三百圓だ。私が温泉宿に泊つて仕事してもさう無理でないでせう。それにしても本が賣れなくては困る話

（二一・一・二一伊香保温泉にて）

編輯後記

○創刊號を編輯して、ほつさ一息してゐる中に、第二輯で追ひたてを喰ふ、創刊號の顔を見ないのに、第二輯の編輯、いささかおかしな氣持だつた。創刊號は、出版協會の方の手續やら、内閣やらで、意外の日數を要したので、二月號を創刊號さし、本輯は三月さいふ譯である。

○企畫やら、部數やら、なにやかやと、發行所さの打合があつだので、仕事を持つて伊香保に行つたついでに、又越後の淺非君を訪れた。紙の都合さへつけば、月々六千部は發行したいと、二人で協議した。六千部賣上れば、編輯費も、執筆者に對する原稿料も出せるさ思ふ。

○一月の二十七日の日曜日、態々から來訪したいさ云ふ岩佐東一郎君を迎へ、北川冬彦氏、神保光太郎氏等や小林善雄君等で拙宅で茶會でも開き、座談會をする計畫だつたが、岩佐東一郎君の都合で取り止めとなつて、朝から、山崎君さ編輯をしてゐたら、山から（學園疎開地）歸つて來た鹽野筍三君が來訪。住所不明で原稿依賴出來なかつた折さて、早速、机に向はせて隨筆を書かし本輯に集錄した。此の日、又突然に北川冬彦氏夫妻が來訪されたので、一同大喜びで、編輯上の指示や企畫に對し意見を乞ふた。

○月刊雜誌現代詩の外に現代詩論を主さするクオータリーを刊行もしたいさ相談した。相當部厚（三百頁內外）なもので權威あるものにしたい。

○今輯は〆切日が短かつたために、原稿が集まらないかと思つたが、豫定と稍ちがつた程度で編輯出來て嬉しかつた。

○なに分にも郵便が延着するさ、疎開の關係で、依賴者も、まごついたらしく、〆切日にはまにあはないが、次號に原稿を約束された方には、高村光太郎、春山行夫、村野四郎、安藤一郎、阪本越郎、大江滿雄、梶浦正之、更科源藏氏等の諸氏

○私はいい雜誌が出來あがるやうに念願しながら、實にたのしい氣持で編輯してゐる。（杉浦）

現代詩　三月號（五〇〇〇部）
月刊　稅込　壹圓五拾錢

廣告料一頁まで相談に應ず
照會の事

詩と詩人會員外購讀ハ主トシテ店頭
購入願度

昭和廿一年二月廿五日印刷納本
昭和廿一年三月一日發行

編輯部員　杉浦伊作
浦和市岸町二ノ二六

編輯兼發行人　關矢與三郎
新潟縣北魚沼郡廣瀨村大字並柳

印刷人　本田芳平
新潟市西堀通三番町
昭和時報社

發行所　新潟縣北魚沼郡廣瀨村大字並柳乙一一九番地
日本出版協會員　詩と詩人社
振替東京一六一七三〇番
會員番號Ａ一一二〇一四

配給元　日本出版配給株式會社

＝近刊豫告＝

杉浦伊作著

著者が最近までの著書及未刊著書としての既發表の原稿を良心的に選錄したものである

詩文集 人生旅情

目次抄

・創作・
人生特急・其他

・詩篇・
第一詩集抄
第二詩集抄
第三詩集抄
未巻詩集抄

・詩論・
現代詩論・其他

・隨筆・
旅行詩情

・コント・
ポートレート

・童話・
アイヌ童話集

四六版・四百頁内外美装

著者の詞

人生旅情――人生は所詮旅だ。私の一生も旅、旅に一生を托すなら、旅は樂しくありたい。人生の旅に於て、私はあらゆるところを遍路した。私の作品は、その旅の所産である。思想的の遍路、詩の道への遍路、生活の遍路、戀愛の遍路、かうして惱ましい人生の遍路を四十才の今日まで續け、明日にも亦旅に出る。

私の二十年來の文筆生活、その折々の旅情が厖大な原稿となつた。私はこれらの原稿の中から、あらゆる意味で、意義あり、なつかしいもののみを選錄して、玆に一卷を綴る。人々よ、私のいとほしい過去帳を又君の思ひ出として愛讀して欲しい。

近刊豫告

詩と評論 雪溪

B六版 三〇〇頁 美裝

著者二十餘年間の詩生活中自ら好める作品を選出して讀者の批判を求め新に著者今後の詩行動に新しき方向をうちたてんとする即ち人間と眞實への詩集である。

淺井十三郎著

詩と詩人社　新潟縣北魚沼郡廣瀬村並柳　發兌所

詩文學雜誌

ヱツセイ特輯號

現代詩

The Contemporary Poetry

四月號

昭和二十一年三月二十五日印刷納本
昭和二十一年四月一日發行 第一卷第三號（月刊）

詩と詩人社

現代詩 四月號目次

現代詩

第一卷第三號

四月號

エツセイ特輯號

和歌と純粹詩

萩原朔太郎

日本の平安朝末期の歌（特に千載集や新古今集など）は、詩學の根本的な精神に於て、現代ヴアレレイ等の佛蘭西詩人が理念してゐる、所謂「純粹詩」とは全くよく符節してゐる。此等の和歌には、詩の形式だけあつて素材がない。そして形式（音樂それ自體）が、そも〳〵また歌の内容そのものであり、音樂を離れて何物の内容もない。故にまた此等の詩歌には、普通の言葉で通俗に概念される如き「意味」がない。即ちヴアリレイ等の言ふ「無意味《ナンセンス》の詩」なのである。

百人一首等によつて、廣く人口に膾炙してゐる此等の歌の大部分は、表面上では、多く戀愛が取材されてる。だが詩の美學上の構成では、戀が素材として扱はれず、むしろ形式として扱はれてる。つまり言へば彼等の詩人は、ポオの抒情詩の場合と同じく、戀愛歌のスタイルに寄せて、別のもつと音樂的なリリシズムを歌つたのであつた。さうした平安朝時代の歌は、萬葉集の相聞歌とちがふのである。萬葉の歌には、もつと素材的のものが多く、より生活的、經驗的である。（箴言集より）

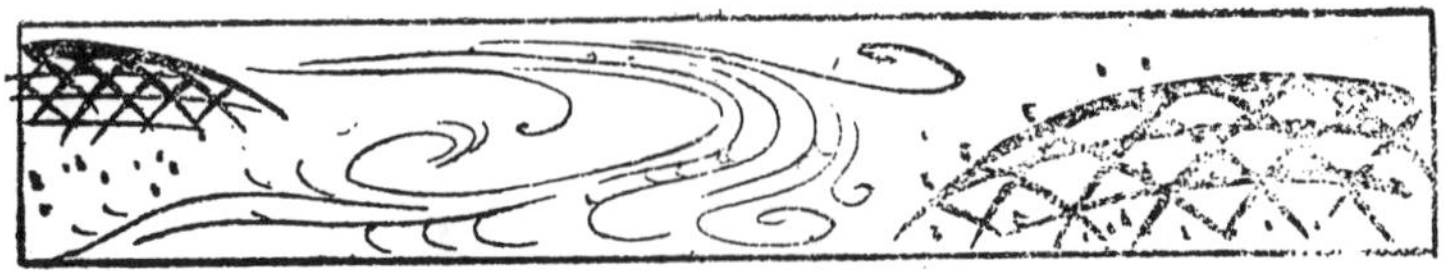

深夜幻想

北川冬彦

一

深夜
私は私の身内を
滔々と流れる河を感じた
妻と息子の寢息を耳下にして
河は
私の身を押し流し
沈め
浮ばせた
私は眼《まなこ》を開いて
河底の光る脈層を
はつきり知らうとした

すると
私の眼には泥水がしみ
私は身もだえた
私は
いつの間にか河面を漂つてゐた
食へない星屑が
朧朦と私の瞳に映つた
破れたガラス戸からの風は冷たく
妻と息子の寝息は杜絶えないまゝに
私は
しばらく眼をつぶることにした
滔々たる河の流れに浮び沈んで。

二

河は私を引き曳り廻はした
ちらりと鱗をきらめかす
魚類の姿を見せたりして
この魚は
捕へて殺さねばならぬ。

自覚と批判

安藤一郎

　今後の詩は、どのやうに進むべきか、と問はれても、私は、急にハッキリと答へ得るやうな言葉を持たない。私自身が、いま、あれやこれやと考へてゐる最中だからである。

　勿論、理想を言ふとすれば、幾らでも言ふことが出來るが、ただ、それだけではすまされない――私は、一人の傍観者でなく、自分が創る者だからである。もし何か言ふとすれば、他に説くのではなく、自分の胸に、少しづつ浮んでくる一つの希望を漠然と述べる外はない。

　詩人は、今日、一人びとり、本質的な問題について、深く考へるときである――國の前途や、文化の再建や、新しい世界の動きや、また、我々のまはりにある不幸と悲慘や、考へるべきことは無數にある。これは、詩人ならずとも、いま、誰もが直面してゐる現實によつて、考へざるを得ないところであらう。併し、かういふ時機に於いて、詩人こそ、最も強く感じ、最も深く考へるべきなのである。

　思ふに、我々の立つてゐた文化面といふものは、まだ、極めて水準の低いものだつたのだ。その事實を、今次の戦爭によつて、我々は、明白に知らされたのである。「知識階級」とか、「文化人」とか稱せられても、さういふ人々の中に、眞に獨自な思想の根底をもつ者は、あまりにも尠なかつたのではあるまいか。日本人には、合理的に物を考へるといふ習慣に、錬られる餘裕がなかつたのかも知れない。或ひは、むしろ、さういふ風に、仕向けられてきたとも言へよう。それ故に、外國文化を取り入れる場合でも、また、國粹主義の盛んなときでも、「借物」、或ひは、「こしらへもの」の程度を出でず、直ぐに安易な方へ流れてしまつたのである。言ふまでもなく、政治や社會制度も悪かつたのであるが、それらを、内からの盛り上る力で、革新出來なかつたところに、やはり、文化の未熟さがあつたのだ。

現代詩の短かい歴史を顧み、また、私などの通つてきた時代を振り返つてみても、我々は、反省すべき餘地が多い。

物を深く考へること、自分の思想を徹底的に追究すること——これがなくては、知識人、文化人としての、資格はない。私は、これからの詩人は、知識階級、文化人のエリートとなる誇りがほしい、と思ふ。といふことは强靱な思想性をもつて、この民主主義に挺身する知性と良心を、誰よりも明瞭にもつ必要があるのである。さういふ意味で、詩人は、もはや狭い自己の世界にのみ閉ぢこもるべきでなく、文化のあらゆる面に視野をひろげ、大いに勉强しなければならないと共に、當然政治にも觸れるし、また街頭へも進出するやうになるだらう。

併し、詩人のかういふ文化的役割と詩そのものの價値とは、おのづから混同出來ないものがある。詩は、結晶であり、エッセンスである。啓蒙といふことは　今後の文學に於いて、缺くべからざる要素であるが、これがために、作品そのものが卑俗化する惧れがないでもない。

言ふまでもなく、詩も、民衆に段々と近づかなければならぬ——だが、それは、飽くまでも、民衆の教養を引上げる意圖をもつのであつて、民衆の趣向におもねつて、程度をそこまで下げるのではない。新しい文化の形成は、知識人、文化人の呼びかけに對して、民衆が、やはり、これに應へて、一歩も二歩も進み出すのでなければ、遂げられるものではない。そこで、詩は、常に、知識人の文學の前衞として、人々の感情を昂め、知性を洗練し、美の欣びを與へる、藝術的なものでありたい。

私は、かう言つたからといつても、今更、詩を、高踏的、貴族的、神秘的の境域に留めようといふのではない。詩人が明確な思想をもち、文化的役割を自覺するならば、作品は、自然に、平明で、清淨な美しさをあらはし、そこに獨特の藝術的な魅力が出てくるに相違ない。要は、結局、詩そのものの眞實性にあるのだ――思へば、我々は、永いこと、この眞實性から遮斷されてゐたではないか。尤も、眞實性を摑むか否かは、單に、時代の轉換によるばかりでなく、究極は、詩人自身の人間性と才能によるのだ、といふことを知らなければならない。

もう一つ、私が期待してゐるのは、批判の精神を大いに盛んにしたい、といふことである。詩が思想性を要し、文化的役割の上に立ち、知識人の文學の先鋒となるには、當然、そこに批判が活潑に行はれなければならない。

既に、社會一般に、さういふ氣運が漲ぎつてゐるが、文學の中では、一層嚴正な、一層痛烈な批判が起るべきであらう。殊に、現在は、我々の文化が解放されたとはいへ、前途に測り知れない困難を控へた、一種の過渡期にすぎない。軍閥や財閥も根こそぎ除去されたといふわけでなく、組織や傳統の中には、まだ過去の惡弊が依然として遺つてゐるところもある。更に、今日の政治的、經濟的、思想的混迷は、この短日月に一掃することが出來ない故に、我々は、ただ內部批判を盛んにして、健全な革新を進めてゆく外はない。

戰後の文學も、戰前の復活といつた現象に甘んじてはならない。ここで、既成作家を持ち出して、一時の空虛を埋める、といつたやうなことを、またヂャーナリズムがやつてゐるやうだが、これほど無意味なことはあるまい。新しい文化は、戰爭の苦難を身をもつて體驗し、また敗北の悲慘に一度沈んで、しかも、そこから、第一步を踏み出さうといふ、若い純粹なヂエナレイションの努力がなければ、本當のものは生れてこないと思ふ。

新しいヂエナレイションは、憚るところなく、既成の人々を批判すべきである――「まやかし」や「すりかへ」はないか、嚴重に監視して、些かも狡猾を許してはならない。論爭や反駁は、他の人々にも、それに關聯した樣々な問題の暗示を與へると共に、やがて、歷史的な發展をもたらすことにならう。

然しながら、これまで、屢々見られたやうな、小さいセクト主義やロウ・ブラウな彌次馬や詰らぬ人身攻擊は避けたいものである。

畢竟、批判とか批評といふものは、ヒユーマニズムの具現に對する熱意と努力に外ならない。文學にあつては、殊に、さうである。そこに、思想の訓錬――知性の健全を養ふ、謂はば、智的體操があるわけで、それだけに、いつも、客觀性といふことを重んじなければならない。この客觀性を意識することそのものが、新しい前進への位置を示すことになる。そこで、批判や批評は、理想的に言へば、曲折と交錯の裡に、絶えず、進歩への指標をあらはしてゐるものなのである。

日本の敗因の最大は、内部批判を抑壓したことにある、といふことは、今更説明するまでもないだらう。過去十年餘の、暗黑に封ぜられた、我々の文化の蒙むつた損失を速かに囘復するためにも、批判または批評は、徹底的にやらなければならない。

それと同時に、我々は、現代詩といふものの歴史を、もう一度檢討してみよう。戰爭中、中世の宮廷文學や維新の志士文學をかついだ右翼主義の詩人たちのために、我々のいま有してゐる、詩の「近代性」が、不當に否定されようとしたことを、新たに憶ひ出すからである。あのやうな右翼主義の詩人は、これから、どのやうな行動を取るか、興味深い問題である。それは別として、何と言はうとも、現代詩は、明治以來、日本の近代化と共に、いつも、最も鋭感に、世界の動きを感受してきたことは、確かである。幾多の過誤もあつたであらうが、詩人たちは、いつの時期にあつても、世界的な眼をもたうとする意慾を抱いてゐたのだ。

この意慾が、詩の精神なのである――そして、その中に、私が以上に辿つてきたやうな自覺と批判が、絶えず交互に働いてゐなければならない。私は、批評家としてでなく、詩をみづから創る者として、さう信じるのである。

さればこそ、このやうな批判によつて、詩は一方で、文化にも連結されるのだ――何故ならば、それは、明かに、詩人の思想の擴充だからである。

佛蘭西の女流詩人達

梶　浦　正　之

アンドレ・ビイに從ふと、一九〇〇年代に於ける著しい現象は、一群の女流詩人が燦爛の詩華を開花した事である。同年代に輩出した裡の主たるものは、ノアイユ伯夫人とリュシイ・ドラリュ・マルドリュウスとである。浪漫派時代以後、詩壇の潮流は多くの變遷を經て來たものの、詩作の條件はすべての詩派を通じて女性の文才を伸張するのに適してはゐなかつた。何故なら高踏派は餘りにも峻嚴な風格で、象徴派も餘りに理智的、且つ抽象的であつたから、これらの詩派は、女性の感受性を困惑させ反撥して了つたからである。この頃、突如出現した本然主義《ナテユリスト》は、その宇宙即神性の理論を以て全詩壇を席捲したのである。この際、社會的乃至知性的に次第に解放された女性達が、踵を接して此の詩派の圓舞の曲に參加せんとする傾向を帶びて來た事は、眞に驚歎すべきである。

現代佛蘭西詩壇女性の代表者は何と言つても故ノワイユ伯夫人であらう。夫人は惜しくも一九三三年春物故して了つたが、彼女は世界女流詩人の明星と仰がれ各國に多くの熱烈な讀者を有してゐた。漏れ聞く處に依れば、晩年最早老齢に達するも未だ鑁鑠として何時あつても潑剌たる雰圍氣を漂はし永遠の青春に生きるが如くであつたと謂ふ。夫人の父はルウマニアの貴族で母は希臘貴顯の出であつた。一九〇一年に處女詩集「無限の心境」を出版し、一躍抒情詩人として認められ、次いで一九〇二年「日月の影」を出した。その作風は、生の歡喜、戀愛讃美、その他自然の美觀等に關する情緒を敏感な才能と熱烈な情熱とをこめて歌つてゐる。一九〇七年に、詩集「久遠の力」を、更に物語作として一九〇三年に「希望の使」、一九〇四年に「驚異の顏貌」、一九〇五年に、「支配」を續刊してゐる。かの有名な「青春」の一篇は詩集「日月の影」に納められてゐるもので、至醇頗る優美な抑揚の言葉の流で覆はれてゐて、あの永遠の青春の把持者であつた夫人すらも消え去る青春の姿を切々と想ひ煩つてゐる。この詩は各國に譯されて多くの愛唱者を得た。

　ノワイユ伯夫に次ぐ重鎭はリユウシイ・ドラルウ・マルドリウスであらう。彼女は一八八〇年、ノルマンデイのオンフウルに生れ、鄕土と東方との二重の熱情を歌ひその詩格は大膽にして華麗、しかも美しいデイアナの歩行を想はせる魅力に溢れてゐる。彼女は「あゝ、永久に癒えざるわが鄕愁」と歌つて心の故鄕東方の諸國を遊歷しつゝも尚ノルマンデイを想ふのであつた。詩集「西方」は一九〇〇年より一九〇一年に到る作品を納めたものであるが其の風韻ある獨自な詩風は詩壇の好評を以て迎へられた。次いで一九〇二年に「感激」を出版したが、これも前著と同樣の作風を含有してゐた。「露しげきノルマンデイ、牛あそぶ荒野……」と詠じた「地平線」は一九〇四年に出版された美しい繪畫のやうなノルマンデイの野を題材としたものである。この素朴な自然の美に輝いた野も、いまは戰亂の無殘な荒廢に曝されてゐるであらう。アンドレ・ビイは彼女の作品中に强烈な農夫「かの丸太棒よりも節くれ多くもつ力强い」生活に、なごやかな果樹園や麥や林檎酒や家婦の生活を織り込むことの鑑賞眼を幾分非難してはゐるが、この生活上の二素材を聯想せしめることは必ずしも不調和ではないであらう。唯、彼女は女性の本質的なものから大膽にも一歩出て見た迄であらう。かうした傾向と現象は女性詩人の各國に普遍的な共通性を有つものと考へてもよいと思ふ。尚、彼女には異國の印象を歌つた「舳人形」（一九〇八年）の詩集がありその他小說戲曲等にも熾に指を染めてゐる。

　それからアンリ・ド・レニエの未亡人であるジエラアル・ドウヴイルは一八七五年十二月巴里に生れた。彼女は有名な「鹵獲品」の著者エレデアの第二女であり、ジエラアル・ドウヴイルなる假名の下に發表した三つの物語本に顯れた典雅な魅力とスタイル、純眞な用語、非常な快活味に躍るハルモニイ等々が世の好評を得る處となつた。稍々パルナシアンとマラルメとの影響を受けたものであつたが彼女がレニエ夫人として始めて發表した詩篇は「レビウ・ド・デユモンド」誌上に於てであつた。

大戰に斃れたある若い息子を想ふ美しい散文「亡息への祈り」に依つて愛國詩人の名を高からしめた、ジヤンヌ・カテユル・マンデス夫人は一九〇四年に詩集「魅力」を出版した。眞情の流露と魂の飛躍とを歌つた作品に充ちてゐる。次いで一九〇九年には「華やぐ心」を出し、これはその詩格に一段の錬磨が施された爲に稍々生硬な嫌もあると謂はれてゐる。

それから女性としては全く異數に屬する率直大膽な聲調を以て戀愛の烈しい情熱を歌ひまくつた「君に捧ぐる書」「夏の額」「山頬白の唄」の著者マルグリツト・ビユルナ・プロヴアンがある。更に官能的な女流エレヌ・ピカアルには自然の魅力と人生への飛躍とを歌つた「われら最早森に赴かず」「截斷された月桂樹」（一九一一年ー一九一三年）「壁甃」「久遠の瞬間」（一九〇六年）等の著がある。續いて母性愛の詩人、女性らしい角度から家庭の煩悶や葛藤を歌つたセシル・ペランは詩人ジヨルジユ・ペランの夫人で「生活《たつき》」「輕い靴下」「囚はれの女達」等の著がある。ペラン夫人と同様な詩風で稍々纖細な筆致を有する「待てる女達」の著者ベルドリエル・ベスイエエルがあり、更に獨自な地步を以て進み、些の模倣をも持たないマリイ・ノエル夫人は「歌と時」の著で知られ、その優秀な詩才は稍々赤裸々で粗雜な單純性を帶びてはゐるが、非常な個性的な女流として評價されてゐる。現代女流詩人として尙謂ふならば、動物文學と社會的ノスタルジイで著名なコレツト夫人（一八七七年サン・ソオヴウル生誕）も擧ぐべきであらう。更にポオル・ヴアレリイの賞讃で聞えた異國の大和撫子キクコ・ヤマダがあり、この女性は歸國してゐる筈である。アンリエツト・ソオレ、マリイ・ドホゲ、セシル・ソバアジユ、エレエヌ・セガン、マリイ・ルイズ・ヴイニヨン、ジヤン・ドミニツク、アンニイ・ペレ、更に亦閨秀小說家として「われ一人のために」「美人と野獸」で知られたアンドレ・コルテスと特異な幻想的印象派畫家で詩も書くマリイ・ロオランサン等々華女濟々として枚擧に遑がない程である。

最後に、米國に於て一八七七年英系米人として生誕した女詩人ルネ・ヴイビイアンの名を擧げて置かねばならない。彼女は象徴派の神祕性と希臘主義の典雅調との混和した英國風の女流として知られ、その異常な才能は、優美なる容貌と理智的な特性と相俟つて、彼女に近づくすべての男女を征服せずには置かないと謂れてゐたが、不幸齡若くして逝去して了つた。「研鑽と序言」（一九〇一年）、「殘灰と遺骸」（一九〇二年）、「降神術」（一九〇三年）、「盲目の美女神《ベニユウス》」（一九〇四年）等の詩集は、いづれも格律の豐滿性と詩境の典雅性とを以て好評を博したものである。彼女は文學上の仕事以外、現實生活にあつても、人生と戀愛とに對して人並はづれた特異な態度を以て向つてゐた。當時彼女の影響の下に多くの模倣追從の女性をさへ生んだのであつたが今は最早彼女の名さへも忘れられやうとしてゐる。彼女には前記以外、「消えた烜火」「船の風」等の著もある。

すべて之等の女流は第一次歐洲大戰後殆ど筆を折り、現在活躍してゐるものは寥々たるものであり、さらに、この度の大戰後は如何なる現象を示してゐるかは未だ何らの情報にも接しゐないので述べる事も出來ない。第一次大戰後の傾向としてアンドレ・ビイは次のやうに述べてゐるが、將して今度の大戰後の女性の動向も同一經路を辿るか否かも疑問である。大戰は女流詩人の詩想に致命的な影響を與へたのであらうか、又は以上の女性は謂ふべきことを凡てしやべつて了つたのであらうか、とまれ現代の詩壇は女流に尙多くの期待を懸けるべき時期に逢着してゐることは事實なのである。現在既に著名である女流連には、すべて近代女性の思想感情に稍々順應した或る感傷的浪漫主義の色彩が仄見えるのである。

（二三の代表女流詩人の作品は別掲）

（二十七頁より續く）

特に同氏の支那古藝感覺を購ふ要もないことを考へ、共著の書であるが、出來たら杢太郎君の書いた分だけを買ひたいと返事したが、本屋はそれは出來ない相談である、一冊を買つて貰ひたいと云つて來たので、更に推し返して是非とも杢太郎の分だけ欲しい。本を分解して綴ぢ直す費用は一切當方にて負擔するからさういふ本を造本してとどけて貰ひたいと申込んだがついその儘になつてしまつた。

木下杢太郎と畫家の木村莊八共著の「大同石佛寺」を、木下の分だけほしいのであつて、木村なんかのは不用だから、半分にして製本してよこせなんて云ふ、此の我儘なところを私がもつとも嬉しがるのである。

ロマンチックな夕暮

（マチウ・ド・ノワイユ夫人）

梶浦正之譯

ながき長き夏よ
夏の日の惠《めぐみ》に向ひ力強くも戰つたが
竟に夏に敗北《まけ》てしまうた
この夕暮、疲れはてたわが身の爽快よ。

かの薄暗いリラの花影、
かの優しき橡の木蔭、
その側に歩を運べば
夏の日に抗《むか》ふ氣力は消えて
やさしく素直《すなほ》にあれど何處《いつこ》ともなく魂ささやく。

なべては私を惱まし、また疲らす。
流れ雲かるく顫ひ
慾望の想《おもひ》は亂れがちに

ゆるやかな笹舟のやうに、靜かなる夜を流れる。

汽車は過ぎゆく、赫々と喜びに燃えつゝ
あたりの空氣は響く。
破れ死に赴くかとも覺える神經なれど
何とはなく、また生きゆく望の浮ぶ。

あゝ、こんな夕暮にこそ
わが肩によりかゝる若き男の胸が欲しい。
柳の影よりもロマンチックな
私の懶《ものう》い疲《つかれ》を、あの人は吸ひ受けようぞ。
そして私は彼の人に語《か》らうと思ふ……

――お誘ひになつたのは、貴下《あなた》ではありません、あの夜の風情《ふうぜ》なのです、あの夜が、私の胸を鳩の
やうに張らしたのです。

――だが、貴下《あなた》は黄金《こがね》色に燃える血潮や無限の陶醉や骨身《ほねみ》に響く肉慾の惱みを受けるには餘りに若
かかつたのです。それ故私は夜にのみ、これらの惱みを訴へるのです。

――すべての樹々は鋭い感覺にとがつて
すべての夜はうち解《と》けて

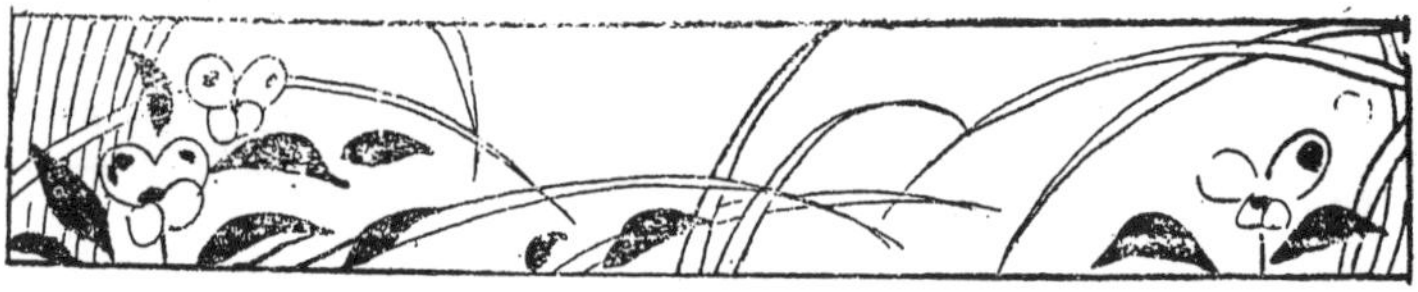

啜り泣く聲は煙のやうに天空へ昇つてゆきます。

――美しい夜をのみ讃《たた》へるのは止さう
わたしが傷ましくも惱み求めるのは
貴下だけなのです。
狂ひ叫ぶ脣、消えゆくやうな心……
わが愛する人よ、
泣きぬれて、唯泣きぬれて……。

忘却の海邊

（リユウシイ・ドラルウ・マルドリウス）

銀の皮膚の影に坐る小猿
あたりは一面の海の波肌
白い矢帆が微笑《ほほえ》むのも束間《つかのま》
もう夕雲が碧い空に掌《て》を擴げた。

おし沈默《だまつ》て女達は歩きまはる……
踏まれた蟹の眼玉が微《かす》かに動く……

パラソルは娥の翅ばたきに閉ぢ
かくて若い男女は忘れてゆく
甘い言葉の華と激しい戀の炎を。

たゞ海の波肌に蒼黝く光るものは
追憶《おもひで》の夢と、現在《いま》の吐息と、未來の月と……。

比喩の華

（ジエラアル・ドゥヴィル）

軟かい驢馬の背毛《せなげ》に
かくされた優しい言葉……

さらされた無名詩人の貌
かくされた三法《フラン》の財布の香……

充血した牛の瞳をさける乙女
迫つて流れる虹の呼吸吹《いきぶき》が美しい。

やるせない驢馬の旅に似て
生活《たつき》にかけまはる人に似て

そして殘つた殘滓《かすがら》の美學
そして消えた愛の靜冷酒

身投

（ジャンヌ・カテユル・マンデス）

それは蜜蜂の翅音にも似た群衆の
寂しい雜音《ざわめき》の起る夕暮……
乾く心に銓諦《あきらめ》の力を求め
セエエヌの河邊《ほとり》にたたづむ女

やがて病葉《わくらは》のやうに姿は飛んだ。
嵐の中に、雨霧の隙《ひま》に
茨の道に似た大人間《おとなびと》の心の鬪《いくさ》よ
不滿の花火が幻の花となつてセエエヌに浮ぶ母親を失つた女童《こども》は並木に泣き聲の炎をあげる夕暮……

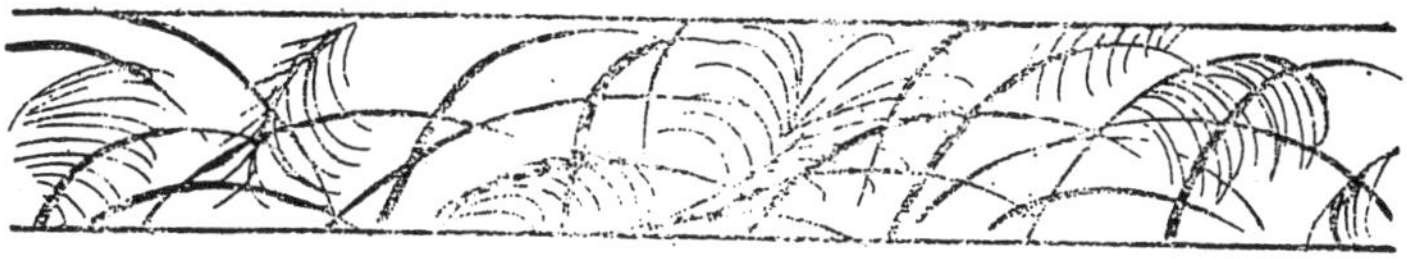

夏

（マルグリット・ビュルナ・ブロヴアン）

妾《われ》いま一枚の紙に綴らんとす……
黄金《こがね》に燃ゆる日向葵《ひまはり》の花瓣のごと
肌あらき君が頬を。
雲母《きらゝ》をも溶かす　熱の鐵火のごと　爛々と輝やく君が瞳を。

妾《われ》いま一枚の綸布《かんばす》に描かんとす……
豪雨と暴風を小兒のごとあしらふ
腕つよき樫の木に似る君が胴身《み》を。
猛き獸らを八つ裂きに仆ぶす
かの巨猿《ごりら》にも似たる君が烈しき心を。

開ない貝殼

（マリイ・ロオランサン）

力が足りないのでせうか
氣がすぐれないのでせうか
どうしても開《あか》ない一つの貝殼《かひがら》
光り輝やく眞珠など
神様、妾《わたし》は望んではゐませんのに……

竹

塩野筍三

竹の靑さを愛す。
竹の直ぐなるを愛す。
竹林のぬくもりの中に居て
竹の冷めたさを愛す。
瓢々として空を散歩し、
地下莖はどつしりと根を張り、
節あれど、そのたをやかなるを愛す。
雀はその枝々に群れ、
山鳩は竹林に巣食へど、
寂として天を指さす竹
竹の孤獨さを愛す。
貧しき小さき家をめぐり、
しぐれの音を叩き、
風の哀しき口笛など吹く、
竹のいぢらしさを愛す。
時に雄辯に

時に默して
悠々とし、自若たる
竹の哲理
竹の冷徹さを愛す。
きめ細かく光りて
膚うつすらと香り匂ふ
竹
竹の馥郁たるを愛す。
清潔にして、透明
虚にして、傲らず、
あしたに風を呼び、
ゆうべに雪を呼べど、
竹、まこと毅然たり。
われ、竹の青さを愛す。
われ、竹の直ぐなるを愛す。
われ、竹の冷めたさを愛す。

（一月二十九日作）

エッセイ

斷片

阪本越郎

この頃になつて、やつと、僕は自分をとりもどしたやうな氣がする。或る日、驛から眞直くの銀杏並木を歩いてゐた。枝々にはもう葉はなく、その網の目のやうな細枝の間から青空がくつきりとのぞいてゐる。美しい早春の青空。僕はそれを見ながら、しづかに落葉を踏んでゐた。僕の靴の下でかすかにくだける枯葉の音。——僕はこの時自分を感じた。自分がここに居り、さうして落葉をふんでゐることの幽かな自覺。孤獨なる自分を、その交錯する銀杏の枝影に感じた。自分が自分を客觀出來る——僕はだんだん精神的傷夷から恢復してゐるのだと。

雜誌「文藝」第九號（昭和二十年十月發行）に出てゐた、武者小路實篤氏と志賀直哉氏との間に交はされた手紙の中で僕を打つた一句がある。九月十九日（だから、もう終戰後である。）志賀氏から武者小路氏に宛てた手紙の中で、「空襲のある頃一體蟲は鳴いてゐたかしら。」といふ言葉だ。ただそれだけだが、考へてみると、戰時中の記憶は忙々として、あてどもない。まるで聾者になつてゐたやうなものである。

自然に復れ……まことにさうである。常に新たに立復《たちかへ》らねばならぬ地域は「自然」である。僕等の外部の自然が美しい。それを美しいと感ずるのは自分の內部である。自己の外に自然を見出すことは、自己の內に自然を感ずることである。絕えず到る處に自然物はある。恐らく自分の死後もそれはあるであらう。だが、この瞬間に於て、自分の見る自然は自分のものである。この瞬間の外的自然が恰好をつけられ形を與へられるのは、內的自然によつてである。さうして、この內的自然に最も美しい調和を與へるものが藝術であり、詩である。

作品が自然に近くあること……もつとやさしくいへば、自然らしくあること、すべての寫實主義はこの客觀化の上に立つてゐる。しかし藝術家は寫眞に滿足出來ないやうに、單なる自然の寫實に滿足出來ない。自然は、何物も孤立してゐない。選擇なく一切が連續する。藝術作品は、これに反してそれ自身の裡に孤立し、充足し、完全でなければならない。

作品、詩は一つの全體を形づくる。詩は孤立し、生き生きと安定してゐる。この藝術する意志はもはや自然ではない。それは自然の上に課する人間の確立そのものである。それは自然に對して位置を設立することである。――ヒユーマニズムは人間の内部において自然を服從させなければならない。自然主義は、これに反して、自然において美を決定する。

戰の渦中に投じた青年の情熱が大きければ大きいほど、その幻滅は烈しい。この幻滅のはげしさのために、精神は荒廢し虚脱してゐる。藝術の價値どころか、一切のものが顧られないでゐる。時代の精神は建設的ではなくて破壞的である。その寄與するところは積極的でなくして消極的である。僕等は何よりも精神の自由を恢復しなければならぬ。藝術においても亦精神の自由を恢復しなければならぬ。外部的自然と同じく、僕等の内部の自然も亦荒廢してゐる。今日こそヒユーマニズムが必要なのである。或ひは理想主義といつてもよい。人間の善意を打ち出さねばならない。

多くの青年達が、あの恐るべき精神虐待の時代を經て來たのである。人間性に對してあまりに酷薄だつたあの時期から早く自分を取り戻すことを、僕は祈らずにはゐられない。否、多くの青年達には、餘りに殘酷な時代に粗野に馴らされてしまつてゐて、精神は荒れてそそけだつてゐるため新しい自由の光が闇から出た者のやうに戸惑ひでしかないかもしれない。しかし僕は人間の精神を信じてゐる。精神が自己を設定し、悟性がその粗野な習慣を靜め、理性が明るいエスプリの朝に目覺めることを。

藝術……詩……均衡《バランス》のとれた微妙な精神、自由なる精神の土臺の上にあるこの秤《はかり》は必要である。それは内部において自己を確立することである。何故なら藝術は、活動してゐる完全な個性を要求するからである。

若い詩徒に送る手紙

伊波南哲

愛するＹ君。

御親切な御便りと鎌倉文庫二輯（志賀直哉）雜誌〝人間〟の御惠贈をどんなに悦んだことか。

純情と愛をもつて綴られた貴君の御便りを拜見してゐると、生きてゐることの悅びをしみじみと味得させられます。詩とは何ぞや。先づ人間です。詩以前に人間でありたいのです。人間の善し惡しに依つてそのものの詩藝術は答へを出すでせう。結局人間の純情と愛こそは、そのものの藝術を永遠のものたらしめるのです。

だから、誌的表現を單なる技術面のみでその詩人をみることなく、その背後に波打つてゐる人間性――根强いあるものを見究めることなしには、藝術の評價ができないといふのもそこからきてゐるのです。

さて、今度の貴君の詩ですが、この前の作品に比べて、見おとりのするのはどうしたといふのでせう。この詩はいくつかの要素で組み立てられてゐるために、まとまりがなく、がたがたした感じを與へます。そこで私は丹念に「運命」に就いて吟味いたしましたが、結局、無駄な言葉使ひのあることを發見しました。

そこで、それらの夾雜物をふるひ落してみると、左のごとき詩になるのです。したがつて、「運命」といふ題も「戀」とされた方がよくないかといふ感じですが如何ですか。

戀

戀は悲劇となりて
惱みは人波の影をさまよふ
傷つきし心よ
いとながき戀の道なるかな
黄金なす夢はつもれど
底知れぬ淵に消え去るがごとし

貴君の原詩と照合してみてください。一字一區言葉の使ひかたが訂止されてゐる筈です。

高村光太郎氏など昔、詩誌「明星」に原稿を寄せたとき、與謝野鐵幹氏の朱筆で、自分の詩が僅かに十字ほどしかのこらなかつたといふ述懷をしてをられるくらゐで、詩の修業時代は常に謙虛に先輩の意見に耳傾ける享受性こそ、その詩人を大きくするのです。私は貴君に對しては尠しも遠慮しません。

貴君を偉大な詩人たらしめるためには、お互に勉强しながら、感じたことを卒直に語らうと思ひます。

佐賀高校にゐるＲといふ若い詩人が、私のところに盛に詩を送つてくるのですが、彼は一種のニヒリストで、詩も大半がニヒリステックなそれでゐて戀愛と失戀を歌ふことで終始してゐるのです。

彼の世代と若さで戀愛を歌ふことは當然ですが、私は彼に、左のやうな忠告をしてあげました。

「戀愛詩もよいが、君の若さで戀愛詩のみを歌ふことは警戒した方がよい。なぜといつて、戀愛詩といふものは、もつと年をとつて、詩的思藻と技術の圓熟したときに歌つてこそ萬人の戀愛詩となるでせう。いまのままではくさみが鼻についていけない。ひとりよがりの氣狂ひじみた戀愛詩を讀者は眉をひそめないでは讀めないでせう。

年をとるといふことは詩人としての修練に磨きをかけ、情熱を沈潜させ、魂を掘りさげることです。」

K君は、悪夢から醒めたやうに、私の忠告に從つて、新らしい心構へで詩を書きはじめたのは嬉しいことです。

このごろ岩佐東一郎、長田恒雄、安藤一郎諸氏などから、盛んに御便り頂きます。新潟の淺井十三郎氏からも雪の便りを頂きました。杉浦伊作氏に長い手紙を書いたのですが一向に返事なし。「現代詩」編輯で忙しいとは思ふが、そんな友情ではなかつた筈です。鹽野筍三氏の近況を知らせてくれて有難う。淡路國民學校宛に三回ほどお便りしたが、これまた返事なく懸念してゐたところです。

鹽野の住所をおしらせください。

雜誌「人間」はこちらでは手に入りません。實は新年の宴會のとき火野葦平氏のところで頁をめくつてゐると室生犀星氏の素晴らしい詩を發見して、一部手に入れたいと思つてゐたところです。

ほんとにありがたうございました。鎌倉文庫は友人がくるたんびに手にとつてみるので、その都度君の友情に就いて私は演說をすることになつてゐます。貴君の温い友情の手が、私を中央の香り高い文化と常に連繫させることを感謝してゐます。

沖繩集團疎開學童慰問講演の旅から歸つてくると、貴君の懷しい便りと小包が私を待つてゐたので、どんなに感激したことでせう。

こんどは坪田讓治氏、佐々木すぐる氏、宮尾しげを氏などと行をともにしました。

では貴君の御健筆を祈りながら、たのしい御返事の頂ける日を待ち佗びてゐます。

追而　Y君!!　貴君への手紙を封じようとしてゐるところで、杉浦君から懷しい手紙が屆きました。然かも長い手紙です。やはりかけがへのない友人です。

一つの指標

——期待される詩人に就て——

寺田　弘

最近ある仕事の關係で、終戰後の日本詩壇に期待さるべき詩人の輿論調査を行つた。最も調査そのものが主要目的ではなかつたが、結果に於て、少くとも終戰の深刻な苦悶を克服し新たなる新生詩壇の確立を目指して立上るべく努力してゐる詩人の中で、誰が期待さるべきかと云ふ概念的ではあるが、眞面目な聲を聞くことの出來たことは、混沌としてゐる今日の詩壇に一つの道を示す指標にもなるやうに思はれて面白かつた。

所謂愛國詩によつて、詩は大衆のものとなつた感があつたが、それによつて詩の本質は歪められ、純粋性は稀薄となり迎合的、三面記事的怒號と化し、徒らな文字の威嚇によつて品性は極度に失はれた。詩は大衆の前に脚光を浴びて浮び上つたが、それは決して本質的な姿ではなかつた。

終戰と共に、詩人は一様にまるで虚脱したかのやうな沈默をまもつてしまつた。中には早速便乘的急轉換をなし、僞造りの民主主義を振廻した詩人もあつたが、大部分の詩人のそれは恐らく反省と自責の良心的沈默ではなかつたかと思はれる。

然し終戰後の再出發に、いさゝか出足を鈍らせた詩人も漸く腰を上げたかの感がある。各詩誌の創刊、は復活華々しく傳へられ、二十に近い詩誌の擡頭が豫想され、統制から解放された反動的群雄割據時代が、再び現出しさうな氣配にある。最も、現在迄に姿を現はした詩誌は、印刷や紙の關係もあらうが僅か二三にきり過ぎないので、全てを推測ることは出來ないが、然しそうした詩誌の新發足に際し各誌共期待を掛けてゐる詩人の顔振れを見ると、今回の調査の結果とほゞ一致する。これはやはり一つの傾向と云ふより輿論の正しさと云ふべきものではないかと思はされた。

この調査は大江滿雄、野田宇太郎、岩佐東一郎、長田恒雄安藤一郎、近藤東、寺田弘が中心となり、其他の堅實な中堅詩人に援助を乞ひ、今後の活躍を最も期待される詩人四十名の選拔と、今後を期待出來る新人の推薦とを調査依頼したものであつた。その結果、最高點を得た詩人は左の五氏であつた。

菱山修三、田中冬二、笹澤美明、坂本越郎、神保光太郎。

次が

堀口大學、岡崎淸一郎、北川冬彦、竹内てるよ、三好達治眞壁仁、村野四郎、城左門、藏原伸二郎、北園克衛の十氏。

次か

高村光太郎、更科源藏、伊東靜雄、安西冬衛、高祖保、竹中郁の六氏。

次が

山本和夫、菊岡久利、吉田一穗、野長瀨正夫、金子光晴、殿岡辰雄、木下夕爾、渡邊修三、杉山平一、大瀧清雄の十氏。

次が

瀧口武士、岡本潤、春山行夫、山田岩三郎、勝承夫、曾根崎保太郎、小林善雄、加藤愛夫、乾直惠の九氏。

次が

劉寒吉、川路柳虹、山之口貘、田中冬三、瀧口修造、百田宗治、淺井十三郎、伊波南哲、東郷克郎、仲村久慈、小野十三郎の十一氏。

次が

中山省三郎、佐藤春夫、杉浦伊作、前田鐵之助、小田邦雄、西條八十、臼井喜之介、伊藤信吉、大谷忠一郎、眞田嘉七、深尾須磨子、田木繁、丸山薫、江間章子、村上成實、佐藤一英、稻津靜雄、佐伯郁郎、宮崎孝政、永瀨清子、室生犀星、木原孝一、喜志邦三の二十三氏。

次が

尾崎喜八、宮崎丈二、潮田武雄、竹中久七、野口米次郎、大木實、大島博光、山中散生、火野葦平、江口隼人、大木惇夫、扇谷義男、森三千代、馬淵美意子、中村千尾、佐川英三、島崎曙海、の十七氏。以下略。

以上のやうな結果になつた。この調査で注目すべきは今迄の所謂大家の影が非常に薄くなつたことで、西條、尾崎、野口、大木等の詩人が中譯的に名前を見せそれに反し、比較的新人が、相當の得點を以て輿論を擔つたことである。古きものは去り新しきもの興る。癌の如く牢固として抜くあたはざる地盤を築いてゐた詩壇も、漸く新風と共に一新すべき時機の到來した感がある。最もこの調査が完璧に正鵠を得たものであるとは思はない。既に詩から遠ざかつてしまつた感のある詩人も擧げられてはゐるが、然しそれらの人もこの新時代に再發足を促したい期待され得る人であることに異論はなからうと思ふ。又過評價された詩人もあると思ふが、總體的に戰爭中あまり媚態を示さず、節操を保つた詩人に期待がかけられてゐると云ふことも又、當然のことであらう。

次に、新人の推薦に就ては頗る困難の作ふ調査であつた。即ち原則として、既成詩人に伍して負けを取らぬ實力を有し舊文報會員に非ざる有爲なる新人をと規程したゝめ、推薦された名前は全く十人十色であつた。その中から次の十一氏を照介し、今後の期待を願ふとしよう。

木村次郎、田子靖、祝算之介、高田新、黑澤三郎、小野連司、橘田進、秋谷豊、平林敏彥、人見勇、八束龍平。

これら新人がいかなる進展を見せるか、は興味ある問題であると同時に、今こそ多くの有爲な新人は實力を發揮し舊套既成詩壇に新風を注ぎ以て詩の昂揚に努めるべきであると思ふ。（昭和二一・一・二四）

日夏耿之介氏の文字驅使法

杉浦伊作

此の年になつて、辭典に依らなければ、判讀出來ない文字があるかと思ふと、少々情ないが、日本文章學のややこしさにもあきれる。然し、それでゐて、その人の書く文章に魅せられて、愛讀しないではゐられない人が一人ある。日夏耿之介氏の文章である。私が無學のせいであらうが、私程度の無學さが、今日の大衆だとすると、日夏氏は、特別の學者にちがひないが、日夏氏だとて、昔からの學者ではない。學者にならうとして勉強した人らしいから、學者に別になりたくない私としては、日夏氏の前に、愚者として、恥入つてもゐない。

特別に文學にややこしい、嚴びしさを持つ日夏氏は、自分の平凡な姓名をも捨てゝ、六ヶ敷しい文字にしたらしい。本名は樋口國登だ。本屋の店頭で、「ひなつ耿《きん》之介の書いた本です」と云ふと、「ひなつ耿《きん》之介の本ですか」と本屋の主人も耿《きん》と讀んで、耿《から》とは知らないらしい。これ等も學者でないものの責任ではない。と同時に、學者である日夏氏にも一端の責任はある。姓名だけのことでなく、普通に書く文章に於ても、今日われわれが習得してゐる範圍内の文字驅使方に依れないものか。然し、日夏氏にして見れば、我々が無學で、日夏氏自身にして見れば、われわれ無學の者を對照に物を云ふのではない。日夏氏自身の常識で、又文學驅使方からは當然のことかも知れないが、國定教科書で教はつた文學驅使法で行くと讀めない（ではない、われわれが識らない）不便さがある。

から云ふたからとて、日夏氏に抗議してゐるのでも、詰難してゐるのでもなく、私の無學をさらけ出して、私は今、勉強するために辭書を引いて、讀んだ字を次にあげる。別に、これ等の字を辭書から一一ひかなければ、文章の解釋がつかない譯ではないが、一般の文字驅使法といささか違ふところがあるから參考にあげる。

テキストは「蕉眠文學隨筆」「風塵靜寂文」「詩壇の散步」「文藝」第十一號。詩集は除く。

この研究室の中で屢次づつ　（文藝十一號　木下杢太郎君の回憶）

屢《ル》次《ジ》（しばしば）であるが、普通今日の人々ならば「しばしば」と書くであらうし、屢次づつ、づつの如きおくりがなは日夏氏の文章に時々あらはれる。

良久く逢はないで居たら　（同）

良久く＝は、ひさし（久）日去ノ意、永し、の意味で、普通の人には、單に、久《ひさし》くであらう。良の字を附加するの典據を私は知らない。勿論國文學者には問題外の事であらうが。

今は辟世の庵居中故　（同）

辟　ヘキ、ヒヤク、きみ（天子諸侯の稱）ひらく（闢）とあり、熟語は、辟王、辟公、辟池、辟易、辟書等はあるが辟世は、大槻の新譯漢和大辭典には、類語にもない。どう云ふ意味であらうか。へきせと讀むのか、然しこの言葉は大槻の言海にもない。

詰らぬ角度から

つまりは詰で、ツマル事。フサガリ。ツマル處で、詰らぬと詰の字を使用すべきであらうが、今日の作家では、大方の人々は、つまらぬ角度からと書いてゐる。つまらぬ詮議か。

勿論物に觸れて鈍く淺間な感じであるが（同）

淺間　およそ三十ほど、淺の字の附く熟語はあるが淺間の文字は出て來ない。なんと讀むのか、私には判斷がつきかねる。讀者で判讀出來たら、私に敎へてほしい。

メートル法已前的文士らに氣障がられもしたが（こんな低級が俗文士のなすわざ）（同上）

それから已後のことであつた。（同上）

これよりのちのことなら、普通以後（大槻の言海による。）と書くが、已後と書くのは、日夏氏の特別のくせらしい。だが、巳はシ、ジでみ（十二支の一）で、イ、已上、已後ならば、已であるべきである。（日夏氏のいやがる誤植であらう。）

古巧藝の鑒賞（同上）

古巧藝は別にまあどうとは言はぬし、鑒賞の鑒（カン、ゲン鑑に同じだ）一寸博學振りか。

予がそれを商估に勸めたのであつた。

商估の估《こ》は店の意味であるが、これは支那式にかう書かゝれるのであらう。

この外に、知悉してゐたことであつた。それは思索に慣れたる己が。自ら撓さむとする。その賞鑒の背後周邊に搖曳磅礴してゐる。予と芥川君とを斥すのである。と云ふ文字なぞを使用してゐる。十枚位ひの原稿に、私のアンダーラインは、二十數ケ所あつた。こんながつさで、無學者の文章を讀むと、日夏氏は、ひんしゆくして、あはれみさへもよせられないであらうが、私は別にどうのかうのと云ふのでなくて、此の年になつてもまだ、かうして勉强もする熱意のあるところを一寸示したまでのことである。

かうしてまでも、私が日夏氏のエッセイを讀みあさるのは文壇の正宗白鳥の如く、いいたい放題のことを、ずけずけと言ふところにある。以下私が、快心の微笑をもらして、日夏氏の文章を愛讀するの條を次に示すと。

（私にもこんな氣持があつて好きな本だけを藏書するので）

併し予は木下君の故巧藝感覺を買ふ事に躊躇はせぬが、畫家木村（莊八）氏はその昔白樺末法の莫迦に元氣のあらいニキビ面の青年美術家美術史略述家としか知らなかつたので、

（以下十二頁へ）

文藝時評

新らしからざる裝ひ

山崎馨

いま高見順文學が淺草の古巣にかへらんとしても、燒ただれた淺草には、文學の古巣さへみあたらないであらう。かくのごとく日本の文學者は、戰爭に疲れたる足を引きづりながら、いまだ嘗つて實現されたことのない最も崇高な人類の夢をみながら宿なさがしてゐるのである。

現實はほとばしる急流のごときものである。次から次に新らしくそして意想外な言葉をもつて人間を自由にしてすゝんで行く。ことに政治の急轉する情勢は、息をもつかせぬ切實さをもつてあらゆる既成の概念や生活の地盤をおしながさればやまない激しさである。文學もかくのごときではあるが、そこには何らの主義的概念がない。しかし、このことを結論するよりさきに、むしろかゝる結論に導かざるを得ないところの、文學的現實について考へてみなければならないであらう。なぜならば、何ごとゝ雖も一轉瞬のうちに成るものではないからである。戰後に於ける作品を見ても解るであらう。

高見順の「貝割葉」（新女苑）「陰膳」（光）窪川稲子の「成長」（青年）大林清の「山の舞踊家」（青年）和田傳の「老馬之智」（光）矢野朗の「雲のかよい路」（文藝）劉寒吉の「世間ばなし」（文藝）佐藤春夫の「すらばや」（文藝）牛島春子の「過去」（文藝）三島由紀夫の「菖蒲前」（現代）船山馨の「笛」（現代）織田作之助の「表彰」（文藝春秋）[illegible]木鐵の「宇治川の鵜」（現代）正宗白鳥の「『新』に惹かれて」（人間）川端康成の「女の手」（人間）林芙美子の「吹雪」（人間）里見弴の「姥捨」「短い絲」（人間・世界）永井荷風の「踊子」「うきしづみ」（展望・中央公論）志賀直哉の「灰色の月」（世界）

この外に「日本文學者」、「新生」、等に十五六の作品を讀んでみたものの、これらの作家はそれぞれ獨自な才能と氣質と志向をもちながら、しかもこれらの作品のなかには、聲高く語られてゐる新らしい精神それ自らが、その內部に於いて全く相反する作品の性格を感じさせるものである。しかもそれは今日突然生れたものであるから、現在の文學のなかに一部の存在を築き上げたにすぎないのであらう。このやうな激しい動きのなかで、文學するものにとつて、なによりも大切な心構へは一體どんなことであらうか。

それは現實に足をすくはれない生命の構へを築くことであらうと

思ふ。

過去に於て、美文名文さ云はれた作家達が現在に於ける作品は實にびびたるものでただ書いてゐるのみにすぎない感がある。かゝる技術があくまで自己の進路を貫徹せんがためには、あまりにも壓倒的な變化が一日一日を支配しすぎるためであらうか。

一九三三年一月ナチスが政治權力の中心に登つたさき、それは同時にドイツ人の所謂內部的領域たる世界觀に一大轉換を與へたのであつた。特にドイツ婦人は大きな精神的轉廻を經驗した。玆に深い銳い衝擊さ偉大な感銘さを味はつた。この時、ナチス女流詩人エディス・ツエンカーはこの勞働奉仕《アルバイトデインスト》を一つの精神的感動さし、深い詩的經驗から次の如き詩を生んだのである。

突然私は自分自身から解放され
微塵に砕けてゆくやうでありながら
然も無限に巨きなものとなつて行くのを感じる――
私はごん〳〵巨きくなり限りなく膨れつつ
「我等」のうちに生成する……
おゝ一夜のうちに
御身は私を譬へる方なく豐かなもの
たぐひなく幸福なものとしたのです
……

かくの如くアルバイト・デインストは一つの電氣的變化をみせたのである。それがいま日本の文學には實にさびしい血眼の光りにすぎない。さきにあげた作品の中にも一つさして私の胸を打つものはないのである。

志賀直哉の「灰色の月」（世界創刊號）の一節をかりるさ、「もう少年工の事には觸れなかつた。ごうする事も出來ない氣持だつた」。私もその一人で、ごうする事も出來ないさ思ふのだらう。かくの如き現實が、あまりにも苦しいものであるごさく私の胸に淋しく感ずる言葉である。今、日本の人々がもつ氣持はかくのごさきものであらうか。もしかくの如き現在に溺れ一進も歩み出すことの出來ない文學者なれば、實になさけない事である。

志賀直哉の言葉の如きはそれは個人的な經驗を基礎さした言葉にすぎぬが現實の社會におよぼす昏迷は擴大してゆくのである。

詩人にありても勝田香月の「公憤語錄」（日本詩十一號）のごさきは詩さ云ふよりか、時事小唄的なるものさ云へるであらう。

かゝる現實の要請は貪慾である。爾自らを知れ――この言葉は現實のいちばん親しみやすい言葉でなからうか。明らかに、自分自らの限界を眞のすがたに於いて認知せんとするなれば、ペルナー・ハインツ女史の「我等」と題する詩如きものも生れるであらう。

一九二二年
總ては砕け飛び、微塵さなり、破れ去つた
如何なる屋根も最早や頭上になく
大地でさへも足下になかつた
如何なる光もなく
我等を護るべき凡ての家は打ち砕かれ
凡ての幌は引き裂かれた……

インフレーション、饑餓さ貧困、悲慘さ混亂と激動さ不安の大轉換期の作品である。文學者よ、詩人よ、長き休息は無用である。現實には私達の一番親しみやすい言葉が生れているではないか、それが現實に對する自己の心構であるならば、その激情のなかに自らを滅すであらう。

作家は常にその生きる時代の精神に敏感なものださいはれてゐる。しかし、その半面には、社會に著しい變動を與へる大事變さへ、文學に何等本質的な影響を及ぼさないのである。「神が打ち倒されたら、今度は社會が神になつた」さフロオベルの言葉のごさく、いま、日本の文學者に求むるべき與がなかつたさしたならば、永遠の休息は續くであらう。しかしながら私は、現在の日本文學者が、これら世代の作品を、申し合はせたやうに、世代から世代へと推移するごさき文學インフレの現象を露呈されるを望むのではない。ただ私は、今の日本の作品が、外國文學と足ふみのできない貧困の中にあるのを心細く思つてゐるのだ。

一つ敗戰後にあつて私の胸を打つた作品は、永井荷風の「浮沈」（中央公論第一號）である。この作品も、作品全體さしては、ただ昔にかへつたと言ふ作品にすぎない。しかし、こゝにはその拙さのなかにも現實に肉迫しようさする努力ははつきりさ認めることができるのである。この作品の中では單に作家の心熱が、描かれた對象のすみずみに浸みでるばかりでなく、同時に、その主題は、かならず深い現實の根につながり合つてゐる。永井荷風はかゝる意味で時代の表情の背後のものを摑んでゐるのである。

たしかに私は、この作品の女主人公から現實に對する女性の哀しみの姿を見たのである。肉體の求め、單なる肉體の解放のなかに、實に多くの女性は己が身を滅ぼされねばならなかつた。その弱さ、その焦慮、その苦惱を、ほさんご我々自身のものさして、共に苦しみ、共に焦らずにはゐられない。即ち作家の誠實が、われわれの心を摑み深くわれわれを感動させるのである。

さて私は、はげしく動く現實にたいして、あまりにも文學的新樣式に多くの期待を懸けすぎてゐた。

しかしながら文學するもの、心構が、過去と現在からの自己防禦である內にい、のであるが、それが現實の生活にふるへて、かの「頽廢主義に漂ふ不安、一脈の悲哀、空漠たる憧れ、落日の哀愁、貴族的憂鬱」をもつて、自己の文學に果す力を喪失するであらうことは確かである。火野葦平氏は「いまごろになつて、いくらか人心地ついて來るやうな魯鈍な私には、十五日を幾日もすぎないうちから新日本建設を論じ新事業の計畫をたてるやうな人々の俊敏な頭腦の組織さいふものに、ただ驚嘆さ羨望の念がわくのみであつた。君子は豹變するさいふから、私など全く君子たるの資格はないが云々。」さ皮肉を言つてゐるが、それは彼の力がないからであつて、いま日本の文學者が、疲れたる足に低迷するなれば、彼自身さして孤立した世界のなかにさぢこめざるを得ない彼等の生活觀の狹小さを反映するものである。私はここで日本の作家や詩人の缺點をいくらか指摘したが、しかしそのやうな指摘も今は決して早すぎるものさは考へない。日本の作家や詩人の精神は、疲れたる足を引ずり、未期的リアリズムの構想に墮ちこみ、虛妄の自信が背後から新文學的良心を脅かさんさしてゐるからである。（一九四六年二月）

—新人推薦—

散文詩 寡婦

安彦敦雄

ライラックの花の下ではその寡婦はきつと沼底のやうな瞳をもつてゐた。

その季節に、その花の下で、寡婦は幼ない毛虫を釘でつき刺してはその虫のもがきを熱つと見詰めくらす癖があつたが、その姿をひと目垣間みた男といふ男は、きまつて茫漠たる砂漠の奥深く埋めつくされる、己れの肉體を感じて果は生きる希望《のぞみ》を失つてしまふのであつた。

ある年のリラの花咲く頃であつた。

或日可憐な少年が寡婦のそんな姿をひと目みて胸に頬を埋めて以來、不思議な事には彼女の皮膚によせられた少年の唇の痕跡は何時しか醜い痣となり、みるみる身體全體がいやらしい腐されかかつた匂ひをたてはじめた。

そのやうな日日、寡婦は痴呆のやうに自分の肌に魅入り少年はところかまはず接吻をくりかへすのであつた。

やがてリラの花が音もなく散りはじめる頃がきた。寡婦はぢつと籐椅子にもたれかかつたまま笑ふやうにして死んでしまふ日の來るのを心ひそかに知つてはゐたのであつたらう。だがその日、少年は無心に口笛を吹き鳴しながら、散り落ちたリラの花花を彼女の身體に山のやうに積みあげ積みあげ――やがて花花の强烈な芳香に顔をしかめるとさんさんと花の山の上に放尿をするのであつた。

その夜季節外れの黄塵舞ひたち、朦朧たる中に、人人は視界を失ひ、巷では滿員のバスとバスとが衝突した。

—大陸詩集より—

—北川冬彦氏推薦—

隨筆

雪の明暮

更科源藏

元日から降り出した雪が、毎日々々五寸一尺と積り、十五日小正月の今日まで五尺以上の雪がのつしりとつもり、まだ今年になつて三時間くらゐしか太陽の顔を見てゐない。おかげで毎朝日課のやうに雪かきをして道をつけ、日曜といふと、屋根に上つて雪おろしをしなければならないので、二日くらゐ首が廻らないほど肩をはらしてしまふ、だが屋根からおろした雪で、小さな私の家はすつかり埋つてしまつたので、風が入つて來ないので、とても溫くなつた。

ところで、朝晩片道小一里もある雪道を歩いて務め先へ通ふのだが、夏は眞平な舗裝道路であるところが、雪道になるとひどく凸凹になる、それは吹雪によつて吹きさらしや吹溜りが出來た爲でなくて、氣をつけてみるとその凸凹はその道の兩側に住んでゐる人達の心の凸凹だといふことがわかつた。どうしてか知らないが、雪は多く夜のうちに降るやうだ、それで朝おきるとどこの家も道の雪かきをしなければならない、ところが自分の家の戶口から通りまでの間の雪を片付けてしまふと、あとは振り向きもしない人がある、表の通りは通行人が歩いて踏み固めればいゝと思つてゐるのである。さういふ家の前の通より低くなつてゐるところがあると思ふと、反對に高くなつてゐるところもある。低いところは家の前の道路の雪まではれて、通行人の爲に道をつける人のゐる家であるし、高いところは、自分の家の前の雪をわざわざ道路へ投げ出して、通行人の足を利用して、整理させやうといふ根性の人のゐる家の前である。街には大抵この三種類の人間が、平らな道に高低をつけながら、各々眞白い雪に深々と埋れて住んでゐるやうだ。

私の生れた釧路の山奥は、寒さは惡い醬油や酒の入つた瓶を割るほどひどいが、雪はあまり降らない、降らない年は二月頃までも降らない事もある、こんなになると山にある笹が寒さですつかり枯れてしまふので、年中馬を山へ放牧してゐる牧場では、馬の食糧難に頭を惱すのである。普通喜ばれるのは二尺くらゐで、このくらゐだとすつぽり雪に埋つて靑々としてゐる笹を馬がひとりで前脚で掘出して食ふのである、三尺以上も降るとそれが出來なくなるので、これも又雪の降らないのと同じやうに馬持ちの心配の種になる。然しこんな零下三十度にもなる寒中に夜も晝も馬を山へ放して今までやつて來れたといふのは普通の年だとこの地方の雪が、いつも二尺くらゐであるからだといふことが大きな原因をしてゐる。同じ北海道でも場所によつて積雪量がひどくちがふ、平年で五尺も六尺も積るところもあるし、一丈くらゐ降るところもあるが、そんな地帶ではそれに相當した冬の仕事があつて、いつもより雪が少いと仕事に支障が出來てこまつたといふのである。雪もその土地々々によつて普通より多くても困るが降らないと又困るのである。この頃そんな事はないが、昔は町でもが雪降らないと、除雪を仕事のあてにしてゐた連中の口が乾せるといつて騒いだ事もあつた。それは兎に角として北方人にとつて、雪はもう生活の敵ではなくて必要品になつてきてゐる。然し雪に關しては、全部が全部さうだとは言ひ切れない。吹雪などは今でもあの厚い冷たい不幸の毛布だといふことに變りはない。とくに釧路の方の吹雪ときたら、凍つた土までも削るやうに吹きまくり、凍つた土がむき出しになるところがあるかと思ふと、丘のやうに雪のつもるところがありで、土の出たところへ行くと馬橇の裏金がキー／＼と泣き出して動かなくなつてしまふし、積つたところは馬橇など泳いでも越せないのである。とくに吹いてゐる最中などは、吹雪に向つて歩くことなんか容易に出來なく、目もあけられないほど凍つた雪を叩きつけられたり、時々口を大きな手で押へられたやうにふさがれて、息を止められることがある。人の通つた足跡などは、十分とたゝないうちに吹き消されてしまふので、よほどなれた道でないと歩くことなんて出來ない。昔は人家もさうなかつたので、よく吹倒れといふ不幸があつた。その點、馬の方が人間よりも立派な感覺をもつてゐて、山に放してある馬は、吹雪の來るのを二日も前に豫感して安全な場所へ避難するし、道のない山の中で吹雪に包まれても、決して方角を失ふやうなことがない。乘つた者がそれを心得てゐて馬にまかしてゐると、間違ひなく家へ歸つて來るが、淺はかな萬物の靈長ぶるとひどいめにあふ、村道はこんな吹雪があるたびに、あつちへいつたり、こつちにまがつたりして春になつてみるとさんでもない畑の中を歩いたりしてゐる、とくに一軒家から道へ出る細道などは、あらかじめ道の兩側へ柴でも立てゝ置かないと、新雪の中を足先で、固いところを探り探り進まなければ、道からはづれて深味へはまつてしまふ、この柴をたてるのは吹雪いたときばかりでなく、夜など白一色でどこが道か見當がつかず、夜の來客などは家へ入つて來れなくて、「オーイオーイ」と道路で助けを呼ぶので、あわてゝ提灯をさげて迎へに出なければならなかつたりするが、柴があると、それをたよりに入つて來るのである。その點スキーは道を必要としないから、村ではもうスポーツでなくて日常の必要品である、放牧山へ馬を見に行くにも、狩や鮭の密漁に行くにも、さては郵便屋さんから、學校へ行く子供にいたるまで、二枚の板にのつて、兎のやうに自由に雪の世界をたのしんでゐる。

詩壇時評

詩の行方について
——友の誰彼に送る手紙

淺井十三郎

長い間失禮してゐてすまなかつた。別に他意あるわけではない。ただ自分の考へを一つの文字にうつすことがおつくうであつたと言ふよりむしろ文字の中に含まれる深淵が怖しかつたと言つた方がよい。手紙を書かうとおもつてもさて自分の意見を文字に置き替へるとなると十のことを一つにも言ひ現すことの出來ないみじめさをつくづくおもはねばならなかつた。

一つの現實から何を發見して行かねばならないかなどを全然忘却の底に沈めきつてしまつたのでもなかつたが時間はまつたく非情の貌で現實をどんどん走らせてゐる。私は私の非力と洞察に對して新たに批判を向けなければならない結果結極友の誰彼に對しても沈默を守らねばならなかつたです。

私は私の中を流れる（深い底の）淸水を求めてゐたにすぎなかつたであらうが、今日の新しい狀態が次々と日本の經濟的危機を露出してくると私は文學の限界と行動の制約を積極的に明日へ押しだして行くべきだと考へざるを得なくなつて來た。つまり國內に於ける〝人間の危機〟を今までとは又違つた意味である種の憤りと共に感ぜざるを得なくなつて來たのです。

日本に民主主義が正常に發達するためには今、形式的に流行化されんとしてゐるその形式主義的民主主義を驅逐して、責任と傳統を正しく世界の中に守れるものを育てなければならない。民主主義は何も各國のためにあるのではなく、世界人類の共同目的のために必要なのである。

今日日本の民主主義が寳物化されんとする危險に曝されてゐなければ幸であるが、何らの節操も責任も感ぜず口を開けば猫も杓子も民主主義を振り廻してゐる輕薄さを私は人民の名においても又民主主義の名に於ても許せないことだとおもつてゐます。これは單に民主主義のためのみならず日本の「人間」の問題です。過去數十年間特に戰爭中は人間から人間を奪つて、ほとんど零に近いまでわれわれの「人間」は壓迫せられて來た。そして今日敗戰と云ふ嚴しさの中で一擧にこれが解放されると事態は一應新しい世界を迎へつつある。だがこの喜ぶべき反面、日本の內部には又憂慮すべき幾多の事柄が發生してゐる。その操つて來るところは從來の政治と經濟と敎育の然らしめたところであらうがそれは、誠實に眞實を探らうとする積極的なものではない。即ち人間そのものの墮落が起きつつあると云ふことである。

原子爆彈の出現によつて人類のために知性の危機が世界の文學者たちによつて論議されようとしてゐる時、敗戰後の日本に「人間」そのものの危機が到來してゐることは誠に悲しむべき現象でなければなりません。

政治經濟文化の各面に渉つて政治への不信と不安にみちた然もそれらの背後にある非力と資本の獨占的温存の現象は一に人間の危機に對する國民的無反省と現實への盲從に順らされた好ましからざるものです。われわれの道は限られた貪慾者たちのために餓饑道にさまようことではない筈です。今こそ我々は文化日本として新しき世界を全世界に示さなければならない時です。徒に不安の底に沈潛して了ふことはせつかく與へられた自由を又眞實ならざるところの不自由にして了ふ結果に到るでせう。それは日本人民の恥辱です。われわれの道はわれわれの力で眞實なるものへの自由を拓らかればなりません。他人の開いた道を私一個のために拓かれた道だと誤信することは罪惡です。大いなる自覺、それが日本民族の運命を決するでせう。

私は私の不完全を覺悟しながら、與へられた現實の中からまづわれわれの人間性を呼び戻さればなりません。（ここ數年間私の詩と詩人の運動も一つはここにあつたのですが）たとえ十のものを一つしか把えることが出來なくても、その一つを十の世界に築きあげなくてはならない。

つまり不完全な私を現實の中からとりあげても、たつたひとつの許された私として、それを新な大きな世界へ移さればならない、完全なる現實へ移さればならぬ、私はすでに私でない普遍のさうした世界のために私は私の特殊個を誠實に實驗しなければならない。私はそのやうにひとつの生命を文學に再び與へようとしてゐるのです。

君は言ふかも知れない、さうしたヒューマニスムは一つの原型であつてつきすすめればさうした態度も一つの技術につきる、と。成程一面さうに違ひないであらう、私もそれには反對しない。だが一つの方法（技術）と眞實とは相異つてゐるべきではないと思ふ故にわれわれの文學に於ける現實の深さもその虛構の深さに起因するのではないか。最も大なる普遍への道はまづ人間精神の完全なる燃燒を必要とし、時間を超越したところの無限への感覺を絶えず要求する頂點がわれわれの技術に對する理解であらうと思はれる。

私は文學の夢とわれわれの現實への夢が人類の幸福にあることを土臺にして現實を考へこの手紙を自分の詩の行方に關係するものとして書き送るのであるが、私の言へたいのは文學の現實のみならず、この人間社會にとつて、人間の喪失こそ世界の破滅だと云ふことだ。單に技術としてだけでは考へきれないものを含んでゐると云ふことだ。

君はそこで「知性！」と言ふかも知れぬ、然しそれもよい、だが戰爭中日本の各雜誌、知識人が競つて知性について論議したことがあるが、そんな論議をする前に完全に人間を喪失してゐたことに氣附かなかつた日本の文化を思つてみたことがあるか。最も純粹であるべき筈の文學でさへ一つの支配勢力のために強制せられ、やむなく奪取されつつあつたではないか、知性！　それは人類の正義と幸福のためにのみあるべきではないか。わたくしは今、幾多の反省をくり返しながら、われわれはそれを自他共に正されねばならないと思ふ。

單に從來のやうに情緒主義、知性主義と言ふやうに區別すべきものでなくリアルを超えロマンを越え一層高度の現實を要求するところの文學でなければならない。我々の知性はそう云ふところにあるのではないか。

そして今後は人間が正常な位置に坐を占めて、充分人民の力によつて支へられた文學を育成する必要があらう、だが然し藝術は藝術以外の何物でもない。從來にもまして一層詩と政治のシュンゲンなる限界を必要とし、最も秀れた藝術のみがその限界をとりはづして行くだらう。つねに眞實にみち溢れ、一木一草に宇宙を表現するやうな藝術、最も具象的に、内部精神に充ちた、生にも死にも耐へうるやうな詩でありたい——そして——われわれは今後の詩に對して充分嚴正に反省と批判を持たなければならない。丁度われわれ農民や小資本を基礎とした人民の生産を主として（例へそれが大資本大生産に至るとも抜本的に經濟革命を强行する以外に日本の安定は當分樂觀すべきものでないと考へられるやうに我々の文學も又商品としての消費面のみよりも、まづ勞働の原動力たる人間に還つてくるべきであらう、と考へられる。

○

さて浮沈と間隙の多いこの手紙を今書いてゐるところへ或雜誌から「地方詩人を如何に育成したらいいか」と云ふ注文書を貰つた、われわれにも關係のないことでもないのでついでに書き送るが、實はこの通り私自身が地方の一詩徒であれば、この課題を「地方詩人は如何なる方法で學ぶがいいか」と謙虛に考へた方が解りよい。勉强は終生盡きるものでないが故にわれわれは絶えず出發の純粹を忘れてはならない。そして何を如何に學ぶと言ふことはすでに自律であるべきであるが、然し如何なる組織を通じて學んだらいいかと言ふことは充分考へればならないことだ。今後日本に藝術學院の一つ位ひ生れてもいいが、今急速にそれで學ぶと云ふことも出來れば、同人雜誌で學ぶもいい。だがここでは少し詩が解つて來てとやかく言はれだすと忽ち偉くなつて詩の怖しさを忘れて了ふことが一番いけない。互ひにその力量を競ふ立派な點もあるが、同志的な團結と詩の嚴格を忘れてともすると安易に流れると言ふ惡い點もある。又公平な批判を大衆からうけ秀れたものが伸び上つて行くと云ふよい點もある。これには外から公平に批判してくれる專門の、或は專門外の立派な人格に支へられた後援をもたなければば逆になつて終ふ危險も含まれてゐる。又一人の師を選んでそれを越えるまで、みつちり勉强すると云ふ手もあるが、これは正しい人格と力量ある師を選ぶことが大切である。その他獨りコツコツやることも立派であるが一番いけない方法は雜誌の渡り歩きと活字狂になることだ。要するに何處に基礎をおくかと云ふ生き方と人間の問題になるであらうが、やはり私には研究の上に系統だつた資料がないと言ふことが一番痛手である。何も詩は、理論や科學でないと言つて終へばそれまでであるが、そうした自然發生的にのみ凡ての進歩があるわけではない。人間生活一切の基礎の上に立つた文學を考へると、さう簡單には行かない。政治も經濟も哲學もみんな文學の中にあるべきだ。

最近續出する詩の雜誌をみても私の頭のわるさかも知れんがこれが詩だとして發表されたことに對してどうにも理解できないものが多い。私は雜誌を貰ふ度びに、まるで喧嘩を吹つかけられたやうに、或は遠路恩師が尋れて來てくれたやうに、むさぼりつくのであるが、さてそこから何も學べなかつたとなると妙な寂しさにとらはれ、友の一人一人を尋れまはり議論や勉强を得て來たく、矢も楯もたまらなくなるが、こうした山奥ではどうにもならず、こんな手紙を君に書くのがせきのやまになつて了ふから、せいぜい自已を讀み山野の草々に、それを讀みとるより外に方法がない。孤獨、それは又悲痛な運命でもあらうよ。せめてこの日本に權威ある詩人の大同團結が出來、作品の審査や批評や鑑賞を正しくしてくれる委員制の組織があり、テキストとなるべき機關誌でもあつて欲しい。(私は又その基礎となるべき生活擁護の詩人の組合があつてもよいと思ふ) それにしても詩が社會的にも文學的にも權威づけられなければ正當な批評は望めない。それはこれからの詩人の責任如何であるが、今後新日本の文化に詩が不動の地位をもつことは世界文化の上に日本の詩を權威づけることに通じるであらう。我々の勉强も質的にはそこへ結ばれて行くものでなければならない。

私は大體そのやうな意味のことをその雜誌へ書き送らうと思つてゐる。が我々の農村に於ても未だにこうした類の文化運動の一端にさへ頑として抵抗しようとする封建性の存在することは悲しい。

○

さて最初に危惧した通り十のものが一つにもまとまらずに終つて了つたやうだが――人間の危機はどうしても我々の文學の現實の上に於ても又日常社會に於ても克服しなければならない問題であり、眞實は主張すべきだと云ふ方向に深く詩の行方も横たはつてゐると云ふことだつたです。まちがひは間違ひとして正しく讀みとつて下さい。今年は稀有の青天と小雪に惠れて二月二十日の今日積雪僅に七八尺です。

終戰の日北平で書いた詩

池田克己

そのとき
大陸の崖うらにゐる奴の顔が
そのとき
南の見知らぬ渚にゐる奴の顔が
火花のごとく
眼頭を走つた

それから
無數の無數の
日本人の顔が重なり
疾風のごとく
怒濤のごとく
眼頭を走つた

○

あゝ

この日の空や
この日の樹樹

われら忘れがたなきこの日の單純

われら子に孫に語りつぐべき
この日のただひたすらな單純

○

わらひながら
なきながら
おれの好きな
烏賊やタツノオトシゴの友となつた
命よ

わらひながら
なきながら
おれの好きな
鳶やヒバリの友となつた
命よ

詩壇展望

—私の頁—

杉浦伊作

文學と化學の交流問題が、しばしば過去の文藝評論界に於て、活潑に論議されたがさて、それかと云ふて、作品に具象化したものをあまり見ない。然るに、私は文藝の十二月號に、掲載されてゐる故太田正雄氏の遺稿「藝園雜誌」の一章に次の如きものがあつて、化學的頭腦で文學する態度の一面を見て、ここに、文學と化學の交流の實態を見たやうな氣がする。

「若し東洋の詩懷を以て今の東京市街を歩み、品川、川崎の街道を傍觀したり、感傷人をして窒息せしめる。故に予は決して之をそのやうにしては見ない。全く物理學的に觀照する。空から落すあれだけの火力その時の風勢、その時の消火能力等の條件では當然この結果になるといふ風に見て通るのである。そんなからう廣く燒けるにきまつてゐると思つて、心を傷めない。思想感情の此埒を越えるのは、今の時に役に立たず、却つて神經に毒を爲すからである。別語すれば之を視る時、貪、瞋、癡、慢、慳等の諸煩惱を去るのである。此一時には敵愾心をさへも抑制するのである。（山川草木悉皆成佛」の一章、昭和二十年六月三十日執筆のもの。戰爭中であるところに注視してほしい。）傍点筆者。

なんで感心したかつて、是れが只單なる文學者や詩人ならば、戰爭中に於ては戰意昂揚的に、敵愾心を起こさすやうな皮相な愛國詩や報國文學となり、終戰後の今日ならば、この燒野原から、春の青草が萌え出るところを詠ひ、建設詩譜とかなんとか書くに違ひない。これが既成文學概念だ。單なる感傷や、鼻柱でアヂル文學は古い。文學する者の士はかかる觀察の上に立ち、新しい文學面の開拓を望みたい。日本の思想大系を哲學的にもまた有目的的にも構造する爲めにもつとわれわれは、古今の思想と歐米の交學、科學を攝取しなければならないではないか。

◇

頃日北川冬彦氏が來訪されて、まもなく北川さんの坊ちやんが遊びに來た。疎開して來てまもないので近所に、いい友達がないさうな。恰度私の宅に、坊ちやんと同年の次男がゐるので、ぢきに氣心が知れ仲良しになつた。だから一人で遊びに來られたのである。最近子供等の間にベイ獨樂が流行してゐる。これを憂ふべきに、子供等はこの遊戯に賭けてゐる。私のみでは、絶對これを外でやる事を禁じてゐる。北川さんの處でも同じであると。ところが、是れは一人でやつたのでは面白くないらしい。賭けなくとも、二人で競技しないと感興が沸かないものらしい。

私の處では兄が今一人あつて、時々兄弟二人でやつて見るが（ウソケンと子供は言つてゐる）、矢張り、ウソケンでも取りつこをしないと勝負に眞劍味が出ないらしい。負けて、かりにとられても、弟は大變損をしたやうに、くやしがり憤慨すると、兄の方は兄の方で嫌や氣がさして、なかなかいいコンデツシヨンのマツチが出來兼れてゐるた。兄の方が、多少、歳の巧で上手だから弟の方が負けぬ氣でも技がそれにともなはない。そこで喧嘩になるらしい。だが北川さんの坊ちやんと、宅の次男坊に、その技伯仲と云ふところで、甲乙の優劣がない。そこで、肝膽相てらし、と云ふ譯で、南向の縁側でも、もう夕陽さへささぬ時に至るまで、あかずにやつてゐる。二人で三昧境らしい。「こんなたのしみは、もう私達にはないねエ」と、北川さと私は、しばし感慨にふけつたものだ。

これは只單に勝負ごとのみではない。

ある人が、その昔を懷しみ「國家を意識しないで自己陶醉に耽ることの出來た時代」と云つてゐたが、まつたく、私達の青春時代には、まつたく國家を意識しないで自己陶醉出來たいい御時世であつた。

この子供等も、今年の四月から、國民學校の一年生、國家を意識しないで、自己陶醉出來るのも、彼等には、あと一二ケ月の間らしい。彼等が樂しみにしてゐる一年生も、學校に行つたとたんに無意識的にも國家を意識しないではゐられないことがあるに違ひない。天心爛漫の彼等に、少しでも暗いものがかぶさるとすると、是れは、私達の年齢の大人の責任である。

然し、私は、彼等の來るべき青春時代には、民主主義の國家として、彼等も亦「國家を意識しないで自己陶醉に耽ることの出來る時代」が來ることを願ふのである。さうあらしめるには、今の青年層の努力に依つて新日本の建設をしなければならない。

今の青年詩人こそ、明日を建設のホープなのである。その青年層の詩を見るに（私は今ある綜合雜誌の詩の選をしてゐるが）既成詩人の殘滓を漁つてゐる感があつて、あまりにも深く期待出來ない。

ほんとの民主主義の國家となり、眞の民主主義的な詩の進展するのは、或は、二人のこの少國民等が成長した時の事ではあるまいか。

平和になつた最初の年の一年生、是れは誠に意義深いスタートである。彼等の上に幸あれかしと私達は祈るのであつた。

彼等が青春の血の燃える頃の抒情詩が、どんな風に詠はれるか、その頃は、五十有餘歳に相なつてゐる私達、私達の今の詩がその頃は、今私達が見る明治の新體詩か、漢詩のやうに、古るくさくなつてしまつてゐるかも知れない。

やけにとしよりじみた随想になつてしまつた。これもとしのせいか。桑原、桑原。

現代詩　四月號（五〇〇〇部）
月刊　定價　貳圓　郵税　貳拾錢
詩と詩人社會員　一年　五拾圓
現代詩・詩と詩人頒布
廣告料一頁まで相談に應ず　照會の事
誌代は小爲替送金の事
詩と詩人會員外購讀ハ主トシテ店頭購入願度
昭和廿一年三月廿九日印刷納本
昭和廿一年四月一日發行
編輯部員　杉浦伊作　浦和市岸町二ノ二六
編輯發行人　關矢與三郎　新潟縣北魚沼郡廣瀬村大字並柳
印刷人　本田芳平　新潟市西堀通三番町　昭和時報社
發行所　新潟縣北魚沼郡廣瀬村大字並柳乙一一九番地
日本出版協會員　詩と詩人社
會員番號A一一二〇一四　振替東京一六一七三〇番　淺井十三郎
配給元　日本出版配給株式會社

現代詩

The Contemporary Poetry

作品特輯號

五月號

詩と詩人社

昭和二十一年四月二十五日印刷納本
昭和二十一年五月一日發行
第一卷第四號（月刊）

五月號 現代詩 目次

=作品特輯號=

エッセイ　★詩作品★　評論　隨筆・文化・詩壇時評

風　景

神保光太郎

沖はるか漕ぎ行く船あり
しぶきに濡れ
風にもまれて
消えんとして顯る
死への誘《いざな》ひは霧となつて
海上をたち罩む
凍える手をひたいにやりて
逆巻くごよめきの彼方を
みつむる水夫《かこ》ひとり
神々も死に給ふや

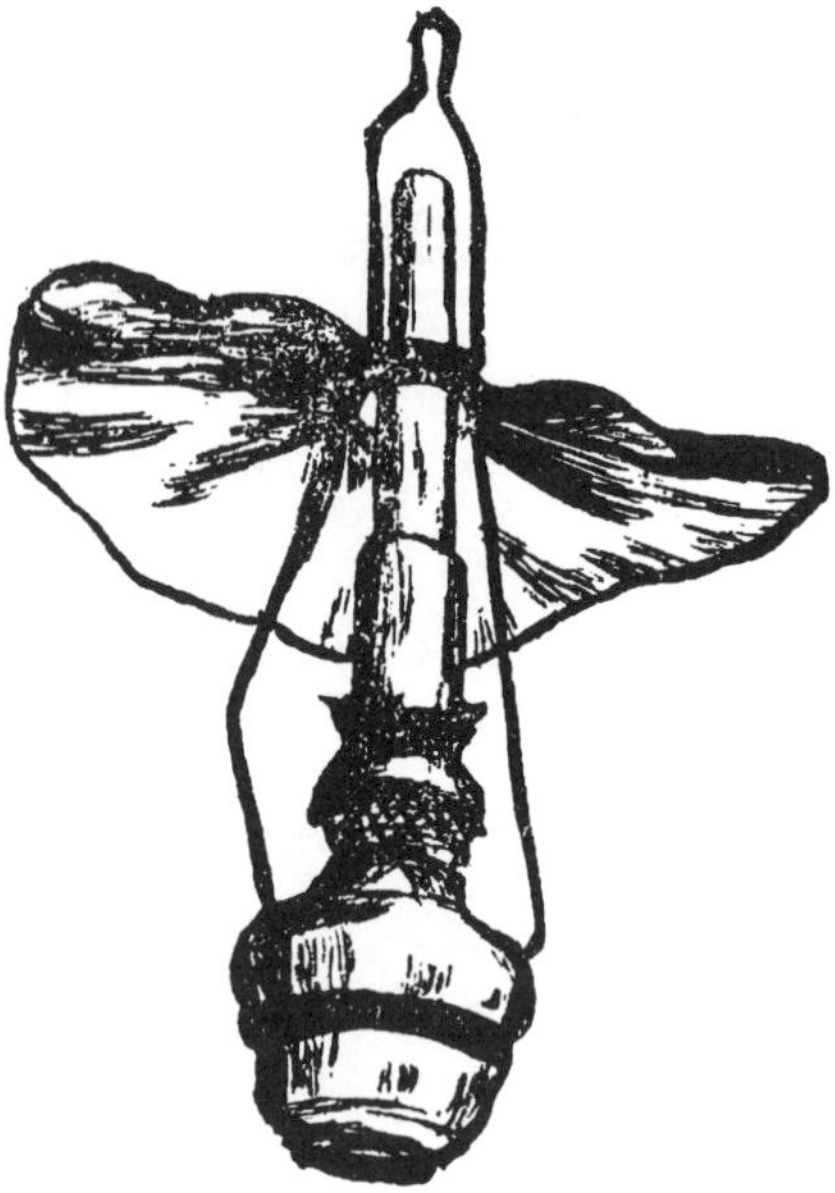

断想

大江満雄

終戰の時、私は、わが國の排他的獨善的な自稱愛國者の姿を描き、さうして、「今度こそ、自分たちの時代だ」と力んでゐる人々の姿を描いた。

敗戰の原因を個人の内部にまで見出さねば、ほんとうの救ひはやつてこないと思ふ。舊約のエレミヤやイザヤからキリストまでの思想的發展充實を想ふとき、いよ〳〵感じるものがある。今日、北海道の「野性」といふ雜誌を床の中で讀んでゐるうちに更科源藏君の文にぶつつかり同じやうな考だなと思ひ、急に彼に手紙書きたくなつた。

約半年の血尿で、詩が書けず、時に「今こそ」と思ふ氣持の焦りと鬪ふことが異常な苦しみだつた。終戰前、いろいろと、やりたい事があつた。それだけに、病氣となつた自分をもてあましたのだが、しだいに樂天的な考へを抱くやうになつた。ゲエテの言葉に、たしか、「美は他に見出す時一層美しい」といふやうな言葉があつたと思ふ。

病中、自分は、「地人論」をいつも枕もとに置いて何回も愛讀した。四五年前、堀安夫君にすすめられて讀み、それから手離ししない本であるが、病中は、ことさらに面白く讀めた。内村先生の日記に「今に至つて地理學者とならずして聖書學者となりし事を悔いざるを得ない」といふ言葉がある。この所がとくに面白い。

内村先生の描いた博愛時代とは、オーストラリヤ開發の任務でもあつたが、この開發者はアメリカ人と日本人（もしくは支那人）であつた。敗戰の今日でも、先生の「ゆめ」は貴重である。「日本の東西兩文明の媒介者たる天職」（内村）について、われわれは悲觀的ではない。三木清氏がフイリッピンから歸つたとき「日本は身を滅して仁をなす――のでせうね」と私の質問に答へたあの言葉が、新しい意味をもつてひびいてくる。

日本は敗れてから西洋と結婚する。

私は、今、「地人論」を子供向きに書かねばならぬと思ふ。

終戰數ヶ月前、三木さんの弟子である堀安夫君は、私と甲府で論議しあひ、間もなく滿洲へ行つたが、いつ相會できるだらう。大陸へゐる歷程同人たちの事をおもふ。

三月三日

春影集

北川冬彦

春

あちら　の倉庫に
こちらの山陰に
おびただしい食糧や衣服やガソリンの罐があばき出された
まるで狸穴や熊穴のやうに。
麥は青々と芽をふきはじめた
梅の樹は鶯を止まらせ花開きはじめた。
人々は懶げにその手を差し上げ
新しい世界を迎へようとしてゐた。

踏段

踏段の石は
火のために割れ歪んでゐた
人々が歩くたびに跳つた。
こゝで
幾人のひとが
唐突にその考へを變へたことであらう。
五重の塔だけは崩れずに殘つてゐた。

春

散らかし放題の部屋。
引出しは
開けつ放し。
磨滅した頭腦、
煙草の火で指を焼く。

夜明け

淺井十三郎

（夢かも知れぬ）
キーンと
氷岩を割る鑿《のみ》の破片で
私はふかくにもひたひを割られ　松林に倒れてゐた。

ひとしきり
風ははげしく　痛く
私は負けず
蔓草の根をたぐり　はらばひながら
毛むくぢやらの海をながめた。

たしかにもう青草のにほひにぬれてゐる
潮風の中で　私は泣かす
石ころや骨片だらけの細道をうしろに　鳥糞《とりくそ》だらけの岩を眺めた。
そして　涯しらぬ海の向ふにつづいてゐる
橋の上から
七つの夢を光らせてくる
童《わらべ》たちをむかへたが
ちいさな私のかなしみに。きらめき強くしぶきはかかり
なぐさます。
葦の葉騒の　泡立ちから　さつと水をきつて飛びたつた
水平線の　あれら。

私の中の二三の白鳥。

（あはれ　まつたく　波にさらはれんばかりだつた）

——二一・二・十二日新潟港にて

虚しい海

安藤一郎

海に來たが
何も歌ふことはない
あの限りなく靑い空は
もう閉じられてゐる
若い日の胸に打ち返す
波々はどこへ行つたらう

鈍色の海よ
流木の上に腰を下し
岬の端に
船一つ黑く浮ぶのを眺め

私の心は慰まぬ

魚を求めると言つて
汀を走り去つた妻
子供たちは
北の海の珍らしさに
無心に砂をもてあそぶ

戰ひは終つても
歸る家とてない一家――
この行樂はあまりに寂しい
鷗の啼きめぐる
虚しい海よ

海に來たが
何も歌ふことはない

富士山

近藤東

裾野から下りて來た彼の手袋からは
すでに百姓の掌が出てきた
サンセイドヂヤウ……オンシヤウナワシロ……トウフクゲンカイ……
彼の口をついて續けられる生硬な術語に
私は却つて

彼の三年に亙る開墾の鬪志を汲みとつた
火山灰による荒涼たる瘦地を想起した

昂然と額をあげる彼の眼鏡に
早春の富士の遠望が映つた
富士は戰災の燒けトタンに蔽はれたセピア色の街の上に
淸楚な姿をあらはしてゐたが
彼は突如身を起して
――やア、ちつぽけな富士だなア
と叫んだ

詩と孤獨

伊波南哲

詩は孤獨なり――といふ言葉を觀念的に理解してゐた私は、九州に疎開して、この言葉の持つ眞實に擊たれ、日夜孤獨と對坐して、自分の詩を掘りさげることは、このごろの私にとつて、たつたひとつの救ひである。

私は詩を書くために、戰ひの激しさにもめげず、空襲におびやかされながらも、文化の中心地である東京を（二十有餘年も住み馴れた第二の故鄉）絶對に去るまいと決意してゐたのに、昨年の四月、遂にかぶとを脱いで、九州に都落ちしたのであるが、停戰とともに私の孤獨の生活が始められたのであつた。

故鄉沖繩の失陷と占領軍による接收――日本の敗戰……私は魂の支柱を奪ひ、語るに友なく、歸へるに故鄉なく、憂愁にとざされる日が續いた。

周圍を見繞はせば、外地引揚の縣民が飢えと寒さに哭き、兩親を沖繩で喪つた集團疎開の學童が、母の乳房をもとめて歔欷くいぢらしい姿をみせられたとき、私は張り裂けさうであつた。私の瞳に映る風物は、すべてが悲しみにみち、社會のあらゆる事象がニヒルテックな感じで、私の心を痛める。

冬になつて、私の孤獨感はいよ〳〵烈しく、雪をかぶつた北九州の山々の姿の前に、消えてなくなりさうな重壓と寂寥を覺える。

傷　心

北九州の山々が
凛烈な冬の前に

嚴めしい風貌をして
どつかと胡坐をかいてゐる。

うちひしがれた
悲しい心に
雪をかぶつた山々の姿は
あまりにも激し過ぎる。

古枯に追はれた
落葉のやうに
凄々とした心を抱いて
冬の山々をみることは耐へられない。

街

街を歩いてゐると
どの人もよろよろと
かたむいて歩いてゐる
どの人の肩も悲しみにみち
深い靄のなかを
手さぐりに歩いてゐるやうだ。

私の孤獨は、東京で藏書を燒失したことなど、輪をかけていよいよ烈しく、なすこともなく、空の雲を呆然と眺めてみたり近くの山巓をみつめたり、海をみて暮すことが多い。

「余はいま大なる書籍の前に立つ。東京の空襲に余の書籍、わけても詩集、文獻の悉くを灰燼に歸せりと雖も、余敢へてそれを悲しまず。余はいまや大なる書籍の前に立つことの優越をさへ覺ゆ。大なる書籍とは即ち九州の山々なり。山林なり。田園なり。余は足立山の山ふところに居を構へ、朝な夕な、この大いなる書籍をひもどき、或るときは驚き、或るときは悲しみあるときときは恍惚たり。この大なる書籍は、わが俗情、わが麻痺したる魂をふるひたたしめるに十分の文獻なり。ああ、かかる大なる書庫のあるを余は嘗て知らざりき。」

こんなことを日記の一節に書きとめてはみたものの、依然として、孤獨の哀愁たちがたく、痛ましく魂がふるへる。そこで私の魂は私に詩を書けと命令する。內部からの必然的な要求は、私にほんとの詩を書かせる。外部からの强制があつて內的な必然性の訪れが稀薄になりがちだつた東京生活を思ふとき、ここ九州の田舍にありて、孤獨の哀愁から開く詩の花々が如何に眞實であるかを、しみじみ考へさせられてゐるこのごろだ「人間は孤獨だと理解すること、ほんたうに孤獨から出發することこれです。孤獨の中に常に勇氣を持ち續けるものにのみ發展が約束されます。」

といつたリルケの言葉を面白いと思ふ。

孤獨に徹することに依つて、自然の寂寞を愛し、萬象の背後にある永遠なるものに憧れ、宇宙の奥深い心がその內面に匂つてゐるやうな詩を書きたいと私は考へる。

私の孤獨と沈默は、多くの枝に花を咲かせるだらう。そして暗闇が焰を待ちわびるやうに、私の詩的情熱は一途に、眞理を求めて燃え狂ふでせう。

寂しいといつては出歩き、悲しいといつては酒を飲み、これらの焦燥感を外部の刺戟に依つてごまかしてゐた嘗ての日の私を、どういつて批判すればよいのだらう。外部の刺戟と慰安は、實に一時的なものであつて、しかもその都度、魂を痲痺せしめ、感覺を摺りへらし、心を荒廢せしめてゐたかを、孤獨の魂のみは逸早く感取するであらう。

「一日をふり返へると、一ばん寂しい時間があなたの心を富ませる。悲しみは私たちの故鄕である。」（リルケ）

詩は孤獨の所產である。孤獨に徹することに依つて、靜かに內部の聲に耳かしげ、それを忠實に表現するときにこそ、詩の花は美しく咲き出るであらう。

悲しみと不幸よ、私の魂を孤獨の深淵に追ひこめ。私はそこから滾々として盡きることのない詩の泉を噴出するだらう。

廢墟の窓

長田恒雄

★

二度罹災してしまつたので、知人の庇を借りて住んでゐるが、書物を燒いたことだけが、未練がましくくやしくて仕方がない。友人から贈られた詩集もほとんど燒いてしまつた。詩集のない書齋といふものが、どんなに荒凉索漠たるものであるかをこんなにもはつきりと感じたことはない。わづかに殘つた「海潮音」や「月下の一群」などが、おそろしいほどの懐しさで、僕の心をゆすぶつてゐる。

僕はあらためて詩の蠱惑といふものについて考へてしまふ。

★

空襲のはげしいころ、僕はよく駿河臺の村上成實君を訪れ、無理な書物を預けてもらつた。村上君は戰爭について實にはつきりした意見を持つてゐた。三國同盟がむすばれたころ、僕は「唐辛の日」といふシニックを書いてその筋から叱られたことがあるが、村上君はこの詩をとりあげて贊成してくれたことがあつた。敗戰の日まで、彼は終始一貫してこの戰爭を釀成したミリタリズムに對して反對してゐたのである。かういふひとが詩人のなかにゐたことは記憶さるべきであらう。

★

それから較べると、僕らは明らかに不明であつたと言はなければならない。祖國の安危をかけた日に、祖國のために立つといふことは、國民の必然的な動きであり、そのために詩人がうたふのも當然である。しかし、もつと僕らの視野がひろく、もつと知見が高く、そしてもつと勇氣があつたとしたら、詩人の態度も、もう少しちがつてゐたであらう。つまり僕らが、ルネサンス以來の世界の歩みを、自分の歷史的實踐として經驗してゐたならば、こんなに甘つちよろい鴉にならずに濟んだにちがひない。悲涙はまさに僕らのものである。そこには、ブュウダリズムの高い砦が、すべての知性に眼をかくしてゐたにはちがひない。報道班員も、愛國詩の作者も、否すべての日本のインテリゲンチアは、一種の鴉ではなかつたか。勿論それは日本文化の構造の弱さでもあつたらう。あのルネサンスをかき立てた炎は、まだ一度も日本民族のなかに燃えたことはなかつたのである。跛の文化、いざりの知性が、たくましい長靴の鬼に敗れたとしても、またいちがいに責める譯にはゆかないかも知れない。

★

しかし、さうした不明が一種の不德として結果してゐることは否めない。今日以後再びくりかへさないことをひそかに期するばかりである。

昨日も今日も、僕らの祖國に對する愛情に變りはない。ただ祖國をして世界史・人間史の進行に早く追つかせたいだけである。いま原子力の拓いた「人間の廣場」に立つて、僕らはこの課程を純粹ならしめたい。

★

いままでは、詩人の燃える如き祖國愛も、それだけではいけなかつた。愛國には一定の型がきまつてゐた。その型から少しでもはみ出てゐるものは、一句の言葉さへもちよん切られた。放送詩の原稿を書いた人は誰しもそれを經驗したにちがひない。

防空バケツの注水に、きちんどした型があり、たとひ焔が消えても型がちがつてゐると群長に叱られたのと同じであつた。しかし、これからは、詩人は詩人流に祖國を愛することができる。

★

デカルトへの回想。
しかし、それは原子力の時代のなかで。
僕らは、ジイプよりも疾く走らねばならない。潤滑油は苦い涙である。

★

戰爭中のことであつた。僕が詩について書いた一文のなかに「純粋をめざす」といふ言葉があるといふので一警察官が僕を迎へに來た。訊問といふより一方的宣言であつたが、それによると、純粋とは左翼の言葉だといふ。そして、それはアンドレ・ブルトンに通じるもので、ブルトンがコンミユニストであるから僕もさうにちがひないと言ふことになつた。そして一日抑留され、蔵書の一部――ジイドの旅行記まで押收された。僕らはさういふ國で詩を書いてゐたのであつた。「神の垂直線」も、これではゆがんでしまはざるを得ないだらう。

★

この時代――敗戰から新しい出發へめまぐるしく、苦鬪にみちた時代に、リリックにのみ身を寄せてゐるべきではないと、僕はおもつてゐる。

僕らが、不明にも、また力よわく、マルスの劒のひびきに押しまくられてしまつたのも、結局は、文化の基盤が弱かつたからである。詩人もまた强逞な美學の構造を持つべきではないかとおもふ。それは、あの强烈な反逆の精神によつて釘うたれ、魔天樓をきづきあげた不屈な抵抗の精神によつて組み立てられるべきではないかとおもふ。もちろん、明るいガラス窓に薔薇を匂はせることも、壁に痛酷な戯曲をかけることもいいだらう。ただ「近代精神」の鐵骨がくみたてられてないなら、詩人は、またたやすく別のマルスのために踏みにじられてしまふにちがひない。

★

とは言へ、それはリリシズムの否定でもなんでもない。人間に鼓動のあるかぎりリリシズムは絶えないであらう。しかしそれは古風なハアプに調和したやうに、旅客機の顫動にも調和しうる。そして、僕らはいま原子力の時代にゐるといふ事なのだ。

★

「人間の嚴肅」西の方から、そんな亡命作家の聲がきこえてくる。美望ばかりしてはゐられない。

春の來る日に

中村千尾

どんな荒地にも春が來るように
不幸な心に
痛ましい不幸な街に
やがて春が來るだろう
崩れた煉瓦や
死んだ樹木の側を通つた時
太陽は暖かな微笑を浮べていた
平和が來たのだ
人々が忘れていた時
櫻草の花がいきなり咲いた
解放された街には
新しいボデイが疾走する
青い小鳥のように
昨日の不信を捨てて
現實を夢みるものが
一番先きに幸福を取り戻すだろう

新篇旅情詩集（四）

山《やま》靈《びこ》

—男体山挿話—

杉浦伊作

空は蒼すぎる蒼さだ。山は山の型していかめしい。影は濃すぎる。大氣は生物だ。樹海は太陽の耀きに綠を發散さす。俺の筋肉の魂を見て吳れ。皮膚に血環が流動して俺の生命を刻んでゐる。山は源始の姿だ。源始だ。源始の生活に俺等の生命が炭酸水《プレン・ソーダ》のやうに沸々と湧く。

山は俺の生命をよみがへらして吳れたがお前にはこんな山の中は淋しくないか。いいえ。都會に歸りたくないか。いいえ。そんな姿で寒むくないか。いいえ。あいつのことをまた想ひ出すか。いいえ。死にたいと思はないか。いいえ。生きて行く力を失つたか。いいえ。俺を怖ろしい男と思ふか、いいえ。野蠻人みたいな行爲が怖ろしいか。いいえ。

あいつが歸つて來な時に悔いたか。ええ。俺の蠻力に制伏されて不幸だとは思はないか。ええ。俺はもう二度と都會にかへらないが、此の山の中の生活にたえられるか。ええ。あいつがやつて來たら俺はあいつをやつつけるかも知れないがいいか。ええ。あいつが來た時、お前の瞳の湖水に、少しでも暗い翳がさしたら、俺は、お前も殺すかも知れないがいいか。ええ。俺は社會生活、常識を捨てた人間だ。野蠻人、原始人、本能だけに行動する人間になるがいいか。ええ。

今に二人だけの間には、草木のやうに沈默が續き。只動くだけの生物化した日常生活になるがいいか。いいわ。あるひは、けだもののやうに狂暴にいがみあふ生活になるかもわからないがいいか。いいわ。俺はけだもののやうに、本能だけでお前を愛するかもわからないがいいか。いいわ。俺はお前を置いてきぼりにして、もつと山奥に逃避するかもわからないがいいか。いいわ。見るがいい。あの澤蟹《さわがに》のやうにしつとりとした水の中の生棲。あるいは俺等は山の襞《ひだ》の中に、朽葉のやうに死ぬ運命だがいいか。いいわ。霧の夜は、手を握りあひ、雨・風が激しい時は、岩蔭に、寒さが來れば穴居生活だ。それでもいいか。いいわ。俺が死ねば、お前はたつた獨りでこの山の中に生きさらばえねばならないがいいか。いいわ。山に獨りで生きることは死ぬよりつらいことだがいいか。いいわ。お前の美しい肢體が枯草のやうにしなび、腐葉土のやうに醜くくなるがそれでもいいか。いいわ。

俺は勇氣があつて、勇敢で忍耐力に强く、どんな相手とも闘える强い男だ。さう思ふか。はい、俺は天下一の幸福者だ。さう思ふか。はい。だが、その實、俺は、ほんとは勇氣がなく優柔不斷、裁斷力がなく、卑怯で女々しい男かも知れぬ。さうは思はぬか。………。俺は世界中で一番弱い男かも知れぬ。たつた一人の愛人、お前を、愛人として、あいつと闘ふことも、社會道德と闘ふことも出來ないで、こんな山奥に逃避するなんて、まつたく不甲斐ない男について來る女のお前は不幸な奴だ。お前もかいしよなしの大馬鹿者だぞ。……さあ、こんな腑甲斐ない者同志の逃避行だ。行くか。……行かぬか。……決心がにぶつたか。

あたし。男一人だけの世界で、はたして、あなたを、愛人として、愛して行くことが出來るかしら。

もうかへりませうか。うん。山つて、誘惑のあるところね、うん。こんな現實つてあり得るでせうか。さあ、詩人の夢に於ては現實であつても、現實では、詩人の夢さ。さうねえ。

夜

瀧口武士

ひとり夜半のアトリエで
黙々自像を作つてゐる

ひとり夜半を燈して
故山の土を捏《こ》ねてゐる

この繁忙の生活に
ひゞ割れしるきわが像よ

夜な夜な熱い息をかけ
荒蕪の土を錬つてゐる

竹の花

塩野筍三

竹の花が咲いたよ。
うつすらと夢をほころばしたやうな
ちいさな可愛い
竹の花が咲いたよ。
竹の花が咲くと竹は枯れるといふ
その家に何か不吉なことがあるといふ
竹の花が咲いたよ。
冷めたい竹の膚を撫で
光りのあふれた青空のはて
ふつくらとむらがるやうに
白い竹の花が咲いたよ。
狭い谷合ひ

南向きのだんだらの

ゆたかに伸びた竹の
すつきりと掌をひろげたやうな枝々に
夢のやうな花が咲いたよ。
むかし
少年の頃にも咲いたといふ
その竹の花が
今年また悲しさうに

ぱつかりとある朝咲いてゐたよ。
不吉なことがあるといふ
枯れてしまふといふ
古老のそんな話を聽き

山鳩の聲をきゝながら
私は美しい抒情を感じてゐた。
――さやうなら
ふるさとの家よ
ふるさとの家につゞく
さゝやかな竹林《ちくりん》に
竹の花が咲いたよ。
いまも咲いてゐるだらうか――

（三月十七日作）

歩く人

殿岡辰雄

たるんだ靴のやうなこころで
早春《はる》ちかい街を黄昏の毛類《けもの》の如くあゆむ
それぞれの家に　それぞれの行人《ひと》に
芽のやうな不幸がやどつてゐるのを知つてゐる

わたしは日々のいとなみをかなしむ思ひを
断く　歩道の上にてんてんと落してはゆくが遠くの方で　遠くの方で私の様に歩いてゐる
あの海——
海のことを想へばいつぱいの心が快驅する

貝がらと共に　磯に帆工の歌は晴れ
同想に凝る白い雲はただよひ
微風のもとにちからづよい海の足なみがある
いづこともなき青い濶步

おお　はるかなる海を戀へば　なづかしくも
私は光り散る潮飛沫《けぶり》をしつとりと頬に受ける
それは海の家族のにほひがする………

ふと步みをとどめ私はたそがれをふりかへる
すでにものだるく日は沈み
まづ　近くのひとびとの眼に夜がおとづれ
それからゆつくり
てのひらをひらく如く灯《あかり》がともるのだ

あるひと

江口隼人

一つの星は殞ちた
しなやかな乙女の鹿のごとく
この國の夜空を馳けた
薇薔の一顆ぱいま落ちた

運命をつくらんとして運命に殪れ
國を救はんとして國をあやまる

知性、つひにむなしく
歴史の扉をたたけどもひらかず
身をもつて御身は書いた
自らによせる
けなげな最後のたたかひを

御身の爪、いま暗黒の夜空を掻き
雲白く飛び立つたが
しかしその体温はまだ消えない
そのぬくもりはまだ消えない

復員

曾根崎保太郎

陰鬱ナ風塵ヲ織リ
消去サレタ日ヲ嗤ヒ乍ラ過ギル忘却ノ歌ヲ
催眠術ニカカツタヤウニ
空虚ナ時間ガツモリ
シバラクハ望羊ノ歎ガ湧イタリスル

悲シキ師旅ニ堵ケタ青春ヨ
今ヤ再出發ノ年齢ニ

佗シイ復員ノ緘默ヲ續ケレバ
家族ト聽ク柱時計ノ時刻ニモ苛ッ

密獵者タチノ
不安ト焦慮ノ生理ヲ抑ヘタ滑稽ヲ嘲リ乍ラ
愈々サビシイ自分ニ氣ガツケバ
美ノ勸告ガ救ッテクレル

苦難ノ谷ニヒビク挽歌ヨ
固陋ヲ焚ク跳舞ノ炎ヨ
僕ニモ奇蹟ガ起リサウナ
深ク餘韻ガ胸ニシミル

―新人推薦―

アベ・マリア他一篇

鳥山邦彦

ある晴れた日
南國のとある港に
眞白い小さな船が泊つてゐた
ぬくもつた波のうねりが俺をかいいだく

ひとよ
北の果から南へ漂泊つてきた氷山のやうに
ふるえながら　俺の魂は　忘却の果へ沈んで行く

うなぞこには　なめらかな眞珠がつゝましく光つてゐた
二つの貝殼
アベ・マリヤ
どうか夜明けまで　そつと　このまゝ　よりそはして——

りんどう

りんどうの花をみたら
そつとかう言つてくれないか
〝お前を忘れきれない哀れな男がゐた
死ぬとき
ぶるぶる　ふるえながら
やつのくちびるは
お前の花びらの色にそつくりだつた〟と。

北川冬彦氏推薦

随筆　靴

小林善雄

大分前に「郷土をもたない都會人」について書いたが、罹災したのちのこのごろほど郷土東京のことを考へたことはない。街の人間にも立派に故郷はあつたのだ。その東京は、傷ついたまゝ喘ぎながら倒れてゐる。しかも誰も助け起さうとはしない。

東上線沿線の小さな町にきてから、浦和までの通勤も、直線コースのバスをすてゝ、池袋から赤羽線で大宮行きに乗り換えることにしてゐるが、少しでも東京の休臭を嗅ぎたいからだ。數年前までは場末の街としか感じなかつた池袋の驛の燒け殘つたホームの鐵骨の間から　露店の並ぶ一駒の街をみてわずかに慰めてゐる。そのホームで思ひがけない人にめぐり逢ひ幾人かの消息を知ることもできた。しかし殘念なことには、この東京の西北端をかすめて、もう一度埼玉縣に入つてしまふことだ。

◇

戰場では爆弾の破片に埋る靴に押された姓名で戰死者が判名したといふ。靴のなかの血に汚れた名前だけになつた若者たちが、時にはその靴もなく、土の上に血が殘るだけだつたらう。「行方不明」この言葉はなんといふ恐怖だらうか。

ピカピカした小さな舞踏靴、勤勉な勞働者の靴、幼兒の靴、それから兵隊靴、それを穿く人々が、歷史の砂に靴跡を殘していく。靴はいま僕にとつて重大な問題だ。

去年の春から着たまゝの作業服と草履ばきの服裝に、わずか一吋か二吋の袖の丈や、襟の一分か二分の廣さに神經を使つた昔の姿を、くらべるとわがことながら不思議な氣がする。服裝にはずいぶん鈍感になつたとはいふものの、なんといつても靴が目下の重大な關心事なのだ。それはまた一つの美學でさへある。

中學生の頃はいたきりではあるが、あの頑丈な踵や、底に並べられた澤山の鋲や、メカニックな曲線をもつた底皮がなんと魅力のあることだらうか。コーワマンの赤靴やカンガルーの舞踏靴をみた昔の感覺とは、また自らちがつた思ひで何度も注意深く人の軍靴を觀察してしまふ。ことに雨の日や、石の多い往復四里半の道、その直線コースの通勤にはどんなに美しくみえたことだらうか。そして、自轉車が、なんと早くて樂かをしみじみ感じてゐる。なんと非文明なことだらう。

結局實用的なものが、美しく見えるのだらうか。軍靴の恐怖も、いつか軍靴の美學にすりかへられてゐる。

◇

高村光太郎氏が「罹災は物の關係で精神の問題ではない。罹災といふ物的關係を統御する精神の作用が必要だ。」といつてゐるのは、至極もつともだ。「精神はいかなる時でも、自律的に自動性を堅持してゐなければならない」ともいつてゐるが、罹災もただ物の關係ではすまされなくなつた。

精神も家具や家のやうに、破壊され

ることがあるからだ。たとへば生涯の力をそゝいだ事業や文化財を考へてみるまでもなく、完全な流民の生活では單なる物の關係ではすまされないのである。

◇

罹災しても住所が變り、自己のものを失くしただけで、たいして變りのない生活をしてゐる人が澤山ゐる。失つたものが少いせいだらうか。不自由な生活を許へながら、いつも自分より豊かな生活をしてゐる人の多いのには屢々驚いてゐる。

便所も臺所も戸棚もなく、電燈のつかない物置の部屋。勿論時計、ラジオのある筈もない。六疊に家族四人と家財道具全部。それも近頃ではそれはど珍らしい話ではない。原稿はコンロと茶碗のおいてあるお膳の片隅で書く。このお膳さへなかつた時のことを考へれば、私にはまだ幸福が殘つてゐるやうに思へる。

もう一つの幸福は、「すべてを失つだ」といふことだ。すべてのものを失つた生活の出發が殘されてゐる。あらゆるものをとりかへすか、あらゆるものを放棄するか、二つの道が殘されてゐるとなれば、僕は斷じてあらゆるものを取り戻したい。

◇

東京にゐたのは生れてからのことで空襲中に病死した父で八代目だといふ。一度も轉居したことのない僕が、行くところのないままこの町へきた。オムツの下つてゐる露路でベエゴマをして育ち、人間と人間のつくる世間しか知らなかつたから、昨日まで苗と種の區別、米と稻の區別さへぼんやりしてゐた。それがこの頃では、麥の平年作はどのくらゐで、肥料の種類はどんなものがあるか、また裏作の善惡まで一通り分かるようになつた。

しかし、かつて郷土詩人たちが裝飾のやうに使つた山や川には、なんのえにしもない。かすかに心をひくのは、人の心であり、その流れのなかにある二重の底の抽出しや、地理や歴史であり、僕の關心もそこにある。こう自負してゐたのに、その人間の心も分らなくなつてしまつた。

といふのは、地方の人が東京へくると人が怖いといひ氣心の知れないといふやうに、僕にはこの小さな町の人たちの氣心が分らないし、ミートを合せるのに苦勞してしまふからである。

こうした日々田や畑や川の流れが、身近かなものに感じ始め、自然が唯一のものにさへ思へてきた。しかしもう一度、街の世界に戻つていきたいと思つてゐる。

本誌執筆者芳名錄

自第一號　至第四號（敬稱略）

北川冬彦　近藤東　岡崎清一郎　小林善雄　中桐雅夫　杉浦伊作　岩佐東一郎　大瀧清雄　喜志邦三　藏原伸二郎　野田宇太郎　眞壁新之助　梶浦正之　更科源藏　阪本越郎　安彦敦雄　長田恒雄　瀧口武士　江口隼人　鳥山邦彦

神保光太郎　笹澤美明　城左門　山崎馨　木下夕爾　村上成實　高橋玄一郎　淺井十三郎　安西冬衛　田中冬二　塩野筍三　安藤一郎　伊波南哲　寺田弘　池田克己　大江滿雄　中村千尾　殿岡辰雄　曾根崎保太郎　北町一郎

文化面

詩と地方文化

北町一郎

千葉縣の丘陵の多い町へ疎開してから、やがて二年近くになる。この間に、多くの知人を得たが、中でも俳句を作る友人と知り合つて、この地方で俳句熱の盛なのに驚いてゐる。郡内でも、謄寫版刷りの句報とか會報が數種類もあり、戰爭中から續いてゐるのが二つもある。

戰爭中に、その發行してゐる人たちに會つた時、この仕事の意義があることを私は熱心に說いた。東京を中心とする出版や雜誌の見透しがつかなくなりかけた頃でもあつたが、さういふ意味からばかりではなかつた。もともと中央文化などと稱して、出版ヂャーナリズムの上に咲いてゐた文學や文化が、はかない存在であるとともに、地方文化と云はれるものが、一段と低いものに見られてゐたことに、私は不滿を感じてゐたのである。地方文化が低俗であつたのは、精神の卑俗なことにも大きな原因があるが、一つにはそれを表現する技術の上で素朴であるか、未熟であつたりして、つまづくのである。俳句雜誌や句集の出版が不可能となつても、一枚の用紙でも句報は出せるし、句會を開いて檢討し合ふことも出來る。――そのやうな意味を、私は話したのであつた。

俳句熱は盛であるが、その作品は低調なのが多いやうである。これには秀れた指導者がゐない事も關係してゐるであらうが、過去の製作態度が影響してゐるためとも考へられる。昔から全國の各地に所謂宗匠なる人がゐて、あの月並な俳句を作つてゐるが、その影響も見逃せない。これは、俳句とはいふものの詩であるべき以上、文學精神を阻むものとして横たはる大きな暗幕であらう。勿論、この舊派から絕緣した人は、この傾向を批判し、自らも清算しようと努めてゐるが、それは舊派の俳優が俄に新劇へ飛びこめぬと同じやうに難しいのであらう。

句會は、なかなか盛である。各種の行事や、吉凶禍福に際して句會の開かれて、交友を温める機會の多いのは、ほゝゑましい。しかし句會には大抵の場合に、題詠があり、席上でまた出題があつたりして、その作品が互選せられ、採點せられる。すぐれた作家の集りであるならば、優秀な作品も選ばれるが、群盲が象を撫でるやうな場合も多いのである。昔の句會には、高點者へ賞品や賞金が贈られるのが原則で、賞品の反物などを大風呂敷で背負ひ切れなかつた入選者もあつたといふ、お伽話みたいな事實も聞いた。この風習は今でも規模を變へて少しは殘つてゐる。さうなると、高點をとるためには、出席者の氣にいりさうな句を作ることとなり、顔ぶれによつて作風を變へるといふ器用な藝をする人が出てくる。だから他人の作品から巧みに用語を借りて、自家製らしく振舞つたりする。一種の賭け事に類してゐる。このやうな立場で、高邁な作品が生れる筈は絶對にない。しかも、こんな創作態度が地方の俳句作家には多かれ少かれ、尾をひいてゐないとは限らない。自分自身で恥しいと思ひさうなものだが、點取り虫のやうに、句會の灯を慕つて、さういふ「名人」がまた現れてくる。

　私のゐるこのあたりに、詩を書く人をほとんど私は知らない。俳句作者には若い人もあるが所謂壯年以上の人が多い。この事實は、幸か不幸か、現代詩が青年的であり、若くは少年的でさへあつて、青年の創作に屬するものであることを考へさせる。幸か不幸か、と書いた理由は、青年的であるが故に、因習にとらはれず、傳統にしばられず、自由に冒險を試み得られることが、その一つである。これは、幸である。不幸といふのは、これを創作し、鑑賞し、或は批判するに際して、據るべき一定の規準に不足してゐるといふ意味である。俳句のやうに季題の制約もなく、短歌のやうに抒情の抑制もない。勿論、私たちには古典として見るべきほどの先輩の作品もない、名詩とすべき多くのものもあるけれども、それは俳句や短歌に比しては、遙かに數も少く、また所謂お手本とすべき影響の度も薄いと思はれる。すべてが創造の過程になり、自らが生み創りなしてゆく文學なので、自由であるが故に却つて拘束を受け奔放であるべき筈なのに却つて萎縮するかも知れない。自らが責任を負はねばならぬからである。地方文化を動かす一つの力であるべき詩が、案外に普及しなかつたのは、これらの困難な事情があつたからであらう。地方に於ける詩人の任務は、この障碍を突きぬけてゆくところにもある。

　俳句、短歌の持つ普及力と魅力は、第一にその限定された言葉の數にあること、第二にその形態に盛ることによつて、文學的なるものも盛られるかの如き幻影を與へること、第三に鑑賞するに際して一定の準據となり得るものが傳へられてゐること、第四にその所謂日本的なるものが庶民的なるものとして卑俗なる理解を伴ひ易いこと。第五にその封建的なる性格が革新的なる批判、創作を妨げて、俳句及び短歌を絶對的な在るがまゝの姿として許容し變改を許さうとしないこと等々があげられるであらう。

まことに、一つの形態へまとめあげることは、一つの安定感と信頼感を與へるのである。俳句及び短歌に、單なる道理を說き、論理を吹きこんだ遊びが多いのであるが、その作者はその矛盾に氣づかずに眞面目な顏をしてゐる。日本的なるものとして日常身邊の雜事が歌はれ、或は權力への盲從を媚び、或は存在するものをそのまゝの形で眺めようとする。封建的な性格は更に根が深く、俳句や短歌の歴史を流れその生成發展の過程に沁みこんで、その文學的なるものへの懷疑をも妨げようとする。かくて、盆栽をいぢくるが如く、また骨董品に對するが如き態度を生む原因が考へられるのである。

今これを現代詩の場合に對照して考察してみると、以上五つの性格は、それぞれに一應は對蹠的な立場に在るとも考へられはするが、しかし簡單に斷定し得るものとは云へない。現代詩の短い歴史は、不幸にしてその事實を示してくれるのである。

第一に、詩の形態を借りた雜文が果して絶無であらうか。第二に、それが直ちに詩であるかの如き幻影を強ひてはゐなかつたか。第三に、少からざる影響を持つて、鑑賞の作法の如きものが存在しなかつたか。第四に、日本的と稱して作られた詩が、概念の露出にとどまつてはゐなかつたか。愛國詩と稱し、或は戰爭詩と云はれたものが、空虛な觀念の空轉に過ぎないものが多かつたではないか。第五に、革新的な方向を阻んで、精神の萎縮が如何にもみすぼらしく現れてゐなかつたか。久しい間、一人の讀者として過して來た私には、このやうな感慨が往來してゐたのである。

多くの詩人がいま地方に生活してゐる。地方文化の向上と刷新には、今こそ詩精神の發剌たる動力を以て立つべき時であらう。俳句や短歌を輕蔑し、或は敵視することではない。それらの作者の魂をゆり動かす方向へ働きかけるのである。或はまた、地方的に傳統する各種の文化的なるものを探求し日本文化のためのデータを構成する仕事を、詩人の銳敏なる眼と心とを以てすれば興味深く爲しとげられるに違ひない。土着する文化的要素が、既に批判を超え、或ひは批判を許さない條件の下に置かれてゐる場合が多いのであるが、それを解明し、歴史と迷盲の垢を落して文學化することも、詩人の任務の一つに違ひない。

俳句のことに筆を借りて、現代詩と詩人についての感想の若干を記してみた。宗匠俳句の現狀を考へることは、現代の詩にとつて他山の石たるべき意味がないとは云へまい。(終)

詩壇時評

リベラリズムと悲劇性

山崎　馨

巨大な詩人の群があつて、その詩雑誌の數は次第に増加してゐる。「二つの魂、ああ我が胸に住む。一つは荒く逞しき愛慾を以て、締め搦む手足にて此の世にしがみ着く。他は高き先靈の野に立つて行く」とゲーテは歌つてゐるごとく、現時、強く詩人の心を惹いたものは、リベラリズムと悲劇性の二つの塊である。

室生犀星の「山裾・氷の歌」（人間、創刊號）などがその一つのあらはれとも見られた。

そこにはただ自然の美にふれたのであつて、それを現實の轉生の道程として理解したのではなかつた。それは終戰前の作品として見るべきであつて、萬人の胸にかよふところの普遍的心情のみがよく感動にまでみちびき得るのである。三好達治の「横笛」（新潮十一月號）が非常な複雑さで内容構成に深い悲劇がひそめられてゐる。そこにはこの複雑さを分析綜合する徹底的な意識された手法を失つた彼の昏迷があるばかりである。そして、その後に於ける彼の落着は「なつかしい日本」（新潮新年號）に見出すことができるであらう。

野田宇太郎の「朝霧のうた」（文藝十一月號）の中にも「横笛」の如く心理的纎細巧緻なものを感じさせる。すべての人が奥深く感じて居り、絶えることなく意識にくひこむ現時の轉生の背後に何ものかを認めつゝあるときかゝる作品は無力の痛苦を押へるために役立つものにすぎないであらう。

堀口大學の「六つのエピグラム」に「日本人」「政體論」「農家一家言」「公園にて」「漫畫の大臣」「新しい酒は」（週刊朝日新年二號）といふ時事小唄的露骨な表現を見るに「農家一家言」などは實に彼の人格を無視した觀念的玩弄の

構想である。これらの作品を私は注意せずにはゐられない。現時の農家といふものは、かならず都會人が想像するごときものでない。都會人が白米を喰ふた時代に農家の者は何を喰つたであらうか、詩人としてはきはめて幼稚な段階に片足を置いてゐることを意味するこの作品に對して、今すこし社會的認識に於て成長する必要があるのではないかと思はれる。

河井醉茗の「一陽來復」（週刊朝日新年二號）の「觀野一新晴轉を乘り越えて」「天意人言に從はむ。」と言ふリベラリズム的の讃美である。しかもそれが、悲劇の觀念に中心的原動力となつてゐて、運命の旋廻は、たゞこの觀念によつて動かされるものでないことに注目しなければならぬ。

丸山薰の「冬の夜」（週刊朝日新年二號）の作品は現實の廣汎な誠實な探求があり、その内容構成に深い知性がある。我々が敗戰の部面のみへの探求は、それと結びつけられた時にのみよく眞實の相を得ることができるであらう。

佐藤春夫の「無腸日記抄」（新潮新年號）といふ文章の一節に「實は現在は詩題を一つも持つてゐない。自分は戰爭中は國民感情の代辯に終始して來たが、今後も今しばらくはそれで行つて、さておもむろに自分の方向を見つけたいが……云々」ごとき悲劇的ものにふれて、詩人の俗習に味方しそれに幸福な夢を與へて希望の心をふくらませながら、最後にはふくれた風船玉が張り裂けるやうな、淋しさをもつ、老詩人たるものがこれらを故意に曾兼することによつて却つてそれの破滅を指摘するその態度は苦肉である。

高村光太郎の「武裝せざる平和」（週刊朝日新年號）一見政治的テーマであるが、政治詩、哲學詩としてゞはなしに、茲では一つの世界觀的感動の表現として抒情詩的形態をとつてゐる。そこには既に佐藤春夫を飛び越えた一つの感銘として詩的濾過作用を經てゐるものである。

　　われら自ら飢餓の境に陷りて

武裝せざる平和の何たるかを初めて知る。かくの如く彼は一つの電氣的な坩堝として日本人の豊かな胸を衝撃し、そこにあらゆるリベラリズム的なるものを精錬し目覺めさせた情熱の動きがあり、この多端は復雜な動きゆく社會生活の明暗を、表から裏から覗かせてくれる高村光太郎の、全體としてもつ藝術的機能の豊富さといふものが、たしかにわれわれの悲劇性を救うてくれるのである。

百田宗治の「この樹の下で」（光十一號）の作品は私の一番の精神的感動を味はつた。それといふのも強烈な昏迷と焦躁の一大轉換の通過最中に湧き出るリズムの求めであつた。しかもまた、眞に求めるものゝみ眞に得た悦びを歌ひ、最早や壓搾された悲劇性の離脱から獨立し先行した鋭い叫びがある。

そこで藏原伸二郎の「出發」（光創刊號）を見るに、そこには形式への意欲としてルポルタージュ的な狂躁の一面が流れてゐることを見逃せない。しかも、愛に惱み愛に渇くものはひとり彼のみではない。大戰後の不安のなかにもわれわれは愛せんことを望み、失はんとする愛の苦しみを歌つてゐるのである。彼に對する作品は「戰鬪機」である。今後に於て夢見る如き美はしい魅惑的文體をもつてリベラリズムの空に燦然たる光芒を放ちくるであらう。この作品は大戰後の詩人に相應しい鋭さと明晰さとが失なはれてゐる。

菱山修三の「昔の花」（新女苑九月號）「夜三章」（巨人二月號）「旅へ」（大平二月號）の作品を見るに「昔の花」によつて深く濃やかなるリベラリズムの情感の纒綿に接したと言へるであらう。「夜三章」に於ける（夜の時間）はゲーテの所謂永遠に二元性なるもの、クリームヒルデのもつあらゆるゲルマン的なるものを精錬してゐる。（昔の町）と（歳月）にはなにか納的な隠影を持ち、眞の意識的な主題性にまで到達することができずにゐる。もしこの作に一つの形象を求めたとしたら眞の姿で同感し支持することができるであらう。「旅へ」は甚だ恣意的であり空想的でありまた暗示的象徴的であるから、そこに一種の抒情詩の流れを感ずる。教養あり機智あり知性ある彼のイマジャーションの的なものがあまりにも多すぎて、窮屈な記憶がたゞ雲と立騰るばかりである。

安西冬衛の「壯大な登攀」（大平二月號）の作品にはジイドのもつ深い目覺めをもち、そこに根をひろげ、無限の靈感を大地のうちから汲み上げ、一つの強壯な民族的詩脈として流露せしめてゐる。しかし、現時のインフレーション、饑餓と貧困、……悲慘と混亂と激動と不安の大轉換期に、まことに彼のリベラリズム的空想感念はあまりにも重荷であつた感じである。

北川冬彦の「冬景」（現代詩・創刊號）は、表現主義詩人シュトランムの芽生えがあるごとき豊穰な詩的收穫をもたらしてゐる。彼の荒れ果てた精神は、あらゆる昏迷と焦躁とを通過しながらなほ芽生えることをやめなかつた、短く鋭い叫びであつた。それは悲愴な迄に美しき形式への意欲であり、内容を最高度に表現した言葉の集中である。

篠澤英明の「林檎噛む露霜庭にあらはる、」（現代詩・創刊號）の、その情感の生々としたあたらしさは、まさしく現時詩壇の抒情詩をもしのぐと言つていゝであらう。眞理は永遠に新しいと言はれると同じく、眞の詩の生命も永遠であるべきだ。

城左門の「落葉記」（現代詩・創刊號）は、彼の新しさを認める。しかし、まだこゝろの山襞にわけ入らぬ淋しさがある。彼のこゝろの内なる櫟林を、さゞめきわたるこの清新な風は、現代詩のいかなる海邊から吹きわたつてくるのであらうか。期待される。

岡崎清一郎の「曇り日」（現代詩・創刊號）「屋根」（新詩人三月號）の「曇り日」は彼の作品としては發展の形をとつてゐる。「屋根」は無駄な表現を見出してゐて、極端なテヒニイクの極徴煩瑣に陥らうとしてゐる。

小林善雄の「絶望」（現代詩・創刊號）は、眞に絶望を表現し、讀者が（私の場合）絶望に打ちのめされたものがある。その格調の高さとその色彩の豊麗さとその感情の清らかさに於いて高く評價されるべき佳品である。

片桐雅夫の「白日」（現代詩・創刊號）の、表現のとりすましゐるものの、修練の根強さが缺けてゐる。そこには自己の内部に沒頭するものゝもつ一種不安の印象をとり去ることができない。

「新詩人」の穂刈榮一の「村雜景」「冬暮景」「山玩具」を見るに、なにか自己内部の小さな經驗に縛られてゐてのび出せない感じである。その詩格も亦或る頂點を過ぎた嗟歎の聲である。大島博光の「そんね」（新詩人一月號）前田鐵之助の「木枯の夜に」（新詩人二月號）は、感覺の鋭さがレスボス的である。過去を物語るになんら變るところがない。されば、レスボス的とは、熾烈な情熱と、感受性の豊麗優雅さと明朗濶達な旋律の絶妙さとの調和である。高木彰の「逞しき一日」「雷雨」（國鐵詩人一號）八束五郎の「城山」（鵬新年號）小田雅彦の「夜間飛行」（鵬新年號）鶴岡高の「秋日和」（鵬新年號）などはこのレスボスの情熱を指すものである。

詩誌「虎座」を綜合してみるに、竹内てるよ、山本和夫、關谷忠雄、大瀧清雄、眞壁新之介、等の高き答への背後にはまことに現時詩人を凌駕する生々しい角度の情感が失なはれてゐる。

山川弘至の「霧」（文藝世紀新年號）麻生良方の「妻に與ふ」（文藝世紀新年號）は、リベラリズムの肉體的解放がこの二つの作品に基本的な傾向がみられ面白く思つた。これらが現時の幸福を得るものであらう。

詩誌「日本海」をみるに、先づこれといふ作品がないので後にゆずることにする。

鈴木初江の詩集「女身」であるが、作品は女らしきものであつて、彼の缺點であるか特徴であるか、最後の二行でポッチリ切つてゐるところに魅力の溢れがある。なかでも「山のみは美はし」と「離るる日」がよき表現を見出してゐる。しかし、これら生活を歌つた形象化は豆腐の四角のやうな頼りないマンネリズムに墮ち、ほんとに些細なことではあるが、そこにはどうしても考へて置かねばならぬ事が未だ解からずに殘されてゐる樣に思はれる。彼はサッフオーの美しい女性感の追究を必要とする。しかして期待される。

歌人釋超空の「近代悲傷集」（人間二月號）の、詩的飛躍によつての、描寫操作の感性の豊富さが、深く現實に密着しながら、人生の美しい積極面を概括した。かくのごとき作品には一種の脆さがかくされてゐる。

杉浦伊作氏の「あやめ物語」（現代詩・創刊號）の作品を讀んで、そのなかに、如何なる意味合からも、眞の自由なる冒險を感ぜしめる何ものかを見出すことができた。しかも、戰爭的雜音を見出すところのない空氣が漂ひ、不敵の面がまへを見てとらねばならぬのかも知れぬが。その現實的な深さに於いて探りとらうとする努力があることは確かだ。この作品は、けつして今日そのものの氣分を把握し得たものでなくそれはたしかに現代の「時」を、そのあらゆる切實さに於てとらへようとしたものである。彼がもし、この作品に於て多語性を壓殺する文章の性格を見出されたならば、夢見る如く美はしい魅惑的文體をもつて日本詩壇の空に燦然たる光芒を放ち得る。

山崎馨の「森の暗き夜」（現代詩・創刊號）の詩は單なる力の拔けた肉體の求めにすぎない。全体としては缺點だらけである。しかしその樣相には、詩精神の自信が背後から虛妄的缺點を脅かさんとしてゐるもののごとくである。

これら幾多の作品が巨大なる詩人によつてどつしりとそびえてゐるが、もつと廣大な客觀的認識に俟ねばならぬところの巨大なる現實を忘るべきではない。詩に於ける悲劇性の恢復が、如何に困難なる屈折と苦澁にみちた戰ひであるか、眞のリベラリズム文化の光彩になほ多くの希望を繋がしめる。

編輯後記

○終戰以來小說らしい小說として讀んだものに新潮新年號の創作、阿部知二の「緑衣」がある。北川冬彦さんにすすめられて讀むだが實に感心した。求めに應じ書きなぐるコマギレ作家群の中で、ここまで腰を据えて仕事する作家は尊敬してもいい。

○巻末で、パリで繪を勉强し、タンゴの上手だつた伊達者が歸朝後應召し、出征したこのインテリ傷痍兵の、最後の詞は（作者の精神でもあろか）終戰以來いろいろな事を云ふたり辯解がましい事を云ふ藝術家にきかしたい。「日本で、學問をするものや藝術をするものが、おれは戰爭で思想が變つた、と誰も彼も云つたり書いたりしたらしいが、變つたといへば、僕はご變つた奴はないはずだが——しかし僕があの窓をみたり、窓の外の壁や枯木を見たりする「眼」はちつとも變つてならない。——創造する眼は。」

○編輯も第三號で板につき、四號の作品號の如きは、實にいい氣持で編輯出來た。豫定した原稿が、編輯日までにちやんと屆いてゐたからである。勿論まだ二、三の詩人にも依頼して置いたのであつたが都合で、（郵便の延着）次號に廻した。寄稿家、讀者の御了解を得たい。

○編輯日には、鹽野、山崎兩君が、カットを描く畫家同伴で來て手傳つて吳れた。此の日は、北川さん神保さんは都合惡るくて來られなかつたが、前日いろいろ編輯上の指示を受けて置いた。

○色々な人々に御寄稿願ひたいのであるが何分にも住所が不明でどうしようもない。なんとか、各位が編輯部の方に御通知願へれば幸甚の至りだ。古い詩人や知友が「現代詩」を見て通知を吳れるのは有難い。

○越後の淺井十三郎君も近々上京の豫定。發行者、編輯者、そし編輯企畫、贊助者等一同會席して、大いに「現代詩」の發展を相談する。よりよき雜誌にしたいから。

○別途發表するが、北川氏、神保氏等が提唱して、浦和に浦和詩話會を結成する。埼玉會館あたりで會合するつもり。參加希望者は編輯部へ一報を乞ふ。（杉浦）

現代詩　第一巻第四號
定價　二圓　〒三〇錢

詩と詩人社會員費　一年　五拾圓
本誌並ニ詩と詩人配布
廣告料ハ一頁マデ相談ニ應ズ
送金ハ小爲替又ハ振替利用ノ事

詩と詩人會員外購讀ハ主トシテ店頭ニ購入願度

昭和廿一年四月廿五日印刷納本
昭和廿一年五月一日發行

編輯部員　杉浦伊作
浦和市岸町二ノ二六

編輯兼發行人　關矢與三郎
新潟縣北魚沼郡廣瀨村大字並柳

印刷人　本田芳平
新潟市西堀通三番町
昭和時報社

發行所　新潟縣北魚沼郡廣瀨村大字並柳乙一一九番地
日本出版協會員　詩と詩人社
淺井十三郎
振替東京一六一七三〇番
會員番號A一一二〇一四

配給元
日本出版配給株式會社

純粋詩誌

詩と詩人（別册・詩と詩人通信 新人作品）

—同人制・毎月刊行—

第五十九號

詩篇 其他

河邨文一郎・龜井義男
杉浦伊作・正木聖夫
眞壁新之助・山田嵯峨
淺井十三郎・田村昌由
新人力作數篇

頁數 三二頁
定價 二・五〇錢
郵税 三〇錢

詩と詩人社團體費
一ケ年 五十圓（詩と詩人現代詩頒布 詩と詩人通信）

編輯部 淺井十三郎 田村昌由

發行所 詩と詩人社
新潟縣北魚沼郡廣瀬村並柳
振替東京一六一七三〇

—新日本詩壇の鳥瞰圖—

クオータリ・現代詩論・

四六倍版・三百頁内外・

詩論・研究論文・詩作品・エッセイ・随筆・アンケート・外國詩壇紹介・其の他六號雜記

★編輯スタフ募集★

編輯委員決定の上は目論作の發表
讀者の希望を滿たすため。

・編輯委員・

—交渉中—

北川冬彦・神保光太郎・近藤東
笹澤美明・岩佐東一郎・鹽野筍三
村野四郎・藏原伸二郎・寺田弘
伊波南哲・淺井十三郎・杉浦伊作

編輯部 杉浦伊作
編輯責任者 淺井十三郎

發行所 詩と詩人社
新潟縣北魚沼郡廣瀬村並柳
振替東京一六一七三〇

特輯作品號

現代詩

THE POEM OF TODAY

"現代詩を語る"座談會特輯

六月號

詩と詩人社

昭和二十一年五月二十日第三種郵便物認可
昭和二十一年五月二十五日印刷納本
昭和二十一年六月一日發行
第一卷第五號（月刊）

現代詩　目次

六月號

現代詩

六月號

詩の豫望

佐藤　清

　我々の詩は、泰西詩の刺戟の下に、日本詩歌傳統への、きびしい批評を以て始まつた。由來六十年、其の間に我々が殘した業績は果して如何なるものであらうか。我々は再び容赦なき批評を、此の六十年の業績の上に加ふべき時期に到着してゐる。詩は、藝術であるよりも、天才であるとは、詩聖の言である。天才とは何か。詩に於ける天才とは、純眞の至情をおいて他にありえない。至情は形式と用語を決定する。更に、これを逆に言へば、其の形式と用語とを以て、其の至情をテストし得るとも言へよう。この意味に於て、私は過去六十年に於ける我々の詩の發展の段階を調査することに依つて、今日、我々にとつて最も緊急の問題は、擬古體の廢棄、文語詩の放擲、口語詩形式の飛躍的革新等の問題であらうことを知るのである。そしてこれらの問題の裏づけとなるものは感動の拘束なき表現といふことである。たしかに、我々が今日までに爲し遂げた最も大きい業績の一つは、口語詩の創始といふ一事であることを忘れてはならない。今後、我々の詩の批評の基準は、先づ其の第一條件として、其の作品が口語詩であるか否かを以てすべきである。詩人の恥づべき所のものは、虚僞と虚飾のみである。我々は、内なる、靜かなる聲に耳を傾け、瞬間も、その聲を無視するやうな表現をすべきではない。極端に正直なものが詩人である。

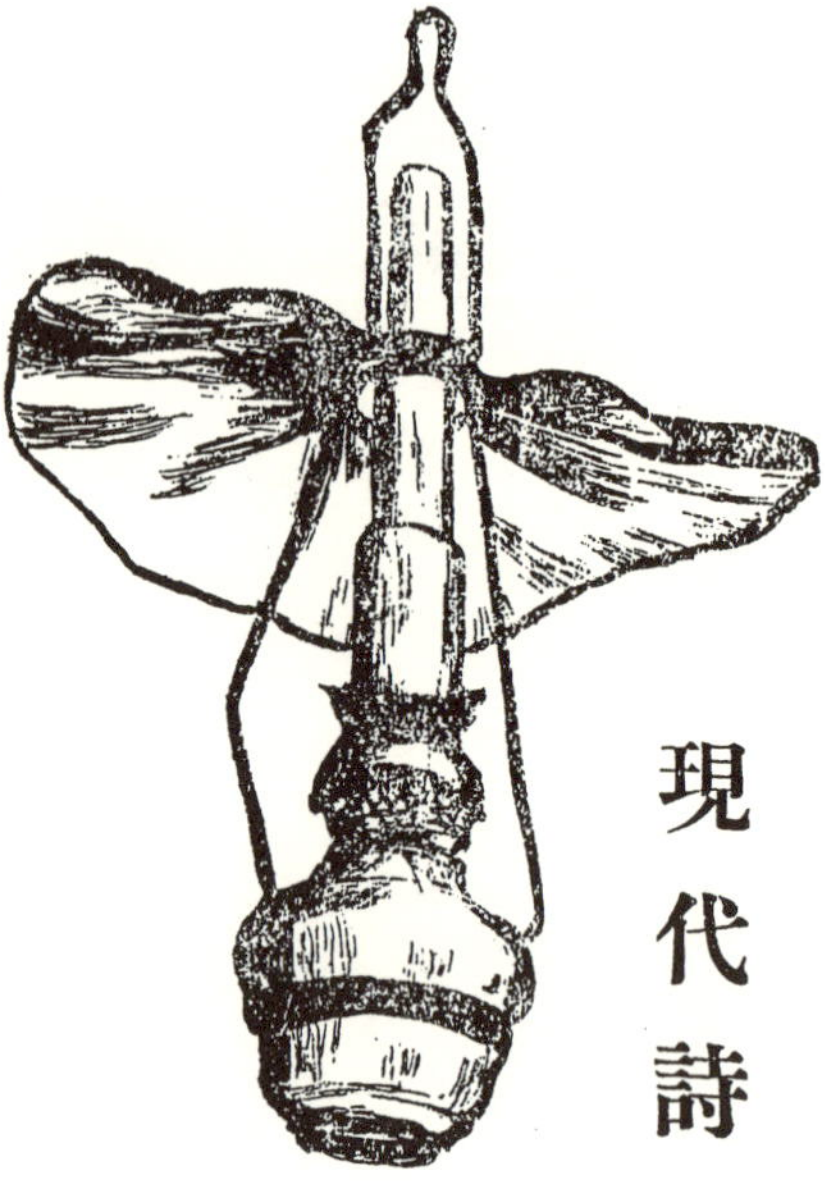

現代詩の周圍

北園克衛

「現代詩」の創刊號で「絶望への意慾」といふ神保光太郎君のエッセイを讀んで非常に共鳴した。敗戰が終戰であつたり、占領軍が進駐軍であつたりする、この國の政治家の小細工は實に國民を淺薄な安易感のなかに溫存して了つたやうに思はれる。彼らはこの敗北がどういうことを意味してゐるのか考へようともしなくなつてゐる。この結果は戰災者や復員軍人や送還されてくる同胞に對する無關心な態度となつて現はれてゐるし、闇屋は平然と飢餓線上の民衆の財布を締めあげてゐる。勿論資本家は彼ら一流の巧妙さで蒐積した物資の上に坐りこんでこの面白くない時が過ぎ去るのを悠々と待つてゐる。智識人は、こんな結果は最初から解り切つてゐたやうなことを言ふ。するとさういふ雰圍氣が出來て來て、誰もが最初からかうなると言ふことが解つてゐたやうな氣がしてくる。この雰圍氣の中で軍閥や財閥に毒づくことになる。確かに彼らは國民を奴隷としか考へてゐなかつた。攻撃され非難されるのは當然である。然し智識人のどれだけが今日の日本を豫見してたか。

しかし翼賛會のあの陋劣な國民運動に對しては大部分の智識人は絶望してゐたやうに思ふ。また官吏や公吏の無責任な行動については痛憤の極に達してゐた。そしてこれが僞らざる日本であつたのかと、今更に顏をそむけざるを得なかつた人も多いことであらう。

日本民族は確かに優秀な民族かも知れない。自分も日本民族の一人であるからさういふ信念を失ひたくはない。だが今日の日本民族の在り方には致命傷的な疾患がある。それは近代文化と背反する封建主義的疾患であり、家族主義的疾患である。このことについては現在自分たちが骨に徹して經驗しつゝある公德心の皆無、社會人としての資格のない行動などをあげることが出來る。社會人として行動したり、社會人として見ることの出來ないと言ふことは、自らを奴隷か野蠻人と同一の水準に置くことである。すくなくとも現代の人間とは考へられない。

封建主義はわれわれから社會人としての責任感を奪つてしまつた。彼らの恐怖政治はそれをわれわれに餘儀なくさせたのである。また家族制度はその陰欝な因襲によつて個人の自由と感情を變歪してしまつた。かうして日本民族は一種の變質された人的資源とまでに墮落してゐたのである。また家族主義が富の配分を非常に偏狹なものとして來たことは、すべてのひとびとが經驗して來たところであつて、文化の發達を極度に阻害して來た利己主義は「立身出世」の美名を以つて擁護され、このエクセントリックな思想は國民學校の教育方針にまで侵入してゐるのである。克苦勉勵とか勤儉貯蓄とか、かういふ思想は一體どういふことを意味してゐるのか。ただ牛馬の如く、生涯を通過するための呪文でなければ幸である。

すべての文化運動は先づ國民に批判力を與へること、批評の基準と方向とを與へることから始めなければならない。文學者の目的も亦同樣である。今日の小說が單なる記錄、それも僞造の記錄を以つて終つてゐるものが多いのと同樣に、詩に於てもこの現實を逃避してゐるとしか思へないやうなリリックに對しては、自分は苦笑を感じないでは居られない。それらは明らかに文學上の利己主義者の姿である。勿論、自分は過去の失敗や追憶を反芻することが詩人のすることのすべてでは無いと思つてゐる。むしろそれらは自己の思索の世界に於て、處理することの方が良いかも知れないと思つてゐる。そして、將來の詩の發達のためになされる努力はやつぱり貴重であり、より重要であるとも考へる。若し諸君が海外の詩を相當の期間に亘つて讀んでゐるならば、日本の詩が、小說ほどに遲れてゐないことを知つてゐる筈である。しかし、それは日本の詩のピラミッドの先端だけの話であることも知つてゐる筈だ。ピラミッドと言ふよりかオベリスクの形を想像した方が當つてゐるかも知れない。

からいふ極端な、言はばオベリスク風の進歩は決してよろこぶ可き狀態ではない。さういふ意味で詩人はもつと作品や評論を冷靜に豊富に讀み、分析しなければいけない。そして習慣や惰勢で詩を書き續けてゆくことを自分自身で監視し、反省し、絕えず新しい發見のために自らの知見を豊富にすると同時に、新しい作品への新鮮な、潑剌たるアンビションに充ちてゐなければならない。新しい作品のためには勇氣と情熱とが必要である。詩は純潔な情熱の凝結である場合、詩は美しく、高貴でさへあるだらう。

　自分は若い詩人たちに注告する。あらゆる詩集を讀み、分析し、批判することを。近代詩の歴史に精通することを。しかしそれでは充分ではない。近代文化の基礎をなしてゐるあらゆる書物を可能の限り、廣汎に讀むことをすゝめる。いかなる先驅者も天才も、この精進なしには現はれたことが無かつたし、今後も現はれはしないであらう。そしてあらゆる偉大な、魅力ある詩は、教養の量と精神の高さとの上に燦いてゐる。一世紀に近い日本の詩の歴史は亂雜ではあるが、相當の遺産を遺してゐる。ひとびとは海外の作品や論文を讀むばかりではなく、それらの遺産をよりよく用ひることを心がける必要がある。そして過去の詩人達のやうに、外國のものでなければ引用することも、採り上げることも出來ないといふやうな奇妙な習慣を反省することも必要である。

　戰爭中「詩と詩論」の運動以前の詩人たち、詩人よりも小說家に支持されてゐた詩人たちが、ラデイオ、新聞、雜誌を見事に占領した。これらの詩人達は春山行夫君から無詩學派と命名された不勉强な詩人達の一群であつた。かれらは無詩學派の名に恥じない盲目の大膽さで國民詩、愛國詩の先頭を切つて行つたのである。確かに彼らは官僚を利用することに於て、ジャナリズムに適應することに於て職業詩人の敏捷さを示した。彼らが若し今少し頭があつたら、今日の詩はもつと違つたものとなつてゐたかも知れない。三ッ子の魂百までも——彼らは原稿料を稼ぐ面白さに現を拔かしてゐるばかりで、詩のセオリイを作るとか、新しい傾向を生むとかいふことには全くビテカントロピス的無智のなかに居たのである。彼らは、その空虛な頭を韻律の巧妙な調子で粉飾し、僞瞞するのが總てであるとしか思へない有様であつた。彼らは然し確かに詩のプロパガンダといふ點に於ては優秀な成績をあげてゐる。そして此のことに關する限りわれわれから感謝されて良いと思ふ。しかし、多くの若い詩人たちが、彼らの空虛な韻律詩のエピゴオネンとして氾濫してる事實に直面して、暗然とならなかつた詩人はおそらく無いであらう。われわれはこれらの誤られたる膨大な一群のために如何に多くの努力と時とを費さねばならないかを思ふ時、痛憤と激怒を感じないわけにはゆかない。

（昭和二十一年三月三十日）

詩人と「意欲」について

笹澤美明

一

感性の問題は詩人の決定的位置を與へるポイントであり、鍵である。之なくしては詩人の資格を失ふと言つてよいと思ふ。

かつては感性の詩人は天才的であると言つてもよかつた。自然發生的といふ意味から、そこに何の技巧も要らず、湧き出る情感を詩に綴り、自由奔放な作品を書き得た時代があつた。そして苦もなく詩人としての才能が批判された。天才と凡庸と。凡庸詩人は湧き出づる感情のまゝに歌へと主張して、自然發生的な詩を書き散らした。しかしそれは直ちに天才と凡庸とを觀破され、區別される結果になつた。かゝる作品が尊重されたのは、天才の場合に限ることを知らなかつた。或は又、天才と雖も書きなぐつたまゝの作品であつたかどうかといふ秘密を知らない場合があつたに違ひない。實は天才の場合は、作品が紙に移される以前に、自然に技巧化され（意識無意識に拘らず）てゐたといふことも考へられる。それでこそ天才の意義が問題になるのである。しかし又、天才によつては案外技巧をもつて、その邊の秘密をぼかしてゐたかも知れない。よく技巧の跡も見えず、素直に表現されてゐる作品に接するが、案外それが苦心や推敲によるものであつたり、「無技巧の技巧」であつる場合がある。

しかし何れにしても感性が尊重された時代があり、それのみが詩人の優位を獲得した時代があつたのである。そして現在でもこの感性は重要な詩人の位置を決定するのである。

二

近代精神科學は我々現代人に、重要な能力を與へてくれた。自然科學は物に對する知覺の能力を教へたが、精神科學は物に對する本質的な觀察力や理解力を自覺させた。精神といふものを永い間の睡眠から目覺ませ、その活動を開始せしめたのである。ここに感性に對する知性の發達が行はれた。物質主義の優力も、この精神の力や知性の動きに對しては、近代生活の中にそれの地位やその集團の住居を許さなければならなかつた。どの國家も知識階級といふ、生活力に弱點があるとは言へ、その精神を武器とする潜勢力には侮り難いもののあるのを認めた。そしてその階級が事實、時代を動かしてゐたのであつた。

文學は哲學や社會學と共に、この知性運動の急先鋒であつた。詩人は最もこの重要な役割を勤めたらう。彼等は過去の自然主義などが生んだ本能的な(動物的な)感情を整理し、サブライムし、洗錬することにも成功した。無軌道な奔放な情熱を制御し、これを知性の園に培養し、美化することが出來た。これは確かに大きな業績である。主情主義に對する主知主義は近代の文學に重要な位置を占めた。これは十八世紀のクラシシズより遙かに理性的なクラシシズムを文學に體現したのである。情熱は恰かも氷柱花のやうに、知性の中に閉ぢ込められて美しく輝いた。そして情熱は心の中で愼ましく焚かれねばなかつた。

インテリジエンスといふことは、教養人にとつてきちんとした衣服と同様に必要なものとなつた。彼は知的であり、理解力があり、溫情を持ち、秩序を愛した。文學の上にこの特質が現れたのは言ふまでもない。現代詩のフオルムや詩人の態度まで決定されたのである。

しかしインテリジエンスの生み落した子供の中で「賢明」は小賢しさや利己主義や無氣力さへ生んだ。我々詩人の態度や作品にもこの特徴は現はれた。我々はそこに、美しくはあるが、生氣なき開花を見、時には表面、水々しさを裝ひながら、果汁の乾いた結實を見た。詩の世界は、奥深くはなつたが、濶然とした視野を失つた。

知性の弱點はかくて曝露された。

三

戰爭開始以來、世界は嚴しい現實に取りまかれ、その現實は缺乏から饑餓へ、苦惱から苦悶へと我々を驅り立てた。近代人としての知性は爲めに不覺にも途迷ひ、自らよき同行者として導いて來た感性は、原始的な熱情に還り、再び本能に支配されるやうな危險を惹き起した。そして知識人と自負する人さへ、原始的な感情の爆發することがあるのを駭然として自覺したのである。制御する力は失はれはしない。然し外界からの力には屢々壓倒されさうになる程、知性の弱體であることを知つた我々は危ふく知性の衣服を剝ぎ奪られるやうな危機さへ感じる。

今我々は如何にすべきかといふ問題と解答の間にさ迷つてゐる有様である。我々は原始に歸らなければならぬといふことも一つの解答であるかも知れない。無論この原始といふ意味は、文化や文明に相反する野蠻のことではない。簡單に言へば、人間性の自覺と再出發の意味である。我々はその世界に赤裸々な、眞の心情を發見し得るかも知れない。人間性の深い探求は、愛の寶石を掘り出すことが出來るだらうといふ豫感を人々は持つてゐる。感性のカンテラと知性のツルハシは、その深い坑道のために最も必要な道具であることは言ふまでもない。ここに又、十八世紀時代の原始に還るべき方向を辿つたロマンテイシズムと異る。特性があると思ふ。

只、私はこの坑道に行くために携へるべきもう一つの重要な器具を忘れてはならないと思ふ。それは現代人が總ゆる新しき道に進むためにも必要である處の意欲である。これなくしては現代人は歩行さへ困難である。意志の力は感情を抑へることが出來るが、正しき情熱を爆發せしめることも可能である。戰時中、戰爭に反對したインテリジエンスも、この意欲を缺いてゐたために、彼等は無氣力と絶望に逐ひ遣られた。勝たむと念願した人々も意欲を失つた故に敗れたと言つてもよいのである。現代生活者である詩人にもこの意欲を必要とする。そしてこれを將來の特に若き詩人に現代人の一つの自覺として提言する。

心によせて

敵機來襲下、吾はゲオルゲをよみて夢を
話し、妻は庭べの筍をひつ提げて來る

眞田喜七

室内一物もなきをこのむ
あかるい　好文木の燻り
ゲオルゲ一冊

しづかにあらうとして
しづかにありうることなど
風に吹かれひかり
等は

この日　この時
千載の痴夢のほとりに
掘り起され。

日記

六月十七日のこと

詩を想ふとき永遠をおもふてゐる
詩を想ふときこの一瞬をわすれる
むきあふ祖國の闇《よ》にあつて
そのほかをおもふは、みにくゝ
刹那の影にみな充される。

いのちに寄せて

室内

六月二十七日に

六月もすゑつかたの
ひとゝき
嵩い　翳をすませてゐる

内光の鏡
ふうつ　と、いのちに瞞されてゐる、
そのもの。

むし暑い宵

戰火迫まれるおなじ日のよひに

いまはじめて
夜の前栽の穂を
颱がはらはら
音たてゝわたりそめる
迷誤多い人の生《よ》にありて
なほくさぐさをおもふ。

戰ひ熾しかつた時から半歳、ひとゝせにならうとする。詩を需められ、いふところの戰後の詩とはかくの如き囀ひにはあらざらんも、かの當時もなつかしければ、日記から二、三を拾ひて。これらみな危急不利の日の懐ひなりとす。

美しい聲

高橋新吉

子供等がペチヤクチヤ饒舌くつてゐる。
その邊りの空氣だけがキレイになつてゐる。
雀のさえずるやうに、
大して意味のない會話を、子供等はしきりに
かはして遊んでゐる。
聞いてゐてもあまりやかましくない、
この世のけがれによごれてゐない心を、
子供等は持つてゐるが故に、その聲は
美しいのかも知れぬ。

詩三篇

小野十三郎

針葉樹帯へ

シベリヤの東では
これからが重工業である。
わが小さな荒地の妖精どもは
岸がうつゝて
向ふ側にゐる。
グイ松か何かが
少し見えるだらう。

パイプについて

さびしくなつた

こんなものを作つてる
友だちはさう言つて
ぼくに小さい細身の眞鍮パイプを一つくれた。

一九四四年ごろ。
北加賀屋、平林の諸工場が
隔絶して
あんなに遠く
茫漠たる彼方にあつたことを
ふしぎに思ふ。

河川生産物 No. 1

春。
北西の町は
燃料が不足して
立枯れになつてゐる葦を刈る。
まづ裏口から！

美しい巡禮

阪本越郎

夜が去つた窓に明るい朝がくるやうに
陰氣な寒々しい冬が立ち去つて
春がおとづれてくる番だ
何やらいゝ匂ひが立ちこめ
新しい聲が銀のやうにひびく
お葬ひの鐘――冬の野邊送り

雪の山がきらきら光る野の末から
菫の奴らがさきだした田舍の方を巡つて
若い鶯はあの敏捷な飛翔と鋭敏な感覺で
郊外の灰色な庭々に
わかわかしい早春をおしひろげる

朝の鏡のやうな空に反響し合つて
天使は二羽も三羽もゐるかのやうだ
黄色の煙が眞直ぐに立ち上る
家々の窓がひらかうとする前の
一瞬の靜肅を
美しい聲の巡禮が通り過ぎるから

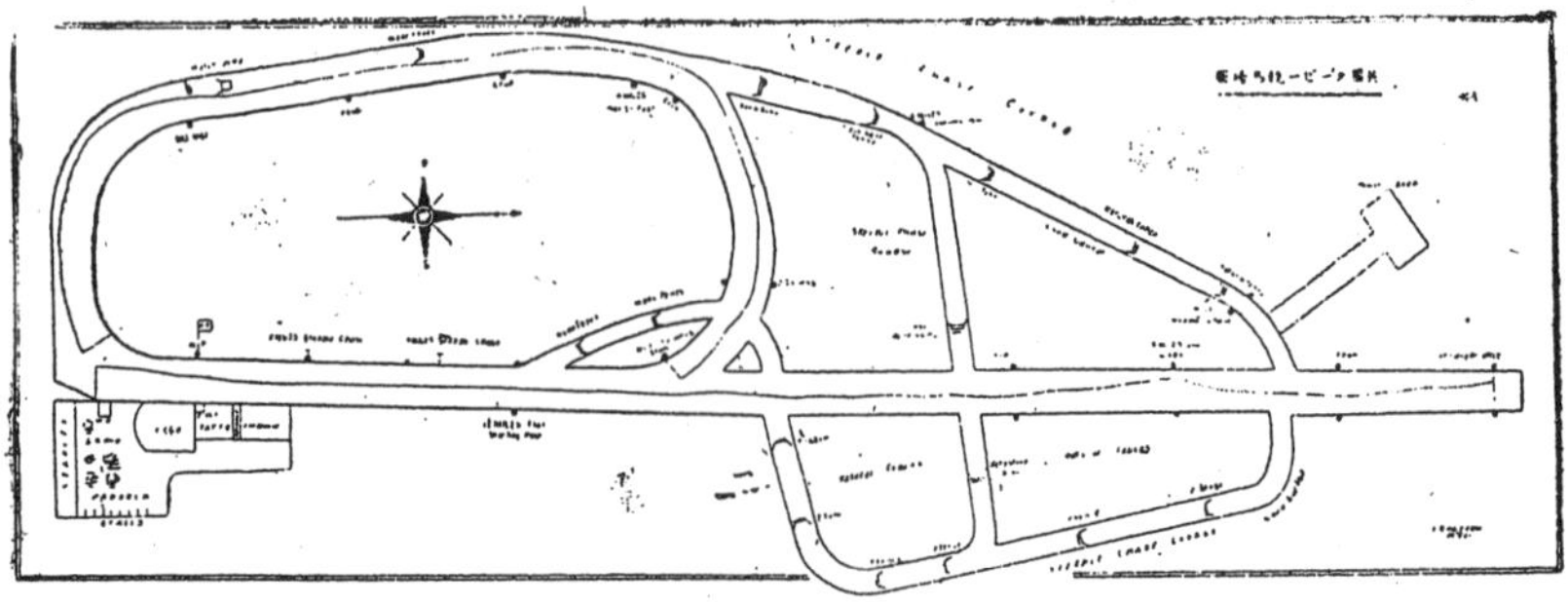

詩壇考現學

——座談會——

北川冬彦
神保光太郎
近藤東
寺田弘
—編輯部—
淺井十三郎
山崎馨
杉浦伊作

古語と口語の問題

杉浦　今夕は御忙しいところを御參集願ひまして有難う存じます。笹澤美明氏もお招きしてあるのですが、恰度ラッシュ・アワーの制限時刻にひつかゝり缺席といふことになりましたやうです。

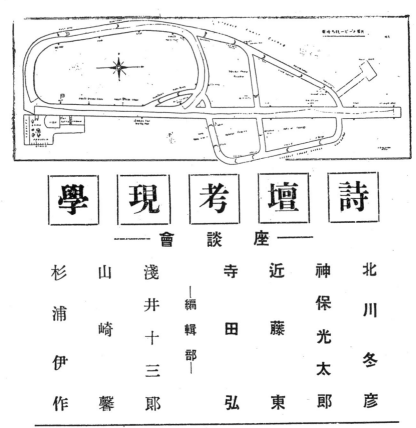

まづ最初に、現詩壇で一つの宿題になつてゐる『口語詩と古語（雅語）の問題』、短的に云へば、古語や雅語で詩を書くの可否に就いて、北川さんの御意見を拜聽したいと存じます。

北川　新聞や雜誌にのつてゐる現代詩を見ると、その半ばは古語で書かれてゐるやうです。端的に云ふと、このいつが全く僕には解せないのです。現代に生きてゐる詩人でありながらどうして日常の生活語で詩を書かないのか。明治年間に自由詩の運動が起つて、日常の生活用語である口語で詩が書かれ出した。現代の自由詩は、當然、この運動の發展としてあるべきであつたのに、それが發展しなかつた。それはどう云ふわけであつたかと云ふと、結局今迄の日本の政治體制が禍ひしてゐたのだと思ふのです。つまり封建制の殘滓がそこに、そして戰爭の始まる前あたりから國粹運動のかたまりと共に、ますます詩人の古語使用は旺んとなり、愛國詩の殆んどは古語雅語を以つて書かれた。神がゝりの思想にぴつたりした譯だつた。ところで、われわれの世界は敗戰とともにひつくりかへつた。今日ではあの厳めしい古語雅語で書きつらねられてゐた憲法でさへ口語で書かれるやうになつた。今日、詩人は當然、口語で詩を書かねばならないのだと思ふのです。

神保　僕は北川さんの意見には大體贊成だが、もつと幅汎く考へたいと思ふ。僕は實際の創作の上では口語も文語も使つてゐて、口語詩といつて意識的な限定を設けてゐないが、要は、口語であれ、古語であれ、その詩人がこれを生きて用ゐてゐるか否かに懸つてくるのであると思ふ。詩の未來は口語といふことは正しいと思ふ。いや、或はもつと新しい形態が展開して行くと僕には思はれる。北川さんは古語や雅語の封建性を指摘されたが、しかし、それだからといつて、古語や雅語の性格をこの一面からのみ見ることは考へものではなからうか。敗戰後の今日、私達が「萬葉」とか「古今」などの日本の古典を新しく讀みなほさなければならぬやうに、私達の古い言葉ももう一度新しい眼で見なほしていゝと思ふ。そしてそこから、現代に生かせ得る言葉や形式を遠慮なく私達の血となし肉としてとつてきていゝのではなからうか。但しこの場合、單なる形式模倣とも見られる形の上だけの所謂擬古趣味に陥ることは警戒しなければならないだらう。

北川　その點僕も贊成です。古語雅語のなかで現代語として活かして行ける言葉があれば使つて結構です。けれども、主流としては、當然口語でなくちやならぬと思ふのです。口語體でなくちやならないと。

杉浦　外國の詩壇に於ても、現在日本の詩人が古語や雅語で詩を詠ふやうに、たとへば「ギリシヤ語」とか「ラテン語」風な古語に關するやうな文學で詩作してゐるものがあるでせうか。

ソビエットのプーシキンなぞは、從來の詩人たちが、使ひ古した生氣のない、こちこちの月並の美辭麗句なぞとは完全に絶縁して、單純平易な日常語を縦横に驅使しつゝ、そこに生き〱とした美しいリズムを「オネーギン」あたりで發揮して、現在の若いソビエットの詩人はそれについて行つてゐると云ふ話ではありませんか。又中華民國の現在でも、若い詩人は白話で書いて、漢詩的な文字を使用しないさうである。かう云ふ意味で、外國詩人の方は、近藤さんどうですか。

近藤　西洋の場合でも、例へば、韻文の作法といふやうなのがあつて、そこに當てはまらないと、所謂「雅語」なんかを使つたりするのですが、それが古語だと云へば、古語を使ふことにもなりませうが、一寸西洋の場合は趣が違ふやうに思ひます。

「アカハタ」に口語詩を使用せずに古語で表現してゐるのを見ますね。ぬやま氏など――

北川　そんなのがあるんですか。矛盾も甚だしいですね。そんなことぢや「アカハタ」も、民衆を引きづつて行けませんね。僕は共產黨の選擧演說を浦和の街頭で聞いたが、言葉が固くつて、はらはらしましたよ。一體、どう云ふ人達に向つて云つてるんだと云ひ度かつたですね。例へば「勤勞大衆」と云ふのですが、どうして「働く人たち」とくだけて云へないのかと腹が立ちましたよ。しかし「アカハタ」で古語の詩をのせてゐるやうでは無理もありませんね。僕は移動で投票できなかつたが、共產黨に一票と思つてたんだ。

近藤　私も口語で書きます。が然し古語で書いたら絕對にいかぬといふ氣は起らないです。

杉浦　いかぬとかいゝとか云ふ問題よりも、日本の現在では、國語問題も起きてゐる時なので、實際に口語をある程度に統一するならば、當然として、文化人は、現代の言葉を持つて意志表示をなすべきだ。と云ふ風に北川さんの意見を解釋して行つては。

寺田　所が現代語で書いた場合には、詩がとげとげしいものになりがちで韻律といふことを非常に考へてゐる人達は、どうしても古語を使ひたくなりがちではないでせうか。

北川　詩語として口語では不滿なことは僕も感じてゐました。理論的に追求すると日本語絕望論になります。しかし詩作の現實にあつては、口語詩でないと感情が出ない。僕は如何に蕪雜であらうと現代詩人は口語體で詩を書かなきやウソだと思ふのです。日常生活の中に詩語を見出し、新しい詩語を創造すべきだと思ふのです。そこに新しい響きや、新しい韻律が發見されるのだと思ふのです。

神保　口語自由詩運動の出發の精神は日本或は東洋傳統の詩精神である風流の道の否定にあつたと思ふ。しかしながら、詩の上で、必ずしも口語が絕對の勢とはならず、雅語による詩にも多くのすぐれた作品が生まれてゐる事は、否定しきれない日本民族の血のさせるわざであると思ふ。

そして、日本の詩の將來を考へた場合、日本の詩が世界詩の一環としてどうした展開をとつて行くべきかを省みる時、單なる傳統の否定といつたことでは問題はかたづかないだらう。寧ろこの傳統、日本人としての血の肯定を含めて、新しい現實に立脚した道が開かれねばならないと思ふ。そして、口語とか文語の問題も自然に解決して行くのではなからうか。

杉浦　個人的の性格に依るやうです。例へば高村光太郎の如きは、最初から口語が主であるが、性格的の對照になる佐藤春夫の如きは、最初から雅語に依る手法で、そこで、彼の心情を心にくいまで表現する。白秋の如きは言靈として、言葉を重んじ、然し、口語でも古語・雅語を實に自由に使ひこなしてゐる。白秋の場合は、性格と云ふよりは、その詩の内容を表現するの一つの手段として、どちらをかを選擇するのだが、白秋の如きは、神技に近く、何れも成功してゐる。考へて見ると、强い性格の人は、口語で、抒情性豐な人は雅語になりがちではないでせうか。

神保　高村さんの場合、特に、戰爭以來の詩は、口語詩といつても、寧ろ文語詩に近いやうな風格、漢詩的な律格に書かれてゐたやうなものが多かつたと思ふ。佐藤さんは雅語を用ひるが、たとへば、その初期の「佐藤春夫詩集」の中の抒情詩などは、雅語で書かれながら、それを感じさせない和かなものがある。かうなると、口語とか文語とかの形式の上の問題でなく、その底の精神のことからではなからうか。過去のプロレタリア詩は口語詩であつたが、その中には文語で書かれた詩よりも生硬なものなどがたくさんあつたと思ふ。「アカハタ」にある詩は見てないが、かうした觀點からながめることも許されるのではなからうか。

北川　高村さんの詩は、戰爭の詩になつてから、あの人の言葉の良さがなくなつた。

新聞に出る流行の言葉がとんどん這入つてゐる。彼でなければ書けないやうな詩ぢやなくなつてきてゐた。戰爭讃美的愛國詩を書いた場合、高村さんはまさか本氣でなかつたとは云へないであらうが、外部から見ると引きづられたと云ふ感じがする。それ故にこそ詩が味けなく、概念的になつたのだらう。

淺井　同感ですね。然し、かういふことも考へられるのではないですか。私たちが一つの世界觀に立つて眺めた場合、或は我々の文學そのものゝ立場から眺めた場合又は、私たちの據つて立つ言語發生の場合から、今日に於ける詩語の在り方を考へてみなければならない。即ち表面から、古語とか口語を眺める場合に、北川さんのおつしやるのは、吾々は現代に活きてゐる。故に當然現代の言葉で詩はなされなければならないと言ふ事に盡きるやうですが、こゝで吾々は詩の未來と同時に、未來の社會といふものを心がけなければならない。今のものを地盤として次の世界のものを考へなくてはならない。それを押し進めて行くならば、現在の社會狀態といふものが、資本主義的な「デモクラシー」と、民主的な「デモクラシー」が嚙み合つて居るが、それを解決するものは、吾々の社會革命を通してなされる。現在の言葉はその時初めて現在の言葉として生きて來る。然しそれのみに留つてゐたならば、吾々の傳統といふものは、どうなるか。人間の本當の聲といふものは、さうした地盤から浮び上つた言葉でなくてはならぬ。さうした言葉であるならば、吾々各自の言葉といふものは絕對絕命のものだ。要するに、一つは革命といふやうな、次の社會の方から眺めた見方と、一つは人間の自由といふものを尊重するといふ所から行つた見方であるが、是は兩者一つのものとして結合した上に於て、改めて吾々の次の社會に對する考へ方、活き方といふものが、どうあらねばならないかといふ問題にぶつかつて來る。徒らに口語だ、文語だといふやうな考へ方のみでは、表面的で解決されないものを含んでゐるのではないかと、私は考へます。一つの文化といふものが、さういふ所から吾々の生活にくひ込んだ時に、初めて詩が生きて來るのだといふやうに考へられるのです。

神保　口語で書くといふ信念を持つことは差支へないと思ふけれども、それに依つて、創作の上で却つて束縛されるなら問題ですね。そしてあんたの言ふのは未來の社會に對する理想と言ふものを含めて現實に對さればならんと言ふんですね。

淺井　そこで僕は文語で行く、口語で行くといつた場合に、どうしても現在の言葉を以てやつて行かなければ自分の言ひたい事が逃げてしまふ。といふのは、古語にしたならば吾々の意慾といふものがすでに古語の中の死語にとゞまつて我々の言葉の典型とは凡そかけ離れて沒社會性のものとなつてくる。即ち新しい別個の現實に對する新しい世界を望む意思が失はれてくる。さうした古語を使つた場合には我々の詩語は噓だと考へざるを得ない。然し今古語を使つても、現在の口語の中へうまく消化されて、次の社會に一應通して、吾々の要求する世界へ必然的に行かなければならぬものなら、それはよいといふことになる。が、それはあくまで必然的なものであつて社會の中にある人間と云ふものを忘れてはいけんと言ふことになるね、つまり一つの世界觀と傳統、これを當然我々はしつかり腹にすべきではないか。そして我々の現代語、我々の詩語としての現代語とは一體どう言ふものだかが具體的には問題になつてくるんではないかね。

神保　その現代語といふものが何かゞ問題だらう。そして、これはその人その人による現代に對する態度から解かれるものと思ふ。現代語を單に一般の巷に使はれてゐる日用語に限ることは僕には贊成できない。殊に詩人の場合、新しい言葉を生み出す使命を負つてゐるものとして、これらの言葉をたゞ漫然と受け入れるものであつてはならないであらう。どの言葉が眞に現代語の名にふさはしいか、又、美しい明日の日本語として殘るべきであらうか。一應の識見を持つてゐるべきであらうし、又、これを作品の上で實際に表現して行くべきであらうと思ふ。この意味で古語なども案外現代語として生きる場合もあらうし、又、民主主義の名にかくれて、蕪雜な流行語などが現代語として横行することなどに對して詩人は默つて見すごすべきではなからう。

杉浦　詩壇人でない、一般の詩愛好者は、口語詩で書いた詩よりも七五の調の文語詩や、雅語で書いた韻律的な美しい詩を愛誦するらしいです。

北川　民主々義のあけぼのとか云つてゐるが、まだ〳〵遠いことの證據でせうね。雅語で書いた詩よりも口語で書いた詩を愛誦するやうでは。尤も日本の場合は、自ら血を流して戰ひとつたものぢやなくて、敗戰によつて頂戴したのだからね。眞の民主々義のあけぼのは、すべての詩人が何の束縛も矛盾感もなく自然に、民衆の言葉である口語の詩を書き「短歌」や「俳句」を古典としても受け入れるなぞと云ふのではない。われわれ現代詩人は、もつともつとこれら古典の勉強はおこたつてはならないと思ふんですが。

神保　それもさうだが、又、一面から言へば口語詩にすぐれた作品が尠かつたといふことにもなるだらう。この意味でこれからの口語自由詩は拓かれない處女地の前に立つてゐるともいへやう。一般の人達に愛誦されるといふことは當然韻律の問題にも關係してくるが、口語詩の韻律はどうなつて行くか。戰爭中に書かれた口語の愛國詩は漢詩的發想法であつた。そしてこの點で口語詩の韻律を部分的に解決してゐたかのやうにも思へる。しかしながら、今後の口語詩の韻律は當然、その性格を變へてくるであらう。

淺井　又一面古語の歴史が長かつたが現代の古語の歴史が長かつたかと言へば、當然現代の言葉の方が短い譯です。それで古語が戰地へ行つた場合に出て來るといふことは、現在の言葉がとりも直さず言葉としての國民覺醒といふ點に於て、内面的に又表面の感覺から欠けてゐる。是を古語に負けないやうに、現在の言葉を先づ内面から作つて行くといふことが、言葉の上に於ける現在の詩人の任務ではないかと思ふのです。そして現在の言葉を今一度作り直して本當の吾々の言葉として、音樂にも、詩にも通ずる現在の口語として持つて行かなくてはならぬ。舊い言葉に頼らずに、現在の口語を現在の口語として役立つやうに今後我々の詩語はそうあらしむべきだと考へざるを得ないのです。

寺田　目的は贊成であり、さうあるべきだと思ふけれども、非常に難しいと思ふね。

＝詩と態度の問題＝

杉浦　此の邊で、神保さんに『現代詩精神』のあり方に就いて、お伺ひしたい。

神保　最近出た雜誌とか、若い人の作品を見ますが、もう少し時機を待つたらよいものが出て來ると思ふ。野性が足りないと思ふ。さういふ意味で、口語とか、文語のやうな問題も獨りでに解決するのではないかと思ふ。復員して來た人を見ると、非常に複雜な感じを持つてゐる。死ぬか生きるかの體驗を通じて來たのです。必ずその中にすぐれた詩が出てくると思ふ。この意味で現在は空白の時代だとも思ふ。今その體驗を歌ひたくても、未だ成熟しきらずに、表現に至らぬ心境。僕はかうした心境を若い人たちに期待してゐる。觀念とか概念といふものでないあまりにもなま〱しい現實の體驗が皮膚の中に、肉體の中にしみ込んではゐるがこれは一度、すつかり忘却されなければならないだらう。そして、その中から選擇された印象や素材が、再構成されて美として表現される日が恐しい。それまで、僕達の若い世代に對する批判も愼まなければならないやうな氣持がする。

寺田　傷痍軍人なんかで、詩を勉強したことのない人が、體驗だけを書いてゐるが、それが、吾々の心を打つのが多いね。

杉浦　戰地の兵隊は、戰爭即生命といふ立場にあつたから、一時が生きてゐる證明、その生きてゐると云ふ大切な時には、遠いことは不必要、もつとも身近なものに愛著する。そこで身近な雜草の一莖の花にも心を捉はれ、それらを詩に詠つた。

神保　それが藝術ではないかね。

杉浦　既成の詩人はどういふ態度で行くべきでせうかね。つまり日本の既成詩人の氣持のあり方ですが。

淺井　既成詩人だからどうといふ區別をする必要はないでせう。唯別な意味から眺めると、今迄の吾々の詩なり歌なりを作つてゐたあり方が、一つの社會から餘剩されたものとして吾々の生活から餘りものとして動いてゐた。それだからこの國の藝術一般がその方面に延びて行つた。その頂點だけを吾々の詩と考へた。だから今後の吾々はさうではなく、一番下の地元、吾々の社會生活それ自體に對して、即ち吾々の現實の生活と人間性といふものが、どれだけ否定と肯定を繰返しつゝ、吾々の將來の生活に對して延びて行つて居るか、それをはつきり捉へる所に吾々のあり方があると思ふ。明確なる意欲、それが我々の態度を決定するでせう。

杉浦　ところで、勤勞に付て、今迄はわれわれは戰爭の爲の勤勞であつた。然し今後は民主主義的自由の勤勞である。勤勞することに依つて吾々が樂しめるといふ觀念に變つて來てゐる。近藤さんが、指導性を持つといふことを言はれましたが、勤勞に對する樂しみとか、歡びとかを詩の中に入れて行く勤勞詩、そんな指導性といふものを近藤さんにお伺ひしたい。

近藤　今迄はよく、勤勞の樂しみとか嬉しさといふものを歌はなければならぬといふやうに指導してゐた。さういふやうに、頭から指導する人が決めてしまつてはいけない。悲しみも嬉しみも詩的行動である。一つの美であるといふことにして置けば、差支へないのであつて、先に樂しみといふことを言つてしまふから、概念的な詩行動しか出來なくなつてしまつた。是からは、理由さへあれば勤勞は辛いといふことを言つてもよいと思ふ。日本でも世界でも戰後の放心狀態を救ふには、武力でも思索でもない。勞働力のみが今の世界を救ふものであるといふやうな考へ方を持つて居ります。そこに立つて文學を生みたいと思つてゐます。そしてこの喜びは讀んでも作つてもどちらでもよいが、讀みなさいといふのは本屋が言つて吳れるでせうから、詩人としては作りなさいと言ひたいですね。それから私は、何でもよいから自分の現實とつくみなさいと言つてゐるのですが、それが吾々の進むべき道であるやうな氣がするのです。第一次歐洲大戰の終つた時には、現實の慘めさに、眼をそらしたのです。今もさういふ傾向があると思ひますが、それを繰返しては同じ失敗をすると思ふ。

寺田　特に若い人の作品を讀むとそれが非常に感じられる。わざと眼をそむけてゐるといふやうな……。

杉浦　現在の日本人は本當に敗戰國としての現實の前に苦しんでゐるでせうか。インテリだけが思想的な面に迷つてゐるのであつて、一般大衆は只もう流れる川に押し流される芥のやうにその日限りの、虛脫狀態で苦惱もない、非人間的（非文化人的）な暮し方にゐないか。

淺井　苦しんではゐるが、生活に追はれてゐる。勤勞することは、正しいことだが、その中でどういふ正しさで進まなければならぬかどいふことは、日常生活の經濟問題に押し流されて、批判といふものを持つてゐない。批判のない所に美くしさは生れないのだがそれが現はれてゐない。盲目的になつてゐる。勤勞の世界の樂しさといふものが、批判的になつて來たら文學の上にも悲しさや、嬉しさも現れて來ると思ふ。

神保 現實が餘りひど過ぎて、表現にまで到らないのだね。

寺田 今迄は戰爭中であつて、詩の勉強をする餘裕はなかつた。さういふ人に早急に期待することは無理で、長い眼で新人を見るのが本當でせうね。

北川 そのやうに新人が潜勢力として期待されるとしたなら、どう云ふ言葉で詩を書くかと云ふことは重大問題ですね。僕としては、既成詩人は仕方がないとして、これから出てくる新人は斷然、口語體詩で書いて貰ひ度いと思ふね。

杉浦 山崎君、君方のゼネレーションで、現詩壇、或は既成詩人の行動をどう云ふ風に思考するか。既成詩人の行動が君方にどう反映するかね。

山崎 私らが作品を書いたとしますと既成詩人は、自分の個性といふやうなもので、それを批判するのではないでせうか。

淺井 それは痛いところでせうな。充分考へなければならないことだ。詩の本質と言ふやうなことで各人各樣の解釋がなされてゐると言ふことも美そのものゝ考へ方の相違にあるだらうが、僕はその個性と言ふものが萬人への特殊個であるなら差支へないと思ふ。問題は促れた個性と既性新人の時代的な相違、或は年齡の相違で時代精神の握み方が非常に違つてきてゐること、これが問題だ。つまり次の世代への洞察を持たない個人的の好惡で、お互ひが正しい批判を忘れ勝ちになることは困つたことだ。又これを批判なしに利用するジャーナリズムも困つたものだとおもふ。大體今日の同人雜誌がひとつの主張を掲げての文學運動を持たないと言ふことが新人自らをあやまらしめ、又そうした不認識から徒に既成人に寄稿を求めたりする關係上、既成人も又その不見識をさらけだしてゐる。綜合雜誌と同人誌の區別がはつきりしたなら、これから新しく詩を作る人たちはどれだけ助かるか解らんと思ふんですか——

杉浦 復員軍人が農村生活、或はサラリーマン的社會生活に這入つて、初めて詩を作り出すとして、その人々はどのやうな方向に行つてゐるか。そのけじめが分りますか。（云つたことが、はつきりしない。）

神保 それは人に依るね。出征前の教養とか、環境とか、體驗とかを如何に活かしてゐるか。色々な條件がついて來ませうね。さういふ意味で、雜誌の編輯の方にお願ひしたいのですが、新しい詩人に書かせるなら、短いものでなく、十篇くらひ載せるか、百行、五十行くらひの詩を一冊に載せるくらひの心があつてよいと思ふのです。

寺田　年の若い人は餘りに多くの雜誌に顔を出し過ぎてゐると思ふ。

神保　發表慾だね。しかし、すぐれた作品ならどしどし發表して見せて欲しいと思ふ。ただ名前を並べるだけで、どんな雜誌でも構はないといふなら、詩人に最も必要な節操が缺けてゐると思ふ。これと選んだ雜誌、この人と信じた詩人に、發表の如何に關ばらず作品を見てもらふといふやうな昔の地味な空氣はだんだん薄らいできてゐるやうに思ふ。それに若い人達の同人雜誌も、小型の綜合誌のやうで、主張とか、雜誌をつくづて集まつてゐる意味が不鮮明なものが多いやうに見うける。きつと、遠方で高踏の精神を持つていゝのではなからうか。グオルゲ一派の「藝術草紙」のやうな一群もあつていゝと思ふ。

杉浦　つまりなんと云ふか、多く自分の名を印刷の上に載せたいと云ふ名譽慾か。然し、かうした野心もいゝと思ひます。だが、自重し、研鑽してゐる新人を發見して、それを正しく進發さすと云ふことを我々は心掛けなければならないと思ひます。

淺井　鐵道省の中で、職場職場で自分の詩といふものを、自分の生活に結び付けて取上げて來たといふことは非常に宜いことゝ思ひます。又職域に依つて、それ〳〵の詩といふものを握つて行くことは非常に大切な時になつて來たと思ふが、さうした方面で、鐵道の中にあるどういふ人が一番關心を持つて居られますか。

近藤　職名で分けて、一番詩に關心を持つてゐるのは機關士です。これは速力の機械の世界だから、それから電信掛の人で、電信掛といふのは、一所に居て、電信を送つたり受けたりしてゐる。その上暇がある場合にも座席は離れられないから讀書や思索をする。その次は檢車掛で、それから車掌といつた順です。

淺井　さうすると、詩の世界と科學機械を扱つてゐる人との間には、非常に密接な關係があるといふことが分りますね。

近藤　誰か詩を作りますと、それなら俺も作るといつて、是は模倣性ではなく、反撥心ですね。一番詩にならぬのは出札掛です。電信柱の上で作業をしてゐる詩がありましたよ。電信柱の上に風が吹いた。落ちさうになる。さうすると親方が「しつかりせい」と叱りつける。などといふ詩なんか、僕達には面白いのですが、そこ迄行くと生活ととつくんだ詩になると思ふね。

寺田　若い人達は詩といふと、特別なものを摑またければ詩にならぬといふ氣がある。ロマンチックなものと考へてゐるのですね。

杉浦　もつと話して戴きたいんですがこの邊で終りにいたします。有難う存じました。速記にかゝらない前の雜談も、話しとしては實に面白い話題が豊富で愉快でした。

越後新潟にて

野長瀬正夫

新潟はさびしき町なるかな
十一月、日本海は蒼茫として昏く
雨雲低く垂れて時に霖雨あり
われは此の町に妻と子を置き
ふるさとなる南山の麓に歸らんとす
既に戰ひはやみて空襲の憂ひはなけれど
ふるさとの山は食乏しければ

相寄りて暮さんすべなし
何故にわれらかくもまづしく生きてありや
妻は涙をためて子を抱けるも
その涙必ずしも別離の情のみならず
あゝ　風寒き越後新潟
栁は枯れて河は濁れり
子は手を擧げてわれを呼べども
いつの日かわがふるさとに汝を迎へん
子よ　かなしき子よ
戰ひの日に生れ　戰ひの日を生き
いく度かその父母と共に
砲爆の巷をさまよひし運命の子よ
かの日かの夜のごとく泣かずにあれ
われはかく思ひかく念じつつ
折柄の雨にぬれて萬代橋を渡る

雪を汚していつた人

佐川英三

けさ第一番に、
この雪を汚していつた人は誰だらう。
まだ夜の明けきらない薄闇のなかを、
その人はやはり驛の方へでも急いだのであらうか。
そのあとから、
男や女や子供や學生が、
みんなこの一本道に、
流れのやうにつづき、
いろんないろんな足で、
この雪を汚していつたのだらう。
昨夜、よふけに降つたこの淡雪を、
力強い足で踏みしめていつた人々。

その人々の足で、
もうくたくたに汚れてしまつた雪を踏んで
わたしも朝の仕事場へ急ぐ。

草の花

けふ　わたしを支えてくれるのは、
いぢらしい小さな草の花だ。
誰も名前さえ知らない
雜草のなかの、
ちつぽけな花だ。
その可憐な、
一つの眞實。
わたしはこの花のうてなに坐つて、
わたしよりも、
もつともつと貧しく、
さらに幸ひ薄い人々の、
幸福を祈らう。

次代詩の在り方一考

――モラルとヒユーマニズムの問題に觸れつゝ――

石原廣文

詩および文學一般におけるモラルとヒユーマニズムの位置――このテーマは古くして常に新らしく、且つまた頗る尨大であり、悠久でもある。今日まで數多の論客によつて、あらゆる面と角度から、さまざまに論じられたにも拘らず、つひに（當然のことであるが）誰一人として劃期的な達見の終止符を打ち得たものはない。たとへば有神論と無神論との論爭のやうに一應打ち終へた。ピリオドの直後から、そのピリオドを起點として、更に新らしい問題の展開が、蛇鎌首のやうに、常にニヨキニヨキと提起されるからである。しかも一そう難儀なことには、自ら選んで、かういふ悠久な課題に取り組んだが最後、多かれ少なかれ、その論者は必ず自ら手傷を負ふ。或ひは、どうにも動きのとれぬ絶壁に立ちはだかれて自繩自縛の憂目を見る。

――だから、およそ聰明にして狡猾な評論家たちは、このテーマが、ジヤアナリズムの上の、よほど華々しい流行課題とならぬかぎり、自ら進んでは、めつたに、かやうな迷路へ踏み込まうとはしないのである。にも拘らず、その危險を承知しながら、些かこの問題に觸れようと思ひ立つたのは、必ずしも、めくら蛇に怯ぢざる私自身の、不遜な冒險欲ばかりではない。何としても、この命題を等閑に附しては、次代詩の在り方に對する考察の健康性が絶對に保證されえないからである。それほど、この問題は、刻下の詩と文學一般にとつては緊要なのだと、解りきつたことだが、私は言ひたい。

「神に近づかぬのは詩人の（或ひは作家の）怠惰である。」

すこし、唐突すぎる飛躍であらうが、「戰爭と平和」の端倪すべからざる實相を正視し、神と人類の眞意志を模索しつつ、惱み多い月日を過しつつある私は、いつか、かういふ箴言を孕むにいたつたのである。もとより、深くも淺くも、かういふ言葉の眞實のこころは、その發言者以外には、到底、正當には理解されるものではない、といふことを、不幸にも私は心得てゐるし、またモラルとヒユーマニズムの問題に對する私見なども、所詮は誤解の種を蒔く結果に終るであらうことも、最初から豫算の中に入れてゐるのだ。すべては徒勞に近いかもしれない。しかしせめても、わが聲のひとすぢだけは、次代の胸へひびいてくれはしないかと思ふ。それで充分なのである。とはいへ、いかに私が不敵でも、かういふ限られた小文に於いて、いきなり眞つ向うから、モラルとヒューマニズムへドン・キホーテの槍を振りまはすわけにはいかない。テーマの重大さを思ひしればしるほど、私はさりげなく、いろ／＼のよそごとを語りつつ、それから徐ろに――しかも、わづかばかり――問題の外廓に觸れてみたいと思ふまでである。何も勿體ぶるわけではない。誰だつて、いきなり炎のなかの燒火箸をつかむやうな愚は演じたくはないであらうからだ。尠くとも、私にとつて、このテーマは、燒火箸にちかい難物なのである。

○

「世界はいま精神的な舵を失つてゐる。すくなくともヨーロツパには、もう精神の大きな光はない。われわれの青年時代には、まだトルストイといふ指針があつたのだが……」

現代がこの間まで殘してゐた最大の詩人、故ポール・ヴァレリイは、荒廢に歸したヨーロッパ文化を展望しつつ、淋しげに、かう語つて詠嘆したと、「讀賣」の松尾邦之助氏は傳へてゐる。

昨今の日本の、自稱高踏派の詩人たちが、われわれの體驗した稀代の戰禍とそしてむざんな敗戰の樣相と意義とを、深く凝視し思索することもなく、與へられたる「自由」に雀躍しつつ、極めてイージー・ゴーイングに、ふたたびゐ戰前のフランス詩流へ「復古」しようと足搔いてゐる矢先、このヴァレリイの悲痛な感懷は、まことに含みの多い、皮肉めきたるエピゴーネンたちへの一針である。さすがにヴァレリイは、生れながらキリスト敎國の「高い目」と深度のモラルを身につけた立派な詩人であつたと、今さら、この一語によつてもうなづきうるのである。而してまた、このやうな詩精神の、たしかな傳統を背景とし土壤としてをるがゆゑにこそ、かかる嘆きと絶望にもかかはらず、イギリス新聞の文藝記者をして「將來、文化の新運動といふやうなものがあるとすれば、それはアメリカとフランスから生れ出るものであらう。」と言はしめるのであらうと思ふ。

「フランスの若人よ、失望するな。辛抱せよ。そしてフランス人の偉大さを發揮する秋が必ず來るのを信じて待て。」

戰火のただ中に、毅然としてかう訓したのは八十歳に垂々とするアンドレ・ジイドであつたし、また、

「フランスの青年よ。世相がいかに險惡でも、世界がいかに

殘忍苛酷でも悲しむな。內の生活、內觀に精神的避難所をさめて生きることを忘れるな。」と叫んだのは、アンドレ・モオロアであつた。いづれも、そこには、高貴なる精神の光芒と、知性の冴えと、ふかい傳統の力に對する確信がある。それから、現實凝視の、良心的格鬪の、激しい悲痛が橫へられてゐる。いまなほ、かかる良知を文化的頭腦にいただくフランスを遠望して、私は羨望の情に堪へられない。

たとへいかばかり政治的に左傾しようとも、唯物的科學主義に趨らうとも、フランスの文化精神には、その根流に、嚴然として「神」がある。見喪はぬモラルへの熱情的な希求がある。

○

敗戰日本の「與へられたる自由」の中で、安易に叫び出された「ルネッサンス」とは何か。

この人工的な動きへの客觀に於いて（ああまたしても！）私は、ひそかに苦汁な唾を吐かざるを得ぬ。いはく、それはみすぼらしい形骸への模寫だ。これ見よがしのジヤアナリズム的投機だ。或ひは、道化だスタイリストたちの闇市の展示だ。

「今だからこそ言ふが、僕たちは、戰前戰時中を通じて、一貫的に自由主義者だつた。」

このやうな告白や誇示が、今さら何の辯解になるのか。屢々私は失笑し、苦笑し、――それから、易々として迷信的な「神がかり」に憑かれがちなくせに、眞實の神からもモラルからも隔りの遠いこの「黃色い皮膚」の習性を、もの哀しく見つめざるをえなくなるのだ。

われわれ自らが野望を藏して、妄想的な侵略戰爭をたくらんだおぼえのないかぎり、われらの愛國的な苦鬪や、いちづの獻身に何の恥辱があらう。それは未開な國家が進化へ飛躍するための、不幸な宿命的過程であり、その未曾有の災禍と試鍊の渦中で、むしろ、より高きモラルへの希求と、ヒユーマニズムの復活を祈り得たものにとつては、その災厄すら、逢ひがたき神の恩寵として、おのれを高めるの資となし得た筈である。現實逃避や傍觀を自慢することは、それ自身、ゆるしがたい彼の怠惰や、冷血や、そしてモラル意識の低いエゴイズムの告白に過ぎない。眞に彼が、神と人類の至高なる意志の代辯者として敢然、反戰の旗をひるがへし、戰時中、牢獄の生活に呻吟したといふのなら、これは別だ。もとよりわれわれは、こういふ思想家に對しては畏敬を吝します、省みて、われわれ自身の怯懦といふより、國民的知性の晦かりしを恥づるであらう。しかし、つひにかういふ「人類と社會の良心」たり得た作家、詩人は、不幸なことに、殆んど一人もこの國には存在しなかつたのである。きびしい自省なくしては、今日および次代のモラルに就いて、語るをゆるされぬ所以である。

○

ポール・ヴアレリイが、曾つて「精神の光」と仰いだトルストイは、最も端的にモラルとヒューマニズムの、文學に於ける在りやうと位置を世界に解說した典型的作家だ。そして今なほ、彼は、たしかに、われわれの作家的行動の上にも、偉大な師父たる價値を喪つてはゐないと思ふ。モーパッサンの或る種の作品に對して、トルストイは實に素朴な態度で、「この作品の前半には敬服するが、後半は不道德であるが故に絕對にいけない。」などと――たとへば、一見、分らず屋の田舍敎師のやうな批評をくだして平然としてゐる。持つて廻つた洒落れた表現をとらねば批評でないやうに考へてゐる日本のジレッタントたちには、夢想も許されぬ率直さであり信念の毅さだ。しかも彼自身は、「戰爭と平和」の作家であり、また「復活」の著者でもあるのだ。かういふ線の太いヒューマニズムの詩人、作家、批評家がこれからの日本にも生れてきてくれなくてはならぬ。詞藻のモザイクや、表現技法の末端にのみ巧奢な詩人たちが、いくら華々しげにルネッサンスを叫んだとて、そんなものは、さかり場のレヴユーだ。愚人だましの三文オペラだ。さういふ安手の觀念的自慰的ルネッサンスは、これを百千束にしたとて世界のこころ、人類の文化的欲求の核心に愬へうる力は、斷じて生れはしないのである。

○

にも拘らず、華美なるもの、新奇なるものへ「若き世代」の爪先は向きたがつてゐる。これは當然だ。しかし、悲しむべき知性の低さでもある。たとへば、立原道造や中原中也などの高踏的な唯美の世界へ、入門的な若い詩人たちはしきりに憧れを燃やしてゐるやうだが、同じ藝術的高踏を志向するなら、なぜ宮澤賢治の、より高貴な「第四次元藝術」の宇宙を指標しないのであるか。宮澤賢治は多少「難解」ではあるかも知れぬが、あの詩精神には世界的なモラルとヒューマニズムの祈りと意志とが波打つてゐる。その意味では、宮澤賢治的な詩の在り方は、たしかに次代詩の在り方を示唆するものであり、ホイットマン的なデモクラシーと共に、若き世代の發足點であらうと信ずる。

現に詩壇に於いては、文壇に於ける志賀直哉、武者小路實篤程度の、モラルとその悠久な希求を顯示してゐる詩作家は殆んど居ないと言ふていいのではないか。ボードレールやヴエルレーヌの倫落の深さが、彼らのモラルの高さによつて一そう深いのだといふ眞實を、果して幾人が把握してゐるであらうか。詩に於ける表現技術とその鍛錬とはもとより輕視すべからざるものであるが、センスの問題、知性の問題世界觀の問題、教養の問題、更らにモラルとヒユーマニズムの問題こそは、なほ幾倍か重大なのだ。單なる「エゴイストの詩」は、もはや、われわれの今日と昨日にとつては、一顧の價値なき造花となつて然るべきなのである。（豫測したとほり、この小文は奇妙な龍頭蛇尾に終つてしまつた。この散漫な道草的隨想が、一人の友、一人の敵でも作つてくれる契機となることがあつたとしたら、それこそ拾ひ物であると思ふ。）

戰後詩の新展開

中桐雅夫

一

戰爭は常に、生命についての深刻な思索を人々にもたらすものである。そして敗北といふ事實によつて戰爭が終つた現在、やうやく到來した平和の日々を詩人たちはいかに送り迎へてゐるのであらう。恐らく、今日まで保持し得た自己の生命の十全なる發揚について期待をかけてゐるに違ひない。それは恰も、恢復期の病人がますます生命に留意し、生命の意義を感得し、健康になつた時のいろいろな計畫や希望に胸をふくらませてゐるのと同樣であらう。一般的狀態がこのやうであるとすれば、詩の復興は極めて容易であるかもしれない。しかし、言ふまでもないことであるが、詩人がいかに多く、詩作品がいかに多數發表されても、それを以て直ちに詩の復興と斷ずるわけにはゆかない。われわれは筆舌につくしがたい經驗を得てきた。詩は人の全經驗の綜合體から發するものであり、新しい經驗の參加することによつて、その詩人の全經驗の秩序に變更があれば、當然あたらしい詩が生れねばならぬ。（ここに經驗といふのは、味噌汁をすすつたり、米代に困つたりするやうなことだけではなく、人が見、聞き、感じ、考へることなどの一切を含める。）そして、そのあたらしい詩が書けるかどうかはその人の才能の問題である。さてあたらしい詩とはどういふものか、と問はれるとすこし困るが、次に二、三の點について私見を述べてみたい。

二

戰爭中は、われわれは世界へ眼を向けることを禁じられてゐた。日本が世界中で一番立派な國であるから、外國のことは知る必要がないといふわけであり、自由主義とかヒューマニズムは禁句であつた。詩壇の內部にも、これらの傾向に便乘した多くの詩人があつたことは讀者諸君の御存知の通りである。しかし、われわれが明治の時代に遡つて考へてみればわかるやうに、明治新體詩の精神は「世界文化の遠き地平線に憧憬する、靑年の若々しきロマンチシズム」（萩原朔太郎）であつた。この精神は、戰爭によつて中絕されるまで、一貫して續いてゐたといふことができよう。しかも戰爭中は、右翼的で偏狹な狂信者から壓迫されつつ、いはば地下水となつて流れてゐたのであるから、今日それが地表にあらはれることは何ら不思議ではない。

世界に眼を向けるといふことは、決して、ロンドンやパリやニユウヨオクにおける各詩派の盛衰を眞似することではない。世界と自己を對決させることである。世界とは何ぞ、と問はれたならば、これが世界であると、自作の詩一篇を出すさういふ詩を書かねばならぬといふことである。和歌や俳句には、さういふ作品があつたと人は言ふかもしれない。しかしそれらは、所謂さびであつて、動いてゐる宇宙をつかんではゐないと考へられる。それを日本文化一般の性格であり、特徴であるとするのが、從來の通說であつたが、われわれは日本の傳統を形成せんとするものの一人として、その說には承服しがたいのである。谷川徹三氏は宮澤賢治の詩「原體劍舞連」を引用して、大宇宙的感覺といふことを書いてゐる。その詩は、いはば巨大な星雲を藏してをり、一見混沌とみえるうちに不思議な光焰を放つてゐる。その中から形而上學の星を生むことができるやうにもみえ、時には科學の星をも生むことが出來るやにもみえるが、勿論しかし、形而上學でもなく、科學でもなく、甚だ感覺的でもある詩で、さういふもののがまだ分れないまへの、あらゆるものが萠芽の狀態において、渾一されながら渦卷き動いてゐる狀態で、これを大宇宙的感覺と名づけてゐる。（註一）所謂日本的なるものの境地から脫却して、この宇宙的感覺の立場をとることは詩のあたらしい展開に重要な役割を演ずるものと信ずる。

三

宇宙的感覺といつても、そんなものが始めから與へられてゐるわけではない。あらゆる詩人が創作の出發點となすものは彼自身の情緖であることに誤りはない。ただ、粗雜なままのままの情緖や、ありふれた情緖は讀者の興味を惹かないばかりでなく、全く無意味である。個人的な情緖、經驗は非個人的な、宇宙的なそれにまで擴大されなければならぬ。谷川氏が引用してゐる宮澤賢治の詩についてみても、作者は決して自分の個人的な情緒に溺れてゐない。それを擴大して超個人的な、宇宙的なものとしてゐる。いかにしてかういふことが可能であるか。その解答をT・S・エリオットはヴアレリイの傑作「蛇」の英譯に附した序文のなかで次のやうに述べてゐる。

藝術の情緒は超個人的なものである。そしてかかる超個人性に到達するためには、詩人は全我をそのなすべき創作に沒頭させねばならぬ。そしてなすべき創作とはいふものの、彼が單に現在のみならず、現在生きてゐる過去のうちに生きるのでなければ、また死せるものではなく、既に生きつつあるものを意識することがなければ、恐らくいかなる創作をなしてよいかもわからないであらう。（註二）

エリオットのこの言葉は、すべてのすぐれた詩人と詩にあてはまるエリオットはここから彼の傳統と個人的才能についての論旨を進めてゐるが、谷川氏の宇宙といひ、エリオットの傳統といふのは、兩者の立論の出發點の差から生じた言葉の違ひのみで、今日われわれが詩作するにあたつてとるべき態度はどうかといふ點からみれば、結局は同じことであると思ふ。エリオットが「單に現在のみならず……既に生きつつあるもの」と言ふとき、それは彼の「傳統」の定義であると同時に、谷川氏のいふ「宇宙」の定義であつても、われわれには一向差支へはない。

四

右に述べたことを技術の點からいふと、象徵主義の立場にちかくなつてくるものと思はれる。それも一般に象徵詩とよばれるもののやうな、一種の思想、概念、あるひは氣分を傳へるだけのものではない。今日までの日本における象徵主義的な詩人といはれるものは、徒らに感覺の纖細を誇り、神經の遊戲にふけつたにすぎない。「豫感」と題するリルケの詩をみよう。（註三）

私は旗のやうに遠くから圍まれてゐる。
來る風を豫感して、それを生きなくてはならない。
下の物は未だ動かないのに。
扉はなほ軟く閉まつて、煖爐も靜かに。
窗も未だ慄はず、埃も未だ重い。

その時、私はもう嵐を知つて海のやうに興奮し、
私を擴げ、私の中に落ち入り、
私を投げすてる、そして全くただ一人、
大きな嵐の中に。

何らの新奇な單語も用ひられてをらず、しかもその感覺の纖細、新鮮なることは直ちに理解される。リルケにして、宮澤賢治の場合にしても、對象の最後の根柢を見屆けねばやまないのであり、一の對象が宇宙そのものと合一するまでは凝視を續ける。微小なるものを無限大なるものと一致させることが象徴の眞義である。自己の情緒や感情の表現をこととしてゐる限り、彼は決して偉大なる詩人と呼ばれる事はない。それらは偶然的なもの、制約されてゐるもの、流れ去るものである。之に反し、宇宙大の詩人は恒存的なもの、必然的なもの、制約せられざるものの顯現に熱切なる努力を注ぐ。そして詩は存在の永遠の根柢をなすものをうたはなければならない。戰爭といふ大きな經驗を與へられたわれわれには、それをなすことができるはずである。

（註一）谷川徹三著「雨ニモマケズ」生活社刊

（註二）矢野峰人著「近英文藝批評史」全國書房刊 三七八頁

（註三）茅野蕭々譯「リルケ詩集」第書一房刊一八〇頁 象徴的手法を採用して成功してゐる適例として竹內勝太郎の「秋」（同氏詩集春の逃水――弘文堂刊――所載）を擧げたいが同書が手許にないため引用できない。御所持の方は參照していただきたい。

◆七月號豫告◆

最近物故された詩壇の先輩並に同僚の冥福を祈るために、生前もつとも親交のあつた人々に、其の追憶を語つて貰ふ。

☆追憶される人　☆追憶する人

1. 島崎藤村・菊地重三郎
2. 北原白秋・岡崎清一郎
3. 木下杢太郎・高村光太郎・野田宇太郎
4. 萩原朔太郎・神保光太郎・伊藤信吉
5. 佐藤惣之助・鹽川秀次郎・長瀨清子
6. 照井瓔三・淺井十三郎・田村昌由
7. 西村皎三・山本和夫
8. 吉川則比古・杉浦伊作・吉澤獨陽
9. 高祖保・百田宗治・岩佐東一郎
10. 加藤健・前田鐵之助

☆第二次座談會　☆豫定・湯澤溫泉

北川冬彥・神保光太郎・安藤一郎・寺田弘
近藤東・岩佐東一郎・淺井十三郎・杉浦伊作

河合俊郎

去りゆくもの

その
くらい夜半の空へ
大きい蝶がまひ上つてゆく。
曲線を描いて
白くかすかに
去りゆくものの
渦巻いた跡は
いつまでもいつまでも殘つた。

知識といふ奴

濱邊に憩ふ牛の瞳に
ちらつと白雲が映えたが
風に消されてしまふ。
あの
何も知らない牛がみつめてゐる・
海は血のやうにあかいのだ。

もゆる翼のゆくへ

絶交狀をかいてしまつてから
ふらつと海へ出ると、
突然　めらめらと
岩かげから千鳥がまひ立つ。
やがて見えなくなるのだが
羽ばたく翼が焰になつて燃えてゐる。

光につゝまれて

茶山花の白が咲いた・
素直なあたゝかい光につゝまれて
ひつそりと
靜かに花のまはりに
ふかい眠と
死がたゞよつてゐる・

散文詩

梨花譚

安彦敦雄

盛春であつた。野に山に、都會の隙間に雜草が可憐な新綠を燃えあがらせ、遠く ― 崩れかけた城壁の見下せる岡の麓では梨の木も一齊に花をひらきはぢめた。

その花の下では、終日男も女も押し默つたままそつと寄りそつてさへゐればよかつたのだが、その頃、深い湖の透徹さを秘め湛えた瞳の女と、象牙のやうな美しい皮膚を持つた少年とは激しい接吻の雨を繰り返すのが常であつた。

その花の下では、少年の掌を太陽に透かすと薄桃色の仄かな中に、はるかな遠い西洋の國國の美しい風景がパノラマのやうに浮んでくるのであつた。そのやうな月日、女は巴里の華やかな美しさなどよりも瑞西の湖水などを戀しがつては少年に嬉しい悲鳴をあげさせてゐたのだが、やがて暖かい微かな風にも梨の花が、ほろほろほろほろ、散りかかる頃、少年はひとりでぽつねんと蹲つてゐる日が多くなつて行つた。掌を透かして見ても今は鈍い光の反射にしかすぎないのをみては、少年は身悶えしながら激しい悲しみの底に打ち沈んでゐたが、それから數日後の風の强い日の朝、綺麗に淸淸しくなつた梨の木の下では、少年の冷めたい肢體が燦爛たる落花の中に埋もれてゐた。

――大陸詩集より――

★音樂的詩●
★詩的音樂●

畑中良輔

古代に於て、詩と歌ふことは同格のものであつた。歌ふ事が詩であり、詩は歌ふ事であつた。二個の機能が完全に融合してゐた。詩さしてのフォルムは、それ故、韻律的であるさ云ふ事を、歌ふさ云ふ事自身が證明してゐる。

近代に於て、詩さ歌ふこさの機能は分れて來た。詩は詩さしての獨立性を持ち始めたからだ。

歌謠↓韻律詩↓自由詩↓散文詩↓散文

之が現代に推移して來たポエジイの進化の過程であるが、ここで我々はもう一度ボオドレエルの言を想ひ泛べねばならない。

＜音樂的にして、リズムも押韻もなく、然も魂の抒情的動揺にまで幻想の波動にまで、認識の飛躍にまで用ひるに足るべく充分に柔軟にして且つ充分に緊迫せる、かの詩的散文の奇蹟をば、そもそも我らの中の誰がその野心にみちた日に於て夢想しなかつたか？＞

――一方音樂も詩の機能より獨立し、音樂自體の抽象された美へさ歩みを進めて行つた。

音樂は諸藝術の中で最も純粹度の高いものさされてゐるのは、その抽象性の所以であらう。「音樂を除く他の藝術は凡て描き出すのだが、音樂は音さ云ふ姿に息づくだけのものだ」と云ふ言葉は、それを受入れる感官が、純粹な感覺であると云ふ事を證明してゐる。

詩は、古へに於ては、フォルムそのものが、あるオブジェの本質そのものを表はす意味を持ち、内容を形式そのものに依つて統一する基礎の樣に考へられてゐたので、その時代にはフォルムは能動であり、又精神的意味さへもつてゐた。即、詩も何等かの形で描き出さうさ試みてゐたのだ。それがポエジイの進化に依り、詩はより詩的内容を持つために「描く」と云ふメトオドより、更に獨立した一個の文字さしての機能の中にその活動を初めたのである。詩は文學として描く事を放棄するのではないかさ云はれた事すらあつた樣に、詩のデフォルマションが示したものは抽象の世界であつた。ここに於て、古代に於て同一機能を有してゐた詩と音樂が、今度は現代に於て、メトオドを異にしながら本質に於て求むる所の一致を見る事が出來ると云ふのも興味ある現象である。既に詩は感覺化され思考の範圍を超えてゐるのである。詩は描かない。――それは何を意味するか。音樂的になつて來た、文字の持つ感覺の純粹度を高め得たさ云ふ事である。即これらは「凡そ感ぜられるものは常に最も抽象的なる個々の主觀性の形式中に含まれてゐる。従つて感覺の差異も又全然抽象的のもので何等事物其物の差異ではない。」と云ふヘーゲルの言葉はこの音樂的になつて來た詩に對する心構へに對して、よい教訓になるであらう。

音樂的内容を有してゐる詩……それは現代に於て最も多く見られる。萩原朔太郎、宮澤賢治、立原道造等、凡てこれらの詩人の作品は、その本質に音樂を持つてゐる。これらの示す方向が究極の點で音樂の持つ方向さ變りはないと云ふ事は明瞭である。殊に立原道造の溢れる抒情の中に最も美しい音樂はさゞめいてゐる樣だ。これらの作品は既に音樂を有してゐる故に、この詩たちに音樂を與へやうさする試みは間違つてゐる。然して日本の愚かな作曲家はたびたびこれらの作品を作曲しやうさ試みる。作曲家は詩の本質に就ても、音樂性に就ても研究しやうさしない故に、かゝる無益な企をする。もつさ感覺の靑春性があれば詩の底に流れる音樂の美しいハアモニイを聞いたであらうに。それに比して詩のデフォルマションを持たぬ。又客觀性、視覺性を有する詩作品は音樂性を外部より望んでゐる三好達治氏などの作品がそれである。

ドビユツシイはマラルメの詩の「牧神の午後」へプレリユードを書いて、詩以上ささへ云はれる時の流れを創造した。彼のボードレール、ヴエルレーヌ等の歌曲は詩さ共に躍動してゐる。日本の詩は、それらのものと本質的に相違點を持つてゐる故、同日に談ずる事は出來ないにしても、詩人も音樂家も、もつさよい豐かな感覺を持ちたいものである。この二つの方向の交叉點にあつてお互ひが協力し合つて別個のものを創造する喜びを共にしたいものである。

詩人は音樂の本質を追求せず、音樂家は詩の本質を顧りみないでは愚かな作品を作り出す。文字に對する感覺さ音に對する感覺さの有機的なつながりが、一體どこから來るものであるか。又一體その本質は何であるのか。我々に殘されてゐる課題は多くある樣だ。

編輯後記

○四月廿一日淺井さ川原湯溫泉に會合し、そこで一泊。雜誌の運營及編輯方法を談じた營業の方には全然タッチしなかつたが實に大變らしい。彼の努力に、自分も全力を盡したい。

○淺井の上京を機に歸てからの懸案の現代詩を語る座談會を編輯部で開催した。戰爭以來かつてない、いい座談會が出來たさ、參加者の全員が喜ばれたが、このこさは又讀者も共に喜んで貰へるさ思ふ。

○今月は遠來の客を迎へるこさ數次、みんななつかしい。上海から歸つた池田克已中里廉の兩君。九州から上京の伊波南哲君同日は鹽野君を呼び鼎談。淺井君が來る。座談會の人々。編輯部は實に活氣だつ。

○今輯には新しく河合俊郎、畑中良輔兩君を紹介する。河合君は新人ではない。畑中君は音樂家だ。安彥君は四月紹介の新人。

（杉浦）

現代詩　第一卷第五號
定價　二・五〇　〒三〇

詩さ詩人社會員費　一年　五拾圓
本誌並ニ詩さ詩人配布
廣告料ハ一頁マデ相談ニ應ズ
送金ハ小爲替又ハ振替利用ノ事

詩と詩人會員外購讀ハ主トシテ店頭ニ購入願度

昭和廿一年五月廿五日印刷納本
昭和廿一年六月一日發行

編輯部員　杉浦伊作
浦和市岸町二ノ二六

編輯兼發行人　關矢與三郎
新潟縣北魚沼郡廣瀨村大字並柳

印刷人　本田芳平
新潟市西堀通三番町
昭和時報社・電話七二四

發行所　新潟縣北魚沼郡廣瀨村大字並柳乙一一九番地
日本出版協會員　詩と詩人社
淺井十三郎
振替東京一六一七三〇番
新潟五二七番
會員番號Ａ一一九〇二九

配給元　日本出版配給株式會社

昭和二十一年六月二十五日印刷納本
昭和二十一年七月一日發行
第一卷第六號（月刊）

物故詩人追悼號

現代詩

THE POEM OF TODAY

七月號

詩と詩人社

現代詩 七月號 目次

現代詩

第一巻第六號

七月號

——物故詩人追悼號——

顯頌譜

生者必滅 — 死ぬ事は悲しい事であるが、それは必らず來るものなら致方もない。然し、去る者は日日にうとし、死に依つて、吾人を直に忘却の彼方に閉ぢこめるのもいささか不愍である。徒に追慕の念にかられて感傷するものでもないが、死者の功績を後者の詩徒に知らしめるのもあながち無爲ではあるまい。

最近詩壇に於て、多くの詩人が相次いで物故した。是等の詩人は天壽を完うしたものと、その藝術の完成に莞爾として、生に訣別した者もあらうが、未だ春秋に富み、その途上にありてその生を斷つた不幸な詩人もある。

是等の詩人にして、社會的に廣く哀悼の意を表されたものと、極く僅かな朋友知己にのみその死が告知されて、愛惜されてゐる者もある。故人の人となりに依るものであらうが、その故人の業績に對し、正しく認識されてゐる者と然らざる者もある。詩壇の古老にして、よく明治詩壇の創草期に、今日の詩のありかたに貢獻したるにも拘らず、其の人のさうした業蹟が何等知られることなく、只平凡に、庶民と同じが如く死でかたずけられるには、誠にしのびがたいのである。

本誌に擧げた故人にして、その幾人かを眞に理解してゐる若い詩徒は實に極く少數の人ではないか。今若し、われわれ明治・大正・昭和の詩壇の歷史的過程をいさゝかでも知る者が、是等故人の業蹟を追慕・記錄しない時は、永久に、是等の詩人が、詩人としての名を、全然忘れられるとしたら、是は故人の德に依るものでなくて、實に同學の詩人の怠慢であると信ずる。本誌は茲に、これら故人の死を追悼し、いさゝかなりともそれらの靈を慰めたいと同時に、生きてゐる詩人としての友情の美德をも發揮したい。もとより、故人の業蹟の全貌を寫すことの困難はわかりきつてゐる。然し、是等の一文に依つて、是等の故人を取り擧げ、是等の德を偲ひ、業蹟を顯彰する方法を講じて吳れるものが一人でもあるならば、本輯の趣旨が完遂される事に相成り喜こびの限りである。

附記 本輯の追悼は、日支事變直後より死亡せる人々のみである。

新緑

北川冬彦

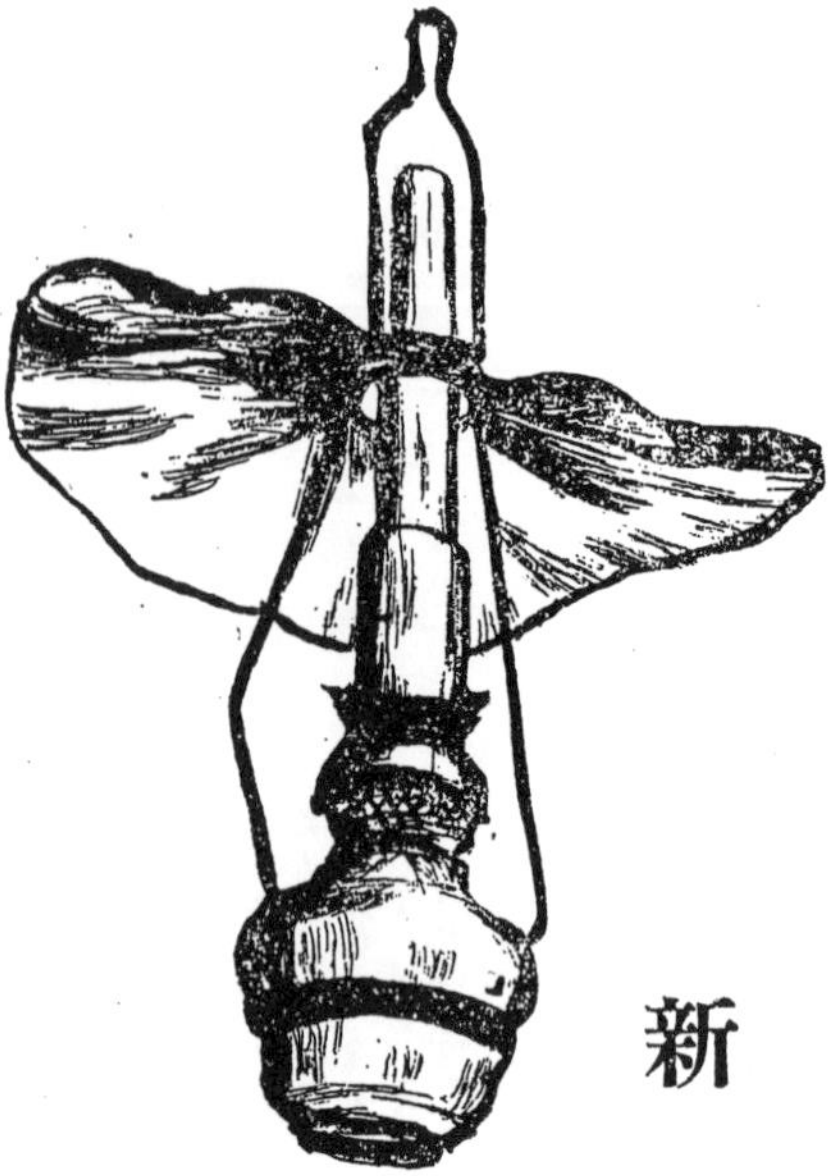

裸の樹々が小細工物のやうな新芽に飾られて化粧立ちしてゐると見る間に、幾日か經つともなく經つて、それからが青葉に覆はれ、空も見透せなく壓倒してきた季節のある夜、私は高村光太郎氏の詩集「智惠子抄」を讀みふけつてゐた。そこには、精神分裂症によつて亡つた夫人を愛惜する、詩や追想記に滿されてゐた。主人の夫人に對する愛の深さには私のやうな者を尻ごみさせるほど純眞なものがある。主人は「私はこの世で智惠子にめぐりあつたゝめ、彼女の純愛によつて清淨にされ、以前の癡頽生活から救ひ出される事が出來た經歷を持つて居り、私の精神は一にかゝつて彼女の存在そのものゝ上にあつた」と書いてゐる。「人類の泉」といふ詩では、

「あなたは本當に私の半身です、
あなたが一番たしかに私の信を握り
あなたこそ私の肉身の痛烈を奧底から分つのです
私にはあなたがある
あなたがある」

と書き又、

「すべてから脱却して
ただあなたに向ふのです
深いとほい人類の泉に肌をひたすのです
あなたは私の爲に生れたのだ
私にはあなたがある
あなたがある　あなたがある」

と書かれてある。

私にはこの頃、ひた向きの自分と云ふものの存在が幻の如く感ぜられると同じく、高村氏のこの書に書かれてゐることも幻として感ぜられた。それは、昨年の五月廿五日の大空襲によつて住居と一切の書籍とを燒き拂はれてからの私の實感なのである。ことに、火の粉が霞のやうに降りそゝぎ、凩が枯葉を吹きつけるやうに火の玉が街路をころがるのを見たときからである。のん氣に構へてゐて、あたりが火の海となり逃げ場がなくなつたそのときのことである。あゝこれは現實なのか幻なのかと思つた想ひは拔け切らない。人は年とともに現實的になるやうだが、私はだんだんさうでなくなつてくる自分に氣付いてゐたがあの霞のやうな火の粉をあび、火の玉が街路をころがるのをまのあたりに見てから、何もかも幻として映じ勝ちになつてきた。この世のことが幻として感じられ出すと、身邊に起るどんなことも、それほど苦にならなくなつてきた。

この間、詩についての座談會があり、その席で神保光太郎君は、以前の北川さんの詩は鎧で身を固めてゐたが、この頃の詩はその鎧をぬいで體臭を感ぜしめるやうになつた。北川さんも年をとつたね、と云つた。たしかにさうに違ひはないと思ふがまこと空襲が私を裸にさせたところもあるのである。私はいままでどうしても身邊のことどもを、詩や小說に書くことが出來なかつた。身邊のことゞもを材料にした場合でも、作品としてはそれを客觀的なものとして、据えた。さうせずにはゐられなかつたのである。ところが、さう云ふ据物ではこのごろは我慢がならなくなつてきた。私は、全くの純體驗ばかりをこのごろ詩に書きつゞつてゐるが、さう云ふものを集めた詩集に「幻想」と云ふ題をつけずにはゐられないのである。

恐らく、高村氏の「智惠子抄」が幻と映るのも、ぎりぎりの噓僞りのない表白だからに違ひない。詩として幻想風の萩原朔太郎氏の諸篇がむしろ現實的な詩として感じられるのは怪訝なことである。

しかしそれは、幻想風な詩を机に向つて書いてゐる詩人の姿が目に浮んでくるせいだと思ふ。

故人想出詩抄

椰子の實

島崎藤村

名も知らぬ遠き島より
流れ寄る椰子の實一つ
故郷の岸を離れて
汝はそも波に幾月
舊の樹は生いや茂れる
枝はなほ影をやなせる
われもまた渚を枕
孤身の浮寢の旅ぞ
實をとりて胸にあつれば
新なり流離の憂
海の日の沈むを見れば
激り落つ異郷の涙
思ひやる八重の汐々
いづれの日にか國に歸らむ

「落梅集」より

大原女

薄田泣菫

ゆくへ語れな、大原女
幽朶の籠には何盛れる
京の旅人渇けるに、
木の實しあらば與へずや。

君が跡ゆく尨犬の
名は「斑」とかや、善き名なり、
斑も木かげの欲しと見る、
しばしやすらへ、なう少女。

籠を木にかけ、野に伏して
鄙歌優にうたひなば
都女の數寄こむる
髪の風情をかたらまし。

「暮笛集」より

秋和の里

伊良子清白

月に沈める白菊の
秋冷まじき影を見て
千曲少女のたましひの
ぬけかいでたるこゝちせる

佐久の平の片ほとり
あきわの里に霜やおく
酒うる家のさゞめきに
まじる夕の雁の聲

蓼科山の彼方にぞ
年經るをろち棲むといへ
月はろ〴〵とうかびいで
八谷の奥も照らすみな

旅路はるけくさまよへば
破れし衣の寒けきに
こよひ朗らのそらにして
いとゞし心痛むかな

「孔雀船」より

松を刺して

兒玉花外

ある日激するところあり
七首を抜いて松を刺す。
松は悲しき聲を上げ
雲にむかひて叫びけり。
おのが甲斐なき身を嘆き
奸物殪す勇士の
歌をうたひて歸りけり。

「花外詩集」より

驛馬鬼鹿毛

溝口白羊

驛馬鬼鹿毛、天禀の
逸氣却つて身を害し
あはれや、市の凡人が
情無き仕打、假初の
裝飾も遂に奪はれて、
今日、皮剝に賣らると、
友、憤慨の物がたり
冷やかの世びとには
露あはれみの心無しと
豫てより知りぬれど
蓬來が島に生ふる
玉の枝も何ぞ
上は碧落を極め
下は黄泉を極むるとも
世界にまたとあるまじい
是程の逸物を
天晴の役にも立てで
むざ〱殺し果つべしとか

（後略）

詩集「さゝぶえ」より

月光禮讃

北原白秋

猫のあたまにあつまれば、光は銀のごとくなり、
われらが心に沁み入れば、月かげ懺悔のたねとなる。

巡禮

ひとり旅こそ仄かなれ、空ははるばる身はうつつ。
巡禮のふる鈴は、ちんからころりと鳴りわたる、
一心に縋りまつればの。

雪の山路

親鸞上人ならねども、雪のふる山みちを、しみじみと
越え申す、雪はこんこん山みちを。

金

物言はぬ金無垢の彌陀の重さよ。

煙

煙は寥し、やむごともなし、立つな煙よ。
幽かに煙のもつるるは、わが常住の姿なり、
幽かな水煙。

泳ぎ

寂しければ海中にさんらんと入らうよ。

「眞珠抄」より

玻璃問屋

木下杢太郎

空氣銀緑にしていと冷き
五月の薄暮、ぎやまんの
數々ならぶ横町の玻璃問屋の店先に

盲目が來りて笛を吹く。
その笛のとろり、ひやらと鳴りゆけば、
青き玉、水色の玉、珊瑚珠、
管の先より吹き出づる水のいろいろ——
（一瞬の胸より胸の情緒）。

流れ流れてうち淀む
流れを引いてびいどろの細き口より飛ぶ泡の
車輪まはせば風鈴もりんりんりんとなりさわぐ。
われは君ゆゑ胸さわぐ。

おどけたる旋律きけど、さはあれど、
雨後の空氣のしつとりと、

うちしめりたる五月の暮れしがた、
びいどろ簾懸けわたす玻璃問屋の店先に

雲も漏れたる落日の
その一閃の長笛の銀の一矢が、
ぎやまんの群より目ざめ
ゆらゆらとあえかに立てる玻璃の少女、
（あゝ人間のわかき日の
唯一瞬のさんちまん）
それを照してまた消ゆる影を見るゆゑ、

われはそれ故涙する。
君もそれゆゑ涙する。

落ちし涙が水盤に小波を立てゝ
くるくると赤き車ぞうちめぐる。
車は廻れ、波おこれ、
波起すべう風來れ、
風は來りてりんりんと風鈴鳴らし、
細君は酸漿鳴らす玻璃問屋の店先に
盲人が來りて笛を吹く。

「食後の歌」より

行々子《よしきり》

野口雨情

葦の葉蔭でカッサカサと
行々子ァ騒ぐ
石を投げたら日の暮れ頃だにョ
飛んで逃げた

葦は夕凪ぐカッサカサと
行々子ァ歸れ
飛んで逃げよと日の暮れ頃だにョ
石ァ投げぬ

櫻

萩原朔太郎

櫻の下に人あまたつどひ居ぬ

なにをして遊ぶならむ。
われも櫻の木の下に立ちてみたれども
わがこころはつめたくして
花びらの散りておつるにも涙こぼるるのみ
いとほしや
いま春の日のまひるどき
あながちに悲しきものをみつめたる我にしもあらぬを。

「愛憐詩集」より

愛憐

きつと可愛いかたい齒で
草のみどりをかみしめる女よ。
女よ
このうす青い草のいんきで
まんべんなくお前の顔をいろどつて
おまへの情慾をたかぶらしめ
しげる草むらでこつそりあそばう。
みたまへ
ここにはつりがね草がくびをふり
あそこではりんだうの手がしなしなと動いてゐる
ああ　わたしはしつかりとお前の乳房を抱きしめる。
お前はお前で力いつぱいに私のからだを押へつける。
さうしてこの人氣のない野原の中で
わたしたちは蛇のやうなあそびをしよう。
ああ　私は私で　きりきりとお前を可愛がつてやり
お前の美しい皮膚の上に
青い草の葉の汁をぬりつけてやる

「愛憐詩集」より

春風

佐藤惣之助

新嘉坡でうんとらさと化粧品を買ひこんで
どうにかあの子を百合いろの大人にしようと
今年もまつ青な田舍まで歸つて來たが
あの子はまだ尼寺の三月の生木のやうに
どこかに雪をふくむで青ざめてゐるね
僕は發情的なシャツのなかに、或は海の赤い頰に
匂ひのよい南の春風をたつぷりもつて
あの子を雨のやうに洗つてやらうと歸つて來たのに。

「雪に書く」より

父上の苦しみ給ひし事を苦しまむ

萩原恭次郎

頭蓋骨の割れ目を馬車は走つた
馬の顔には大きな眼孔がぽつかり開いてゐる
闇の中へ馬は足を上げてゐる
馬車の中には女の死體があつた
お腹には赤んぼの大きな瞳が見開かれてゐた
小さな手足はしつかり握られてゐた

私の寢嚢からは毎朝黑リボンの馬車が走り出す
私の食事からは朝毎に墓場のオルガンが鳴らされる
彼の女は父を忘れてゐる子供を生む
彼の女の蒼い額は血管の中へ銀貨を流し込む

生活は飯にコロロホルムをかけてゐる
如何に月末を苦しまふと銅貨一枚鼠がくはえて
來て呉れはせぬ
消費された女のお湯錢代と私の食費代を
唯に借りに行つたらいゝのか
天井がぬけて落ちさうな部屋に何物も期待するもの
無く
廣げられた新聞の廣告欄には
「近來類似品や模倣品が澤山現れてをりますから
お注意下さい。」

新聞紙をめくり向ふへやつて
この埃つぽい部屋に骸骨のやうに寢てゐる
ザク――ザク――ザク――ザク
また借金取りの足音が近づいて來る

「死刑宣告」より

目・海

吉川則比古

海。海。目一杯に漫々たる波。波は盛り上る。
捲き寄せる。

目一杯を吸ひ込まうとする。空間を支配する浮動力。
目は凝視する海を。頑として佇つ、巖石のやうに。
浮動すると波に吸ひ込まれるのだ。

目は凝視する、空間の面を。空間を刺す時間の焦點を。
波と目。目と波。浮動と凝視。凝視と浮動。——
二つの力が取つ組む。

呼吸。燦々と青冷な燃燒。

目に光が炎え上る。瞬間。光が聲を放つ。
空間が時間の焦點に鋭角的に皺立つ。飛沫。

俄然目が波を牽き寄せる。吊り上る海の白い鼓動。
目が海一杯を吸ひ込む。

目に吸ひ込まれた海。燦として。今目は波を支配する。
巨大な浮動力の上に。自由に、暢やかに。

「日本詩壇」より

鯨

加藤　健

此の眞青な空に、
松原めがけて、
潮を吹き吹き鯨は來ぬか。

けさ、輝かしい陽光の中に、
赤銅色の子供達が歩いて行つた。
あゝ　此の紺碧にたゆたふ海に、
子供達よ、地曳網に鯨を曳いては來ぬか。

「記錄」より

すでに年が老けて

高祖保

つれづれぐさに出る蓑虫よりは見窄らしい
あの蝦と蜘蛛の混血兒みたいなやつさ
もう流しもとの暗闇で　つづれさせ　ころもさせ
おつつけ秋もをはりだと　あいつがわたしに告げる
白秋も砂糖のこなが眼に沁むと歌つた
あの夜ふけの灯の下などで
ひよつこり竃の促織が罷ん出て
きりり　きりり　糸のすり切れたヴイオロンをきかせる季だ
ヴエルレエヌよ
今年の秋もめつきり　老けた　と

あの虫が古詩十九首のなかでは
月のあたつた荒壁のうらで鳴く
——さむいほどだ　思つても　氣がとほくなる
それが茫々たる　なん千年のむかしのこと
やつぱり詩人に
かうして老けた秋を告げてゐたんだね　あいつは……

「新日本詩鑑」より

秋の夜空

中原中也

これはまあ、おにぎはしい
みんなてんでなことをいふ
それでもつれぬみやびさよ
いづれ揃つて婦人たち。
　下界は秋の夜といふに
上天界のにぎはしさ。

すべすべしてゐる床の上、
金のカンテラ點いてゐる。
小さな頭、長い裳裾、

椅子は一つもないのです。
　　下界は秋の夜といふに
上天界のあかるさよ。

ほんのりあかるい上天界
遐き昔の影祭、
しづかなしづかな賑はしさ
上天界の夜の宴。
　　私は下界で見てゐたが、
知らないあひだに退散した。

「山羊の歌詩集」より

林檎の木

津村信夫

眺めいると、嘗て智慧の實と呼ばれたものが幾つもみのつてゐる。だが、これはもと歌の本ではないか鈴なりに、すずなりの歌をうたつてゐる。かつて、十人の娘が樹の下で、口づさみながら働いてゐた。やがて、冬になる前、その内の一人が前掛で顔を掩つた。

いろいろの悲しい事を想ひ出したのだらう。いぢらしくも、また生物である。林檎の木にも名前が必要だ、かぶりを振る歌の木になんと名付けたものか。

或る夜、夢の中で、たつた一つの林檎の實が地に落ちた。さしのぞくと、なかが空虚になつてゐた。私は目がさめてから、黎明の風に灯をともして、この悲運を地に埋めてやらうと考へた。

「愛する神の歌」より

或る風に寄せて

立原道造

おまへのことでいつぱいだつた　西風よ
たるんだ唄のうたひやまない　雨の晝に
とざした窗のうすあかりに
さびしい思ひを嚙みながら

おぼえてゐた　おののきも　顫へも
あれは見知らないものたちだ……
夕ぐれごとに　かがやいた方から吹いて來て
あれはもう　たたまれて　心にかかつてゐる

おまへのうたつた　とほい調べだ——
誰がそれを引き出すのだらう　誰が
それを忘れるのだらう……さうして

夕ぐれが夜に變るたび　雲は死に
そそがれて來るうすやみのなかに
おまへは　西風よ　みんななくしてしまつた　と

「曉と夕の詩」詩集より

浦和詩話會記

浦和詩話會を「現代詩」中心に發起して、その第一回を五月二十五日の土曜日浦和社會館別室で開催した。

此の企畫がなるや、埼玉新聞紙上で記事にして呉れたり、現代詩に折込んで宣傳したので、開催前から非常に多くの協力者を得てゐて、當日降雨で、實に天候的には嫌な日であつたか、遠くは平塚・東京・縣下の遠方から詩を愛好する若い人々が、三十人近くも集り、實にいい詩話會が出來た。編輯部では一家總出、某役所からも若い女性が接待に來て參加者も滿足して呉れた。

詩話會は發起人で、詩話會の顧問となられた北川冬彦氏、神保光太郎氏、寺田弘氏、小林善雄氏、杉浦伊作氏等を中心に、二時から六時まで熱心に座談會が展開された。近藤東氏は都合が悪るく、笹澤美明氏、岩佐東一郎氏等は（あとで判明）郵便遲着で缺席されたが、大變殘念の通知があつた。次回はかならず出席さある。同詩話會に出席した浦和高等學校の生徒諸君はこれに刺戟されて、同校の愛好者を集めて、詩の雜誌を刊行の運びに至つた程である。

東京都で詩誌を編輯してゐる若い詩人諸君も大いに喜こび、これからも出席して、單に地方的名稱の詩話會でなく、現在詩壇の詩話會として期待するさ云ふ。

毎月第一土曜日さ決定して、これから浦和に皆が集るこさになつた。次からは講師が題をきめて、講話することになつた。第二回は北川冬彥氏、神保光太郎氏、安藤一郎氏、杉浦伊作氏等が高村光太郎を論評し、光太郎の詩をプリントして、一同で論評することになつた。

（Y記）

故人追憶・思ひ出集

——昭和十年以降——

・島崎藤村・
詩人として慕ふ

杉浦伊作

島崎藤村は、昭和二十年八月二十二日（詳細に云ふと二十二日零時三十五分、島崎靜子夫人の手紙に依る）六十歳を以て、大磯の客舍で永眠された。

日本の偉大な文豪島崎藤村は、小說「夜明け前」に次ぐの大作「京方の門」執筆中に、この最後の作品の完成をまたで、不歸の客となられた。

私は今ここで文豪の島崎藤村の追悼文をものする程、身の程を知らぬものではない。實は最近物故された詩壇人を追慕する意味で、「現代詩」の編輯者として、其の企劃の基に、それぞれ昵懇の人々に、思ひ出を語つて貰ふため、藤村が死の側近にあたつた菊池重三郎氏にお願ひし置いたのであつたが、最近の郵便の遲延の事故に依り、一ケ月有餘の日時がある。〆切日その日に、私からの依賴狀が屆くといふ始末で、編輯の最後の日に、執筆不可能の手紙を頂戴したので、最早いかんともする事が出來ない。藤村を空欄にするのは、後輩の詩人として誠にしのびがたいので、藤村の片鱗なと、書き記るす次第である。

藤村に、直接お目にかかつたのは、一度もない。公開の席で、二三度程、其の風貌に接したが、それは何等、私との私的な繋りはない。私は路傍の石的存在で、藤村は、私の側を風のやうに通り過ぎたにすぎない。

偉大な作家として藤村であつて、詩人としての藤村ではなかつた。然し其の風貌は、今日の作家の比でなく、依然として、詩人の島崎藤村であつた。これは私たち詩人の目から見た（色目鏡に依る）印象でもある。

ある公共的團體の會合で、藤村は、その代表者として演壇であるゼスチユアーをなされたが、實に、なんか、いたましい氣がした。それは餘りにも老齢で、さうした事を好のまれない肉體的のなにかがあつたからである。「東方の門」へ最後の生命力を賭けてゐた藤村には、書齋以外に於でなされる凡ての行動は大儀であつたに違ひない。その姿は又一面所謂文壇的の作家の在方でなくもつと別な在り方の作家が、しようことなしに出て來た、ひつぱり出されたしかたなしの、場違ひ的な姿にも見えた。藤村は、日本の偉大な作家ではあるが、文壇的な大家でなくて、もつと別な、民族的な作家であると同時になにかコスモポリタン的な作家にも想へた。私はラヂオ・カルヘルンや、モラヘスのやうな作家に似てゐると思ふのであつた。

藤村の故郷は詩である。藤村が、詩の故郷を捨てゝ、文壇の異郷で、郷愁に惱みながら、詩を求め文學に精進された淋しさは、モラヘスの心中を察するに餘りあるものがあるやうに、藤村の淋しさも想像される。然し、藤村の生活が、モラヘスの晩年の生活の惠まれざる貧しさに比すべくもなく、幸福であつたことは想像にがたくなく、私は、この偉大な文豪を遇するに、日本の社會が無情でなかつたことに、日本の爲にも、詩人の爲にも、文化人の爲にも喜びを感ずる者である。

彼の一生が詩人的幸福な生涯で終つたことを實に、藤村のためにも。われわれ後輩の詩徒の爲にも慶賀すべきことだと信ずる。詩人の終焉が、不幸的な在り方にあるのが詩人の最後であるやうに思考する者があるが、これは實に間違つた觀念で、詩人の最後は決して不幸的なものであつてはならないのである。詩人の一生は愉しかるべきものと私は信ずるのである。其の道程の苦惱は、不幸ではない。藤村の一生も苦惱の連續であつたとしてもそれは、詩人藤村の不幸ではない。詩人は心豊なものである。生活力のない詩人の不幸な死に方を詩人的生涯であつたと讃美するのは、私の執らざる處、彷浪の詩人西行法師でも、芭蕉でも、決して不幸な詩人的生涯を送つた人々でなく、實に幸福な生涯を終つた人々と言はなければならない。藤村の生活力はわれわれ後輩の詩徒として、學ばなければならない。

私は、ここで、詩人詩人と、藤村を尊稱して來たが、ばたして、今日の人々が、藤村を詩人として、彼の著を愛讀してゐる者は、ほんとは極く少數ではあるまいか。藤村を詩人だと思ふ人にも（詩人以外の人々は）僅かに詩集「若菜集」あたりの詩を愛誦するに停まるではないかしら。若菜集の詩人ではあるが、實の處、それは、單に古典的に詩を（その抒情歌に）ほんの愛誦する程度のものであつて、眞に、藤村を詩人として認識する者は、案外一般の人々にはゐないではないかと思ふ。

藤村が日本の詩壇に、一時代を劃したこと（日本詩壇の草創期から、今日の詩を生み出した）を餘りに知らなすぎると思ふ。然し、藤村の全著を愛讀すれば、藤村の詩人的生涯の全貌を知ることは出來るが、後輩の詩徒としては、偉大な詩人的業蹟を今少し社會的に認識さすの責務があると思ふ。

藤村の傳記は、小説家の手と同時に、詩人の手でもなすべきことを强調したいのである。

●北原白秋●

北原白秋氏

岡崎清一郎

次の文章は、北原白秋氏御逝去直後、關西の或る雜誌（詩誌ニ非ズ）へ掲載させて貰つたものだが、あまり人目につかず、此處に「現代詩」編輯者の了解を得て再錄させていたゞく。

北原白秋氏が逝去された。

今、大板の死亡通知に接し、まことに感無量なるものがある。而して十七、八年も前に小田原に置いてなされた二回の對面がありありと眼に浮んでくる。その時の第一回目即ち初對面の印象、回想を少し誌して置きたい。

最初に小田原山莊を訪づれたときは、道がよくわからずそれに夕景となり、とうと町の旅宿に一泊し（それは眠られぬ一夜であつたが）次の日の朝早く、山へ上り木挽の家をさわがしてしまつた。丁度殘念なことには白秋氏は風邪で病臥中でとうとお會ひする事が出來なかつた。

そのかはり菊子夫人がまだほんの赤ちやんだつた隆太郎さんを擁いて出てこられて、色々と溫かいお話をしてくだされた。それから第二回の小田原行きを決行して、こんどは首尾よくお會ひすることが出來、長いあいだ書きためた數百篇の詩篇を、よく讀んでくだされ、とうと完全に終日を棒にふつて、小生の爲に種々と善い評言をあたへてくださつた。初めてみる白秋氏の風貌は、（前々から雜誌の口繪や湯淺一郎氏の肖像油繪で拜見はしてゐたが）想像通り實に立派なものであつた）小生は頭が下つた。自分はまだ若く元氣で、はきはきと應對してゐたことをおぼえてゐる。

白秋氏は私の菊倍版ぐらへの巨大な黑表紙の詩集「天鵞絨服の紳士」や「春林貴女」其の他の自筆藁本をたのしげにながめられながら一枚一枚なにかしら言葉をかけられた。

白秋氏はアラビヤンナイトのなかの驢馬の寓話など持ちだされて、驢馬が結局、最後は自分のもうけた穴へ落ちこむが、君はそれと同じであまり氣が多いため、かいつて努力した仕事が氣の毒なことになると忠告して下さつた。

君は若き日の木下杢太郎によく似てゐる。實に金色燦爛たるピカピカにしあげた作風で、その整埋がまだよくゆき渡つてをらぬ爲、どうも大體において力作篇の長詩は、讀者を混亂にみちびくと申された。而して才氣張つた技術を、にこにこされ乍ら非難された。

氏はまた遠い昔を回想されるやうな面持で自分も若いときは、こうした作風のため世の人達から反撃されたと云ひ、まあ君のこのめるやうに仕事してゆくのもいいだらうがとも云はれた。まつたく氏は私の數百篇の作品を一つ一つ熟讀され、てきぱきと善惡について裁斷された。

まことに素晴らしい評眼であつた。自分はよろこび感激した。書齋をみまわすと、壁には詩集「思ひ出」に挿入されられた司馬江漢の銅版畫があつた。自分はまことに懷かしく、立つて其の小さな額をながめ「思ひ出」及び「邪宗門」の長い愛讀者であることを語つた。氏は一言「思ひ出」かいと云はれた。氏は旣に新生「水墨集」の著者であつたのである。

大火鉢にはごうごうと湯がたぎり、藍色の藥罐があつた。ユーゴーの首像が懸つた下に大机があり、どんぶりに敷島煙草がバラになつて充滿してゐた。自分は懷中からバットをとりだしてのんだ。氏はまた舶來の煙料をとりだされ、これは輕いからとすすめられたりした。

氏は日本ではいま蒲原有明が一番よいやうだと申された。また詩談がはじまつた。現在活躍してゐる詩人では卓れたものは二三でほとんど駄目である。これから出現する若い人にきつと大才がかくれてゐるにちがひない。などとも申された。と、そこへ隆太郎さんを連れられた菊子夫人がはいつてこられ、兩手に籠を持ちその中には土筆やよめな、たんぽぽなどが澤山盛られてあつた。氏はこの野草を東京の病院にゐる友人におくるのだと云ひ（ネエ君、みたまへこの新鮮な草々を、實に美しいではないか）とおつしやつた。而して君はこれをどう思ふかと訊ねられた。自分は昔から繪を描いてゐたし、自然美に感激することにかけては、ひとにおくれはとらなかつたが、こんな植物の小ささにはあまり氣にもとめずにゐたし、すべて自然は光と色の塊にみてゐたのである。自分がそのときどう返事をしたか忘れたが、まつたく氏の指先にささげられた一本の土筆は、魔法のやうに珍らしい輝きをもつて自分を魅惑した。こんな素晴らしい土筆の形態をいままでみたことはなかつた。氏はこういふ風な詩をかくやうにと切に自分にすすめられた。まつたくその頃の自分の詩風は佛蘭西風の高踏的假幻境（氏の說によれば）に遊ぶ享樂的なものであつた。もつともその爲に氏に非難され乍ら、また愛されたとも云へるが、ほんとうにその頃詩壇全般に流行してゐた惡い民衆詩は氏と共に全然問題にせず大いにケイベツしてしまつたのである。ちなみに其の時、一番氏によつてほめられた作品は、自分としては一寸寂しかつたが、餘戯的に書いて置いた小詩の中の一つで、次のやうなものであつた。

市　井　賦

この朝市
擾ぎて
さびし
鴛鴦彫れば

君！　この詩篇はほんとうに善いネ、と氏は恍れ恍れとながめられ大いに推薦された。自分は外に自信のある詩篇が澤山あつたので、がつかりしてしまつた。（これ等の作品は〝善惡共に自分の若書きではあり昔なつかしいものゆひ、いづれ眞の意味の處女詩集として出版する豫定である。昭和二年に發行した、「四月遊行」以前の集大成である。〟）この詩篇を氏が非常にこのまれたのは意外であつたが、またよく考へなほしてみれば「歡相の秋」「水墨集」の著者としては成程とおもひ、この選出によつて無言の裡に、白秋文學の本當の詩と云ふものの姿が理解できたやうでもあつた。まことこの詩篇は氏の好評をもつて、翌年の「日光」誌上に十四、五篇の詩と共に紹介された。

話は又前にもどつて氏は一杯の紅茶にのどをうるほし（君はまた一面大變純心なところもあり、例へば幼兒のやうな不思議な見方をもつて物象をみてゐるが、童謠などを書くと面白いものが出來ると申された。しかし自分はとうと童謠製作は進展しないでしまつた。

ともかく其の時自分は白秋氏によつて初めてみとめられ責任を以つて詩壇へ紹介されることとなつた。自分はまだ世間知らずで純粹であつた。自分はもう大家になつたやうな氣持で幸福そのものであつた。その頃小田原は春が闌であつた。うつくしい善い季節であつた。自分は二階の明るい居心地のいい椅子で白秋氏のやうな天才と相對してお話をきいてゐるのだと云ふ法悅でいつぱいであつた。

氏よりの知遇は後年「近代風景」開版と共にその極點に達し、氏の影響は甚大であつた。「近代風景」癈刊後、自分はやや病氣の療えるを待つて上京したが、白秋傘下の沈滯停迷を、我と我が身の嫌惡を感じ、新しい出發を初めた。この事は潔癖な氏の忌憚に觸れたらしかつた。

漸するに小生のやうなものは忘恩のお弟子であつたであらう。しかし自分としては自分の善いと思つた道を一生懸命進んでゆくよりしかたなかつたし、又それが氏への一番恩返へしであると心にきめてしまつた。

勿論白秋氏のお立派な藝術は、いまでも昔と變らず一貫してづつと尊敬し讃拝してゐるところである。

● 木下杢太郎 ●

木下杢太郎の在り方

野田宇太郎

わが近代文學に於ける木下杢太郎の地位といふものはその價値ほどには認識されてゐない。ことに、詩に於てそれは極端なやうである。いつたい、現代文學の弱點は大正末期以後浮薄な海外模倣の流行にながれ、その本質を見失ひ勝ちなことにあつたと思はれるし、戰時中の反動としての極端な國粹主義もさうしたところから起つたことも考へられるのである。その上にわが國のジャナリストの無責任ぶりがいよいよ日本の文學を鼻持ちならぬものにしたことも認めねばならぬ。向上しない者とか、俗慾のすくない者とかは何時も落伍者同樣にとりあつかはれ勝ちである。

　北原白秋を知つてゐても木下杢太郎を知らぬ事は眼前の花をしつて、その根幹を知らないやうなものであり。高村光太郎を知つてゐて木下杢太郎を知らぬことは、詩人としての無責任さを證する以外のなにものでもないといへよう。

　日本の近代文學の青春期として「パンの會」を知らぬものはないであらう。パンの會こそは現代文學の絢爛たる出發であつたのだが、そのパンの會を示唆したのは、上田敏の「海潮音」であり、蒲原有明の「春鳥集」「有明集」であり、その精神を知的により強く感受したものは、實に、木下杢太郎であつた。彼の「食後の唄」は白秋の「邪宗門」「おもひで」より以上に叡智の祝福を享けた詩集として記念されねばならないのだが、白秋が詩人として職業的に常にはなやかであつたのに較べて杢太郎は、科學者として文學の外に身を置き常に、海外に多忙な學究の日を送りなどしたために、心ある人々以外には一般から忘れられるやうな立場に甘じてゐたのであつた。その多忙な生活の中に在つてひそかに希ひをつないだものは、森鷗外の存在であつたのであらうが、鷗外とは凡そ違つた立場（杢太郎は軍服をまとふやうなことは、たとへ運命がどのやうにあらうとも出來なかつたであらう）で世界的な醫學者としての見事な仕事をなしとげるまでの努力をしたために、つひに文學的薄倖者としての生涯を終ることになつたまでである。それかあらぬか、人はよく木下杢太郎をヂレッタントといふ。ヂレッタントとは、凡そ自分のなすことに對して責任をもたぬ又はもち得ぬ趣味者の類を指すのであらうが、彼の博學多趣をもつてたゞちにヂレッタントと稱することは甚だ間違つたことであるといはねばならぬ。彼は先づ詩人であり、作家であり、美術家であり、科學者であり、キリシタン文化の研究者としての權威でもあつた。たとへば比較的素人とも云はば云へる繪畫でも、よくみると決して素人といふやうなものではなく、そこには彼にしてはじめてなし得た世界がちやんと在るのである。死の間際までつづけられた植物圖錄の仕事にしても、それが公開されれば、本草學的にも亦偉大なる仕事であつたことが立證されるであらう。彼のさうしたすべての生涯の仕事をとほして一貫するものは、ヒユマニストであつたといふことである。それも實に判然としたヒユマニストであつたといふことである。彼の醫學にしてからが、救癩の仕事であり、植物乃至動物（鶏やモルモット）と緣の切れるものではなかつた。キリシタンもさうだし、晩年の大きな仕事であつた言語問題の探究もそれにつながつてゐた。彼は一藝術家として甘するには餘りに立派な藝術家であつた。彼の生涯は藝術の精神、つまり、ヒユマニテイによつてつよくつよく貫かれてゐた。

私は、彼を知り得たのはきはめて最近の事であるが、その人格に接して、彼の云ふユマニテの何たるかを覺つたといつてもよい位である。

木下杢太郎は、彼が好んで木の下の杢太郎とペンネームをつけたやうに、「田舎者」であつた。全く偉大なる田舎者であつた。白秋はその點、田舎者のはづなのに、東京人であつたのかも知れない。

木下杢太郎は私の今日までにもとめ得た唯一人の名實共の「先生」であつた。はつきり云へば、白秋も光太郎も私にとつては杢太郎以上には「先生ではない。

私は田舎者のくせに、先生をもたなかつたし、もとうとも思はなかつたが、杢太郎だけは私の唯一の先生となることになつた。先生といつても、勿論、彼の詩、彼の博學に對して云ふのではない。そのやうなことのみなら研究で足りるのだが、根本的な人間の問題にかへると、即ち、ヒユマニスト杢太郎（といふよりも太田正雄）は私に叡智の青空を示し、人生の何たるかを知らしめた唯一の先生である。

日本に彼をもつたといふことは、我々の時代の幸福である。それを知らせる點に、何もその名を宣傳する必要はない。そんなことをした日には彼は、あの白髮の童顏にはぢらひの色を示し、「よしたまへ」と云ふだらう。

彼は昨秋急逝した。しかし、その瞬間から彼は私に永遠の仕事が此の世に存在することを示してくれた。日本が今後世界にぬきんでる國家として立つとき、それは彼の仕事の一つの成果がそこに現れたことを示すことであらう。勿論、その時の日本は叡智の燦然たる花園となるであらう。（この稿では追憶をとの編輯者よりの話であつたが、都合でそれを避け、このやうな走り書きにした。勿論、未定稿であるから、そのつもりでおよみ下さい）

●萩原朔太郎●
郷愁の彼方に

伊藤信吉

鳴りはためく夏の雷雨、逆まく浪のやうに吹きつける冬の烈風――これが萩原朔太郎のそだつた上州の自然である。

　このやうに自然の相貌のけはしいその土地は、同時にまた私の故郷である。そして郷里がおなじであるといふことから、いまは亡いこの詩人に、私はいつさう底ふかい親近を感じてゐた。もとよりこのやうな地理的な符節は偶然に過ぎないけれど、私にとつて、それは偶然とばかりいへぬ意味がある。

　試みに、日本近代詩に登場した詩人たちの生地をしらべてみるがよい。湯淺半月、平井晩村、山村暮鳥、萩原朔太郎、大手拓次、高橋元吉、萩原恭次郎と、これらの詩人はみな上州にうまれ、みなその土地のあらあらしい氣圏にそだつたのである。

これらの詩人が、近代詩の過程において、どんな作品の性格をもつてどんな役割をはたしたか。近代詩における地理的な祭典をみるならば、それはおそらく上州が第一であらう。

　近代の詩人として、北原白秋がゑがいた南方の熱氣はいはばエピキュリアンとしての情熱を灼きつけたものである。これにくらべて、山村暮鳥、萩原朔太郎、大手拓次らの詩人は、感能的であると同時に、ある内攻性を帶ひて作品の表情は沈欝である。北と南の極點において、北原白秋と萩原朔太郎のふたりは、近代詩の世界を特異にいろどつてゐる。新島襄をうんだその土地の、いはばエピキュリアンの精神が北方の詩人の作品にながれてゐる。かういふことを思ふならば、私にとつて、郷里が萩原朔太郎とおなじであるといふことは、かならずしもないがしろには出來ない。さらにまた近代詩のひらけていつた過程についても、上州の土地への回想は、そのまま詩の歴史を語ることができる。山村暮鳥はもとより、萩原朔太郎、大手拓次らは、みな近代詩の展開過程においてそれぞれ獨自の世界をゑがいてゐる。

　その土地で、もはや晩年に近く、詩人はうたつてゐる。

物みなは歳日と共に亡び行く
ひとり來てさまよへば
流れも速き廣瀨川
何にせかれて止むべき
憂ひのみ永く殘りて
わが情熱の目も暮れ行けり

詩人はここで何ごとの敗亡をうたつたのか。それは人生のいつさいについてであり、生涯の生活に纒綿してゐたあるイデーの運命についてである。私はこの斷章をよんで、腸のしびれるやうな悲しみに刺される。もつとも詩人らしかつた詩人の、その運命がここに象徴されてゐる。そしてそれは、ほかならぬ上州の土地でうたつたのである。

○

「月に吠える」「青猫」の二詩集が、近代詩の過程にどんな位置を占めるかは、既に言ひつくされてゐるかも知れぬ。たしかにこの二詩集は、近代詩の頂點に位するものであつて、近代詩の特性たる個性の審美化はあますところなくこれらの詩篇につくされてゐる。

ひところ、近代の克服といふことが文化のあらゆる面に亘つて言はれた。これに共通する意味合ひをもつて、萩原朔太郎もまた日本への回歸といふことを言つたのであるが、私はこの思想の推移に、ひとりの詩人の――そして近代の詩人の切實な歎きとくるしみを知る、

最後の日まで、萩原朔太郎は抒情詩の信條を棄てなかつた詩人である。ここに抒情詩の信條とは何だらうか。それは近代詩の核體であり、その原質である。いかなるときにおいても、近代詩は抒情詩として展開するものであつたし、それはまた個性の審美化といふ原質的な問題に發してゐる

人間性の解放や個人の發見は、近代の精神を確立するための根柢的な條件である。詩の領域においてこれは個性の審美化となり、そこに近代詩のあざやかな世界がゑがかれた。現代において抒情詩を語ることは既に古めかしい感じをあたへるか知れぬけれど、しかし個性の審美化にむかつた近代の詩人たちは、そこに作品の成否の鍵を置いたのであつた。

「月に吠える」「青猫」の二詩集は、個性の審美化といふ點で、まさしく第一のものである。それは北原白秋の「邪宗門」よりもさらに內面化され、ある切實感に充ちてゐる。そしてその切實感は、主として精神的孤獨の感

情から流れでてゐる。このやうな詩人が、なぜ後に近代の超克といふ意見に手をさしのべたのか。それは近代の精神そのものについての疑ひよりも、なんらの傳統をもたぬところに築かれる近代詩の創造が、いかに困難な課題であつたかを語るものである。近代詩の實踐者としてそこには異常な困難が經驗されてゐる。

私は「戀愛名歌集」や「鄕愁の詩人與謝蕪村」を讀むたびに、いつも近代の詩人としての萩原朔太郎の悲劇を思ふ。萩原朔太郎についての回想は、同時に近代詩の過程を回想することに他ならないからである。

●佐藤惣之助●

煙つてゐるやうな一つの現實

鹽川秀次郎

低い下弦の月が朧ろめいてす黝い。荒寥とした癈墟の焦けトタンの厠から戻つて來る自分に遠く蛙がころからと鳴いてゐる。今年もまた螢蠅忌が近づいて來た。然し何と變つてしまつたこの頃であらう。わが家ならぬ部屋に入つて見れば電燈を浴びて寢込んでゐる家族の疲れ切つた顏。枕を濡らしながら甘へるやうに床の中で「佐藤さん」の憶ひ出を書いたあの頃は、また「わたつみの歌」も枕頭に書架には色んな詩集も囁やき合ふやうに肩を寄せ合つてゐたが、今は只一つ姪の所についてゐた佐藤さんの全集の隨筆篇一卷のみが聲を掛けて呉れるに過ぎない淋しさだ。「春が來るともう沖繩は春過ぎたらうと思ひ、若い夏の匂ひさへ想像される」としのばれた宮古、八重山の琉球諸島も、臺灣、南の島、上海、滿洲、いや川崎、横濱、「東京の味」さへも消え去つてしまひ、夢のやうな現實が月明りに電燈に曝されてゐるばかり。

もう四年も前になるのか、昭和十七年の五月の十五日！ 寧ろ遽しくも佐藤さんらしい「薔薇寢臺車の鹿島立と」とでも言ひたいあの最後は、雪ヶ谷のお宅に馳けつけた五月の朝の露冷えの間脊に印象深い北枕であつた。幾度思ひ返してもあの彈力に充ちた精力的な元氣さ。こう何か佐藤さんのまはりには目に見えない昆蟲類が取りまいてゐて、小さい樂器を絕えず奏でゝゐたやうな、あの明るい樂天さ。白い齒なみ。魚拓。そして壁間に澄み切つた纖細な一竿。かと思ふと、角帶、雪駄でツウステツプも踏んで見せるがぼつてりした餅肌の佐藤さん！臆劫者が何時の間にかそれなりけりで高くなつてしまつた敷居が十餘年もの歲月となつて見殘した夢のやうに悔まれる。「わたつみの歌」と言ひ「春過ぎし」と普ひそんな筈ではなかつたがと言ひたい樣な佐藤さんらしくない變貌がかなり强い愕ろきを胸に投げ込んだ。「あゆずし」その他。そしてもしや……と言つた一抹の昃が眉を掠めたのだが。

佐藤さんの變貌は全く詩界の驚異の的であり待望の焦點であつたらうと思ふ。「僕の詩集は一つも同じものはない』と言ひ切れる程の多角な詩人が二十六藏「正義の兜」を鳴らして跳り出て以來「狂へる歌」「滿月の川」「深紅の人」「荒野の娘」と矢繼ぎ早やにそしてあの詩界を壓倒しだ「華やかな散步」つゞいて「季節の馬車」「琉球諸島風物詩集」「雪に書く」「颱風の眼」「トランシツト」「波止場の娘」「西藏美人」「情艷詩集」「花心」「わたつみの歌」等々。それに「市井鬼」「蝙と螢」「酒はまだある」「凄氣の圖」「春すぎし」等の隨筆。句集。小說。釣、旅、詩誌、この激しい氾濫の多忙さが大戰の昭和十七年、忽然と萩原朔太郎の後を追ふやうに絕えてしまつた。殆んど信じ切れない位に。僕等がかゝへこんだこの巨きな空白、その上に思ひも及ばなかつた戰災を僕等は喫し、踪跟としてこの敗戰の邦の衷に天日さへ空しい思ひで起き伏ししてゐる。この虛脫。いづこへゆけばいゝのか。佐藤さんは高笑ひして答へないかも知れない。

佐藤さんは言つてゐる（「蘭科と百合科」）「蘭がほんとうにすきになるには、もつと精神を要し、もつと花や感傷にあきて來ないうちは眞實でない……。そこへゆくと蘭科のすぐ隣りにゐてある種のものは蘭科ではないかと思ふ百合科のものは、蘭に比してずつと樂天的で、意飾があり、花冠があり、若くつて自由で蘭のやうに嚴冬的な、又深山熱帶といふやうな、わたしたちの世界よりより深く厚いものでなくて、いかにもわたし達の日常生活と並行のできる感じをもつてゐる。「永遠の青年佐藤惣之助」が躍如として出てゐ、「星辰的な年代」が現はれてゐると感傷する蘭に少からず心魅かれながらも百合科の若さ、新らしさ、はなやかさの世界を遂にすてきれないと言つた一文は誠に佐藤さんを知るものにはゝゐましいものがある。五十三でなくなられたその佐藤さんでさへその晩年？には「わたしは百合よりも少しく、少しく蘭がすきになつた。蘭を見るのはいゝと思ふやうになつた」と述懐する程になつてゐたやうである。そして近よりがたい迄に壓倒的な自由奔放で多彩な迷苑がこんな美しい徑のやうなカーヴを畫き出した佐藤さんに今まで思ひもかけなかつた親しみと魅力とを感じないわけにはゆかない。（むしろ佐藤さんらしくなくなつて來た佐藤さんに對して）あの訥辯な雄辯さから又どんなに僕を感動させる樣な語葉が僕を降りかこむかとぞく／＼させる。

併しもうそれは妄想に達ぎなくなつた。萱の一本一本に懷ひ出を燻らして見ても何一つ還りはしない。いやこの終戰、敗戰の前には自分の今の生命さへも眞實と感じられない程の意識になつてしまつた。あの高い朱門の立つ正教寺もかき消す樣に戰災の灰と化したといふ。詩碑を何處に建てやうと皆で鳩首したことも夢となつた。

たゞ佐藤さんの御母堂は先生の御妹さんの齋藤さん御一家と共に今池上本町にゐられる。本門寺も烏有に歸してしまつたが、お二人は至極御壯健で、石川縣氷見町の菊池亮さんの疎開先から戻つて來られたさうである。僕はかけちがつてまだお會ひ出來ずにゐるがこの事だけは眞實である。

●佐藤惣之助●

足早やの佐藤さん

永瀬清子

季節がまわつて又あかるいそよ風の時が來た。五月十五日、佐藤さんが佐藤さんらしい、往生のしかたで、突然なくなられたこの日の前後は、每年美しく晴れて、あれから五年、每年このそよ風が吹きだすと百花でかざられた最後の日のことを思ひだす。

花の中の佐藤さん。彼は音感の方はあまり敏感とは云へなかつたが、色彩感覺は實に豐富で、言葉の上にもはつきりした感覺の好惡があつた。人はよく佐藤さんを八方美人と思つてゐるけれど、そしてあんなに速筆家であつたので、作詩の上に苦勞が少なかつた人のやうに思つてゐるらしいけれど、佐藤さんは少くとも言葉の感覺の上では八方美人ではなかつた。きびしい／＼神經があつた。又生活の上にもきちんとした自律をもつてゐられた。

いつか「『荒鷲』なんて云ふ表現は隨分甘くて常識的

にすぎると思ふよ。誰が云ひだした事かしれないが」と云はれたので
「ぢや何て表現なさるかしら、佐藤さんなら」
と云ふと
「蝸などはどうかと思ふ。空の蝸だね。それが眞紅の腹をしてゐて飛ぶのさ」
と云はれた。いつも朝のうち、東側に窓のある六疊の書齋で紫檀の机にむかつて、或は蒲田の珈琲店へ出張（?）して、そこの特定の一隅で作品をかき、お晝頃歸つて輕い食事をして、午後を雜用にあて、夜は晩酌をたのしむと云ふ風にしてゐられた。それは佐藤さんの自律であつて、決してぐうだらにいつでも作品を書きすてるやうな風ではなかつた。晩のお酒をおいしく味はふために、午後は甘いものを口にしないやうにしてゐられたが、本當は甘いものもとても好きな人で、しばらくお菓子をたべないでゐてたべると凝つてゐた身體が柔かくなるように感じるよ、と云つて朝のうちはとてもおいしさうに食べられた。そしていつもどこかのめづらしいおいしいお菓子を出して下すつた。こんな風にそのかみは人みなの云ふ蕩兒であつたかも知らないけれど、私の知つてゐる晩年の佐藤さんは感覺を自ら大切にする事をよく知つていられた。そして勿論、それは戒律と云つたものでなくもつと自然な自由な氣持で、世界をよくたのしむために、佐藤さんの持つてうまれた智惠であつた。おそらく若い時と云へどもその生得の智惠は人にみえなかつただけにすぎないだらうと思ふ。惡いあらはれだけをみて惡名を世の人はつけるものだ。

だから何か用があつた時は、朝のうちにゆきさへすれば大抵お目にかゝれた。もしおるすでも行く先が蒲田なので、待つか行くかしさへすればよかつた。ある時、めづらしく急ぎの作品に呻吟していられた事があり、私はその樣子をみて簡單に用事だけお話してお暇することにしたが、でもあれほど愛相のよい人だから、表面だけでもそらさずに話して下さるらしいのに、心はこゝになく作品の方へばかり氣が行つてゐることがあり〳〵とうかぬ顔つきにみえ、佐藤さんもこんな時があるのかなあと內心面白く思つた。その時忽ち庭前に一匹の猫が通りすぎると俄然立つて椽先に走り出て「永瀨さん　永瀨さんみてゝ御覽!」と云ふが早いか隅にをいてあつた手製の竹の弓矢をとり走り去る猫にむかひ一矢放たれた。それは猫の尾のあたりをかすめて垣根のもとに落ち、猫は一目散に逃げ去つたが、私はあんまり佐藤さんがいきこん

でそんなわらべじみたことをされたので可笑しくて可笑しくて、くつくつと笑ひ出さずにゐられなかつた。「猫弓」と云ふ作品は詩集「わだつみの歌」に入つつゐるが佐藤さんの晩年の詩らしい哀調にみちてゐる。

よきもの哉、青き弓矢
家内ども愚かしと嗤へど
わが腕に「幼き夢」は甦り
猫を射り、花を射り
折から出でし月をも射たり
あゝその矢は隣地に墜ちてかへらず
悲しいかな「愚人、月を射る」
ひれど我心、怪しくも猛りて
猶も空を射らんとす
何ものかを射らんとす……。

ひたすらにわが感覺に忠實であつて他念なかつた佐藤さんは、晩年その「わらべの夢」を自らも愚人と嗤ふやうなさびしい境地を知られた。それは年齢の故かそれとも「家内ども」の影響もあるのか知れないが、私としてはこの詩よりももつと一圖な時代の佐藤さんの詩の方がいゝと思ふ。少くとも猫弓を執つて「怪しくも猛りて」いきなり立ち上つた佐藤さん自身の方が好きである。

佐藤さんの一圖さはその魚釣りに全面を發揮してゐたらしいけれど、この方面のことはよく知らない。一ぺんでも一緒に魚釣りについていつだら隨分よく判つただらう。私はある時お約束の日にゆけずその翌日行つたら、丁度愛用の海老茶色のダブ〳〵のスエーターをつけて魚釣りに家を出かけられる所だつた。

「どんな珍客に來られても魚釣の約束だけは變へるわけにゆかないよ」と竿をかついだ佐藤さんはあつさりはる〴〵川崎まで行つた。私と別れて京濱の改札口を入つてゆかれた。死の床にいそがれたあの同じ自己に忠實な足早やの步調で——。

・吉川則比古・

吉川則比古は死ぬまで詩を書いてゐた

吉澤獨陽

浅草で焼爆されて私の家へ疎開して來てゐた塚本篤夫

と、冷酒を酌み交しながら私はよく話した。「語れば限りが無い。俺はソツど默つて吉川を抱へてゐたいよ」と、だがその塚本篤夫も京都病院へ入院して四日目の三月二十七日に死んでしまつた。嘗て塚本も吉川も布施市に住んでゐて、月の大半を彼等と會つてゐた。私がその二人に先立たれて呆然自失の態である。

吉川の一週忌には塚本も一緒に墓參する約束だつたのに、今日の一週忌には私が一人で大和五條町に來て友の遺影と對座してゐる。此座敷にも、庭石にも、庭樹にも、亡友の息吹が温かく感じられる。故人とは「日本詩壇」を共同經營じただけでなく、私達の親密さは親にも女房にも言へない以上の間柄であり、憶ひ出の記なぞは實際限られた紙數では書けない。「日本詩壇」は終戰當時から中敬三、池永治雄兩君と語らひ再刊準備を進めてゐるが、我々はひト月でもふタ月でも、せめて一年位は吉川則比古を殺したくない、といふ樣な氣持ちから依賴された追悼文も一切書けなかつた。然し一週忌も過ぎてみれば何時までもそんな事も言ふては居られない。「純粹詩」五月號に杉浦君が「日本詩壇」の編輯關係者が彼の追悼號を刊行しないのに私かに義憤を感じてゐた」と洩らしてゐるが無理からぬことで、故人に對しても詩壇に對しても誠に相濟まぬと考へてゐる。

我々は「日本詩壇」を出す。「則比古遺稿集」も出す。彼の抒情詩集「ひとりしづか」も出ることになつてゐるが、ただここに特に書きたいことは戰爭中彼は日本詩壇發行所と共に玉碎する覺悟のもとに死ぬまで詩を書き續けてゐたことである。

兩親の下に疎開させてあつた家族に逢ひに行つて、五月十九日布施を素通りして大和から直接私の處へ來た彼は何時になく杯を重ね色紙や短冊を書きのこし深更まで肩を搖すぶつて語り、翌日も喀血を隱して尙三時頃まで詩を語つた。それから西宮北口の喜志邦三氏を訪問して歸宅したが、二十五日朝十時にはもう語らぬ友となつてゐたのである。當日は折よく五條から歸られた夫人と共に平日と何等變つたこともなく朝食を攝り元氣よく二階へ昇つたが、喀血に依る窒息で苦しむこともなく五分間ばかりで逝つてしまつたといふ。

急使をうけて馳けつけた私は、漸やくのことで「安心しろ」とだけ言へたのだつた。

一週忌當日故人の生家にて

●高祖 保●

高祖 保を憶ふ

岩佐東一郎

　高祖君が應召したのは昭和十九年七月であつた。あの玲瓏高雅な、眞に詩人らしい性格の彼が、陸軍少尉だつたと聞かされても、すぐに承服出來かねる氣持ちを抱かされた位、全く軍人などとは遙かに遠い溫和な青年紳士の彼であつただけに、應召と知らされた時に私の直感したことは、何とも云へぬ痛々しさであつた。そこに、平素から決して丈夫ではない上に、その年の春まで病氣入院して、漸くこれから健康恢復期に入つたところであつただけに、召集とは餘りにもむごいことだと思はずには居られなかつた。秋になつて、佛印のある港から、多分これからビルマ戰線へ赴くであらうと云ふ簡單な消息が人傳てにもたらされたのみで、その後はぱつたりと消息が絶えて了つたから、私は、彼からの軍事郵便は一通も貰つてゐなかつた　あの筆まめに愉しくやさしい葉書や手紙を書いてくれる彼が一通の軍事郵便すら呉れぬことによつても、どんなに過激繁忙な戰線生活を送つてゐることかと想像されて、私は常に彼の健康のみが氣づかはれてならなかつた。

　昭和二十年夏の敗戰後、外地部隊との通信が許可されるや、私は、次々とハガキで、彼の家族の消息や、私自身の生活や、彼の知つてゐる詩人友人の近況などを書き送つた。そして、私は彼の復員の日を、どんなにか待ちこがれたことであつたらう。新聞で見ると、彼の所屬部隊は、バンコック附近に集結してゐるらしいので、案外早く復員出來るのではないかと樂觀したものだつた。

　今年の四月に、ある出版社から新選詩人叢書の一冊として高祖君の詩選集を是非出版したいと、私の所へ相談かけられたから、私の一存でも決められぬことなので、香川縣へ一家疎開してゐる同夫人のもとへ打合せの手紙を書いた。しばらくして夫人からの返信が屆いたので、早速と開封した私はその文面に啞然として了つた。夫人の手紙によると、私の高祖詩集出版打合せの手紙と偶然にも同時に、高祖保昭和二十年一月八日ビルマ野戰病院にて戰病死の公報が到着したとのことであつた。私は、あたら前途ある俊才を、引きずり出して殺して了つた戰争を心から呪つて泣かずにはゐられなかつた。惜しい詩人を失つたことの寂しさ。

高祖保は明治四十三年五月四日に滋賀縣彦根市で生れ國學院大學を卒業、昭和二年頃から百田宗治氏の椎の木社同人になり、第何次かの「椎の木」そして「苑」の編輯を受持つたのだ。また彼の著書を列記すると、昭和八年八月に自家版處女詩集「希獵十字」限定七十部を椎の木社から刊行、昭和十六年七月に第二詩集である「禽のゐの五分間寫生」限定百部を詩友井上多喜三郎（タキさんも昭和二十年春に召集されて北鮮羅津に駐屯してゐたので未だに消息不明である）の月曜發行所から刊行、昭和十七年五月（今にして知つたが、この詩集の發行日は彼の誕生日と同じ五月四日と印刷されてあつた）に第三詩集「雪」限定百五十部を自家版として文藝汎論社から上梓し、翌年「文藝汎論詩集賞」を授賞した。第四詩集「夜のひきあけ」は昭和十九年七月に青木書店から二千部刊行されたが、これは僅かの日時の差で彼はその出來上りも見ずに、ビルマへ進發して了つた。未刊詩集として「獨樂」が遺されてある。それなどは、私の「紙鳶」と同時に刊行すべく組版校正まで進んでゐたのに、彼の詩人的潔癖から五校六校と取つて、然も天眼鏡で一字でも疲れたり痛んだりした活字は全部取代へさせてゐた。いよ〳〵校了にならうと云ふ時に突如召集で、遂に未刊行となつて解版して了つた。私が押し切つて、印刷製本を引繼いでとも考へたのだが、彼の細い神經ではとても承知出來ない事だらうと察して敢て口に出さなかつた。それは、彼の「雪」を刊行する時の彼が一冊の詩集を刊行する迄の愛情と熱意の激しさを充分知つてゐる私だけに。

彼の詩業に就いては、此處で語る餘裕を持たないが、生前、彼の發表した詩の數々は、他の詩人たちに比してむしろ寡作と云つてよい位であつたが、その一つ一つが珠玉の如く、美しく貴く光つてゐるのに心から驚嘆させられる。三十七年（正確に云へば三十六年であらうが）の短い生涯に、かくも優れた詩の寶石ばかり遺して、しかも敗戰の冷厳な事實を知らずにこの世を去つたことは或は幸福であつたかも知れないが、遠い異郷の野戰病院で死を目前にした彼が、どんなにか家族を想ひ、故國を偲んだことか、私はそれだけでも胸が苦しくなる。涙がこみあげて來る。

堀口大學先生に彼の死をお傳へしたら、追悼の詩をいただいた。その中の一篇を轉載させていただくことにしよう。

高祖保よ、君を悲しむ
左様ならとも言はないで
ビルマに消えた「雪」の詩人よ。
悲しい戰さの受難者よ。

高祖保よ、君をしのぶよ、
お行儀のよい來訪者
禮儀正しい通信者
待たれる人よ、待たれる便りよ。

僕の孤獨の慰安者よ、
追悼文の豫定の筆者よ、
この番狂はせは、むごくはないか、
天へ昇つた天童よ！

ああ、呼ぶけれど答へぬ者、
天へ歸つた詩の雪よ、
高祖保よ、きこえるか、
とぎれとぎれの僕の聲が？

●照井瓔三●
照井瓔三こその斷片

浅井十三郎

かつてエジプト人は「饗宴の最中、珍味佳者の間に、死者の枯骨をもつて來させ、以つて會食者達への警告とした」（モンテーニユ）と言ふことであるが、今日の日本にとつてこのことは又ひとつの警告になるのではないか。飢えにさまよひながら美食を食べてゐるのである。それは餘りに悟道的に聞えるかも知れないが、私の思ふのは敗戰によつて得られたその美食を考へもなく振り廻してゐる人たちについてである。美食が美食として賞でられるためには、その人たちが自然的環境や社會的環境から勝ち得た花でなければならない。賞でる人も賞でられる花も氣品秀れた香氣を放つてゐてこそ美食たり得るのである。我々は遙に遠いところにあつた花々が、手近に咲いてゐるのに驚喜して、ただそれをむしりとつて了ふやうな亂暴をしてはいけない。花には花の時間がある。のである。花は年々歳月重ねて咲かねばならぬのである。

耕すことの必要はここにもある。

われわれはわれわれの日本の詩についてもこのことに考へをいたさねばならぬ。詩には詩の要求がある筈である。かつてプロレタリア詩が無詩學として批判せられたのも又戰時中、ある種の目的のためにされた、いはゆる戰爭詩と言はれるものの非難は共にその世界觀の相違にもあらうが、詩が詩の要求を除け政治へのドレイと化した固形物であつたからであらう。そして今日おびただしい詩作品を前にして私は又も思はなければならない。現實のすさまじい進行から眼をそむけて行くことが詩の要求を容れることではないと共に又しても隨所に現れてゐる詩への反抗、即ち最も單純なる感想的な行切り散文を（ああ厚顔無恥の固形物を）思はないわけにはいかないのである。

詩に音樂を與へると言ふことは、雅語や文語で詩を綴ることでもなければ七五調に身振りをする事でもない。

詩が詩に要求するもののひとつとして、私はここに時間をあげたいのである。

詩に音樂を與へると言ふことは、詩に時間を與へると言ふことでなければならない。詩人の思想に時間を與へ、作品の中の世界、詩の現實に時間を與へる。さう云う內面的なものにすがたとして聲を直接與へて表現しようとした一人の詩人を私は思ひだす。然も詩を愛するが故に聲樂家としての己れを詩の朗讀に十五、六ケ年も捧げた一人の詩人聲樂家を私は憶ひだす。ある一つの詩が音樂的であると普通言はれる場合、それが外在的に問題され形成された作品など私にとつては幾らかの興味もないのであるが、詩の要求に從つて詩人の思想に音樂が與へられてゐる、その時間の現れが私をひきつけるのである。

○

純眞無垢の至情を持ち續け得るものこそ詩人である。十數間詩朗讀のために戰つた照井瓔三。私はあの瘦身長軀の照井氏が爆死したことを知つたのは、今春杉浦伊作氏が「現代詩」の編輯其他の打合せで來社した折はじめて聞かされ、音沙汰のないのも無理はないとつくづく思つた。（死に方の勉强をするために僕も生きるよ）（これはなにかの記念になるかも知れんと思つて持つて來た盃）（僕が死んだら一年に一ぺん位は照井デーの詩話會をたのむ）（近頃僕より、家內が偉いんで頭が上らんからクリームでも買つて行くかな）（この間昭和十七年冬頃――淺井君を訪ねる汽車の中で、洋傘を武井君、寺田君とみんなが一本宛購つた山村風景や僕がさつぱりあれに參つた話を高村さんに話したら殘念がつてゐましたよ）（僕は詩集を貰ふと必ずその人の著書を一冊店頭で求めることにしてゐる）（近頃の詩人は初めは先輩を先生だなんのと言つてゐるが、手紙の一本も貰ふなら忽ちさんになり、君になり、呼びすてになる。詩の腕から云ふならまだしもさもしい勉强の仕方ですね）こうした色々の言葉が憶ひだされてくるのである。私は照井氏の朗讀埋論は、昭和六年頃出た「詩の朗讀法」と戰爭中に編まれた「國民詩と朗讀法」の二冊しか知らない。然し永い間のつきあいを持つてゐれば色々の話合ひのうちにも氏の精神がどこにあつたか、今にして考へさせられる。さうして今この詩朗讀の草分けと言つてよいであらう氏に對して詩人がどれだけの敬意を拂つてゐるかも知らない。かつて音樂世界？の久保田公平君がビールを飲みながら、盛に照井氏の朗讀法についての反對論をきかせてくれたこともあるが、我々の結論はきまつて、詩の世界の追究にぶつかつて行つたことも憶えてゐる。

○

花々は咲きつつある。然し我々にとつて大切なことはつねに先輩の歩いた道を自已の中に省みることである。我々は詩の要求に耳かたむけなければならない。特に今日に於ては、詩の要求する」時間」とともに、直接その表現たる言葉を我々の思想のリヅムとして把え、あくまでも支へられた世界をもつ言葉として創らねばならない。詩として絶望に近いと言はれる日本語が、又詩人として絶望に近い日本人と言はれるやうであつてはならない。われわれは詩の時間の問題にしろ、詩語としての言葉にしろ、先輩の努力が形こそ變れ何處にあつたかいろいろと學ぶことの大切さを正直に感ずべきであらう。

•新人詩篇•

綠衣

山崎馨

野の花は折らずに見るがよい。
國ぢゆうの廢屋をめぐる嵐の中で
荒れはてた心が渦まきかたむく。
黝い頭を抱いて
黝い腹のしめりは
黝い胸を鎖ざして

墓地に續くこの靜かな徑の
漠々たる未來の間に。

横たはる木立の下に
焦げ殘つた髓骨がある。
耳をふさぎ、目をふさぎ、口をふさぐ
それは地藏 猿の姿。
醜くさに殺したい、
毛虫がそつと蝶になる、
そして蝶だけが限りなく美しい
自由を生む。

國ぢうの廢屋が
ひろく展けた澄んだ青空に、
私達の惡夢もまた
廢屋をめぐつて旅立ち上る。
端しなき彷徨の徑にやどる愉悦よ。
定めなき旅空に　定めなき旅の道づれよ。
みんな自由だ。
そして廢墟のなかに春の嵐が
美しく目覺める。

血まみれの國で　まつ黒になつた人間の
少しも變らなかつたものはひとつ
創造するお互いの眼であることだ。

―一九四六年六月一日―

早春

木村次郎

氷雨ふるビル街沈み星條旗おもくはためき、
幾とせの祖國に還る、君の口よりヴエルーヌの
「巷に雨のふる如く心のうちに涙ふる」と
つぶやけるを聞き。

氷雨ふりきた風鳴れり
破れ家に氷雨きびしき
寒々とびとらゆきかひ
瞳はもくもりてかなし
されど今春はちかづき
街路樹は青く芽をふき
青き芽に氷雨ふりしき
街の音よどみてひびき
變り果つ都のさなかに
君と僕しばしもだせり
激れつにめぐる地球に
その突端に生きる命に
氷雨ふりきた風鳴れり
凉々とひさめはふれり

二一・三・一七　―大江滿雄氏紹介

編輯後記

○今輯程苦心と努力を費ひやした號はない。最初の企劃では、最近物故した詩人を夫々の親宜のあつた人々に追憶する文を書いて貰つて編輯するつもりで、大體二人の人を選定して、原稿を依頼した。二人と指定したのは事故で一人が書けなくとも、他の人で補足出來ると思つたからである。

○然るに、最近又ひんぴんとおこる郵便事故に依り私の計畫は、とても所期の目的を達することが出來なくなつた。

○そこで、企劃を再考して、新しく出發しなほした。それは、手違ひに依るといふよりは、より此の追悼號を完全にする爲に、私は、故人の詩を（その詩人の代表詩集）から、又代表詩を選録することに定めたが、今度は、それら故人の代表詩集を見い出すのに苦心した。私自身も相當、明治のきかん書け持つてゐるが、今では見ることさすら容易でない詩集がある。

○そこで私は、あらゆる蔵書家を訪れて、それを謄寫しなければならなくなつた。私自身の時がない時は、家族を總動員して、これが仕事に傾力した。國民學校の長男から、女學校の長女等を、あそここここと走らしたり、二三日山崎君に來訪して貰つて原稿を整理する、細君も筆耕するといふ有樣だつた。

○只單に現代詩が、現代詩の發表機關としてのみの存在なら、こんな企劃は無意義に近いであらうが、私は、もつと廣義な意味で編輯したいのである。

○むくいられない詩人の文化的業蹟に對して、社會の人々に、いくらかでも、認識して貰ふよすがとして、詩人がこれらの人々を世に、紹介するのは無爲でないと信じたからである。

○編輯終つてから、本輯に擧げられなかつたいくたりかの詩人もあらうし、又意識的に削除した詩人もあつた。それは、公報に接せず、その生死が確認されない人である。

○家人が七月はおぼんですから、追悼號ですかと云ふ――さう、意識的に企劃したのではなかつたが、さうなつたことは、私にはなにか佛緣を感じ、嬉しい氣持である。

○これが爲に、寄稿していたゞいてある幾多の詩篇、エッセイ其の他を次號に廻した。寄稿家及讀者の諒を得たいと思ふ。

○本輯の爲に御寄稿下さつた諸氏に厚く御禮を申上る。津村・中原・立原氏等の追悼文は神保氏が『三つ星』として、十枚ひきうけてゐられたが、病氣のため〆切日を二三日延ばしたがつい出來ず殘念だつた。だから、三氏の略傳も追悼文が載るつもりだつたので、調べなくそのまゝになつてしまつた。

（杉浦）

現代詩　第一巻第六號
定價　二・五〇　〒三〇

詩と詩人社會員費一年五拾圓（分納可）
本誌並ニ「詩と詩人通信」配布
廣告料ハ一頁マデ相談ニ應ズ
送金ハ小爲替又ハ振替利用ノ事

昭和廿一年六月廿五日印刷納本
昭和廿一年七月一日發行

編輯部員　杉浦伊作　浦和市岸町二ノ二六
編輯兼發行人　關矢與三郎　新潟縣北魚沼郡廣瀨村大字並柳
印刷人　本田芳平　新潟市西堀通三番町　昭和時報社・電話七二四

發行所　新潟縣北魚沼郡廣瀨村大字並柳乙一一九番地
詩と詩人社
淺井十三郎
振替　東京一六一七三〇番
新潟五二七番
日本出版協會員番號Ａ一一一九〇二九

配給元　日本出版配給株式會社

現代詩 七月號

詩と詩人

●第61輯○

詩の原型に徹底に肉迫せんとする純粋詩誌

◇詩と詩人通信◇

☆會員の機關誌・會員の自由獨歩場

會費一年分金五十圓（分納可）
會費ハ前納・振替又ハ小爲替・
會員ニハ「詩と詩人」「現代詩」「詩と詩人通信」配布
定價　金二圓五十錢
送料　二十錢

新潟縣北魚沼郡廣瀬村並柳
發行 詩と詩人社
振替 東京一六一七三〇番 新潟五二七番

定價二圓五十錢

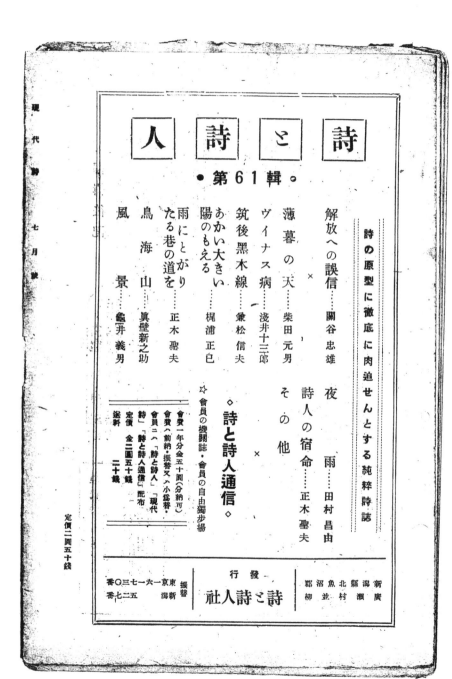

The Cantemporaty Poetry

現代詩

現代詩人プロフイル特輯號（一）

八月號

詩と詩人社

昭和二十一年六月二十日第三種郵便物認可（毎月一回一日發行）
昭和二十一年七月二十五日印刷納本　昭和二十一年八月一日發行
第一巻第七號（月刊）

現代詩 八月號目次

現代詩

八月號

詩の批評

北川冬彦

敗戰この方、詩の作品といふものは大分出揃つたやうだが、詩の批評といふものはあまり見かけない。稀に見かけたと思ふと、それはまだ驅け出しの身で、この行は蛇足だとか何だとか末梢的な技巧批評に墮してゐる。批評は大いに興らなければならないのだが、そんなケチ臭い代物ではものゝ足しにはならない。

この思想の混亂期において、大切なのは、一つの詩が進歩的作品であるかどうか、それの判定だ。一つの作品の正體は何であるかをつくことだ。一つの作品が孕む思想は僞裝であるかどうか、一つの作品がどれだけ社會性を持つてゐるか、一つの作品が現實を如何に反映してゐるか、一つの作品がどれだけ時代の苦悶を内に藏してゐるか、それらを抉り出さねばならないのだ。

ヴアイタリテイに溢れた知性の鬼よ。現はれて、詩を斷罪せよ。由來、溫健な紳士の言說によつて詩が押しすゝめられた例がない。

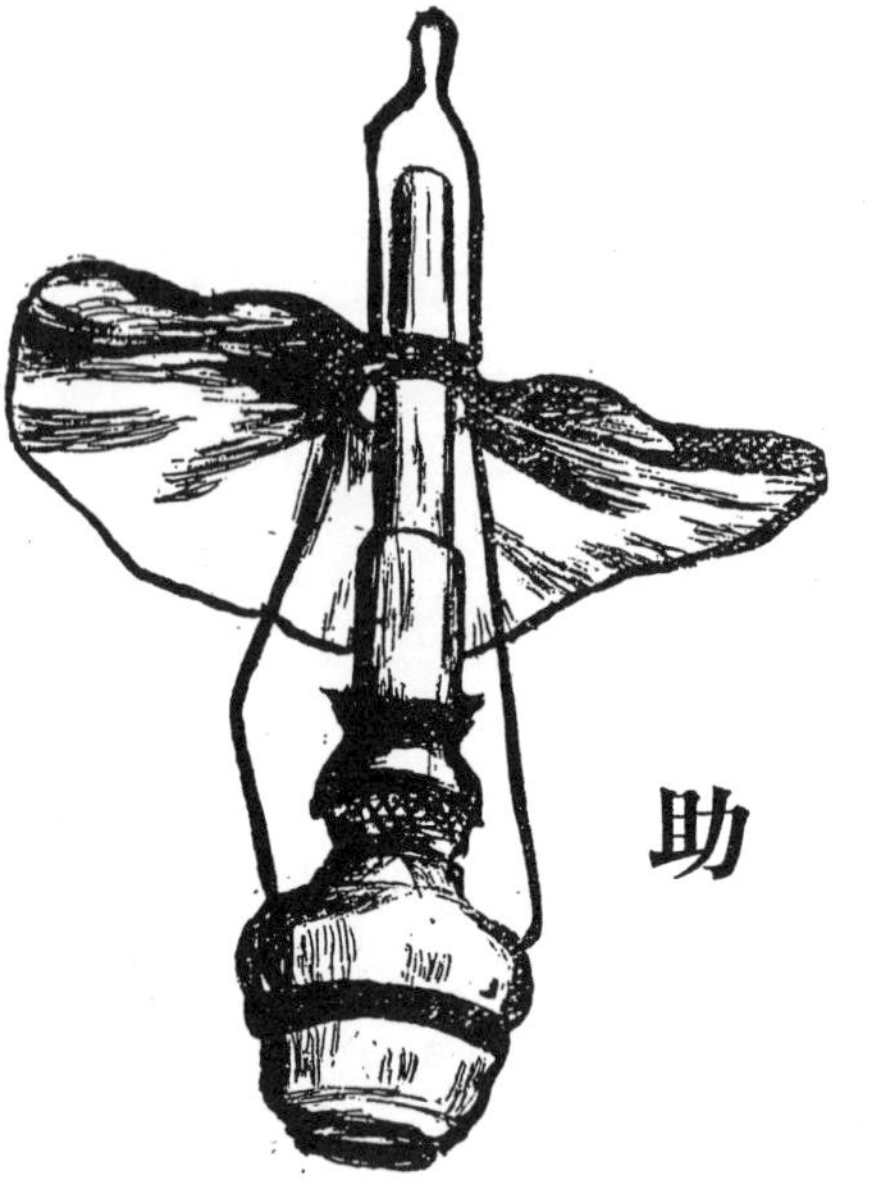

助言

—青年に與ふ—

菱山修三

僕に用があるといふのか？　何か助言をしてくれといふのか？　よろしい。書物を捨てたまへ。書物には、必要なものは何一つとして書いてない。君自身の本能に耳を傾けたまへ。このひとつのことを學びとればいい。いくらか天分があれば結構だが、それもなければ無いで、差して心配することはない。つまり、肝心なことは、すべては自分自身の力から、伸びてゆくのはわれわれとわが身のなかからだと知ればいい。……君だつたら、今からだつて晩くはない。今すぐにだ！　さうだ！　今すぐに生活を始めるのだ！　いかなる生活、どこ

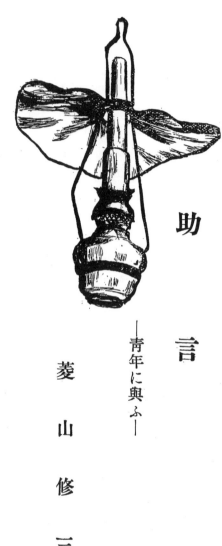

での生活？　そんなことは少しも問題ではない。君は君自身の眼で物を見ることが出來るし、見方だつて持つてゐるし、脚だつて達者だ。ただ一歩を踏み出せばいいのだ、錆びた齒車から、延びた發條から、舊來の道德から、家庭から肉親から、腑拔けた仲間から、あしき敎師共から遁れて、ためかしい拘束と制限を破り棄てて！

簡單な近道を敎へようか？　新聞社へ這入るのも一手だ。小さな新聞社でも結構だ。そこで雜報の種をあさりたまへ。世間から抜け出して、逆に、世間めがけて驀地に跳び込みたまへ。君の垢を落すには之は莫迦げた方法ではない。朝から晚までかけ歩くのはいい。事故であらうと自殺であらうと訴訟事件であらうと警察沙汰であらうと、何一つとして眼から遁してはいけない！　眼を開ける！　自己の周圍に眼を開ける！　けふのいかさまの、頽落の文明が引き摺つてゐるすべてのもの、よきもの、あしきもの、思ひもよらぬもの、二度とありえないもの、それ等すべてを眼を開いてじつくりと見るがいい！　さうしたあとで、人間なり、社會なり、君自身なりに對して、始めて口がきける！　正宗白鳥になつちやいけない。あれは舊時代の人間だ。君自身にならなければ、本當に君自身にならなければ。君に足りないものといへば、要するに君自身だ！

偉大な時代が來るとしたら、なによりも君の偉大な人間にならなければ。そして君がこの卑小な助言を笑ふ日が來ればいい！

四行詩六篇

河井醉茗

☆

「國來」「國來」と呼んで國を呼んだのは
遠い古の神話
「人來」「人來」と呼んで人を呼ぶのは
今新しい建國の聲。

☆

人の隱してゐる食品もあるが、
海に　山の　野に　里に
自然の倉稟に藏められて
隱れてゐる食品もある。

☆

食べものを語るのは
賤しいと思つてはならない
形あつて形なき
作品を讀むやうなものだ。

☆

鳥は大空に
魚は大海に
人は三疊に
家族六人。

☆

目黒の里は筍の
産地なりとは人は知る
まことや庭の孟宗にも
竹の子出でぬほそぼそと。

☆

求めし筆のいのち毛強く
折にふれてはもの書けど
筆屋の跡は麥青く
畠とこそはなりにけれ。

挽歌

堀口大學

その一

越の故山に逝きましぬ
いくさの果を見屆けて、
紅葉と共に散りましぬ

子の養ふを待ちもせで。

その二

かへるが如く逝きましぬ、
山の時雨の日ぐれ時。
ねむるが如くみまかりぬ、
敗れし國の秋のはて。

田園悲調

村野四郎

風と雲が
ざらざらと野面をとほる
鶫がおもたく
茨叢から　茨叢へと飛翔する
しかし　僕らは
草むらに墮ちた永遠のイカルスだ

地平に
疲勞が累積し
身ぢかく　すかんぽの葉がひらひらする
ああ　こんなに僕らを飢えさせるのは
いかなるあこがれであらうか

丈高い夏草のあちらで
少年の聲がする
「ハロオ　ハロオ」と
日本の少年が呼んでゐる

ソフコーズの歌

ルイ・アラゴン
大島博光譯

風に搖れる穗麥の波は
大地に人間とから生れたのだ
いくらで賣るのか　いくらで賣るのか
大地を人間にいくらで賣るのか

フランスでは人間が賣られる
そして風は人民のものでなく地主のものだ
いくらで賣るのか　いくらで賣るのか

生命を人間にいくらで賣るのか

停つた風車のやうに
人民は罷業してゐる
いくらで賣るのか　いくらで賣るのか
飢えを人民にいくらで賣るのか

ここソフコーズでは　すべてのひとに
レーニンの風が吹いてゐる
いくらで賣るのか　いくらで賣るのか
パンを人民にいくらで賣るのか

パン一キロ九コペック
麦粉は七コペック
パン屋へは二コペック

杜少陵詩集

田木繁

春、左省に宿直する

花に隠れて、宮殿の側垣が暮れる。
啾々と鳴いて、ねぐらへ急ぐ鳥が過ぎる。
星は星の數はごある人家に臨んで、動き出し、
日は九重の高さの宮殿の上にあつて、ひときわ輝く。
寢もやらず、鍵の音に耳を立てゝゐる。
風に乘つて、出仕の人々の馬飾りの音の聞こえるのを、待ちわびてゐる。

明朝自分は奏上すべき封事を持つてゐる。
くりかへし傍らの人に、今何時かと、聞いてみる。

紫宸殿より退朝のとき、口づさめる

扉の外の二人の女官は、小腰屈めて、紫の袖を垂れてゐる。
上體をくねらせ、御座に注目しながら、後ずさりに儀列を引き入れる。
春風が吹きこんで、御殿全體に、さつと香氣がひるがへり、
咲きみだれた花の色が、居並ぶ千官の上に映えて、いつの間にか時間が移る。
奥深く、とても漏刻の音が聞こえぬので、高閣の上から晝を知らせてくる。
天顔の斜ならぬことは、誰よりも近臣のこの私が知つてゐる。
いつも宮中から退出して、東の方の門下省へ歸るとき、
皆打連れて、大臣達の鳳地へ集るのを、お見送りする。

★現代詩人プロフィル

北川冬彦

安彦敦雄

人生に就いて人は二つの定見を持つてゐるであらう。絶望さ歡喜、そして混沌に他ならぬ悍ましき未來の相貌を想ふ時、人は人生のただならぬ變轉をこそいとほしむに相違ない。ポエヂイさは畢竟開かれたる現實に對する永遠のイマージユにすぎないのである。

眞の詩人は全知である。彼は縮少された眞の宇宙である。そしてそのやうなアフオリズムの上にこそ眞實の悲しき詩人は絢爛たる巨大な魂の告白を定着できるのであらう。

一人の詩人の一生はまた現實に於ける永遠苦そのものであると觀ずる時に私達はそこに浮き出されたる恐ろべき豫言者を見出す事が出來る。詩人の悲劇とはその事をいふのだ。

私はえらばれたる詩人北川冬彦氏にもまたそのやうな魂の悲哀を感じ得るのだ。そして眞の詩人のもつ永遠性の具現をもまた氏の作品に於て惜しみなく與へられるのである。

氏は安易なる一切の妥協を拒否した。恐ろべき愚昧の徒を憎しんだ。

純粹を純粹さなし眞實を眞實となし遂にぎりぎりの現實に凝縮される時、氏の悲しき苦しみは詩さなつて昇華した。

花の中の花

岩磯の上で草花が亂れ始めた。その中の一輪。港市が次第に縮圖する。つひに綠の斑點。

ああ、離別。

私共は此の一片の詩の中から氏のすべてを知る事が出來る。ポエヂイの花ひらいた美しいイマージユを見る事が出來る。

日本の感傷的な安易な詩人等よ、詩さは決して小手先きの藝であつてはならないのだ。「單なる情感の徒であつてはならぬのだ。

詩が遂に詩の主體性（詩學）を取り戻した時に始めて日本近代詩の行く途がひらかれるのである。氏はそのやうな黎明期に於ける唯一の詩人であつた。氏はまた不幸なる開拓者でもあつた。散文詩が眞實生命を呼吸し得たのも實に氏によつてであつた。氏は歡喜の砂山を盛りたてては絶望の足でふみにぢつて行く悲劇の豫言者であつた。

戀愛の結果

骨片を桐の木の下に埋めるさ、一本の茸が生えた。茸はいゝ匂ひがする。

ごこか骨の匂ひのするのが、いひやうなく懷しかつた。わたしは骨片を舐めるよりも、この一本の茸の匂ひを嗅ぐ方に傾いて行つた。

氏はまた永遠に孤獨である。しかし氏は暖かい人である。人は信じられないであらう。

回　歸

どこをどう歩かうさいふのか。ごこもここも、ごうもかうも、ありはしない。すべては在るが儘だ。假のうつろひがあるだけだ。嘘も眞實と紙一重だ。透けて見えてゐる。耳の穴に花の咲く事もあるだらう。人の心は幾重にも屈折し、たどり辿つて——たどり着いてみれば、元へ戻つてゐる。それみたことか。いざ、いざ、櫻かざして、歌ひ舞はん。

此處には氏の人に氣づかれぬアンニユイがある。そしてそれは氏の人間的なものに相通じてゐる。氏が映畵にポエヂイを發見されてから實に久しい。その間氏は確かに變貌しゝ行つた。人間性が全面的に押し出されてきたのである。山崎馨の言葉を借りると、表現主義詩人シユトランムの芽生えがある如き豐穰な詩的收穫である。偉大なる詩人北川冬彦氏はまた家庭に於てはよき二男の父であり幸福な夫である。

★現代詩人プロフィル

北園克衞

鳥居良禪

☆

「靜かなある夕暮れ。彼ははいつて來た。水を取つた。襟のカアネエションをそれに挿した。煙草を吸ふ。珈琲がすむと出て行つた。靜かにカアネエションは襟にさして」

北園克衞

☆

北園克衞さんに僕が最初にお眼にかかつたのは1938年の夏の鎌倉に於てでした。克衞さんは白の廂のサツクコオトに灰白色の襟飾りをつけ白い靴をはいて、そして帽子を被つてゐませんでした。

☆

（白のアルバム）を開いてごらんなさい。貴方がたは、長髪にリボンを巻いて特別製のシアツを着た克衞さんを見ろでせう。風説に依ると、その頃の克衞さんはグリスペイントをうすく引いて銀座を歩いてゐたそうです。そう言へば（その夜はまたひどくホオダアが利いてゐて）と言ふ。一行に僕も思ひ當るのですが、とにかく彼は元來そうした美貌の畫家であつたらしいのです。然し本當の意味での氏の非常なスマアトネスは、茶の奥義もさること乍ら、グロピウス以後の近代建築學のそれに關係があるのです。。

☆

克衞さんは大變無口でハニカミヤです。氏は友人と一緒でなくては決して初對面の人と逢はないでせう。ラヴエルのピアノのように快活に話すのは、極く氣の合つた友達の中でだけです。品性のあまりよくない御婦人などは氏にとつては恐怖にすぎません。

☆

（戀愛は下品です）これは氏の一つの信條です。三流文士なら20枚にものする如きラヴ・アフェアで手巾を汚すほど輕卒では氏はありません。マルセル・アシアル風な戀の始末、が疑もなく夏の夜にふさわしいのです、と言へませう。

☆

克衞さんは又蜜柑水のように優しい心情の持主です。以前はよく機嫌のいい日に銀座でロケットを買つて、外國の詩人のお友達に送つて上げたり、年少の詩人のために小さな裝身具を買つたりしたのでしたが、果實店にはいつた時などは其處に居合せなかつた不幸な詩人に（昨日はみんなでメロンはいつたアイスクリイムを喰べましたよ）と書いて送つて呉れるのでした。それらの葉書は何時でも詩のように美しいのです。シャボテンの毒舌のかげの菫の言葉。これこそよき詩人の特權として僕らが尊敬と親愛を捧げて了ふ所のものなのです。

☆

詩については、氏が日本の最初のシュルレアリストであつた事だけを此處に書いて置きませう。Katuc, Kitasono. の完全な Biography は世界の文學研究者が後に書くでせうから。

★現代詩人プロフィル

近藤東

平林敏彦

「今日の詩人は、今日の感覺を基礎とする主觀的條件の下に、生きた藝術或は當面の藝術を創造すべきである。それがためには、過去の非藝術的とされたもの〻中から、新しい詩を擴大させて見せることである。」

近藤　東は働く者の詩をひつさげて切れ味のよい詩論を展開する。彼の審美意識は斬新な志向と「詩でない詩」を創ることによつて前進してゐる。戰爭中から提唱してきた彼の勤勞詩觀はその面を擴大しつつある。彼のプラグマチズムは時代意識に置忘れられた多くの詩人たちの中にあつて確かに鮮烈な裝ひを感じさせる。だから僕らの仲間では最も彼は人氣者なのである。だが此處で僕らは彼に對して近視眼であつてはならない。彼のハツタリにはり倒されては不可いのである。勤勞者としての近藤　東を考へよう。彼は果して生粋の勞働者の意識を身につけてゐるであらうか。明かに彼はプチブル的反面を覗かせてゐる。彼と勞働階級の意識の間にまだまだすきがあるのをどうすることも出來ない。勿論、これはイデオロギーの上での階級意識の問題だ。いはば彼の勤勞詩觀は未だインテリの腰辨的なものでないとは言へないのだ。だから「機關車は薔薇と同じく美しい」といふやうな章句がぴつたりと彼の身についたものとして感じられないのである。それは彼の作品を讀んでいよいよ感が深いのである。

例へば近代詩苑二月號に發表された「村の祭日」を見よう。この詩には諸を買ふ都會人の姿が書かれてゐるが、彼は明らかに諸を買ひみどりうんかの樣に列車にしがみつく群集の一人になつてはいない。新聞の寫眞を見ながら煙草をくゆらして書かれた不用意な作品である。もちろん彼が出勤間際の慌しい時間に手まきの煙草をくわえながら書いたのであつたとしても矢張り一個の傍觀者である事に變りはないのである。だからこの作品を讀む者はただなるほどと頷くだけか、「どうにかならんもんかア」とやに簡易に言つてのけた言葉に空疎なものを感ずるだけである。凄絶な祭日の雑沓どころではない、唯荒寥たる現實の白々しさがあるばかりである。

つまり彼の實作はやはりプチブルの勤勞觀を思はせる以上のものではない。とも言へる。そこでもう一度冒頭に掲げた彼の言葉を吟味しよう。今日の感覺を基礎とする主觀的條件が彼の場合根本的には多分に曖昧なのである。といふのは彼の場合階級的イデオロギーが彼の實生活から滲み出したものと一致するまでに至らないのである。それ故に彼の詩は生きた藝術或は當面の藝術にまで完全に昇華していない。いはばショウウインドに飾られた機關車に化しかねない弱味を彼の詩は内包しそれが機關車ではないと何びとも否定は出來ないが、眞物の機關車はたとへショウウインドをぶちわつても飾りものには出來ない重量を持つてゐるのである。

併し過去の非藝術的とされたものの中から、新しい詩を擴大させて見せてくれる詩人はやがて彼であらうといふ豫感はたつぷりある。彼の詩論が實作によつて裏づけられる日が來るなら彼は日本詩壇のもつとも誇らしい前衞となるであらう。彼の行動性は現に前衞詩人聯盟（假稱）を結成しつつある。

明快な彼の表現と洗錬された技術、常に時代精神を切りさく機智・批判・抗議。常に歩いてゐる、前進してゐる詩人、近藤東。彼は今日の詩人としての風貌を漂はせながら新しい詩の領土に炎える蹠を印しようとしてゐる。

★現代詩人プロフイル

菱山修三

大瀧清雄

「一町も先の、ドイツ人の別莊が燈火をみんな消して就寢する。すると、同じ丘の地續きの、松の林が眞つ暗になる。今度はその疎らな林のなかの、ひとつ屋の、私の家が燈火を消す。さうすると、もう完全な闇になる。闇のなかで海だけが眼を覺ましてゐる。

菱山さんは「家」の中でさう歌つてゐる。そんな靜かな松林の小さな丘の上に菱山さんは住んでゐる。そして、結婚される前の菱山さんは、この詩の中の海のやうに孤獨の中にひとり目をさましてひつそりと仕事をされてゐたやうだ。

「菱山さん」と、私が閉てきつた家の外から聲をかけると、

「ハイ」と、やさしい、行儀のよいお孃さんのやうな返事をする。

「僕ですよ。」

といふと、

「一寸、待つて」

と云ひながら、障子を開けて顏を出す。

部屋は二年前までは、硝子張りの、菱山さんの詩のやうに知性的な透明な美しさをもつてゐたが、戰爭の被害のために、今はいつぱいに白い紙で張りつめられてゐる。

寂しげな表情で、開き難い障子を開け、誰か認めるまでは安心出來ないといつたやうに視線を宙に動かす。そして私を見つけると、明るく、

「友あり、遠方より來る。また樂しからずや」

菱山さんの譯してゐるヴァレリーの詩にはそんな言葉はないが、菱山さんは時折、そんな言葉を使ふ。

「やあ、君もふけたね、戰爭が君からすつかり青春を奪ひとつて終つたねえ、哀しいことだねえ」と感慨深げに云ふ。

それから、孤獨に住む人らしく、胸につまつてゐた言葉を矢つぎ早に流し出す。

それらの言葉は菱山さんの詩よりも一層機智に滿ちてゐる。

松林の丘の上は時ならぬ花が咲いたやうに賑やかにかがやき出す。

菱山さんはいつも黑いベレー帽をかぶつて英國製のジャンパーを着て仕事をしてゐる。お母さんが亡くなつてからの菱山さんは、少し無精になつたやうで、稍々長めの細い顎に、まばらに鬚が生えてゐた。

「この爆擊では、二度も死ぬところでしたよ。」

「お蔭で、硝子戸がみんなこはれて終つて、この通り、紙箱の中に入つてゐるやうですよ。」

實際、四圍がすべて硝子戸で出來てゐた。菱山さんの仕事部屋は、今では破れた白い紙箱のやうである。

「夜になると、ここは大變寒いんですよ」

そういふ寒い部屋で、獨りひつそりと、あんかをいだいて、この冬を仕事し續けたのであつた。

それでも、私を泊めるために、原稿用紙で熱心に風の入る破れ目を目ばりしてくれる。

「遠來の友に風邪をひかしては申しわけがないから」と、

菱山さんが、食事の準備にかゝる間、私は松林の中に松かさを拾ひにゆく。松林の梢にほのぼのと雪をいただいた富士がかかつてゐた。

×　×　×

★現代詩人プロフィル

杉浦伊作

山崎馨

詩人は獨自の個性を具へ、これに從へ獨自の使命を荷負ふてゐる。やくざな詩人は詩について語るとき、自分自身のみを物語る。彼等詩人が詩壇を展望するも、夫は彼自身をその詩壇に發見するにある。眞の詩人は、その使命を自覺し、怒濤に洗はれる巨岩のごとく、萬難のうちにあつて能く毅然として、ひたむきにその藝術の完成に邁進する。詩人の尊嚴とは一つに、ここにあるのである。

詩人杉浦伊作（氏）の場合も同樣であるが、他から彼を對照とする時は、これに、日本詩壇のより發展への公的使命が附架されてゐるのを知らなければならぬ。

詩人杉浦伊作を論ずることは、一面文學的現代を論ずるの徑に通ずるのである。この雜漠、汚濁臭紛々たる現代に於て、純粋に抒情の麗はしい世界を築きあげやうと、努力する彼こそ、今日の文學の道ではないか。今日の文學とは、只單に敗戰國日本人の精神分裂症の現實暴露にあるのでなくて文化國としての日本の建設と、美しい精神生活の昂揚のイデアにあるのである。彼の文學精神、詩精神の在り方は、そこに確にあるのである。

詩壇の風潮は激しい歷史の變遷に伴ひ、今野分のあとの觀がある。この激しい變貌のために、その幾多の先輩詩人は、腰折れと、變遷の風壓の中に埋沒つくされやうとしてゐる。

今日生きるべきものは、實に、なにものにも拘束されないヤンガーゼネレーションによる創意と創造の世界に芽生へる新人と根强い藝術精神で、今日の强風に耐えられる幾人かの運命開拓者に限る。此の運命開拓者とは時代精神を安易にキャッチする輕薄詩人の意ではない。

それは誠に不幸な人々でもある。なんとなれば、歷史と共にあつた彼等は、當然歷史の變遷に依り、過去に殉死してゐなければならないからである。この歷史の持つ必然性の中に既に埋沒しなければならない時に、彼は、死せるカイロの街から、一莖の草木として伸びあがらなければならなかつたからである。カイロを埋めた砂の上に、今日の青年詩人がヤンガーゼネレーションで芽生意志の花を咲かすのは容易であるが死せるカイロの如き舊思想で、埋沒された歷史の中に呼吸しながら、新しい世界に、新しい詩精神で生き、詩の花を華花さすの容易ならざる努力である事は察するに餘りがある。その努力に生きる意志の詩人だ。

私は現代を背負つた代表的人物を選び出すに「ハムレット」の作者とパスカルとムイシユキンの作者とを選び出す。そこに詩人杉浦伊作を眺めるのである。

詩人杉浦伊作の價値は、頭腦の聰明な、批評家としてよりも、したしげに青年の座に坐り、青年と緒に青春の惱みを惱み得られる不思議な若さと、素直に現實を受け入れるこの敏感性にある。外形も精神も今日の日本に生々として廻轉して行かれる人である。今日の彼は、客觀主義より、主觀主義を執り、シエークスピアよりもバイロンを好み、或はハイネを抱いて近代の感覺を激しく呼び醒ましてゐる。

氏の今日の抒情は、かへり花のやうな寂しさもある。そのかへり花に魅せられて、若い詩徒は、明日の春に、彼等の本然の詩の花を咲かす爲に、氏にくい込んで行く。彼は次の時代の培養土の役を果す愛しい詩人である。

★現代詩人プロフィル

岡崎清一郎

岡安恒武

死んだ詩人ではなんといつても宮澤賢治や松永延造（まだ生きてゐるかもしれない）がなつかしい。生きてゐる詩人では三つ村繁藏と岡崎清一郎氏以外に自分にはわからない。もつとも他の詩人のことはあまりしらないし、詩人でない僕にはよそのむづかしい詩を呼吸のしかたをかへてまで心琴にあわせてみようといふ氣持もおきてこないのであるが、

さて生きてゐる三つ村、岡崎兩方ともやはり松永や宮澤を心に合掌してゐるのは不思議な宇宙的感情であると、自分は獨斷してゐる。ことに岡崎清一郎については凄まじい時空放電の荒寥に、宮澤賢治の天空と交流する陰極光的アナーキーの精神を自分は認識しみぶるいする事たまたまである。

岡崎清一郎はその溢充してやまぬ玄幻の世界のために、かたよつたみかたをされてゐることが多いやうだ。ドストイエフスキーをヒユーマニズムで理解しつくさうとすることがまちがひであり、不可能である樣に、この稀有の東洋詩人を理解するに、輝耀する夕映の樣な表情、言語の美學だけではつかめないのだ。それはもちろんくだらなく人道主義的色メガネでみられるよりは藝術至上的にみられた方が有難いかもしれないけれど、岡崎の場合はどうしても、ドストイエフスキーと同樣の、人間を犯した悲劇の場としての探究をするのでなければわからないのではなからうかと、自分は自分なりに分らないでそれを思ふのである。

　ああかなしいかな。
　火に焚けし朝の空。
　勝ちし者負けし者。
　その下の谷間行く、
　犬の子の
　大いなる名前ありけり。

この谷間はただちにドストイエスフキーの悪雪やカラマーゾフに通ずる、岡崎自身白痴の主人公を思はせることさへある。これは氷霧のイーハトーブオにもヘゴルユダのキリストの絶望にも、あらゆる絶望灰のドン底に靜かなるものとも通ずるものだ。

白秋や光太郎の世界がやくにたたなくなつてしまつたとき、さういふことは考へられないけれど、それらの記憶が人間からなくなつたときも、岡崎のやりきれない蒼絶の世界はのこるであらう。それは人間の最後の宿命的なものだ、朔太郎でさへ猶その圏外にたつてゐる。朔太郎は猶否定の調にもつかずヒユーマニズムの美酒をもち得てゐた。すつぱい葡萄酒を飲まされなかつた。もちろんヒユーマニズムは絶えずおこり、沈倫した砂漠をうるほすであらう。ヒユーマニズムはヘレニズムの苗床から、たへずゴルゴタの丘の地をゆるがし、かへつてその涸痩することをはばんできた。ヒユーマニズムは否定できない。しかしヒユーマニズムには限界がある。その限界を破つた無殘な美の世界だけがしかし自分には必要でありわかるのである。それはしかし意識や概念の律にはいらない。

　長く伸びた繩索はすでに軒端を越えたと大岡崎は歌ふ。岡崎はいよいよたまらない仕事に沒頭するであらう、勝手にしろといひたいほどだ。

★現代詩人プロフィル

安藤一郎

中村千尾

ある日安藤一郎氏がルネッサンス誌に掲載された長安周一氏の「荒廢の歌」を評して、これは戰災地の詩として今までのどの詩よりもいゝ、非常にドラマチックで新鮮だと云つた。この批評はひどく印象的であつた。

近代詩を批評するのは難しい、安藤氏はたつた一言であつさりと人を納得させて仕舞つた。詩人と稱する人で近代詩を批評することも知らない人を私達は詩人として信用する事は出來ない。氏にとつてはこんなことは當然の事かも知れない。しかし大切な問題だと思ふ。安藤一郎氏はそうした意味からも近代人としての重要な使命を持つてゐる。

☆

惡い環境にある時は詩は書けない又書きたくない。私はそう云ふ安藤氏からエレガントな詩人を感ずる。

☆

安藤氏いつも冷靜な狀態で詩を書いてゐるどんな熱情も氏の內部と頭腦を一巡してからでないさ詩作品にはならない。

それは氏が主知の詩人である證據であらう。

☆

靜かなる點は氏の步調と多彩な文學の角度が示されてゐる。

次に夜のアルバムの一節を讀んで見やう。

杜角の間にうす光る海
そこから遠く鬪の聲がして
私に悲しい深淵を敎しへる
靑黑い波々に搖られ
涯しなく漂うてゆく魚たち
そのやうな眞珠色の苦悶を
私は何にまかせよう
愛するひさの手を抑へながら

ここには氏の主知的な抒情が示されてゐる。

これは大分以前に書かれた作品らしいけれど近代詩の抒情性の一つのタイプを示してゐると思ふ。

しかし氏は最近はもつと別な方向へ進んでゐる。今後氏がどんな詩を書かれるか私は大きな期待の目を持つてゐる。

☆

氏の作品はどこかリルケに共通したものがある。精神的な苦惱や歡喜がいつもポエヂイの中に柔に組立てられてゐるのを見逃すことは出來ない、色彩で云ふならば白さ銀さ綠であらう音樂ならばブラームスだ。

☆

ダンヒルのパイプから甘い匂ひを漂はせながら「仕事が愉快に出來る」さ云ふ氏は澤山な仕事飜譯、童話、を次々に片附けてゆくリーダースダイヂエスト社の明るいオフイスには午後の日がバラ色に流れ詩人安藤一郎氏のプロフイルは若きオリヤンの賴もしい微笑を思はせ詩の開花を思はせる。

★現代詩人プロフィル

岩佐東一郎

福田律郎

岩佐東一郎氏はメタフオリカルな人である。メタフォアは對比することに於いて聰明であらればならない。然り、氏は正にその聰明の人である。

上野の科學博物館講堂で「若い人の午後」が催された日であつた。その歸り路、氏及び近藤　東、寺田　弘の諸先生達と聚樂へお茶を飲みに入つた折、ウインドに盛られたおしろこを飲むことに一決したが、偖て運ばれたしろこはいまの場合例によるイカモノで、このとき――氏、眞面目な顏をされて曰く〝ハハア、これはしろこ水だ〟と。

氏のお話には、時折かうした洒落が飛び出す。これがいつも座を明るくするが、氏の座談に巧みなことは、稀にみる名文家としてその飄々とした風格を持つ隨筆と共に凡れく人の知るところである。

譬喩はいつの時代に於いても新しい。從つて氏は常に新しく現在の中にその端麗な姿を見せてゐる。十九歲の時、發行されたといふ處女詩集「ぶろむなど」より、最近の「紙鳶」に至るまで詩集は九冊の多きを數へるが、これを一貫するものはメタフオアであると云ふことが出來る。「ぶろむなあど」「祭日」はこの譬喩から出來上つてゐると云つてよいだらう。

「航空術」「神話」から流石に本格的になつて來る。在來の多少思ひつきの感を脫却して譬喩は作品の中に機智の一部としての要素を占め、意慾的な創作への燃燒劑になつてゐる。氏御自身で愛着を持つて居られる「三十歲」に至つて、このオリヂナリテイは全く獨自の境地に開花した感が深い。既に肉體の一部である。この詩集の中の一篇「ハガキ回答」は後の「何かしら幸福が澤山に配達されて何時の間にか計畫が消化不良だ」（土曜日）といふ「七曜表」と並んで氏の一面を代表する重要な作品である。

「春秋」、「紙鳶」は昭和十五年頃から「文藝汎論」の終刊に近い昭和十九年頃までの氏が詩壇的に最も活潑な運動を展開してゐた間のものだけに、一作每に完成した詩人のエスプリが激しい。こゝに於ける譬喩は機智からヒニカルなものへと發展してゐることは見逃せない。それと同時に人間的にも、すつかり出來上つた氏の面目が「おるごほる」の抒情へと沈潜し、また「寒冷な季節」へと飛躍してゐるかにみえる。そして氏は現在、歲時記への嗜好と「即物短章」の兩足で詩を踏まへてゐるやうに思ふ。

尙、この間に三冊の隨筆集と一冊の句集を出して居られるが、こゝに於いて氏の敎養は、淡々たる談話の中に、ときにはユーモアとなつて現れ、また該博な知識から優雅な趣味を伴つて如何にも愉しい。氏の詩集の限定本はその裝幀の立派なことに驚かされるが、かうしたところに一見識を持つて居られる點、これは隨筆との關聯性に於いて理解されよう。

また、岩佐東一郎氏はやはり信念の人であると思ふ。「文藝汎論」に於ける最後の二三年に於ける相繼ぐ特輯號の企畫など、普大抵な努力ではなかつたらうと思はれる。氏は意欲し且つ實行する。「文藝汎論」時代の十四年に亘る氏の功績は不滅である。それはいまの詩壇へ巣立つ若い詩人が殆んどこゝの出身であることを知れば明瞭であらう。私はこの混亂した世代にあつて氏が再び「文藝評論」以上のよりよき仕事をされるやう衷心希望してこの稿を結び度いと思ふ。

★現代詩人プロフィル

小野十三郎

池田克己

慘澹たる國土の荒廢を殘して、帝國日本は消え去つた。言論の自由が天降つてきた。夢にも見なかつた好時代！「進歩的」と自らを規定づけるこの國の一部の詩人たちは今やすさまじい勢で躍進をはじめた。自分たちの故里に向つて。そこで二十年以前の自分たちの思想と、二十年以前の自分たちの言葉になつかしい邂逅を遂げるために。天日の下、それら幼馴染たちとの恥しげもなき抱擁よ、接吻よ。歳月は完全に抹殺された。二十年の間、完全にその發育を停止してゐた「進歩的詩人」たちの雅い感激と色晒せた言葉が氾濫する。不變の思想と、不動の人格の、何といふ素朴さ。埃りつぽさ。このやうな時機に三枚半の注文で、私は小野十三郎論を書く。三枚半であつてもそれはたつた今、どれほど絶對的に貴重なことがらに屬するかを、ひしひしと感じながら。

惡時代への抵抗として、小野の思想は、風景に沈潜し、そこから小野の風景詩の展開があつたといふ說が、強力に根を張りはじめてゐる。小野との親近を自負する「進歩的詩人」たちの小野詩理解の支へとしてそれは確信にみちた、全くもう小野詩をのみこんだ自明のごとき態度で、詩の讀者といふ、詩人自らのあづかり知らぬ世間の中に、岡々しく滲透し、小野詩を取り卷く層を重ねて行く。たはけた俗論である。何も知つちやいないんだ。こんところでは、小野の風景詩は、單なる技術に過ぎず、方便に過ぎず、イロニーに過ぎず、曲折した小野の精神を掌の上で鑑賞するがごとき習俗を築き上げる。（あゝいつまでも、いつの世でもかはることのない、あいたいたる詩的作用よ）こんなぼやけた、甘つたるい理解を一種の氣慨をこめた調子で云爲されるから、小野は詩的雰圍氣なるものをもつとも信用しないんだ。（小野の詩の技術の高さについては一時代前のシュルレアリズムの詩人達とへ口にした常識であつたんだ）惡時代には、詩は書かれなかつたといふ、「進歩的」俗論と、規を一にしたこの俗論を、正面にすへて、とゝに小野詩の、すでに形成された世界の一端をのぞかしめるならば、私の三枚半は、すでに充分であると云へるだらう。小野の風景は、ある渺茫たる世界を前提とした何者かではなく、風景そのものが、その詩的生涯をかけて到着した、小野の奈き世界そのものなのだ。思想や技術から生み出される風景ではなく、もはや風景そのものが未來に向つて、思想や技術をさしのべてゐる完全に形成を了へた世界とのものなのだ。（ある時機に、その詩を風景詩と呼ばれることを嫌つてゐた彼は、ついに自ら、その詩集を「風景詩集」と題するところまで行づてしまつた。）われわれはもう小野の詩を味ふなんてことは出來ないんだ。小野といふ詩人の住んでゐる風景といふものにドキンドキンとさせられるばかりなんだ。電氣やマグネシュームの居並ぶ葦の原。人つ子一人ゐない海邊の中の無機質量。小野のしづかな眸は、何ものよりも強力に、未來の世界を蹂躙みする。小野にとつてはもう金輪際引返すことの出來ないあちらの方。歌つてゐるのは詩人の靴の下の太陽蟲やシジミや雑白な精神共。小野の詩は、まるで無盡藏に、惡時代、好時代を超へて、おそろしいしづけさで、一分の停滯もなく書きつゞけられてゐる。

（六月十六日、旅中）

★現代詩人プロフイル

淺井十三郎

田村昌由

新潟縣北魚沼郡なごさ書いても人はあまりなじんでゐないらしいし、またどんなところであらうか、かとゝ考へてみやうさもしないにきまつてゐる。さころが越後山脈の走つてゐるある谷々をくぎつて魚沼の北とか南とか中とか書き、その北魚沼の廣瀬といへば、心ある人ならば山間部落を想像してくれる。

淺井十三郎はその詩集の題に「越後山脈」といふのをもつてゐるが山の中、その奥に生れ、いろんな世間を渡つて、いま詩人であり百姓である。むろん一見して百姓おやじをおもはせもするが、ただの百姓おやじでないことはごこからか感知出來るだらう

そんなわけで人間さ生活が長い封建農村の社會に裏づけられて、彼をしてその詩とか評論とかに抗義さ肯定とそれらをくるめたたたかいが見られる。また俗に田舍くさいものもある。しかしまたそれはそれさして根づよい死ぶといものをもつてゐるのは彼の成長について培養された點さ何百年か傳統としてうけついで來た越後山脈のよつて來たる風格のやうなものでもある。

詩人としての淺井十三郎さ人間としての淺井十三郎を區別してはいけない。彼の場合は人間生活を通じて詩人を養つて來た。だから山かげのかげの如く彼の詩はつねに越後山脈をなでまわし頂きをのぞんでやむことがない。

戰戰爭で特に生命の危機に對峙して來た淺井、彼はカリエスさ戰つた、そしてギプスをいまは記念品さしてゐる。われわれがおごろくのはその間に、カリエスを堆土さして詩の仕事を戰つたといふこと、これは實に偉大でさへもある。

ながい生活との戰ひ、詩さの戰ひ、そうしたものの中に彼がきたえられて來たことは事實である。その結果においてある一線人間の高さがのぞまれ得られることは何も淺井にかぎつた事ではないが、彼の場合たしかに彼の病患を經て得た哲學も加はつて將來に大きな期待がかけられるのである。

私は滿洲各地、北京あたりから淺井の横顔をすきかつてに思つて來た六年間とその以前さ現在は正面から彼を見てゐる。それで特に彼さの交りからノート出來る十餘年の集績は時代の變革の沿岸を歩くことにもなるので、この道程はけつして單なる十餘年の集績ですまない。

まだ若かつた頃、まだ大變青春がたのしかつた頃、わすれがたい追憶さへも、かうして淺井を見る事によつて思ひ出される。あまだれのおちる音の中に二十餘年の詩人が、いきいきとしてゐることは淺井を語る最大の幸福であらう。

かくて私（たち）は遠方の思ひ出さ未來の光を「今」にうつし出し、人間のよろこびを思ふ。同志的なつながりは淺非の場合いつも手をさしのべてゐるさいつても過言でない。「愛」さ「誠實」を大切だとする考へは、私（たち）が淺井とたたきあつて來た中にはつきり流れてゐる。これはこんごも變らぬものである。彼年來主張のヒユーマニズムも山脈の頂上へ向つてころがりのぼつていく、それを私（たち）はしつかり思つてゐる。

酒を好み、煙草をこのみ、談をこのみ、そして百姓臭を超越して激越の情をうちにたたへる今年三十九歳の淺井十三郎。眼鏡の奥にちいさい眼がひかるのも面白い。

花一輪に生く

小野忠孝

花は咲く。いつ、どこででも咲く。
花を　もとめてゐるものは　私。
花を　さかせるものは　私。

いさかひの　とけたとき。
父母と靜かに　ひるげをしたためる一時。
努力した仕事の　むくいられたとき。
人間のしんじつのなかに、
童のやうに　まじりけない氣持の上に、
花は咲く。

花は咲く。社會のどこにでも。
にんげんの　住むところ、
ただひとり　くらしてゐてさえ。

花は咲く。咲かせるものは、われ。
人と人との交りに、
ぱつとさく。この歡喜。

うたがひ。いさかひ。ねたみ。いらだち。
すてさるものを　すてされば、
花は咲く。　いつ、とこにでも。

にんげんのまことの上に咲く花の、
無上。喜悦。
花は心の花こそ、血を躍らす。

愛

壺田花子

プールに映るあかね雲
私達は語らない　こはれた水道が風に散る
時計臺が　六時をさす
燒けこげた樹木のやうに
青春の若い芽が　ふと顔を出す
後には　わざとしかめつらをして見せる

私達の愛情は
もはや燒け落ちて　赫い骨だらけの
建物のやうに　正體を悲しく現はす
私は　子供のやうに　彼れについてゆく

子供だけの世界のやうに　私をいとしむ
孤獨な書齋を作る
哀れな私が本に飢える
やさしい友達が　圖書館のやうに
本を借してくれる
彼はもう鹽のやうに　私には無くては無らぬお友達
も一人の彼がパンのやうに私を養ふ

一番ものの入用の多い
學校通ひの子供達をめぐつて
私達の愛情は　もはや古びた
そして新しい愛情が時々顔を出す
そこでは高い精神がいつも私を安らかにして呉れる
私達は　美しい　清らかな愛情にみち
それぞれに生きる
花雨のやうに　憂はしく人の心をたどつたり
思ひ出したやうに　ブラッシユを掛けたり

海を戀ふ

鈴木初江

黑髪長き少女の胸に搖れる憧憬の灯は　氣高く大きく
怖れるなにものもなかつたけれど
海は深々と蒼く
海は廣々と碧く

故鄕を出で立つ日
荒海の渚に立ちて
いつの日か鄕愁に漾ふであらう思ひ出の香りを愛惜み
無限の夢の海原と船出する　希望と不安と孤獨の想ひに
涙溢れつつ大海の抱擁に陶醉した
ああ　碧瑪瑠の海よ　その不思議な聲音よ

視野ゆるす限り　山のみの世界に住み
みあきぬ夢は　なほ山にあれど

山はわが苦惱を吸ひ　歡喜を吸ひ　自由を吸ひ
やがて私自らを吸ひつくしてしまふ

私は山に憑かれ　山の神秘の囚になり
いつそこのまま　山の精に身を委ねて安住しようかと
いやいや　それは三十年後に
私の若さ　私の自由　私の詩
山の靜かなる眩暈から解放されたい

山の彼方の　遥か彼方の
見えない海原から聞える潮騒ゐの響き
魔法の聲音が私を誘ふ
もう一度あの蒼海に　少女ならぬこの心身を溶かしてみたいのか
生々しい潮の匂ひ　碧瑀瑠の海いろ
解き放たれた海の自由と海の孤獨

ひろびろと腕をひろげて　まことの海の抱擁に心ゆくまでわれとわが身の陶醉を
ああ　自分にも分らぬ不思議な心のおののきに
日夜目覺めて　海を戀ふ

通信塔

鶉山農場通信

山本和夫

若狹は、今日は雨。

若狹へ歸農して、晴耕雨讀の道を撰んだ私は雨の窓ぎはに机を持ち出した。今日は一日、本を讀むつもりだ。――ところで、昨日君に返事を書いたばかりだが、また、手紙を書きたくなつた、といふのは、君が、君の編輯してゐる雜誌の後記に、「國家を意識しないで自己陶醉に耽けることの出來る時代」といふことをいつてゐるが、あれは、十幾年まへ、君がいつたか、私がいつたか、なくなつたといふ倉橋がいつたか、富山がいつたか、とにかくバラックの鐵道省の廊下を渡るとき、誰かがいひ出したものだつた。ゆくりなくも、私はそれを思ひ出した。そして、君も十幾年まへの杉浦だなと、ほゝえましく思ふのである。

あの頃、私は富山や、伴野や三田文學の仲間のゐる鐵道省や、君の事務所を訪づれた。足がひとりで、歩いていつたといつていゝ。

併し、戰爭がはじまつて、私は君たちと會はなくなつてしまつた。私は故意に、君たちと會ふことを中止したのだ。これは、單なる氣持からではなかつた。日支事變がはじまる前後、私はDと共に非戰論者として代々木警察、それから警視廳の虱や蚤のゐる留置場へ拘留されたからだ。（私は今も思ひ出す。日々、留置場まで響き渡る兵士たちを送る萬歳の聲。歌の波。それからまた、思ひ出す。赤紙を貰つて、勇躍征途につく實弟から、留置場にゐる兄哥への手紙！）ところで、私は警視廳の友や、內務省の佐伯兄などの（內からの歎願）によつて、留置場からひよろ〳〵に痩せて出て來て以來、私は故意に、役所づとめの人と交際を避けることにした。といふのは、戰爭反對者としての烙印をうたれた者は種々の點で邪魔にならうと思つたからである。君の役所へ、私が行かなくなつたのも、さう思ふからであつた。君は、西村皎三君の追悼文を書く適任者は私だと編輯者としていふ。それは正しい。併し、西村の作品を理解する點で、正しく適任者であるが、友人としては、本當は適任者ではない。といふのは、留置場から出て來て以來、西村との交際を、私は嚴しく避けたのであつた。俗つぼくいへば、私が西村君の出世の防げになるといけないと思つたからだ。これは私の感傷の故だともいへよう。併しさう思つたのは確かだ。今、西村君の追悼文をことはつたのは、彼が本當に戰死したのか、どうか、はつきりしないし、ひよつこり歸還するかも知れないと思ふ故である。（昨日の手紙にもさう書いた）併し、日支事變がはじまつて以來、私は西村と二度ばかり會つてゐるが、心を開いて話したことはなかつた。私は顔も、心も、彼から避けようとしたのだ。さういふ理由で、はなばなしく活躍しはじめた頃の西村君とは、私は心をうちとけて話しあつてはゐない。で、友人として、追悼文を書く適任者ではない。併し乍ら、もし本當に彼が戰死したのならば、私はまつ先に、とびだして、彼の墓を建てゝあげたいと思ふ。彼の墓前で泣きたい。冷たい世の中の、目に見えぬ蜘蛛の糸に就いて泣いてうつたへたい！。

　私は、そんなことを思ふ。併し、西村君は生きてゐてくれる方がいゝ。私は今、若狹でイギリス流の詩人をきどつて、農園を拓いてゐる。（その名を、ウヅラヤマ農場！）が、この農場を見せたい。この農場は、山百合が蕾を持つてゐる一つの小山を占領してゐる。この小山を歩みながらワーズワースやホイツトマンや、ジヤンジヤツク・ルソオや老子やそれから杜甫や李白などを語りたい。

　西村君は、ちよつと、カーライル流の理屈をいふのを好んだ。そんなら、カーライルに就いて語りたい。それから午後五時になれば、農場の前を流れる松永川へ、鮎つりに行きたい。

　私の最近の日課をいはうか。午前六時――八時。鮎釣り九時――十一時。耕す。正午前後。小休止。十四時――十七時。耕す。十七時――十九時。鮎釣り。

（但し、雨の日は雨讀のこと）

　若狹へ歸農して、私は本當の自由を獲た氣持だ。この間汽車の中で、代議士に立候補した中野重治氏に會つたら、彼はしきりに、東京へ歸るやうにいつたが、私は微笑を送るだけで返事をしなかつた。當分、あるひは一生、私は農夫になる。私は百姓でゐる方が、心が豊かになるからだ。現在では、土に根が生えた氣持だ。

　ところで、話は横道に外れ、自分を語りすぎた。君が編輯後記に書いた十幾年前の言葉に、私は（それほど老いてゐないのに）昔を思ひ出して、變らないなアと微笑ましく思ひなつかしくなり、この手紙を書いた。そして手紙で、君の御健闘を祝さうとしたのであつた。詩壇的なごといふケチな氣持を捨てゝ、本當の文學のために御精進を切に希望する。では又。六月三日。

—同人雜誌主張(一)—
「野性」を出すまで

更科源藏

悲しい終局を告げた戦争の責任を、一般ではすべて戦争指導者にあるとして、自ら何ら反省する必要がないといふ傾が多いやうであり、中には戦争の勝敗は初めからきまつてゐたのだといふやうなことをいふ人もあるやうである。それではその人達は戦争中に戦争に反對したかといふと、さうでもないやうであり、むしろ有頂天になつて本土決戦をまでも信じてゐたやうである。私は不明にして戦が初められたからには、矢張り戦ひに勝ちたいと思つた、負けたいとか負けるとかは思はなかつた。然しうつかり勝つたら、むしろ恐ろしい事になるといふ事は、漠然とではあるが考へないわけではなかつた。實際戦争前も戦争中も日本は暗かつた。それがもし戦争に勝つたりしたらどんな事になるだらうと、時々思ふとやりきれなく暗かつた。然しそれさへもよく考へて見る隙がなかつたといふのが實狀であつたかもしれない。だが戦争中はあれは社會主義者だ、反戦論者だなどと、翼賛會とか、その筋とかいふところからいつもにらまれて、後で聞いた話では私の檢擧は時間の問題であつたとのことである。それにもかゝはらず私は日本に勝したいと思つた。そして終戦の大詔を拜したとき涙を流した。さうしたことがいけないといふならば、私もたしかに戦争判罪者の一人であるかもしれない。然し私が戦争に勝たいと思つたのも、今更らしく戦争に反對したかのやうにいつて、自己辯護につとめる多くの人があるのも、それからこんな無茶な戦争を初めたといふのも、元をたゞしてみると皆日本の文化の低さといふことに原因があるやうに思ふのである。終戦後やりきれない淋しさの中で反省しやうと當違したのがそれであつた。そして傷つき痛んだ同胞を溫めながら、眞の文化を確立する爲の詩運動を起したいと思つたのが雜誌を出さうとした動機であつた。

私はかつて、花咲くやうに香りの高い日本上代文化といふものが、柔和な平和の光のなかに育つものであると、永い間さう信じてきた。然しその美しい文化の生れた時代は、凄慘な悲戯と暗い混亂の世の中であつたと聞かされたとき、何か素直に納得のゆかないものがあつた。然し今この激しい世の中に置れてそれを考へるとき、何かそのことがわかつて來るやうに思ふのである。混亂と悲戯のドン底に置れた時こそ、人には眞の正しい文化を反省し、永遠の和義を切實に求めるのではないだらうか。尠くとも、今の日本の人々が求めてゐるものは、もういがみ合ふことでも、これ以上痛め合ふことでもない、永遠の平和といふものにすがり、理屈なしにお互溫め合ひなぐさめ合ひたいといふことではないだらうか、この理屈のない人間愛に立脚した、原始的人間本來の慾求から、もう一度文化は再出發すべきではないか、「野性」などといふ題は、こんなところに意味があるといひば言へるやうにも思ふ。

編輯後記

○雑誌「現代詩」の性格も大部はつきりして來たし、詩壇諸氏の理解も增し、玆にいよいよ發展の一途にある。

○雑誌「現代詩」は公器的存在を誓約してあるが、徒らに、現代詩人を網羅するにあるのではない。現代の詩のよりよき發展に寄與せんとする詩人に、眞心で執筆して貰ふにあるのである。編輯者としては虚心坦懷であるが、編輯者としての誇持は持つてゐる。

○企劃も内部・外部からそれぞれ檢討し、よりよき企劃のもとに、眞に日本詩壇のために、存在價値のある雑誌を編輯したいのである。

○今號の現代詩人のプロフイルは充分成功したと思ふ。現代詩人を描くに次代人の若い詩人がひたむきにとりくんでゐるさまは實に美しいと思ふ。次號にも續けたい。（順序は到着順）

○八月號の編輯は、山崎君同伴で、川原湯温泉でやつた。公私多忙な身であるので、寸閑を得ると、からした所にのがれたくなる。そこから越後にのして、淺井の宅を訪れ、そこで二日ばかし、越後山脈の下で伸び伸びとした。

六月二十八日記（杉浦）

○敗戰後一ヶ年。日本の詩壇もやつとひとつの方向をめざしつつあるのが看取できる狀態に立ちいたつたやうである。この間にあつて本誌はあくまで不偏不黨、詩壇の最も良心的なる綜合誌として諸家の熱心なる御協力を得て來たことは誠に感謝に堪えないところである。

○考へてみるに日本詩壇の全貌を寫すためにはその時代の進行と共に大家中堅新人その何れにも偏せざる權威の獲得がつれになされてゐなければならない。緩慢なる革命、それが公器として一つの在り方でもある。

○本誌には只一人の同人的存在はない。同人誌の多くが寄稿を求めて綜合誌の形をとりつつある多くの弊害や又各處からよせられる同人制への照會について。本誌は何等それらの制度をもつてゐない事をここに記すると共に詩壇各位の一層の御協力と御支持を賜りたい。編輯長としての杉浦。企劃としての社。いづれも懸命の努力を盡してあくまでも詩人の良心に從ひたいと思ふ。

（詩と詩人社）

現代詩　第一卷第七號
定價 二・五〇　〒 三〇

詩と詩人社會員費　年五拾圓（分納可）
本誌並ニ「詩と詩人通信」配布
廣告料ハ一頁マデ相談ニ應ズ
送金ハ小爲替又ハ振替利用ノ事

昭和廿一年七月廿五日印刷納本
昭和廿一年八月一日發行

編輯部員　杉浦伊作
浦和市岸町二ノ二六

編輯兼發行人　關矢與三郎
新潟縣北魚沼郡廣瀬村大字並柳

印刷人　本田芳平
新潟市西堀通三番町
昭和時報社・電話七三四番

發行所　新潟縣北魚沼郡廣瀬村大字並柳乙一一九番地
詩と詩人社
淺井十三郎
振替東京一六一七三〇番
新潟五二七番
日本出版協會員番號A一一一九〇二九

配給元
日本出版配給株式會社

讀者の編輯參加

――企劃其の他募集――

小社では泥沌たる日本詩壇に微力ではありますが、幾分でも貢献したいと努力してゐるところであります。幸ひ讀者諸彦の後援と鞭撻を得て益々その願望の念を強くしてゐる次第であります

こゝに小社發行綜合詩誌「現代詩」純粋詩誌「詩と詩人」「詩と詩人通信」並に出版詩書其の他の編輯企劃に讀者の協力參加を望んでやみません。内外の事情から見て詩文學の進展は文化日本建設に寄與する點大なるものありと思はれますので、編輯部では讀者諸彦の貴重な編輯參加を得て光彩陸離たる編輯をもつてしたく誌上より懇願致す次第であります。

A 「現代詩」「詩と詩人」「詩と詩人通信」それぞれに對する綜合的な編輯プラン〈一誌にても可〉

B A項各誌の具體的な編輯構成〈評論・詩作品・其の他掲載原稿作者名〉〈プラン頁數を問はず、數ケ月に亙るも可〉

C 詩書其の他出版を希望する著者名

D 讀者の尊敬する詩人詩論家名、日本詩の大道を行く詩人詩論家名、詩壇を代表する詩人詩論家名、期待する詩人詩論家名、有力なる詩人詩論家名、其の他新詩人立抄詩論家名、再出馬を望んでやまない詩人詩論家名

E 日本詩壇は今後どういふ風につくられねばならないかについて、從つて詩壇並びに詩人への注文

F 其の他の感想と意見

G 以上一項目にても可。プラン其の他

送り先　詩と詩人社

用紙字數自由〈ハガキにても可〉

〆切　九月末日。

プラン其の他採用者には記念品を差上げます。

新潟縣北魚沼郡廣瀬村並柳

詩と詩人社

昭和二十一年六月二十日第三種郵便物認可（毎月一回一日發行）
昭和二十一年七月二十五日印刷納本　昭和二十一年八月一日發行・第一卷第七號（月刊）

定價二圓五十錢

THE CONTEMPORARY POETRY

現代詩

昭和二十一年六月二十日第三種郵便物認可（毎月一回一日發行）
昭和二十一年八月二十五日印刷納本　昭和二十一年九月一日發行　第一卷第八號（月刊）

九月號

詩と詩人社

九月號 現代詩 目次

現代詩

第一巻第八號

九月號

詩の饑餓

敗戰後一ケ年を經た今日、私はあの日の朱ごろを中心にして日本の詩の在りやうが我々の欲求を滿たしてゐるか否か甚だ疑問でさへあるやうにおもへる。人間の解放とか詩の解放とかさは別の方向に詩の多くが代替食の如き內容のもとに氾濫しはじめ、良心あるものにとつてはまさに詩の饑餓が戰爭中と同じく形こそ變れ非常の危機をもつて迫つて來つゝあるのではないかとおもはれる。その一つは對象を簡單に選び詩的化さうとする思想の貧困についてゞある。如何なる素材も詩らしきものにこなすことの出來る詩人の思想がどのやうに安易なものであり何ら人間性の獲得に伴ふ苦惱や鬪ひを示さず極めて平凡なる人情の中に逃れこんでそのより深き發見から目をそらさうとしてゐるその危機に氣附かなければならない。そして又㈡このことに原因する抒情の在りやうが今日多くの詩人たちによつて如何に歪められたものであるかは考へるまでもないところであらう。㈢人々は言ふかも知れない。アランの言ふ「思想に溺れ、思想に則り、證明する散文精神」の喪失をもつて思想の貧困を云々するのであるかと。私は反問しなければならない、そのやうにしか詩の思想を考へない人たちの幸福についてと。私は更に又㈣考へねばならぬ。このやうな俗論に禍ひされた過去に於ける日本の詩が詩そのものゝ要求を除けて他の奴隸と化したことを、今日再び又その危險を感じるのは、私だけであらうか。特に詩が評論家作家たちによつて詩の要求外の一點からのみ追究せられ遂には今日の如く日本文學の埒外と言はれるほど「詩」と「詩人」が孤立沈默の中にのみその正しさを守られねばならないことは詩の思想とは別個に詩の饑餓は一層甚しく、その主體性のために身もだえしてゐることを詩人は深く思はなければならぬ。詩がひとつの眞實をさほしてその一句一言が我々の人生觀社會觀・世界觀のその全體的な鬪ひにあると言ふことは詩人に於ては一つの常識であるべきであるに關らず、これが詩人たちによつてさへ無批判の儘にさらげだされてゐるのである。如何に㈤我々が日常生活に深く根を下し、そして詩を現實への鬪ひに持たうとも、それが詩の要求に對して無批判なるまゝ現象への追究にとゞまるならば人間の解放はおろか詩は又固定化せられるばかりなのである。我々は我々の饑餓に對してこれら幾つかのものを限りなく感じるのであるが、我々の詩は今日これらの思想や抒情を一應否定してしまつた後で詩が「言葉に溺れて」（アラン）どのような思想を生みなしてゐるかを考へねばならぬ。そこにこそ詩人の世界觀が現實と、どのような鬪ひをもつて詩の要求に應へてゐるかをみるべきではないか。詩はすでにうるほひの世界だけではなく思考と行爲の全體を人間の肉體に世界としてそれを求めてゐる。

（淺井十三郎）

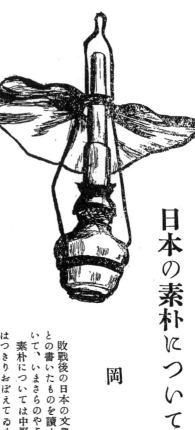

日本の素朴について

岡 本 潤

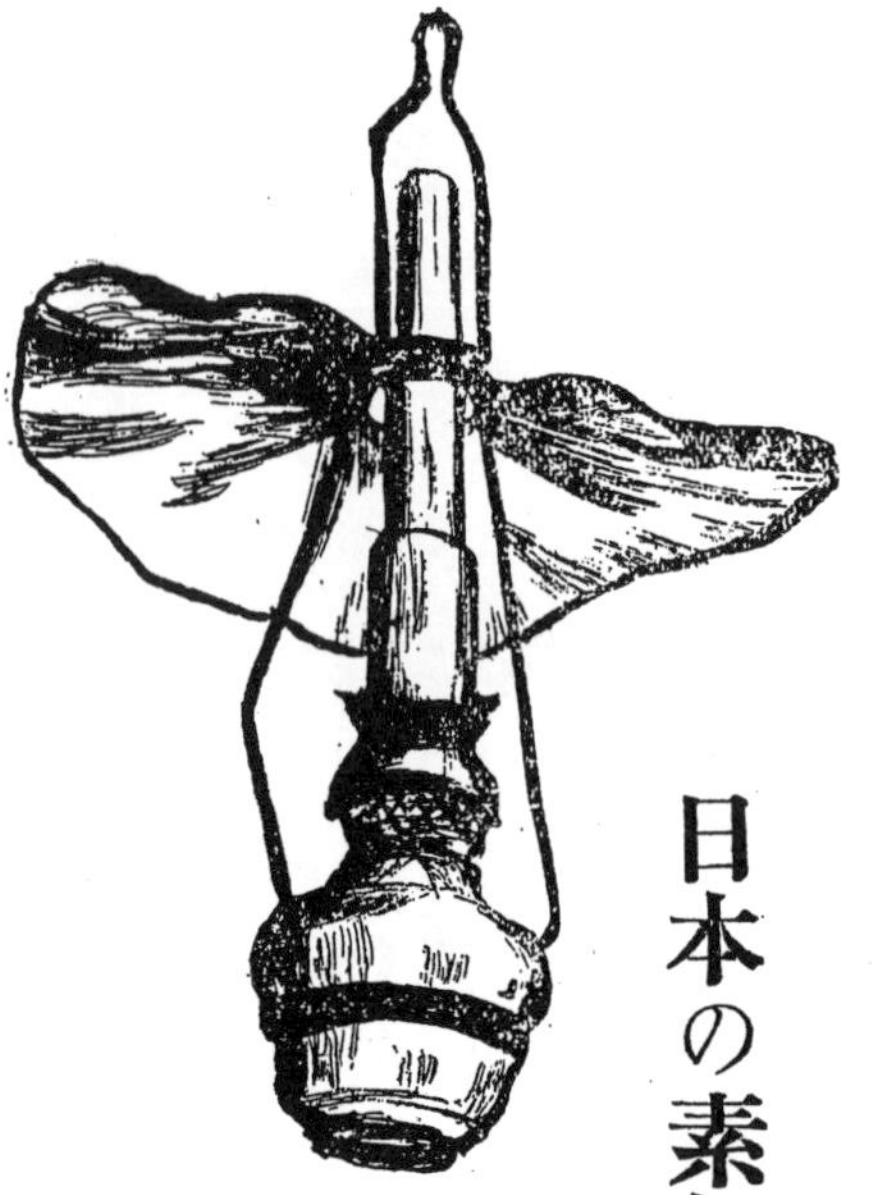

敗戰後の日本の文學、とくに日本の詩人と稱するひとびとの書いたものを讀んで、私は日本の素朴といふことについて、いまさらのやうに考へてゐます。

素朴については中野重治がずつと前に書いてゐました。はつきりおぼえてゐませんが、中野は中野流に「中身のつまつたもの」といふやうな意味を素朴にあたへてゐたやうでした。さういふ意味での素朴はなまやさしいものでなく、なか〳〵得がたいものだとおもひます。それはそれとして、私が敗戰後——といふのは、戰爭中、更にさかのぼつては戰爭前との關聯においてですが——の日本の詩などを讀んでかんじた素朴は、さういふ得がたい素朴ではありません。さういふ充實した中身などのない、ヌケガラのやうなもの、さういふものを素朴といつていゝかどうかは問題でせうが、とにかく非常に日本的なものです。通俗に「素朴なものはいゝな」などと、かるくいはれてゐるやうな素朴についての話です。

一般に素朴といへば、かざりげがなく、單純で、自然の要求に忠實で、自然流露的なものをさしてゐるやうですが、それが現代の日本ではどういふかたちであらはれてゐるでせうか。素朴な人間、素朴な生活、素朴な作品などといふばあひ、探究的でなく、疑ひぶかくなく、計畫的でない、概して非科學的、反文明的な素質や傾向が考へられます。馬鹿正直な人間や、貧窮にあまんずる生活や、稚拙な作品などが「素朴でいゝ」といはれることもしば〳〵あるやうです。はたしてそれでいゝものでせうか。さういふものが、素朴でいゝなどといはれるところに、日本の國民性の大きなマイナス面が露呈されてゐるやうに私は考へるのです。たとへばB29に對して竹槍をもつて立ちむかふやうな、あはれとも滑稽ともいひやうのない素朴――このごろの文字どほり殺人的な満員電車のなかなどで、汗まみれになつて揉みあひ、うめいてゐる同胞の顔をみてゐると、さらにその感をふかくせずにはゐられません。

さういふ素朴が、現代日本文學のなかでもとりわけ詩の分野に多くみられるやうだといへば、おほかたの詩人諸君の憤りをかふかもしれませんが。私は敢へていひます。自分も詩人の一人であるだけに、よけいいはずにはゐられません。「コスモス」二號に私は「戰時と戰後の詩人について」書いたので、重複をさけたいとおもひますが、とにかく、戰争がはじまるやいなや猛然と競つて「撃ちてし止まむ」をうたひさけんだ大多數の詩人諸君が、敗戰後にはおなじ口で「民主主義」の頌歌をうたひだしたといふことに、いかにも日本的な素朴さをかんぜずにはゐられないのです。

それは素朴といふものぢやない、便乗といふものだ、といふひとがあるかもしれませんが、私はやはり便乗よりは素朴なものが多分にあるとおもひます。なぜかといへば、かれらは政治家でもなく、實業家でもなくびんぼうな詩人なのですから。そして、日本の詩人が概して素朴だといふことは、雑誌などにでてゐる詩をみればよくわかります。ほとんど探究的なものはなく、右から左へうごくこともたやすく、すべりやすい調子にのつてすべつてゆくのがもちまへのやうです。なんでもカンタンにうたつてしまへるのです。花でも、戀人でも、戰争でも、民主主義でも、なんでもござれです。じつに天眞らんまんで、疑ふことを知らず、なにごとにも共感し、共感したものは直ちに詩にするといふ素朴な感情をもつてゐるやうです。さういふ素朴な感情は、宣戰のミコトノリをきけば無條件で勇みたち、無條件降伏のミコトノリをきけば涙をながし、悪い奴は軍閥や財閥や官僚で、天皇はお氣の毒な方だと信じて疑はず、さういふ詩をかきます。しかし、たとへば天皇制といふ制度についての科學的考究はほとんどしようとしません。感性以外のことは詩の領分ではないとでもいふのでせう。

科學的考究のないところには、盲目的奴隷的信仰があるだけです。日本の詩人は戰争をうたひながら、その戰争がどういふ戰争であるか知らず――知つてゐたらうたへなかつたでせう――知らうともしませんでした。いま、かれらは自由や民主主義をうたひながら、自由や民主主義についてどう考へてゐるでせうか。

私は素朴に「詩精神」といはれてゐるものについても疑ひをもつてゐるのですが、それについてはいま書きません。これはわれ〳〵の感性や抒情の變革といふ詩人にとつて不可避の問題と關聯してゐます。だが、そこにいたるまでに、私は侵略戰争を謳歌した日本の詩人が手がるに自由や民主主義にとびつく前に、ふかい絶望の聲をきかないことをふしぎにおもつてゐるのです。しかし、ふしぎにおもふはうがどうかしてゐるのかもしれません。古事記神話の時代から、日本の人民はどんな目にあはされても絶望したことのない素朴で從順な樂天民族で、日本の詩人はそのもつとも典型的なものだとおつしやるなら、また何をかいはんです。

（一九四六・七・一八）

—評論—

詩と抒情について

阪本越郎

どんな時代が來ても、詩は存在するし、詩人は自己の抒情を歌ひあげてゆくといふ風に一般に考へられてゐる。科學のために詩が亡んでゆくだらうなどといふ說が發せられると詩人たちはよつてたかつて反證を示して、科學の根本といふものは夢みる精神——詩をはらんだ精神だといふやうなことをいつた。たしかに私もそれはさうだと、うなづいてみるが、もう一歩立ち入つて詩と思想といふやうなことになると、誰も默してしまはなければならないやうな狀態である。

詩は抒情の流れの中から立ちあらはれるものと考へられてゐて、それは消し難い傳統になつてゐる。傳統の重んぜられた、戰時においては、詩人は抒情の母のふところにぬくぬくと溫まつて、そこで歌ひあげてゐたのであつた。ところが我々が「詩と詩論」の運動をはじめた時分には、從來の抒情の精神に反旗をひるがへすところから、新しい秩序をめざしたのであつた。それは感覺の冒險であり、韻律の破壞であり、新現實の發見であり、フオルマリズム、シュル・レアリズム等々の習作が試みられたのであつた。しかし今はもう遠い夢のやうに忘れられてゐる。最近詩壇で問題になつてゐる古語の問題にしても、古語による表現につきまとふてゐるものは、日本古來の短歌的抒情の精神であつて、それが我々の情緒生活においてぬきがたい精神の色合ひを形づくつてゐるのであつてみれば、この傳統を一朝にして廢棄することは詩それ自身の存立にかかはるやうな根深い問題をもつてゐるのである。これが日本の傳統文學によりかかつて、そこから一歩も出なかつた詩の、甚だみぢめな結果である。

　新鮮な蝶のやうに我々の感覺の中を飛びまはつてゐた詩は、今や氣息奄々としてゐるのである。自由詩の時代（大正中期）には、詩はもつと奔放であり、潑溂としてゐた。そこには、觀念的であつたが、社會的なものへの興味と人間性への洞察とがあつて、短歌風の抒情を蹴破つて、新しい自由の思想をとらへようとする熱意に燃えてゐた。當時の自由詩は散文と區別される程度の、かなり音律的魅力はもつてゐたが、所謂抒情的なものは「小曲」として輕蔑されさへもした。傳統的抒情的なものへの、かういふ反撥が、詩に新しい昂奮と彈力を與へたことは事實であつた。

　今日、我々は自由詩人の功罪を色々に論ずることが出來るが、詩人が自己への文學的自覺に促されて、新しい文學的發達を始めたことゝ、それは抒情的な感傷性――いはゞ短歌の封建性と一應訣別した上での出發であつた。我々はその當時、詩といふものの新しい何ものかに觸れた。たとへば我國傳統の抒情文學には無いところの新しい愕きを三富朽葉の「感性論」からも感じとることが出來た。兎に角、卑俗ではあつたが、自由詩に一つの文學的啓蒙の役割を演じたのは民衆派一派の出發であつた。あの概念的不感性と惡口された詩人達も、當初においては素朴な野の生新さをもつてゐた。口語によつて書かれた、それらの詩は、ホイットマン、ヴエレハアレン等の詩の飜譯臭はあつたが、日本の新しい詩としての光輝と魅力をもつてゐた。それは、つきつめていへば、傳統の抒情から離れ、思想を封建的なものから開放して、人間と愛とを自由に、社會的に促へようとしたところにあつたと、いへるのである。

その後の自由詩人達は、特異なテンペラメントを除いて、自由詩の反動としての抒情詩の方へひたすら傾いて行つた。傳統のもつ文學的風習の根深さは、ついに詩をその最後のもの、短歌にまで還元しようとさへしたのであつた。詩人はいづれもこの傳統的な抒情精神に郷愁を感じた。詩はその特殊な躍るやうな明るさを失つて、じめじめした詠嘆の最中に沒落して行つたのである。

これは詩人ばかりでなく、小說家でも亦、その冷靜な客觀性から微細な私小說的表現の中に退いて、小さな箱庭的完璧性をめざしたのである。それ故にこそ敗戰後、文學の島國的安易さを叱り、思想性の缺亡を叱責する聲が漸く高まつたのである。この非難は、目を外國文學に向けた人々によつて、昔から既に說かれた事がらであるが、抒情溺愛の心が存する限り、いつ果てるとも覺束ない。詩も亦「もののあはれ」の傳統の尾をひいて、抒情の甘やかな流れに漂つてゐるにすぎない。

我々が詩精神といつてゐるものも、つきつめると情のあはれに終るのである。今日、我々が頭にイメーヂする詩という言葉は、この抒情の母のふところを思ふことによつて、心理的な安堵を覺える。それ故、かういふ思考を否定しようとしたり、これに抵抗したりするのは無意味にさへ思へる程、これ程に傳統の抒情は日本の詩人の心に深く根ざしてゐるのである。我々はリルケの詩を讀む時も、リルケの詩を日本的抒情に解釋して感心してゐるのである。リルケの中にある深化する自我との戰ひや自我と神との對決の精神を見失つてしまひ勝ちである。我國の文化の敗戰的因子の一つは、かういふ近代的自我に無自覺で、論理性と客觀性を缺いた、古い傳統にのみ頼り過ぎたといふことにあるのではないか。これを、詩についてだけ限つて言つても、明るく伸び上る客觀的な明確な表現よりも、優雅な情緒的表現、できるだけ表現をおさへた餘情のある表現をのみ理想として來たのであつた。

かういふ傳統的短歌的な詩ばかりが流行するやうになると、始めにかかげた科學の精神とは全く反する事になる。或る特異なテンペラメソトか、感受性のみがよしとする文學には、封建的な社會のそれと同じものしか感じられない。

近代科學の精神がもつてゐる客觀的な性質も、普遍に妥當性をも欠いた文學が、近代生活の中に生息してゆくことの不思議さを感ずるばかりである。それはかうも考へられる。文學精神といふものは、我々の因襲的・封建的な生活、人情的な氣風にその根があるので、我々の生活自體は本當は近代的でも進歩的でもないのだと。それだから詩人が時々新時代に對する積極的な意力を示しても、また思想家が新しい人間の當爲を說いても、それは生活の中に思想として消化されず、浮動して社會の表面を流れてゆくにすぎないのだと。

それ故、生活それ自體が封建的な物の考へ方から脱し、科學的合理的な世界に開放されねばならないのである。我々の詩人も、その基底の上に立つて新しい文學精神と、新しい抒情を試みなければならない。新しいといふことは、我々の生命にとつて、愉しい、有用なものであり、それによつて生命を生き生きと燃え上らせるものである。詩人はもつと現代に生きる心の激しい生き方を問題にすべきではないか。

過去の日本文學の甘味といふものは、つきつめていへば、古い抒情に立ち返へることであり、抒情歌であるといふことがいはれてゐる。それは、日本の文學精神が國內的な小さなスケールの中で愉安の夢をむさぼつてゐたからであつて、世界性も近代性も問ふところでなかつたのであつた。わびやさびやあはれに通ずるこの傳統的抒情にのみひたぶることの出來ないところに、我々の詩の生誕があつたことは、幾度も思ひ返されなければならない。日本文學の傳統の中に眠つてゐる心安さを、その封建的な夢を、かき消して、立ち上らなければならない。詩、それから現代の小說は、このやうな意味の內心における、疾風怒濤であり、精神的革命であり、感情批評でなければならないと思ふ。

感傷の詠嘆から新しい人間の發見へ、古い抒情から新しい秩序へ、そのためには詩人や作家の個々人の表現力が問題になつてくるのである。現實の網目にくゞり入る前に、人情や情緒の中に口あたりよりぼかされてしまふ。かういふ曖昧なポーズは思想を中斷してしまふし、新しい秩序への意志的な裁斷を盡くしてしまふのである。

詩は態度だといはれるのは、世界に對する明確な裁斷をいふのであると思ふ。思想をはじいてしまふ抒情にぼかされた態度ではなく、はつきりした人生觀なり、人間觀なりを形象化する精神こそ文學精神の名に價するものである。詩はさういふ文學精神の中の最も明瞭な精神でなければならない。だからそこには、詩人獨特の世界が決定されてるなければならない。詩人は自己の態度において、自然をわがものとし、人間への見方を示す事、つまり詩人の明確な態度によつて、一切が裁斷される。それは自然や人生に對する詩人の新しい見方、新しい批評であるとも云ひ得る。

この鮮明な裁斷、明瞭な批評のあるところに、詩は思想を持ち得るのだと、私は思ふ。作品から抽出された、その思想の形は不備で幼稚であつても、詩人は身をもつて悟るところに、作品の中を流れる生命感が感ぜられる。傳統的な抒情に反撥して眞に新しい人間像を描くことの出來るのは、かういふ態度をもつた詩人であると思ふ。そこに詩が新しい位置をとり、美しい生命を見出すなら、新しい抒情を得るであらう。文學の領域に於ける、この新しい世界形成のために、詩人はもつと自我を疑懷し、人生を煩悶し、生活を思惟する必要があると思ふ。

青

永瀬清子

蓑と笠を傾けて
田植をいそいでゐる時
一團の黑雲が山々の間に湧きおこト
私たちを被ふとみるや
手に持つた早苗も叩きつけるやうな
はげしい雷雨が來た。
私たちも早苗そのもののやうに若く色淺く
つぶてのやうな雨に打たれて
しばらく物も云へなかつたが
それが通りすぎた時
むかふの山が眞靑に染められてゐるのをみた。

柘榴に寄せて

城左門

朱の色に柘榴の花がひらく
柘榴の花よ
朱の色の花よ

柘榴の花が咲く六月は
梅雨曇り、鬱陶しく氣だるく
それでゐて、泣きたいやうな

延び上りたいやうな
切なさ、焦立たしさ

昨日を憶ふよりも
明日が待たれ
それでゐて、今日が惜しく
その今日も、わけなく暮れて——
柘榴の花が咲く六月よ

柘榴の花よ、朱の色の花よ
悔いと希ひの花よ
朱の色の花よ！

白い蝶

――ああ、遠い青春の夢よ――

杉浦伊作

深い井戸がある。水底を透かして魚鱗の閃めくか。天に浮遊する雲あれば雲を。水面に散る柏の葉を。音もなく稲妻型に吸ひ込む。不思議に静もれる深い井戸。

井戸の中に白い蝶がゐる。蝶は水に浮んでゐる。蝶は底に沈んでゐる。蝶は水の中ほどに停つてゐる。蝶は透明な姿態である。蝶の上の水。蝶の下の水。蝶は動かない。然も生きてゐる。この不思議なビアズレの繪は。私を妖しく魅惑する。

井戸は淺くもあるか。深くあるか。蝶は妖しい媚態に蠢めく。然も蝶は。伊太利産の大理石の化石紋のやうに、少しも動かない。ヨカナーンの首のやうに美しく動かない。

井戸は神祕な傳說に生きてゐる。私は蝶の採取に井戸に這入りたい。妖しい蜃氣は、熾に私を誘惑する。私が井戸に這入らうとする。

「わたし。あやまつて、西洋皿を落したの。」白いエプロンの裾をまさぐり、若い私の妻が、私の背後で聲かける。私の現實が井戸筒によみがへる。

白い蝶が一匹。井戸の中の西洋皿にゐた。

夜のタマゴ

竹中郁

タマゴがある
つめたい夜の甃石に
頬ずりをして
うす青い影をひいて
タマゴがある
たつたふたつ
停車場のコンコースで

だれかくるのを待つてゐる
「ふたつ四圓にまけときます」
このころはどこから湧くのか
地虫のなくやうに
このころは一塊りのボロから湧く

ああ　しかし
わたしにも錢がない
わたしにこころはあるのだが
わたしにおもひやりはあるのだが

近代詩説話

北川冬彦

安西冬衛にこんな詩がある。

　　韃靼海峡と蝶

　木の椅子に膝を組んで銃口を鼻にする。蒼い脳髄で嗅ぐ煙硝の匂が、私を内部立體の世界へ導いた。

　私を乗せた俥は公園に沿うて坂を登つていつた。曇天の下でメリイゴオラウンドが將に出發しようとして、馬は革製の耳を揃へてゐた。しかし私を乗せた俥は、この時もう曇天を隨して坂を登り盡してゐた。

　私は遊離された進行に同意する。

　彼女は目を眠つてゐた。壁に垂れた地圖に横顔をあてて。彼女の肩を辷つて青褪めた韃靼海峡が肩掛のやうに流れてゐた。流れる彼女の眸子はいつも濕つてゐる。

併し私は氣にしない。

私は構はずレッスンをとる。

レッスンをとるために歩きまはる。

歩きまはるために、私はたちどまる。さういふ私を彼女は始めて笑ふのだ。

微笑が、いきなり彈道を誘致した。彈道が彼女を海峡に縫ひつけた。

次の瞬間、彼女の組織が解體するだらう。穿たれた孔から海峡が落下奔騰するだらう。その氾濫の中で如何にして自分は、自分自身を收容すべきであらうか。
　私は決意した。
　銃の安全裝置を外す音は田舍驛の改札に似てゐる。
　銃を擬して、私はピッタリと彼女をマークした。
　　すると一匹の蝶がきて靜かに銃口を覆ふた。

　この詩を書いた頃の安西冬衛は、現代詩人のなかでも殊に特異な作家であつた。恐ろしく難解と云へば難解である。その難解さには、彼のひとりごのみの文字や言葉の響きからきてゐる場合があるが、この詩の場合の難解さは、主として彼が獨自なイマジストであることから來てゐると私は思ふ。この詩の初めに、彼は「內部立體の世界」へ導かれると書いてゐるのが、つまりイマアジュの世界のことである。

　彼はふとしたはづみに、

　　　春
　てふてふが一匹韃靼海峽を渡つて行つた。

と云ふイマアジュを浮べた。韃靼海峽が彼の腦髓を刺戟したのは、彼がその當時住んでゐた大連と云ふ地理的位置が然らしめたものと云つていゝ。その韃靼海峽にてふてふが二匹渡つてゆく。これは春の風景として別にとりたてたことではない。

　ところが、韃靼海峽と蝶は、彼の情感の世界にこびりついて、彼は彼のイマアジュを構成しはじめたのである。彼が所謂イマジストと異るところは　イマアジュを分析し構成するところにある。そこが彼の詩を近代詩たらしめてゐる所以である。

　彼は韃靼海峽と蝶、の上に彼女を呼ぶ、彼の好みの少女をからみつかせる。壁に垂れた地圖に橫顏をあてゝ目をつむつてゐる彼女。「彼女の肩を辷つて靑褪めた韃靼海峽が肩掛のやうに流れてゐた」といふ少女のゐる構圖ができる。

「流れる彼女の睥子はいつも濕つてゐる。」以下しばらくは彼と彼女との戯れである。「微笑が、いきなり彈道を誘致した」彼は、パッションにやかれる。そしてそのパッションを分析してイマアジュの中に表現する。そこに方解石を見るやうな美しさが生れる。蝶はサンボルでもないし、またメタフオルでもない。そこには心理的なものはあまりない。だから、こゝまで解說してくると、彼の詩はさう難解なものではない筈である。

　たゞ、俥だとかメリイゴウラウンドなぞ古風な小道具が使つてあるが、當時大連では俥とか馬車とかが日常の乘物であつたのである。曇天占云ふのも彼の好みなのである。メリイゴウラウンドもその當時電氣公園に廻つてゐた。

　讀者は、彼の詩精神の放つ薰香にむせびながらそのイマアジュの世界を彼の分析にしたがつて讀みすゝめばよいのである。

★現代詩人プロフイル

高村光太郎

寺田弘

あの日、昭和二十年四月十五日。私の家は四邊が猛火に包まれてしまつた。火の子が銀河の樣に流れてきては黑煙に呑れ、又吹き上げられて荒れ狂ふ。そんな中にあつて、私は絶へず高村先生の安否を氣づかつてゐた。

私は弟に家を頼み、鳶口を持つて駈けつけた。高村先生の手前の家の塀が燃えてゐてその煙のために果して先生の家は無事かどうか判らなかつた。漸く火焔の中を突破してほつとすると同時に、あの黑い靜かな二階建の高村先生の家から盛んに火のふいてゐるのが目にうつゝた。火はアトリヱの窓から吹出してゐるが、不思議にその邊には人影一つない無氣味な靜けさにあつた。

先生の姿もなかつた。しばらくして前の小路に彫塑のやうに立つてゐる人影に氣がついた。防空服裝に鳶口を持ち、鐵兜を頭布の上から被つてゐた。それが高村先生だつた。「よく來てくれました」先生はぽつんと云つて自分の家の燃える樣をじつと見詰めてゐた。まるで永久に消える自分の家をしつかりと網膜に燒きつけておかうと云ふやうに――。しばらくして「健氣によく燃えてくれます。實に美しいものですね」と、思ひ出したやうに云はれた。私は玄關のところ迄近づいてみた。板札に書かれた表札高村光太郎の文字が讀めたがそれから先へはとても近寄れなかつた。持出された荷物は夜具に、御尊父高村光雲先生の遺品の彫刻二三點、彫刻道具に、砥石、それに原稿一束。バケツに入れた米。それで全部だつた。前の疎開跡の穴の中に入れてあつた。朝方、私の家はどうにか無事に殘り、弟と二人で先生の荷物運搬の手傳ひをした。

それから一ケ月、私の家の前の義弟藤岡さんの一室に暮してゐた高村先生と始終御逢ひした。日中は燒跡を整理してゐられた只一人で。時折弟が手傳つた。燒跡からみつけた藥罐でお茶をわかし、こわれた茶碗でそれをすゝつた。

宮澤家のある花卷へ越されたのは罹災後一ケ月目であつた。二度も迎へに來てくれたのでと先生は云つてゐた。淺井十三郎氏も新潟へ來られるやうにおすゝめしてゐたが、結局岩手へ行く事に決つた。二度と東京へは戻りません。方々廻つて歩き、良い材木を探すつもりです。と云はれた。彫刻に專念される決意らしかつた。私には何も御禮が出來ないので友人から紙を貰つたから書いてきたと二枚色紙を下さつた。出發の樣子は罹災の日の姿と同じであつた。防空服裝に下駄ばきで、左手に鳶口、右手にバケツ、そして頸には彫刻道具をぶら下げ、背中にリユツクを背負はれた。それから間もなく先生の居た義弟藤岡さんの家も燒けてしまつた。

私が岩手の宮澤家を訪れたのは七月の下旬であつた。突然だつたので先生の喜びは大變なものだつた。離れの一室に自炊をしてゐたが「あなたが始めて東京の風を持つてきて下つた」と云ひ、つもる話をし合つたのであつた。私の持つて行つた配給の酒を、こちらに來てから始めてみる清酒だと云ひ喜ばれ、これもあなたから貰つたお茶だが、大切に大切に飲んでゐますと云ひ乍らお茶を出して下さつた。彫刻道具も漸く揃つてきたので、これから仕事を始めようと思ふと云はれ、その前には魚のデツサンが描かれてあつた。

それから十日目に又先生は罹災された。今度は果して東京から持つて行つた道具も皆出す事が出來たかどうかも疑問である。それにもかゝはらず山口の一寒村に自分で小屋を作り、人の世話にならず仕事をつゞけるべく實行に移された。そのことは私にも語つてゐられたが、私は先生の夢だと思つてゐた。ところが、それを實行されて、日本一の文化村を作るのだと少しも元氣の衰へない手紙を戴き、敗戰に茫然としてゐる私は、完全に叩きのめされてしまつたのであつた。

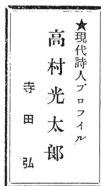

★現代詩人プロフィル

堀口大學

武田武彦

銀河は裸でねころんだ天女です、と先生がお歌ひになつた美しい七夕さまのこよひ僕は金色夜叉の貫一みたいに、去年の今夜を想ひ出して、再びネオンの横文字が描かれはじめた東京の夜空を、薄氣味わるく見廻してゐる。

苦しかつた戰時中の想ひ出のふゐるむのなかに、たつたひとこま、忘れることの出來ない娯しいひとこまは、東海道の興津の村で、堀口先生にお眼にかかつてゐた日々である。

先生、興津の濱を拍子木を叩きながら通つて行く火の番の少女の聲は、泣きたいほど悲しいものでした。……ベランダ造りの椽さきに、松葉牡丹が叢れ、背戸の小松の傾斜面には、月見草が搖れてゐた。……これは城　左門氏の詩の一節であるが、この詩はそつくりさ興津の堀口先生のお住居をキャメラに撮つたさ同じ感がある。東京の生家を燒け出された僕は、この椽さきに、先生と椅子をならべ、いま想ひ出しても恥かしいやうな詩論を、先生に向つて發射したのだから驚く。文學者の多くが、子供なんかうるさくてれ、と自分の子供にさへ見向きもしないのに、先生は少しもそれにさんちやくなく、赤ちやんのおむつまでお世話をなさる。「廣胖がれ、なすびを見て電球のやうだれ、さ君言つたよ一と、喜んで僕に坊ちやんのことをお話になる時の先生の笑顔こそ、詩人堀口大學先生の讀者が忘れてゐるぶろふいるである。それ故に、先生の生活の隅々には、ささやくやうな詩心があつて、先生の生活にふれる人々の心を心から明るくさせてくれる。これは先生の奥さんの、先生以上のまるで慾のない文學生のやうな心やりがさせるためかもしれない。面白くもない工場から戻るさ、必ず飛びつくやうに訪れる先生のお部屋の宵の娯しさも、夜が更けると必ず訪れるB29にはまつたく參つてしまつた。かぼちやの花がぼおつと夜眼に光る砂濱の堤防の蔭に身を伏せ、近くの清水の軍需工場が火炎に包まれてゐるのを、何かの洋畫のやうにきれいですれ、さ怖さを忘れて、あの三保の松原あたりの眞赤な海を、ひどく感心して眺めた事も、いま考へて見れば抑へ切れない若い詩心が言はせた言葉だつたかも知れない。

去年の六月十八日に頂いた先生からのお手紙に、空襲なんぞ怖るべき、來たらば來たれ敵機いざ！　と歌つた昔のあつたことを想ひ出します。おそらくこれ以上の見當ちがひは建國以來かつてなかつたことでせう。あの詩人が今日この頃どんな顔をしてまた別の元氣な歌をつくつてゐるかさ思ふと妙な氣がします。……かうした先生の痛烈な詩壇への抗議は、今朝頂いたお手紙のやうに新しく胸を打つてならない。何さ今日この頃の、へたな作劇家の不自然にぐるぐる廻る廻り舞臺を見せられてゐるやうな詩人達の行動は、この堀口先生の言葉を聞いて、大いに赤面すべきである。

先生、もう一度興津の町へお戻りになりませんか、そして御一緒に砂濱にねころび美しい銀河を、本當の天の花火を見ようではありませんか。

…完…

★現代詩人プロフィル

百田宗治

小柳　透

昭和三年、文藝春秋社が出した小學生全集中に一つの童詩があり、その作者の姓の「百田」をなぜ「モモタ」と讀まればならないのかといふ妹の疑問が氏を私に印象つけたはじめであつたが、私自身も、二十年近い時間的距離の彼方で親しくその人の教をうける事にならうとは夢想もしなかつた處であつた。

私が百田氏に接する機會をもつたのは氏の北海道轉任後、幾何もたゝぬ今年の春にすぎない。こんな短い時間の中から氏に就いて云々するのは鳴滸の限りであるけれど、この井中蛙的な觀察が多少なりとも氏の近影を傳へる事が出來れば幸と思ふ。

當時の氏は二部屋しかない手狹な侘住居であつたが、はじめて訪問する私があれこれと思ひ巡らしてゐた想像に似もつかぬ村夫子がその陋屋に安居樂業の樣子は、私をまごつかせたり、またひと安心させたりした。殆んど家財のない室内に坐卓が一つ置かれ、その傍でこの村夫子は眼鏡の底に小さく瞳をキラめかせ乍ら「悉皆戰災にやられてしまひ……」といひ「これだけは助けてきたよ」と冬顔形の鑄物の火入れを愛撫するあたりは、何か飄逸な屈托のなさが感ぜられて、ふと、これがあの鋭いアイロニイある〈羽衣〉の詩人かしらと思つたりした。その後いつとなしに家具もポツ／＼ふへて遂に一室を占領してしまひ、玄關に訪ふと、その薄暗い一間を隔てゝ、南窓を受けた奥の間で机に向ふ氏の姿が明るく新劇の舞臺じみて浮上つてゐるのであつたが、此頃から狹い惱みが始まつてゐたらしく、舞臺にのこ／＼上り込むを先づ「家はないかね、小さくて良いから庭のある樣なのが……」と良く言はれた。そしていろ／＼と話題が展開されるのだが、その豐富な會話の中から、大きく北海道を摑まうとしてゐる氏の何かを感じてこの詩人がこの儘北海道人になつてしまふのではないかと臆測したり、他ら本道の詩人らが氏を中心にしていまにも何かの動きが生起しさうな模樣などを思合せると、矢張り中央詩人としての大さといふか、實力といふか、そういふものが見えない重心になりつゝある事が感ぜられる。

かつて室生犀星が氏を「永遠の受驗生」と評した事を氏自身が言つてゐられるが、私はこれを興味深く思つてゐる。更にこれに對して氏は「自分は朔太郎の果敢さ犀星の洞察の何れをも不幸にして持合せなかつた」と告白してゐられるが、この經緯はサムボリスト――餘り大雜把な表現かもしれぬが――としての氏の風貌なり性格なりを良く表はしてゐると思ふ。三十年の詩生活を「犀星の洞察」なかりし故に崩すこともなく、又自己の地步を固める俗氣にもたれす、藝術至上的な生き方を生きてきたこの詩人の半生が判る樣である。

かつて前後二度に亘る椎の木の運動から三好達治・丸山　薫等を詩壇に輩出し、本道でも本道からも異色ある詩人和田徹三を啣む等。幾多の青年層を育て上げた「永遠の受驗生」は、今北海道を教室に、更にひと試驗こゝろみ樣とするらしい。

〈月餅〉や〈朱岳協酒家〉の如き何氣ない老練な作品を世に送りながら、やうやく入手した新しい靴で暑夏の空の下を北の子供らに何を與へ樣かと眞面目に考へて步いてゐる氏を見ると、案外第三の椎の木の種がこの土地に蒔かれるのではなどと考へたくなる。

★現代詩人プロフイル

村野四郎

秋谷　豊

昭和十四年と言へば、まだ僕たちが盛んに同人雑誌に據つてゐた頃だ。その年の文藝汎論賞を獲得した「體操詩集」は、村野氏が僕たちに投げかけた最初の驚異であつた。そのダイナモのやうに重量のある官能と幻想の世界が、驚くべき現實となつて僕たちの前に出現した。その頃僕たちが據つた同人雑誌は「詩資」や「地球」であり、この同人中那邊　繁君など村野氏を知るに及んで、最もその新即物主義的な傾向が强く、詩的觀念の上に大きな影響を受けて行つたやうである。そして村野氏を圍繞する圏内の詩人のうち、那邊君は最も傑出した若い才能であると言へる。そしてまたこのことは村野氏が持つ良き力の一つを如實に示したものと推察する事が出來ると思ふ。

僕が村野氏に初めてお會ひしたのは岩佐東一郎氏の宅。折柄、交書會が終つて玄關を出ようとすると、先方から氣輕に「秋谷君ですか」と聲をかけて呉れたのが村野氏であつた。詩人であり、理研電具の重役である村野氏は、黒い二重廻しを着て、二三の書物を手にしてゐた。勿論、村野氏とは豫て「新詩論」の作品を通じ。また折々の通信で相識の間柄であつたが、實際に面識するのは今度が初てであつた。そして最初僕を見出して呉れたのは村野氏だつたのである。多分村野氏は交書會の席上で、早くから僕の存在に氣付いて居られたに違ひない。この若輩の僕に對する村野氏の濶達な態度には、僕は全くそれ以上の謙虚なものに打たれ、再びこの先輩への尊敬の念を深めたのである。

最近になつて、僕は「天の繭」といふ詩集を讀んだ。これは北園克衛・村野四郎・長田恒雄三氏の共著であり、しかも終戰後の「現代の詩が進むべき代表的な方向を示したものであり」今日及び明日に對する詩境への良き一つの示唆を與へたものと言へよう。扨てこゝで村野氏の作品にあつては、何れも現實的哀感を所謂象徴化して、そこに「抒情飛行」以後の落着いた境地を示唆しつゝある。これは村野氏にとつて人間的思想の進歩であり、ただ一つの道の完成を企てやうとする新しい活動的意欲をうかゞふことが出來ると思ふ。然し、この極く自然な象徴的技巧が單なる安易さに止まつてゐるのでは不滿である。勿論、これは今後の村野氏に對する僕の希望であり、またさうした新しい次代の若い詩人たちのために一つの道を用意して頂きたいことを希望する。

最近の日本詩人協會の設立についても幾多の問題があるやうである。この間の事情を、何らの根據なく推察するのは非禮であるかも知れないが、少なくとも村野氏など當然先頭に立つて參賛して頂きたい人である。實際、今日の詩人たちは苦しいのである。詩境が文壇に對して社會的に不遇であると同じやうに。然し、詩人自らがこれをやらなくて、誰がこの多難な問題を解決し得る。謙虚であることはいゝが最早それ以上に遠慮する必要はないのだ。僕たちはあくまでもそれに耐へなければならない。否それを飛び越えるのだ。

★現代詩人プロフィル

笹澤美明

長谷川吉雄

笹澤美明さんのことを間違ひなく語り盡すことは、笹澤さんと同じ心境になり得ない限り、それは私たちには到底不可能であり、至難なことである。或ひはこれは笹澤さん自身の他には出來ない事ではないかとさへ思はれる。だから私には笹澤さんの思想とか生活に就いては尙語る資格がないかも知れない。

私はかつて笹澤さんの詩集「海市帖」を讀んで、この詩集の中心をなしてゐる「獻詩」や「彩られた影」の深く魂の沈んだ詩であり、眞實や純粋性の上から云つてもずつと卓れてゐるこれらの作品、事物を愛する精神を凝結させる傾向のものばかりを集めた「即物詩抄」等に非常に魅力を感じた。そして笹澤さんの豊かな愛情の流れ、ヴァレリイの「文學論」の中で云つてゐる言葉「極めて美しい文章にあつては句が浮び出て見え、心持がひとりでに解り、物體も精神化されて現はれる。つまり、言葉が、かの如何なるものを通過しても、また如何なるものにふれてもよごれずに發光と同じやうに純粋に殘るからである。」といふことが具體的に新樹の芽のやうに生々と輝いてゐるのが、私の若い心に強く波うつて來たのであらう。「海市帖」を讀んでから笹澤さんに會ひたいといふ氣持で一杯だつた。

昭和十八年、私は保土ケ谷の若い詩人、舟田晃一・佐野美智・功刀義次の諸君と詩誌を出さうといふ話がもちあがつたので、これを機會に笹澤さんに御力添へ願ふため手紙を書いた。すると折返し葉書を私たちは頂戴して非常な歡喜にふるへたことを記憶してゐる。

夏のある日曜日、横濱の港北區にある笹澤さんのお宅へお伺ひして、初對面の挨拶をしたのである。眼に痛い程の夏の樹洩れ日の射してくる小さな部屋で、セミの鳴き聲と風の輕快な音を聞きながら、大學の敎授といつた感じのする溫雅な風貌の笹澤さんと二時間餘りもいろ／＼とお話をした。

何よりも私を喜ばしたのは同輩の者と話をするやうな態度である。勿論、無意識のうちに行はれてゐるのであつて、其處には人間のいやな虛勢された面が全然ない。私の頭には簡單で複雜な「詩人だなア」といふ言葉がピンと飛び込んで來た。笹澤さんとたび／＼お逢ひしてゐるうちに、作品よりもつと身近かな笹澤さんを見出すやうになり、そして笹澤さんとお話するこの雰圍氣が病的な程わすれられないものとなつてしまつた。笹澤さんは私たち若い詩人には非常にモテルと思ふ。それは笹澤さんの周圍には新鮮な情熱がいつもひかつてゐるからである。

笹澤さんは自然の讃美者であり、「愛とは知ることである」と告白する愛の詩人である。その風格の底には都會人としての注意力の細かな、感情の細かな處がある。實に親切で、よく人の面倒を見る點、眞似の出來ない「人間笹澤さん」を感ぜさせる。匂ひのある品性は凜然たる高度な詩生活が強く物語つてゐる。

★現代詩人プロフィル

大江滿雄

橘田進

いつか音樂について氏の意見を求めた時「私はグレゴリアンの音樂が好きです」と言はれたことを記憶してゐる。俗樂器ピアノやヴアイオリン等の奏する音樂を好まず又理解できない！　と言ふ氏の言葉は、たしかに氏にとつては眞實かも知れない。

主題を附さない變奏曲のみを競つてゐる詩人の中にあつて、氏はひとりテーマのみを追求してきた。正面から第一義のもののみを求めてきた。側面的な變型の中に新鮮な美を見出さうとした時代の中で、性格的なものとはいへ、あくまで正攻法で押し通すことは、苦しいことにちがひない。

現代詩人集の「鷲」の序文で氏は告白する。

思想に血を求め、その高さ美しさを求めるあまりに狂氣と感じさを示したとしても悔ない。現代人である私が、世俗を厭惡し純粹なものより高いものをもとめるといふことは、あたかも皮膚から拔け出ようとするに等しいが、この矛盾だけが、私にとつて事實なのである——と。

才能にのみ賴り、詩だけを虐め、自分だけ無傷でゐようとする詩人の多い中にあつて、氏は自分を負傷させ、身を以て文學をしてきた稀な一人である事を私は信ずる。病苦と生活苦と、最惡の條件の中にあつてこゝ數年間の苦鬪を私は知つてゐる。推理と直觀をこめて、一見がむしやらに見える强行。すべてを背負ひ、すべての罪を矛盾を背負つて、鬼になつて文學をしつゞけるすざまじい苦鬪。そして、あくまで切り拓いて改革して行かうとする理論家としての氏。

氏のストイシズムはロマン風な甘美さも古典風な均整美も拒否する。そして詩「岩」にみるやうな堅いものをそのまゝ磨いて、黑光りのするやうな思ひがけない美しさを出すに到つた。近代音樂を思はせるやうな抑制美がそこにある。氏は一時日本的な閉鎖的な間接表現、剝脫の美を心がけた。だが、表現の抑制が必ずしも意味の抑制にならぬ樣に、氏の直接的な强制の響きを消すものではない。「こゝを通る人のなかに、心狂へるものあらば、その人のみたちどまり、わが歌をきけよ」と「碑」の中で、つき放した貴族主義をとる半面、どうしても近よつて行つて納得させずば止まぬと言ふ民衆的な親切さがある。

「まだ寡默であるときではない」と氏は言ふ。往々氏の作品が一般から難解の如くにみられるのは——開放的な直接表現になれない人たちが、正直な告白にあつて、かへつて嘘だと誤解するやうな——日本の時代年齡の若さの故かも知れぬ。

けれども私はゑがきつゞけるのです。
光の山を。
……（光の山）

「けれども」と言ふこの言葉が、氏の詩集でのリフレインだ。これは氏の性格的な執拗さを示すと共に、全く別な淡白さをも象徵してゐるやうだ。深尾須磨子氏は、氏を北歐風な悲劇性といつたが、私はもう一つ別な要素、南國風な豁達さを見逃してはならぬと思ふ。

病苦・貧苦の中で氏は叫ぶ、「不幸よ、災害よ、我に集れ」と。私はさう意識して了ふ所に南國風な豁達さと樂天性があるのではないかと思ふ。これは氏にとつては救ひであるかも知れぬが、文學にとつては必ずしもさうではないと私は考へる。

誠とは

更科源藏

誠とは尊きものと
いつ誰が言ひだしたのか
吹雪く森かげの草小舍の
母の膝にそれをきいてから何年にならう
時の流れにあの小舍はくづれ
母は遠く老ひさられ
ただ言葉だけが昨日のやうに殘つてゐる

淡い雪雲が野の上を流れ
幾ひらかの凍つた花辨をおとして空をすぎ
村道には風が竝木になつてゐる
そしてそのむかふに細い煙が見える
あそこでも
それからあの吹雪の幕に包まれた山のむかふでも
雪に埋れる家があれば
父や母があれば
幼い者は火をめぐつて手をあたため
大昔語りつかれたときのやうに
誠とはと誰かのいふ言葉に
じつと耳をすましてゐるやうだ。

赤谷村風雨

阿部一晴

なんちうこつた夜晝んみさけえもなしに
ずたんずたん降りやがるわ
上んからも下んからも雨ん畜生め
犬か鼬めが駈けつくらすんように
そつ齒あむき出して降りやがるわ

ごうごうなんてやさしげな音かよ
がらんがらんて音でねいけ
づしんづしんどしんて音でねいけ
稲あ水んおつかぶつてしまふし
畦あぶこわされつちまふし
上ん田からあ瀧んやうに水う落ちやがるし

下ん田ぁ下ん田で泥んかたまりみてにべとたかりやがるし

まんでおらあ足元が流れつちもうでねいか
よんべもねらんねい
ばんげもねらんねい
雨ん奴ぁ縦さ横さ勝手に吹きつけやがある
馬鹿めが
馬鹿めがあのあまつちよの馬鹿めが

こんげ降るんによもよも出たもんだわし
ほら　笠とばされやがつた
ほら　簑とばされやがる
まんでとんびみていにとばされやがる
こん雨風ん中に馬鹿めがよ

なにいこんげ雨ん風に負けてたまるもんけ
おらあ　いくら雨ん濡れてん
お天頭さをにらめつこすんまで此處ん立づてるべ

―七・一二―

蛾

――病床詩篇　その一――

伊波南哲

蛾が
私の病床にきて止つた。

私の郷里では
蛾のことを綾はべるといひ
その綾はべるがやつてくると

あの世の使ひだといつてゐる。

病んで臥つてゐると
綾はべるの靜かな息づかひや
何か、ひそひそさやいてゐるやうな
こまかい表情までわかるやうな氣がして
いやに神經がたかぶる。

また熱が出なければよいがと
掌を頭に當てながら
綾はべるをじつとみまもる。

中國の訣れ

池田克己

「上海の思ひ出」といふ文章を需められたが、今の自分には、靜かに上海時代を回想するやうな餘裕などなく、今日尙消息不明の、誰や彼やへの、狂氣のごとき感情を述べることで、せい一ぱいのやうである。

　私は新聞社の同僚と二人で、昨年八月五日、東京に向ふべく、陸路上海を出發した。南京では、津浦線に乘替への半日を、心平さんとウオトカを飲んで過した。すでに宣傳部を辭め、妻君と小さい子供を郷里に歸し、中學校へ行つてゐる二人の子供と、瑯琊路のもとの家で、男世帶をはじめてゐた心平さんは、少しさびしく見えたが、つい先頃出したばかりの「大白道」につゞく作品が、一冊分ほど出來てゐるので近々上海で印刷出版にうつす考へだといつてゐた。そして私の上京にひどく反對し「實は今『中國研究』といふ雜誌をはじめる準備をすゝめるのだ。たとへ戰局がどうならうと、或ひは戰爭が終らうとも、この仕事は永久のものとして、やりたいのだ。こいつを一つ一緒にやらうじやないか。是非このまゝ南京に踏み止まれ」といひ、「佗の持物を賣り拂つても君の飲みしろは何とかするよ」といつた。彼の一途な中國への情熱と、私に對して示してくれる氣持に對して、自分は深い感動を覺えぬわけにはいかなかつた。しかし尙「歸りなんいざ」といつた自分の決心はひるがへりやうもないのであつた。

　沖縄失陷後二ケ月。日本の都市は殆ど焦土と化してゐた。上海の新聞も、も早や大陸接岸作戰の事をいはなくなり、本土決戰の必至さが日日につのつてゆくやうであつた。そして豐富な物質にめぐまれた上海では、大した爆擊も受けず、戰を傍觀するやうな立場に置かれてゐた。本國の同胞は全員玉碎へ、そして生殘るのはわれわれ外地居留民だけかもしれない。そんな聲さへ聞かれるやうになつた。

「日本の死」から取り殘される。

　考へるだに怖ろしいことであつた。

せめて最後だけは自分の正常な位置――故郷の土で死にたい。

　いつてみれば、このやうな感傷のみに支配された自分の行動であつた。しかしこの事を、あくまで中國に殘留するといふ心平さんに語る氣にはならず「日本に戀愛問題でも起きてゐるといふのでなかつたら、君の上京は無意味だ。君は絶對に中國にゐなければならぬ。」といふ彼の言葉に應へようもなく、曖昧な、まるでずるくかなしい表情で、私は、やりきれないやうにウオトカの杯をあげてゐる心平さんを置きざりにして南京を發つたのであつた。

しかしこのやうな訣れをしければならなかつたのは、一人心平さんとの場合だけではなかつた。私の向ふにゐる幾人かの友の顔は皆、こんな訣れの中に浮び上がらせねばならないのであつた。

私が始めて上海の土を踏んだ昭和十四年ごろから、中國には急激に、まるで申じ合せでもしたやうに、文學ゼネレエションを同じうする連中が集まりはじめた。しかしこれはわれわれほどの年齢が負ふてゐた時代の中の、共通の運命であつたといふべきであらう。上海だけでも、「詩の家」「詩生活」の乘松信夫。「龍舌蘭」「文學會議」の黑木清次。小説の方の小泉讓、多田裕計、關屋牧、猛田章、月山雅。評論の阿紀正嗣。「鯱」の朝島雨之助、「詩と詩人」の中里廉。「詩洋」の八森虎太郎。「中國文學」の武田泰淳などが相ついでやつてきた。

そして必然のやうに、はにかみなくためらひなく、われわれは一つに結ばれ「上海文學」を創刊し、つゞいて別に詩雜誌「亞細亞」が出され、その他「大陸往來」「婦人大陸」「大陸新聞」等現地發表機關を含めて、實に夥しい作品が製作せられつゞけた。單行本としては乘松信夫詩集「大陸詩集」（大陸往來社版）草野心平詩集「大白道」（甲島書林版）私の詩集「上海雜草原」（八雲書林版）「中華民國居留」（太平出版公司社版）小泉、黑木、私の小説集「新風土」（大陸往來社版）等が出された。

思想は中國への信、感情は中國への愛。こんなところから、われわれの文學的日日は成立し充實してゐた。當然われわれの周圍には、いく人かの中國文學者が集まりはじめた。そこには民族を超え、政治を超えたゞ文學の夢といふ宿命的な紐帶だけがあつた。中でも私は詩人路易士の事を忘れることは出來ない。

かつて、自由思想家陳獨秀を中心として、この廣漠の原野にかゝげられた「文學革命」の炬火は、その後「文學研究會」「創造社」の運動として繼承發展せしめられたが、この近代文學への燃燒は、いつか餘燼も止めぬばかりに消え去り、文學は再びこの國の古い習俗である、仕官登用への方便としての「學」へ逆行し、その他は專ら、子女の玩弄的存在たる戲作と墮し、共に巧利の域に棲息してゐた時、路易士は、その新聞社の下級職員としての貧しい全生活をさゝげて同人雜誌「詩領土」を創刊し、老中國老文學への挑戰と、新精神の建設を開始したのであつた。（私の在支七年間に於て、非營利の同人雜誌は全く「詩領土」一つを見るのみであつた。）

菊判、ザラ紙二十頁前後の「詩領土」は、この國の文壇常識から、奇人の醉興、痴者の文學として惡罵と憫笑の中につゞけられたが、われわれは三段組のぎつしりつまつた夥しい詩の中に、われわれに共通する止むに止まれぬ文學精神の表情を見た。そして「一人の中の百萬人の中の一人」こんな言葉を私は眞劍に筆にしたのであつた。

「戰爭が終ッタラ、僕達はゼヒゼヒ東京デ會ヒマス」閘北の鐵路側の、上海事變以來崩れたまゝの煉瓦積の彼の室で、五寸巾ほどの板を渡した粗末な椅子に腰かけて、揚州生れの小柄な娘々した妻君が、四人の子供を遊ばせながら作つてくれる料理をつゝいて、彼が賽間三馬路の馬上候からわざわざ買つたきてくれた遠年花彫をくみかはしながら、彼が言つたこの何でもなぐるやうな言葉に、彼の斷乎とした意志を感じたのは、私が上海を去る二日前のことであつた。彼はその時、處女出版以來の詩集を、手元に一冊しかないものまでとり出して揃へ「日本デ保存シテオイテ下サイ」と言つて私にくれた。それらの詩集の發行所は漢口、長沙、貴洲、雲南、佛印、上海等であつた。中國の一つの積極的な情熱がたどらねばならぬ行路の嚴しさを、まざまざと見る思ひであつた。しかしこの大切な七冊の詩集は、後に記すやうな私のその後の奇禍によつて地團太の中に失はれねばならなかつた。

彼が顏をしかめ、身をふつて蛇蝎のごとく嫌つてゐた戰爭の終つた今、彼の最低生活は、今どのやうにして支へられてゐるであらうか。

生活と言へば、最近宮崎に還つてきた黑木清次のもたらした消息によると「上海文學」「亞細亞」の仲間たちは邦人集結區域の街角に「日向ぼつこの書店」といふのをはじめ、夫々の藏書や家具、衣類をはたいて食つてゐるといふ。（われわれのかつての文學的仕事は、重慶から歸つてきた新聞「辛報」誌上に於て、三日間にあたつて批判を受けたといふことである。）そして彼らは私の一足早かつた出發を案じ、絕望的な想像をめぐらしてゐるといふ。その私はやうやく生きて、しかも彼らより早く日本の土を踏んでゐる。私の事を案んじてゐる彼らが、まだ向ふで苦勞して生きてゐるうとを思ふと、私の感情は更にかき亂れ、いら立つのを覺えるばかりである。

話しはもとに戻るが、南京を出發した私達は、北京鵲雀胡同の、土方定一さんの家で居候となり、朱と綠と黃と紫の氾濫する古都の中に、しばし戰局をも忘れたやうな數日を過してゐたがその時終戰に出喰はしたのであつた。北京には藤原定さん、田村昌由「華北詩人」の人たちがゐたが、藤原氏は出來るならば、中國に殘留したいと言ひ田村は二月頃出產の妻君をかゝへて身動きのとれない狀態であつた。

私と同僚と、土方夫妻は、列車の運行してゐる內に、朝鮮まで出やうといふことになり八月十九日夕「中國戰勝萬歲」の夥しい傳單の貼られた北京驛を出發した。しかし終戰後の北支は、この頃やうやく混亂狀態を呈しはじめてゐたのであつた。自分らを乘せた奉天行列車は、北京出發後六時間のところで思ひがけない事故に遭遇せねばならなかつた。

滿月に濡れた北支邊陬の雜草の中に同僚は屍となり、私は又傷つき八時間の假死の時間を過した。そして路易士から贈られた七冊の詩集は土方定一さんの在支三年のライフワークであつた「支那彫刻史」「孫文と三民主義」の尨大な原稿や、私の數千枚のネガと原稿、私の肉體をのぞた他のすべてと共に雲烟萬里の方に霧散してしまつた。

土方夫妻と、遺骨を抱いた私は、再び北京、天津に戻り、三ヶ月の流浪の末、昭和二十年十一月日僑引揚第三船の員數の中に、くり入れられた。まるで思ひがけない、かなしく半端な中國への訣れであつた。

（昭和二十一年四月）

編輯後記

○今輯も、現代詩人のプロフィルの特輯を編む。現代詩のよりよき發展は、現代詩人の良心的詩作・詩生活以外にはない。それだけに現代のポープこれらの詩人に期待するところのものは大きい。

○尙まだ幾人かのプロフィルを掲載すべきだが編輯後到着したので次號に割合する。執筆して呉れた新人さ、描かれた本人も次號を期待してほしい。尙原稿山積で次輯になつた人々も多い。

○次號十月は一寸編輯プランを替へて、詩人の小説特輯號にした。文學でない小説がハンランする時、詩人が良心的に文學する小說、たさへ短章であるさしても、文學の指導的役目を果たすものと信ずる。寄稿を依賴した人々は左の通りである。期待していい。

○「詩人の小説に就いて」の評論を上林曉氏
安西冬衞・北川冬彦・葵山修三・江間章子・城左門・大島博光・杉山平一・山本敬生・淺井十三郞・北園克衞・堀口大學・西川滿・杉浦伊作山之口漠・野田宇太郞・岡崎淸一郞の諸氏と新人二三。

○十一月號は各系統の新人の詩作品特輯號を企畫し、尙今年度の總計算をもしたい。

（杉浦）

○ひとつの棒を持たない同人誌の存在は無意味に近いことは再參くりかへすさころであろ。今日詩の雜誌は五十幾册もでてゐるが社會のどのへんまでそのコンパスがとどいてゐるか甚だ疑問ではある。本誌へは各人各說各々の眞棒を用捨なくふるまはれることを希望する。然もその物言へは個人の個さ言ふより世界の個としてのにじみが欲しい。

○詩壇さば「詩」さ「詩人」の存在の總稱の世界であつてグループや組合ではない。然し今日、詩人たちがそうした意味のそれらの存在を否定するさ否さにかゝはらず、一つの組合聯合をもち詩人の手になる出版會社の一つ位ひを持つてジヤーナリズムの正しい在り方や又內にひそむものゝ正しい行き方を社會的に獲得する組織や方法をもつてもいゝ筈である。獨立や分立をもつてことたれりさする害を除くためには敗戰の認識から我々は世界の獲得にむかつて內に外に正しい組織と方法をもたればならないのではなからうか。

○紙の問題さ大衆の支持によつて雜誌をつぶさない程度に執筆諸家に報ひたいさおもつてゐるが、尠くさも「詩と詩人」さ合せて一萬部位の確たる面の建築まで今暫く切に御好意に甘へたい。

（詩と詩人社主人）

現代詩　第一卷第八號
定價　二・五〇　〒三〇

詩さ詩人社會員費一年五拾圓（分納可）
本誌並ニ「詩さ詩人通信」配布
廣告料ハ一頁マデ相談ニ應ズ
送金ハ小爲替又ハ振替利用ノ事

昭和廿一年八月廿五日印刷納本
昭和廿一年九月　一日發　行

編輯部員　杉浦伊作
浦和市岸町二ノ二六

編輯兼發行人　關矢與三郞
新潟縣北魚沼郡廣瀨村大字並柳

印刷人　本田芳平
新潟市西堀通三番町
昭和時報社・電話七三四番

發行所　詩と詩人社
新潟縣北魚沼郡廣瀨村大字並柳乙一一九番地
淺井十三郞
振替　東京一六一七三〇番
新潟　五二七番
日本出版協會員番號A一一九〇二九

配給元　日本出版配給株式會社

THE CONTEMPORARY POETRY

現代詩

散文特輯號

十月號

昭和二十一年六月二十日第三種郵便物認可（毎月一回一日發行）
昭和二十一年九月二十五日印刷納本　昭和二十一年十月一日發行　第一巻第九號（月刊）

詩と詩人社

十月號 現代詩 目次

散文特輯號

現　代　詩

十　月　號

散文特輯號

詩と散文の隷屬關係

萩原朔太郎

詩が散文の美學（散文精神）に隷屬する時、それは詩の滅亡である。だがこの逆、即ち散文が詩の美學（詩精神）に隷屬する時、必ずしも散文の廢滅を意味しない。なぜならこの場合には、散文がそれ自身の形式に於て、散文詩として成立することが出來るからだ。西洋でも、日本でも、かつて昔の文壇では、散文がそれ自身の美學を持たず、却つて詩の美學に隷屬してゐた。それ故にまた、西洋でも、昔の隨筆や小說等の散文學は、すべて皆一種の格調を帶びた擬似韻文であり、美意識を高調した美文であり、本質的に「詩」のジャンルに屬する文學だつた。散文が初めてその散文精神を自覺することで、詩の美學から完全に獨立したのは、漸く十九世紀末葉の新しい歷史にすぎない。それ以前の散文學は、すべて皆一種の散文詩（散文の形式で書いた詩）であつた。ところで今日の散文時代に、詩がもし散文精神に隷屬したらどうだらうか。この場合に、散文詩に對する詩的散文（詩の形式で書いた散文）といふものは成立し得ない。「詩精神で書いた散文」は存在するが「散文精神で書いた詩」といふものは考へられないからである。即ちそれは詩の滅亡を意味するのである。

（箴言より）

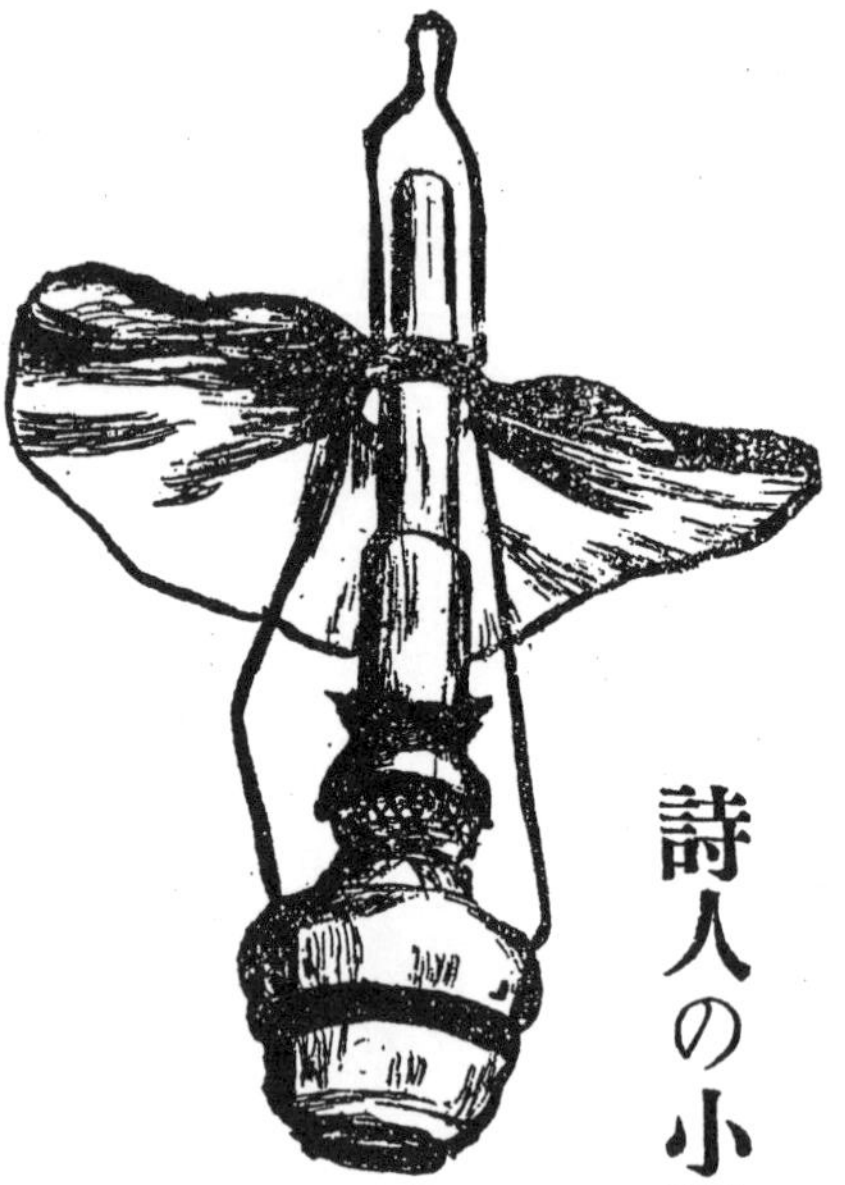

詩人の小説に就て

澁川驍

詩人の最も大きな關心は何に向けられてゐるだらうか。それは自然であるといつて差支へないであらう。人間の思想や感情や感覺を表現するとしても、大てい自然を通じて、あるひは自然に托してなされるのである。詩形が短かくなればなるほどその傾向が強くなつて行くやうに思はれる。和歌とか俳句とかがほとんど自然を無視しては成立しないほどの定式的な強さを持つてゐることは、その消息を示す一つの例であるといふことができよう。近代詩にはそれほどまでの窮屈さはないかも知れないが、それでもなほ自然の作品の中に占める位置は非常に大きい。これは詩における感動が非常に直接的で純粋な傾向を持つてゐるため　ひとりでに單純な對象へ注意が向けられ、複雜な人間關係などのやうな對象に向はないためであるやうに思はれる。この單純な對象が特に自然の中に見出されるのは當然なことであらう。また表現の形式が短いため、この限られた制約の中に最大な感動を盛らうとして、このやうな傾向を持ち來してゐるともいふことができるであらう。

とにかくこのやうにして詩人の眼は自然に對して絶えず鋭敏に磨かれてゐる。そのため詩人が小説を書く時に、この詩人としての慣性に左右されがちなのはむしろ當然の結果なのかも知れない。即ち彼の興味は小説においても自然から離れることができない。いやむしろかへつて自然への追求が執拗に熱意をこめてつゞけられたりする。こゝに詩情といふ特種の雰圍氣が形成される。と同時に人間に對する關心はこの傾向が支配してゐるかぎり強く意識にのぼつてこない。ところが小説の世界にお

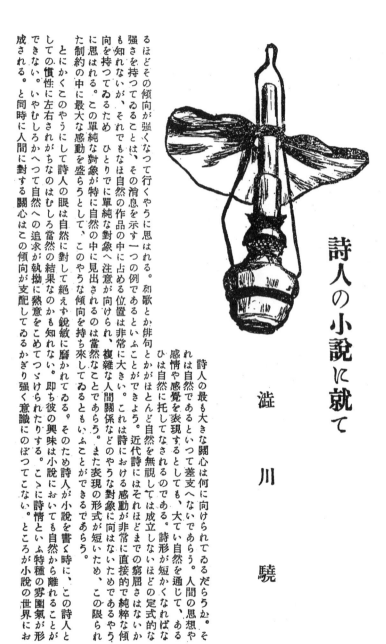

ける最も重要な要素となるものは人間であり、人間關係である。これが生々と鮮やかな印象をもつて描かれないかぎり小說の構築的な美は有効に形成されない。ではそのやうな區別がハッキリ存してゐるかといふと、さういふわけではない。それはむしろ文學的形式の長短、その生理的な効果からくるやうに思ふ。長篇の小說になればなるほど人間關係の動きは益々複雜とならざるをえない。また感動が詩の如く絕えず直接的であれば、その感動はかへつて煩鎖に退屈にさへ感ぜられてくる。そのためそのやうな感動も冷靜な客觀的な描寫の中に表現されて強い効果を發揮することになるのだ。

このやうな形式上の理解がなされてゐないために、詩人の小說はともすると、獨斷的な、自巳陶醉的なものになる危險性がある。それならば小說には詩が不必要かといふと、それもまたとんでもない話である。小說は人間關係を主題として追求するが、結局はその複雜な葛藤を通して、一つの人間世界の詩的境地を描いて見せるものである。いやむしろ小說の最高の階段は詩そのものといふことができるかも知れない。しかしかういふ言葉を使ふと、混亂を來すかも知れないので、このやうな詩を私は詩性と呼びたい。即ち詩性はあらゆる詩的要素の原型體といへるし、藝術性の中核ともいふことができるのである。しかもこの詩性の最高の獲得は、それぞれの文學形式の本質を最も有効に最大限に驅使したところに初めて可能であるのだ。たとへば和歌なら和歌の、詩なら詩の、小說なら小說の、形式的な特徵を充分に發揮したところに求められるのだ。

こゝで詩情と詩性とをすぐ混同してはならないと思ふ。詩情とは詩の中にある抒情的雰圍氣をさすものである。詩人の小說は多く詩情によつて染められてゐる場合が多い。その時詩情が豊かであるから、小說の詩性が高められるといふわけにはいかない。時には詩情の豊かなことと自體が小說の詩性を妨害することさへあるのだ。といつてすべての場合が常にさうだといふのではない。ある時にはこの適當な詩情の存在が、小說の詩性を光り輝やかせることさへあるのだ。しかしその場合は、詩情が小說としての本質的な形式を理解して、それに積極的な協力を示した時である。さうでないかぎりは詩情は徒らに小說を冗漫に退屈にし、ある時はそれを混濁せしめたりするであらう。

とはいへ詩人は詩の探究に憂身をやつしてゐるので、詩性に對する感受性は相當銳敏に發達してゐるべきである。從つて小說の制作にあたつても詩性に對する嗅覺は強いのであらうと思ふ。たゞ彼に困難なことは、人間觀察の眼と、小說といふ長い文學形式に對する忍耐的な勞作力であらうと思ふ。これを強く身につけるならば、必ず彼は小說の世界においても最も秀でた力倆を必ず示してくれるに違ひないのだ。外國の作家には詩人であつてまた同時に秀れた小說家である場合が非常に多い。私の好きな人をあげてもすぐカロッサやヤコブセンなどが浮んでくる。しかもこれらの作品を見てゐると、普通の小說家では見られないやうな強い精神の昂揚が作品の上に投映してゐる。そのために作品自體も清澄な、一段と高い琴線を奏でゝゐるやうな美しさを放つてゐるのだ。日本の詩人の中にもかういふ小說の書ける人が出てきてもいゝ時だと思ふ。いやまた逆に小說家自身もかういふ秀れた詩人にならなければ大きな發展は望めないとも私は思つてゐる。

（二一・八・一五）

喫茶日録

安西冬衛

一

六月忘日。南宗寺實相庵。

貴族院議員富田剛堂氏。黑正巖教授その他。

實相庵の門を入つた徑の甃。箏の皮が打水に濡れた飛石に散つて一片。仍ち「六月や竹の皮散る南宗寺」の句あり。又、「水口に止石二つ妓の出入」といふ無季の句を手帳のはしに殘してゐる。

この日薄暑。吉田織部つくる枯山水の庭の對して湊燒の茶わんに寄せ書などの興趣あり。掬すべき一會だつた。


七月二十三日。南宗寺實相庵。

山內の濠、旱のために涸れ、龜裂の入つた泥に靑き蒲が折れ敷いてゐた。

客。省略。

ふくとうの餡。かんぶくろのくるみ。土產に竹雲點のブリ〱籠。箱書、現南宗の「山中ノ竹ヲ以テ造之」云々といふ趣向。

方丈に伊達綱宗の三幅對。

當日の茶席の模様、一向覺え不申。なにしろひだるやうな溽暑だつた。


仲秋。谷和文平邸。

塑人I、美術館のF、日本畫家のH、漢詩のディレッタントY、左官屋さんで本彫に巧なM、薔薇つくりのN、火災保險屋さんのM・Hなど雅俗（?）混淆。多岐多面は主の性格をうつすアト・ホームな一會だつた。

最近手に入れた俵屋宗達の六曲屛風を拜見。

軸。慈雲尊者の「無事是貴人」。それが非道く達者に崩されてあり、讀みがくだらず、私に「羊羹人」と解讀して苦笑。所謂「小人利に曉るで」日頃喰心棒のお里がとんだところでバレる。

世話人H・O氏の口上で、配給の酒三合、黃瀨戶し古い德利で一渡り注がれて、あとは那智子さんのお給仕で小豆ごはんのたのしい會食。

谷燒の茶わんに月並の句を書く。

主、油土をひねつて余のマスクをいたづらしたが、中途で放棄。

席央ば、このほどの恙から恢えられた夫人も出て見えて挨拶。

電氣コンロ色紅き風爐。

蜜入の仲秋月餅。

月が昇つてゐるらしいが座からは見えない。

自分のうしろに探幽の雪山江渚の墨繪の屛風。

二

翌年の二月二十七日。古家太郎兵衞邸。

社會科學をやつてゐる息子さんの肝煎で。私達書生ばかりが堺の舊家を拜見旁々の茶會。

利休忌が明日といふ日で別室には利休の畫像に献茶がしてあつた。

高麗半司の井。

道安作の茶杓。

置熳爐の如き田久和蘭の手焙。敷物は黃色いブランケットであつた。

老いた白檀。蕨繩で結ふた袖垣。三條太政大臣。田能林直入のエスキース界浦八景を看る。

三

翌々年・月・日。三浦忠邸。

德禪寺のD和尙そのほか。

「壺中日月長」大德書の一軸。「日本もこの境涯を當分辿らんならんでせう」と云つた和上の言葉が長く記憶に尾をひいた。

カマスゴのからまぶし。

穴子料理。

眞田山といふ村雨きんとんで濃茶。

串にさした草團子など。

空には爆音があつた。

幾許もなくこの庵は一杯の土と化し、當日見た山本發次郎氏刊行の「佐伯祐三畫集」も亦焚えた。

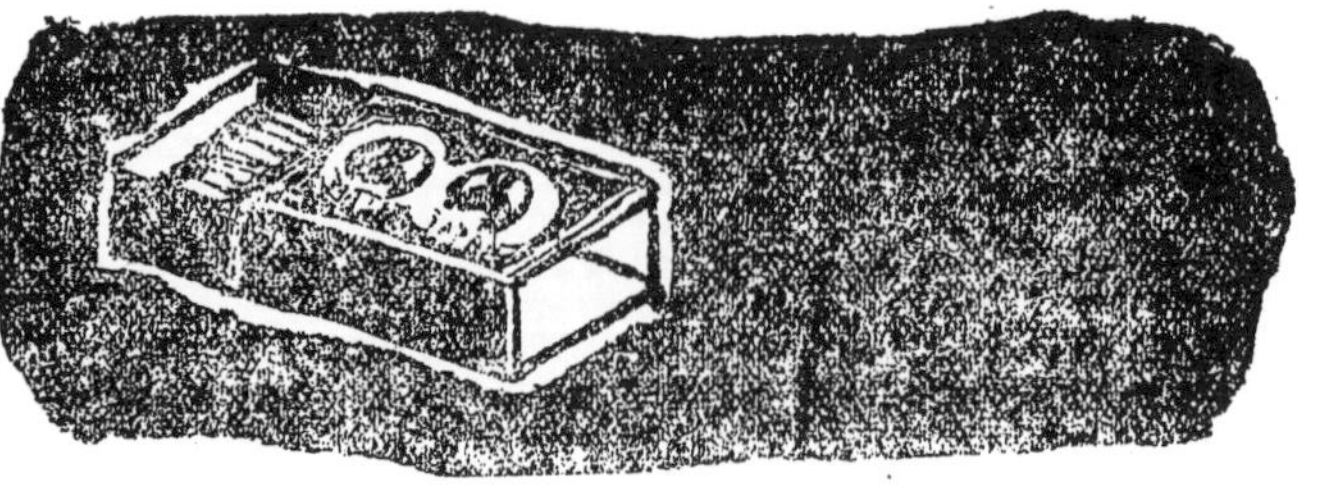

渡船場附近

北川冬彦

兩側に椰子の樹のあるアスファルトの舗道を、彼と通譯を乘せた自動車は、フル・スピードで走つてゐた。向ふには船着場がかすかに見えてゐた。それが、別にそれほど急ぐ必要もなかつたのだが運轉手の氣持をそゝつて急がせたのであらう。

ふと見ると、何か脊負つた苦力のやうなみすぼらしい男がやつてくる。右側を歩いてゐる。見る〳〵車とその男との距離は縮まり、車はその男を左側にして拔いた。とたん、彼は何か鈍重なショックを車から受けたので、振りかへつて後部のガラス越しに眺めやつた。彼は路上に横倒しに倒れてゐる人を見た。鈍重なショックはあの男によつて起されたのだなと思つた。今に、今に起き上るだらうと、瞳を凝らしてゐたが、起き上らない。起き上らない儘にその姿は忽ち小さくなり、一點となり、見えなくなつたと思ふと、車は止つた。川岸の船着場にきてゐた。

「見たかね？」「えゝ」。「參つちやしまいね」「どうですか。ひよつとしたら駄目かも……でも、放つときませうよ」。丁度渡船はやつてきて目の前にある。誰れも目擊者はゐなかつた。車にのつたまゝ渡船の上に乘り上げ向ふ岸へわたつてしまへばわかりはしない。しかしこの燒けつく熱帶の炎天の下では、あのまゝ放つて置いては、たとへ助かる者でも參つてしまふに違ひない。「引きかへして見ようよ」「よした方がいゝぢやないですか、面倒臭くなるから」。あの男が死んでゐた場合に起るさま〴〵な難澁、家族の愁嘆場をもち扱ひかねてゐる自分などが彼の頭をかすめ橫ぎつたがともかく引きかへして見ようと決心した。煙草をくゆらしながら何のことか判らず愚鈍な目付で彼たちの只ならぬ樣子を打ち眺めてゐたマライの運轉手に、引きかへすやうに命じた。

倒れた男の周圍には三、四人ひとだかりしてゐたが、彼たちが車を降りてゆくと。バッと却いた。その男は橫倒しに倒れたまゝでゐた。齒をくひしばり、紫いろの顏をしてゐる。駄目かなと思つた。彼は手首をとつて、脈を見てみた。脈はある。ひよつとしたら、助かるかも知れぬと思つた。彼はぐんにやりする體を反動をつけて抱へ車にのせた、彼の片腕にべつとり血のりがついた。すぐまた、渡船場へ向つた。舖道に血のりの黑點を殘して。街は川の向ふ岸にある。病院へ運ばねばならない。物見高い通行人に尋ねると病院はすぐ判つた。醫者は日本語の講習會に行つてゐるがすぐ呼んでくると、看護婦は云ふ。待つ間もなく醫者はきた。印度人の醫者だ。一とほり診て「大丈夫だ、頭にショックを受けたのだが、そのうち氣がつくだらう」と云ひそゝくさと出掛けようとする。講習會にひき返へさうとするらしい。彼は腕をとらへて引き止めた。床の上のマットの上に橫はつてゐる男を眼差で指しながら、「手當はしなくていゝのか」「看護婦に云ひつけてある」、もうしばらく醫者に居て貰ひたかつたが、それ以上とめるわけにも行かなかつた。

看護婦がきて橫びんの傷口を洗ひ、繃帶をして氷枕をそこに當てた。蠅がうるさく顏にたかつてきた。彼は、車の中に旅行用の蚊帳のあるのを思ひ出し、運轉手にとりにやらせた。

彼たちは警察へ行つた。事故のことを報告すると、マライ人の警官は現場へ連れて行つてくれと云ふので、また川を渡つて現場へ行つた。黑山の人だかりだ。群集を押しのけると、血痕は干上つて舖道にこびり付いてゐた。警官はその位置をノートした。舖道からの距離を卷尺で計つた。「これは、あなた方の責任ぢやない。右側を通行してゐた奴が惡い」。ずつと一言も言葉を發しない通譯が「よかつたですね」と云つた。「うん」。彼もほつとしたが、またしてもあの男は助かるかしら、とそのことが氣になつた。醫者は大したことはないと云つたがその通りだらうか。彼たちは警察へ引きかへした。「病院の費用は？」「こちらで持ちます、もうお立ちになつて結構です」。

ふと見ると、土間に大きなビクが置いてある。のぞくと、中にうよ／＼と鰻がつまつてゐる。最初彼たちの自動車の向ふからくる男が何か大きなものを脊負つてゐたが、これだつたのだなと思つた。車のあほりを喰ひこいつの重味でよろ／＼として車の泥除に頭をぶつけたのだらう。自動車の泥除けのところに丁度人間の頭で凹まされたやうな跡がついてゐる。「まさか人間の頭で出來た窩みではありますまい」と通譯は云ふが、彼は何故かさうに違ひないと思つてゐた。彼たちは病院へ引きかへした。その男は眞つ白な彼の蚊帳の中で身動き一つせず昏睡狀態で橫はつてゐる。蚊帳をはいで見ると、思ひなしかも知れないが、顏がほんのりと生きた色をしてきてゐる。これや助かるかも知れぬと彼は思つた。この男の枕頭には誰れも居ない。この男はどこの誰だかわからないのだ。彼は居たゝまらない氣持ちになつてまた警察に行つた。息切れした聲で「あの男はどこの誰れでせう？」「それがわからないのです。何の査證もないし、現場にゐた者どもに尋ねて見ても知らないのです。この町の者ぢやないやうです。そのうち目が醒めるでせうよ」。

彼はまた病院へ引きかへし、その男の枕元に蹲みこんだ。酷熱と疲勞とで目がくらみさうだ。この男の家族はどこにゐるのだらう。何とか知らせる方法はないものか、としきりに思はれた。物云はぬこの男がいぢらしかつた。老人だと思つてゐたがよく見るとまだ若々しい。

「もういゝでせう。行かうぢやないですか」と通譯に云はれて、腕の時計を見ると三時間ほどが過ぎてゐる。もう出發しないと途中は危險な夜になる。「うむ、この男大丈夫だらうね」「大丈夫ですよ。醫者が保證したんですもの」。

流石に、運轉手は猛烈なスピードは出さない。「引きかへしてよかつたですね。僕にはあなたのやうな眞似は出來ない」。彼はつぶやいた、「やれるだけのことをやつたまでだ」と。そして想つた、可哀さうな奴だ、こつちに責任はないと云つても身動き一つしない、家族にも誰れにも知らせようの無い狀態に不意に陷ちこんだのだから」と。彼は車の振動につれて、人間の存在のはかなさとその價値について思ひふけつてゐるうちに、いつの間にか眠りに落ちた。

出しやうのない手紙

——嘉村礒多さままいる　別れた女より——

杉浦伊作

わたしはこのとしになつて初めて小説といふものを讀んで、小説といふもののゝきだならしさに腹がたつて、腹がたつてしかたがありません。小説つて、いやしい人間が、人のことを惡しざまに書く作文なのですか。書く御本人は、マソヒズム（息にきいたのですが）とか、自己ぎやくたいで、腹の汚物をひきずり出し、煙草のやにをなめた蛙のやうに、胃腑をほして馬鹿面するのは、あなたの變態性慾で、あなたの御勝手、一向かまひませんが、相手として書かれた私として見れば、くやしくて、くやしくて、心の裡がにえくりかへるやうな思ひです。あなたは、マソヒストであると同時にサテイスト（息がおしへてくれました。）異性の相手を虐待して性慾的快感を感ずる變態性慾者とか。マソでサテ、世界中さがしてもあまり類のない痴漢で、下劣で、ひきやうで、りんきで、いやしい人間はゐないでせう。あなたが大嫌ひであつたY町の中學校の先生は、あなたのことをインテリ鬼熊だと申してをりました。こんな狂人のやうな男の相手にわたしが選ばれたことが、わたしの不運だつたのです。別離の當時、こんなにも惡しざまに書かれているとも知らないで、ひそかに、あなたを慕つてゐたかと思ふと、この五十面さげたばゝの心が狂ひさうです。あなたが今でも生きてゐるならば、あなたとちとせさんの藁人形を欅の幹に五寸釘で打ちつけ、丑のこく詣り、呪ひ殺しにしたでせう。靜まりかへつた心にも、時として、くさぐさとあなたの書いたものが、ふと心に浮ぶと、もう腹がたつて、腹がたつて、すぐにも、あなたの墓所をあばいて、馬の骨のやうなあなたの遺骨を、前のどぶ川に、馬糞になれ」と、けとばしてやりたくなりますよ。それでも、わたしの氣持はおさまらない。思ひ出しても胸くそのわるいのは、わたしの無學をさいわいに、わたしの知るよしもないところで、わたしをまつぱだかにして、俺の別れた女房はこんな奴だつた。だが、今の女房のちとせはと、やにさがつて、世間さまのまへに、ふいちやうなさつて、自分のおやりになつたことを意義づけやうとされる、ひきやうさは、まつたくもつて犬畜生に劣る人間ではありませんか。わたしも惡るかつたかも知りませんが、わたしは、ちとせさんのやうに、あなたにくつついて人の亭主を横どりしたやうなあしき行爲でなく、れつきとしたお仲人さんがあつて、あなたの兩親、あなた御自身が、私を嫁にくれ、どうしてもほしいと、わたしの家にお百度ふんで來たので私はあなたの家にむらわれて行つたのです。わたしが、お嫁に行くまへに、あなたが、「おまへ、わしのところにくるまへに、若氣のあやまちはなかつたかへ」と訊いて、わたしが「いゝえ、わたしはれつきとした處女ですよ」と、うそいつはり申してあなたの處に嫁入したならば、わたしはあばずれ女で、どうしようもない、惡い女でしたでせうが、今更なんというふことです。あなたは、その時のことを、小說に書いてゐる。それがちやんとした證據ですよ。

「さうして彼が（おまへさんが）十九歲の時、それは傳統的な方法で咲子（咲子だなんて、小說のやうな名にして、なんだね）との緣談が持ち出された。咲子は母方の遠緣に當つてゐる未知の女であつたに拘らず、二歲年上であることが母性愛を知らない（さう〳〵、子供の時からひにくれてゐたとやらで實母のおまへさんのお母さんもきらつていたつけ）圭一郎には全く天の賜物とまで考へられた。そして眼隱された奔馬のやうな無智さで、前後も考へず有無なく結婚してしまつた。」だがまあなんといけ圖々しくも、ようも、かう、しやあしやあと、お坊ちやんみたいなことが言へたものさ。十八や十九のにきび面の少年のくせに、ほんに考へて見れば、女房などがほしくもなつたものだね。わたしが嫁入り前に、すでに處女を失つていたとわたしをせめなさつたが、あなただつて、下女風ぜいとちゝくりあつてゐたではないかね。てれかくしに嘘だと云つても駄目ですよ。ちやんと小說に書いてありますぞ。

「お前あの賤しい峰の奴と犬猫にも劣る（ちやんちやらおかしいとはこのことだね。姦夫姦婦の自分のことを棚にあげて）猥がはしい振舞をやつてをつたんか。ようも俺を騙しやがつた。えーん、口惜しい」とちびの平藏（圭一郎だの平藏だのと、礒さんなんだね）が妻の身體にのぼり上つて額や頭と處構はず搔き抄るなり、半狂亂になつた大女の女房に胸先を突かれて彼は尻餅をついた。「あんたかつて口幅つたいこと云へまいがの。お竹に誘されてえゝやうなつた癖して。何かい、下女風情のものにうつけ拔いて」。それもこれもいゝとして、わたしの勘にさわるのは、自分だけがまるで淸敎徒のやうにふるまつてゐるが、ほんとに、おまへといふ人は、エゴイスト（小說でおぼえた文句だがね）で、ひとりよがりで大惡人だよ。そして、プロレタリヤ作家とかやらが、もつとも目の敵にしたプチブルとかいふ根生だよ。ほんとに、おまへさんみたいな奴は四十面さげたふんべつざかりでも峰さんに、横面をぶんなぐられなければ、生根のなほらないりんき者だ。峰、峰と峰さんこと惡るく云ふが、峰さんは今、ときめく縣會議員と云つて、わしが峰さんの女房になつてゐたらなぞと、小說家のお筆さきのやうな、ロマンチックな考へはもうとうもつてゐませんよ。わしは百姓ばゝでけつかうですよ。おかげさまで、二度目の亭主との間に出來たわしの伜は、よう出來おつて、嫁ごも感心なこでわしは後生安樂、おまへさんにのゝしられた者のことは、惡夢のやうに忘れて、孫の子守でもしますよ。はい。わしは、もうおまさんの小說だの、親の貧乏生活と痴話喧嘩を娘のくせに暴露した豊田正子の作文とやらは二度と手にふれもしませんし、讀みもしませんよ。小說つて、かうもきたならしい心の持主が、べろ〳〵と吐くへどみたいなものかね。あきれましたよはい。

黒

杉山平一

ピカソに青の時代といふ言葉があるが、人間にもその色の好みによる時代といふものがある。私は十八、九のころ黄色が好きであつた。不良少女が黄色の帯を好んだ時代であつたが、その時分の學校の校友會名簿の表紙に私がこの色を使つたのがいまも殘つてゐてなつかしい。また同人雜誌の表紙に黄色と鼠色を組み合せて自分ながらうれしくて仕方がなかつた。

しかし二十も過ぎて大學も了へるころには次第に好みがかはつてきた。大學にはそのころ建築科の學生で若くして逝つた詩人の立原道造がゐた。私は名のみで、どんな人物であるかはもとより知らなかつたが、あるひるやすみどき、文學部の事務所の前で、彼のぞくしてゐる同人雜誌の人の四・五人がたむろしてゐる中に一人、黒い外套を着た背のすらりとした青年がゐた。足元を見ると黒い編上靴の紐が全部ほごけたまゝになつてゐる。詩人といふものは何かだらしのないところがあるといふ傳說から、私ははつとして襟元を見るとTの徽章がついてゐる。まぎれもなく立原道造であつた。彼はよく私のぞくしてゐる美學の講義をきゝにきてゐたが、私とはちがひ非常な秀才であつたといふことである。「四季」といふ詩の雜誌の會合から、彼と話し合ふ間柄になつたが、彼はいつも黒い外套をきてをり、ときには黒いソフトをかむつてゐた。彼はあるときその雜誌に黑手帳といふ題名の文章を書いたことがある。獨逸のある詩人にさういふ題の手帳があるといふ書出しの不思議に美しい文章であつた。私はその黑の美しさをずつとあとになつてから感得した。

學校を出て憂鬱な就職難と、そしてもつと憂鬱な就職とが次第に私を灰色や黑に親しませた。

そのころすでに日支事變はおこり、町は電氣を消したり街燈をとりはらつたりすることが多くなつてをり、都會そだちの私も暗い家並に親しむことが多くなつた。慣れぬ勤めに疲れて歸る眞暗い道に、今更のやうに星空を感得した。私は中學生のやうに星の本を買ひ、その一年秋冬春夏の星の並びを暗記した。

夜がものゝ隅からはひ上つて行く有樣や、電燈を消すと闇が窓からどつと押しよせてきて都屋をうづめてしまふ有樣が見え早朝夜明けが庭の夜を拭ふてゆくのを見ながら勤めの早い朝食を攝つたりした。

高等學校時分のマントが靑春を象徵する華麗な旗のやうに思ひ出された。ある一年はレコードに凝りオーケストラよりも歌曲に溺れた。カサルスのにぶいセロや、暗き墓のほとりにといふやうなその題名の故の多くの歌曲が私をとらへて離さなかつた。シユーベルトの歌曲の數々と、レオ・スレザークのすゝり上げる歌ひぶりに醉つた。

西田幾多郎博士が私の半生は黑板に向ひ、半生は黑板を背にしたと述べるとき、はつとして黑板の美しさにうたれた。貨物列車が美しくなつてきた。操車場に何百と並んでゐるのにうたれた。悲哀にぬりつぶされた一日一日が貨車のやうに目の前をすぎるといふ歌をつくつた。石炭が美しかつた。暗い地底にたゝかひとることが、なにか自己探究に似て哲學的な感銘をさへそゝつた。黑い人力俥の驛前にうなだれてゐる姿體が私を誘つた。黑い蝙蝠傘を愛した。雨のふり出した夜の道に傘をひろげるとぼつり〱雨は傘の上に何かを語るやうであつた。黑い天は大きい。黑い私の傘は小さい、けれどもその黑い傘は天の言葉を支へる私の心そのものゝやうに思はれるのだつた。あるとき雨の中を家をさぐしあぐねて、やつと見付けた建物の入口でほつとしてずぶぬれの傘をたゝむとき私の靑春、私のずぶぬれの黑の時代をこのやうにたゝんで明るい建物の中に入つて行く自分を空想した。實際もうそのころ、さういつた色にとらはれるやうな年代を私はぬけつゝあつた。

かんいわし

田木繁

一、二月の交のことであつた。

一年中で、一番魚の取れぬ時期であつた。すべての磯の魚達は岩穴の中に、すべての沖の魚達は泥沙の中に、頭を突込んでしまつた。多くの廻遊魚達は十一月頃に南方の深海へ去つたまゝ、三、四月にならねばやつて來なかつた。

漁夫達はこの時期を、一年中で漁具直しの期間に定めてゐた。

長い間、一尾の魚も市場に出廻らず、一尾の魚も食卓にのぼらなかつた——それも無理からぬことであつた。

魚好きが言つた「かう長い間、魚にあたらぬと。身體中の氣力がへんに失せて、夕方になると眼の先がボーウとなつて。」がこの魚好きはいきなり。傍の男にどやされた。「何を言つてるんだ。これが都會地だつたら、野菜すら十分に廻らないんだぞ。野菜も丁度、冬と春の端境期になつてゐることだから。」

するとヽある夕方のことヽ一人のせいろ（魚屋用の細長い箱）を幾箱もヽ自轉車の尻に積上げた男が。村の入口の踏切のところまできてヽ呼んだ。「いわし、いわし、かんいわし！」私は未だ曾てこの男の受けたほど、大きな歡迎と言ふものを知らない。男達は野道具を投出したまゝ女達は竈の下を焚きつけたまゝとび出してきた。そしてめい〳〵に動物的な、何とも形容の出來ぬ聲を出した。一人々々爪先を突立て、摑みかゝるやうにした。

　しかもこのとき、かう言ふ男は一人だけでなかつた。そして、魚賣りの廻つたのは、この村だけでなかつた。おまけに、この騷ぎは二、三日も續いた。相當大きな魚群が近海に近寄つてきてゐることは、明らかであつた。

毎日、夥しい銀鱗が村の入口から流し込まれた。それは全く人々にとつて、夢のやうな事實であつた。

例の魚好きの男が言つた。「もう澤山だ。もうこれだけ魚を食つたら、いつ死んでも、思ひ殘すことはない。」

私は曾て、海岸地方を旅行したとき、聞いた話を思ひ出した。「時々かう言ふ事實がある。小さい魚の群が、鱶や鯨に追はれるのであらう。無數に沖から逃げてくる。無理押しに、海岸の岩へ身體を押しつける。後の者から押出されるために、前の者はいくらでも陸の上へとびあがる。こんな場合に際會するともう網を入れたり、兩方から取りまいたりする面倒は要らぬ。いきなり、船全體を島陰のところへ持つて行つて、舷を斜にして、桶でも何でも、手當り次第のもので、胴間へ浚ひこむ。」

私もおかげで、毎晩、たんのうすることが出來た。改めて、一尾々々、この魚の姿態に眺め入るのであつた。

それは見るからに、ズングリしてゐる。秋刀魚のやうに、スマートでない。そして、鯛やはまちのやうに味が淡白でない。

今まで、魚の中で、一番下等な魚とされてゐた。如何なる詩人も、曾て鰯について。歌はなかつたが、一體人々は、この鰯の味を十分に味つたことがあるのか？　そのブヨ〳〵と脂ぎつた、骨ごと、口の中でとろけるやうな。そして、誰が吾々日本人の國民的榮養の何十パーセントかを、この魚から受けてゐることを、否定出來るか？

鰯、鰯、鰯は讃むべき哉！

日本の國は有難い哉！

銃樓の女

西川滿

赤嵌樓の上にあがると、すぐ眼の前の太士殿をはじめとし宏壯な新舞臺、明の寧靖王が首をつゝた天後廟、それにあたり一帶の民家の屋根々々が、きびしい天日のもとに波のやうにうねり、はげしくいきづいてゐる。

二百年ばかり前の古圖を見ると、このあたりは淺い海で、牛車などが半ば車體を水中に沒しながらも、ものをはこんでゐるから、いはばこの臺町一帶の家々は、海變じて陸となつたところに出現した街なのである。

さう思ふと、高く低く、あるひは反り、あるひは曲り、朱に綠に、黄に碧に、きら／＼とかがやくこれらの甍のつらなりはまつたく幻の海の起伏といつた感じだ。

遠く帶のやうにひとすぢ、いぶし銀に光つてゐるのは、安平につらなる運河だが、河のほとりに白く、あるひは灰いろに點々と照りかへしてゐるのは、虱魚の養殖池である。數にしていくつあるだらう。地の涯は木麻黄のしげみで、海は見えず、いきなり天にくすんだみどりのけむりをあげてゐる。

そのもうろうたる荒地の一角に低い城門がひらいてゐる。こゝが臺南の市の西のはづれなのだ。汚辱と陰鬱と砂塵と。それは晴れた日でも、街ぜんたいが白つぽく荒れて、私はいつも傷のついたフヰルムの中を歩いてゐるやうな氣がする。

そしてそれはまた啞の街でもある。子供たちが細きれをふりまはしたり、纒足の老婆がよち／＼と家鴨を追つたりしてゐながら、それでゐて私には聲といふものが、まつたく聞こえないのである。

落花生から油をつくる大きな車が、歪んだ古風な仕事場の中で、齒車のやうにまはつてゐるのだが、奇妙なことに、これももの音ひとつたてゝはゐない。

かうした街のさ中に銃樓の家がある。家はさして高くはない。普通の二階家ぐらゐだが、家ぜんたいがコンクリートで掩はれて、二階には窓がはりに銃眼がいくつもあいてゐる。おそらくこの家のあたりはむかし海ぎはだつたのであらう。海から攻めてくる匪賊を擊ちしりぞけるために、この家の人々はそのつど銃樓にかけのぼり銃をすゑて、みどりの海に白いけむりをうち放つ惡夢のやうな場面をくりかへしたことであらう。

いま銃樓には、そのかみのいかめしい銃をもつ姿はなく、鉢うゑの紫陽花がさめた藍いろをみせてゐる。胸つまるやうないきぐるしさで、この場末の沈默の街をかけぬけるわたしは、紫陽花の藍いろを見ると、わびしい中にも、何か深い安堵の思ひをするのを常とした。

だが、そのころのやすらぎも長くはつゞかなかつた。こんどはそのあせかけた藍いろが氣にかゝつてしかたがない。誰もあの花には水をやらないのであらうか。わたしは苦しいほどかはきを覺えた。

ある日、雨がふつた。それはまるで車軸を流すやうな熱帶地特有の雨であつた。洋傘を持つ手までが、たゝきつけられるほどのはげしさ。甎をしきつめた街路はもちろん、どこもかしこもしぶきでけむつて、まるで白痴の腦の中にまよひこんだやうな氣もちだつた。

袖もズボンもしと／＼に濡れて、それでも待ちかねた雨にあつたよろこびに胸ふくらませ、銃樓の前まで來たとき、わたしは樓上を見あげて思はずいきをとめた。けむる雨しぶきのさなか、ふる雨をみつめて、ひとりの女が佇んでゐるではないか。藍いろの濡れた長衿はぴつたりと腰にまつはりついて、あらはに肌の弧線をゑがき、白蠟のやうに冴えた顔に一點、強く朱唇がほころんで、それはなんともいはれぬ疼くやうな一瞬であつた。

何をしてゐるのか、狂つたやうに濡れてゐるそのすがたを凄艶とも無慙とも、わたしはしばし我を忘れた。

ホテルに戻つてから、腦裡にうかんだその即象をスケッチ帳に再現しようとしたが、一粒の苺の實のやうな朱の一點だけが網膜にやけついてゐるだけで、藍いろの女の輪廓は、雨ににじんで消えゆくかのやうにおぼろにけむつて、花とてもしぶきとも、どうしてもつかまへることができなかつた。

ホテルのバルコンで、今宵わたしは、この街に住む學生から銃樓の家のことを聞いた。やはりこの家の一族は名のある貿易商の子孫ださうで、とりどりの由緒ある玻璃皿や陶器があの二階には飾られてゐるのださうな。昔日、どのやうに豪奢な生活が、翠帳のかゝつたあの部屋でくりひろげられたか落日の南支那海にむかつて赤い帆をはつた戎克が、いくたび船出のちやるめらを吹きならしたことか。わたしの空想は雲の湧くやうにあとをたゝない。

「それにしても、あの家には、すごいやうな女がゐるではないか」

と私は學生にいつた。が、學生は答へようとはせず、首をかしげた。

「瘠せた、さう……紫陽花に似て」

といひかけて、私は自分のことばに愕然として口をつぐんだ。紫陽花、あゝさういへば、雨あがりのあとのこの月あかりに、今宵、あの銃樓の家の紫陽花は、どのやうないろを見せてゐることか。

ホテルのバルコンは蒼白くすきとほつて、見わたすかぎり臺南の街は霧のやうにけむつてゐた。

解氷期

安彦敦雄

つばめのやうに男から男へと絶えず愛を求めてゆく女であつた。朗らかな癖に雨の日の好きな女であつた。

滅多に笑はない——笑ふと二つ靨の出來るのが悲痛な迄に愛らしかつたが、その頃七つも年上の彼女を私は無理矢理笑はしてはそつと靨に接吻するのが好きであつた。

その爲には冬の夜長を何か西洋の面白い譚りなどを語らねばならなかつた。

やがて冬中凍結してゐた河が次第に解げはぢめる頃が來た。

私の物語りには飽き飽きしたといふ風に何時か笑はない日が多くなつて行つた。

虚構の譚りを探し求めて日一日瘠せ細つて行く私にひきかへ彼女は何知らぬ新鮮な魅力をまき散らし〳〵、そして私の無理矢理の作り話しには耳を押さへて眞紅のスエーターで自轉車を乘りまはすのであつた。或日、美しい河添ひの並木通りで見知らぬ立派な紳士に衝突つて以來彼女は急速に私を離れ出した。それは悲しいことであつた。

河は何時しか文解（註）の儘滔々と流れはてキラリ〳〵波頭が躍つてゐる春であつた。ある雨の朝不意と出て行つたきり再びとは私の眼にふれる事は無かつた。

×

胡藤の强い芳香が街々に忍びよる頃であつた。それ以來堪え難い傷心を押さへて私は魚釣に心をまぎらはすやうになつてゐた。その日は夜來の雨に滔々と溢れ出た河勢の强い霽れた朝であつた。私の眼の前のかなり廣い支流にかけられた石橋の途中はすつぽり切り取られたやうになつてゐて、そこからは濁流が音をたてゝ渦きあふれてゐた。

あゝ危ないなあと思つてゐると、急に蹇々と馬車の走る音がした。

そこには女と見知らぬ男が坐つてゐたが、あつと思つた瞬間馬車は横しざまに反轉すると直ぐに見えなくなつた。

ごぼつ〳〵と異様に高まつた濁流に渦き流されながら見覺えのある女の草履がきり〳〵〳〵おどつてゐた。

註　文解とは音もなく河が凍結を解いて流れ出す事をいふ武解の際には終日すさまじい音響を發して氷がわれて凍結が解かれる

——大陸詩集より——

でつかい悲哀

増村外喜雄

ここいらの
ひとびとは
誰もかれもが
できぶつだつた。
　滿洲
　中國
　朝鮮
遠くビルマ　フイリツピンと
働き者の血を押しすゝめ
その
働き者の
左　百軒
右　百軒
あきないのまことと嘘は
あの天が知つてゐると
おもちやをならべ
玉ねぎの山をこしらへ。

あゝ
道行く人よ
夕ぐれ
ぶらぶらさんぽの人よ
あはれんではならぬ
おかどちがいのなさけはかけるな
油の匂ひや　カボチヤの群や
ごみごみとたてこんでゐるけれど
ここいら
一帶
――ヒマラヤの山脈がそびえ
――蒙古の風が吹きまくり
はたらく人の
まなこの奥の
奥のきはみに
　富士があり
　火が燃へ
日本が
のしあがり
あゝ

　（海外引揚露店商街）
ここいらは
でつかい人間の
笑ひ聲でふくれてゐるのだ。
ごつつい悲哀で
みがかれてゐるのだ。

邊土消息

——北川冬彦へ——

宮崎孝政

まなこすずしくみひらかれ、
やまにむかつて海をきき
うみにむかつて山をきく、
いまは　ひもじさもなければ
ひもじさに耐えかねた
こつじきのごときかなしいひくつさもない。

ふたつのまなこはやすらかに
はなをみれば花のびにうたれ
雲をみれば　そのながれにのつて、
いへをわすれ　つまや子のきづなを忘れ、
はてないせかいゆきかねない

このふたつのめは
いつたいどなたからのおくりものぞ。
ありがたきかな、このまなこ、
よるはともしびに、まごのてをかざし
うすくれなゐにすきとほるての
神々がつくりたまふたうつくしいまごのての
かあいい　のびのびとした運命をよみとり、まなこいまだおとろへもなく、
いきいきと光のなかにゐてよろこんでゐる。

湖畔に獨り佇てば

山中散生

湖水の底では
單調なピアノが鳴つてゐる
ド　レ　ミ　ファ　ソ　哀しくも
水面が斜めに搖れる

呆けた頭のなかの階段を
コツ〳〵叩きながら

曲りくねり登りつめる
ステッキもわづかに震へる

突如、音階を踏み外せば
極めて柔軟な光が一條
頭のてつぺんにすれすれて
小さくたなびき さうして流れる

すでに夜も更けたれば
水も眠れ 夢も砕けよ
たゞ湖畔の小徑のみ白く浮き上つてくる
ド レ ミ フア ソ 風もなく

廢屋の歌

寺田弘

赤くたゞれて
蠹のやうに
もう 記憶は還つてこない

瓦や 瀨戸物のかけら
そして
彈かれたやうな綠の色と

あゝ

鐵骨だけが
肋のやうにむなしく
さゝくれ立ち
風は默つて吹き拔ける

その高臺の廢屋は
何時までむなしく殘骸を
さらしてゐるのだらう

見渡せば
氣泡のやうなバラックが
さびたトタンに包まれて——

道路は
今日も空腹の行進で氾濫する

エッセイ

フラグメント

小林善雄

現在の詩壇にははつきりしたエコールがない。また國民詩とか郷土詩といつたやうな流行もない。こうした現象から、今日の詩壇には活潑な文學運動がないともいへるし、詩の價値を最後的に追求する意慾がない一種の無風狀態だともいへる。しかし一方、流行やエコールのないことは、詩壇が白紙の狀態にあり、一種の過渡期でもあり、それだけに新しい出發が內藏されてゐることにもなる。

※

詩は文化の頂點であるといはれるが頂點といふものは、底邊から遊離して存在するものではなく、底邊があつてこその頂點であることはいふまでもない。それであるから底邊である詩以外の文化の貧しさは、詩の發展に影響する。この點現代詩の環境は、きはめて悲觀的だ。

大衆の敎養の低下は、他の文化と同樣、詩の善惡を識別する力を低下させてゐる。そのため詩の價値標準が混亂するおそれがあり、退步的な詩が橫行する危險が少くない。

※

自分の能力の限界を意識した時、すぐにその枠をすてるか破るかしなければ氣がすまぬ人と、その反對に自分の枠を守りながら、擴げやうとする人と二つの型がある。

※

戰時中僕は〈モダニズムの性格〉を論じて、萬葉の詩は完成された偉大な文學ではあるが、現代に生きてゐる人間のものゝ考へ方や感じ方を充分滿足させるものではないといつておいた。そして少くともそこから新しい文學運動や改革が起るはずはなく、いかなる時代にも、またいかなる文學主張をもつものからも尊敬されるかもしれないが、現代人を最もヴイヴイツドに感動させることはできないと論じた。

永遠なる美術は、誰でも着ることのできるレデイメードの服のやうなものであり、しかもわれ〳〵の手を入れる餘地のない完壁の世界でもある。

外國への日本文學紹介も、この點に留意し、古典文學の批評は、世界文學の水準からなされることを忘れてはならない。

※

戰爭中、批評精神の最も缺除したものは國文學者であつた。

※

戰爭は文學を停頓させ、戰爭の終りに近い一年間日本に詩はなかつた。しかしその間詩人たちは考へることや感じることを止めてゐたわけではない。少くとも、新鮮な經驗や驚異にはことかゝなかつた。闇から闇へ葬るつもりの反戰的な詩を、ひそかにポケットの中にひそめてゐたであらう。これらが今後、地平線の上にどのやうに現れるらうか。

しかし反對に詩人たちが國民詩を書いてゐた時のやうに、戰爭中とは異つた「再建」とか「平和」とかの倫理や秩序に支配され、そのテーマに束縛されるとしたら、なんとおぞましいことか。

現代は昨日の續きだなぞと思つたらたいへんなちがひだ。意味ありげな老大家の二足三文の詩なぞ、軍靴のやうにすてたいものだ。

※

アバン・ギャルド運動を宣言した〈火の會〉には、畫壇・樂壇を網羅しながら、何故詩人は一人も參加してゐないかといふ疑問を屢々聞かされる。

これには二つの理由がある。

この運動の無思想性やバアバリズムは、かつて橫行したダダ派の詩人たちが通過したコースで〈火の會〉のそれとは全く同質のものではないにしろ、再びその過失をとり返へることは警戒しなければならない。これが內面的な一つの理由である。

つぎに我國の評論家の作家偏重や、作家の詩に對する批判力の低調さのため、詩壇と文壇とは沒交涉であるといふ現象的な理由があげられる。そしてこの二つの理由のほか、詩壇の內部にひそむ無氣力や、フレキシブルな活動力の低調さも考へられるのである。

いずれにしても、詩壇のダダイスムは單なる文學運動であつたが、〈火の會〉のアバン・ギャルド運動は一つの社會的な慾求であり、かつてダダイズムの通過した時代より、はるかに自然で必然的なコースである。

※

美術には主觀的な美術と客觀的な美術とがあり詩にもこの二種類がある。むろん詩の優劣を、この區別だけから判斷するのは早計だ。

客觀的な詩といふのも妙だが、このジャンルのものは、ポエジイのストーリー・テラーであり、テーマ小說に對抗されよう。テーマ尊重の詩やエピックでなくても、ヴアレリーのいふ高度な技術によつて、客觀的な感動を築きあげた場合もある。この場合は技術すなはち詩といふことがいへ、そこには磨かれた知性が必要だ。

主觀的な詩は抒情詩を連想するが、あながち抒情詩でなくても一篇の詩が單に個人的な感情でしかなく、詩としての感動にまで技術化されてゐなければ主觀的な詩といへよう。

個人の感動だけで、一つの頂點に達したものには、ボードレールやランボオがある。マックス・ジャコブはこれを〈寶石商の店先〉にすぎないといつてゐる。

☆現代詩人プロフィル

竹中　郁

能登秀夫

　竹中　郁氏に始めて會つたのはいつだつたらうか、おそらくさう二十年にもなるだらう。その頃、福原、清、山村順、一柳信二氏等の「羅針」や村野四郎氏の「旗魚」などに盛んに作品を發表してゐられたやうだ。

　當時私等神戸人の據つてゐた片々たる同人雑誌は如何に自負しても地方の文學青年の集まりとしか思はれなかつたが「羅針」は既に中央的水準に達してゐたやうで、それだけに何か近より難い存在のやうに思はれた。

　昭和六年、東京の學生々活を終つて郷里の人となつた吉川則比古、奈加敬三、池永治雄等と彼が「詩章」を起し、名古屋の「友情」京都の「麵麭」のグループと往來するやうになり、關西地方も急に賑やかになつた頃、詩話會、出版紀念會によく竹中　郁氏の整然たる姿が見受けられ、座が白けてくると氏のフランス土産の、詩の朗讀や、物賣の眞似などを聞かされた。

　私が神戸を離れたのが昭和八年、ある事情もあつてすつかり詩筆を挫け、神戸にも御無沙汰した次第であるが、氏の活躍は、新聞、雑誌で見られ、二、三の詩集も上梓されたが、「象牙海岸」は圓熟の最高頂を示しそれだけに世評も高かつたやうである。

　十二年振りに故郷の人となり彼が見出したのは何だつたらうか、爽やかな港の街は戰災で昔ての面影とても無かつたが、詩の世界は美はしく、竹中　郁氏は依然として健在でした。

　遠き日の人は散りぢりとなり、或るひは筆を折つても、こゝに氏の姿を見出したことは私ひとりの嬉びであらかう。

　相も變らない竹中　郁氏と言ひたいところですが、髪の毛はすつかり白くなり、面差しもすこしやつれてゐるのは、年齢の故もあり、長い戰爭の疲れや、特に戰災の痛手がきびしかつたのでせう。

　いちどお訪れしたことのある須磨の豪華ら住居は灰燼となり、藏書は殆んど燒失してしまつては何よりの苦痛でせう。いまは十一人家族で賑やかなことゝ苦笑してゐられた。

　神戸の文化人の集まりには必ず氏の名前が見出され、詩作に飜譯に、更に若い人達の手ほどきをやられてゐるが、私達にとつては本格的な大きな動きを見せてもらひたいと思はれる。

　こんど新しく結成された詩人集團「火の鳥」で一處に仕事をすることになり、阪神ペンクラブのメンバーとして共に動くことゝなつた。

　良かれ惡しかれ同じ土地で、同じ道を歩ゆむこと二十數年、その傾向を異にし、環境に著るしく隔りあるも私はいつも對照して絶へず勵み、自らの力の及ぼざることを痛感してゐる。

　近く氏の飜譯詩集の出るとのこと、仲良くいゝ意味に於て仲惡るく頑張りませう。

一九四六―六―一三

★現代詩人プロフィル

阪本越郎

川田總七

「暮春詩集」の跋に「文學者のうちにも逢つてすぐこれは詩人だ、これは小説家だと、ぴんと相手に解らせる人がある。また全く見當のつかない人もある。阪本越郎はいつも自分の詩人らしさで相手を承知させてしまふやうな型の男だ。自分でも氣付かない自分の特殊性を押し通してゐる人間は純粹といふ觀念を人に與へるものだが、彼の場合ほどそれがぴつたり當てはまる例をあまり知らない」。と伊藤　整氏が書いてゐる。「靈の衣裳」から「益良夫」までに到る十年餘の過程に、この孤高な明るい歎かひの詩人の日常の裏と表を覗き見ながら詩的にも、そしてまた私的にも僕は生れ付きの詩人といふものゝ貌に幾たび目を見張つたらう。あの雲と天使の初期から高調を示した散文詩集「暮春詩集」の悲哀と不幸の中に座つて樂しみながら、自分の氣に入つた世界を形づくつてゐた天賦の詩人の豐かな想像力の及ぼした見事な波紋は當時の若い詩人達を十分に刺激させた。

去年の六月頃か、或はもつと後だつたかも知れないが、神奈川縣の酒匂にお訪れした折も老松で圍まれた寓居に阪本さんは本を四、五十册積み重れてしんとして暮してゐた。狂氣じみた東京への往き來に僕は阪本さんの精神が傷みはしないかと疑懼したが阪本さんの眼は眼鏡の奥で澄んでゐた。何につけても動搖しない阪本さんの强靱さが僕には不思議でならなかつた。そして時折考へるのだが阪本さんの寫眞に現はれる誠實さとか、尖鋭な表情、端正な線が平常にはあまり現はれないで、さうした面が陰影を持つた寫眞にははつきりと現はれるのを、僕は寫眞に現はれるこのやうな面が書かれる詩の中に抽出されるのではなからうかと今でも思つてゐる。シアガルを愛し、アンデルセンを愛してゐた阪本さんの詩の秘密が案外こんな所にかくされてあるのかも知れない。詩の秘密はかくされてゐなければならない。その秘密のありかは深ければ深いほど良いと云ふのが普通の詩人の在り方だが阪本さんは全身が詩の秘密で蔽はれてゐる。豐かな詩魂で固まつてゐるといふよりも、それに抱きつかれてゐると言つた方が正しいかも知れない。酒田の暮しの時代に阪本さんは殊に童話的な雰圍氣に惹き付けられてゐたやうであつた。この間もアンデルセンの本がテーブルの上にのせてあつた。その時も新しい感性的な詩を求めてゐると云はれたが「暮春詩集」以來の沈靜した秀れた精神が再び醱酵活動を始め、いよ／＼感性の灯がこの天賦の詩人の精神に赤々と灯り出したことを僕は確信した。あれ程まで詩に取まとはれてゐる詩人の精神が想像の世界のぎり／＼まで展開しないといふことはないだらうし、素朴なそして純粹な詩法を以つて浪漫派復興の魁を爲すだらうと僕は買ひかぶりでなしに阪本さんの詩魂に信頼してゐる「偉大な詩人は何か永遠なものを持つてゐる」とテイルタイが書いてゐたのを、僕はこれを書きながらはからずも思ひ出した。

時評

新しい詩への走書

曾根崎保太郎

歴史の轉記線がこくめいに引かれた。日本の出發は新しき混沌の中から再びはじめられようとしてゐる。

ミリタリズムの騒音は絶え、廢墟の中に平和が還り、リベラリズムの微風がこゝろよく國民達の胸をひろげさせるので、新しい歌聲も期待出來る。

ポツダムの大卓子が叩かれ、不幸な日本の罪惡が解剖され、國民達は呪縛の砦から放たれた。然し生活の辻々に涸れた噴水の樣に立たねばならない受難の人らが多く、これら慘虐の餘波は中々終點へ達しさうもない。

かゝる運命の中で、詩も國家とゝもに一應再出發しなければならない。なぜなら戰爭中、精神尖鋭を利用されたゝめに、詩人達は花火師のごとく、いはゆる愛國詩・國民詩と銘うたれた即製品を、多くは無意味に筒に收め、羞恥の打上げをさせられて來た事實を肯定しなければならないから。

密閉された詩人達の憂欝は長かつた。然し藝術への生命の燃焼にかられて、かゝる不幸な風雲の中にゐながら、幾多の詩人達が、詩の純粹性や、美の探求のために、苛酷な鞭をうけながらも滾々とポエジイの地下水を流しつゞけ安價なテーマ詩を斥けて來たことに、共感のよろこびを禁じ得ない。

今やポエジイの醱酵が活動し得る條件が成立した。詩の再出發といふ文字は、新しい日本の詩の出發でなければならない。それは新生日本人の世界觀に通じ、世界文化に働き得る正統性に根基を置く出發でなければならない。戰爭に依つて逆行した日本詩の汚點は日本の歴史と共に塗りかへられなければならない。

創造的な思考の所產が詩人の正確な體驗を通じて表現され、そこに詩の正統も持續されねばならなかつたのに、詩の標的は錯覺の眼で、その方向が確立されなかつたのである。それが戰時中の詩の低迷の姿であつた。もつとも詩ばかりの姿ではなく、全日本の政治經濟、敎育、文化すべての救ひがたき疾患でもあつた。

さて自由の園は、罪惡史の終結とゝもにひらけた。然し僕らの糧は日々乏しく、ペンににじませるインクは淡く詩文を綴るに紙は騰く、今更ながら敗觸の悲痛にうたれるのであるが、そんな狀況の中で、辛うじて詩人的使命が虛脫から救つてくれるのである。戰時中混同され易かつたが、詩人的使命は決して國民的使命ではなかつたのである。詩人的使命は、まことに美しい平和な感性に萠え、永遠性の中に、純粹の灯をともしつゞけねばならないものである。その意味で新しい時代に、先驅しなければならない使命が詩人の共通感でなければならない。

今日非科學的なもの、敗北があつた如く、詩に於ても、無詩學的なもの、敗北は實驗された。それは詩のために詩が書かれなかつたことに原因する。詩人達が新しい精神活動の過程を純粹化し、詩自身の本質追求のために、深く思考を彫り、高く技術を練り、創造世界の表現に進むならば汚名の雪がれる日も遠くはあるまい。

科學は既に空想の對象を、あらゆる角度から實驗し原子時代を建設した。偉大な原子力の下で、科學の熱情は決して詩人の生長と無關係ではない。それは非科學的な生活をつゞけた反省から生活に科學も得なければならぬし、その新しい生活の設計に詩もなければ文化生活の跛行の發生も疑ひの餘地はないのである。全く科學は原子力から臺所の電氣マッチに至るまで、生存、生活に關りをもつ樣になつた。從つて新しく考察すべき詩の針路もこの科學文明の裏側であつてはならない。科學と竝び進まねばならない。科學と藝術の對峙の蔭で、人間達ははじめて平和な營みをつゞけ得るからである。

さて理想への途が嶮しい現在では詩は暗い環境の底で書かれる。暗い環境は詩人の精神に反射する。詩人はニヒリズムの虜になる。ニヒリズムは古い觀念の神秘や幻想を萎縮させる。萎縮された精神が、ニヒリズムの細い網の目をぬけて創造世界の空想に飛行しうるには時間的な忍耐が必要となろう。しかしそこに新しい精神の方向がありさうな氣がする。

又デモクラシイのポスタアが多すぎるのですつかりデモクラシイの上衣だけを著てしまつて、中身が空つぽな步行をつゞけるものもある。間違へられた衣裳の滑稽も本人が正氣ではやりきれない。そしてデモクラシイが自己納得に終つては困りものである。しかしこゝでこれからリアリズムが流行するであらうが、そのために詩から詩が奪はれる樣な危險があつてはならない。眞のデモクラシイは人間の本性へ向きなほり、やがてロマンテイシズムの結實へ種をまくであらう。詩人はあくまで美の探求者であるから、輕擧な流行調の殼だけを著る樣なことをしてはならないのである。

更に自由が詩人たちに復活した。考へること作ること、總てが新鮮な自由意識の虹を吐くことであらう。これから新しいといふ意味で、多彩な主張が擡頭するに相違ない。しかしどの様な意味を持たうとも、詩は藝術性の流域から去ることはならない。しかも詩藝術を通じて新しい日本の進路を示さねばならない。そこに新しい詩を書く詩人の生存價値があるわけである。極めて前衞的に、新しき思想のもとに詩學の堆積がなされなければならない。新しい世代に文化日本が建てられる日を獲得するために、詩の革新は先んじなければならない。生れるまゝに生れて來た詩人はない。詩學的體驗の活用が、どの道をどんな速度で、一番早く生長するかゞ問題である。そして日本文化の前衞となり得る詩が、世界文化へ追及したときに、はじめて眞の意味の新しい日本の詩の誕生があるのではなからうか。僕らはその距離るなくなす日まで、日々新に、日々更に新に詩の純粹性を擁護しつゝ詩の本質を討究しつゝ進まねばならない。新しき創造世界の住民權を保證される日の詩人達の光榮のため。

（二一・七）

同人雜誌主張 (二)

方向に就て

「新詩派」 平林敏彦

詩が文學といふ、あるひは藝術といふ巨大なピラミッドの底邊であると同時に、ぎり〳〵の頂點に位置して峻烈な思想の光芒を放たれねばならぬ意味を、果して此の國の詩人はどれ程の認識にまで深め得てゐるであらうか。大衆に詩が誤解され勝ちであり、詩が文學の狹少な一ジャンルに過ぎぬかの如き錯覺を起さしめるやうな悲哀を醸し出してしまつたのは何故のことであらう。此の奇形的詩壇の潮流は現代の詩人の無氣力と共に根強く、詩は文化としての社會的意義を確立する必然に遭遇しながらも倘昏迷を脱け得ないのである。

唯、否定と破壞と、酷烈な批判精神に基く己れへの闘爭を我々は開始する。我々は狹隘なこの國の詩壇を脱け、文化の研ぎ澄まされた尖鋭としての純粹な反逆を開始した。その仕事はまだ本格的に世に示されてはいないが、我々の志向する道は杳く未踏の天にその最初の宿業の火を揭げて、劇しく炎えさかつてゐる。この火は盡きることなき新生の劫火であり、我ら自身を灼く白熱の魂である。飽くまで前衞的なものとしての自覺と自負にもとずく運動を我々は强力に推進せねばならない。それは現實生活との關聯に於て時代思想の奧に基盤を有ち、現實の實體からゆりあげた詩魂の叫びである。

「新詩派」は斯る前衞體としての數十名から成る若い世代の結集である。我々の出發は、我々自身の斯くあるべき必然に發し、我々の魂は止めどなく文化の尖端に向つて突き進められるであらう。

編輯後記

○今輯は短篇特輯號とした。企畫に於ては、今少し華やかになる可きものであつたが、ぢみな編輯に終つた。然し作家側の澁川驍氏の「詩人の小說に就て」の評論と、各詩人の特色ある短篇を集めた。

安西氏は、往年の安西氏にかへり、安西氏特有の散文を寄稿し、小說家としても令名のある北川氏が又健筆をふるひ、田木氏も小說家としての散文、杉山氏は梶井基次郎の如き純文學、西川氏は臺灣に於て活動された文學運動を取り戾しての最初の作品、新人の安彥君には特に、散文詩を書いて貰つた。

○私は私で、散文詩とは別な面を出したく思つて、リアルなもので素裸になつて見た。あれは小說家のモデルにされた側の者の心境を描いたのであつて、あの女主人が云ふやうに、私が嘉村礒多の文學をきたならしく思つたり、小說を嫌ふものでなくて、寧ろ私は、心境小說家の葛西善藏、嘉村礒多の愛讀者であることを、明記して置く。誤解されても困る。あれは小說である。

○十一月は豫告の樣に、近代佛蘭西詩人の紹介に全頁をついやしたいと思ふ。佛蘭西詩壇から逐次各國に及びたいと思ふ。

○企畫の一つとして、現代詩を語る第二次座談會、女詩人をかこむ座談會等もある。不動しない本誌の讀者に感謝し同時に大いに期得にそむくまいと心懸けてゐる。（杉浦）

○讀者の本社編輯企劃參加〈前號發表〉は熱心な人々によつて非常に貴重な書信を得てゐる。誌上から厚く御禮申し上げたい。

本社によせられたる新詩人の作品はこれ又非常に多いが本誌本號に金澤の增村外喜雄君を推すことにした。（詩と詩人社主人）

十一月號豫告

近世佛蘭西詩人の研究

ジヤン・リシヤール・ブラック
ノワイユ夫人
ジヤン・コクトウ
ボードレール
ロートレアモン

☆アンケート☆
現詩壇人の最も好きな外國詩人と其の愛集誦詩

☆詩　評☆

昭和二十一年度日本詩壇の總決算

現代詩　第一卷第八號
定價三・〇〇　〒三〇

詩と詩人社會員費一年五拾圓（分納可）
本誌並ニ「詩と詩人通信」配布
廣告料ハ一頁マデ相談ニ應ズ
送金ハ小爲替又ハ振替利用ノ事

昭和廿一年九月廿五日印刷納本
昭和廿一年十月一日發行

編輯部員　杉浦伊作
浦和市岸町二ノ二六

編輯兼發行人　關矢與三郎
新潟縣北魚沼郡廣瀨村大字並柳

印刷人　本田芳平
新潟市西堀通三番町
昭和時報社・[illegible]

發行所　詩と詩人社
新潟縣北魚沼郡廣瀨村大字並柳乙一一九番地
淺井十三郎
振替　東京一六一七三〇番
新潟五二七番
日本出版協會員番號A一一九〇二九

配給元
日本出版配給株式會社

昭和二十一年六月二十日第三種郵便物認可（毎月一回一日發行）
昭和二十一年九月二十五日印刷納本 昭和二十一年十月一日發行 第一卷第九號（月刊） 定價三圓

THE CONTEMPORARY POETRY

現代詩

昭和二十一年六月二十日第三種郵便物認可（毎月一回一日發行）
昭和二十一年十月二十五日印刷納本　昭和二十一年十一月一日發行　第一卷第十號（月刊）

十一月號

詩と詩人社

十一月 現代詩 目次

近代佛蘭西詩人特輯號

マックス・ジヤコブ

堀口大學

僕等が世界のニュウスから完全に聾だつた間に、マックス・ジヤコブも他界してゐた。一八七六年の生れだから、齢に不足はなかつたわけだ。それにしてもいま、思ひ出されるのは、一九一〇年を中心に、モンマルトルの丘に榮えたボヘミアン生活のユウモアと感傷を詩に導き入れて、鋭い機智と皮肉な才能で、彼が近代生活の痛々しい諷刺圖をその詩作品に表現し、所謂立體派風な斬新直截な一家の風を樹立したあの當時の活躍ぶりだ。彼は歌つた。

火事は

ひろげた孔雀の尾の上に咲いた
一輪のばらですね。
また歌つた。

彼女の白い腕が
私の地平線のすべてでした。
また、また歌つた。

ベッドの前の鏡つき洋服簞笥
これは斷頭臺だ
罪深いわれ等二人の頭を映して。
ユダヤ人の血をひく彼が、一九一五年にはカソリックへ改宗し、

わたしの魂をなぐさめ得るは
ああ、ただに神の愛のみだ。

と歌ひ、その後は、僧院に籠つて、在家僧の暮しをつづけた彼だつた。どのやうな死に方をしたものだやら。いづれは、知り得る日も來るであらう。

ジヤコブが、近代詩と近代散文詩についてなした數々の發言は、今日依然としてその重要性を失はない。その一、二を左に摘記して、この東洋の聖賢とも一脈通する飄々として恬淡な風格の詩人をしのぶよすがとしよう。

＊

近代詩はあらゆる說明を飛びこえる。

＊

僕が「骰子筒」で用ひ、その後人々が模倣し出したやうな散文詩にあつては、その主題も、そのピトレスクも重要でないといふ點でアロイジユウス・ベルトランのフアンテエジイ（譯註。『夜のガスパアル』）とは異なるのである。この新種の散文詩にあつては、作者の關心は、單に詩篇それ自身、即ち言葉と、イマアジユとの調和及びそれ等の相互のそして不斷の呼應にのみ注がれる。詳說すれば、第一、ベルトランの場合のやうに、調子が一行ごとに變らない。第二、若し或る言葉、又は句が詩篇の全體にとつて相應しいなら、作者はその句なり言葉なりがピトレスクであるかないかとか、または詩篇の內容の筋に相應しいかなどは考へない。この爲の、意味が解らないと言つて、僕は非難された。散文の物語作者であり、强烈な色彩を持つロマンテイック畫家にしか過ぎないベルトランには、何人もこの非難は向け得ない筈だ。

ボオル・ヴアレリイ

佐藤正彰

ボオドレエル以後、少なくともフランスの一部の詩人にあつては、詩人とその藝術とについての觀念が、かなり根本的の變改を受け、從つて彼らが詩的創作において追求し、目ざすところは、その作品に直接現はれてゐるところ以上に、深部において、それ以前の詩的作品とは截然と異なつてゐるやうに思はれる、それは一言で云へば意識性とでも稱し得るものであらう。もはや「詩人は小鳥の如く歌ふ」（ラマルチーヌ）ものではなく、詩人は人間の如く、人間として歌ふことを欲する。たとへ詩人は巫女であるにしても、彼はもはや單なる神託の傳達者たるに甘んぜず、少なくとも自分の云ふところを自分で理解しようと欲する。神徠は吟味され、批評され、修正され、否定され、……要するに「神々の言葉」たる詩は、構成さるべきものとして懐抱される、詩人は素撲な詩神の寵兒といふ昔日の特權を自から放棄し、作爲する人として自覺する。ここにおいて、詩人は改めて、已れと已れが藝術のあり方について、各自已れに從つて、一切を疑ひ、再檢討し、反省し、すべてを已れが手でやりなほし、建てなほす必要を感じた。詩的藝術の領域において、詩人の內裡に大いなる價値の轉換が行なはれていつたのである。所謂フランス象徵派詩人の、數々の試みや、註釋、解說、理論、敎義、形而上學等は、すべてこの意識性乃至さう云つてよければ作爲性の現はれにほかならない。私は詩の近代性を何よりもまづこの詩人の自意識に見る。この意味で、一見して從來のフランス詩歌と判然と峻別される近代詩を確立したのは、いふまでもなくマラルメである。もしヴァレリイが若年の頃マラルメと相識らなかつたならば、「文學」はこの嚴密の愛好者に遂に救ひがたいものであつたらう。マラルメは、ヴァレリイと文學とをつなぐ、おそらく唯一の糸であつた。さればこの糸が斷たれると共に、偶然か、再び彼を呼びもどすまで、ヴァレリイは永い沈默に入つた。そして、もしマラルメの詩作が、詩がかなり正確な作業であることをヴァレリイに納得させなかつたならば、彼がはたして沈默のなかから、偶然の呼び聲に應じたかどうか疑はしい。もとよりマラルメとヴァレリイとは、人生觀も文學觀も、その資性がちがふやうに、ちがふ。マラルメにとつて詩は人生のすべてであつたが、ヴァレリイにあつては、詩は生涯の關心事であつたにせよ、おそらく最大の關心事ではなかつた。創造は目的ではなく、手段にすぎなかつた。詩に己が魂の救ひを見出し、そこに生の窮極目的を置いたのでもなく、詩人たることに己が天職を見出し、詩作に己が全生涯を賭す業を見たのでもなく、後世に立派な作品を遺す事を念願としたわけでもない。詩作は己が精神の一行使にすぎない。彫心鏤骨するとはいへ、彫心鏤骨そのものを愛し、いはばそこでもとを取り、結果としての作品は彼にとつてはもはや用の濟んだ糟であり、屢々いはれるやうに、これは「己が意に反しての詩人」で、彼にしてみれば、詩人になる必然性も、必要も、また希望さへも、すこしもなかつたのである。詩人であることは、彼にとつては、その他の凡百のものになり得る可能性のうちのひとつにすぎず、（そして何になつても結局同じことだと彼はうそぶくであらう）いはば詩人といふ骰子の目がでたにすぎぬ。いかにも詩人は彼のすべてであつたが、同時に、彼は單に詩人のみに止まつてはゐなかつた。偶然が彼を大詩人たらしめたのである。しかしながら、詩人としてヴアレリイの追求したところ乃至抱懐したところは、まさしくマラルメの衣鉢をつぐものにほかならず、ヴアレリイが「純粋詩」(彼はむしろ「絶對詩」と呼ぶことを好むが)と呼んだ詩歌の極限觀念、一理想は、マラルメによつてその存在を瞑想され、絶望的な刻苦を排ひ、萬難を排して、接近し實現しようと試みられたところにほかならぬ。日常の世界、散文の世界とは全く隔絶し思想も感情も意味も機能も、要するに一切が全然異なる目的と法則に服する、言語を以つてする、詩的宇宙の確立は、兩者に共通の「固定觀念」である。そしてこの遠くして險はしい理想は、ヴアレリイをして、傑作とか天才とかの如きあらゆる外的價値を否定して、無反省や放心を疑はせる幾多の傑作よりも、たとひ薄弱であらうとも、完全に作者によつて支配された一頁を選ばせ、意識を以つて最高の價値とする倫理學を採らせるのである。その詩も徹頭徹尾構成された、いはば極めて人爲的なものであり、機械のやうに整然と、精巧に組み立てられてゐる。一切は彼の支配下に服し、彼の紀律に從つて、絶對に逸脱を許されず、到るところに、作者の明晰な眼差しがきらめき、峻嚴な意志が鳴り響いてゐる。この詩人にとつて、「形式」は殆んどすべてであり、「內容」や「思想」や「題材」などは二義的のものにすぎず、語の音樂性に極度の重要性が附せられて、意味はむしろ輕視されてゐることも、詩を能ふかぎり散文から遠ざける意圖の歸結にほかならぬ。ともかくもヴアレリイの巧緻な詩篇は、その精妙な詩論と共に、フランス象徴派詩人たちの艱難と苦澁に滿ちた詩的探究によつて提出された問題に對する、一つの見事な解答であり、それとして一窮極を示すものである。今後の世代がはたして詩に何を求めるか、或ひははたして詩を求めるか、そこに一ヴアレリイの存在がいかなる意味と影響を持ち得るか、或ひは持ち得ないか、それらは知るべくもないが、少なくとも、フランス詩歌がマラルメ、ヴアレリイの系譜において、一つの到達點を見出したことは確かである。

ポール・ヴエルレエヌ

深尾須磨子

落葉ならぬ身をばやる
われも　かなたこなた
吹きまくれ　道風よ

悲痛の調べが期せずして脣にのぼるヴエルレエヌの秋、顧みて常識詩人たちの常識詩が相も變らぬ墮性をくり返してゐる日本の現在を思ふとき、この期に及んでなほ一人の異常詩人だに現はれない貧困さを、つくづくと考へて見ずにはゐられない。全く日本の詩人はこりこうな人間ばかりで、僅かに中原中也がランボウもどきの花火をかかげた以外に、眞に狂人らしい詩人も現はれなかつた。敗戰日本はそのなり死んでしまつてゐるのか、と疑問を投じるのは、何も最近フランスから來たジヤーナリストだけとは限らない。詩の雜誌が洪水の觀を呈してゐやうとも、そこに一人の革命詩人もゐなければ、破格的な一行一句も見當らず、すべては面白くない。ほんとに何もかも、黴だらけの詩壇、といつたやうなあるまじき概念を一擧に破壞するウラニウム的詩人よ、現はれよ、である。こんなことを言ふのも、正直な話自分にあいそをつかしてゐるからのことで、まる一年苦悩のどん底に喘ぎぬいたあげく、私はペシミストを超してもつと空の空なるものになつてしまつてゐる。

こんなとき、杉浦さんからヴエルレエヌについて書くように、といはれても、いたづらに郷愁をもてあますばかりで、筋のとほつたことなど書けさうにない。

ヴエルレエヌ、彼を一應過去のリリシズムと片附けて見ても、とにかくけた違ひである。この東西のけた違ひを埋めなすすべはないのだ。これは單に詩の上だけではなく、一國の相違、社會の相違である。

詩において〝まづ音樂〟を欲し〝色彩ならぬ色合〟を欲した彼ヴエルレエヌは、何といつても數多いフランスの詩人の中の最もフランス的な詩人だと思ふ。ドブユシイの音樂が多分に詩と繪畫の要素を有つてゐるやうに、ドブユシイをして幾多のすぐれた歌曲を成さしめたヴエルレニヌの詩もまた多分に繪畫的、音樂的であり、しかも〝まづ音樂〟を求めた彼ヴエルレエヌは、みづからの詩を惜しげもなく文學のジヤンルから音樂の分野に移轉させた。事實、音樂と詩は彼によつて合體したといふことができる。

ランボオとの邂逅が機縁となつて、彼が牢獄生活をおくつたといふ挿話などを、改めてくり返す必要はないと思ふ。とにかくヴエルレエヌを普通の常識人として律するやうな愚物は存在しない筈だし、彼が、我々よりも遙かに大人であると同時に、また遙かに子供であり、我々の持たない思想を有つてゐた、といふことについても、事新しく云々の要がない。

〝百年不出の大詩人ヴエルエレヌ、彼についてはいつかはフランソア・ヴイヨンに比較さるべき多くがあり、要するに彼の時代に於ける最も卓れた詩人であるとアナトオル・フランスもいつてゐるとほりの天成の詩人であり、從つて彼を正確に評價することは至難中の至難である。

世人が狂人扱ひにしたやうに、ヴエルレエヌは狂人であつたかも知れない。しかもこのあはれな狂人詩人は、一つの新しい藝術を創作したのだ。古來おりこうな詩人の身邊からは、どんなお伽話も生れはしなかつた。節だらけの杖にすがり、よちよち歩きをする老いた浮浪者、有名な牧神を想はすでこぼこの大頭に破れ帽子をのせ、よれよれの冬外套に貧乏書生の襟卷き、といつたヴエルレエヌの姿は、パリのカルチエ・ラタンに軒を並べるカフエにゆけばどんな時代にも、今日でも見かけることができるだらう。

病詩人、そして彼は無産者向きの施療院しか知らず、自身が告白したやうに數々の暗い經歷を有ち牢獄の苦を嘗めた。彼はたしかに一人の子供らしい浮浪者であり、その惡戯は普通の尺度では計ることのできぬ罪のないものであつた。浮浪と貧困、そしてサン・ミッシエルの橫町や、パリの一番みすぼらしい居酒屋で彼が飮んだアブサントがなかつたとしたら、我々はあの魂のどん底からにじみ出たヴエルレエヌの慾求と、悔恨と、異常な歔欷からなるユニクな詩に觸れることができなかつたにちがひない。と同時に、彼がもしも出發當時の質實な善き公吏の立場に終止してゐた、とするなら、彼の詩に於けるびかへめな感動は、おそらく破綻のない規律に慣らされ冷たい詩學派の型に捕はれてしまつたにちがひない。

一八九六年一月六日、彼はパリのデカルト町三十九番地の貧しい勞働者の部屋で死んだ。晩年の彼が、三脚の椅子やランプをはじめ、あらゆるがらくた道具を金粉で塗りつぶしたのも有名な話である。わが與謝野晶子が、「劫初より作りいとなむ殿堂にわれも黃金の釘一つ打つ」と歌つたやうに、彼ヴエルレエヌも期せずしてみづからその生涯を黃金の色合で飾らうとしたのかも知れない。

彼の時代に於ける最も卓れた詩人ヴエルレエヌ、神爲の詩人彼に對して、誰もが何ら要求すべき權利を持たない。といふのも、詩は時として、神爲の詩人に空虛な人生を投げださせ、むしろそれを犧牲にすることを好み、それを要求する場合があるから。

かくいふ私も、せめてヴエルレエヌの狂人ぶりの萬一にあやかりたいと希はずにゐられぬこの頃である。

ジャン・コクトオ小論

竹中郁

ジャン・コクトオを研究論材にせよと五枚の紙数で指名されたが、それは無理といふものだ。まづ、五枚ではかれの生ひ立ちと仕事のあらましをかくのにも足りない。かれが大した詩人か、そんじよそこらのお手軽詩人かは、これは後世の詩史家がきめてくれる。現在までいろいろ褒貶のある詩人で、ヴアレリイは「地の鹽」だとほめるし、ブルトンやアラゴンからは「似非詩人」といふ刻印を押されるし、大衆からは分らん寢言詩人といはれてるかと思ふと、フランス座にかかつた一幕もの「人間のこゑ」が絶讃を博するといつた工合。コクトオの作品はいつも二つの面をもつてゐて、まるでかれのかくデッサンのやうに、躰の左半分は背廣をつけてをり、右半分は素裸といつたところがあるのである。

それを氣障な野郎といつてしまへば、身も蓋もない。しかし、それがコクトオならこそと思へば自ら別な有難味がわく。まことに取扱ひも並々ならぬ手の込んだ詩人であり作家である。

ついこないだも、こんなことがあつた。わたしが繪かきによませる詩をさがして、繪に縁のある詩をコクトオの作のなかからさがし出して、解説をつけるべく、あれこれとよみ漁つてゐて、「セザンヌの家」と題する詩で一ケ所どうしても分らぬ處にぶつつかつた。隱語辭典やラルッスを引いてもわからない。とうとう神戸で知り合ひのフランス人二人を煩はしたが分らない。その時、そのフランス人がいつたのに「こりやフランス人がかいたものぢやない」とまで罵つた。「竹中さん、そんなバカなものよまないで、ヴアレリイやドレームをよみなさい」といつたものだ。

これを以てしても、コクトオのフランスに於ける位置づけがまちまちであることがわかるのである。しかし、わたしはコクトオがいかにも臭い氣障つぽではあるにせよ、その臭さその氣障つぽさが、いかにも巴里風に洗練された自由人の身ぶりとして合點いくのだから、やはり好きな詩人のうちに入るのである。

近年の作品は一向入手できないので分らないが、あのフランスを愛する心情、パリ生えぬきの「べらんめえ」が、ナチス治下にどうしてゐたか、はやく知りたいものの一つである。なんでも風の便りでは、南方へ逃げて愛國詩をつくつてゐたといふから、あの手のこんだ技巧を驅使して、マキの中へくぐつた脱走者のやうに、あるひは二本の釣竿をかついでドゴールとしやれたフランス人一流のシヤレつ氣で、さぞやかれ獨特の二重にも三重にも意味をもつた詩をかきのこしたこととおもふ。

コクトオは今年五十五歳、案外あくの抜けたさらりとしたものをかいてゐるか、それとも手品づくしのびつくり箱式のものか、かれの二面を考へあはすと、そのどちらでもあるやうな氣がするのである。

昭和十一年五月に日本へ來たとき、わたしは病臥してゐて折角の面晤の機を外した。おしいことをした。かれの全著作と自筆の繪なども集めてゐたが、昨夏の罹災ですつかり失つてしまつた。これも亦おしい。コクトオにどうやら縁がうすかつたといへるのではないかしら。しかし、わたしはいつも若々しく、しかもいつも傳統の尊重を忘れぬ態度は大いにコクトオから學んだものである。冒險のあとにかならず反省と掘り下げ、しかして進歩。そのフランス文化への寄與ぶりは、なかなかどうして、やはり相當な詩人である。かれの批評精神は、かれ自體を客觀視して、よく直寫する能力をもつてゐるのである。

ARTHUR RIMBUD 雜感

北園克衛

ヂヤン・アルチユル・ラムボオは一八五四年十月二十日フランスのシヤルヴイルに生れた。彼の父はフレデリック・ランボオと呼ばれる歩兵大尉であつた。彼の十六歳の頃から十九歳に到る短い間に素晴しい僅かばかりの詩と散文をのこして一八九一年マルセイユで死亡した。彼の少年時代の寫眞を見た人は誰もが彼の繊細な容貌に天才といふよりか秀才の面影を見るに違ひない。しかし僕はその事に就いて別に不服だと言つてゐるのではない。詩の天才は多くの場合秀才に何かをプラスしたものなのである。そしてさうでない場合に較べて遥かにさうである場合が考へられる。かういふ考へ方をもつて西條八十や萩原朔太郎の風貌を想ひ、我國の詩史の上に齎した彼らの業績を考へてみる。更にさうでない側に屬する天才たちの業績と比較してみる場合、すくなくともその何れの業績が詩の本質により嚴しく根ざしてゐたかが解るのである。ラムボオの詩についても、僕はさういふ見方に興味を持ち、さういふ點に彼の詩人としての血液の匂ひを感じる。しかし乍ら、若し彼をサンボリスト詩人として考へるならばその存在はボオドレエルやマラルメに較べて決して大きくもなく、偉大でもない。その思想は幼稚であり、そのアクテイヴイテイは屢々安定を缺いてゐる。にもかゝはらず、彼の存在は一條の燦光のやうに貴重な光りを持つてゐる。その理由はいくつかあるであらう。そのひとつは彼の天才的技巧と秀才的感覺のよき調和に依つて齎らされたといふ言葉を以つて表現してもよい。しかも彼がそんなに若かつたといふこと程に大きな理由は一つもないのである。この國の多くのランボオの紹介者は、あまりに誇張しすぎてゐる。一九〇〇年代のなかばを生きる僕達は一八〇〇年代のなかばを生きた少年ランボオから付加へられるものは殆んど尠いのである。

その人生觀に於て、その自由思想の嚴しさに於て・

海外の、古い詩人の作品や作者を考へる場合、僕たちはもつと嚴しく、且つ專門的であつてよい。しかるにこの國の多くの海外の詩や詩人のフアナチスト達は時間の推移や、時代精神の動きを無視して、彼の國の文學史家や批評家の言葉をそのまゝに擴大し、誇張し、宗教化しさへもする。勿論ラムボオが現代詩の發達に一つの革命家的な寄與をしたといふことを認めるといふ點に於ては異存はない。しかし今日の僕達にとつては既にそれらは驚異でもなく、偉大でもなくなつてゐるのである。

このやうな例はラムボオの場合と比較にならないとしても、宮澤賢治の場合についても言へるのであつて、カンマアシヤリズムと結んだ一部の「詩を語る俗物達」によつて、今や一人の善良な詩のアマチユアが偶像化されようとしてゐる如きも當然僕達によつて指摘されてよいスキヤンダルと言ふことが出來るのである。

一八七三年ランボオは彼の詩集 Une Saison en Enfer（地獄の一季節）を上梓した。この詩集はその後彼の手に依つて全部燒却されたと言はれてゐるが、一八九八年メルキユル・ド・フランスにより Oeuvresdn Jean-Arthur Rimbaud,（ジアン・アルチユウル・ラムボオ全集が編まれ、これには「地獄の一季節」と「イルミナシオン」Illnination が納められた。然しその後メルキユルはまた一九二九年（地獄の一季節）一九三一年（イルミナシヨン）を分册して、出版した。

彼の代表的な作品としては有名な「醉どれ船」がある。この最も長い一篇の作品のなかには彼のあらゆる才能が打ちこまれてゐる。その語調の强烈燦光を帶びた激しいイメイヂ、全體を貫いてゐるエキゾチシズム。假借なきイロニイ。そしてこれらは十九世紀の最も優れた文學的フアクタアであつた。一八七四年彼は詩作の筆を絶つて一八九一年に到る十數年間、アフリカ及び近東を行商人として歩いてゐたと言はれる。彼の後年の運命を豫言する作品としてもこの「醉どれ船」は興味深いものである。

ノアイユ伯夫人の浪漫的傾向

梶浦正之

浪漫主義に確たる定義を與へる事は至難である。それは特に佛蘭西近代文學の史的考察に於ける幾多の批評家が、その試みた研究資料に就いて見ても諸説粉々として明確なる回答を把持する事が出來得ない。この事は我々が普通ロマンチスムと稱してゐる十八世紀末葉から二十世紀初頭へかけての佛蘭西文藝思潮の一支流としての概念が支配してゐるからである。スタンダールが一八二四年に謂つたやうな浪漫主義とは各國々民に、各々の習慣と信仰との現狀にある最大の歡喜を與へ得る如き文學的作品を提供する處の藝術であるかも知れない。現代佛蘭西詩壇に於ける所謂浪漫派（エコール・ロマン）はジャン・モレアスやシャルル・モラス、レエイモン・タイエエド、ジウル・テリエ等すべて象徵派の一分野として展開されたもので、象徵派は頽廢派の末世紀的な感動の刺戟から既に分離してゐた事は確であつたが、あの煙れる心象の漂す隱喩の力なき連續、物情氣げな音樂に似た韻律、軟かい綿のやうな形式等々は時代的に明かに一支障を來たした。そうした反動として浪漫派が提唱された。第十九世紀前後に於ける文藝思潮としての所謂浪漫主義が古典主義の反動として出現した歷史的過程とは全く異つた傾向、これら一群の現代詩人は、文藝復興期の靈感と情熱とに生きんとする一つの手法として希臘、羅甸の明快なる表現を再生せんとした。この事は、むしろ古典への復歸と見做すべき一根據をも與へ得るし、亦、それは新古典派とも稱される所以でもある。

ノアイユ伯夫人の「昴」を目して、それが單にジャン・モレアス等と合著である故を以て之等一群の所謂浪漫派の詩人と斷定する事は多少の冒險であるかも知れない。

彼女に於ける浪漫の構成要素は生命の歡喜に自らの運命を托して、これを憧憬の標とする環境の肯定に向つて歌ふのである。

――お誘ひになつたのは、貴下ではありません。あの夜の風情なのです、あの夜が、私の胸を鳩のやうに張らしたのです。――

戀愛の讃美は當然の歸結として消えゆく青春への愛惜を伴はずには措かない。永遠の青春の把持者と謂はれたこの巨大な女流も亦――哀れなる青春よ、ひと日、「歡喜」と「戀」とに奪はれて、君と、君が夢、涙、笑、薔薇は、最早消えゆきてなし、そは何たる悲しさぞ、ひたすらに唯それをのみ望みしわれなりしに。――と人間的運命の必然的な時間の枷楔を嘆いてゐる。環境の肯定が自然の美觀への客觀性を需めてゐる刻、餘りに多才な、餘りに情熱的な稟性の所有者は浪漫の精神を過去の偉大な巨匠や優れたる民族の業跡に求める事に依つて自らの進路の一道標とする場合があり得る。このことが、新古典主義を齎す所以であらう。――死にゆく哀れなるフオオヌよ、汝が瞳にわが影を映せ。かくてわが回想を不死身の影と踊らせよ。――

彼女に於ける浪漫の情熱の烈しさは、自然觀照や紀行詩に就いて見ても、決して純客觀のスタイルでは納まらないのである。西班牙を展望する數々の細緻な風物の描寫を行ひながらも「地平遠く、わが腕を伸せば、かの燃ゆる土壤と紅き石榴の實に觸れ得よう」とか『わが身は現實、この佛蘭西のやさしき大氣につゝまれて、かの怖しき心に胸痛む』とか更に『聖かなる西班牙よ。今宵こそ、私はお身を望む、あゝこの堪へ難き心の亂よ。』といふやうな獨立した最後聯を與へる事なしには濟まされないのだ。これは次に掲げる「九月の果樹園」なる一詩篇、この自然觀照の作品に於ても同樣のスタイルが能く顯はれてゐることを見逃す解にはゆかない。

亦、別の觀點からの考察もあらう。例へば民族や人種の血の流にまつはる一普遍性、言葉を換へれば、血統的遺傳の特異性の抽象、さうした興味をそゝるのは、夫人の父がルウマニアの貴族であり、その母が希臘貴顯の出であつたといふ血族的關係であるが、これは他日の稿に讓る。

九月の果樹園

灼熱の陽の暑氣は地平線を籠めて了つた。夏の日の炎暑、手觸り軟かい織物。空氣は層を連れて重く隙間も見せない。烈しく機織る響のやうに蜜蜂の群は果物の香に噎しく喜び叫ぶ。妾はその蒸暑い庭の徑を過ぎ、綠に榮える葡萄の若芽出揃ふ畑のうねうねと曲る徑の極まる處へやつて來た。農家の戸口は開いてゐて、鍬、鋤、如露などが黄色の陽に光り、この貧しい農家の門の前の夕暮の光に横たはつてゐた。

妾がこの涼しい避世家の內へ歩みを入れたとき、果實の香がどんなに新鮮に鼻をついたことぞ。ふさ立ち止つて耳を澄ませば、冷えた圓天井の裏には微風もなく、あたりは蕭然さして、魂ののびやかさを感じた。これは恰も屋根の低い涼しい尼寺のやうであつた。また夏の匂が充ち流れる幽暗な地下室のやうでもあつた。庭さ水との放つ熱氣が此處に鎖されて憩ふ。あゝ寺院の靜寂、靜謐安息よ。

新鮮なる林檎の實は果樹園の群を離れて家の棚の上、空しい影のゆらぐ中に熟れてゐる。その酸ぽい甘い味は滴り、その香氣は水のやうにじつさ動かない。雜音遠き靜寂の中に鳴き飛ぶ腰細蜂たゞ一つ、狹き玻璃の四角なる窓の面に、黑點を描くのみ……。

おびたゞしい果實の數々の匂。それは藍色の大空さ薔薇色の土とを以て、かの炎暑の夏のつくれるもの。それ故、美しい果實の肉は黎明の大空の色を帶びてゐるのだ。身心淸き新らたなる歡喜、その匂、その光、またその流れ、大氣さ土壤の交射に生れた濃き液體、溶けたる砂糖、手桶の底より生れたるお身こそ冷たい臺の上の小さい神様であらう。木製の榴鐵製の鋤、綠の如露、おん身らの親しき匂の舞踊よ、おん身らの甘き輪舞よ、妾を巡れ。

あゝ、日暮れる毎に此處に來て、庭を造る手頃の道具、手籠、如露など側によりて、空想に耽れば、あゝわが若き日の回想ぞ浮ぶ。幸歌ふ啜り泣、心の底より來る。靜寂の來り宿る果樹園、その美しく穩かなる生活を妾はいま始めて見た、始めて識つた、また始めて悟つたのだ。おゝわが生命よ、最早、そのために燒かれた想念を棄てよう。

慾望よ、わが身心より去れよ。妾は十二の月々に鶲や駒鳥、大麥の冠衣の神々や、綠の額の夕燿や、氣高く優しくて、また美しく靜かなる女神ポモンの御手などに依りて、香はしき天空の晴れ渡る光とさもに踊らう。

―― 以上 ――

・アンケート・

1 近代フランス詩人のなかで如何なる人を最も愛されますか。
2 理由
3 其の愛誦詩集

○ 安西冬衛

1 マックス・ジャコブ
2 彼の造形精神
3 「骰子筒」

○ 喜志邦三

1 ボートレール、マクレイシュ
2 その永遠を貫くべき深さ、高さ、新しさに於て。

○ 佐藤正彰

1 シャルル・ボードレール
2 その意識性
3 「惡の華」

○ 笹澤美明

1 ボードレール
2 眞の藝術家である故に。そして作品の基調が愛である故に。
3 「散文詩」（村上菊一郎譯）

1 フランシス・ジャンム
2 フランス農民に憧れを持つ私は、ジャンムが田園を自由に美しく歌つてゐるから。
3 フランシス・ジャム詩集（前田鐵之助譯）

○ 壺井繁治

1 エミイル・エルハアラン
2 近代精神に透徹した健康な明るさと果實のやうな重量感。
3 「明るい時」「午後の時」「夕べの時」の三部作。

○ 大島博光

1 マラルメ、ランボオ、ロオトレアモン、ヴアレリイ、アラゴン、エリユアル
3 アラゴンの「ウーラ・ウラルー」、エリユアルの「自然の運行」など愛誦、譯出してゐます。

○ 梶浦正之

近代といふ廣汎な範圍ですと一寸名前だけを擧げるだけでも大變です。どれも愛すべき詩人でして、矢張、フランスではエエルレーヌの「メランコリア」「サジエス」などは、なつかしい感情と澄んだ魂を享け容れてくれますし、亦現代では消息は不明ですが、老大詩人のレオン・ポオホル・フアルグの「詩集」など豊かな聯想と音樂的な格律に樂しい風韻を送つてくれます。

　これは勿論、現在の自分の偏狭な嗜好からですが。

○ 菱山修三

1 ボオドレール
2 健全な理智家であつて、凡愚に倦怠し切つてゐましたし、精神と感覺の嘘僞の世界を剩す處なく剔つてゐますから。つまり、詩家といふよりも批評家といふにふさはしい仕事をしてゐますから。
3 「惡の花」

○ 竹中郁

1 ジヤン・モレアス
2 その美しさ、その均勢。
3 「レ・スタンス」
しかし、ほんとのところは外國の詩は分らぬといふのが、正直本當だとおもふ。

○ 安藤一郎

1 ボードレール
2 あらゆる意味の「近代性」を有するが故に。
3 「惡の花」

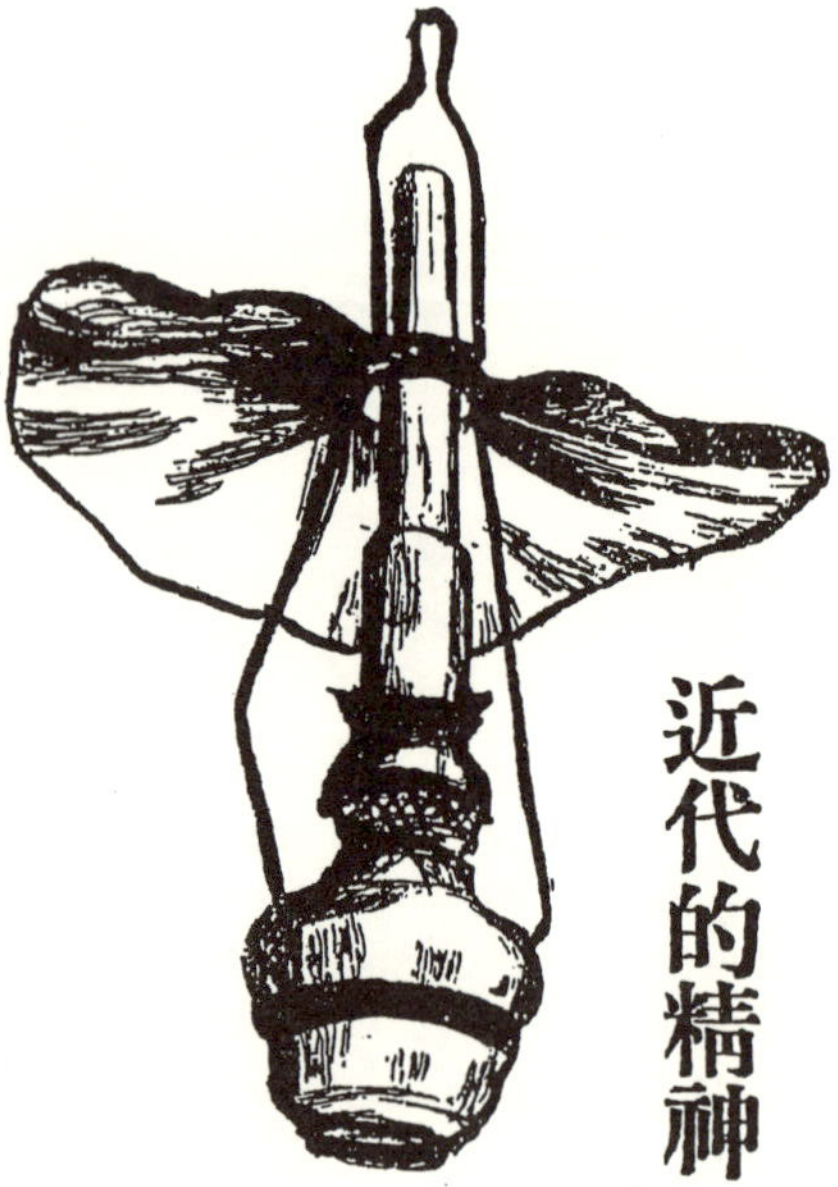

近代的精神について

壺井繁治

戰爭中の日本の詩は、ほとんどすべて、その發想も韻律も古風一色に染めあげられてしまひ、そこに近代性を探し出すことは、石ころの中から寶石を見つけるよりも困難であつた。日本の現代詩から近代性が影をひそめてしまつたといふことは、日本の現代詩人が近代的な批判精神を放棄してしまつたといふことを意味するものだ。

日本のこれからの詩人に何が一番必要かといへば、この失はれた近代的精神をもう一度われわれ自身の手の中に取り戻し、そしてそれから仕事をはじめるべきだと思ふ。

石川啄木は今から三十數年まへに、「時代閉塞の現狀」といふ論文の結びで、文學に批評を求めることを强調した。それは自然主義運動がその最初の旗印である、封建的な權威、道德、習俗などに對する批判的立場を放棄して、多くの自然主義作家が一種の諦念と神秘主義の世界に逃避し、そこに安住して所謂心境小說といふ日本獨特の小說をつくりはじめことに對する手きびしい批判であり、彼は「批評」によつて日本の文學が近代性に目覺め、人間生活の滋養にみちた血肉となることを期待したのであつた。

石川啄木と同時代人である高村光太郎は、「道程」一卷によつて日本の近代詩に特異な足跡を殘した詩人であるが、「道程」の作者高村光太郎が近代的精神に目覺めた一人の詩人として、如何に苦しい惱みと戰ひをつづけたかは、ここで詳しく說明する必要はなからう。ところが、彼も惡い意味の「日本人」になつてしまつた。すなはち「雨にうたるるカテドラル」のやうな精神の大建築物を日本の詩の中にうちたてた彼も、やがて「淸貧と孤高」の世界に逃れ、辛じてブルジョア的な俗物の世界から超越してゐた。しかしそれはあくまでも「超越」であつて、日本の半封建的なブルジョア社會が獨特に醸し出すところの俗物的雰圍氣に對する近代的立場からの對立どころか、日本の資本主義が侵略的帝國主義の性格を帶びて來るにつれて、それをカムフラージュするために當然必要とした中味のない一種の「精神主義」と客觀的には相通ずるものであり、彼の「清貧と孤高」の世界は、次第にその方へ傾いて行つたのだ。

私は日本のやうなこれまでの國柄において、一人の詩人が近代的精神を喪失乃至放棄した場合、どのやうな道を滑つて行くか、その美事な見本を、かつて私の尊敬した高村光太郎において見た。彼の戰爭中に書いた多くの詩篇は、悉く中味のない「精神主義」の上に立つての「悲壯」な叫びであつた。それは「道程」の中で、あれほど強くきびしい韻律をもつて鳴り響いてゐた近代的精神に比べて、なんと古ぼけた中味のない精神であつたらう。

今日、「民主主義」といふ言葉は、日本で一つの流行語とさへなつてゐる。猫も杓子もこれを口にする。天皇制を擁護しやうと必死になつてゐる者でさへ、これを口にして憚らない。しかしこれが近代史の中でどういふ政治的・文化的意義を持つた思想であるか、その眞の精神は何であるかを理解してゐる者は、それを口の端に上してゐる者の數ほど多くはないであらう。だから、いまだに日本では天皇制と民主主義とは兩立するものだ、などといふことが、白晝公然といはれるのである。しかし人々が「民主主義」に贊成すると否とにかかはらず、現實に日本に民主主義革命が進行してゐるといふことは、紛れもない事實である。この事實に對して、これからの日本の詩人たちがどういふ風に相渉つて行くかといふことは、これからの日本の詩全體にとつて重要な問題である。

政治と文學とはおのづから別のものであり、從つて詩人は日本の民主主義革命の進行などにはかかはりなく、詩さへ書いてゐればよいといふ風な考へ方をしてゐる詩人があるとすれば、彼は最早近代的精神とは無緣の徒であり、近代的精神に逆行して導かれた今日の日本の敗北の眞實の意義を理解することも出來なければ、まだその敗北から起ち上つて、日本を新しい國に再建するために、日夜刻々に捲き起されてゐる劇烈な、人間解放の戰ひの眞實の意義を理解することは出來ぬであらう。そしてさういふ詩人の手によつて作られる詩は、これからの日本の新しい文化の形成にとつてはマイナスとなるであらう。そしてさういふ詩人は、何かのはづみで日本に近代的精神を無視した野蕃なあの反動の嵐がふたたび吹きまくるとすれば、その權威に恐れて、みづからの頭をその前にひれ伏すであらう。日本の詩の世界にふたたびさういふことのないやうにするために、批判的精神としての近代的精神を確立することが、日本の詩當面の一番大切な仕事である。

われわれは日本のこれからの詩を眞に近代詩として確立し、再出發させるために、これまでの詩を新しい觀點から批判し、研究して行く必要があるであらう。そして近代詩確立のために前進したものとそれを阻んだものとを具體的にふるひ分け、それを詩の歷史の中に正しく位置づける仕事を、今日からにもはじめねばならぬであらうし、透谷や啄木のやうな詩人の仕事をもう一度考へて見る必要があるであらう。（一九四六年九月十六日）

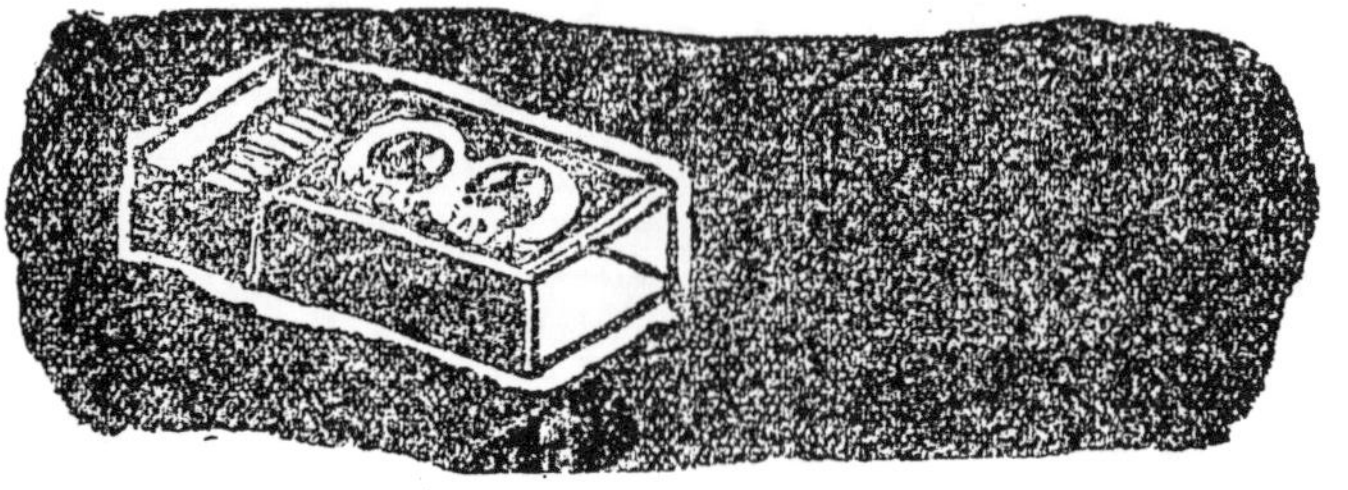

近代詩説話

北川冬彦

離陸

遥か飛行場の他端から對角線に吹きつける向ひ風の中で、エンジン・スターターをスタートすると、その全機を浚ふプロペラ後流の物凄さはどうであらう。二〇粁時風速と百粁時離陸速度の合速度に、一つ一つの枠組は必死になつて耐へはじめる。支柱弱線は必死になつて身を引きしめはじめる。この次第に増加する速力、速力をつきぬけ突進する速力はしかしながら止まる所を知らぬものであらうか？ 推力とともに増加する抗力、速度の二乘に正比例して増加する抗力。次第に機體の前方に壓力を高めて行く空氣の壁。この速度の増加とともに加速度の低下して行くのは何と云ふ矛盾であらう。推力過剰の減少して行ぐのは、何と云ふ矛盾であらう。して見ると加速度と云ふものは、常にかゝる限度を持つものであらうか？ 速度と云ふものは、常にかゝる一定速度に近づくものであらうか？ すばらしい速度の中で次第に私は靜止しはじめる。次第に私は身動き出きなくなる。だが正にこのときである。主翼に働く揚力が私を救つたのは。抗力とともに増加する揚力。翼前面に作用する抗力とともに、翼上下面に作用する揚力。遂に全備重量にまで達した揚力。このときである。車輪がその麻擦する地面の感覺を忘れ、沈んで行く風景を後方に殘しはじめたのは。

これは、田木　繁の「機械詩集」の中の一篇である。科學と詩の融合とか〻詩の中への科學の誘導とか云ふやうなことが稱へられるが、ときどきこの廿世紀の時代の風潮の上潮どきにこのことは近代詩にとつて無視し得られないことであることは云ふを俟たないところである。近代科學の精髓の集中的表現體である飛行機が詩の對象として取上げられることも自然の成りゆきであらう。

近代の詩の中に、飛行機の姿態やその速力を讃へる詩句は、しばしばこの邦においてもわれわれの見掛けるところであるが田木　繁のやうに、飛行機の外觀への讃歌ではない、飛行機の機能そのものをうたつた詩は、寡聞ながら私は知らない。ドイツの動物詩派のなかには、飛行機をうたつた詩人が幾人もゐたやうではあるが、田木　繁のやうな飛行機詩は見かけなかつたと記憶してゐる。と云ふのは、田木　繁は、飛行機の機械的な機能を正確にその詩において表現したばかりでなく、彼は倫理の物理學をもそこに表現し得たからである。この離陸といふ詩は人生出發の倫理を顯示してゐると、私は見るのである。

この詩が發表されたとき、あまりにも舊來の詩とは全く異る新しい詩の世界の提出であつたところから、殆んど人々は顧みなかつたが、私は感嘆してこの詩を吹聽した。昭和十五、六年のことであつたらうか。

この詩には、粉飾と云ふものが全々ない。必要にして充分な言葉しかない。抒情などと云ふものは微塵もない。たゞ理知の處理するところによつて組立てられてゐるばかりである。味も素氣もないやうでゐて、よく噛みしめると、そこには大きな感情がある。飛行機はもはや機械ではなく生きものとして大地と虚空の間に表現されてゐて、そこにはいはゞ宇宙の感情とも云ふべきものが漂つてゐるのである。近代詩のなかでも、最も近代的な先端をゆく詩であると私は思ふ。

誤解のないやうに付け加へて置きたいことは、私が田木　繁の機械詩を賞揚したからと云つて、機械そのものをうたふことだけが詩と科學との融合であると考へる者ではないことである。直接機械を取上げなくても、そこに科學精神の浸透があればそれで立派に詩と科學との融合の使命は果されるのである。

亞高山地

眞壁仁

頂上にちかづくにつれ
ことばがしだいに空嘘になる
一歩一歩のたしかなあゆみと
こころむなしい思惟とでせまるほかはない
とほい山々はますますせりあがつてくるし
谷はますますふかくなり
樹木さえ身をすぼめて
まひるもしづくをたらしてゐる
亞高山地のこの徑では
おまえもまるで
手のとどかない崖に咲く花のやうだ

存在の至上律は
さういふ崖のうえの石楠花や
路傍のいわかがみのはなにある
その位置
かたち
いろ
量
がみなきびしい時空の限定をもつ
ぼくらはたびびとにすぎない
時のながれはすみやかで
ぼくらは瞬時もとごまることができない
しかしおもおもしくまとつた虚妄の世界から
ぼくらの精神は解放たれ
愛念は純化され
ふしぎなちからにはげまされて峯にいそぐのだ

洋燈

大木實

夜更け船首と船尾に點つてゐる碇泊燈
その洋燈の灯は明るくはないが
雨にも風にも消えない
雨の夜は濡れながら風の夜は搖れながら靜かに燃えてゐる

船もひとも眠つてゐる
夜更けから夜明けまで
ひとり燃えてゐる洋燈の灯
その洋燈の靜かな炎を、幾たりのひとが知つてゐよう
けれど幾たりかのひとは知つてゐるのだ

私の詩も　あの洋燈の灯のやうに
幾たりかのひとの胸に點りたい
私の生涯も　あの洋燈の灯のやうに
幾たりかのひとのいのちに通ひたい

・エッセイ・

純粋の沙漠

鳥居良禪

僕らにとつて、非常に永い間、藝術の源泉はヨオロッパであつた。人々は知つてゐるだらう。フユウチユアリズム、キユウビズム、ダダイズムらの兇暴な旋風が存在した、かつてのヨオロッパを。新藝術への意慾が、清新な世界を求めて、沈滯したサロンの壁を破り乍ら、インドやアフリカに延びて行つたときその中心地はミラノであり、チウリッヒであり、そしてパリであつた。さうして一九三〇年のパリは、その最とも潑剌とした藝術家の街であつた。そこにはパブロ・ピカソ、ジアン・コクトオ、レエモン・ラデイゲ、ポオル・ヴアレリイ、エリック・サテイなどとともに、アンドレ・ブルトン、ポオル・エリユアアル、ハンス・アルプ、フイリップ・スウポオらが居た。これらシユルレアリストと呼ばれる一群の作家たちは、サムボリズムがやうやくその光彩を失ひつつあつたフランスに於いて、世にも鮮かな前人未踏の藝術のシステムを展開して行つたのである。

これらの仲間に、やがてサルヴアドル・ダリが加つた。彼はパリにやつて來たのだ。この妖しいスペインの血を持つた畫家を連れて、パリの街を歩いてゐたのは、若いパベル・チエリチユウだつた。これらのサアクルによる藝術運動は、次第に完全な開筒を成し乍ら、若返り方を遂行したのだつた。即ち、地中海をこえてロンドンへ渡つたのである。そして亞に、大西洋と印度洋をこえて行つたのである。

海を渡つたシユルレアリズムの種子が、アメリカと日本に於いて、新しい葉を茂らせ、輕快な果實を實らせてゐた時、戰爭の危機は全世界を暗くした。まもなくフランスの最も新しい美術雜誌「ミノトオル」は癈刊されてしまつた。それと同時にダリはチエリチユウや、若い前衛的な美術批評家ニコラス・カラスらと戰亂を避けてアメリカに渡つてしまつたのだつた。各國のアヴァンギャルドの間の友情は斷たれ、酷烈な戰爭の慘果を、僕らは身を以つて滿喫したのである。

一九四〇年以後の、日本の進歩的な詩人たちは、研究材料を奪はれた科學者のようなものであつた。そして僅かに、古典的な座標に依つて作詩したにすぎなかつた。この一時的な復古主義は、「さび」と「あわれ」によつて貫かれた思考の造型的把握に於ける僅少の努力であつた、と言へるだらう。敗戰に至る五年間は、かくの如き郷土主義の一應の成果をおさめるために浪費された、適當な時間であつたかもしれない。然し乍らそれは、正しく日本現代詩に於ける、最もスランプの時代だつた。

日本の最とも若いヂエネレイションに屬する詩人たちの多數は、いまやこの郷土主義の非常な影響の下に、出發しようとしてゐるように見える。そして更に、其の他の諸君に至つては、人生派的な黄昏の中に、コホロギの如く、はかなく唄つてゐるに過ぎない。そこには、ビキニ島のキノコ型の氣流も無ければ、電氣スウイイバアが、アブに似た羽音を立てる輕妙な朝の空氣も無いであらう。そして、チユウリツヒに於ける一九一六年の事件も知らずに、僕らのよき先輩たちが作つた「詩と詩論」の時代も見ようともしないで、枯れた赤茄子の畑を、過ぎて行かうとするのかしら。

僕は、卒直に警告しよう。この科學化された時代にあつて萩の垣根、バンブウの柄杓、らが果して如何ほどの興味に價するだらう、モスコオとニユウヨオクがダイヤル上のわずか一ミリの差にも足りない時に、コペルニクス以前の天國を說く說教者もないのである。今や「新しい」と言ふことのみが藝術の名に價するだらう。近代科學のワンダフルネスに匹敵する、新しい詩のシヤルムが、發見されなければならない。そのためには、新しい詩人のなかで、若し、ダダに還り得る人があるなら、直ちにダダに還るべきだと僕は考へる。即ち科學が不可避的に人類にもたらす所の精神革命の沙漠に、卒先して自らの文學精神をさらしてみるのである。そして、その徹底的な解體の後から生れ出る、合理的、法則的な、明快な科學的世界觀の上に樹立される藝術の世界へ、ふみ入つて行かなければいけない。

物質と精神とに關する課題は、現今最大の課題である。の課題に對する解析的努力を惜しむならば、僕らは永遠に東洋のホッテントットに止まるだらう。

そして更に、僕はそのような新しい詩と繪畫の繁榮の土地としての、アメリカを考へてみるのである。新しいセオリイが、直ちにスラングとなつて街に流行して行くアメリカ。そしてダリやストラヴインスキイをめぐつて、多くの若い精神と、優秀な科學上の作品にみちた生活のある都市を。ひとは或はアメリカに於ける、哲學的傳統の貧困の故に、それを信じないかも知れない。然し傳統は、時として進化に對してブレイキとして作用する場合だつてあるのである。今後の新藝術の中心地が何所であるか？　それは全く未知數であるが、少くとも、今後四分の一世紀のアメリカに向つて、僕らは注目を外らすことは出來ないだらう。

「アンケート17頁より」

○　乾　直　惠

1. レオンポールファルグ
2. 美しい詩描寫に學ぶべき點あり。
3. かつて「詩と詩論」で淀野隆三氏が紹介された作品以外に愛誦詩集を知らず。

○　小　野　忠　孝

1. アルベエル・サマン
2. 奔放で甘美な戀愛詩を持つ詩人なるが故に。

○　失　名　氏

1. ボードレエル
2. 彼の心や肉體の絶望は、死の直前に始つたのでもなく、死に終るものでもない。生への赤裸な告白書でもあつたから。
3. 「散文詩」（村上菊一郎譯）

○　安　彦　敦　雄

1. アルチユウル・ランボオ
2. ランボウのあの恐るべき生活態度こそは詩精神を押しつめて行つたぎりぎりの底の底にほかならない。私はランボオの詩精神を生命賭けて愛してゐる。私は彼の認知の中に私の醜い自己嗜虐を見出して絶望する。詩精神の本體にぶつかつた時こそ詩の形式は永遠に見失はれるといふ悲痛な宿命を私は信ぜずにはゐられない。
3. 「地獄の季節」　一卷

現代詩人プロフィル

安西冬衞氏の横顔

井上　靖

本稿の執筆に當つて、一體「軍艦茉莉」の詩人に最初會つたのは何時、いかなる場所であつたらうか、と思ひ返さうとするが一驛前の溜にびつくりするほど巨きい他國の星が澄」んでゐる大陸の背の口の小さい停車場で、極りない悲哀を冷嚴に計量してゐる作品の中の安西冬衞氏の姿のみが、眼にちらついてくるのである。それを追ひ拂ふと、今度は休暇で若い學生の影もない大學の留守に、或晩の午前のひと時を「所謂憲兵的重質量感を盛つた語彙に象眼されたゲルマンの莊重な法文をノートして」ゐる同じく作品の中の、この詩人の姿がはつきりと眼に映つてくるのである。

それほど安西冬衞氏は作品の中に生きてなり、それも隙ほども動かすことのできぬ科學的正確さで、自分の姿を作品の中に見事に凍結させてゐるのである。「軍艦茉莉」「渇ける神」「大學の留守」等の秀れた詩集の多くの作品の中に、いかにその本質的なプロフィルをはつきりと彫りつけてゐることか。考へてみると怖ろしいことである。もはや氏について語るべき何ものも殘されてゐないのだ。端然な氏の性格、その敦厚な人柄、驚くべき博識、氏の俳句、氏の趣味、あるひはあの癖のある楷書の字體の潔癖まで　その悉くが既に氏自らによつて、作品の底深く鋲のやうに打ち込まれてゐるではないか。作品の中に見る極めてリアルな氏の横顔に、徒らに何本かの髯を入れるに過ぎぬ愚かな役割を迂濶にも引受けてしまつたことを、私は今更に滑稽に思ふのである。

私はこれまでに新聞記者として夥しい數の文學者や藝術家に面接してゐる。會ふ事が過去十年間の私の仕事であつたのだ。私はたれに會つてもつとめて事務的に新聞記者としての仕事のみを遂行しようとする。少くともさう心掛けてきた。要らぬ疲勞から自分を守らうとする悲しい習性をいつか身につけてゐるのである。併し例外として極くまれにさうした事務的な自己沒却的な態度から、否應なしに立ち上らざるを得ない少數の人を知つてゐる。安西冬衞氏もその一人である。いゝ加減な氣持でその前に立つことも、言葉をきくこともできないのである。

古武士のやうな重厚精悍な氏の印象は極めて美しい。氏の肉體は常に周圍の空氣を彈いてゐる。何ものかに抵抗し、抵抗されてゐるのである。おそらく何ものをも認めないであらう傲岸な、とでもいゝたい峻しい精神の張りは、その肩に一番よく現はれてゐる。これはいふまでもなく、氏の詩心を刺戟するあらゆる事象や思念をもそのまゝでは悉く否定し、氏の卓抜な知性と感性が選擇するそれらの持つ最も本質的要素によつて、あらたに空間的、時間的に再構成せずにはゐられぬ世にも美しい不遜な了見を抱くことに根ざしてゐるのであらう。詩人である限り氏はあらゆる周圍のものと對決してゐなければならぬのだ。たれよりも穩やかな氏の話し振りの中に、たれよりも激しいものを感ずるのはこの爲であらう。私は氏に會つた後、いつも清冽な一種の興奮の中に落ち込んでしまふのだ。私もまた何かを爲さればならない、と

私が雪國の高等學校の學生の頃さうであつたやうに、今もなほ一部の若い孤獨な情熱にとつて、この詩人の横顔は、獨文典の習得より、もう少し大きい關心事であるに違ひない。再び言はう、紛れもない安西冬衞氏の横顔は、詩集「大學の留守」に、特に「下市口にて」の美しい詩篇の中に發見できるのである。

—二一・八・二〇—

時評

一つのポイント

浅井十三郎

歴史について

敗戰後一年半を數へようとしてゐる。この間いろんな人々によつて ㈠ 敗戰の認識について ㈡民主革命について、また ㈢その人生觀・社會觀・世界觀について、或は又近代の確立とヒユマニテーについて語られ、語られつつある今日の日本の現狀について、私は正直のところ其餘りに現象的なる理論に一種の憤りをさへ感じさせられてゐる。と言ふそのことは我々が最も忠實であらねばならない筈の「現實」と「歷史」の重要さがいつの間にか觀念論に置き變へられたり、政權の具として使用され初めてゐることについてである。今日の日本の政治や經濟が、色々な問題を含んで矢つぎ早に提出された。それが國民全體の問題として取り上げられたものが何であるかと言ふならばそれはさりもなほさず「政治の無能力」であり、經濟の不安定と共に生きる權利の主張であり、ゼネスト問題であつたと言つてよい。そしてこれらの事柄が國民に投げかけたものは、私の生存權と社會的生存權の相違。つまり、所有權に對する質的な變化。働き場としての事業。國民全體のものになる資本權の確立へと現實は動きつつあると言ふことであらうと思はれる。が然しそれにもかかはらず奇異なる現象は、九十九人を否定するところの自稱民主主義者と政黨の亂舞が例へ一時的にもせよ國民をよそに甚しきを加へたといふことは今後の行き方に大きな反省を必要としてゐる。然し又さうした不滿は不滿として、ポツダム宣言によつて與へられた新生日本に新憲法が制定せられたことは、日本國民にとつては一應偉大な前進を物語るものである。例へそれが質的に多くの問題をもつてゐたにしろ、現實と歷史に忠實でなければならない新たなる眼を世界に持ち得たことは何といつても否定しがたい事實である。

○

然しそうした正面と背後の中に立たせられてゐた或一つの對立の中にあるにも關らず過去一年半の日本の小說界が例へそれが一時的な現象であつたにしろ、感傷や痴情の中にたたき落ちたさまは決して見上げたものではなかつた。或は又九州文學九月號火野葦平氏の「羅生門」が完全に芥川龍之助の「羅生門」のピンから尻までの盜作であり御家人を河童に置きかへただけの厚顔無恥の心理、或は又秦山修三氏の（現代詩八月號）青年に與ふの一文がデユ・ガール氏の文章の一節山ノ內義雄氏譯文の剽竊と、麻川文雄氏に（銀球創刊號）指摘された事件の如き、なぜかここには日本の政治と政黨と國民を繋ぐ何ものかを示唆するやうに餘りにも肉體的ならざるところの日本の「近代の獲得」がその脆弱さをさらけだしてゐるとさへ感ぜしめた。

だが我々の眼はそれらの現象を筆に個人的なモラルの問題としてのみ片付けてはならない。眼はそれらの現象を生んだところの現實に對してこそ一層注意深くあらればならないのである。それら人間の敗北を我々は安易の中にほうむつてはならない。なぜなら、我々の歷史は「人間」の中に偉大な時間を發見、批判することに初まるのであるからだ。

批評の批評

現在日本の詩と詩人群に於てどれだけの雜誌と作品が持たれてゐるか明確な數字は現し得ないが、私の手許に寄せられる雜誌だけでも本年度に百數十種の多きにのぼつてゐる。然しそれらの雜誌が明確な性格を持ち明確な旗印を持つてゐるかと言へば全部が全部さうであるとは言へない。又各雜誌が毎月確實に出されてゐるか否かさへはつきりせぬが、それら雜誌に個々的に散見する幾人かの詩人が非常な努力を「評論」又は作品に示してゐるが、これらの努力ある作品について多くの雜誌、又は詩人が恰も無關心の態、讀み流がしてゐる樣は個の確立に向ふ正しい狀態ではない。つまり世界に對する格鬪が缺けてゐるとさへ思はれるのである。

近代の精神が批判をもつて成立つてゐるとするならば、我々は國內の詩人の努力を正當に批判し組織だてる組織をもたなくてはならないのではないか。一人だけの眼でなく多くの眼を集中する「眼」を持たなくてはならないのではないか。例へば今日の詩に於ける二つの流れと二つの缺點即ち歷史を忘れたところの主情や現實を逃避するところの自稱的な知性について問題は思想を形成する人間の奥底から蠢いてくる精神にあるのだが、批評の無價値論を振廻すほど我々は作者の立場からのみの一つの世界にとどまる必要もない。

我々は更めて近代詩が詩と散文の格鬪から初まつた事を思はうではないか。近代詩の思想は思想の獲得ではなく、批評の鬪ひであつたことを私は信ずる、絶えず現實への反逆を意識づけ　人間性と新現實（新たなる世界）の獲得に憑かれてゐる言葉について、各詩人の努力の集積を更にそれを協同の集積に高める批評の權威を喚ひさる努力を持たうではないか。

我々はその爲に勇氣と强力な意志を「敵意ある友情」に向けるべきだ。

一人の詩人の詩から日本の詩人と日本の詩に高める努力をもつべきだ。

詩詰について

一つのイデオロギーを明確に作品にもることをもつて、詩の思想と考へる誤謬はまだ散見する。然して又詩人にイデオロギーを必要としない無定見も散見する。散文の精神と言ひ詩の精神と云ふ。或は又科學の精神と云ふ。これらは各々別個な問題であつて然も一つの點に歸着するが、私はここでそれらにふれるつもりはない。然し一つの主張を持たない同人誌の存在は最早同人誌の性格でないと言ふことは再參くりかへして來たが、本年度それらの性格をもち思想的立場をハッキリした雜誌としては、まづ第一にコスモスをあげることが出來る。

ここでは金子光晴、岡本潤、小野十三郎、秋山清の諸氏が力作を發表又小野氏の詩論と植村諦の良心は注目をひいた。

〈花〉池田克己、佐川英三、上林猷夫。黑木清次の諸氏。そして作家の高見順氏が詩の勉强を初めたことはうれしいことの一つだ。例へここの作品がきづくとも作家の貫く世界觀と詩人の劃く世界觀がその作品を通して現れる、その現れ方、在り方の相違がある。その相違をはつきり勉强して貰つて、作家が詩を理解することに役立つ方へ私の興味は向つて。詩がうまいなどとはまだお世辭にも言はぬ方が良心的だ。と思ふ。

〈氣球〉ここでは安彦敦雄と河合俊郎兩氏

が光つてゐる。そして評論には麻川文雄氏が期待される。山崎　澪氏、立派なものをもつてゐながらなぜか中心の散慢が感ぜられる。評論の勉強が詩を虐待することを拒んでゐるのではないか。その克服を期待したい。

＜新詩派＞平林敏彦、柴田元男、高田　新鮎川信夫、三好豊一郎、田村隆一、吉田彦の諸氏いづれも粒揃である。

＜鵬＞小田雅彦、八束龍平、安西　均の諸氏〝氣球〟新詩派・〝鵬〟私はこの三點がもつ近代的主知の確立に大きな期待がもてるが、氣球に於ては安彦、山崎がどれだけ各傾向のちがふ先鋭個間からそれをエキスするか。又新詩派については、平林の主知的涙慢と高田の現實批評がどれだけ突き進められるか。この雜誌にこの二人はぜひとも必要である。鵬〝では小田の作品がしつかりした進みをみせてゐる。八束氏の才は危險をはらんで來てゐる。

＜純粹詩＞この雜誌では福田律郎の純粹詩論とその主知。秋谷　豊の抒情。小野連司の抒事詩と主知。この三氏は各々違つた主張のもとにある。理論よりも作品のおちるキライはあるが、まじめに理論追究をして行く努力は高く買はれていい。

＜火の鳥＞ここにも先述四誌の近代主知の主張がみられるが、超現實への危險が多分に含まれてゐる。然し又新現實への構想には前四誌とは違つた角度から追究されてゐるのは興味深い。

過去に於て文藝汎論の犯した誤謬をくりかへさないことに注意すべきだと思ふが、とにかくこれらの恰が新人によつて感性から知性へと動きつゝあると言ふことは、文壇に於ける痴情文學へのだらくにくらべて例へ一部に民主戦線への鬪ひを果敢になしつつある新日本文學の存在があるにしても一つの文學運動の現れとしては、詩壇の前進を物語ると言つていい。然しこれら近代主知への運動も、我々の歴史と現實と世界をおろそかにしたり、それらの根本を決する人間性の奥深くに批評の鏡(小野)を忘れてはならない。その批評の鏡と人間を對決せしめてゐる（花）や（詩と詩人）については今ここに多くを語るべきではない。又詩風土、樹氷、若い人、蠟人形、ルネサンス、虚座、建設詩人、日本海、爐、龍舌蘭等々についての在り方にも言及したいが、今はその枚數をもたない。然しこれら雜誌の圏外に立つて詩人觀の綜合的雜誌として出發した「現代詩」の意義は注目せらるべきものであるが、今日に於ける色々な雜條件と共に幾多この雜誌に注文すべきものや又期待されるものは今後にあると言つてよい。

尚前述の諸氏の外本年度力鬪を續けた詩人としては安西冬衛、北川冬彦、坂本越郎岡崎清一郎、近藤　東、笹澤美明、大島博光、杉浦伊作、室生犀星、寺田　弘、北園克衛。長瀬清子、大瀧清雄、田村昌由、谷村博武、關谷忠雄、河村文一郎、眞壁新之助、大江滿雄の諸氏等をあげることが出來よう。そしてこれら詩人群によつてなされた努力や主張等について一、二検討を加へながら、我々の歴史が如何なる方向を我々に與へつつあるか。又それを如何に獲得しなければならないものであるかに論及したいのであるが、我々の努力は今までの集積を未だ一年半の歳月の中にたたきこんだけである。集約されたる經驗を最も正しくあらしめるためにはこの格鬪の一切を明日へ持ちこした上に於て更めて批判をもつべきであらう。

編輯後記

○詩雜誌の編輯の六數しさがつくづくわかつて來た。編輯技術の問題ではない。企劃と營業との隔離でもない。編輯部も營業部も必死なのだが、いささか經濟的な面にある。

○編輯部も企劃に忠實ならんが爲に必死、營業部もあらゆる方面に苦鬪、力戦してゐるが、今日の狀態では、毎月刊行出來ることがベストだとすると、いきほひ寄稿家に、依存するより外に手はない。

○幸ひ、寄稿家が、詩壇の公器としての「現代詩」を認識されて、編輯者の意を汲んで吳れることは大變嬉しいことである。

○本輯の如き佛蘭西詩人研究の特輯號に當つても、其の道のエキスパート、堀口大學氏、深尾須磨子氏、佐藤正彰氏、竹中郁氏、北園克衛氏、梶浦正之氏等が特別に寄稿されて、編輯部の企劃が實行されたのは全く感激のきわみである。村上菊一郎氏のボードレールが編輯〆切までに到着しなかつたのは甚だ心殘りだつた。

○毎號近代詩說話を執筆して下さる北川冬彦氏、エッセイ執筆の壺井繁治氏、詩の眞壁仁、大木實氏等にも感激の意を表する次第である。

○鳥居良禪氏、新人このエッセイはヤンガーゼネレーションとして充分讀者の愛讀をすすめる。

○現代詩をどこまでも深くほりさげて研究するために又「現代詩」を語る座談會を湯澤溫泉で開催し、東京より北川冬彦氏笹澤美明氏、近藤　東氏と杉浦が出かけ小出から淺井が出て來て、やりだしたら徹夜二日になつてしまつた。この熱情は一寸外に類例がないと思ふ。十二月號は現代詩追究の特輯號としたい。（杉浦）

○あと今一册が今年に殘された仕事であるが、現代詩の追究に今年最後の努力を試みる筈である。すでに來春を期して雜誌の一大飛躍を企劃中である。各地に支部設立の機もあるのでその要望に應へることにした。支部設立希望の方は申込んで貰いたい。

○「現代詩」「詩と詩人」「詩と詩人通信」に一貫性をもたせ最高度のものたらしめるべく、今後例へば詩と詩人を舊同人制から解消（十月六日全國同人會議決議採擇）新たなる運動に入ることとし、通信は擴大して會員本位のつまり新人育成の純機關に强化。從つて現代詩・詩と詩人かどのやうな進展を示すか。一層の御協力と期待を得ることが出來るならば欣快に堪へない。

（詩と詩人社主人）

現代詩　第一巻第九號
定價三・五〇　〒三〇

詩と詩人社會員費一年五拾圓（分納可）
本誌並ニ「詩と詩人通信」及本社發行「詩と詩人」ヲ各一部配布ス
廣告料ハ一頁マデ相談ニ應ズ
送金ハ小爲替又ハ振替利用ノ事

昭和廿一年十月廿五日印刷納本
昭和廿一年十一月一日發行

編輯部員　杉浦伊作
浦和市岸町二ノ二六

編輯兼發行人　關矢與三郎
新潟縣北魚沼郡廣瀬村大字並柳

印刷人　本田芳平
新潟市西堀通三番町
昭和時報社・電話七三四番

發行所　新潟縣北魚沼郡廣瀬村大字並柳乙一一九番地
詩と詩人社
淺井十三郎
振替東京一六一七三〇番
新潟五二七番
日本出版協會員番號A一一九〇二九

配給元　日本出版配給株式會社

昭和二十一年六月二十日第三種郵便物認可（毎月一回一日發行）
昭和二十一年十月二十五日印刷納本　昭和二十一年十一月一日發行　第一卷第十號（月刊）　定價 三圓五十錢

昭和二十一年六月二十日第三種郵便物認可（毎月一回一日發行）
昭和二十一年十二月二十五日印刷納本　昭和二十二年一月一日發行

THE CONTEMPORARY POETRY

現代詩

現代詩の系譜と其の展望

現代詩を語る座談會

第二卷第一號（月刊）

一月號

詩と詩人社

現代詩 一月號 目次

現代詩

一月號

散文詩の世界

北川冬彦

散文詩は、近代詩人の心を惹く形式の尤なるものであらう。こゝでは、危介な音律や言葉の韻律に氣を取られなくてもすむからである。それは、わざわざ古語や雅語まで引つぱり出して化粧すればするほど詩は逃げ去つてしまふ形式だからである。飾り氣のない裸の言葉が、この世界では翼を持つ。また、この世界へは、どんなに「意味」を持ち込んでも厭はれはしない。これは、詩的なものを殺戮したその荒野の果てに、不死の美しい、韻律ならぬ響きが生れ出る世界なのだ。

シャルル・ボオドレエルは、散文詩集の序の中で散文詩の魅力を次のやうに語つてゐる。

「音律もなく脚韻もなくてなほ音樂的な、しかも魂の抒情的抑揚に、幻想の波動に、意識の飛躍に、能く適合するに足る柔軟且つ佶屈たる詩的散文の奇蹟を、我々の中の何びとが、野心に滿ちたかつての日に夢想しなかつたであらうか?」(村上菊一郎譯)と。

人民的詩精神の問題

秋山　清

一

人民的詩精神とは、人民的立場に立つ詩精神即ち貴族的立場に對比して考ふべき詩精神のことである。貴族的と人民的との對比は、今日の日本の現實に在つては、有閑的なものと勤勞的なもの、支配する階級と支配される階級、封建性を維持せんとするものとこれを打破せんとするもの、資本家と勞働者、地主と小作人といふ風に現はされる。

だが詩精神について言ふ場合、現在の勤勞者又は農民の精神、觀念がそのまゝ人民的であると斷定するわけにはゆかない。勿論人民的詩精神の基盤はそこになければならないが、日本の歴史的特殊さは、勤勞者が、必ずしも歴史の展開に應じて自分らが今後の社會の主力たるべしとの自覺に溢れてゐるとは限らず、農民には、日本の農業の組織的又は技術的面に於ける制約封縛のまゝに、まだ極めて封建的な古い觀念に捉へられてゐる者の多いことを勘定に入れておかねばならない。

この勤勞者、農民といふ人民的存在が、全部的に人民の詩精神の所有者ではあり得ない事實を前にして、なほ人民的詩精神が、その基盤の上に發生し、成長することを知つておくことは必要だ。まだ日本の人民大衆は、人民的立場を十分に摑んでゐない。摑まねばならぬものをすら十分に摑んでゐない、といふこの事實が日本の現實である。

換言すれ、明治維新以來の半封建的權力の支配の下に、まだ十分に目ざめず、やつと敗戰後目覺まされつゝある日本の人民的詩精神なのである。したがつて現實に今日吾々が出遭つてゐる詩の多く、詩精神の多く（それが農民、勤勞者の作品であつても）は人民的詩精神に在るとはいへず、だから民主々義的に啓發され、自覺してゆく方向に於て、人民的詩精神は廣がり、深まらねばならないことを痛感する。民主々義が、もつと進められ發展して行つた場合の日本を考へて見るなら、個人が、何ものにも支配されない自己を確立するといふ途上に於て、人民的詩精神の發展でなければならぬ。

日本には民主々義革命が殆んど無かつた、或は中途で扼殺されたと言はれてゐるけれども、これは、日本人に近代精神の覺醒が無かつだといふことである。

近代精神とは、或は神權、或は封建的支配者への奴隷的盲從を脫して、「人間」に目ざめた精神であることはいふまでもない。近代精神即ち「個人の自由」を基調にして私達はいろ〳〵のことを考へ得るが、藝術又は詩の上では、先づ美の感覺又は詩精神の何ものにも從屬しない、絕對的自由の必要さである。

例へば、吾々は「侘び」とか「寂び」とかいふ境地を、日本人の特別な、勝れた情緖的感覺、深い精神的美の到達境のやうに訓へられて來たが、又「物のあはれ」が日本的性格と美の觀念の一致した特性のやうにも說かれてきたが、これが自由の精神とどう關連するか、まして人民的詩精神とどんな關係で繫がり得るものであるか。精神の自由といふ立場からは、人間の慾望をどこまでも擴充發展させる、といふ方向に反するこれらの、封建時代に發達した日本的美の觀念を先づ疑つてみる必要がある。

その日本的美の觀念は、封建支配の現實內に、止むをえず閉ぢこもつた精神である。一個の人間を、より大きく、より逞ましく、精神、肉體の何れの方面に於ても、それを擴大し滿足させるものではない。ひきこもり、あきらめの果てた後の美の觀念である。その觀念と精神の延長は、封建性の多い日本の現實、吾々を被搾取的立場に繫ぎとめるに好都合な精神であるといふことに氣づかなければならない。個人の自己の滿足を得んとすれば、如何に多くの枷梏が吾々を捉へてゐるかをこの目で見精神に感得しうる筈である。

「その程度の事なら十分目ざめてゐる」と、今日の多くの詩人と稱する諸君は不服顏をするかも知れない、だが果してそうであらうか。

自己への內省が深くなり、歷史的現實として今日の日本の社會狀態を熟視するとき、自分がほんとに、習慣、好み、解釋、或は文字、言葉の上にまで、古い日本、天皇といふ絕對權力の名儀を中心にして組立てた日本の特殊的な封建性資本主義制度の、その一切に都合よく出來た社會生活とそれを形成する雜多な觀念、偏見から自覺としてでも解放され得てゐるであらうか私はその事については容易にうなづく氣になれない。個人の自由の確立といふことは、決して「自分だけ良ければよい」的な卑小な觀念ではない。自己と最も近く生活する家族の上においても、これは容易ならぬ革命だ。

あらゆる機會に自分の妻に對して、人間として對等に、人としての十分な尊敬をもつて共同に生活し得てゐる人が、果して幾人あるだらうか。最も解放されてあるべき詩人諸君だつて殆んどそうでないのではあるまいか。「君は何によつてその斷言的言辭を弄するか」と反問する人があつたら、私はそれに「多くの日本の詩人諸君の書く詩を見給へ」と答へるつもりだ。

二

人民的詩精神が、社會改革の必要を痛切に感じてゐる勤勞者、農民的立場を基調とする精神の一つであることは、以上の通りである。この精神が、詩精神として今日の日本の文學の上で重要視さるべきことは、それが單に社會改革の爲の啓蒙又は文化敎育の立場からのみではなく、この精神が何者をもおそれない、權威に屈しない近代精神であることのためである。人民的といふこと自体、飼ひならされた民衆を意味しない。現實に反逆して立上る者、これからの歴史の主体者であり得る者らを意味する。今日では人民といふ言葉は、時によつて階級として貴族と並んである民衆ではなくて、人民の權利、個人の自由を主張する者らを指す。ポツダム宣言の受諾以後、殊に新憲法は、形式的には日本人の人權を尊重する如く改められてゐるであらうか、一片の法は、これを運用する者、政府等の權力によつて如何樣にもゆがめられる惧れがある。それは太平洋戰爭中幾多の法令が無視されて、人民には何の批判も許されず一路生命と財產の供出を余儀なくされた事態を思ひ起せば十分である。あの中には、民衆の多くが權力者の頤使に甘んずるを誇りとする傾向があり、人間的批判的精神を民衆自らが扼殺せんとする今日考へるとあまりにも奇怪なことが多々あつた。つまり憲法や法律よりも、それを支へる民衆自体が、先づ自由人であることの方が健全なのである。

人民的詩精神とは、本來はその樣な健全の精神の一部であり、したがつて歪んだ社會の中では、之を打破せんとする爆發を孕むものでもある。

詩人は感覺的にも理性的にも銳敏でなければならない。即ち上に述べた如き人民的立場を、この銳敏さによつて生かす者こそ、人民的詩精神を把握した詩人といふことになる。

三

彼が明らかに勤勞者で、又農民であつたとしても、封建的思辨に終始する者を、人民的詩精神をもつた詩人として許さないことは明かである。

吾々が詩の問題として、人民的と然らざる者を判別するのは、自分をも含めて、今日までの日本人の感覺、理念、生活、表現等に亘つて批判し盡してからのことである。單に彼が人民の側の人であるといふことのみでは、人民の、詩的精神を證する何ものにもならない。「愛」といふこと一つをとりあげても、その差は極めて大きい。愛すること、愛されることは常に人間の本性に根ざすものだからといふことで、吾々はこの問題に無雜作な態度をとるべきではない。實に、吾々の性根の奧深く食ひ入つてゐる非民主的な、奴隷的な、又は征服者的錯誤は甚だしいのである。

それは一篇の詩は勿論一つの言葉にも現はれるものだ。言葉の調子――例へば七五調などの――は日本人の生理的なものに合致してゐるとか、短歌、俳句は日本人にとつて必然的、獨特な詩形であるとか、近代詩といひながら、形式の上にも單なる自然、單なる少女的感慨を、見さかいもなく綴ることを以つて足れりとする安易性、それらの根本には現實を見る眼、判斷し批評する精神の、現實からの解放を欲する現はれは一つもない。

人民的詩精神とは明らかに近代詩の精神でなければならない。たゞ近代的產物ではあるが、人間が自己を神の手から奪回したあの人間回復の精神を忘れたもののことではなく、今日では、現實を逃避することなしに、直ちに人民の正面に立ちふさがる者への挑戰となる精神である。

日本ではまだ〳〵近代詩及び近代詩の精神は十分理解されておらない。勿論確立されてゐない。もつと日本人が封建的觀念を脫し切らねば不可能なことだ。何者にも支配されない、神にも、人にも權威にも屈することをしない精神でなければ、勤勞者、農民のものであつても決して人民的詩精神ではあり得ない。

單に言葉をとりあげてみても、漢字、熟語、調子それらの封建的遺產から逃れ得た――即ち近代的な人民の詩を生むためには、その制縛を脫出し得た巨大な、强靱な、批評精神を必要とする。

昭和二十二年には、かゝる近代的人民詩精神の勃興に對して、古い封建的藝術至上主義等がこれまた相當に相對立して來るだらう。その現實肯定的態度、戰時中の行動等をひそかに援護せんとする意圖の動き、そういふものが、人民であるべき人々の間から起つても、それが人民的詩精神でないことをはつり知つておかねばならぬ。

☆座談會☆

現代詩の系譜と其の展望

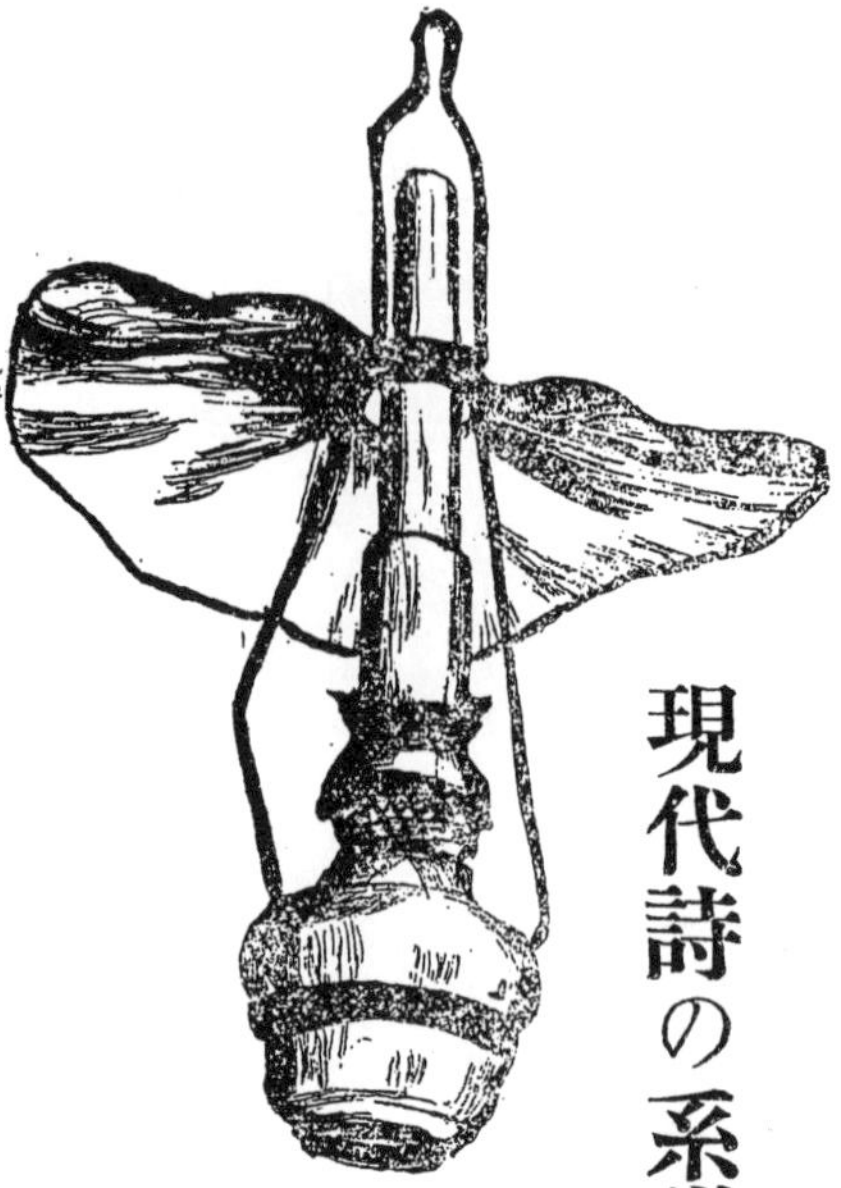

北川冬彦
笹澤美明
近藤東
安彦敦雄
淺井十三郎
杉浦伊作

淺井　遠路はるばる有難う存じます。現代詩七月號の「現代詩を語る座談會」は非常な反響をもつて迎へられました。

今夕は御疲れのところ又甚だ恐縮ですが、第一回座談會に引き續いてその節の再検討やら、又あの地盤から話を展開させて戴いて、現代詩に關する諸問題を追究願いたいと存じます。

第一回、第二回と更に今後色々な人たちからも加つて戴いて、この座談會が一系譜をつくつてゆくやうに御話願いたいと存じます。

(一) 現代詩の社會性と批評について

杉浦　詩壇の歴史的過程に於ても現代の詩人が「現代の詩について討議して置く」ことは大に意義あることゝ存じます。戰時中極端に抑壓されてあらゆる部門に於て批判討議が閑却されてゐた、これが爲に無批判の裡にすべてのものが鵜呑にされて正統な成長をとげなかつたやうです。愛國詩の如きはその例で無批判の儘に空轉してゐて決して良心的でなかつた。それが終戰と同時に現實の現象がはつきりして來ると或程度詩人の内省が始つたと思ふ、この時に先づ第一に愛國詩、愛國詩人と稱した人々に批判のメスをあてたのが壺井繁治であります。同氏は昔、詩をつくつてゐたが、詩壇外にあつて今日外部から詩人を對象にして批判したのは同氏が初めてゞ漸く批判の重要性が意識づけられて來たやうです。それは「文藝春秋」に愛國詩人として名をなした高村光太郎の批判、これは大抵の人々がある意味で考へてゐたことでせうが、誰もが批判し得なかつたところであります、この問題は誰もが内心ぢくぢたるものがあつたからでせう、壺井繁治のみが潔白だとは又誰も思はないでせうが勇敢に槍を投げたところは大いにいゝではないですか。最近では東京新聞で九月十三日から三日間に亘つて北川さんが「今後の詩の覺悟」について書かれたことも、批評が正しい位置に乘りだしたことをもの語る一例だとおもいます。その中で「指摘される三件」として敗戰後の詩人の態度に觸れてゐるが、これは非常に反響があつたやうです。その一部を簡單に申上げると「この頃になつて戰爭中に愛國詩を書き積極的に戰爭に協力した詩人の戰犯性を追究する文章が二、三現れてきてゐる。壺井繁治が「文藝春秋」に書いた高村光太郎論、岡本潤が「コスモス」にかいた「戰時と戰後の詩と詩人について」もさうだが、私の怪訝と不可解に思ふことは、二人ともに、自らの戰時に於ける行動に對しての自己批判も反省も悔恨もみられないことだ、すつかり自分のことは棚にあげてゐるのである。と云ふのは太平洋戰爭の中期に日本文學報國會が編集した「辻詩集」と云ふのがあるがそれに壺井繁治も岡本潤も、壺井は「鐵瓶に寄せる歌」を岡本は「地界地圖をみつめてゐると」を掲載してゐるからである。氣球同人の麻川文雄の指摘によると、この詩集は建艦献金戰意昂揚と云ふ明確な目的を持つて新聞雜誌に街頭にポスターに使用される献納詩を集めたものである。その企てにこの二人の詩人もまさしく參加してゐるのである（中略）私は戰時中、多少の愛國詩を書いたからと云ふてこれらの人々を追究する資格が必ずしもないと言はない。然しその場合、自らの反省と悔恨と苦惱が伴はなければならぬ筈だ」と云ふのです。すると私のところへ岡本氏から來たハカキに（外の用件の時に）次のやうに書き添へてあつたが、これなど岡本の良心的な立派さを買いたいです批評は批評、個人は個人的なところが現れてはゐるが。〃北川君が「東京新聞」に書かれた文章をよみました。僕のことに關する限り至極もつともで當然誰からかあゝいふ指摘のあることを期待してゐました。若干の言ひ分はありますが辯解の限りでありません、但し僕としてはたとへどのやうであらうとも批判はこれからもなをきびしくやるつもりです。他に對する批判の中には自分もひつくるめられてゐる筈ですと言ふのです。こんな風に批判が凡ての面に下されて行のくは正しい生き方だとおもひます。これについて北川さん、何か御意見はありませんか。

北川　僕は「現代詩」八月號の扉に詩の批評」と言ふ一文を書いてゐるし「東京新聞」にも大體書いたから、誰かから……後でまた云ふことにして。

淺井、僕らも又文報の一員であつたこと。人各々によつて色々な言分もあらうが反省と悔恨とそしてその後に來る相互の理解から僕はすゝみたいと思ふ詩人の作品行動と作品以外の行動について二つの面から批判して行つたら、その詩人と作品とそのいづれが眞であつたかも解らうし問題はハッキリ浮び上つてくるのではないかと思ふ。我々も含めて日本の詩人にもつとハッキリした〃近代〃と〃歷史〃が肉體づけられてゐたら、各民族間に於ける不幸も又我々の文學もよほど違つた進み方ができただらうとおもふ。何ものにも恐れない偏見なき精神、批評と言ふことそれこそ僕は近代だとおもいます、さういふ方向へ、現代詩の生誕があつたのぢやないかとおもふ――さう云ふ方向へ僕は苦しみたいんですが。

杉浦　それではかういふ批評の問題について。近藤さん

近藤　所謂、戰犯についてですか

杉浦　いや戰犯と云ふ極限した批評の問題でなく、一般の詩の批評について

近藤　一寸すぐ出ないな。

笹澤　一寸難しいね、どう云ふところから話を持つて行かうか

杉浦　文壇には月評があり映畫には映畫評論家の作品がある……今日の詩壇には眞劍に作品にとり組む批評がないではないか。作品的價値の決定、その

良惡のけじめをつける批評論、さう云ふ批評が體系づけられるやうに起きて來ないぢやないか。

近藤　終戰後も非常にない。このやうな狀態はどうしてなのか「俺は評論なんかいらない、作品で答へる」、と此の間も若い元氣な詩人が言つてゐたがそれは詩行動に對する一つの意見として結構であるが一般に詩の批評が不要だと云ふことにはならない。詩の批評がないから詩が墮落したり意志しない方向に向ふのだ。またこれからは一つ一つの作品評でなく詩精神の批評をもさかんにしたい。戰爭前まではみんながやつたが今は實に淋しい。

北川　戰爭前だつて詩の批評といふものはあまりなかつたよ。

笹澤、近藤君が云ふやうに一つ一つの作品を批評することよりは詩精神が問題だ。今迄の經驗によると全體、詩人の自覺がない。作品檢討も良いが、それよりも詩人の集會所がほしい。さうむろん、サロンのやうなものにしたい

北川　現代詩八月號に詩の批評について書いたが大體同じ意見だ。然し僕は作品評を要らんと云ふものぢやない、作品の批評が單なる抹梢技術論だけではいけない。その詩が含んでゐる思想を問題にしなきやならない、その社會性をゑぐらなきやならないと云ふのだ

笹澤　作品の批評も作家論のやうに一個人に詩の研究をさせることも大事だそれに僕の經驗によれば、非常に篤學な、それで詩の大好きな人で一生詩の研究で過したいと言ふやうな人（帝大卒業生あたりには澤山ゐる）に任せると良いと思ふ。從來の詩壇は偏狹者が多かつたが故にいゝ意味でのヂレッタントを追ひ出す傾向があつた。

北川　さうかね、然しそれは抽象論や外國の詩論をこねあげてゐて、現代詩當面の問題についてはあまり觸れないところから、顧みられなくなつたんぢやないかね。

笹澤　このことは「詩風土」にも書いておいた。兎に角、名前は言はないがある詩人の仲間や友人達の間ではしばしばさうした傾きがみえるので注意することも肝要だ。これらの詩人たちのために、眞面目な詩論家が詩壇にゐなくなると同時に文學圏内からも詩文學が逸脱するではないか。眞面目な詩論を進んで雜誌に發表させる。そしてそれに對して詩人は詩の上で答へて行くと云ふ風にしたい。

杉浦　僕に不滿のことは、詩人に評論家がくつかないことだ、新人の評論家はみんな作家に取り組む。そこで名をなして行く。古谷綱武が橫光利一論がら出發したように。原一郎や牛谷三郎なぞもかゝる出發をしたのだが

北川　牛谷三郎は死んぢやつたよ、彼は前衛的詩人であつたから、その書くところは現代詩のピントを外させなかつたね。惜しいことをした。

杉浦　戰死ですか

北川　いや病死ですよ

杉浦　外廓の人で詩を愛し詩輪詩の批評の出來る人は

北川　宍戸儀一、この人は日本の詩壇の動きをよくみてゐるし、しつかりした社會的觀點を持つた人だ。それから伊藤信吉

近藤　詩壇からうけ入れられなかつたと云ふことはそれもさうだが詩論家として養成すると云ふのもどうかとおもふが

杉浦　つまり養成と云ふことになると今の學生諸君に期待することにならう「詩と詩論」が若き學徒で占められ新詩壇の推進力となつた、あゝいふ風に

笹澤　今のエッセーストを養ふといふ意味でせう。さういつた意味では澤山居るでせうが。こつちの（詩人側）肝要な氣持もよくわかる人を養成する必要がある

近藤　原一郎的な人をでせう。

北川　出來るならもつと權威のある詩論家詩批評家が欲しいな、例へばN、R、Fのジャック、リヴイエエルやアルベエル・テイボオデのやうな

近藤　オーソドックスな詩論家。詩を文學として理解する人が必要だ、日本の批評では文學とは小説だと言ふ前提が暗默のうちに出來てゐるやうだ。

笹澤　佐藤正彰、中島健藏、河上徹太郎……かゝる人々に書かせたい。

北川、三木清は詩をよく讀んでゐたね詩集を贈るとそのたびに丁寧な手紙をくれた

淺井　故三木清、三枝博音、兼常清佐岩上順一、伊藤信吉（詩人だから勿論だが）など詩に理解のある人々でせう作家にも二、三はゐますが――

近藤　三枝氏ね、あれも良いね。

淺井　詩人でない外廓から眺められる人の言葉は非常に勉强になる。その突つ込みの觀點に僕の眼は吸ひよせられる。さつきもいつてゐたやうに、詩精神の批評が大切なんだ。個々の作品よりも詩精神から突つ込みたい。さうした點からみれば個々の作品よりも大きなところから眺めやうとしてゐるのは詩人以外の方々に多い。然しだからと言つて所謂作家文藝評論家が現代の日本の詩を正常に理解してゐるかどうかは疑問である、むしろ知つてゐるか、どうかが問題だが。

北川　外國や日本の古い詩は讀んでゐるやうだが現代詩を讀んでゐるかどうか日本の文藝時評はことさら詩を避けてゐるとしか思へない、敗戰後ぢやいつか「讀賣」でその當否は別として小田切秀雄が詩にふれてゐたのしか僕は知らない。

淺井、僕らの鬪ひは世界觀の鬪ひだが例へば詩と散文の鬪ひについても……又一つの與へられた批評に對しても、反對であるとか同感であるとかさう言ふことにとらはれず、日本の大きなこれからの鬪ひのためにも自分の「眞實」を僞らずに敵味方問はず追究して行く

……讀みすての批評のないやうに……絶えず力を合せてそれを追究して行かうぢやないか

杉浦　外國詩壇から詩論や詩の形式をとり入れ新しいゼネレーションに啓蒙される事もあるが日本の詩自體、草野心平がくさすやうに、現代の詩がそんなに程度のひくいものではない。勿論現在の日本の詩の凡てを意味するのではない。紹介されてゐる外國の詩だつて外國の詩の凡てではないやうに。然し、日本の現代詩を知らない文藝評論家は非常に多い。詩が原稿市場で金にならなかつたと言ふ理由もあらうが。

近藤、詩人が小説を讀むやうに逆に作家が日本の現代詩を讀まなくてはウソなのだ

北川　これは「詩と詩論」の運動以後の現象と言つてよいが綜合雑誌に詩がのることになつたけれど一體あれを誰が讀むだらうか

笹澤　そりや僕がもとゐた會社で一寸調査みたいなことをしたが案外少い。詩の實體を摑み、それを詳細に理解出來る人はさうたくさんはゐない。世間には私の所謂不感性のアンテナ（音痴と同じ）をもつた人が多いのです―＋―はイコール2それは全然詩を知らない人だ。技術者とかエンヂニアなどに相當詩を批評し且理解出來る人が多い

近藤　それは近代詩の性格の一つを間接に物語つてゐる、つまり僕に言はせれば近代詩の精神は技術者のエスプリと共通なものがあるのだ。

笹澤　近代詩の理解者は醫者には隨分多いね

北川　特許局に知人がゐるがあそこには詩の好きな人がかなり澤山ゐるさうだ。謄寫刷の詩の雑誌さへだしてゐるそれから映畫關係の人で詩を讀んでゐる人はかなりあるね。

淺井　近代詩が機械――メカニツクーと言ふか技術を持つてゐることは結局詩がそれらの中に喰ひ入る要素を持つてゐることだ。またもつと大きく考へると詩精神を考へてみることもできるのだ。詩の社會性と言ひ批評性と云ひ又は詩の科學性と云ひ、要するに、近代詩の性格は所謂「近代」の歴史の中にあると思ふんです。　僕はその中のヒユムが問題だとおもふが、さつきからお話願つた批評復興の問題も詩をこゝでは日本文化のどこに位置さすべきかの闘ひと自らの質的發展の爲めの闘いのこの二つをこれからの日本の大きな闘いや悲劇のためにそれを忘れることなく、今迄の日本詩の起りから明治大正、昭和の詩運動の必然とその歴史などもつと理論的に系統的に反省しつきつめて、それらを私たちが仲間同志で詩の近代性を誇ると云ふだけでなくもつと廣く一般の人々に解つて貰ふことが大切である。詩の批評をどのやうにして伸ばしてゆくか、具體的には文藝評論家に對しては失禮な言い方かも知れぬが、詩人、作家ともどもに手を

繋いで詩の勉强をして貰ふことが一番だ。そしてこの國の政治に文化政策が明確な線をもつて現れるやう文學者藝術家團體よりする文化への政治鬪爭も必要でせう。

㈡　詩とその社會的影響

杉浦　現代詩が工場勞働者にも會社のインテリ層にも讀まれてゐるが往年のプロレタリア詩が普及したやうに赤旗にでてゐる詩がどの程度、勞働者に受け入れられてゐるでせうか

笹澤　事實を知つてゐる人ある？

近藤　わからないね

北川　東京新聞でも皮肉つたか文語體の舊體詩のぬやま某の詩ぢや問題にならんね、どうして中野や壺井が放つておくのかしら。

杉浦　昔は「戰旗」など無名の新人簇出で熾んだつたが今そのプロレタリア詩は勞働者に理解されてゐるか又主知的近代詩は工場ではどの程度に理解されてゐるか知りたい。

近藤　勤勞者に盛んなのは相像以上だ「自由新聞」で募集してゐるが詩の投稿は斷然多いさうだ、然し勤勞者に詩が本當に受けいれられてゐるかどうかはわからない、是非うけいれられなければいかんと思ふが。

北川　埼玉新聞ぢや小林善雄が折角詩の投稿欄を作つたが短歌や俳句ばかりで一篇も詩は來ないさうだ。

杉浦　淺井君職場として農村方面はどうか

淺井　うけ入れてゐるゐないと云ふことは別にうけいれられる可能性は大きい。農村にあつてはそのいづれにしろ政治的な組織と云ふことが問題だが個々的には歌や俳句が老年に多く中間がブランク、年少のものが詩を望んでゐる。これが何であるかは察して戴くとして、小さくは都會とちがつて雜誌が手に入らない――無關心のまゝにされてゐる理由がある。また農村自體の誤れる觀念もあるが文學を緣なきもの特に詩や歌を自分のものにすることの出來なかつた他の關係資本主義の發展段階と農村の政治經濟等を考へてみる必要がある。それに加へて進歩的な運動と云ふものが昭和初頭の社會運動と同じく何もかも赤と云ふ事で壓迫されて來てゐることが文學にも重大な關係をもつてゐる。最近に至つては理解もし敬意さへ持つてそうした人々をみてはゐるが現に文學を持つてゐる人々は別として一般的には已れらの生活自體の中からそれが生れてゐるものとは決して思つてゐない。詩と作者と農民たる讀者とそのいづれにも是々非々はあるが、僕のこの限られた範圍から眺めたところでは、政治と農村の生活自體に原因があるやうに思ふ。詩のみにとどまらず文學一般の理解にしましてもですね。

杉浦　詩で詩精神をわからせるやうにしたい

笹澤　これには二つの方法があるA鑑

賞B自分が作つてみる。何かしら表現してみる場合鑑賞よりも自作に於て効果がある。たとへば工員が鑑賞する場合詩を味ふ事は仕事の合間をなぐさめられる。農村では詩のラヂオ朗讀に際して豫想外の効果があつたと言ふことを放送局できいた。これは浪花節の次位であつた、方々泊り込みで放送局が再調査したのは詩吟のまちがひではなからうかと疑問があつたからだ。どうしてかと云ふと詩はよくはわからぬがなんとなく良いとゆふ返事なのだ。私は詩が感性から出發してゐる場合素朴な美しさか反響を呼び起してゐると思ふ。ポエジーの問題かな？

北川　放送の詩の朗讀がさうアッピールしたのであつたら愛國思想の普及は相當のものであつたと云ふことになるね

近藤　僕は夜十時四十五分進駐軍の放送でパイプオルガンの伴奏による詩の朗讀を聞いてゐるが内容はよくわからない、けれども非常に良い。エリオットやスペンダアのものもやつてゐる。

杉浦　人の精神に這込るのは詩だ、それが純粋なだけに人の心に繋れるんですね

近藤　今回の國鐵の爭議は意見の相異で組合が東西に分裂しさうになつたがこれは組合運動の精神からみればよくない。その時詩人仲間は手紙で組合は分裂しても俺達は詩人として分裂しないで行かうなどと盛に言つて來た。つまり各組合の指導者に詩人が居たならばあんなことは考へもつかなかつたらうと今になつて考へてゐる、尤もこれは我田引水だが。

杉浦　詩精神の繋りで大きく縒を戻すつてところだね――

笹澤　詩の社會性に關聯してのことだが朗讀詩も南江二郎がBKにゐて初めた當初はアヂルやうなものではなかつたが段々と詩の朗讀に意識がもたされると詩の朗讀は愛國詩だけと云ふやうなものになつた感がある。もつと美しい面がある。詩にも詩の朗讀にも。

北川　二つの場合があつたやうにおもふ。愛國詩と藝術詩と。僕の聞いたのは愛國詩の方が多かつたぜ

近藤　放送局の調査から考へられる結論は愛國詩の効果と云ふよりも詩の朗讀が既に人民生活と不可缺となつてゐるのだといふ風に僕は理解する。

笹澤　朗讀に重きをおかなかつたのは放送局のミスだよ

淺井　僕のところに集つてくる主としで二十代の復員青年たちの手紙によると、彼等は五人六人仲間同志が寄り集つて〝研究會をやつてゐるが詩が良いとか惡いとかはわからないが然し我々の間では歌、俳句の最後に詩が殘る、詩をもつと身近に文化的に生活の中に引きよせたいが我々の詩をうんとけなしつけてみてほしいと〟色々言つて來てゐる。このやうに農村にも新たな萠芽は各所にみられる。と言つて決して

農村青年の今日を樂觀的にみることは危險であるが然しかつてのプロレタリア文學の發生とは例え政治的狀勢の變化によるとは云へ今日それは異つたところから起きてゐる。然もこの昔とちがつた現れ方は都會、工場、農村と云はず擴範圍に亘つてゐるとおもふ。僕はかつての社會運動の認識やプロレタリヤ文學運動で今を律して貰いたくないし、今日の詩の運動も詩そのものもかつてのプロレタリヤ詩を一歩も出ないやうな進み方をとつて貰いたくないし、したくないと思ふ。近代の精神を生活の中から生かさうとしてゐる新たなる性格がしつかりして來たなら數年ならずして詩の性格も新時代の層として面貌を一新してくるにちがひないと思つてゐる。僕はこの農村では詩の話などせん。それより農民の中に詩の精神を送りこむことに彼等即ち自分をも引つくるめて苦しんでゐるんだ

㈢　現代詩の難解性について

杉浦　今度はひとつ詩作態度から話を進めていただきたい。詩人の詩作態度には二つの型があるやうだ、一つは社會を意識的に對象して詩作する型の人と安西冬衞氏のやうにある程度詩的敎養のある人を對象として（意識してゐるのではないが）詩作する型とあるやうだ又詩の難解についてどの程度に近代詩が一般讀者に解つてゐるか、或る若い詩人は現代詩がわからないやうでは詩人ではないと極言してゐたが――これらについてどうぞ。

淺井　僕は僕自身が一人の讀者として解らん詩が澤山ある。

杉浦　例へば笹澤氏の抒情詩はどの程度にわかるか。

笹澤　それはどう云ふ意味？

杉浦　一般にわかるかどうか

笹澤　解ると言ふことが難しいね。その言葉が……

杉浦　記憶と言ふ詩があるね

風が窓の扉を呼んでゐる
新しい匂ひのする理科の頁は
遠い學校の上に展かれてある
オルガンが吹き送る櫻の花びら
匂ひの中でまどろむ記憶よ
おまへは立ちあがるさ
櫻の花びらで埋つた理科の本を
重さうに抱へて歸つてくる

これをどの程度にわかるかといふことでもいゝ。この雰圍氣と云ふものがわかる讀者とわからぬ讀者。

笹澤　これは僕の小學校の五年、理科を初めて敎つた時のあの新しい敎科書の匂ひと櫻の花の咲く春の樂しさを追憶したものなんですがね。ベルダソンだつたか追憶から匂ひが來る方が正しいと言つたと思ふが、僕は匂ひによつて追憶を引きだすと言ふ主張を持つてゐるんで、この詩で僕の哲學觀を盛つてみたんだが

杉浦　北川さんの詩集「戰爭」の中に

ある「馬　軍港を内臓してゐる」といふ詩は我々にはハッキリ説明して貰はなくてもわかる。然し普通人には理解出來るかどうか。壺田花子さんは僕のところで「戰爭」をみて感心し是非再版してほしいと言つてゐた。あるレベルの下には難解な詩はない。

近藤　僕もさう思ふ。

北川　ぼくもさう思ふが、しかし大正から昭和と順を追つて現代詩を見で來た人々は、わかるがいきなりぢや無理だと思ふ、きつと判りにくいだらう。僕の詩なんかずつと難解の非難を浴びてきたものだ。それに若い時代の詩は蕾だからね。固いよ。無理に押し開いて見ても花のほんたうのところはわからないのだ。偶然のきつかけで僕は「近代詩說話」を書きはじめたが……

近藤　北川氏が「近代詩說話」を書くなんて事はないよ。詩を押しすゝめて行く側の人だからね。

淺井　それは同感だ。然し今問題にしてゐる詩の難解さ。こんなことで僕は或一つの對象に妥協などしたくない。それはそれとして詩は大きな意義を感じたい。と云ふのはその說話が問題でなくその近代詩說話によつて日本の詩の歷史と系譜とその發展段階を理論づけ系統づけて貰ひたいことである。とくに大正中期以後の理論の展開と作品の進步、或は中斷これらのことがハッキリしたら詩の批評も詩の發展も今日の一つの混迷から拔けて正しく大きな世界へ方向づけられることゝ思ふからだ。

北川　新しく出てくる詩人のためにどうしても啓蒙が必要と思ふんだ。それは僕らの義務だと思ふ。廣い意味の戰爭時代、こゝ十數年といふものはまつたくブランクだからね。

近藤　惡時代が書かせるんだね。

北川　それにしても、今は、一等啓蒙を必要とする時代なんだ。自己啓蒙の意味もあるんだよ。

杉浦　僕には近藤君が云ふ、北川さんが「近代詩說話」を書くのは、詩壇の不幸だといふことは理解出來るが、北川さんあたりに書いて貰はないと、詩壇の不幸が一層悲慘になると思ふ。つまり近代詩を、ほんとうに現代の青年詩人が知らなすぎるからだ。色々現代詩がわかる、わからないの問題もあつたが、現代詩が全然わからないといふことは、われわれの詩人クラスには有り得ないが、ずうつと若い人には、現代詩の過程を知らないので、現在の詩の在り方に就いては、一應北川さんのやうな人があつて、矢張り、近代詩の解說をやつていたゞいた方がいゝと思ふ。近藤君の云ふのは、北川さんは新しい詩の開拓者だから、啓蒙運動で、足ぶみをしてゐて貰いたくないのだろう。だが、この啓蒙運動は誰がやるといふ問題になると、矢張り北川さんあたりにがんばつて貰ふよりしかたがないと思ふ。こゝんとこ、一應みんな足ならして、それから新しく出發だ。

淺井　相異つた立場から又北川氏の向ふを張つて誰か理論展開をめざして貰ふんだね。さうすることによつて、詩の歴史を正しく掘み得るやうに。例えば今の難解さの問題など僕には解らないことだらけだ。最初近藤氏の言はれた詩精神の問題。これが高められてゐれば解る。さうでなければ解らない。感情だけの詩はわかる。それが間題だが。

北川　さうだよ、主知的なのは難しい

淺井　その解るだけの詩、つまり意味の世界が解つたからと言つてその詩が解るとは言へん。なぜこのやうな詩ー世界を提出、又はうたひあげなければならなかつたか、その詩人の作品の必然性について僕の解らないが引つかつてくるんです。

笹澤　僕の言ふ感情のアンテナやコイルをもつてゐる人は千曲川の詩から入つてだんだん理解出來ると思ふ。北川冬彦、北園克衞、近藤東などの詩もどんどん讀んでゐるうちに、わかつてくると思ふ。

淺井　ハッキリ言へば歌や俳句にとゞまる抒情詩も、現實を忘れて極限された純粋詩と言ふ詩も僕には解らないものゝ一つだ。

杉浦　解らうとしないのではないか。

淺井　いや解ると自分では思つてる。理解がつけばつくほどさつきも言つたやうに解らなくなつてくるんだ。詩を愛する。詩にとりつかれてゐる、ひとつの自分の考へと現實。そしてその實在する社會とのひらき。「現實の」の社會が今日どのやうに存在するかと云ふこと具體的に言へばさつき雜談中にもでたが戰爭し、戰爭をやめ戰爭を否定すると云ふ誤破等の連ぞく的發展の現實を主とした想像が働き、大きなイマジネーションをもち、然もそれが叙事的性質を含んで鬪ひをいどんでくるやうな作品。それが現實と密接な關係を我々にもつてゐる作品ならばわかる現實と緣のない想像に移るとわからなくなる。これは僕の詩論であつて、また僕の理解の足りないのであるかも知れないが一つの作品がどう云ふ立場からどう云ふ構想でどのやうに自己を追究し開發し同時にそれが次の社會にどう云ふ風に現れるかと云ふことつまり新現實を考へさせる作品であつてほしい。一層具體的に云ふなら、詩の一行はわれわれの精神の支へであり思想であり行間に多くの空間と時間の埋めを持たないその鬪ひを持たない作品なぞ僕は詩として解らない。然し解説をあたへられない、やむにやまれぬもの（世界）がある。このやむにやまれないものを理解しないといふことになると意味はわかるが詩がわかるとは言ひ得ない。所謂主知詩近代詩と抒情詩。眺め方はちがうがこのモチーフを知ると幾多の疑問がどうも僕には起きて來てしようがない。

笹澤　生活感情の問題だと思ふ。

北川　今問題になつてゐるのは詩の技術上のことだろう。ところが淺井君が判らないと云ふのは精神や思想の方面のことぢやないか、どう云ふつもりでこんな詩を書くのか解らないと云ふのだらう。その點ぢや僕にも判らないのが多ありだよ、だから詩作品が含んでゐる精神や思想を批判しなければならないと云ふんだ。

杉浦　山村暮鳥の「聖プリズム」あのころは難解であつた。今日ではさうでなくなつてゐる。それなら意味のとれないのを今日かいてもよい。詩人の方が一歩先の方に書いても何時かはわかるだらう。詩人はさういふ風に走つても良いと思ふ。

淺井　それを意識的に目的視することは誤りだが、また自己を僞つてまで妥協することは要らないね。

北川　萩原朔太郎も「月に吠える」を出したときは難解と言はれたが、數年後にはそれはわかつた平凡なものになつてしまつた、と云ふやうな意味のことを書いてゐたね。

淺井　詩に批評は要らないと云ふ人々には、また僕にはわからない。

近藤　それにまたわからせる批評が必要であると思ふ。

淺井　結局詩を高めるためには「詩とは何ぞや」といふ一年生から大學生への同時教育が必要だ

杉浦　細君に僕のある詩をみせるとわからんと云ふ（笑聲）細君にはわからなぐともよい、うんと難しく書く。一行ですべての現象が描寫できるやうな詩を書きたい。どうしても解らなければ詩の周圍をぐるぐる廻りをして貰へばその中に核心が摑めてわかるよ。

北川　杉浦君、君がもつともしんすいしてゐる高村光太郎は細君のために詩を書いたよ。

杉浦　安藤一郎君が高村さんの知惠子抄の詩を萬葉時代の相聞歌だと云ふたが、あゝしたところまでは行きたいが

淺井　とにかく詩が解説にとどまるうちは感性知性いづれにしろそれはまだ詩とは言はれんてことをくり返しておきたい

笹澤　「藝苑」に書いたが詩人は普通人よりも知性が進んでゐる。多くの人に詩を讀む機會をあたへる。つまり詩的教養を身につけさせるのが一番だ。音樂は非常にプリミチヴだ。取りつき良い。繪もイメージの直接的なものだ赤白黑黄色その他の色づかひによつて鑑賞し易い、特に繪なんかは美しい景色をみた場合「綺麗だなあ！繪のやうだ」と云ふ、これは知らず知らず繪畫によつて、藝術的教養があたへられた事によるが、もし逆に繪をみて、ほんものゝやうですね、といへば笑はれると思ふ。詩は言語の藝術であるが言語自體の持つ意味があるから難しい。一般の知性をたかめることは詩に於て一番必要の理解なのだが、この點他の藝

術部門より現代詩の理解が一番遲れてゐると言つても良い

杉浦　詩の教養を持つといふことはたとへばもろもろの現象と現實をヅバリヅバリと理解することになるのか

笹澤　これを詩人が言ふと獨善になる

杉浦　つまりさういつちまうと……

笹澤　とにかく現代は知性が落ちた。

(四)　現實と詩の問題

淺井　東京新聞に書かれた「今後の詩の覺悟」の中に「今後の詩は、生きて動く現實社會の現象をとほして、詩の本質へまで迫るものでなければならぬと思ふ　現象と風俗とは叡智の眼と人間的な魂で黑光りするやうに把へられてこそほんたうの詩の風味は出てくるのだ」「そして驅けのぼるは『人間の嚴肅』の山嶺である。宏く深い人間の胸の展望である」とありましたが、これだと思つた。抽象的ではあるが、これを如何に具體的にうけとるかはうけとり方の問題だが……あの中に「詩の技術なぞ末の末として意にかけないであらう」といふのがありましたが、あれはどうでせう。すでにどうあろうと技術はもはやわれわれの世界觀として考へるべきです。どう捕へたかその技術によつて詩の內容は規定されてくるのですから技術は……技巧ではないので……つまり……

北川　尤もです。あれは末梢技巧なぞにとらはれるなと云ふ意味と、もう一つはいまゝで技術にとらはれ勝ちであつた自分に對して云つて聞かせる言葉なのですが、あゝいふ書き方をしてしまつた。新聞にのつてから讀んでこれは、まづい書き方だな誤解されさうだなと思つてゐたところです。

(五)　新散文詩運動の再檢討

杉浦　昭和四、五年頃所謂無詩學と言はれた日本詩壇に對し「詩と詩論」あたりの同人が一つの運動として、新散文詩を提唱した。その詩的活動は當時の詩壇に於ては實に新鮮で前衛的な詩人は、こぞつて此の運動に參加しましたやうで、華やかに、その新散文詩が詩壇に流行すると同時に實にいゝ散文詩が生れたやうです。その當時散文詩を書いてゐた人々は瀧口修造、阪本越郎、岡崎清一郎、吉田一穗、安西冬衞近藤東、春山行夫、笹澤美明、渡邊修三、北川さんなんかで提唱者でしたでせう、その散文詩運動も散文詩も日本が戰爭を初めてからいろいろな制壓とか時代的な右旋回の暴風に、今までに約十年間のブランクが出來てしまつたつまり戰爭中は日本の詩が藝術的高貴(香氣)よりは愛國主義的精神に傾いて詩が本質を失ひかけてゐました、終戰と同時にうつぼつとして興つた詩のルネサンスに於てはいち早く散文詩型の詩が登場して、展開して來てゐるやうに思います、これを考へますと、その當時試作期であつた新散文詩運動の結實期に現在があるやうに思います、ついては新散文詩運動の提唱者としての北川さんに新散文詩運動當初の感想と新散文詩の解釋、それと行分けの詩つまり自由詩に對する限界等お話願ひたいです。

北川　過日「ルネサンス」の長田君から「私の行の分け方」（編者註詩の行のきり方）に就いて書くやうにと言はれ大體次のやうに回答した。

行の分け方は、詩の型から言つて自由詩の根本問題だ、明治の詩壇に自由詩が出發した當時どこで行をきるかゞ實に重大な問題であつた筈だ、初めは潑剌たる自由解放の精神に依つて自ら行の分け方がきまつて行つたのだと思ふが時代的にその自由解放の精神にも弛緩が來てからといふものは、自由詩の上に於ても行の分け方がいゝ加減になつて感想や日記の斷片のやうな文章を出鱈目に書きならべるのが詩であるやうに思い、それが詩として通用して來てしまつた。その極點に立つてゐたものは往年のいはゆる民衆詩派だつたと思ふ、さう云ふ詩精神の弛緩に對し、それらに對する批判を加へたのが僕らの其頃の詩に對する一般的な態度だつた。つまり民衆詩派と云ふのが詩界を荒らし、詩精神は低調、地に墮ちてゐたので、それに對して「詩の純化」の槍を投げた、その方法として採られたのが「短詩運動」と新散文詩運動であつた。自由詩に於てはどこで行を分けるかは定型詩ぢやないのだから自由だがその自由が惡用されてゐたので、その批判を徹底化するために、いつそのこと行を分けずに散文の型で書き流してみたらどうか、散文に書き流しても尙且　そこに詩が殘る、それが本物の詩であつて僞物は自らそこに僞物なる姿を暴露するであらう。簡單に一口で云へば自由詩を解體して、その解體に依つて新しく出發する、これが新散文詩運動の意義であつたと思ふ。つまりその當時の運動は自由詩再出發の地ならしを行つたものでせう。

淺井　かつてのプロレタリア詩運動が詩に加えた社會性の問題歴史性の問題或は思想――世界觀の問題等僕自身が或一つの運動の中にあつたからではないが、詩そのものよりも詩精神の擴大と云ふ點では全然否定し得ないものがあつたと思ふ。然しそのものが即藝術ではない。藝術としての「詩の純化」この精神は今日に於いても尊く生かされねばならない。新散文詩の運動は新しく出發する現詩界に於てはもう一度實施せねばならない必然さを感じますね。

北川　自由詩が定型へと固らない限りこの新散文詩運動は自由詩のつまり詩精神の弛緩廢頽の時期には、これは時代的にまた個人的に必ず周期的にめぐり來るものでその都度、いつも繰り返し〳〵行なはれねばならぬ運動だと思ふ

杉浦　どう云ふわけで、あなたはこの頃散文詩を書かないのですか

北川　この頃の僕の詩の殆が散文詩型

をとつてゐないのは、つまりですね、作品として生れてくる散文詩と云ふものは新散文詩運動の一つの結實であつて、散文詩運動と云ふものが新しい散文詩だけを生むものでなかつたといふことは今述べたやうなことで明らかであると思います。つまり自由詩の地ならしをやつて、そこから新しい詩の擡頭を願ふことから新しい様式の詩がいろいろ豫想されていゝのでした。新散文詩の樣式がそれであり、行あけの新しい自由詩がその一つでもある。さう云ふ立場の上から、今までの行分けの自由詩とは違つた、つまり意識をもつて行を分けて來たつもりなのです、僕は考へるに行を分けるといふのは結極行分けに意識をもつてすることゝ、その人の體力、ことに呼吸の强弱この二つに依つて行分けが行はれることに必然さを見出すものです、そこに各詩人夫々の行分けの特色が現れて、行分けの意識と自然なる呼吸が渾然と一致した時にわれわれを納得させるところの行分けが生れて來るのでせう

淺井 行と行との間の空間。この空間には書かれない數百行の伏せた詩が、こゝに潜んでゐなければならないと思ふんですが

北川 それは詩の一つの表現の方法。モンタージュの手法に依る場合ぢやないですか、それは大體空間的な技術だ淺井君はその際のヴォリュームを問題としてゐるのでせう。その間のヴォリユームが大きくなればなるほど行と行とは一見何らの連絡のない飛躍したものとなることがあります。僕は初め、その行き方で詩を書いてゐたがその後時間的なものを意識しだした。

淺井 僕はその技術と云ふ點からみるなら「時間」の後に空間がきました。今はこの二つをどう沈潜させてどう鬪いをもたねばならないかに苦しむんです

杉浦 僕は僕として行あけの自由詩の問題には觸れないことにして散文詩を書く場合の行をあける時の事を考へるにこれは必然的になる、僕の散文詩はストリーがありすぎるので映畫のシナリオのやうに一シーン一シーンがでゝくる。その一シーンが終ると當然そこで次のシーンに移るべき時にタイムを要求するそこで必然的に行をあけるのですが映畫のシナリオに於てもさうした時間的空間的にいくつかのシーンが構成されるが、映寫される時は時間的には一本になつてわれわれに時間を感ぜしめない。そのやうに實際に於いては（詩の讀者には）行がさして問題ではないと思ふ。詩の感受に於ては朗讀詩の如きは特にさうではないか、放送の時はそれが顯著だ。朗讀する人が意識的に行あきを時間的に朗讀すると、聽取してゐる人には、かへつてそれが間が拔けてゐるやうに思ふ。だが印刷されて視覺で鑑賞する詩に於ては餘白とか空間的行あきは相當技術的に効果

を考へねばならぬと思ふ

淺井　君の云ふストリーに對しては僕の言ふ叙事性とか或は劇のしぐさに對するものに通ずるものがあるので贊成だが「時間」單に行間に於けるタイムの移りとしてのみ考えることには贊成できぬ。僕の言ふ時間は歴史がどのやうに方向を握むかと云ふやうな面にかゝつてくる質的な時間にひつかゝつてゐるのだ。いかに自由詩だと言つても大きな意味の法則が流れてゐる。その法則がこうだと理論づけ得ない發展過程にあるのが今日の詩の混迷だ。僕は尠くとも詩は詩としての思想の一行である獨立性を主張したいし、そこで行と行との間にその大きな法則の一つを行や空間に見出したい。そこに必然的に僕の云ふ時間が重大なイマジネーションとして加速度的に現れてくる。外在律、內在律の過去の問題にしろこゝへ來るところの爭ひだつたと云ふ風に僕は一つのリズムを世界として理解したい、だからあの朗讀の問題にしろ聽者と朗讀者を絶對視するなら別だ。だが僕は聽者の教養や理解力や又朗讀が朗讀藝術としての未完成であると云ふことも問題だとおもつてゐる。そこにお互その苦闘から失なはれざるものを發見したい。僕は効果と云ふことゝ「現實の眞」とは別だとおもふ。

北川　日本の自由詩の場合に於てはこれは定型への反抗でもなく解放でもない。音數律以外には定型の形成はないのだから、日本の現代詩が音數律からの解放或はそれを無視することに依つて成つた自由詩であるから、つまり言葉に響のすくない口語でかく必然性を見出すことは非常に困難である。それならいつそのこと散文で書いた方が自由詩としての特色がむしろ發揮できる詩と散文とのあぶない綱渡りに――ともすれば散文に陥る危險性があるのだが――詩を見出す。往年の新散文詩運動に參加した多くの人々も僕のやうに現在行分けの詩を書いてゐる人が殆どである。その中で散文詩型で十年一日の如く散文詩を書きつゞけてゐるのは菱山修三だ。

淺井　だが所謂試作期と言はれた時代より現在の方が高いとは言はれん。

北川　こゝんところ目に觸れたものは杉浦伊作の新篇旅情詩集「あやめ物語」菱山修三の「盛夏」祝算之助の「龍」散文詩集としてはこの三詩集だ。それに安彦敦雄が「現代詩」に發表した二三の散文詩。大體散文詩型は近代フランス詩人がよく用ひた形式だ。ボオドレエルも散文詩の魅力には大いに惹きつけられ「巴里の憂鬱」一卷をものした。ボオドレエルはベルトランの「夜のガスパール」に學ぶところが非常に多かつたと言つてゐる。日本に於てもそれは別に珍奇とする形式ではない。まへにも言つたやうに新散文詩運動は散文詩を生む運動ではなかつたのであるが散文詩は續々と書かれてゐた。

ところで菱山修三がずうと散文詩を書き續けてゐるのは注目すべきだとおもつてゐたが、よく考へてみると彼に散文詩を書かせ續けたのは彼の身についた敗北感がさうさせたと言ふことに氣がつく。彼は弱々しい身ぶりたつぷりで嘆きや諦觀をうたつてゐる。ことに敗戰後の一般的な敗戰の悲嘆に便乘するかの如く感傷の押賣りに大童である新しく粧つてはゐるが古風な感傷詩で發展性は感じられない

淺井　菱山修三の場合、新散文詩の起きた必然的原因が精神と型の二方面から追究されたところにあつたと思ふが現在の同氏の作品はとかく型だけに陷入り精神の後向きを感じる。

北川　杉浦君の「あやめ物語」はわざわざ新篇旅情詩集とサブタイトルが附けてあるがあそこには旅情の感傷はない。なにか强烈な意欲が非常に切迫した句讀點のうち方などに現れてゐる。杉浦君は浦和詩話會の席上で自分はこれらの詩で女性の心理と肉體を追究してみたいと言つたが、山の風物に假託して獨自の境地を拓きつゝある

淺井　僕は「あやめ物語」と「白い蝶の二篇をとる。他はこの二つの中の精神が失はれやうとしてゐる。この二つの作品間に於ける距離と他の作品の距離が問題なんだ

杉浦　今のところ辯解はしない、があの二つの作品が知名の詩人や讀者から精神的に反應のあつたのは不思議だ。今のところ淺井君が云ふ他の作品との距離と連繫に說明がつかない

北川　杉浦君の散文詩が描寫がなくなつてモノロヾになつて來た。その可否は別問題として。小說的になつて來た

杉浦　さつき北川さんが言ふた、女性の心理と肉體を追究する。あれは確に意識的だ。

確に小說の影響はある、が單にエロチスムだと斷定されゝば斷然抗議したいね。僕は新しい倫理、別のモラルの世界を築いて、女性の美しさを發揮させたいんだ

北川　笹澤君、古い「羅針」や「詩と詩論」を見ると、君は昔隨分散文詩を書いてゐたやうだが、最近は行分けの詩ばかし書いてゐるやうだ。この間の消息が聞きたいね

笹澤　あの時代には詩精神も行詰つたやうに動かなくなつたし行分けの形體で表現しても少しも面白くない。煩悶のあげくそこでフオルムを變へて新しい道を拓かうと試みたのです。すると案外自分の言ひたい事思つてゐることが自由に表現出來たので散文のフオルムをとつたのです。つまり散文によつて僕の進路が打開出來た。「詩と詩論」時代には飜譯ばかり受けもつて詩を書かなかつた理由も一つにはそこにあつたのですがね。あれ以來起死回生の心持がして、詩作に精進するやうになつた。あの頃は散文體の詩は一つの流行のやうに思はれたが、實は時代の要求

だつたのですね。結局は詩を作るものは無意識に詩のフオルムを熱望してゐるらしい。これは決して外部が來るのではなく、詩人の内部的要求で時代が雜なら、それに相應した形態をとるもつともこれはその詩人の個性にもよるでせうが、例へば思想的なものより抒情一路に生きようとする人は純粋的な簡潔な表現法をとるでせう。僕の場合は散文によらざるを得なかつたのです。

淺井　北川さん東京のどれかの新聞に祝算之助の詩集「龍」を大變褒めていらつしやつたが祝の散文詩とあなたの御弟子さんの安彦さんの散文詩に對するなにか……

北川　祝算之介はどういふところから散文型の詩を書きはじめたのか知らないけれど、やはり以前のわれわれの新散文詩運動の流れをくむのではないかと思はれる。作者自身がそれを意識してゐるかどうかは問題ぢやないが。この人の特質は生活の凝視から詩が生れてきてゐるところにあると思ふ。そこには懷疑があり反省がある。それが觀念として表出されずにきはめてヴイヴイドな具象を以つて明確なイメーヂを形成してゐる。

安彦敦雄の散文詩は祝算之介に比べると凡そ對蹠的なものだ。華やかな官能の世界その若々しさ瑞々しさは近ごろの詩壇に見られないものだ。そして特徴はいづれの作品もストオリイを持つてゐることでこの點では杉浦伊作の散文詩に通ずるところもある。まだ女の心理を追求しようとするところも似てゐるが杉浦伊作の場合は、そこに新しい倫理觀の設定をめざしてゐるが安彦敦雄の場合は悲愁の表出のみにとゞまつてゐるんだね。

杉浦　ところで近藤さん、あなたの新散文詩に對する意見を

近藤　僕は僕の詩作品のすべてが一種の新散文詩だと思つてゐるから特別の主張はない。たゞ何故行をわけたりわけなかつたりするかと聞かれゝば、それは少しパラドックスめくが讀む場合のイメイジの把握に出來るだけ手數のかゝらぬ方法をとつたまでだといふよりほかはない。だから例へば疲れた「眠」で切つて「ノヤウナ灯ヲツケタ」と行をかへた場合は、あれは映畫のクロオズ・アップからそのまゝカメラが後退移動して行くあの技法を援用したまた近頃は朗讀といふことに關心を持つてゐるから意識的か無意識的かは別として、しぜんさういふ面の適應性が暗示されて、スピイドが落ちたなどと云はれてゐるが、そんな必要から行をわけてゐる。

また先刻から問題になつてゐる新散文詩が小說になることはそんなに氣にする必要はないやうに思ふ。散文精神に立脚した詩は小說と他人ではないと僕は考へてゐる。逆に小說でも詩になる(散文精神で詩は出來ない)といふ意

味のことを荻原朔太郎が言つてゐるがそれは別の問題で既に戰前論爭濟みである筈——近藤）

(六) 抒情詩の解剖

笹澤　架空にならざるものと、架空なるもの、對立。理想は藝術ではない。

杉浦　僕の新著旅情詩集と銘うつ新散文詩の形式で詠ふ詩は現實の臘寫ではない。女の道德をかへる一つの創造の世界だ。再婚の道德や新しいロマンチシズムに依り眞性をもたらす描寫だ

笹澤　そのロマンチシズムとはどうなのか。

近藤　いたづらにロマンスをもたらす事だ。（笑聲）

淺井　ネオロマンチシズム。こういふことで僕らは昭和二、三年頃に火をかかげたことがあるがそれは今迄のものを否定しパッショネートなものをやる笹澤さんは理想は藝術ぢやないと云ふが、藝術は理想をもつてゐる。そして歴史の否定……歴史を再批判すると同時に次に來るものを明日に引き寄せる希望を求める。混沌は常に絶えないがもともとロマンチシズムとは現實に根ざしたものであり、詩の中で夢（未來）を描き出すところにある。われわれの精神に新たな現實を創つて具體的現實に對決させることだ。こう云ふ點で近藤氏の最近の勤勞詩はおしまひのところで知らん顏してゐる。

近藤　自分でもさう思ふ。

笹澤　近ごろは知性の遊ぎがはやりだしてゐる。ロマンチシズムの平野であそぶ事が流行しだした。

杉浦　眞のシュールリアリズムの詩人はリアリストの詩人に進展して行くのが眞の過程だ。

近藤　日本の所謂シュールレアリズムはフォルマリズムの事だ。シュールレアリズムではないなあ。瀧口修造氏は骨髓からシュールレアリストだが。とかく日本人は形だけ愛するらしい。

笹澤　丁度上着とかバジャマなんだ。象徴主義も自然主義も日本に來れば形だけだ。日本には文學の根底に人生哲學や社會觀がない輕べつしてよいと思ふね。

杉浦　從來の意味に於る抒情詩は當然否定され今後は新しい主知的な觀方による抒情詩がおこらねばならないと思ふ。これについて若い「氣球」の論客安彥君、君の提唱する「惡抒情詩排撃」運動について何か。

安彥　私ども二十代の青年は全く無知です。詩について何にもしらない。詩とはどんなものかと人にきかれたなら答に窮するものが多いと思ひます。

笹澤　さうだらうなあ丁度十年以上も詩が空白になつてしまつたんだから。これは我々の大なる責任だ

安彥　氣球創刊號に阪本先生も書いて居られますが結局詩といふものは主知に依つて生みだされたものが一番であつて單に詩的感興にかられてする／＼書き出されたものが詩であつてはおか

しいと思ひます。惡抒情詩とは丁度これだと思ひます。

詩的感興にかられても一應これを客觀的におさへて整理してみる。そのプロセスは當然人間の知性によつてなされることとであつてみれば知性詩といふものが詩のオオソドックスであると考へて居ります。人間にはもともと動物的な面と人間と他の動物を區別する考へる力——これはいはゆる人間の知——によつて生活してゐるのだと思ひます詩的感興は往々にして動物的感覺面から生れてくる場合が多い。これは所謂抒情の世界です。この一面的な世界を他のもの一つの人間生活にしたして眺るのが本當だらうと思ふのです。知といふヒルターを通してみなければ人間の墮落だと思ひます。

近藤　それは贊成だ。

笹澤　二面的な觀方は良い。長田恒雄が妙な事を言つてゐるのだ。感性と知性は同一なものだと。二元論は駄目だといふので反對したんだが長田の考へ方はおかしいと思ふよ。

淺井　僕は一つの學として一應分類してみる必要もあるが單に感性知性と云ふやうに分けたくない。長田氏がどう云ふ考へだか僕は知らないが僕らが「人間で在る」と云ふところから考へるなら僕は一元的に考へたい。だが一元である爲には必ず相對が必要なんだ。つまり動物的な感性でなくなつたところの感性はすでに知的化された感性なのであるから學の方法として分けることはできても主體的に人間そのものゝ精神、考へ方は分理すべきでなくあくまで實證的に合理的にみるべきだと思つてゐる。精神とは人間それ自體の表現なんだから。それで安彦君、君達若い人に聞いてもらいたいのはかうなんだ。もちろん言はれるところの感性は往々にして淺薄な甘さにおち入り易い感性の生活と云ふものは人間の一面には相違ないがまた知的生活といふものも決して極端に對立するものではない丁度感性と知性は互ひに否定し否定しあひ、はなれるかと思へばある時は平行線をたどつてずつと平行し時にはクロスする場合だつてある。このクロスするところに僕は大きなものを視るのだがこの流れに注意してほしいと思ふ例へば詩に於てなされる主體と客體の渾然たる調和。或は又精神と現實の對決さう云ふところに現れてくる知性についてね。

安彦　一應我々青年は過去のあやまれる感性の生活を否定し脫ぎすてるためにも、全く感性を否定しさつてもよいと思ひます。そしてやがては淺井さんのいはれる觀方になるのではないでせうか。若い人間のがむしやらで詩を書きたいと思ふのです。

笹澤　若い人は羨しいね。我々の年はあらそはれない。

近藤　二十年ちがふからなあ。

安彦　抒情の世界といふものは私も好

きです。主知詩抒情詩を書きたいと思ひます。從來の三好流の惡抒情詩ではなく。

笹澤　三好氏も初期はすぐれてゐた。

近藤　「測量船」のあたりか。

杉浦　僕は三好達治の處女詩集「測量船」は讀む機會がなかつたが、今度創元社から出た「春の岬」に掲載されてゐる散文詩（測量船を含む）はいゝねいゝものはいゝ、どうしてあゝした詩精神が失はれたのか。ヂヤナリーズムの上でもてることは怖いことだ。

安彦　たとへば杉浦さんの旅情詩集など終戰以後の作品は抒情の世界からぬけ出た明るいロマンの世界だと思ひます。主知的生活の流れに身をしずめた抒情といふのでせうか。抒情の世界も私は好きてす。

淺井　結局眞理は一つなんだけれど人間は二元生活をよぎなくされるのだね感性と知性の問題はもちろん知的生活を肯定しなければ正しい文化生活は生れては來ない。所謂動物的感覺の生活自體はもう古いのだ。これは聲を大にして叫ばねばならぬ。抒情の世界を描いた抒情詩を主知的抒情詩と呼ぶのはおかしい。

安彦　とにかく感性の生活を詩の上で赤裸に出す時代はすぎたと思ひます。人間が生れるのは知性によつてではなく全く感性の世界からです。しかし一たん生れたからには生きて行くといふ事は當然知性の生活でなければならないと思ひます。そしてまた感性によつて死ぬのです。人間の生長は知によつてであると思ひます。

近藤　多くの時代の若い人は感性の徒だが彼（安彦をさす）の如く知性を理解してゐるのはたのもしいと思ふ。

淺井　未來の發見さう云ふ方向へ進みたいことを特に若い人々に望みたい。

安彦　若さが土臺ですから斷然やります。とにかく詩人はもと／＼哲學者でなければならなかつたと思ひます。哲學といつても所謂知性の遊戲である。認識論的哲學でなく本當の正しい哲學であるべき形而上學です。人間は何のために生れたのか。人間とは一體何なのだ。これは詩人ならだれでも一ぺんは悩んだものでないでせうか。こゝから哲學が求められるべきであると思ひます。哲學とはこゝだと思ひます。これは詩人として一番考へなければならない點で詩人が大哲學者でなければならない理由です。人間の疑ひなんぞは詩人がまつさきに感得するのではないでせうか。唯詩人は感性の世界に逃げこんでしまつた點に詩人の生長しない原因があつたし哲學が學者の分析學になつて行つた理由でもあつたと思ひます。哲學はもと／＼素朴であると思ひます。

（七）自由詩の行分に就いて

杉浦　笹澤さんは過日東北帝大に講演に出かけられたさうだが、どんな題材でした。

笹澤　現代詩の行あのことに就いて講演しました。現代詩は何故定型詩でもないのに行をあけるかと云ふやうな問題をそれは「新散文詩運動」の再檢討のとき僕も問題にしたが。

北川　きはめて重要な問題だ。

笹澤　僕は行別けを自由詩の形にもとつたのは只いちがいに傳統や西歐詩の模倣のやうに解釋するのは問違ひで、あの一行に深い意義のあることを述べた。僕は最もプリミテイーヴな考へ方として呼吸しリズムといふやうな處から出發して話したのですが、決してこれは自說ではなく研究の第一歩なので學者や學生の多かつた聽衆に對して研究して敎へて貰ひたいと云ひ添へました。村野や北園はもつと進步した一家言をもち、イメージのヴオリユームとか思想の一行とか說をもつてゐますが僕の實驗によると自分の作品が各々の說にあてはまるものもありリズムといふ考へ方にもあてはまる。案外散文で使ふ句點、句讀點と同じやうな呼吸の問題に觸れるものもあつて、どれと限定するわけには行かないと思ふ。この問題は各方面でもつと科學的に研究してくれるといゝと思ひますがね。

杉浦　音數律に關して日本の奇數と支那の偶數說に對する具體的な見界をきかして下さい。

笹澤　まだ研究中だが、大陸に近づく程偶數說になる。琉球の歌謠も朝鮮の音數律もみんな偶數なのに獨り日本のみが五・七・五の音數律にあてはまるのだ。どこに原因があるか研究すれば面白いものがあると思ふ。行あけに就いては考へて見るに、新體詩發生當時の習慣としては外國の詩の直譯的形式の模倣と漢詩の定型の行あけ等にも相當影響されてゐると思ふ。

北川　漢詩の音數律に對する影響は確に顯著だが蒲原有明の如きはあれは佛蘭西の象徵詩の型を取り入れてゐたのだらう。新鮮味がなくなつたら、また何か定型的なものを要求し出すかも知れないね。

笹澤　個人的の定型はあるね。

杉浦　さうだね。現代詩人の作品を見ると自由詩でも詩人のそれぞれに一種の定型が見られる。定型と言つてはいまのところ言ひ過ぎになるかも知れないが、定型らしいものが見られる。それを押しすゝめて行けば新しい定型が現れて來るのぢやないか。行をあける規範といふものも自ら出來てくるのぢやないかと思ふ。時に笹澤君終戰後新散文詩を書き出した人がめだつがどう思ふね。

笹澤　あまり、まだ注意して讀んでゐないで。

杉浦　初心者には現代詩人門はやさしさうで六敷しいらしい。短歌とか俳句とかは定型なので、その定型の中で詠へば或る程度まで短歌俳句は作れることになるが、定型のない自由詩は自由な世界だけに、その型を整へるのに反つて苦心がゐるものらしいです。

北川　僕は自由詩はスペキュレーションだと思ふ。いゝ詩が出來るのはまぐれ當りなのだ。いくら全力をつくして書いたところでいゝ詩が出來るとは限らない。それは定型の場合もさうには違ひないが、定型の場合よりもつとひどいのだ。自由詩ではいゝ詩は全く偶然の所産だ、そこにゆくと、定型だと、據りごころがあるから推敲に推敲を加へれば或る程度完璧なものが出來ると思ふのだ。

杉浦　時に詩に於ける將來の定型に就いて、笹澤君の意見を聞きたい。

笹澤　日本の詩にも將來には一つの型が出來ると思ふ。

北川　過去に於て詩が型への要求を持つたといふことは、自由の抑壓によつて自ら生れたものと考へられる。いまや自由と解放の時代だ。のび〳〵と自由詩を書くべきだ。しかしさうした詩に新鮮さがある中はいゝが、行あけは意識と體力ことに呼吸によることを新散文詩運動の再檢討のところで云つたが僕の意識と云ふのは、村野北園の考へ方と同じことになるのだと思ふ。彼等の方が具體的になつてゐるね。

淺井　とにかく僕は詩の一行に獨立性をもちたい。各行テーマとイメーヂの連關の世界に

杉浦　行をあける。その行をあけることの定型があるでせうか。

北川　フランスの詩でも象徴詩あたりから押韻とか脚韻をやめだし、日本の詩では自由詩が新體詩の音數律を捨てた。詩作の方法といふものが、漠としてとりとめがつかなくなつたから何とかして新しい定型といふものが出來ればいゝときがし求めることになる。僕も新散文詩運動ののちその要求を感じた。さし當り「行」の定型を想ひ十二行詩を試作したことがある。そのころ自由詩を書きあとで行を數へて見ると十二行によくなつてゐたことがあるそこでそれを定型化してはと思つたのである。十二といふのは一年の月の數であるし、一ダースでもある。アレキサンドランもたしか十二行ぢやなかつたかしら。三好達治の四行詩なんかジヤムの四行詩から來てゐるが、僕は別のことを歌に浮べでゐた。動物の脚テーブルの脚その他いろ〳〵な物象に四の數のものが多い。そこに必然性を見たのだ。又花の花瓣の數に四つのが多い。そんなところから四行詩と云ふものを考へたのだよ。こんなことを考へてゐると僕は詩がだん〳〵書けなくなつた。そのうちに戰爭になつて手も足も出なくなつてしまつたのだ。

笹澤　それは兎に角として散文詩も惡くはない。僕も「現代詩」創刊號に散文詩「林檎」を書いてゐるからね

北川　敗戰後僕も散文詩は若干書いてはゐるがね「評論」にのせた「どんぐりの實」など。どん〳〵書きたいと思ふが、しかしどうも散文詩をのり越え

て小說に行きさうでね。いやそこへ行つて見たいと思つてゐるんだよ。「北方」なんかは詩人の小說と云はれたが詩人の小說らしくない小說が書いて見たいよ。

(八)　新即物詩

杉浦　笹澤氏は散文形式では一つの面白い型を作つてもゐますね。詩集「海市帖」に載つてゐる〃おるがん調〃などは一行五字で四十五頁をも費ひやしてゐる長詩もありますね、あれはどう云ふ意圖のものですか。

笹澤　あれは別に意圖はないので只始め數行を書いてゐるうちに偶然字數がそろつたのであゝ試みたので、漢字を假名にしたり、それを逆にしたりしたのですが、結局一つのフオルムになつたやうですが、不思議なもので、あれはあれで讀んでみると、一種の味があると褒めてくれた人もあります。

北川　時に笹澤君僕は、一寸君の即物詩について疑問があるのだが。君の詩に即物詩といふサブタイトルがついてゐるね。ところが詩を讀むと、その詩とは凡そ反對の感銘を受ける。それは僕だけでもないやうなのだ。ルネサンス第二號の「手紙」といふ詩の如きは寧ち即物詩でなく唯心的なものぢやあないか。この「手紙」の如きは主知的な抒情詩としてこのもしく、即物感がピンと來ないんだが。ドイツの即物詩とどう云ふ關係にあるのかね。

笹澤　ドイツのは新即物詩、僕のは只「即物詩」なんだ。

北川　あ、さうか。「即物詩」。それにしても、その即物詩といふ理論を聞かせてほしいですね。

笹澤　北川君に問題にされた「手紙」――は實は失敗の作で主觀が少し强いのです。快心の作は「蒴」だの「家の性格」「頂上に登れない樹のために」などです。僕は本當に好い詩は、主觀と客觀と渾然した處にあると思ふ。主觀が强くなると觀念が勝つたり、狹い世界になる。客觀に傾きすぎる詩の喪失となる。この主觀と客觀の融合は印度に古くからユガ宗といふのがあつて、この宗教について、カロッサがリルケ評論で述べてゐる。リルケにも「物象篇」を作つた時代があつて、これはロダンに私淑してゐた頃ロダンの先が制作項に制作といふ藝術態度に影響されたのですが、自然發生的な氣儘に歌ふといふことでなく、對象を觀察し、その本質をつかむ。この哲學は新カント派やベルグソンあたりから發生したやうですが、リルケなどは、一つの對象を觀察して結局が幾度も胸に浮んで來るまで書かなかつた位ださうです。物を平面的立體的に表現するのではなく、本質を見究めてそこから浮び上つて來る感情から想念を詩にするらしい（これは僕の意見だが）。芭蕉の作品にも佳品にはこの主觀客觀の渾然性が見える詩なども古來、佳作はみんなこゝにあると思ふ。僕はリルケの態度に感心し行詰つた詩作態度を改めた・ロダンではないが、靈感なんか待つてゐたつて來るものか、何より制作といふ態度、これに示唆を得た。これが前述の散文詩にも關聯があるのです・そのために俳句の師匠について、あのフオルムに容觀性を凝縮してみることも練習し、いろ〳〵やつて見ました。お蔭で僕は物を觀察する習癖がついて、詩以外にも得をしてゐる。それに何よりも物に對して愛の感情を持つやうになつたのが收穫だつた。

(九) 國語と雅語の再檢討

杉浦　第一次座談會に於て、この問題は重大なポイントとなつて論議されたが、これに關して排擊の積極的行動にまでは言及されなかつたが「現代詩」の座談會の記事に依り、この問題が相當普及し、各所でこの問題に關心を寄せてゐるやうだ。浦和詩話會第二回の席上に於ても、この雅語の問題から、出席の歌人自身が短歌撲滅論さへ提唱した。短歌の如き傳統の中に成長して來たものは、如何に雅語や、萬葉調の語藥が時代錯覺であることを認識してゐるのではないか。少くとも前衞的な歌人に於ては短歌それ自身にあきたらなくて、詩に轉向する者もゐる有樣である。現代人が現代語を使用し、その意志表示に言葉としての意義を失しゐる雅語口語を使用するのは、思想（詩精神）のプーアーを示すもので詩人の恥辱である。若い前衞的な詩人に於ては、大いに之等の問題にくみつくべきである。過日も寄贈された「國鐵詩人」RPを見ると、高木彰と云ふ人が次のやうに言つてゐる。最近の「現代詩」に（今日、我々にとつて最も緊急の問題は、擬古體の廢棄文體語詩の放擲口語詩形式の飛躍的革新等の問題である――今日までに爲し遂げた最も大きい業績の一つは口語詩の創始といふ一事であることを忘れてはならぬ）と佐藤淸氏が叫んでゐるが、僕も是れに共鳴する。凡そ古擬古体の詩などに嬉々としてゐる人々の氣が知れないのである優しき言葉の詩、といふことは口語詩を條件とすることは最早否定し得ない事實であらう。憲法までが口語化されつゝある秋、ことばの先端を走る吾々詩人は課されたるその使命の下に、大いにその責にあたるべきである。毎日の生活が詩の糧ならば、その表現も當然口語詩体に依つて爲されることこそ愛される詩である、といふべきであらう。此處に吾々詩人の努力がとげられる。これこそ眞實の聲である。これ等を拒否すべき人々の執るべき態度に付いで　北川さん何か

北川　この前の座談會で私は現代詩は口語で書かなければならぬと主張したところ出席した諸君によつていろいろ檢討されたが、その根本の趣旨には讃成のやうであつた。神保君の說明によると、「日本の詩の將來を考へた場合日本の詩が世界詩の一環としてどうし

た展開をとつて行くべきかを省みると き、單なる傳統、日本人としての血の肯定を含めて、新しい現實に立脚した道が開かれねばならないと思ふ」といふのだが、われわれはこの際きつぱりと傳統に絶縁してこそ、新しい世界詩の一環たりうるのだと考へる。われわれにはいくら否定しても、そこにこびり付いてゐる傳統や血がある。それらはわれわれを新しい展望へみちびくさまたげにこそなれ、加へるところは殆どないのだ。近藤君の如きアヴァンギャルドの詩人が「古語で書いたら絶對にいかぬといふ氣は起らないです」と云つてゐるのは少し政策的すぎると思ふし、寺田君が「現代語で書いた場合には詩がとげとげしいものになりがちで韻律といふことを非常に考へてゐる人達は、どうしても古語を使ひたくなりがちではないか」と云つてゐるのは韻律がどんなにわれわれの詩精神とイージーゴーイングなものにしてゐるか思ひ當らない人の言葉である。「どうしても現在の言葉を以てやつて行かなければ自分の言ひたい事が逃げてしまふといふのは古語にしたならば吾々の意慾といふものがすでに古語の中の死語にとゞまつて我々の言葉の典型とは凡そかけ離れて沒社會性のものとなつてくる。即ち新しい別個の現實に對する新しい世界を望む意志が失はれてくる。さうした古語を使つた場合には我々の詩語は嘘だと考へざるを得ない」これは淺井十三郎の言だがそのとほりだと思ふ。それから「我々の現代語、我々の詩語としての現代語とは一体どう云ふものか」と疑問を彼は發したが日常の用語すべてが詩語になるものではないことは云ふまでもないところだ口語の中に寶石を發見するかどうかそれは詩人の才能にかゝつてゐるあの座談會があつてから現代詩即口語詩説は大分人々の關心を呼び、また思いなしかも知れないがあれから古語雅語を用ひた詩が大分影をひそめ出したやうに思ふ。僕は東京新聞の「敗戰後の詩と詩人」の第一回でも、このことを強調した。これはいくら強調しすぎても強調しすぎることはない。ところが、最近「アカハタ」に壺井繁治の「開放の歌」てのがのつてゐるが、これが舊体依然たる文語体詩なのだ。民衆が曲につけて歌ふ詩なればこそ民衆の言葉で書かれなければならぬことをどうしてわからないだらう。作曲されるからだと辯解するかも知れぬがどんな口語詩だつて作曲されないと云ふことはないフランスのモーリス、ラヴエルなんかジユール・ルナアルの「イストアルナチユレル」のもの詩的な短文「孔雀」「白鳥」なんて散文をさへ作曲してゐるんだからな。口語体詩が作曲出來ない民衆作曲家なんかあり得ない。共産黨の文化政策はなつちやゐないね。

杉浦　笹澤さん此の問題に就いて一言

笹澤　僕は現代詩は現代語で作らなく

ては不可ない建前だ。主知的傾向の顯著な現代に於ては尙更さうだと思ふ。何故なら言語は生きてゐるのだから、生きた現代詩を書くには當然のことだ。愛國詩時代に文語を用いたのは、嚴肅な對象に當面した時は、どうしても文語でないと味が出なくて、口語でやるとしまりがなくて品が下がる。さうした必然性があつた。しかし現在我々でも文語体の一部である形容詞が持つてゐる緊密性、迫力性を利用することがある。場合によつて「美しい」を「美しき」にしたりする。勿論矢鱈に利用すべきでないが。

杉浦　近藤さん、君の陣營から、さつきのやうな勇敢な闘士が現はれたのだから、これに對する一言を。

近藤　僕の言が政策的すぎると云ふ北川氏の批判は確かに痛いね。僕も口語の實踐者であるし、さういふ主張もした。げんにさつき高木氏ともさういふ話をしたんだ。まだ僕は口語以外の詩を一つも書かなかつたがたつた一つ「むらさき」かなんかでアッツ島のことを文語で書いたら、それを悪友達が見つけて「近藤が文語の詩を書いた」といつて絶好のからかひ材料にされたくらゐなんだ。何故わざと文語で書いたかといふ理窟があるんだが、それはそれとしてさつきの「絶對にいかぬ氣は起らない」といふのは、當夜の北川氏は非常に本質的な結論的なものを考へて居たのに僕は技巧論として理解したので誠意がなかつたらしい。つまり散文精神で書けば使ふ言葉が何であらうと拘泥しないといつた意味であつたのだ。散文精神で書けば、文語は使用出來ない筈だと言つてしまえばそれまでだが。例へば尾崎喜八氏の「此の糧」がその作品價値は別として文語で書いてあるからといつて現代詩としては認められないかといふ問題になるんだ。文語で書いてあるから現代詩でないと批評圏内から放逐するよりは、一應現代詩としてとりあげ、さて何故文語を使はねばならなかつたかといふ點を追究した方がよいといふ氣持なんだ。とにかくまたまた北川氏に怒られちやいけないから、ここにはつきりして置くが、僕も現代詩は口語で書くべきことを主張する。それは北川氏の意見に全面的に同感であるが、その外に文語で書くことは特殊な場合の外は文語で書かうと考へることが、封建への憧憬的思向を含むことを警告する。　封建は「今日」の要素ではないからだ。

杉浦　淺井君の意見もききたい。

淺井　近藤氏の警告には贊成だ。詩人と云ふ名に於て口語論者に向けられた反對は「彼等は何も知らない無學だ」と言ふことだ。僕は、その無學をあくまで負ふつもりだ。究極するところ我々の言葉は、我々の風土、我々の社會に還つてくるのだ。新しい社會には新しい言葉が必然的に起きる、たとへ今日の言葉でも意味内容の變化をもたらして行く。それがあたり前なんだ。口語には口語を支へる歴史的社會があるそしてこの社會組織や政治を離れては今日の存在意義はない。だから新しい言葉と新しい社會とは一本網なのだ。言葉を創ると言ふことと新しい社會を創ると云ふこととの關係。現在の口語をどのやうにぴつたり自分たちの社會の言葉にするかに大きな意識的努力が必要なのだ。雅語には雅語を形成した社會があつたのだ。その歴史的な社會を批判せずに雅語をその儘今日の社會組織に植えかえようとしたところで所詮それは我々の生活の中からあるものではなく丁度百貨店内の切花のやうなもんだ。そう云ふ言葉はすでに我々の精神でも思想でも或は又機械でもない僕は雅語論者に對してもはや詩として問ふところのものでなく世界觀としての闘ひを闘ふだけだとおもつてゐる。

(十)　國語問題

笹澤　漢字制限についてどう思ふ、君は先端を行く人だから一意見あるだらう、僕はどうも漢字は捨てられないね漢字だとイメーヂをはつするからね、たとへば驛の字なんか假名だとなかなか讀めないが、漢字だと一目でわかるし

北川　僕は漢字は制限どころか撤廢論だよ。それや僕らのやうな漢字の教養を身につけてゐるものにとつては假名ぢや不便だ。しかし問題は漢字を殘すことによつて都合のいゝ面と、撤廢して利する面との比重にかゝつてゐる。漢字を學ぶために無駄にするエネルギーや日本文化の世界的孤立性への拍車に比べたら、漢字の象形による便利さそれが孕むイメヂーの豊富さの利點は小さなものだと僕は考へるね。假名書きにしても、使ひ慣れたら歐文のワンシラブルのやうに、一つの形が驛に迄入つてくるんぢやないかしら。漢字は支那で知らしむべからずと大衆を愚民化す方法だつたと云はれてるぢやないか。これから日本の文字としてふさわしからぬものだね。それにこれからの文化は、目で讀む事よりも、耳から這入る文化にすゝむと云ふ、これは映畫の方で、今村太平といふ映畫評論家の力說するところだが、たしかにそういふところがあるね。將來は新聞なんか讀むよりもテレビジョンによつてニユースなんか知る事になるだらう。そう云ふ時代の國語の準備としても漢字は不要だね。

敗戰後まもなくの「中央公論」だつたかで志賀直哉氏がフランス語にしたらどうだらうと云ふ意見がでゝゐてびつくりしたことがあつた。あの立派な日本の文章を書く人があつさり捨てゝしまつてフランス語にすると云ふのだからね。進歩的だ。この前の座談會で、文語雅語の使用の可否について文語雅語の廢棄を主張したのは僕だけで、神保君も、近藤君も、寺田君も、絕對廢止論には贊成しなかつた。尤も現代語

に殘せるものは殘してもいゝと僕も云つたが。こんな點、詩人は古いね。時代遅れだね。

淺井　どうしてあんな事がわからないか不思議です。言葉は社會のものだから漢字など、つまりカナでかいていゝ奴とわるい奴どし／＼活字でキメてかゝればいゝし、大體我々の社會に必要ない漢字は使はないこと。世界を持たない漢字は撲滅するんだね。

北川　現代詩は口語で書かなくちや實感が出ないよ。現實感がね。現實といふとリアリズムをすぐ思ひ出す人が多いが、現實世界そのまゝじや詩にはならんよ。やつぱり獨自の見方感じ方で處理するだらう。新しい現實の創造つてことになる。マックス、ジャコブ（これはフランスの立体派の頭目だが）は作品は位置されてゐなければならない、と云つてゐる。主題から遠ざかれば遠ざかるほど、作者の持つ感動はおおきい、と云つてゐる。　新しい現實を創るには、どうしても現代の口語によらなければ、物になるまいと思うんだ、小野十三郎なんかあれで新しい方にすゝんでゐる詩人なんだが、それでも必ず一つの詩の中で一行位は文語調でやつてゐる、この間「東西」で見た朝鮮人をうたつた詩は、すつかり文語體で書いてゐた。安西冬衞も半分位は文語體だ。他は推して知れる。これぢや詩人の恥だね。

文化の先導者を以つて任じるのが詩人の誇りだとすればね。

近藤　文語の問題については先に辯解したが、漢字制限については僕も漢字を固執しないし、どん／＼使はぬ方へ努力しようと思つてゐる。それにはその漢字でなければ表はせないやうな發想法とは訣別することだ。ところが受け入れる方でまだ漢字口調が生きてゐるから、そこで「鐵道」はカナで「テツドウ」と書いたりして、北川氏の云ふやうに昔からイメイジを受け入れるやうに訓練して行かねばならぬ。「アカハタ」や「自由しんぶん」はもうやつてゐるが。ただフランス語で書くといふ言葉は面白いが、眞面目な問題としては僕は不贊成だ。理由はこゝでは止めとくが……。

杉浦　僕は或る雜誌に詭辯的に「日本人がみんな無學になれば、漢字なんて無用の長物になる」と云つた言葉だけのことなら、横濱港あたりのリキシャマンのイングツリシュで通用するがさて、こと文學になると今のところ漢字は捨てきれない。

（この問題はあまりくりかへして、氣まりがわるいが、重要なことはいくらくりかへしてもくり返しすぎることはないと云ふ諺もあるので速記した。）

淺井　後日また新人についてとか日本詩界の注目すべき詩篇等について話していくとしては、ではこの邊で……

—一九四六・一〇・一〇—

現代詩發展の途

喜志邦三

I

我々がいま考察の對象としてる詩を、便宜のため概括して抒情詩と呼ぶこととしよう。

同じ藝術であつても、例へば建築の如きは、一人の藝術家の能力を以て、その全部に亘る創作を完遂することが困難である。彼は自分の思想や感情を多數の工人の助力によつて表現する、またその資材の面に於いても、自己以外からの多くの援助や制約を受ける。また是とは別の意味に於いて、例へば歌劇の作家の如きも自己の能力のみを以て、その全き表現を果すことが出來ない。演出者や俳優の協力、そしてまた裝置や照明に於けるさまざまの援助や制約が存在する。

併し抒情詩は凡そ總ての藝術の中で、最も單純なるものの一つであらう。抒情詩作家は彼一人の能力を以て創作を果し自己以外の援助を受けず制約をも受けない。彼は唯彼の能力に依つてのみ創作することに於いて、絶對の責任を持ち、また絶對の自由を保つてゐる。彼は或る種の藝術作家のやうに協力者の非才を嘆息する必要もない代り、自己の作品に關してはその全面的能動の責任を負荷されてゐるのであつて、所詮抒情詩は、徹頭徹尾個人の文學であり、個人の藝術であると考へて差支へない。

II

偖て、斯ういふ種類の藝術――抒情詩に對して、その發展を期待すべき如何なる指導方法が存在するか。私の結論を以てすれば、むしろ人爲の方法を構へず唯そのあるがままに發育成長せしめるこそ最上の策であると考へるものである。

現代の日本――といふやうな特殊な環境の中に於いては、抒情詩の如き藝術に對しても何か特殊な指導方法を以てその發展を指導すべきかの感を抱く向きも多いかも知れないが、抒情詩はなほ如何なる環境にあつてもその抒情詩たるの本質を失つてゐない。一人一人の詩人がその全努力を傾注して、美の實體を追求し、感情の隱微を探索する以外に、その發展の方法はあり得ない。なまなか他の力を以て、何か是に影響を與へようと企圖しても、それは徒勞であるばかりでなく、反つて害惡とさへなるであらう。抒情詩はその作家がその全面的責任を持つ藝術であること、如何なる場合に於いても變りはないのである。

　私は過去數年間、或は數十年間、さまざまの形で制約を受けてゐた日本の抒情詩、我々の抒情詩が、いまその制約を排してのびのびと成長せんとする姿をほほゑましく眺めてゐるそしてその成長には如何なる指導も誘掖をも與へる必要がないと考へてゐる。今後我々の詩壇には千姿萬態の詩の流派が發生し、いろ／＼な方向や主張を持つ團體や結社が出來るであらう。しかもその流派、團體、結社の中に於いて、更に個々の詩人がその個々の特異性を以て各自の詩精神を顯揚して行くであらう。そして我々の詩は從來に見得なかつた華麗を示し、過去の五十年に漸く爲し得た進歩を十年間に果し、過去の五年に辛じて爲し得た飛躍を僅々一年の間に遂げ得ると期待する。個々の詩人が個々の直觀を以て詩の本質を握り、個々の感覺を以て時代の相を感得して、詩の創作に刻苦精勵するところ、自ら新しい詩の發展が約束されるであらう。そして、その爲に必要なことは、ただ個々の詩人が自由に自己の詩精神を伸張し得るやうな環境のみである。他に制約されることなく、他に指導されることなく、自己の感覺と感情とを以て、只管に前進し得るに最も快適の環境のみが、今後の詩人に必要なのである。自在に個性を伸し得る環境、ただ其のみを用意することが、眞實の意味に於いて詩の發展を導く唯一絶對の方法である。籠にある鳥を青空に放ち、野の花をして野に咲かしめよ。最も個人的なる藝術をして、その最も個人的なる所以を全からしめよ。新しい抒情詩は其によつて豐富多樣となり、飛躍と發展を遂げるのである。あらゆる詩人が自己一人を以て、一つの流派を稱へ、一つの主義を掲げても、なほ十分に成り立ち得るやうな詩壇の樹立こそ詩の發展の道なのである。すなはち殊更なる指導誘掖の策を企てないことこそ實は最上の指導方策であると、是が私の結論である。

四

　附け加へて言ふが、今日我々詩人に對して更に指導の役を果さうとする立場にあるのは一體誰人であるのか。文藝批評家、評論家、或ひはもつと廣い意味の文明批評家でもあるのか。或はまた俗な言ながら所謂詩壇の先輩詩人であらうかそれともまたジャーナリストででもあるのか。いづれにしても、さういふ人々から詩作の內面の問題に關して、彼是と指導的言辭を頂くのは、我々抒情詩の作家にとつて全く無益のことである。好い詩は我々自身が書く、我々自身が我々自身の膏血を以て、書き得る最上の詩を書くことに努力する。

もし今日、日本の詩に、詩人に、詩壇に關心と興味と熱意とを持つ人々があつて、何等か指導的役割を果さんとの積極性を抱懐せらるるならば、前に書いたやうな詩壇的環境の醸成に一臂の力をかされたい。例へば詩人の組合を作ること、詩作品發表の機關としての書物や雜誌の刊行を盛にすること其他詩人がのびのびと自由に詩を書くに必要な環境の條件は數多く存在する。刻下の詩壇に於いて第一に必要なのは詩の内面の指導よりも、かかる外部的な條件の完備である。そして批評家やジャーナリストは斯ういふ方面に於いて、詩人よりも有能なること萬人の認むるところである。

いま、世は言論の自由を讃へてゐる。また表現の自由といふ言葉をもきく。併し詩人にとつて、表現の自由とは、その言はんとする所を制約なしに言ひ得るといふ事だけでなく、また同時に表現に際しての外部的條件の整備をも意味するものである。もし、今の場合、詩の發展に對する指導方策を言ふならば、むしろ斯ういふ方面に緊要のことがあるのではなからうか。

Ⅲ

併し右に就いては、既に私も適當な方策の樹立者であり得ない。私もまた僅に一介の詩作者に過ぎないからである。

別の人による具体的な方策と企圖を只管に俟つ次第である

戰後に於けるシュール・リアリズム詩の在り方

竹中久七

1. 前言

戰後に於けるシュール・リアリズム詩の在り方を規定するものは、主体的にはシュール・リアリズム詩人の世界觀であり、客觀的には戰前並に戰時中のシュール・リアリズム詩の動向より生ずる因果的關係である。

2. シュール・リアリズム詩と世界觀

シュール・リアリズムそのものは世界觀ではない。然るにそれをそう考へてゐるシュール・リアリズム詩人がゐる。かゝる場合のシュール・リアリズム詩は幻覺、夢想心理の詩となり、一時ア・ラ・モードとしてもてはやされた逃避的な詩である。之に對し、シュール・リアリズムを最高の詩的技術とし、リアリズム→アンチ・リアリズム→シュール・リアリズムといふ詩的技術の辨證法的發展を認め、詩人が自らの抱ける世界觀に即してその技術を驅使すべきものと解する場合、科學的＝思想的＝理智的なシュール・リアリズムが發生する。後者の場合でも一概に世界觀といつても色々あるから單一ではない。併し世界觀は元來恣意的なものでなくて、社會的歷史的なものであるべきであるから、そこには統一が必要であり、世界觀的統一を遶る闘爭としてスペインに於けるマルクシズム對ファシズム、ヨーロッパに於けるデモクラシイ對ファシズムの戰爭が起り、第二次世界大戰に於けるマルクシズムとデモクラシイの對ファシズム闘爭の協力の姿が人民戰線→新民主々義である。かゝる意味で新民主々義に即して最高技術としてのシュール・リアリズムを驅使する詩人こそ戰後の、時代性を持つたシュール・リアリストである。戰後のシュール・リアリストはかく在るべきであり、空想的シュール・リアリストは超時空的な虛脫詩人として歷史社會の歩みに取り殘されるか、コマーシャリズム的な氣取屋詩人としてしがない藝人的世渡を續けるであらう。

3. 戰前並戰時中のシュール・リアリズム詩の動向

シュール・リアリズムが資本主義第三期の逃避藝術であるといふナップ系左翼藝術的批判は藝術的批判として當を失してゐたばかりでなく、社會的歷史的批判としても愚劣なものであつた。元來シュール・リアリズムの發生はブルジョア・リアリズムに對するダダ的反抗として始つたものであり、それ故にこそシュール・リアリストはその成長と共に次第に明確なマルクシズム世界觀を抱くに至つた。勿論シュール・リアリストの中にはそのやうな政治的成長をなし得ずして脫落した者所謂空想的シュール・リアリストも澤山あつた。かゝる脫落者を目してシュール・リアリストの代表的なものとしたのはシュール・リアリズムに對するナップ系左翼藝術的批判の往年の過失であつた。之はその批判のレベルがリアリズムといふ初步技術に置かれてゐた爲に無意識の裡に侵した過失である。

　シュール・リアリズム詩が戰前からかく二派に分れてゐたことは、日本でもフランスでも同じだつた。日本では「詩と詩論」を中心に空想的シュール・リアリストが集り、「リアン」を中心に科學的シュール・リアリストが團結した。（各例外者は漸次夫々から脫退した。）前者系の詩人は戰時中はジャナリズム的存在を維持する爲にはファシズムの壓力下に於て止むを得ず反動的な日本的ロマンチズムの戰爭詩を書かされた。後者系の詩人は非合法的な秘密活動を續けて檢擧せられ嚴重な監視下に執筆を禁止された。フランスでも戰前既に「シュール・リアリズム第二宣言」に依つてマルクシズムへの旋回、人民戰線への參加が見られ（シュール・リアリスト中この新動向から脫落した者達は反動的な「第三宣言」を發してあくまでその空想的態度を保持した。）對獨戰爭中に於ても進步的なシュール・リアリストは左翼的愛國者として奮鬪した。

　かゝる事實を以てしてもシュール・リアリズムが決して往年のナップ系左翼藝術的批判に規定された如きものではなかつたことが明瞭である。そして又かゝる事實こそ戰後のシュール・リアリズム詩の在り方を客觀的に因果づけるものである。

　戰時中ファシズム官憲が一切のシュール・リアリズムをプロレタリア藝術の一翼と見て、二科會系（—→美術文化協會系）のシュール・リアリズム畫家や戰爭詩に非協力的であつた神戸詩人俱樂系のシュール・リアリズム詩人を檢擧したのは彼等の右翼的思ひ過ぎであると同時に、シュール・リアリズムを以て單純にブルジョア的なものとして攻擊したナップ系左翼藝術的批判には公式的な極左偏向性が含まれてゐる。

4. 結論

以上に依つて明かになつた如く戰後のシュール・リアリズム詩はマルクシズム世界觀を持つた詩人に依つて科學的──→思想的──→理智的な方向に進められるべきである。併し乍ら戰後日本に於て進行中の民主革命は先づ封建的殘滓を一掃するブルジョア革命であるとすれば、その一環を形成する文化革命もブルジョア文化革命でなければならぬ。文化革命も二段革命でなければならぬ。之を詩壇に就いていへば、日本近代詩壇は一方に於て高度に發達したブルジョア詩（文化的遺産として將來社會に繼承せられるべきもの）を持つと共に他方に於て強固な封建的詩（前時代的遺物として一掃すべきもの）の存在を許してゐる。和歌、俳句、心境詩、抒情詩等がそれである。奴隷根性の强い大衆は寧ろ後者に興味を持ち、前衛詩には殆んど無關心である。そこで戰後のシュール・リアリストは新民主々義の姿に於て一面ブルジョア・リアリズムに向下して大衆と結び付きつゝ、他面あくまでその前衛詩向上を努めねばならぬ。（前衛とは大衆との關係に於て前衛なのであるから、大衆から離れてはならぬが、大衆とは異質的なものなのである。）

空想的なシュール・リアリストには戰前も戰時中も戰後もそんな歴史社會の動きは關係はない。彼等は原稿が賣れゝばそれ丈で滿足な藝人的詩人なのである。精々彼等は時間的に新しいがるディレッタントであり、地理的にエキゾチシズムを感じる植民地的エピゴーネンである。

（一九四六・十・十一）

エッセイ

詩と音樂の世界

畑中良輔

音樂の美がそれ自体抽象の上に展開する事は言を俟たない事であるが、詩の上に於ては、それは如何に展開され得るであらうか。

詩の純粹度と云ふものの尺度が何に依るかと云ふ問題はもう古い事ながら今以てくり返されるのである。それはこの抽象性と云ふもの自身の明確な把握が足りないからである。

言語が言語としての機能を進歩させ抽象の世界に突入した時にポエジイは昇華した。そしてそのポエジイは瞬間音樂と握手したのである。ポエジイが音樂と握手するのは實にこの一瞬でしかない。

この抽象の世界は我々の最も規定し難いものではあるが、論理を越えて我々の感覺はそれをいつでも捕へる事が出來るのだ。それが音樂の本質である

詩は語り、思索し、感傷した。然し今、詩は語らない。思索しない。感傷しない。

ポエジイに音樂性を求める必然がそれらを動してゆくからだ。詩が音樂の狀態を憧れるならば、詩の行動性は影をかくして行くだらう。云ひかへれば詩が文學性を失ふ時こそ詩精神の獨立があるのだ。

詩に於ける文學性ほど卑俗で、いやらしいものはないと私は考へる。不潔極まる。詩は詩自体の純粹に還るべきである。それは倫理、論理を越えた彼方にある。

人々はもはや 藤村 春夫 白秋を自分の手に依つて再現しようとは希はないであらう。

人々は夫々各自のメトオドに依つて詩を書きたいと思ふであらう。その時にこの文學精神の追放はなされなければならない。

詩は、かくて抽象の世界へと歩み初めたと云ふ意味は、音樂の狀態への移行を證する第一の段階である。然るに音樂はその初めから抽象の世界を持つた。

詩が語つてゐた時に、もう音樂は抽象の世界を創造してゐた。それが音樂の出發であつた。出發した音樂、それが次第にその浪漫性に目覺めて來た時音樂はその文學性を注入してゐた。抽象より具象への展開は進歩であるか退化であるかは、こゝでは斷じ難いが、とにかく、音樂は詩とは反對の方向をとり初めた。音樂の純粹性は破壞され多様化の一歩一歩を辿つて浪漫派音樂

の最盛期と見たのは十九世紀の末であつた。

詩に於て、その頃抽象の世界へ足を踏み込んだ事をあはせて考へる時非常に面白い問題だと思ふのである。十九世紀末に於て詩と音樂は各自の反對方向に於てクロスしたのである。その時の花火は種々樣々な派を起して行つた

最も新しいフランスの詩人たちの作品が、私に何を聯想さすかと聞かれたならば、私は即座に「それはバッハの作品です」と答へるであらう。

音樂の開祖であるバッハは現代の詩の性格を既に包藏してゐたのである。それは音樂の永遠の新鮮さであり本質であつた。

各々の立場から出發した詩と音樂がその根本に於て對蹠的であつたと云ふ事は不思議な事でさへある。然しその本質に於ては同一のものであると云ふ事は本誌に私は書いた。

然して今や音樂は詩精神を持ち初め詩は音樂精神に向つてゐる。その根底に於て、「抽象世界の展開」である事は言を俟たない。

良い詩人たちはこれらの事をだまつて作品して行つた。凡庸の詩人たちはだまつて描いてゐた。良い音樂家はポエジイを作品に表現した。愚かな音樂家は歌つてばかりゐる樣な作品を發表して行つた。　詩の中に音樂性を見る程、愉しいものはない。リルケのどの詩の中でも最上の音樂が流れてゐる。これらの音樂性に就て、詩人がもつと音樂の本質に就て深く考へるならば、日本の言葉でもつともつと良い詩が書ける筈である。　ああ、鈍感な詩人よと私は呼びかけたい。

あなた方は音樂の一小節すら理解しない樣に出來てゐる。ぼんやり聽きとれてゐるその顏は何だらう。だから詩人は言葉の中にしか住めない。數字で詩を書く時代が來る迄、日本の安易な詩人達の詩は醒めない。

その時代が來た時に、初めて日本の詩人たちの目は大きく見ひらかれるであらう。そしてねむさうな眼をこすり乍らつぶやくであらう。「これが音樂だつて？　詩とちつとも變つてやしないぢやないか」。

編輯後記

○今輯は七月號の「現代詩考現學」に續く第二回の「現代詩を語る」座談會の記事を以て特輯號とした。

○現代詩の諸問題を討議するために、北川冬彦氏、笹澤美明氏、近藤東氏等に、わざわざ越後の山の中に集つて貰ひ座談會を開いた。越後に集つて貰つたことに就いては、別に深い譯があつたのではない。ゆつくりうちくつろいで問題を討議して貰ひたかつたからである一日は詩と詩人社で、一日は湯澤溫泉と、二日續きの座談會もめずらしい。それだけに一同が熱心に語りあつて、本輯のやうな速記錄が出來あがつた。

○參集した人々の多少の畑違ひのものと、また語り盡せなかつた問題は、別にその道のエキスパートにお願ひし寄稿して貰つた。

○他のジャンルに及ぶもので、映畫と演藝、繪畫に就いて、次輯あたりに亘つて掲載する豫定だから、文字通り完璧な現代詩に關する考現學的な文獻が出來上るであらう。

○「現代詩」が、單なる詩の發表機關でなく、現代の詩壇のイデアを方向するやうな機關紙になつて來た。これは編集者としての意圖もあるが、自然にかくなつて來たところに興味深いものがある。

○本號は問題特輯と用紙の關係から詩作品は全部ストックした。詩作品が一篇もない故か詩作品の藝術價値の問題について考へさせられた。日本詩の發展の爲に、編集者は大いに勉强し、苦心しなければならない。

○このことは編輯者の權威の問題にもなるが實際はなかなかむつかしいと云はればならない。新人の紹介ならば、編集者の選擇で出來るが、そうでないものは簡單にはゆかない。

○本誌の飛躍發展、日本詩界えの貢獻についてはかれがれ苦心してゐるところであるが、本年は具体的に雜誌の上に表現していきたい

○尙ついでながら編輯者としての杉浦伊作、發行者としての淺井十三郎も「現代詩」に限つては、無色であるから、あらゆる方面の御指導と鞭撻をお願ひする。

○追記　實は本集は十二月號として編んだものであるが、もつぱら印刷所の事情によりやむなく本誌を新年第一號として送ることにした。諸者諸氏の宥恕を乞ふ次第。

現代詩　第二卷　第一號
特價四・八〇　〒三〇

詩と詩人社會員費一年五拾圓（分納可）
本誌並ニ本社發行「詩と詩人」ヲ各一部配布ス
廣告料ハ一頁マデ相談ニ應ズ
送金ハ小爲替又ハ振替利用ノ事

昭和廿一年十二月廿五日印刷納本
昭和廿二年一月一日發行

編集部員　杉浦伊作　浦和市岸町二ノ二六
編集兼發行人　關矢與三郎　新潟縣北魚沼郡廣瀨村大字並柳
印刷人　本田芳平　新潟市西堀通三番町　昭和時報社・電話七三四番

發行所　新潟縣北魚沼郡廣瀨村大字並柳乙一一九番地
詩と詩人社　淺井十三郎
振替東京一六一七三〇番
新潟五二七番
日本出版協會員番號A一一九〇二九

配給元　日本出版配給株式會社

昭和二十一年六月二十日第三種郵便物認可（毎月一回一日發行）
昭和二十一年十二月二十五日印刷納本 昭和二十二年一月一日發行
第二卷第一號（月刊）
特價 四圓八〇錢

現代詩

昭和二十二年四月廿五日印刷納本
昭和二十二年五月一日發行

第二巻 第二號

一週年記念號

詩と詩人社

現代詩

一週年記念號目次

詩朗讀について

北川冬彥

詩が朗讀されるといふことは、現代詩にとつて、いゝ結果を生むことを私は信じてゐる。何よりもいゝことは、詩が平明となる結果を生むに違ひないからである。現代の大衆にとつて無緣である文語や雅語で書かれた舊體詩は朗讀の價値を失ふ。少くともそれらの舞臺での朗讀は意味をなさない。

詩が朗讀されるといふことは、耳から詩が這入ることである。耳から詩が這入るとなると現代口語詩に缺けてゐる詩の響き、リズムの成生招致に詩人たちを驅り立てずにはゐないであらう。現代口語の洗錬は、いやが應でもなされずにはゐないだらう。現代口語詩の確立に寄與するところ多大であるとなれば、これは現代詩にとつて重大事である。詩朗讀の催は、いくら催されても催され過ぎることはないと思ふ。

生活のなかにある文學

三枝博音

文學は生活のなかにある、誰でもさう思つてゐる。生活からはなれてゐる文學、それはもうわたしたちには何のみ力ももたない。そのことはよくわかつてゐる。しかし、生活といはれるものをぐたい的に見てゆくと、右の知れきつてゐると考へられてゐるものが、決してはつきり解《わか》つてゐるとはいへぬことがわかつてくるのである。生活といふ日本語はすぐに家計や職業のことをおもはせる。生活のなかにある文學といふことを言ふときは、そんな狹い意味のものではない。生活をライフといひかへてみる。つまり生きるといふ廣いいみにしてみる。その生きるといふ現實的なことのなかで、文學はどういふやうにしてあるのであらうか。

○

生きるといふことをもつとも具體的にとらまへてみると、ものを新につくつてゆく活動、すなはち生産するかつどうとまづとるべきである。ものをつくるには必ず、麥をつくるのでも木鍬《こくわ》をつくるのでも、幼兒をそだて人につくりあげるのでも、家庭をつくるのでも、すべて材料がいる。つくられた物、生産された物からいふと材料は素材であつて生《なま》な生き生きしたものである。素材は直接にたいてい自然からくる。だから、いつそう生《なま》である。つくられた物（生産物）はいつでもそのときそのとき初めてつくられるもの故、新鮮である。ものをつくるといふことは、なんとしても活き活きとしたことである。自然もものをつくる、而も秩序正しくつくる。人間もものをつくる、ここでは秩序も正しくつくるが、亂雜にもつくる。とにかくにぐたい的な世界とはつくられてゆく世界である。人間がものをつくつてゆくには、人間と人間とが秩序あるかんけいに置かれることがなくてはならぬ。さうあれば一層つくつてゆくことが新鮮に行はれてゆく。政治といふのはつまりはその秩序づけにほかならない。ここはさほど新鮮ではない。人間と人間とのかんけいの秩序づけは、自然がおのづからやるそれとはちがつて、なめらかにゆかぬ、滯りがあり堰《せ》きがあり、迸《ほとばし》りがある。すなはち政治のゆきつまりの戰爭がある。戰爭はものをつくることを激成するが又つくられた物をめちやくちやにこばす。つくることはめちやにはできぬから、當然そこにつくる仕方がいる。その仕方は法にかなつてゐるものでなくてはならぬから、法則の知識の組しきが必ずあることになる。かくて人の言ふ技術もあり科學もある。

さて、このやうに生きることを生産につけて把へてみるのが、とにかくに生活をぐたい的にとらへることなのである。それにまちがいはない。ところが、文學は生きることのなかにあるのである。新鮮なものの中にあるのではある。しかし、どうして文學がそこにあるのか。言葉をかへていへば、つくることや秩序づけることや秩序づかぬことやつくることの仕方のことやさういつたいろいろのものごととはまつたくちがつたもの、實に文學！さういふものが、どうして生きることのなかにあるのか。

○

いろいろの物をつくることとか秩序づけることとが秩序づけといふものをつくつてゆくこと（社會をつくること）といつたやうなことは、ライフをぐたい的にとらへて何か言はんとする企ではあらうが、しかし、さつぱりそこには文學はでてこない。文學はそんなものでない。文學は自然に接してゐて、新鮮さをもつが、生産のやうな新鮮さとはちがつてゐる。文學の新鮮は生《なま》なものではない。そつちよくに言ふと、興奮をしたやうなもの、感傷させられたやうなもの、夢みてゐるやうなもの、さう言つたものに近い。さういふえたいのわからぬものがどうしてあの「ぐたい的な」生きるのなかに現はれるのであるか。

○

そこで或る人は文學だつてつくることなのだと言つてくれるであらう。さうだ！と考へてはみるものの、文學をつくるものだと考へみてもどうにもそれのみでは、なつとくがゆかぬ。つくつてばかりゐる文學者といふ生活者がゐるが、文學になつてゐない例がたくさんあるからである。わたしたちはもつともつとつくるといふわたしたちの初めの將へ出しを追及してゆくことにしよう。

自然もつくる、人もつくる。みんなつくるのである。一瞬一瞬、世界はあらたにあらたにとつくられてゆくのである。全くプログレッシイフにである。ところが、ここにたつた一つ例外がある。實に一つの例外があるのである。つくるはつくるのであるが、自然の意志に反して、つくりかへるといふつくるを人はやるのである。造るが神なら、造りかへるは人なのである。このことが重要であり、つくりかへる、こころにでなくては藝興も美も感傷も夢《ゆめ》もありはしない。つくる自然、つくる人しかゐなかつたときには、世界のはじめのごこにも詩《ぶんがく》はなかつたのだ。沈みゆく夕日を美しいと「感じ」何か言はんとしたのは彼が、彼の手にせよ、道具にせよ、家の壁にせよ、その上に何かを書きものをもう一度表現しつくりかへるといふ神のやらない大業をすることを覺えはじめたからである。人が神にそむいてつくりかへるといふことをしはじめたとき、人は美を知つたのである。私は今こそ、昔の日本人が神は明るいが人は暗いといつたことが、理解された。ゲーテが詩《ぶんがく》をつくりごとといつたあの言ひ方はつくりかへるともいふあそびごとを考へてのことであつたことが知れる。

わたしは、はじめ「人あるところ、詩のあるところ」といふ題で書きはじめ、どうしてもかけぬので、又題をあらためて書きだし。文學が、生きることのなかにあることを、ややつきつめてみたところへ出たのである。（十一月十一日）

晩　秋

阪　本　越　郎

鷲鳥を殺せる
手は
天に光る
われら　うららかに
ロマネスクな手袋をはめ
赤銅色の織野を行く時
一勢に木立をゆすり
黄なる木の葉をふるひおとす
手は
天に光る
鷲鳥の鳴き聲
山脈に雪は到らんとす

大荒經

岡崎清一郎

木椀は朱《あか》く、なかが深い。
物事は雲のごと明滅し、意外である。
花は小形にして雨水にぬれ・蟲を休ませ
蔓莖はものにからまり
尺度をきわめ、すき間をみせない。
ないしよ話はすべてほのかに
笛、太鼓は音をたて不意に往來へとびだし
ひとびとをおどろかす。

こはこれ
田舍の村のかたほとり

うつくしき紋所ある家なれば
門を構へ、みづがねのやうに
財物をしんと內臓する。
屋根屋根高くそびへ
たかぶれるけだもののやうだ。

一夕、雲はげしくあつまり
突としてちやらめるのごと風ふきおこり
木木のあひだ、子等にげまどひ
逆風《さかかぜ》かちめん東日本につかみかからん
けわしき圖取を示す。

おののきあふぐ女房は兎缺《みつくち》參拾歳
心窩《こころ》あさはかなれば
ふとんを猫をかたはらに物色し、おろおろと
座敷奥ふかくにげこみ姿をみせす。

山道に寄せるソネト

笹澤美明

初め引いたのは誰れだらう。
大地の上に一筋の道を。
地圖の上では單純な線だが
季節の風貌と情緒を贖り合せたつゞれ織。

ふと行手の道が盡きたとき
どんな驚きと寂しさで佇むか！

ましてそれが木の葉で埋まつてゐると
山林は悲歌や恐怖に充ち滿ちる。

私を垂直に運んでくれた平面の道を
立たせて立體にすることを夢みながら
天へ行く道と洒落れてもみる。

すると草の柩に橫はる私のからだは
靜かな山の氣配に被はれて
蝶がさしづめ天使となつて降りて來る。

地殼變動

小野十三郎

高圓《たかまど》山のつづきを
右にずうつと見てゆくと
頂がわづかに富士山のやうなかたちをしたコニーデ狀の峯がある。
未だに名前は知らない。
子供のころ俺は毎日々々明けても暮れても
あの山のすがたを見てくらした。
大和といふ國には他に想ひだすこともないのだ。
それから三十五年といへば永遠に似てゐる。

昨日小泉に行つたがあの山はまだある。

○

昭和十八年十二月。日は忘れた。
北海道の有珠火山がにわかに活動して
山麓、壯瞥村の丘陵の畑地に新山を形成した。
噴出物総量五百萬瓲。
一夜にして満目荒涼たる砂漠地帯の現出！
それを見た子供もゐるだらう。
千歳一遇とはまさにこれだ。

○

微震が過ぎる。
〆縄を張つた洞窟の支え柱がめりつと音をたてる。

彼

近藤東

彼は死んだ　平凡に
十人ばかりの同僚がその葬儀に立ち合つた
＜二十四時間勤務＞　この獨特な勞働條件の中に彼は青春を送り壯年を送つた
彼の額の皺には煤煙が深くしみ込んでゐるやうに思へた
朝六時に家を出で翌朝十時に歸り晩い食事をすませると　さてコンコンと眠るの
が常であつた
彼はいつも子供たちに豪華な展望車の話をして誇つた

しかし　一生それに乘つたことはなかつた

彼の棺は鐵道旗に包まれることもなく
彼の墓碑銘は誰も書かないであらう
そして
十人の　百人の　千人の　五十萬人の彼が
日本の鐵道を動かしてゐるのだと氣づく人もないであらう

人々は
汽車あそびをしてゐた近所の子供が　路の上に玩具を横たへ
＜東京ハ故障デス＞　と大聲に叫んでゐるのを見た
一行は　それを彼への苛烈な葬送曲としてうけとり靜かに墓所へと急いだ

墓

永瀬清子

かしこに暖い日なたがある。
かしこに松山の中ほどに
しづかな忘られた地域がある。
けれども野に出てはたらく私のそびらに
かしこに憩ふ人々の
みえない視線を私はおもふ。
いつもいつも私はおもふ
私もいつかその人々にまじることを。

私は書かう魂のきよまる詩を
私は書かう悔ひのない詩を
この世ではさびしい生涯が

私を美しくしたと
悔ひなくかしこでよろこぶために。
私は書かう美しいやさしい詩を
秋の夜のひとりのしゞまに。
なぜなら茸や共の匂ひのするかしこでは
一日なにもする事がなく
すなほに形のまゝ横たわつて
自分の生きてゐた時書いた詩を
くり返し嘆くほかにはなにもないのだ。

今秋の夜に
山裾のわが村はひつそりと寝しづまり
その墓たちのみが最も白く
最も目覚めたものゝやうに
月光にかゞやいてゐるのを私はおもふ。
物云はぬ人々にまじつて私が
長い夜どほし悔ひないために
私は書かう美しいやさしい詩を。

誘蛾灯ホテルのマダム

杉浦伊作

迷へる天使とおつしやるのですか。霧の夜の街燈のやうに、私の心情がわからないとおつしやるのですか。わかつていただきたくもありません。しやぼん玉のやうに、五色に彩色されてゐても、わたしの心は悲しいの。わたしはわたしが愛《いと》ほしい。わたしが生きる生き方は、わたしのみの世界。わたし誰にも批判されたくないの。あなたが、わたしを誘惑するなら、されもしませう。わたしもあなたを誘惑しませう。風が持つて來る、少しの愛情にも、わたしは、それを大切に受けいれませう。あなたの愛情にくるまりませう。あなたが、しばしの間でも、あなたの奥さまをお忘れなら。わたしは仇《あだ》し女、獨り居の女の悲願。あなたが奥さまのことをお忘れの時、わたしは、想ひ出のあの人を心に抱く。なぜかとおつやしるのですか。あの人は歸らぬ人。わたしはあの人を愛しました。あの人は、櫻の花の散るやうに。散りぬる時に、あの人は、わたしのことを思つたでせうか。いいえ、あの人はますらを—ただ、ひたすらに、その時は、國を思つて逝きました。あの人はくゆることなく逝きました。それでいいの。それが正しかつたの。わたし。忘れません。忘れたくないの。でも、あさましいわ。あの人の俤がいつとはなしに消え行くのが。わたし。負けたくないの。人間の悲しい忘却に。想ひ出のきづなが、切れさうになると　わたし、懸命に、男の方が誘惑したくなるのあの人の愛情の香りを、男の人から探りたいの。想ひ出の香をきくのは、わたしわたしの獨居の時でなくて、さうした愛情の裡に溺れる時なの。わたしは誘蛾灯ホテルのマダムなの。むらさきのネオンに心索かれる蛾を誘惑する誘蛾灯そのホテルのマダム。おわかりになつて。

風俗採集（スクラップ）

安西冬衛

昭和十五年

鎖帷子を鎧へる深夜の婦人服飾店。豹を馴らすデザイナア。彼女は首にかけた巻尺を鞭のやうに鳴らす。

（カネボーサービスステエション）八月十八日

鎌倉屋の前。深夜の汀に掃き溜められてあるうづ高い厨芥。濡れたセロファンの屑。汚れたニューヨークレタスの切れつぱし。

八月十八日

ガソリン一ガロン十四銭五厘。

（須磨から歸つてきた二郎の報告）八月廿七日

昭和十六年

道明寺の初天神。赤いざ蟹と饅頭の土産。　一月廿五日

アンドレ・モロアのベストセラアー。　二月十四日

野田屋の出張洋食。三角帽子。　八月六日

昭和十七年

ヨークチーズ二包一圓。（カマクラ屋）　一月四日

「麻のシマダ」の凄い人だかり。（衣料切符制實施の事前漏洩）　一月十九日

昭和十八年

綿菓子はまだある。十一月の末の曇つた日曜日。場末の市場で。

詩神

ボオル・ヴアレリイ
大島博光 譯

詩神の乳房、ふくみいし
あどけなき詩人の脣、
いまし、ふとも驚きて、
そのうぶ毛、つとはなしぬ。

—うまし乳を給いける
おお、「知性」なるわが母よ、
なにゆえに、はや今は
乳涸らし、みすてたもう？

今しまで、おんみの胸、
白き糸のみちあふれ
幸《さち》にみちて、そがうえに
波のごと、われをゆすり。

うるわしきおんみの胸に
われ伏しては、ほの暗き
その空に、影を飲みつ
わが身ぬちに光り覺えぬ。

いやはての憩いをば
うましくも示しつつ
おのが本質《さが》をさながらに、
目に見えぬ神にしある

きよき「夜」に、われは觸れ、
はや死をも忘れはてぬ、

わがうちに永生《とは》の流れ、
めぐりめぐるを覺えければ。

教えたまえ、わが母よ、
そもいかなる恐怖《おそれ》ゆえ、
はたいかなるうらみゆえ、
うまし水脈《みお》を斷《た》ちたもう？

――「汝《な》れは汝れに飽きたらず」
きびしき母の敎うれば、
とぶ白鳥のしずけさは
わがこころには絶えてなし。

おお、不死なるわが母よ、
おんみはや、めくばせに糧《かて》を拒み、
わが胸にやわらなりし
おんみも今は石とはなりぬ。

そもいかなる復讎《あだ》ありて、
われより天空《そら》をも奪うや？
われなくば、おんみもむなし、
憂なくば、われもむなし。

されど、垂れにし「泉」は
いともやさしく答えぬ。
——汝《な》れのいたく嘲みたれば、
わがこころは破れぬ、と。

抵抗

淺井十三郎

山川草木
故郷はくらく
絶望とぜつぼうの壁まから氷河のように流れてくる。
それがだんだん私にしたしくなり
とおく海の向うから歩いてくる眼ざめに私はたちあがる。
つめたい肉體をだきよせ
子を殖やしたり
うすくらがりのもやもやに根がおえたり
不平や不滿に毛がはいた　窓のない家々に石を投げる。
（本能もくそもあるものか）何萬何千何百年。お前は一人の借家人。いやい
やいや　やいやいやいやい　お前のしらん　世界にお前はいると

あほうのように泣きながら
積雪六十六米　畑や田圃をかたらいながら
じつと私をみつめている
私の中の私の眼よ。
意識は傾き
首んどつめたく
大きくわれた斷崖の雪
ざざつとなだれる土くれども
お前はほほつとおどろき　ほほえんだり。三月雪ぞら。
天に梯をかけなくとも
私のなかの
大山脈よ。
列車は今日も滿員なんだ。

驛で

大木實

あらい言葉をかけないでください
とがめて追はないでください
ならべた玩具や繪本の場所がかはつても
手がよごれてゐても　あの子たちに
ちよつとあひだ好きにさせてやつてください

樂しさうに繪本をめくる子
おづおづと玩具にさはる子

とほいところから船ではこばれ
汽車にゆられて　此處からさらに
北へ向ふ引揚者の子供たち

きれいな賣子さん
娘さんよ　お願ひする
汽車を待つ間のあの子たちが
玩具にさはるのをとがめないでください
繪本をめくるのを追はないでください

――上野にて――

近代詩說話

北川冬彦

駘蕩たる生活

駘蕩たる生活。これはわがあこがれである。
心に傷をうけるたびに私は水晶の玉を首にかけた。
傷と玉と年ふるまゝにふえた。
玉は傷をかくさなかつた。兩方とも汚れた。
わが首飾りは悲しみを忘れんとしてすでに悲しいものとなつた。
今日三月のはじめ、電車に若い美しい人が立ちその顔に夕日がさしてゐた。
耳のうしろには彼岸櫻を挿してゐた。
その影があをくゆれるのをみて私は涙をおぼえた。
今は首枷のごとき一聯の玉をこそ捨てねばならない
ああ何もなくして美しきことに若かない。

これは永瀬清子の詩である。日本の女流詩人の中で永瀬清子ほど厚手の詩を書く人はゐない。永瀬清子は、日本の詩人にしては珍らしく觀念の詩を書く。しかし、それがいつも觀念として浮き上らずに、肉體化されてゐる。これは容易ならぬことだと思ふ。天成の實質によらなければよく爲し得ないところである。永瀬清子の詩は甘つたるくない。どんなに有頂天のときでも、內省することを忘れない。

　この詩は永瀬清子の作品としては、無器用に出來てゐる。しかしそのことは作品の缺陷とはなつてゐない。むしろ、この一見無器用なところが、この作品の深さを物語つてゐるのである。均整のとれた形式化の明瞭な韻律化された作品では到底孕めない、胸の底から途切れ途切れに響いてくるやうな美しさがある。しかも、それは古めかしくない、華やかさを包まれてゐる。

　生活の更新によつて絕えず精神の脫皮を作らずにゐられない本格の詩人がこゝにゐる。

藝術は髮のやうなもの

いさよく奔る時にこそ美しい旗じるしのごとくある。
それは奔る道具ではないのだが。
私はそのやうに藝術したいさ思ふ。
わが髮よ、なびけ。

　これは永瀬清子の第一詩集「グレンデルの母」の自序にあるものだが、この人の詩論と見てよいであらう。

花々と

花々さ一緒に歌ふには
別な聲が必要だつた、
瀧壷の波と歌ふには
お前では駄目だつた。
お前はお前さ一緒に歌ふ
深い洞窟の中で、

一瞬たりともそれを忘れたら
お前は立ごころに死んで倒れろ。

音なしい盲人が
大きく目を見はるのは
内部《うちがは》をよく見るためだ、
彼の顔はさがめるな
あれはその時のあなたの顔だから。

フランスのジユウル・シユペルヴイエルの詩で、堀口大學の譯である。

シユペルヴイエルは、ジヤツク・リヴイエルの死後N・R・Fの主筆となつたジアン・ボオランによつて探し出され、N・R・F誌をその詩でしばしば飾つてゐた詩人である。

この詩人は南米のモンテヴイデオで生れたと云ふことだ。シユペルヴイエルの詩には甘つたるさがない、辛つぽい、それは南米の荒涼たる大草原《パンパス》の風土がさうさせてゐるのだと私は思ふ。

自然は、ともすれば、この詩人から自我を奪はうとする、そこで、シユペルヴイエルは、詩の中で、自我を確保しようとつとめる。それは孤獨の外貌をもつてゐるが、多くの詩人のやうに孤獨を嘆いたりそれに甘へたりはしない。孤獨を嚙みしめて自我の存在を探らうとする。

私は、フランスの詩人の中で、一等氣質的にこの詩人が好きだ。まだこの詩人を研究するところまでは到つてゐないが線が太くて、表から見たり裏から見たりする立體的表現が氣に入つてゐるのだ。まるで彫刻のやうだ。そして、底の深さだ。神祕。薄氣味のわるくなるやうな深さと神祕である。それは「虛無」といふべくあまりにエネルギツシユで物質的だ。

詩の肉體化について

村野四郎

詩の朗讀は視覺から聽覺への移動であり詩の傳達メカニズムの新しい展開であることは今更言ふまでもないが、このこと丈けについて言ふなら、實際はこの方法は詩の原始時代への逆行或は復歸である。

この問題はたゞ聲による以外に傳達方法がなかつた時代にくらべて、現代詩の新しいメカニズムとして意識的に或は計畫的に追求されるところに初めてその意義が生じてくる。そして實際にそれには詩法上の理論的、實際的の多くの檢討や實驗が集中されてよい、面白い問題を多分に持ち合はしてゐるものである。

大體、眼による文學と、聲による文學との根本的な相違は前者においては、文學が讀者の内部において肉體化されるに對して、朗讀においては、肉體化された文學が讀者に傳達されるにとゞまるといふ點にある。かういふ點で朗讀の方が一層直接的であると言へば言へないことはない。

それ丈けに朗讀の方が一層狹い限定を約束されてゐるといふことも出來るのである。これをわかり易く言へば、聲による詩は、眼による詩より、これを受けとるものに對して、それが形作る心象に既にある種の限定を運命づけられてゐるものである。かうした點で、その限定の設定者である朗讀者の上に重要な責任が生じてくるわけであらう。それだから同じ傳達の援助者でありながら、朗讀者と印刷工との間には、その責任の上において比較にならぬ距離が存在する所以である。

大體、朗讀者の責任については、二つの立脚點から考察が加へられなければならない。

×

つまり第一の場合は朗讀詩が、演劇における原作者と演技者の場合におけるやうな、一つの綜合藝術として解釋される場合と、第二の場合は、詩作品そのものを第一義的に且つ純粹に考へるか、又文字に表現される場合の詩の効果を基準にして考へる場合である。第一の場合においては、朗讀者は積極的にその責任を負ふものであり、第二の場合はその責任を負はされるものである。

このことは詩朗讀論の最初に決定されるべき根源的問題であつて、朗讀者そのものにとつても、その態度を決定すべき重要な基本的條件となるものである。

いまこの問題を考へて見よう。第一の場合においては詩の世界にかつて存在しなかつた新しい介在者の出現によつて、詩は全く新しい領域に進入する。詩は朗讀者の權威乃至は理解によつて、原作者の豫想だにしない地點に到着する場合もあるであらう。しかしそのことはもはや問題ではない。如何なる効果にもせよ、聽衆に最大の効果をもたらせば足りるのである。朗讀者としてもそれが成功である。しかし乍ら第二の場合においてはさうは行かない。原作者の豫想した効果が絶對であるからである。この場合の朗讀者の成果についてはこれを聽いてゐる原作者の顔色がまづそのバロメーターになるであらう。このやうにして第二の場合では劃期的な詩藝術上の世界の全く新しい展開を豫想することは出來ない。詩は從來の線に沿ふて進むだらう。

それだから詩人が、第一の場合において、詩を一つの綜合藝術の原型として、言ひかへれば朗讀用として、詩の技術を音のメカニズムの上に立つて考慮し、設計して作品の制作に着手するところから、新しい藝術としての朗讀詩は大きく展開しはじめるといつてよいであらう。

すでに印刷文學として出來合の詩を朗讀したり、朗讀させたりすることは、單にサロン的な所作事以上に意義があるものではない。詩のラヂカルな、そして本當の意味において新しい詩の世界の展開とは甚だ縁遠いものといふべきである。

×

勿論第一の場合においても、朗讀者は實際には極力原作者の豫想する効果を實現すべく、彼の多くの體驗による特有の

機能を集中することに努力するであらう●

自作朗讀は、かういふ時に初めて便利であり、理想的であるといふことが出來る第一の場合においては、詩の演技者が原作者であらうと、職業的朗讀者であらうと、それは問ふところではない。しかし乍ら朗讀は大腦と筋肉との特殊なメカニズムの所產であるから、これをあらゆる原作者に望むことは困難であらう。尤もレコオドで聞くとコクトオは非常に理想的にやつてゐるし、リンゲルナワワなども　原稿を書くよりも頻繁にステエヂで作品を發表してゐたらしいから、餘程すぐれた朗讀技術の修得者であつたにちがいないが、これらはいづれも結構なことだといふに過ぎない。

畢竟朗讀詩における出發の第一課は、詩人においては、音に對する特別な科學的配慮の修得と、朗讀者においては、原作の中を進行する詩のイメエヂの變化と、その蠕動の速度に對する感受性の修得からはじめられなければならない。朗讀者においてはその發聲上のメカニズムはすでに朗讀者として前提的のものであるからである。詩の朗讀運動が次第に活潑化してきたことはよろこばしいけれども、自作朗讀などによつて、由來その方面には滑稽な程不器用な詩人を莫然と追ひたてるより、むしろ確然とした朗讀詩の設計に向はしめ專念せしむる方が、新しい詩の世界の展開のために、絕對に必要で有効な要件であらう。

春の詩祭

詩と音樂の午後

期日　四月二十九日午後零時半
場所　上野公園科學博物館講堂
主催　詩の朗讀研究會
會員券　十五圓

☆參加者☆

詩人	安藤一郎	江間章子
	大木實	大島博光
	岡本潤	長田恒雄
	勝承夫	北川冬彥
	近藤東	笹澤美明
	阪本越郎	神保光太郎
	城左門	杉浦伊作
	關谷忠雄	壺井繁治
	壺田花子	寺田弘
	南江次郎	西川滿
	深尾須磨子	前田鉄之助
	村野四郎	
俳優	石黑達也	徳川夢聲
	杉村春子	村瀨幸子
	遠藤愼吾	山本安英
放送劇團	富田仲次郎	七尾伶子
	巖金四郎	加藤玉枝
	加藤道子	津田放送員
音樂家	淺野千鶴子	内田るり子
	平井保喜	高橋定一郎
	東京合唱團	

特別出演　ミス・アルフア・ロ・イーラム

島

祝算之介

晝と夜とのあひだを、しけをくらつて、島は水に洗はれてゐる。

代赭にもりあがつたところは、いつそうたたきのばされ、緑に色わけされたところが、そのあはひを縫つて、いつさう色濃く、あざやかに押し流されてゐる。

ばらばらに揉みほぐされた人と人とが、それら地圖のなかで、しばらくの間も、揺れてゐる。揺れてゐる。

（私は知らない。私はなんにも知らない）

日がかあッと照りつけると、そこはかとなくけむりがただよひ、赤や黃や靑の氣泡に島はおほひつつまれ。人はアスパラガスのやうにふるへる。そして、さんさんと降る意識の流れのなかに、人が人を倒してゐる。ふみにぢつてゐる。

人の呻きが　島のそとにもうちにも、はみこぼれてゐる。水に洗はれた人が、よろよろと、また島のふちからひきづりこまれる。

（人よ　思ひわづらはぬがよい）

私は手をあげて、次第に遠ざかりつつ、しばらくは妖精の物語を降らせよう。

童話

――いはゆる未亡人と呼ばれる人に――

町田志津子

〃死んだの　死んだの　なぜ死んだの〃
わたしは子供の様に哭きながら
あなたの墓標を揺りつゞけた
〃つめたいぞお　つめたいぞお　そんなに泣いたら
つめたいんだから　首筋のところが〃
あなたは當惑顔に笑ひながら　掛けてゐた
ゆふべこんな夢を見てゐたものだから
けふはいちんち秋雨が降りつゞいてゐる
チョークまみれになつてくだらない會議にもみくたになつて
今夜更の野道を歸るわたし
〃この者共はあんまりよく似てゐるから二つ置いとく必要
はない
　こつちの方はいくらかにごつてる　も少しこの世の汚れ水
で洗はれゝば反つてきれいに澄むだらう
　こつちの方に澄んでゐる、これだ　これだ〃

神様は二人をごぼごぼゆさぶつてみて
あなたをぽいと大きな懐におしまひになつたのだ
こんなことはよく分つてる、本當に分つてゐる筈だつたのに
あなたの遺髪を納めた小さい袋は鳩尾のところでわたしの體
の一部になつてしまつた
そこのところにあつたかい明るい橙色の灯がともつてゐる
雨にも風にもけつして消えない
だからさつき一つ踏みはずせば渦まく流れにはまりこむ崖の
　ところでも平氣で通れたのだ
お地藏さんの傍の佗しい野菊の花群だつて踏まない様によけ
　て來たのだ
靴音だつてきつと二つ並んで響いてゐるにちがひない
まつすぐにうすら明るく一筋通つてゐる橙色の道よ

故常陸宮の姫君さまに

――或る女の告白――

小野連司

横になつて寝てゐる時は。さういふことはないらしいのでございますが。ひよいと仰向けなりました拍子に。

――故常陸宮の姫君さま――

わたくしには、いびきをかくの癖があるらしゆございます。 これがいたく、いまは亡き父ぎみを悲しませたのでございます。

それゆえにこそ、光源氏君の、それを想はしむる美しい殿ごから、お文などお遣しくだされたこともございましたけれど、ぢつと、堪へて、あなたさまのやうに。お逢ひするなどてふことは夢しまじ。しかし心にさだめてゐるのでございます。もつとも、あなたさまは、その誠實と素直な心を愛でさせられて、後に、二條院の東の院におひきとられなりましたけれど。さりながら、琴を弾ひても巧みならず。お歌をお作りになられても才がなく、その、みめかたちと申しましたら特にお鼻と申しますと、普賢菩薩の乘物とやら、おそろしく長く伸びてゐるその上に、先の方がいささか垂れさがり、朱をおびておいでのため

なつかしき色ともなしに何に此の
すえつむ花を袖に　ふれけん

など、ざれ詠れ。源氏物語五十四帖を繙く人々になにがなく、おかしみの感じを與へてゐるのではございませんか。逢つて、そのやうに、詠まれたりいたしますよりは、逢はずに過して、あなたさまゆえ、「葎《むぐら》の門《かど》」に住む姫君として、かの紫の上よりも麗はしき夢の女性として永遠《とは》にとどまることに思ひをいたさなかつたのでございませう。

ああ、容貌秀で、やんごとなき絶世の才人。光源氏君のみ胸に、かつは、また不世出の文の君紫式部の筆の跡に。それゆえに、光源氏君のそれを想はしむる美しい。おん文などお遣しくだされた殿ごもございましたけれど、どうしても、仰向にならずにはゐられないでございます。悲しい、おのが宿命に、ぢつと耐へてのわたくし。

――故常陸宮の姫君さま

淺茅生の露を、踏みわける人とてゐないあたりに、舍を選び、とはに門を開くまいとぞ、ちかひまいらせるのでございます。固く固く、心の扉《とぼそ》を閉ざしてゐるのでございます。

氷河のほとり

この民はくちびろにて我を敬ふ　しかれどもその心は我に遠ざかる

マルコ傳

八束龍平

消えかける魂の
かすかな鼓動
この虚無のかぜは
枝を離れ
地上に横たはる

落葉を寄せ
人民たちは焚火しながら
痩せた額を
あつめ
（善とは……
生きのこることが
すべてだ！）

空の一角から
氷つてゆく
かれらの脣には
不敵な
微笑がわいてきて

傍にたつ樹々の
神のやうな
ボオズにつれて
わが爲にのみ秘かな
懺悔をささげる

愛情

渡邊澄雄

夕闇のくづれおちるまちかどから
よごれた水芹のかげで暮してゐる小魚のように
みちのしろさにつまづきながら
おまえは思想のようにしゆくぜんとあるいてゐる
おき忘れたかすかなかなしみを湛え
はげしいいのちを愛しみながら。

とつぜん堪えがたい重さで
おそろしい淋しさがおちてきても
身をまもるのはめいめいの位置
さまざまな扉をきしませながら

家々の窓かけがひらかれるまで
おまえの掌はうつくしい夢をつかみ
まづしくともいとしいねがひは忘れまい。

おまえは頑丈な岩角にけんめいな根をはり
穹の果を攀るたくましい幹
とうめいな血潮のながれのなかで
海の匂ひがするきびしいたましいを
あざやかな水柱にふきあげながら
あほいじかんのようにひかつてゐる。

詩の朗讀に就て〔特輯〕

近藤東・遠藤愼吾・安藤一郎・田村昌由
山村聰・長田恒雄・水谷道夫・岩佐東一郎

世紀の藝術

おおくの人は、朗讀詩とは印刷されたり書かれたりした詩を單に音を出して讀むことだ、ぐらいの認識しか持たない。

また、音讀しようがしまいが、いゝ作品はいゝ作品であり、いゝ詩は兩者にたえうるものであると思ひすぎをしている單純な人も少くない。

また、詩は自由の狀態で書かるべきであり朗讀する効果をねらうなどとは邪道であると考え、そのじつ無意識に印刷効果を追つて（たとえばギョウをかえることなど）書いている人もある。

また、紙や印刷のわるい事情による便宜處理や、集會などのアジテイションの方法として、考えている人もある。

いちばん困るのは、朗讀詩は、詩がもとの姿にもどるのだという反動的な考えかたをしている人のあることで、反動的でないまでも、いわゆる「音吐朗々」の狀態を錯覺するセンチメンタリストがおおいことである。

朗讀詩の存在性は、それらのアマチョロイ、きまぐれ・思いつき・便法・保守感情などからきた無詩學的なものでなく、詩の公的性のカク認と新分野へのタン究にある。ラヂオへの關心も缺くことができないであろうし、さらに新かなづかいの問題にも有機的につながるであろう。

朗讀詩（ほんとうは、この「朗」の字はつかいたくないのだが）はあくまで文學の新らしいジャンルであり、世紀の藝術なのである。

—近藤　東—

詩の朗讀について

詩人は、言葉（聲といふ音からなる）で詩を創るのであらうか。それとも文字（活字の組み立てからなる）で詩を書くのであらうか。

——いや魂でつくるのだといふ、その魂の問題は論外におくとして ——この言葉と文字との關係は、現代では非常に錯雜してゐると思ふ。殊に文字といふものが特殊な魅力を持つてゐる日本では。

外國でも、印刷の發達、思索の發展は、單語そのものに特殊なイメージを附加するやうになつた。特に、思索から生み出された實生活には具體的に關係の無い單語の汎濫が、詩や散文の世界に或る變化をもたらしたことは否めない。さういふ觀念のイメージから生れた單語を基礎とした詩の發生は新しいジャンルの開拓だとも考へられる。さういふ影響が日本にあつたことも否定出來ない。

それらの複雜した現象は、言葉で創るか文字で書くかといふ問題をいよ〳〵錯綜したものにし、解決しにくいものにしてゐる。ほんとうのことを言へば、そんな馬鹿な問に對しては答へ與へられないといふのが、現在の詩人達の僞らざる告白であらう。

しかし、それにも拘らず、私は詩人達の心に、言葉で創るか、文字で書くかといふプリミテイブな愚問をつきつけてみたいのである。といふのは、この愚問にも一度眞劍な氣持で立ちもどらなければ 詩の朗讀といふことの根本的な解決はないやうに思ふからである。

×

文字が言葉の單なる符號にすぎない間は事態は非常に簡單だが、文字が視覺や觀念から生れるイメージと結びついてそれ自身の運命を持ち始めると厄介なことになつてくる。特に日本の文字（漢字と假名）との結びつき は、實に視覺的である。書く人間にも、讀む人間にも、聽覺からよりも視覺からのイメージを先に呼び起す。まことに厄介千萬である。

×

殊に律動感といふものが、聽覺からも視覺からも意識の流れからも起り得るものだけに 近代の詩，特に日本の新しい詩の朗讀には色々の問題が起つてくる。

×

實際、日本詩の朗讀は、まだ五里霧中の狀態である。土居光知氏は、早くから、日本詩の韻律と關連して朗讀の問題にふれて居られたが、 それ以後、この點について論じたものは殆んどみられない。土居氏の論は主として定形詩の朗讀法に關したものであるが、その所論は提案の範圍を出てゐない。朗讀法を發展させるためには、ひとつ定形詩に研究を集中してみる必要があるのではなからうか。日本語のリズムといふものに眞劍に、眞正面からぶつかつてみるといふ意味で。

そこには 色々の問題が潜んでゐるやうに思ふ。例へば、五七調と呼び七五調と言ふが、同じ調子のものの中にはたして共通なリズムがあるのかどうか。五五とか七七とか六六とか八八とか同じ調子のくり返しは强いリズムを生むと言はれてゐるが、本當にさうか。五七調でも、藤村の「千曲川旅情の歌」と人麿の「玉だすき うねびの山」の長歌とでは全然違つたリズム感が生れてくる。これは一體どういふところからくるのか。

かういふ研究は、朗讀者と詩人とが一緒になつて始めて出來るものではないかと思ふ。ただ感じを出して讀めばそれでよいといふのではなく、もひとつ突つこんで、詩の、そして又物いふ術の構成エレメントたる日本語の本質へメスを入れるやうな仕事へ是非手をつけて貰ひたい。さうしてこそ、はじめて本當の朗讀法が生れてくる。

いまの朗讀なんて實際でたらめである。デッサンのない兒童の自由畫みたいなものでたゞ感じだけだ。感じがよいのがよいといふだけである。

×

詩人の朗讀の批評尺度を見てゐると、大抵くせの少いすらつとしたものをよしとされる場合が多い。これは、その方が詩人が自分のイメージを追つて行く妨げにならないからではないかと思ふ。朗讀者が、自分の解釋を加へた表現をするのを詩人は餘り好まないやうだ。しかし、詩を朗讀する場合、その詩は最早や詩人だけのものではない、舞臺で演ぜられる戯曲がもはや戯曲作家だけのものでないと同様に。朗讀者は、自分の據まうとする詩の演出者、もかねてゐる。彼は、詩人の作品を自分の個性を通して表現する。僕は、朗讀者が、うんと自分の個性を發揮して朗讀したら面白いと思ふ。最初は、詩人は少し不滿に思ふかもしれぬが、その中に詩人もこれは面白いと思ふ朗讀が生れてくるに違ひない。さうしないで詩人に耳に入るやうな朗讀ばかり狙うと、いつまでたつても毒にも藥にもならぬ水みたいな朗讀しか出來ぬのではないかと思ふ。尤も詩人の側から、詩の意味もロクに判らぬいまの朗讀者に演出などされてたまるものかと抗議されゝば、これはギアフンと參つて引き下るより外はない。

〈遠藤 愼吾〉

實驗への好奇心

詩の朗讀といふことは、詩が演劇藝術に近づくのであるから、ここに、單なる詩文學の問題以外の興味深い、併し未解決の事柄が附隨してくる上、作品それ自體の出來榮もある上に、演述といふことが、主要な部分になるからである。

それで、作品は當然朗讀を目的として書かれなければならないが、かういふとき、私はいつもデイレマンに陷る。近代詩の洗禮を受けてきた詩人は、通常朗讀にふさはしいと考へられるやうなリズム（音樂ならばメロディー）といふところであらう）に、むしろ抵抗する態度で、詩を書いてゐる筈だ。それだけに朗讀のための詩は、調子をずつと落すことになる。また、言葉の聽覺上に於ける明晰といふことからも、平明にならうとすれば屢々表現が凡化してしまふ。それでは、いけないのだとは分つてゐても、事實、さうなつてゐる。尤もここを突き拔けることによつて、新しい詩の道を見出し得るとも言へるのである。一方、朗讀性といふことも、絶えず、根底から考へ直してゆかねばならない　センチメンタルな觀念を徹底的に排除する必要があると思ふ。

究極のところ、詩の朗讀といふことは、詩に關しては、第一義的たるべきものではない。それでも、なほ試みようとするのは何故か、さう問はれると、私は、ただ「實驗」への好奇心によるのだ、と言ふ外ない。（詩の効用といふことは、またこの次にくる問題である。）私は、自分の作品が朗讀された場合、これまで自分の意圖がぴつたり活かされたと感じたことは殆んどない。それだからと言つて、私は別に絶望もしてゐない。自分の作品が演述の際朗讀者の個性、解釋、聲音に上つて、かくの如き効果となるものか、といふ新しい驚きを知るからである。

さういふ効果は、もう作者を離れ、別なものになる故、詩人の如何ともなし難いところである。併し、これを少しでも、理想的なものに近づけようといふのが、詩人と演技者の共通の研究課題となつてくるわけである。

〈安藤 一郎〉

詩朗讀藝術

詩の朗讀はなんとしても藝術にまでしなければならぬと思ひます。戰爭以前のものについては、戰爭中に大いに反省され、詩の朗讀さしては非常な進歩を見せたさ思ひます。たゞわれわゞ自身戰爭中に運動さしてやつた詩朗讀がやはり爲にしたものゝあつたこさは認めざるを得ません。それ故に今日の、明日の詩の朗讀の藝術えの近づきが約束されていいさ思ひます。

小生は内地へ歸つて來てから當地(新潟)で二度ほど朗讀をしましたが、詩朗讀は他の朗讀と全然といつていいほどちがいます。それをこの度も强く感じました。そして朗讀は充分自分を磨き、また作品について相談してかからぬさ駄目、むろん練習さいふことは如何なる場合でも絕對に必要だといふこと、これも、今更の如く感じました。

次にまづ第一に、詩人が詩の朗讀さいふことを充分考えてほしいさいふこさ、餘技さいつた風に扱つてもらいたくないこさ、從つて詩さ詩朗讀は別個に一應考えてかかり、詩の朗讀を詩人こそ一番愛してもらいたいといふことです。さは云へ、朗讀は特に藝術にまでそだてていく爲に、誰れでも出來るさいふ風に甘くみくびつてもらひたくありません(これは年來の希望です)丁度朗讀出來る作品さ出來にくい作品があるやうに……

それからまた詩の朗讀は發音が大切、つまりアクセントには一番關心をもつてもらいたい。これは詩朗讀の運動の大きな主題の一つでもあるのです。イントネーション、エロキスーション、その他はむろんついていかなければならぬが……

詩人さ詩人以外の人々の朗讀者についてもいろいろいひたいことはありますが、一番大切なさころは、詩を中心に、そして朗讀上あらゆる苦心をするさいふこさ、これを心掛けなければ、最初に述べた、詩朗讀の藝術はいつまでたつても出來ないさ思ひます。

最後に詩朗讀を聽かれる人は、あく迄新しい藝術創造の仕事にあたたかい心やりをもつてほしいさいふことです。職場演劇のイデオロギーにある、やるものもみるものも一つになるさいふあれです。詩の朗讀はもうすこしたつとすばらしい藝術さなり諸君をいろいろな面から樂しませるものです

〈田村　昌由〉

寸　章

詩の朗讀は、本質的に、演技です。書かれた詩は文學ですが、朗讀は、演技藝術です。戯曲は詩ですから、あらゆる俳優は、詩が分る筈です。最もすぐれた俳優は、最もすぐれて、朗讀が出來る筈です。しかし詩は戯曲とは違ひますから、舞臺的な演技そのまゝではありません。そこに新藝術だと言はれる餘地が殘るのですが、本質的に違ふわけはないのです。詩の朗讀は演技ですから、即興的にのみ、讀み放せるものではなく、やはり、營々と、創り上げられる筈のものです。詩に盛られた感覺、そこに流動する生々しい人間の心理像を摑むことそれを自らの肉體の上に生々しく移し植ゑそれを、獨り歩きの出來るところまで育て上げなければならないのです。この、自らの上に行ふ心理操作が、朗讀にあたつての最も大切な、最も困難な、關所です。こゝを通らないでは、詩人の精神が詩さなつて定着されるに至るまでの、不可思議の世界を理解することは出來ません。そこが理解出來てはじめて、朗讀の表現形式を決定出來ます。この關所を自らの行途に課さない

で、たゞ、漠然たる感動に乘つて朗讀するだけでは、役の人物を探究しないでセリフを喋るのと、何の擇ぶところもありませんね紋切型の、空疎な音聲だけが浮き上つて、ひからびた、説明的な演技だけが、白々しく横はつてしまふのです。

詩人が詩を朗讀することは、どこまでも趣味の域を出ない筈のものですが、現在、詩人の朗讀から、私たち俳優が示唆されるところ多いのは、演技藝術の貧しさを語るものとして、恥しく思ひます。詩の朗讀は大切な仕事です。本氣にやる人が少いのは殘念です。

技術の問題

〈山村聰〉

作品といふものは三十年前に書いたものでも、たつたいま書きあげたものでも、書いてしまへば作者のものではない。作者からはなれた獨立の存在となる。したがつて詩の朗讀が問題とされるときにば、作者自身がよむといふことに特別な意味があるわけではない。できあがつた作品に對しては作者自身も歴史的關係があるだけで、すでに第三者だからである。

そこで問題になるのは、朗讀の純粹な技術だけである。作者御本人といふ特權などはない。それにもかかはらず、作者の朗讀に何か特別な意味をもたせたがるのは、聽者の勝手な感傷にすぎないか、朗讀そのものでなしにそれに附隨した別のものに對する興味からか、どちらかである。從つて技術のない下手糞な、もしくはなつちやゐない自作朗讀などは全くのナンセンスである。憚りもなく自作朗讀の功德をのべたりするのは、おそるべき無知か厚顔にほかならない。しかし、僕自身かく思ひつつ、そのナンセンスをしばしば實行してゐるし、多くの詩人諸君もそのナンセンスのまことに勇しい實行者である。

だが、ナンセンスからは何ものも生れては來ないだらう。技術のない自作朗讀になんら意味をみとめない所以である。それならば、僕は自作朗讀といふことを放棄するか否、そんな氣持は毛頭ない。僕はこれから朗讀技術といふものを、ABCから勉强しようとしてゐるのである。

附記・よく素讀といふことを言つて、技術を否定してゐるひとがあるが、さんでもないことで、素讀も亦たいへんな技術なのである。また、詩法に於て自然發生的なものを全然否定しながら、朗讀に際しては自然發生的なよみ方を主張してゐる詩人もゐる。之れは近代詩のみを知つて近代精神を解しない藝術の間屋にすぎないことを告白してゐるものである。

〈長田恒雄〉

演技者より見た詩の朗讀

詩の朗讀研究が最近詩人側の提案より目立つて盛んになり、詩が從來の様に只目を通してのみの鑑賞でなく耳からひいては舞臺藝術の一端として進出しつゝある事は詩を朗讀する側として（演技者として）全幅の支持とそれに伴ふ「勉强」を痛感して居ります。詩の朗讀といふ事自體が詩を書く側から見れば何かしらそれが一から十迄技巧によつて終始される樣に見え、朗讀する側は、ともすればそれ火におちいり安い傾向がないとは云へません。「詩人と演技者の交流」それが此の問題を解決する唯一の答へであります。詩の朗讀研究會の發足もその意味によつて今後の活動に大きな期待がかけられると思ひます。詩人と演技者と音樂家とそれらが協力して新らしい朗讀詩の分野を開拓し從來の「サロン藝術としての詩」の獨善性を打破する事が肝要だとも考へて居ります。

そのためには演技者としては勿論詩人の方々にも朗讀詩に對する一段の積極性と外部への働きかけを御願ひしたいと思ひます。詩とは吾々の心を豐かにしそれを聲を出して讀む時何かおぼろげながら詩のもつ美の永遠性にふれた樣な氣持になる事があります。

一九四六年十二月廿五日（劇團人間座）

〈水谷　道夫〉

朗讀詩感想

私は、此處に二つの問題があると思ふ。一つは朗讀詩と稱する詩作品に就て。もう一つは詩朗讀として一般の詩朗讀に就てなのだ。朗讀詩と云ふと、と角、朗讀して判る詩作品と云ふ安易な解釋をされがちなのだが、そんなことを云つてゐては、何時まで經つても良い作品が出現する筈がないのだ。朗讀して判るなどと云ふ樣な低調なことは、もう願ひ下げにしたいと思ふ。正しい日本語で詩を書けば、判るのが當然だ。怪しげな飜譯調や無理な漢文調や氣障な流行語調を振りまはした詩では、朗讀しても判らないどころか、活字で讀んでも判らない詩が、澤山ある。朗讀しても恥かしくならぬ詩、眼で讀んでゐる内に自然と朗讀したくなる詩、朗讀してゐる者もそれを聽いてゐる者も本當に心にしみじみと沁み入る詩、小細工を弄さず徒らに俗衆にこびぬ詩、美しい心のリズムを發露した詩、イデオロギイやイズムに振り廻されぬ詩、要は詩人として最高の純粹詩（これも誤解なきやう）こそ望ましく、また此處へ努力を注ぐべきだ。

詩朗讀は、一種の演技である。然も演劇技法とは判然と區別された演技である。ともすると、詩を淺薄に扱つて、上すべりのした感情表現をされるほど嫌なものはない。朗讀に際して、その詩に含まれた感動以上に、誇張した感情表現をしたり、聲色じみたアクセントで讀むほど、反感を持たせられることはない。朗讀は、先づ極力控え目に（音程のことではない）、感動を内輪に淡淡と行つてほしいものだ。朗讀だから朗讀すればよいのではなく、その詩が朗讀者の詩情と渾然と一體になつて溢れ出してほしいものだ。その上で、小人數の聽衆を前にした時と、大人數の聽衆を前にした時の、發聲法や演出を充分と研究してゆかねばならない。讀むのではなく、聞かせるのだから。

〈岩佐　東一郎〉

詩と演劇について

堀場正夫

詩と演劇についてといふ題目をあたへられて、ただちに念頭にうかんできたのが「叙事詩の規模の上に戯曲を構成してはならぬ」といふ誡めの言葉であつた。いふまでもなくこれは作法のうへから劇藝術のありかたを謂ひ、ひいては戯曲のひとり叙事詩とのみいはず物語や小説など他の散文學と異るところをかなり端的によくいひあらはした箴言と思はれるのであるが、それだからといつて詩と演劇とはまつたく無縁なものではない。むしろ他の文學藝術がさうであるよりも一層劇作といふことは詩人の天分にまつところ多いのではないかと思ふ。

歌舞伎がわが民衆藝術を集大成し空前のはなやかな舞臺を設定した點において、わが演劇史上きはめて大きな意義を有つばかりでなく、江戸時代文化のルネッサンス的傾向をいふ場合その精神のあらはれをもつともよく代表するものの一つとして見逃すことの出來ないものであること誰しも異存のないこととおもふが、これが完成に力強い息吹をあたへた近松のごときは、かへつて前にあげたアリストテレスの箴言をくつがへして、これを逆に守つたところから不思議な發達をわが演劇にもたらしさへしたのであつた。もちろん近松以前に淨瑠璃や歌舞の萠芽がなかつたわけではない。一方には武家の娯樂としてすでに高度な發達をとげた能樂があつた。これに對して民間には謠曲狂言から誕生して俗化された一種の樂劇のやうなものがあつた。しかし前者が武家の大きな庇護のもとに既に固定化しつつあり、幽玄ではあるけれども中世的な暗影をいろ濃くただよはしたその藝術の世界は、すでに啓蒙の時代を終つて近代の薄明のなかに明るく照しだされつつあつた當時の民衆の旺盛な生活意欲をみたすにはあきたらなかつたのに對し、後者は民衆作家の陥りやすい利害の打算から低俗な人心に迎合しようとする安易さのなかにあつて、眞に民心をとらへ魅倒するにはいまだしいものがあつた。このときにあつて、囚へられざるほがらかな理性をもつて人生のありのままの姿を明らめようとするあの古代精神の回復と強く自覺された現實意識との不思議な調和のなかに、享樂の新しい源泉すなはち新しい經驗、新しい詩の題材を發見し、奔放自在の構想をもつてこれに新しい藝術の型式をあたへたのが近松であるが、しかもその場合彼の劇詩人として特に偉大な點は、これまで殆どかへりみられなかつた市井の卑近な出來事に取材して　これを醇化し詩化し、その結構においても脚色においても前人未踏の高い藝術境をきりひらいたことであつた。もちろん近松も謡曲や古淨瑠璃の傳説によつて時代物も多くものすることはした　けれどもその構想の自由放奔で豊麗な點にかけては世話物に及ぶべくもなく、彼の眞面目はむしろ後者に遺憾なくうかがはれるのである。

元祿の詩人としては、やはり因襲と頽廢の打破につとめた一人として芭蕉がかんがへられる。彼は「俳諧に古人なし」と一切の傳統を破却して白光の一路を進んだ。そうして自然そのもののなかに自己を見出し　自然と同化することによつて寂びといふ絶對我の境地によみがへらうとする風雅の世界に生きた。このとき近松は同じこころを有情の天地に寄せ、ありふれた浮世の出來事に即して人生を觀、罪惡さへも罪惡と視ることなく、かへつてそこに現實の世相を祭するとともにやがてこれを醇化して理想の眞相に接せしめようとする——いはば現實に即してしかも超世し、生死榮辱を眼下に見ようとするていの獨特な風光を戯曲に展開したといつたらよいであらうか。芭蕉が自然へ向けた眼と、こころを、近松は人間社會にそそいだのだ。

今日、もし詩と演劇の關係について何か考へるとしたら、この兩者の對比は、二つの一なる點と異なる點とを含めて極めて暗示にとんでゐるのではないかと思ふ。そればかりか今日のおそるべき頽廢のなかにあつて再生の道をかんがへるとき、これらの詩人と、その背景にある元祿の世相が大きく眼のまへに浮んでくる。ゲーテはワイマアルのある靜かな夕べニッケルマンとの對話のなかで話が劇詩人の民族のことに移つたとき、偉大の劇詩人が若し同時にプロダクチイフであり強い高尚な見解を持ち、これが一切の作品を貫いてゐたら、彼の脚本の魂を民族の魂とならしめることは可能であらう、と語つてゐるが、近松はたしかにさういふ典型の一人でありまたかかる劇詩人の活動こそ今日われわれの再生にも光を點ずるものと思ふ。

詩とモンタージュ

杉山平一

詩とモンタージュといふ御指示の題名によつて書く、「映畫藝術の基礎はモンタージュである」といふ有名な言葉はプドフキンの著書の序文のかき出しである。この建築の用語を映畫に用ひて以來、詩にまでモンタージュを云々することになつたのだと思ふ。もとより詩の基礎は快してモンタージュではない。しかし關係はある。人のよく引用する三好達治氏の「土」といふ四行詩

蟻が
蝶をひいてゆく
ああ
ヨットのやうだ。

これは比喩の一擊によつて成立してゐる。この不思議な比喩といふものは何だらう。

これは代數の代入法に外ならないのである。ある値を入れると、たちまち答へが出てくる。藝術が求めてゐる答へは、ある程度の方程式なら、代入法で解けるわけだ 自然を解く一方法である。

答への一向に出てゐぬ代入法は、數式をもつらせるばかり比喩のための比喩が多いのは、おそらく何のための比喩かゞわからなくなるためと思ふ。

この比喩の面白さから、組合せの面白さに夢中になることがある。安西冬衛氏の「春」と題する詩

蝶が一匹韃靼海峡を渡つて行つた

この著名な一行は、その奇拔な組合せの故に人を擄つた。その卓拔な組合せが、人生的な命題を解くために結びついて行つたならば、後年の安西冬衛氏の詩は、ものすごいものとなつたらうと思ふ。

たまたまそのころは超現實主義の感覺が喜ばれたから、西脇順三郎氏は「イマージュとイマージスは遠いものをむすびつけゐ程、美である」といふ意味の私共に忘れがたい詩論をあらはし、その風潮を指導した、私はこれを私流に色々考へた末、つぎのやうに理解した。

紙の上の風景は、遠近、奥行がよく出てゐる程、我々を搏つ、それは奥行といふ縱と、紙の平面といふ全く反對のものがむすびついてゐるからではないか。平面な繪はあり得べき結合だから、つまらない。また、大理石が岩をきざんだところで面白くない、固い石が少女の柔かい肌や輕い衣服をあらはすとき、それが柔かければ柔かいほど、かるければかるいほど、及びもつかぬ結合に、感嘆して、我々は搏たれる。

及びもつかぬものを結合するには、非常な神精力、固體を突破する强烈な努力が要る。これがあつて、はじめて統一できる。統一が要らぬのなら、シルクハットから鳩を出せばいゝ。

イマージュとイマージュの結合を、私はそんな風に理解した。モンダージュのためのモンタージス、組合せのための組合せでは、建築ならば倒れてしまひ、映畫ならば、映畫資本がこれを許さないけれど、自分一人で書く詩は、誰もとがめないうちにさういふ遊びにふけり、文學のせまい片隅に墮ちて行つた。

クレショフの映畫論では男の顔の次に、食物の畫面をつゞけると、男の表情が、食慾を感じる表情になるし、病氣の子供であれば、愁ひの表情になるといふ、モンタージュによる叙述を說いてゐるが、同じ畫面が、ちがつた意味をもつてくるのは、繰返される詩の一行が、層々と重なつてちがつた意味を帯びてくるのと同じである。

最近の三好達治氏の詩の「砂の砦」は

私のうたは砂の砦だ
海が來て
やさしい波の一打ちでくづしてしまふ

ではじまり、繰返し、十六行目

援軍無用
孤立無援の
砂の砦だ

更に三行をいて

鷗が舞ふ
鳶が啼く
私はこゝで戰つた

最後に三十七行目に

私のうたは砂の砦だ

ととゞめをさすまでの「砂の砦」といふ言葉の意味の重くなつてひゞくさまは、說明できない、モンタージュのみによつてうつたへ得る悲哀と、自負をたゝへてゐる。

しかし映畫のモンタージュに、具體的な映像の擴充としての轉調であつて、感情の切迫によつて切れざるを得ない詩の一行一行のつゞきとは、もとより決して同一ではない。たまたま似た一面があるといふだけである。

現代詩の知性について

小田雅彦

知性といふものは人間の内部でどのやうな過程をとつて動き、どのやうな經路で發展し、知性が自からのために充足するのか。知性が人間の働きの一面であるならば、人類の歴史と平行して、知性の歴史が考へられねばならないだらうし、時代的人間を想定せらる結果は知性にその時代に沿つて相違があるはづである。一人の人間のうちに始まる知性の形成は知識を現實體驗から集めて積みかさねながら意識下のプールに置く。そして綜合體を成してゐる。人間が對象を意識するとともに、直觀の形で分析しながら、對象を有効な再統合し方向を定める作用である。その動きを考察するならば、技術の操作された跡を發見するだらう　この裁斷の結果を集約しながら、現實を割りきつて行こうとするところに、その人間の經驗が以前よりも合理的な形をとらうとする。そこに方法が意識せられる。人間にも時代的相違がある如く、知性に時代的特色もあるとうなづかれるだらう。

更新してゆく知性に、現代には現代の新しい面があり、現在の問題を處理し得なければならない。そこに方法が處理の鍵であり、その方法も對象が今日の問題であるならば、今日に適合し解き得るものでなければならない。

知性を現代詩の問題として切り換へて、知性の働きを考察する。知性は作品の表現過程において、主知的操作を詩的技術として動かせるのである。對象視された素材が詩人の感覺される度合の差に方法として、或は表現化以前に整理するか或はその詩人の個性的なものに導れるか等に期成せられてくる。之は個人と傾向と時代とに依つて異り方を示す。

次は作品の批評方法としては、作品の形態面から、取りあつかつた素材の相違から、考察し批判の眼をそそぐよりも、之を裏返して各方面から批判する技術的な科學的方法を重視する。知性は創作過程にも　作品批評にも現はれる。唯詩人の側で、それを意識するかしないかに區別される。

近代詩は方法を意識したことに始まる。そして方法が技術として有効化されるやうになるほど、詩的なものが、現代においては從屬する結果になつた。この詩的なものと詩的技術が對立して考へられた缺陷から生じたことで、知性が科學或は技術として觀念的にあつかつた爲ではないだらうか　知性は知性としてあつかはれなかつたところに、今日までの主知的な作品と云はれるものは今日意識と照しあはせた場合に不滿を感じざる得ない原因があるのだらう。知性はこの場合に昨日のものでしかあり得なかつたといふことである。今日においては知性は人間性を擁護するよりも排斥してゐるやうに見える。知性が自體的に人間の働きであることを忘れてはならない。そこに知性を排除するが人間性を正しく發見しようとする知性の衝動がある。知性の肯定は人間性の立場に置いて試みられてゐる。この奇妙な對立をどのやうな形で結びつけるのか。一旦、否定された知性が生きてくるのは不滿を感じさせるものに新しく合理的な道を發見し、結合させることである。それは組みなほされる人間像の創造に參加する。そこに新しい知性が活動をはじめるのを要求される。現代詩の矛盾は技術を排撃し、人間性を擁護する勢ひにあるところに表面化してゐる。解決には前記の如く、技術がそれ以前にかへされて、人間性の立場において新しく出直すことにある。

現在の主知的な傾向にある詩作品は對象を强意識に依り、明瞭化へ導入してゆくのである。それらは何をねらひとればよいのだらうか。詩人が一人の現實的な人間として、社會的環境に動く場合においては、生活體驗の生々しい接觸面に歸すことである。そこには人間に共通な本能であり、衝動であり、生なものである。詩人において技術はこの自然なものを作品の側に轉化させてゆき、別な自然なものを創造する。ここで忘れてはならないのは、技術も人間の自然的なものであることで技術は固定したものでなく、本來は對象に依つて異なるものである。知識を意識下のプウルのなかに集積して置く精神的技術は習慣化することに豊富さを增すのである。そして對象に作用する時には直觀的な知的な操作を起すのである。

技術を知性と結びつける以前に、人間の自然なもので、本能的に動くものであることを知らねばならない。動物でさえも、本能的に身を處する背後には技術があるのを見逃さないだが人間を動物と區別される點は知的な自在な方法を驅使し得る特徴にある。現代詩が今日的な意味を持つためには知性と對立した人間性のあがきを擁護のために起つたし、知性では割りきれない現實が現代人を不安の袋小路に追ひこんだしそして人間は今も生きることを止めないし、機械を用ひた人間が逆に機械から使はれてゐる社會狀態に、それは遲刻した日本の眼から覗いたとしても、何らかの合理的な解決を要求すること等を詩人以前の社會的人間として知得する。それらは人間性の發見と社會を改造するといふ二つの條件が一つの技術の目的性の上に成立するものである。現代詩はここに至つて新しい方向と仕事を設定されたことを知られるだらう。

☆新銳詩人鼎談㈠☆

詩の爆發に就いて

亞騎保
中野繁雄
小林武雄
詩誌「火の鳥」同人

まづ眼を洗へ

小林　「新詩壇への提言」といふのが「現代詩」編輯部からの課題なんだが、詩人系圖「火の鳥」そのものが提言であり、動議になつてゐる。然し「火の鳥」を見、ても見えぬ人々の爲めに、まづ眼を洗へと薦めるのも有意義だと思つて、敢へてこの課題を引受けた。

中野　詩論の展開が熾んになつた。うれしい傾向だが、個人的中傷が横行してゐて「學」としての詩に就いて述べてゐるのは極めて稀なんだれ。僕達は感情的に中傷することを警戒したい。これだけ斷つて始めよう。

「新」運動に就いて

亞騎　再び「新」といふ言葉が勃り始めた。「新」は「舊」といふ觀念に對立したものを感ぜしめる。然しいま行はれてゐる「新」といふのは「舊」に對しで鎖末的なものとして稱はれても、人間感情としでは際立つて「新」といふやうなものが出て來るとは思へない。過去の中へもぐり込んで詩を爆發させる行動があるのみなんだ。詩精神は結局、動産ではなくて不動産であることを直視しては如何か。メリーゴーランド的な或ひは覗きからくり的な面といふのはテクニックの領域に生れたもの以外の何でもありはしない。

小林　「新」といふことは弱い。それが形式だからではないか　然もたゞ「新」といふことの他に何の裏付けもない人達の術窮を蔽ふ鎧だからではないか。「創造」には「價値」の發見がなければならん。それは人間感情の深奥に徹する、更めて苦闘の中の人間を再發見するどいふ「方法」の究明にかゝつてゐると思ふ。「あわれ」などといふ日本的表現を、單に抒情的構成の「形」として「舊」だといふのなら、これを人間性との繋りに依つて、「批判」し捕へねば解決にはならない。そういふ抒情的表現の限界といふものは、日本人としての如何なる制約に基いて出現して來たか、その限界を如何に突破すべきか、共處から「創造」の足場を需めて、掘り上げることが大事なんだ。

中野　過去に於いて、詩には限らず文學、繪畫等の面に於いて新何々運動といふものが、無制限に稱へられ、行はれて來た、しかし或る時期を經過すると、エポックを劃するやうな歷史的遺產として何等殘したものをみない。といふのは、藝術への飛翔は作家個人に於ける苦惱と努力がギリ〳〵一ぱいの處まできて、それが退つ引ならず「現代」といふものから雄飛してゐないからだ。それは過去への沈潜、掘下げといつたものが必然的に懷疑となり、つまり恰も飛翔するための助走の役割を果してゐないからだ。「形式」や「概念」の世界を右往左往して「新奇」を求めようとした無反省が、斯る結果を生じた。吾々は斯る無批判な行動を是正して「過去」を掘り下げることに依り、それを土臺として批判的に發展しなければ吾々の求むる歷史的な「新」といふものを生めないのは當然だ。

亞騎　架空の「新」をめぐつていくら旋回してみたところで收獲物は有りつこないんだから、この程度で打切るとして、さつき語られた「新」の發生するひつかゝりが一般的にみて「形式」にあるやうに考へられるから此「形式」に就いて話を進めて行つたらどうか。

符箋付で返還したい

小林　レアリズムでさへも「形式」としてしか理解できない、或ひはその「形式」さしてしか理解できない、或はその「形式」としてしか理解しようさしない修辭學者達に就いて話すのは退屈以上なんだが。安藤一郎が「燃ゆる花」（「ルネサンス」四號）を書いてゐる。あれは「現實」を「新」といふ表現の效果として賑ひつゝある一種の形式主義者の典型的な「形」ださ僕はみてゐる。「妥協」であり、サンチマンの「形」に自淫してゐるさもみてゐる。いまひさつ「人間」も「詩法」も存在する場所がないさ云つた作品ださ思つてゐる。

中野　「技巧」だけに就いて云へば、この詩における「效果」は行間に隱された魅力が、整つた量の展開が、これを決定的ならしめてゐる。コンダクタの精神が各聯の繫ぎ合せに一貫した「純粹」さを繼續することによつて最後の章まで持つて來たことが、一應意義あらしめた。處で斯う云つた詩を技巧の上から釋放されては困る。何故ならこの詩によつて、何か吾々にプラスするものが果してあるかどうかが問題だからだ。

亞騎　確に安藤さしては、此處で生きる道をみつけたわけであるが、この程度の言葉を含めての「形」さいふ意味で診察してみれば生ぬるい。このやうな何か考へるフリをする言葉を剝いでみたら。存外殘物だけだつたさいふ事が、云へるんぢやないか。多少の瞬限と些かの食物かやうやつさこの程度に皿に盛り上げたのは如何にも少女好みで可愛らしい。吾々の歩く前途に、こんなものがぶらさがつて居るとすれば、此處はパン食ひ競爭の麵麭程の意味も持たん。云ひたい事は、この程度のコスチュームを身につけて歩くこさの所謂、詩人の貧しさを取り上げたい。「花は燃えてゐるかも知らンが、イメエヂは燃え、ゐない。」「いまこそ強烈なイマヂネエシヨンで現實を彩らなければならない！」さ書いた附箋を貼り付けて返還しよう。

さあ横を向かずに走らうか。

藝術を歷史的に

小林　小野十三郎の「情論」、杉浦伊作の「新散文詩」等、考察したいものも有るのだが、纏まつた一冊に接してゐないので、此處に論じられぬのは殘念だが、さしあたり吾々の提言を適用して貰つて本物か贋物か判別することは出來る。さて僕は「形」と云つた。「形式」の他なにものもないとも云つた。それは單にモダニズムの學者だけではない、眞にヒユマニテを身に付けざる者の通弊だつた。彼等は「惱むべき何もの」も持たず、「何を惱むべきか」をも知つて居らん。といふことの見本を頻繁に示して呉れる。「形」の極限を追究もしなければ、歷史的現實なんてものは彼等を素通りして終つてゐるフオルマリズム、或ひはシユルレアリズム等をアンチ・テーゼとして理解し、批判することの他にどんな展開があるといふのか。最高峯といひ前衛と自畫自讃してゐる「ルネサンス」のテクニシヤンあたりに、斯る詩人達の自己僞瞞に依る僞裝宣傳が行はれてゐるが、それはそれでサタイアがあつて君、愉快ぢやないか。然し「批判精神」のない人間に「前衛」の名は勿體なさ過ぎる。

亞騎 その點では敢へて「ルネサンス」といふ小さな空地に限らず、一般的に云つて、メソついたり一寸微笑んでみたり、林檎もなつて居らん樹を揺さぶつてみたり、まるでスポーツランドの男の兒のやうな身振りが多過ぎる。こんな筈ぢやなかつたと今更らしく云ふのは吾乍ら口惜しいんだけれど、盥の中から一寸も飛び上れんやうな男の兒であるを、所謂「詩人」を云はなきやならんとは――。

小林 ところで「詩の爆發」といふ言葉使を使つたんだが これに就いて吾々「火の鳥」の立場へライトを當てゝみよう。

詩の爆發に就いて

中野 吾々は「詩の創造」といふ事を常に云つてゐるが、「創造」を裏付けするものは人間追求への血みどろな妥協を許さぬ神精の計ひの他にない。詩が技巧の過剩によつて配分されたり、政治に脈殺されたりしたやうな過去け再び持つてはならん。政治の下數になつた藝術の精神はゼロだつたぢやないか。それを透徹するためには 自己への鋭いしかも苛酷な批判のメスを不斷にきり込むより仕方がない。それを日常の行爲とし、それを開花することに惱みつゝ生きればならんといふことの歸結を、終始念願としては、明日への光りを求めて一途に生きるのである。

小林 「詩の爆發」といふことは人間の限界を爆破すること、限界つまり所與の條件に對して、能爲の變革を來たらしめることだ。歷史的世界の中へ身を投じて、歷史の歯車を逆轉せしめる。宗教的人間としての、政治的人間としての限界の中へ、人間としての火藥を裝塡せよと云つてゐるのだ。それは「死」への道かも知れん、その「火」の道へ行けと吾々は言つてゐるのだ。テクニシヤン達に一言して置かねばならんことがある。人間に徹することなくして技術の革命はない。この主體的存在を離れて何處に何が存在し得るかを反省してみよ。「火の鳥」が藝術品そのものであると、吾々は宣言したそれは「詩が生活そのもの」であつた反フアツシヨ人民戰線運動の吾々の過去から「現在」「未來」へと繋がる行爲の藝術的爆發によつて貫かれてゐるからである。「創造」への追究といふことが、人間精神の再建へ向けられるのも、實はこの「魂」の約束の上に根底を置いてゐるのだ。「詩」のために何を、「詩」に依つて何を、創造すべきが吾々は自身に於いて「火の鳥」となつて炎えてゐる。

亞騎 吾々の歯で、現實をしがもう。しがまれた現實が胸のあたりでコロコロ鳴つてゐるは耳のある詩人のみがこれを聽く耳を詩人集團「火の鳥」栽培する。さあ「火の鳥」へ歸らう。

（一九四六・一一・一七於詩人集團「火の鳥」事務所）

一週年の回想

杉浦伊作

☆色々な議論はあらうが、いち早く自分の場に歸つて、自分の個性を取り戻したのは詩人であると思ふ。と同時に、いち早く立ちなほれたいくたりかの詩人が、明日に生きられるやうだ。これは一面思想性がきはくのやうにも考じられるが、虚脫狀態がながびいて、立ちあがれない腰拔けよりははるかにましだと思はなければならない。議論はあとで、やるだけのことを、先づやつて見なければ、無爲に、どんな改革もなにも出來るものでない。さう云ふ意味でも、既成の詩人諸君が、終戰と同時にあらゆる行動に移つたのは正しい思ふ。必然的な行動として、私は、多くの詩人の詩精神行爲を正しいと思ふ。これらの人々に依つて興亡した詩誌（詩活動）も一九四六年に於てほゞ、正しい批判の中に、旗色を鮮明にしたやうである。

☆〃現代詩〃もさう云ふ意味で、詩壇に對し、存在價値は自認してゐる。功罪は又別の問題である〃現代詩〃の創刊は、一九四六年の二月だが、企畫は一九四五年、終戰のその年の年末だつた。イデオロギを持つべきか、持たないかに就いて、隨分淺井と語つたが、同人雜誌でなく、ある意味で、詩壇の公器としようと、企劃した以上は編輯者のイデアは技術の上とし、思想性は暫く持たぬことにして、出發した。實際の處、その頃、思想を持つと云ふことは、かへつておかしなものであつた。昨日は、最右翼、今日は最左翼の百八十度轉換は、誰一人本統に出來るものでなく、混迷の時代から、歯車の一つ一つが廻轉するやうに、思想を取り戻すのが、眞性であつたのである。かうした一見、スローな行動を執つたと云ふことは、決してわれわれの恥ではなかつたと思ふ、かうして〃現代詩〃が、現實の受難者のやうにコースをひたはしりに走つてゐるのを、詩壇人は、これを眺めて己の内省への助言のやうに受けとつて、各自のコースをとりきめたやうである。ここにも、〃現代詩〃の公器的存在は認識されたやうである。善惡兩義でこの一年を押しきりその風の流れに、幾多の旗色鮮明の詩雜誌が生れて來たではないか。

☆さう云ふ意味で〃現代詩〃の如きは、試運轉の役目を果たしたのである。（もつとも一番早く詩雜誌を創刊したのは、岩佐東一郎君で〃近代詩苑〃だつたが）この試運轉には新人を知らないので（まだごといふて、詩人が頭角をあらはしてゐなかつた。いや世に知られてゐなかつた）私はまづ歸死回生の幾たりかの既成詩人を選び、その寄稿を得て、編輯にかかつた。これとても徒に著名な詩人を選擇して、寄稿を願つたのでなくて、既成詩人でも、もつとも前衛的詩人を編輯者の目で、寄稿していたゞいて、兎に角戰後の詩壇の復興に、大童になつた。これは、いささか自慢氣になるが、〃現代詩〃にいち早く御寄稿を願つた既成詩人（その中の二、三はいきざれのした人もあつたとしても）、矢張り、今日はいろいろな意味で、問題になつた前衛的な詩人の方々であつた。

☆かうした一年間の編輯に依りある一部では、既成詩人ようごの機關誌のやうにも見られたが、新人が各所にだいとうして新しい詩境の建設のために努力するのを見、ここに新時代のゼネレーションを見い出したので、〃現代詩〃は、ここに、あぶなげのない新人の登場を得て既成とか無名、新人、さう云ふものにこだはらず、現代詩壇の詩精神を特色として進展することが出來るやうになつたのである。よかれあしかれ〃現代詩〃の一年は昭和新詩壇の第一歩として歴史的の考證になるものと信ずる。

☆現代詩の最近の傾向は、詩の發表機關誌といふよりは、現詩壇の諸問題を取りあげ批判解剖解決に重點が置かれ來た。これがいいか惡るいかは、後の批判に待つとして、當分は、幾多の問題に、ぶつかつて行くつもりである。

現代詩バック・ナンバア

創刊號 **評論** 神保光太郎、近藤東、**詩** 北川冬彦、笹澤美明、城左門、山崎馨、木下夕爾、岡崎清一郎、小林善雄、中桐雅夫、**アンケート** **隨筆** 岩佐東一郎 **通信** 杉浦伊作、淺井十三郎

三月號 **詩** ホイットマン、喜志邦三、安西冬衛、藤原伸二郎、田中冬二、小林、吉田宇太郎、淺井、大瀧清雄、山崎、眞壁新之助、**エッセイ** 鹽野筍三 研究 杉浦

四月號 **評論** 安藤一郎、梶浦正之 **エッセイ** 鳥居越郎、伊波南哲、寺田弘、杉浦 **詩** 北川マチウ・ド・ノワイユ夫人 鹽野筍三、安彦敦雄、池田克己、**詩壇時評** 淺井 **隨筆** 更科源三 **文藝時評** 山崎

五月號 **作品編輯號** 神保、北川、淺井、安藤一郎、近藤、中村千尾、杉浦、瀧口武士、堀野、殿岡辰雄、江口隼人、曾根崎保太郎、鳥山邦彦 **評論** 伊波、小林、大江滿雄、北川一郎 **詩壇評** 山崎

六月號 **評論** 佐藤清、北園克衛、笹澤、石原廣文、中桐雅夫、**詩** 高橋新吉、坂本越郎、佐川英三、小野十三郎、眞田喜七、野長瀬正夫、河合俊郎、安彦敦雄、**エッセイ** 畑中良輔 **座談會** 現代詩の反省 北川、神保、近藤、寺田弘、淺井、杉浦、山崎

七月號 **エッセイ** 北川、故人想出詩集、追憶空想集 **新人詩** 山崎、木村次郎

八月號 **エッセイ** 北川、菱山修三 **詩** 河井醉茗、堀口大學、村野四郎、ルイ・アラゴン、内木繁 小野忠孝、壺田花子、鈴木初江 **隨筆** 山本和夫、更科（現代詩人プロフィル Ⅰ）

九月號 **エッセイ** 岡本潤、北川、淺井 **詩** 永瀬清子、城左門、杉浦、竹中郁、更科、阿部一晴、伊波（現代詩人プロフィル）Ⅱ**通信** 池田

十月號 **評論** 遠川號 **短篇** 安西、北川、杉浦、杉山平一、田木繁、西川滿、安彦敦彦 **エッセイ** 小林、曾根崎、**詩** 宮崎孝政、山中散生、寺田、増村外喜雄（現代詩人プロフィル）Ⅲ主猶平林敏彦

十一月號（近代フランス詩人特輯）ジヤコブ・ヴアレリイ・ヴエルレエヌ・ランボオ・コクトオ・ノアイユ伯夫人**エッセイ** 北川冬彦、壺井繁治、島居良禪、淺井十三郎 **詩** 眞壁仁、大木實（現代詩人プロフィル）Ⅲ **アンケート**

一月號 **評論** 北川、秋山清、喜志、竹中久七、畑中 **座談會** 現代詩の系譜と展望、北川、笹澤、近藤、安彦、淺井、杉浦

編輯後記

★とにかく本輯を一週年記念號として世に贈る用紙難資金難これを克服した上で㈠企劃編輯㈡執筆陣㈢印刷㈣校正ともに揃はなければ立派な雑誌にはなりがたいものだ。色々な困難が意に委せず世の期待に添い得なかつたかも知れぬが、駄目だとさじを投げられたカリエスがよくなり思ひつきり雑誌にいのちを捧げようと努力したが裸の私に伴ふ非力や不德はどうにもならなかつた懸命に編輯の杉浦と力を併せ特に色々と指導や應援に立つてくれた先輩諸氏執筆家諸氏の愛情によつてこの雑誌はなり立つた。又印刷の本田社長の營利を度外視した友情は何と言つても大きな支柱であつた。再參くりかへしてきた通り私はこの雑誌では無色の立場を守るために別に自分たちの主張をもつ雑誌としては「詩と詩人」を持つてゐる。この「現代詩」は眞に日本詩界又は文藝評論界の公器でありたいことを希ふからに外ならない。

☆終戰後の日本の詩界が再出發できるように、そして詩の權威が呼び戻され、眞に日本の近代や日本人の愛の深さがどこにあるかを世界に示すやうにしたいものだと言ふような多くの願いは創刊の決心時といささかも變りはない。酬いることなく甚だ虫のいい話かも知れんがひたすら詩の革新のために又日本の一つの縮圖であるためにも大方諸賢の支援を一層賜りたいと思ふ。

☆新人の登場＝一つの逆説とまでは行かないかも知れないが今日ほど新人登場の道が安易に選ばれてゐる時はない、或は非常な困難を思はせる時もない。そして又その新人の價値が無批判的に忘れられてしまふ時もない。我々は自分たちも含めてこの雑誌に現れる新人についても愼重に考へなければならない。これらの質的な檢討も課題の一つであらう。ともあれ本輯は朗讀についての研究と共に作品號とし新人からは町田祝、八束、小野、渡邊、小田の諸君を協議の上推した。

☆用紙印刷事情の好轉まで發行遅延はくりかへすであらうがやむを得ない、諒として貰いたい。（淺井十三郎）

現代詩　第二卷　第二號
定價　金拾圓

詩と詩人社會員費一年六拾圓、送料金十圓（共ニ分納可）會員ニハ本詩ヲ直送ス
廣告料ハ一頁マデ相談ニ應ズ
送金ハ小爲替又ハ振替利用ノ事

昭和廿二年四月廿五日印刷納本
昭和廿二年五月一日發行

編集部員　杉浦伊作
浦和市岸町二ノ二六

編集兼發行人　關矢與三郎
新潟縣北魚沼郡廣瀨村大字並柳

印刷人　本田芳平
新潟市西堀通三番町
昭和時報社・電話七三四番

發行所　新潟縣北魚沼郡廣瀨村大字並柳乙一一九番地
詩と詩人社
淺井十三郎
振替　東京一六一七三〇番
新潟五二七番
本出版協會員番號A一一九〇二九

配給元
日本出版配給株式會社

THE CONTEMPO RARY POETRY

詩のこころ

神保光太郎

季節の美しさにうつろう心とか、さびやしをり、又は、ほそみといつた日本傳統の詩の精神を、新しき詩の樹立の名の下に、否定することはうなづけるが、その後にきたるものが、曾て見られたやうな、ヨーロッパ文化のイズムの模倣又は、その殖民地的風景であつたら意味がないと思ふ。

日本の血と土とを背景として、きたえあげられた日本傳統の詩の精神は、謂はゞわれわれの生理であり、宿命である。單なる一時的興奮や、思ひあがりでこれを否定し去ることのできないものであることを身を徹して知るべきであらう。これを知ることなくして、借衣や假面のうしろにかくれての觀念作爲の遊戯はもう古い。

今日の詩の問題は、はらつてもはらつても、はらひ切れぬわれわれの宿命的傳統を、如何に明日の詩として、逞しく、生かしきるかといふところにあると信ずる。

昭和二十二年四月廿五日印刷納本
昭和二十二年五月一日發行
現代詩
第十二集　五月號
定價金拾圓

THE CONTEMPORARY POETRY

現代詩

昭和二十二年七月廿五日印刷納本
昭和二十二年八月一日發行

第二巻 第三號

新人作品特集號

第十三集

詩と詩人社

目次 現代詩 第13輯

☆アンケート

スランプ

杉浦伊作

スランプは進展岐路の一のポイントである。絕對不可避のものである。あらゆる藝術家である時期スランプに陷ち入らない者はあるまい。この間のスランプをどうしてきり拔けるかゞ、その人の浮沈の岐路になる。その人の努力で展く。

詩人の多くは、處女詩集を出して、それが好評を以て迎へられゝば、迎へられたゞけ、この陷穽が待ちかまへてゐる。稍々それが完成に近いものである時は、猶その度が高い。觀念の上に於ても、詩精神の上にも、表現上にもどうにもならない時は、一體、人々はどうするであらうか。私は極力、小說やエッセイを愛讀した。そして小說の魅力に反ばつした。小說のモラルに反抗した。散文精神を輕蔑することに依つて、一層の詩への魅力をかりたてた。觀念的に行きづまりを感じた時は、言葉の發見に努力した。言葉のもつニューアンスで詩をもう一度生かしてみたいと努力した。北川冬彥はいやらしいといふ言葉に新しい意義をもたらした。（いやらしい神々等）安西冬衛は「おひつの落ちる音はおひつの落ちる音」と、言葉で音響を完全表現する。かうした先覺のなにかを見つけては、私は又激しい、私のレッスンに努力をかけて、新しい方向にスタートを準備した。スランプは怖ろしいが、これを切り拔けない限り明日に來ない。

☆アンケート

堀口大學

無理すぢ

アンケエトの第七からは、いさゝかはみ出す回答かも知れませんが、昨日自分がどんなところに自分の詩を求めてゐるかを申上げて見ませう。

深さと高さ、――これはつまりは同じことですが――この境地を、深くも高くもないあたり前の言葉でうたひ現はしてみたいと許り願つてゐるのですが、仲々思ふやうな作品は出來て呉れません。もともと無理があるのでせうが、その無理にまた心をひかれる思ひもあるやうです。

輕くて重い
　――何でせう？
短かく長い
　――無理でせう！
わたしが尋ねる
　わたしの詩

ですとか、または

心から心への
通ひ路か――詩《うた》？

天上へ地上をつなぐ
かけ橋よ　かの虹よ

なぞいふ作品に自分の氣持が幾分か出てゐるかも知れません。言はば氣むづかしい老人氣質とでも呼ぶべきものらしいですね。若い人々は、もつと自由濶達であられる事を望みます。

アンケート

自己を語り新人に與へる言葉

1・詩壇に出た當時の雰圍氣
2・詩の探究法・誰れに誘導されたか
3・苦節時代の思ひ出
4・スランプに陥ち入つた時のきりぬけ策
5・詩人の友情について
6・詩運動の展開について
7・今日の詩精神の在り方に就て

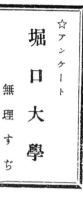

新詩論確立のための基礎條件

木下常太郎

一、社會的條件の反省

新體詩發生の時代から「詩と詩論」發刊を通して無條件降服にいたるまでの約七十年間の日本社會の内部構造を考へよ。

「家」にとらはれ、「閥」に毒され、個人の合理的主張の發展出來なかつた東洋的半封建的社會ではすべての新詩論は喜劇に終つたではないか。この社會では封建的愛慾に滿ちた浪漫主義傾向の詩が育ち得るのみであつたではないか。輸入された西歐の近代詩はいづれも封建的心情に染替えられたではないか。シエクスピアーからボードレールにいたるまでのかづかづの奇妙なホンヤクを想起せよ。「詩と詩論」前後から以上の惡習は破られたが、薄暗い頭ではヨーロッパの「二十世紀文學」を南瓜の表皮を輕くなでるやうな神を眞似るかしましい子猿以上には理解出來なかつた。これは子猿の罪のみではなく、子猿のすんでゐた社會による止むを得ざる事情であつた。

無條件降服後から今後に及ぶ日本の社會はどうなるか。いや、日本人はこれをどうするか。いろんな反合理的な制度を如何に改め、それによつて日本人をどう改造するつもりか。詩の理論をつくり詩をこしらへる者は人間なのである。その人間がナスの心臓とカッパの腦髓を持つてゐたのでは寶石の詩論もついには田舍芝居に終るのである。合理的なよい制度と自由な社會をつくる人間が次第に增加して、さう云ふ環境をつくり、その環境が更によい人間と人間性とを産んで行くと云ふ進化してゆくコース。このコースのうちに伸びて行く新詩論。

實際の毎日の生活のうちでは封建的に半人間的にくらし、詩と詩論の世界では近代市民的に合理的にくらすと云ふ矛盾は、これを自覺的に自主的に解決しなければ、新詩論は流產か茶番の終幕に果てるだらう。

無條件降服の幕が上つて舞臺のマンナカに舊文化は苦しい音響を立てゝ落ちた。遲れた市民社會の芝居が眞劍に初まる。中心をなした神が消失して、民族は世界市民とならなければならない。しかしあくまで個人と合理性とが單位である。個人を無視する合理性、合理性を無視する個人は存在理由がない。

舊文化の崩壞後に現れる世界觀の失はれたコントンの狀態は知性によつて少しく新生を獲得する。知性は一切の自然發生的文化に對立する。鄕愁の浪漫主義に、元始性に對立する。

分析と綜合。

信仰の恢復ではない。機能の精確な認識を確立することである。機能の認識、組織の認識。これが原理となる。機能論が世界觀論に替る。

舊世界觀による文化は紙芝居の窓で生命を續ける。舊文化の紙芝居は新しい機能的世界の實驗室での料理の材料となる。健康な笑ひ。新しい美しい健康な笑ひの前進。

人間のヒン曲つた姿の映つた鏡。

端正な人間がつくつたヒン曲つた、ヒネつた馬の脚。床屋の美しい大きな鏡にさかさに立つて映つた十八歳の妻の腰のヒネリ。

神は機能のうちに消える。人間は機能のなかに苦笑の顏を出沒させる。

二、發見的文學のための基本的ノート

發見的文學は民衆とは異る世界で實踐される。發見的文學が民衆に理解されるには時間を必要とする。すぐに民衆に理解されるほどの發見的文學は少しアヤシイ。

※

文學革命は文學の合理的認識を基礎とする。この基礎のない文學革命はタイガイ流產する。ものを合理的に認識する事を不可能にする暗い野蠻な社會には文學革命は行はれ得ない

※

文學の合理的認識とは。

これは言語の合理的認識である。

言語の意味の世界の探究。

意味の世界の合理的認識。

こゝで意味の世界は機能的世界觀と機能的文學論の二方向に一應分離する。

これは、しかし、うす暗い言語學の世界のことではない。

※

偉大な文學は出來るかぎりの最大の程度まで意味によつて充たされた言語であるにすぎない。（これはエズラ・パウンドが「文學研究法」でのべた言葉である。）

※

君は何を目的として散文を書き詩をつくるか。君のその方法は何か。

これは元始的な質問である。しかしこれには文學青年から大學の文學敎授にいたるまで滿足な回答は出來ない。日本では勿論だが、他の民主化された國でも同じことだ。

答。

意味を置くのだ。意味を精確、透明、新鮮、强度に構成する方法の研究。

意味を感じたいのが人間の死ぬまでつゞく病氣なのだ。精神的、感覺的、肉体的のキガなのだ。

文學は精確に意味を傳えたい慾望によつて發展して行く。そんな慾望のない人間は新聞小說で滿足する。

※

無意味な世界も意味の精確と强度とによつて無意味の度を淺くもし薄くもする。（フローベルを參考とせよ。）

※

意味を中心として音響美と繪畫美が結びつく。古典主義、浪漫主義、象徵主義、自由詩、超現實主義、口語詩、定型詩が音と意味と色の間を往來する。

※

達意の文。

これは東洋的思考に基いた神秘的色彩の濃い古典主義だ。エズラ・ハウンドが言語表現の歷史的立場で孔子を論じたことも無意味ではない。

※

意味で言語を「充す」方法を研究せよ。ヨーロッパの傑作と東洋の傑作に眼をさらせ。これがパウンドの要求であつた。

この諸方法を理解し消化した後に君の獨特の生理組織にもとづいて作品を作れ。これらの具体的な理解と消化がなくては新文學を作ると云ふ勇氣は、竹槍で原子バクダンと闘ふ決意に似てゐる。もつとも竹槍でもそれなりの作品はつくれる。

文學の革命は言語表現的文學史の基礎的認識、合理的理解なしでは、痴人の夢に終る。

三、待望される新詩論——精確・透明・新鮮・眞實を獲得する方法の確立

明治以來、いや、日本の古代社會以來、いろんな作品と文學論がある。これらの作品と文學論を言語表現の技術の立場から合理的具体的に研究し、これを精確に理解し消化した上で新詩論は建設さるべきだ。日本の過去に研究に價する作品と文學論とがないなら、これを歐米にさぐるべきだ。

とくに必要と思はれるのは十九世紀ヨーロッパ文學の、以上にのべた立場、新しい考へ方、新しい方法による再研究である。これが日本の今後の文學の發達のために役立つ。外國文學は既に紹介ずみと簡單に結論する者はオゴレルたぬきにすぎない。

從つてこの新しい研究方法は純粹な若い青年に特にすゝめたい。意味の世界に多少の興味を持つてゐる青年ならば少しの外國語の知識でも充分正しい有用な知識を身につけることが出來るであらう。大學で文學について變な先入觀念を與へられて死ぬまで遂に文學が解らないと云ふ不幸は青年の時代に特に警戒すべきである。

そんな懷疑的な青年によつて因襲を脫した新しい詩が作られるかもしれない。（一九四七・三月）

★アンケート

金子光晴

一寸した短文

後進の方方へなにか文章を書けといふやうな杉浦氏からの御註文だつたが、さういふことは不手得なうへにも不得手なので、なにかもつと別な、僕に書けさうなことを書いてみやうとおもふ。

なるほど、先輩とか後輩とかいふことは、オルドルのうつくしさをもつてゐるものなのだらうが、日本の詩人社會などでは、とりわけ意味が少いことのやうに僕はおもふ。といふのは、先輩が後輩にのこす遺産がないうへに、後輩から先輩が敎はることの方が多いからである。だから、この文章も、先輩に敎える文章として、僕らより年少な人達に書いてもらつた方がよかつたのではないかとおもふ。しかし、僕がさういつたことは、後輩の方方をそれほど僕が信用してゐるといふのとはまた違ふ。

辛い意味で一流の作家は、最初の一作から、一流なのだと僕は信じてゐる。さういつまでも鈍くて、ぐうたらぐうたらしながら、突然、一流のものを書き出すといふ例は、表面いかにもさうみえてゐても、ほんとうはあんまりないことなのだと思ふ。そして一流以外のものは問題にしたくない。この頃の同人雜誌などをみると、自分達の理解のレベルまで引下つてこないといふのでむづかしいものを忌避しやうとするやうな傾向の文字がみえる。それは、低さに甘えてゐるのだ。作家が血肉をしぼつた作品の高さまで、民衆の方が努力して理解しなければいけないのだ。さうしなければ、いけないのだ。さうしなければ、文化は、發展しない。そんなイミで　一流のものに對して僕らは、謙虚でゐなければならないとおもふ。

一流の作品は、二十歳前の人のものでも僕らにとつてお手品なのだ。僕らは、そこから敎えてもらはなければならない。

先輩といふものから僕は、なんにも敎えてもらふものがない現狀で、後輩だけがたのみになるのだ。啓蒙的な表現法の手引とか、御注意とか、そんなことは、あんまり誰をも益しない。一流なものに敏感な魂は一流の作品の臭ひを遠くからかいだだけで戰慄し、胸をふるはせる。ひきづられ、それを吸ひとらずばおかない。

そんな意味で、僕は、後輩の最後輩にじぶんをおく心掛けを忘れまいとおもつてゐる。それをしも皆さんは、僕の驕慢とおつしやるのか。

後進の方々へ書くことが、僕の場合、無益におもはれるといふ言譯のつもりで僕は、この文章を書いた。

＜9頁より＞　今日内容の稀薄な多くの詩の形骸を「詩的」と呼ぶ罪禍を民衆のなかに根づよく生みつけてゐるのである。文學の革命もまた人間の革命につながる既成觀念の否定と、不屈な近代精神の探求によつて推し進められるべきである。われわれの理念と實踐は今日共鳴するものを多く持つ金子光晴、壺井繁治、小野十三郎、北川冬彦、大島博光、淺井十三郎、近藤東、岡本潤、竹中久七らの詩人の座標から交叉する線上に强烈なその展開を見るであろう。

一九四七年三月十一日

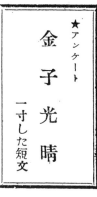

現代詩に關する諸問題

古い思想の詩人は暗殺された。彼はわれ〳〵の前に、醜惡な死體を橫たへてゐる。さあ、いまや、われ〳〵新しい詩人は、新しい現實の前に、われ〳〵の主知でわれ〳〵の幻想をイカサなければならぬ。われ〳〵の生命の分析だ。

詩の存在に就いて

木原孝一

現在。詩はその理論的な世界に於いてひとつの極點に到達してしまつた。春山行夫氏の〈詩の研究〉に於いて開始され。西脇順三郎氏、北園克衞氏の努力に依つてフラスコのなかやドラフト・チャンバアのなかで詩はその論理的エキスペリメントを間斷なく續けて來た。さうして詩は尖鋭なる組織學的な世界を獲得したのである。だが、重要なことは詩の組織學は結局詩の存在を論理的部面以外の點で高めはしなかつたと云ふことである。此の意味で詩の論理的エキスペリメントは最早それのみに依る使命を終了したと云はなければならない。

詩を分類し、系列をつけ、分解し、組織し詩自身の純粋度を增し、詩を構成するさまざまな要素に就いて論理的な追究を續けると云ふ態度はそれのみを以てしては最早僕等の立つてゐる場からは遠いのである。此所に現代詩の苦惱がはじまると云つても良いかも知れない。現代詩の苦惱は更に本質的なものになつてしまつたのだ。これは所謂主知派であると主情派であるとを問はず。また好むと好まざるとにかゝはらず詩人であるものすべてがそれぞれ行はざるを得ない苦惱なのである。現在、詩は詩と人間自身の關係に就いて最も深い苦惱を續けてゐる。これは何も現在だけを限つて云はれることではない。詩はその發生のときから人間と共に歩いて來たのだ。と素朴に云ふことも許されるであらう。しかし。現在の詩の苦惱はさうした一般論的な觀點からは理解し得ないかも知れない。先づ、僕等は詩の存在と、人間の存在とに就いて考へやう、それは云ひ變へるならば詩人は何のために詩を書くかと云ふ素朴な命題になり得る。何のために、或ひは〈自我〉のために。或ひは〈弱さ〉から、或ひは〈强さ〉から、或ひは〈文化〉のために、或ひは〈人類〉のために、或ひは〈文學文明〉のために、或ひは〈詩自身〉のために、と詩人達は云ふかも知れない、此の出發點から最早詩人達の危險は訪れてゐるのだ。その回答の如何に依つて僕等はその詩人の詩に對する態度を判斷することが出來る。

一九三四年に西脇順三郎氏は〈詩の對象は面白い思考をつくることである。〉と書いた。それは最近の西脇氏のエッセイの中にある〈詩の本質は作者の社會・經濟、政治、宗教、美論、道德等に關する人生觀の如何によつて決定されるのでなく、いはゞ「玄」の世界の象徵力がその作品にあるか否かにより、またそれに如何に近いか遠いかにより決定されるものであらう。〉と云ふ言葉の原型であると云へよう。このテオリイは僕等に一應の肯定を與へずにはおかない。しかし僕等は現在詩の場の中にそれのみを見出すことによつて満足し得ないのも事實である。此所には純粋な〈詩の存在〉がある。或ひは〈詩の存在〉のみがあると云つても良いであらう。此の世界では、〈詩の存在〉と〈人間の存在〉とは永遠の平行線である。極言するならば、〈人間の存在〉を全く分離して〈詩の存在〉のみが可能であると云ふ想像も許されるのであるが僕等は最早〈詩の存在〉と〈人間の存在〉とが平行であり得る世界に疑問を持つてゐる。だがその兩者が或る特定の一點で交叉する直線であるとは考へない。何故ならば〈詩の存在〉と〈人間の存在〉とが或る特定の一點のみで近づきそれ以外の點では遠くなつたり近くなつたりすると云ふやうな状態は到底考へられないからである。このふたつの存在はそれぞれ間斷なく交流し合ふジグザグの曲線として考へるのが適當であるかも知れない。

　此の關係を、いま、僕一個人の問題に限つて考へて見よう。現在、僕が僕自身であるために、最も重要なことは〈自己の存在〉である。では、〈自己〉とは何であるか。キエルケゴオル流に云ふならば、それは自己自身を關係づけてゐる關係に外ならない。

　僕にとつて、〈人間の存在〉とは〈精神〉の所在のことである。この〈精神〉の所在は何も或る特定のイデオロギイとか所謂思想の系譜のみの中に示されるものではない。さまざまな現象の堆積たる環境の中に生きて流動してゐる〈自己〉に〈精神〉の所在を見出すことが出來る。飲食し、睡眠し、入浴し、職業的活動を行ひ、思考し、苦惱し、愛情を感じ、憎惡し、笑ひ、怒る、等々の現象によつて關係づけられてゐる〈自己〉の中に〈精神〉が所在する。さうした〈自己〉は常に現實性と可能性とを包懷してゐる。〈自己〉の中には人間の永遠性と有限性とが宿命的に隣接しながら存在してゐる。此のふたつの異つたものが〈自己〉の場を決定して行くのである。人間の永遠性のみを信ずる事に依つて〈自己自身〉にはなれないと同樣に人間の有限性の規範の中のみに〈自己自身〉を探究し得ない。

　詩は此のやうにして決定された〈自己〉の場である。換言するならば詩人は詩に依つて人間としての〈自己〉の場を形成するのだとも云へよう。此の相異なる二者を調整し複合させることに依つて詩人は〈自己〉の存在を存在づけるのである。

　これは詩に於ける感性と知性の問題、主情と主知の問題にまで延長して考へられなければならない。所謂近代詩の發生以來詩人達の最後に到達する苦惱は此所にあつたのではなからうか。さうし　現代に於いてもまた僕等は此の苦難の點に到達しなければならなかつた。これは〈藝術〉と呼び〈文學〉と云ひ〈詩〉と稱するにはあまりに傷ましい。しかし此の自らの齒に依つて自らの骨を削るが如き探究を最後の瞬間まで續け得るものこそが詩人なのである。

　最早詩のオリヂナリテは單なる觀念の上のそれにはない、詩人は人間としての〈自己〉を賭けてそれを發掘しそれを確認しなければならぬ。此の最後の苦惱を苦惱することなくしては、詩のあらゆる論理は役に立たない方程式のやうなものである。

　此の意味で、現在まで所謂主知派の詩人達に依つて開拓された詩の組織學的な論理は最早それのみを以てしては人工樂園の造園術に過ぎない・今や僕等は〈人間の存在〉と〈詩の存在〉に就いてその基底に於いての關聯性を信じてゐるのである。しかしながら重要なことは此所で所謂主知派が主情派に詩の場を讓つたのではないと云ふことである。主情派の概念的な人間の認識は常に詩を日常性の世界や感傷の世界や抒情の世界に追ひ込み勝ちであるが僕等は〈詩の存在〉を更に人間の本質的な場所に求めてゐる。

　〈自己〉を關係づけてゐる關係を何處に見

出すか。その關係の場に於いて〈詩の存在〉がどれほど必要であるか。〈自己〉の中に人間の永遠なるものをどれだけ信じ得られるかと云ふ點から〈詩の存在〉は苦惱しはじめなければならない。

しかしながら、忘れてならないことは、近代の苦惱はその殆どの根源を自意識に持つと云ふことである。愉悦の中に詩を書き得る詩人の榮光の盡きざることを祈る次第である。

一九四七・四・一〇

現代詩の一課題

平林敏彦

敗戰後の現代詩の新しい出發は近代精神の把握をその根本問題とせねばならない。そして現代詩にとつて今日緊急な問題のひとつはいわゆる詩的なものの追放である。詩的なものとは何であろう。あまりにも之に滿たされたこの誰知らぬ荒地のいずこからわれわれの出發は開始されるのであろう。土壤すらもないこの寂莫たる空間にひよわな花を咲かそうとする詩人、燒けあとの瓦礫やトタンの風景をつげる詩人、そしてあまりに多いこれらの詩人に滿たされた詩壇のはかなさはどうであろう。あからさまに言えばその花の滅びゆくうつくしさや、瓦礫の原の落日が、單にそれらが詩的なものの實體なのである。今日ジャーナリズムに氾濫する詩の殆んどがこの詩的なものの幻影なのだ。あの呪ふべきこの國の侵略戰爭すらも彼等にとつてはまさに詩的であり得たではないか。それまで日本の詩壇を代表していた大きな存存であつた高村光太郎の墮落を、きびしい批判の眼で見わけていた人間がはたして日本の詩人の中に何人いたことであろう。天成の詩人萩原朔太郎ですら戰爭中存命の運命にあつたならば、恐らく彼と同じ轍を踏んだであろうことを思えばいたずらにこの國の詩人の無思想性をなげくのみである。

「現代詩は、その抒情の科學に、批評の錘を深く沈めていることによつて、短歌や俳句の詩性と自ら區別される現代の歌であることを忘れてはならない」（小野十三郎）。短歌や俳句があまりに「詩的な」封建的形式の抒情詩であるがために、それ自體既にぬきさしならぬ滅亡の危機に逢着していることは寧ろ當然であろう。詩的なものの徹底的な追放はわれわれが眞に自由な肉體で作品行動を推し進めることによつてのみ遂せられる。今日の肉體とは詩人の世界觀が政治と文學の關係をいかなる點で解決せしめるかの問題でもある。われわれの實生活はもはや政治と文學との一貫した統一性のうえに立たぬものはなにひとつとして無い。解放された人間性の再確認によつてわれわれの自由な文學精神は形成されねばならない。われわれは今こそ自己の一切を解放し　生きぬき、何ものにも屈せぬ强靭な人間精神を自らのものとすべきである。不毛の荒地への社會性と人間性の統一ある斬込みのほこ先から革命的詩精神は生み出され、いつさいの詩的なゆめの否定と破壞から現代詩の確立ははじめられねばならない。この仄暗い宇宙を何處までも生きぬく地味な努力がなおつづけられるべきだ。激烈な日常の生活鬪爭をつらぬいて日本の民主主義革命の方向を凝視するならば、空疎な精神主義になおもたれかかつているごときロマンチシズムやリリシズム詩人の温存は看過さるべきでわない

「われわれは日本のこれからの詩を眞に近代詩として確立し、再出發させるために、これまでの詩を新しい觀點から批判し、研究してゆく必要があるであろう。そして近代詩確立のために前進したものとそれを阻んだものとを具體的にふるい分け、それを詩の歷史の中に正しく位置ずける仕事を、今日からにも始めればならぬであろう」（壺井繁治）。今日なお詩作品に根強くはびこる封建的殘滓のあくなき覆滅は、この國の抒情詩人たちがその思想的放浪性を脱却して眞の近代性を自らのものとするための革命の出發につながるものである。

第一次世界大戰後ヨーロツパに起つたダダやシユウルレアリズムの尖鋭的存在であつたルイ・アラゴンやアンドレ・ブルトンがやがて革命と人間解放の文學に走つたこの歷史的現實をわれわれはふたたび想起せずに居られない。今日の日本にこの現象が繰返されることはあたらないにしても、なお戰時中便乘のかぎりをつくした精神主義的抒情詩人がなんらの苦惱をも抱かずしてその反動的勢力をほしいままにしてゐる現實への鬪爭がわれわれによつて果敢に展開されればならない。そしてこの昏迷と絶望と虚無の渦中から實踐ある文學運動へ至難な過程を血のにじむあしうらでわれわれは前進せればならない。この道程がわれわれを甘やかすことはないであろう空疎な詩的感傷の否定からマテリアルなものへの徹入がおこなわるべきであり、この純粋な彷徨はここ數年くらいはむしろつづけられてよいのだ。灼きつくされた肉體はやがてあたらしい詩精神への母胎となるであろう。現在の日本詩壇——そんなものは實は無いのだ——を形成する主流が封建的色彩の濃い無思想な主情的傾向がないのは、あわただしい西歐文化の流行的模放（單なる形骸的模放であつた證據には今日、日本のシユールレアリストを見るがいい）であつたことを知るならば、一部の神がかり的詩人の奇異な言說（傳統にこと借りた精神主義の殘滓が今日なお散見するではないか）が横行するのも、あるいは第一次世界大戰後のフランスに於て見られたダダやシユールの運動の生みの苦惱が未だ現實化せぬのもむべなるかなである。どうして今日の斯る日本詩壇からあのアラゴンやズルトンを期待することが出來よう。土壤すらない荒地になんで强靱な植物の芽をのぞむことが出來るであろう。純粋詩の既往の技術はもはや否定されればならず、われわれはわれわれ自身の血肉化した言葉をもたればならない。詩的なものへの絶望と否定から生み出されるものは何であろう。問題はこの「何」が持つ可能性にあるのだ。今日の詩人は多かれ少なかれあの戰爭の慘苦をくぐりぬけてきた現實を自己の文學の上にきざみつけなければならない。われわれの精神と肉體があらゆる彈壓に耐えて呼吸してきた戰爭の日常を無爲にすることなくわれわれの持ついつさいを解放してまず自分自身のための作品行爲を起さればならない。透谷、啄木、多喜二らの革命的業蹟の再認識とかれらの運動を惹起せしめた歷史的社會的現實の樣相への反省、フアシズムに抗しがたく嘗てはその芽を摘みとられたプロレタリア文學運動の今日あるべき發展の具象化などがあきらかな現代詩の一課題としてわれわれの眼前に横たわつてゐるのである。古いロマンチシズムやリリシズムを詩の一貫した本質と誤られてゐた時代の產物である白秋や朔太郎や犀星の作品とその影響が、

＜5頁え續く＞

★アンケート

壺井繁治

友情について

岡本潤は僕の最も古い友人の一人であるが、彼とはじめて知り合つたのは、僕が「出發」という個人雑誌を出した當時のことで、今から二十數年前の昔話に屬する。その當時僕は田山花袋全集刊行會というところに勤めていて、四十圓の月給を貰つていた。その中から生活費をきりつめ、雑誌發行の費用を捻出しなければならなかつた。當時は物價の安い時代であつたが、四十圓の月給で生活しながら、一方で雑誌を出して行くということは、なかなか骨の折れる仕事であつた。けれども詩壇には誰一人知り合いもないし、同人雑誌を一緒にやつて行くべき仲間もないし、自分の作品を世間に發表するためには、そうするほかに僕には方法がなかつた。「出發」は菊判八頁の雑誌で、發行部數は僅かに三百部位だつたと思う。取次店へ持つて行つても、あまりに薄つぺらである上に部數も少ないので、もちろん取扱つてくれず、僕は仕方なしに、出來上つた第一號を市内の目星しい本屋へ一軒一軒持つて廻つて、並べて貰つた。詩壇の名前の知られている詩人にも多少寄贈した。そして佐藤惣之助、中西悟堂、多田不二その他何人かの詩人から御禮のハガキを貰つたことも記憶に殘つている。ところが、それらよりも、僕を最もよろこばせたのは、僕のまるで知らない一讀者からのハガキであつた。

ある日、勤めから歸り、下宿（それは素人下宿であつた）の階段を登ろうとすると、ハガキを一通置いてあるのに氣ずき、すぐ手にとつて讀んでみると、「出發」第一號を買つての非常に感激したハガキであつた。打ち明けていへば、僕はそのハガキを讀みながら、自分の心臟の動悸さえ感じた。まるで戀人から戀文でも貰つた時のような胸の騷ぎ方で、ひとときも落着いてはいられず、早い晩飯をすませ、未知の讀者の住居を訪れた。それが岡本潤とのはじめてのめぐりあいであつた。

彼は、その當時、すでに結婚して、子供まであつた。彼は早稲田鶴巻町の汚い路次裏のある家で二階借りしていたが、度々人にたずねてようやくその住居を探し當て、二階へ通されると、まだ生れて間もない乳呑兒が赤ん坊らしい喧ましさで泣いており、そこらにむつきやその他の汚れ物が取り亂らかされてあつた。その中ではじめて會つた彼と何年前からの知己であるかのように話し合つた。どんなことを話し合つたか、今ははつきりおぼえてゐないが、彼の口から出た言葉は、文學に關することよりも、社會に對する怒りの言葉であつた。この詩を通じての彼との結びつきは、二人の間のたち難い友情となつて今日まで續いている。その後、萩原恭次郎と知り合いとなり、川崎長太郎とも知り合い、四人で「赤と黒」という詩の同人雑誌を發刊し、當時、日本の詩壇を支配していたかのような觀のあつた白鳥省吾、福田正夫らのいわゆる民衆詩派に對する挑戰的論爭の火蓋を切つたのである。これが僕らのアバンギャルド時代であり、僕らの友情は單に水いらず同志の生温い結びつきではなく、詩壇の既成的權威を否定して、新らしい詩精神を打ちたてようとする、野蕃で、向う見ずであるが、しかし若々しい精神の結合體であつた。それ故に、お上品な當時の詩壇の紳士たちは、僕らを評して「詩壇のテロリスト」だといつた。

★アンケート

北川冬彦

環境と信念

僕は顧みて見ると、どうやら詩人の間でよりも、小説家の間で、詩的生活を營んできていゐようだ。大正十四年に東大の佛法を出るとすぐ佛文に這入つたが、そのとき文學部の學生の間で「朱門」と云う同人雜誌が發刊された。僕も同人になつたが同人には池谷信三郎、阿部知二、舟橋聖一、久板榮二郎等がゐた。僕だけが詩を出した。短い四行か五行の詩ばかりだつたコンラッド・フブイトのような痩身の阿部知二は、「ふむ、これは面白い、面白い」と云つた。舟橋聖一が、「これ、友人のですが見てくれませんか」と懷から出した詩稿はダダの詩で土方定一と署名してあつた。一寸面白いと思つたのを覺えている。その頃は僕は、もう安西、瀧口等と「亞」を、福富靜兒等と「面」を出し、パンフレット型の第一詩集「三規管喪失」も持つていて、詩壇の空氣を吸つていたが、どうも氣づまりだつた。そののびのびとした「朱門」も二三號でつぶれてしまつたが、しばらくして三高出の集つてゐた梶井基次郎、中谷孝雄飯島正、外村繁、淀野隆三、三好達治等の「青空」に三高出だと云う譯からなのであろう、すゝめられて同人になり、當時驅け出しの三好達治と一緒に詩を書いた。それから、詩集「いやらしい神」を出した頃だつたと思うが、同人雜誌「世紀」を出したことがある、三高出の外村繁、中谷孝雄、淀野隆三、三好達治、丸山薫、早稻田出の丹羽文雄、淺見淵、尾崎一雄が同人だつた。最近は、外村繁、上林曉、澁川驍、伊藤整丹羽文雄、岩上順一、平野謙等の「文壇」のメンバーになつた。いづれものびのびした雰圍氣である。萩原朔太郎なんかしきりに文壇人は詩を理解しないと文壇人に抗爭の氣を示してゐたが、朔太郎時代の文壇人はそうだつたのだろうが、僕らの時代の人達は詩を理解してくれるので幸せである。詩人ばかりとつき合つたり、詩ばかり書いていると、とかくギリギリ追いつめすぎて、精神の動きがとれなくなる僕には、横光利一等が心をひらいてくれるのは救いである。どう考えても、純粹になり過ぎることは、僕には苦手だ。「詩と詩論」を春山行夫とはじめたが、春山と衝突して別れ「詩・現實」を出したいきさつなぞいゝ例である。僕は詩人と一緒に生活したことはないが、武田麟太郎と半歳以上暮した。澁川驍とはもつと長く一緒に居た。先頃「氣球社」が燒けて安彥敦雄がころがり込んでいるのは例外である。尤も、この男は、詩人としてよりも行く行くは小説家としてのびる素質がある。

これは僕の偏見かも知れないがニッポンの新しい詩はどうしても散文の中から、生れ更らなければならないのではないかと思う。ニッポンにほんとうの詩が生れるのはまだなかなかの紆餘曲節を經なければならないであろう。（いまゝでのところは豫備段格にしか過ぎない。）その紆餘曲節の中には、散文そのものの確立も含まれてゐるし、詩の政治との闘爭も含まれてゐるのだが。こんな考えを抱いてゐる新詩人はいないものかしら。

つながり

高田新

敗戰が蹴あげた
ぼろぼろの木と鐵の省線電車の狂つた突進
どつと押し出され
どつと吸い込まれ
白々としたがらんどうのほこりが漂うプラット
　ホームの上に
かなしい虚無の波にもまれて立つている僕
貧しいものに味方して
馳せずり廻つている土いろの頬と腕に
一瞬ぱつたりつかまつた僕の現實えの回歸——
友のいつも變らぬ平凡な微笑と聲よ
のしのし近づいてくる五尺たらずの鐵の小軀よ

多辯な僕と
寡默な彼と
若いときのふたりはとうとう學校を追い出された
ことだつたけが
「日本政府」に都合の悪い
あまりほんとうのことにうがちすぎた
「經濟理論」を書いたために

あれから十年
「鐵の扉」から出て
「要視察人《カード》」は僕を中國まで追いかけ
彼も「要視察人《カード》」を背中にしよつて
故郷の村の若いものたちと
炭坑の穴に生き
ほんとうの生活と組み
ほんとうのことを語り
今は炭坑の人々のほんとうの叫びをかかえて
東京の連絡にやつて來た友よ——

混亂の人々をかきわけ迫つて來る
ごの十年のしみ出るような邂逅よ
この十年の鐵のつながりよ
再びプラットホームの夕ぐれは
人々の群に塗りつぶされ
「ではまた」と
友はぐいぐい吸い込まれていつた
飢えのからみあう重い政治の
もうもうとむれる汗が
もみあい押しあうエンヂンドアえ…………

「新詩派」同人

火の夢

久野斌

拋げられたうつくしいセルパンは　ふかぶか
と火のデコールを夢にみます。

あたかも虹のやうに飛翔して　しだいにけむ
り谷間に墜ちる　あのひろふすべもない清潔
な悔恨のやうな　しかしやはらかな時間です
ふつとする花輪の感情をこらへながら　白い
手は　休んでゐる間もみづからのかほりある
快感を用意する、あの阿片患者特有の身も世
もあらぬ時間です。
しかし　やがて旋回する光を咥へながら、セ
ルパンは熱さにみもだえます。
何處かになにかがしのんでくるのです。
そしてそれから法悅の機構が　ひとつの均衡
をやぶり　ある空白を充たすのです。
やはらかな時間です
しかし息たえだえの時間です。
ゆらゆらとゆらめきながら　海老のやうな影
像をにぎりしめ　セルパンはいつまでも火の
デコールを夢にみます。
ほの青い辻馬車のなかで誰もしらない二人き

りの火の夢しばらくの間　セルパンはうつく
しく拋げられてゐます。
洞爺湖に暮れせまる

るりいろにひかる湖のうへに
まだらのかげをつくつてしたたるのは
跪拝の身をかすかにさざなみうたせる
ひかりの秀むらである
そのほのじろくあへぐかげらひのなかに
ひとりくちびるぬらすものはなにか
こゑは虚しく
なめらかな砂のうへをながれてゆく

「建設詩人」同人

雪原

―私はそこに東洋の象徴をかんずる―

正木聖夫

一望千里
のつぺらぼうで
まるで
地球ぜんたいが
呆けたやうに躊躇つてゐた
銃殺された天と地の
とてつもない静寂のなかに
朝の太陽がうらうらのぼり
どこからきたのか
とまどつた鴉が
一羽
ツンツルテン地球の内側を
ごあごああ
横切つていつた
はてしない地平の白の上に
黒い影をおとし
やがて鴉は
私の脳味噌の裏側へ
つららのやうにとけてしまつた

「南海詩人」同人

虫共

三好豊一郎

むし暑い夏の夜更け――諸君は自らの記憶の墳墓からこんな狀景を掘り起すのはたやすいことだらう。諸君が謙虛にもそれを容認するならば。――一人の子供が、未だ惡への嗜好も、善への要求も知らない、無邪氣な頭の圓い可愛らしい、一人の天使が、机の上で背延びして、電球を被ふてゐるセロファンの虫取袋をじつとのぞき込んでゐるのを。（あゝ、その柔い無垢な兩の頰を僕は接吻せずには居られない）　薄みどりの葉脈を透かせた翅がオブラートのやうにふるへてゐるひ弱なかげろふ、意地の惡いやせた蚊、翅のはえた蟻、いやらしく太つた盲目の蛾、道化たかなしい風船虫の類。有象無象がセロファンの虫取袋にとび込んでくる。かげろふは尻から茶色の汗滴を出し、蚊は細い手足をふるはせ、ばたばたと蛾の厚ぼつたい翅音に散る翅粉、風船虫はとびあがつては落ち、奇しいまでにきらめいて白熱の襞の中で踊り狂ふのを。子供はじつとみつめてゐる。本能の燠の恍惚たる戰慓にふるへながら。――そのとき子供の思はずも洩らしたつぶやきを、諸君は今一度靜かに口ずさんでみたまへ。或はそのときの恍惚感を再び得られないものでもない。こら虫共。もつと飛込め、もつと這入れ！愛憐なんて、この天使の腦葉の一隅をくすぐることさへないらしい。いやいや、それは愛、奇妙にして殘忍な本然の愛かも知れない。蚊がか細い手足である故に、かげらふがオブラートの翅を持つ故に、彼らが彼らの本性のまゝにあるが故に、何ものにも替へ難い優越にみちた愛なのかも知れないのだ。やがて子供はづかづかと袋の中に這入つていつた。狂氣の谷に堆積する苦悶の死骸を踏みちらして、子供はうづき廻る快感の波にもまれ、その眼は輝き、口には奇妙な笑ひさへ浮べて、――然し數年の後それは一層正しかつた。――烈しい煙火の中、美事に成長した一人の若者が、正に地の果にかけ落ちようとする落日の炎の反映を浴び、同類の血にまみれた兩腕をだらりと垂れ、唇をゆがめて絶叫した時！さうして之が假定でなく、又繰り返へされるものでさへあるとしたならば、愛、理性、憎惡、復讐、敵意、それらが互に人間の本性の首位を奪はうと、讃美し、協力し、嫌惡し、排折し合ふのを見たとしても、本來は吾々と何の關係もありはしないのだ。人間の合理化し構築した一切の美德と惡德を、兩の手にさし出すとしても、天

使（おゝ 愛らしい無垢なる小鳥）は赤い汁のにじみ出るおいしさうな一つの林檎をめがけて馳け去るであらう。例へそれがパンドラの函の亡靈の化身であらうとも。天使にはどつちだつて同じことだ。今では病氣と老齢にさいなまされた僕、天使の無垢な兩の眼をくり拔かれた僕には、黒い双ッの眼窩からかへつてはつきりと見ることが出來るのだ。永劫にさまよつてゐる亡靈を。苦惱にひきつゝた冷笑の唇を、整然と美化された香具師の衣服につゝんで、灯火きらめく都會の夜を、煙霧のこめた荒野の夜明けを、地上のいたる所、美味にして暖かい虫共の青い血潮を求めながら。

「純粹詩」同人

閉じられて

小田雅彦

追ひこまれては
いつからか　暗いなかを
手探りながらたどつてゐる
凍えさうな頼りなさに
ふと　立ちすくみ
にぶい眼差しの後で
道のりをかぞえてゐた
抗ひながら
この空しさに蝕まれて
記憶からの訪れを
彼が待ちこがれれば
路のうへの影がのびてはちぢむ
彼は　それにおびえて
もうなにものも寫さなかつた

「HOU」同人

胡藤《アカシヤ》譚

安彦敦雄

おそい大陸の春は一時に絢爛たる花花を競ひはじめた。

　ある月夜の晩、寡婦は未だ花の開かない胡藤の鈴なりの蕾をそつと腹にかかえて來たのだが、可憐な蕾の皮をむくと、痛た痛たしい薄い花片を寢床いつぱいまき散らした。

　笑ひをこらへきれないといつた風に歡聲をあげながら、寢床中を美しい姿態で轉げまはつた。未成熟な花の匂ひに醉ひ痴れた。

　翌朝、眼覺めると彼女の豊かな双の乳房に吸ひ着いて離れない花の一片に心を奪はれ、身體中に彩られた無數の花のこん跡に惜しみなく愛を與へた。

街を歩くと、人人は彼女に眩しい視線を送つた。体臭に入りまざつた胡藤の妖しい芳香に醉ひ痴れた。

河沿ひの揚柳の並木通りで寡婦は一人の見知らぬ少年に熱つと見詰められた。少年はなめらかな皮膚にきびしい燃えるやうな瞳を持つてゐた。

少年は靜かに近づいて來た。と、不意に犬のやうに、くんくん彼女の身體中を匂ひ臭ぎまはつた。寡婦はよろめいた。よろめきながらしつかりと抱きしめてばなさなかつた。

その夜、寡婦は胸いつぱい胡藤の蕾をかかえて來た。寢床にその痛た痛たしい花片をまき散らした。少年は一日中彼女の周圍をつきまとつて離れようともしなかつたが、ことさらに花の寢床には心を引きつけられた。

透きとほるやうな皮膚に刻みこまれて花片に心をうばはれ、狂氣のやうにいとほしんだ。

その寢床の上では胡藤の香氣につつまれた

少年の身体の匂ひを臭ぐと、遠い見知らぬ西洋の國國の風景が溢れ出でた。

寡婦はそのやうな夜は氣が遠くなるやうな一瞬に夢中になつた。

夜毎、胡藤は次第に花をひらきはじめた。街中が花の重いカーテンでさえぎられてゐるやうであつた。

その頃、彼女は室中を花で飾りたててゐた。花の香氣に身體がしびれるやうであつたがかへつてそれは官能を刺戟するばかりであつた。外は滿開であつた。

密閉した室の中で、時々呼吸が苦しくなると、彼女はあらはな兩の腕で少年の首をしめつけた。少年はしめられても妖しく笑つてゐた、笑へば笑ふほど彼女は狂氣のやうにあばれまはつた。

そのやうな日のむし暑い夜であつた。胡藤の重い芳香が室中しづもりかへつてゐた。

寡婦は胡藤の花房の中に小さな毛蟲を見つけてゐた。毛蟲をぢつと見てゐると、何故か花花の凋落の象が想ひ出された。それは堪え難いほどせつなかつた。

その夜も彼女は狂亂のあまり少年の首をしめつけてゐた。しめつけてゐる中に彼女は毛蟲の事を想ひうかべた。毛蟲をいぢめつけてゐるやうな錯覺が彼女の身内に炎となつて燃えあがつた。彼女はその儘昏倒した。

翌朝、少年の冷めたい肢体の上に朝日がきらきらさしこんでゐた。

寡婦は少年が死んでゐるのを不思議さうに眺めやつたが、不意に立ちあがると室中の花といふ花をかき集めて少年の上に山とふり積んだ。寡婦には彼の死が信じられなかつた。今にも花の山をかきのけて起きあがりさうな氣がしてゐた。

それから數日後の事であつた。

胡藤の花花はすでに散りはぢめた。

室の中は花花の腐臭で滿ち溢れていた。寡婦は虚ろな生きてゐる死骸のやうにやせ細つて來た。窓の外の胡藤の林には花が殘り少なかつた。寡婦は見てゐる中に涙があとからあとから溢れ出でた。

その夜は風がことのほかひどかつた。

街の人人は胡藤林の洋館が火の粉を吹きあげるのを見た。（大陸詩集五）

「氣球」「地球船」同人

落葉松と笛

岩谷　滿

風と短笛の音とが
枝に絡んで
早い月が出てゐた
落葉松の枝はみな
黒く小さく細く
幾筋にも分れてゐて

手折らうとすると
思ひ切り撓つて
最後に幽な音を立てた

落葉松の根本に耳を近づけると
突然烈しい
水の湧く音が聞えてきた

「ゆうとぴあ」同人

★アンケート

小野十三郎

「赤と黑」の時代

「赤さ黑」時代のことを少し書きます。私は二十歳の時上京しました。それから歸郷するまで約十年間東京とその近郊を轉々としていました。大阪え歸つて十五年、つまり詩を書きだしてから廿五年になります。四半世紀も詩を書いていたのですから一寸自分ながらおどろきます。上京して最初に知つた詩人は壺井繁治です。瀧の川町にあつたバウリスタさいうカフエーで、たしか啄木の何周年かの記念の集りがあつた夜でした。友人のこれも詩を書いていた杉浦敏夫が紹介してくれました。壺井は當時流行つていたボヘミアンネクタイなどをしめていた。いかにも東京の詩人らしく私には見えました。その後壺井を通じて、岡本潤や萩原恭次郎と交わるようになつたわけです。「赤と黑」はその頃この三人の若い詩人が中心になつて出していた詩の雜誌であります。私にはまだつい昨日のことのように思えるのですが、或はもう知らない人もあるでしょう。しかしこの「赤さ黑」という名は、私にさつては、スタンダアルのあの有名な小說の題としてよりも、大正末期に、日本の最も尖銳な詩人たちがよつて出していた革命的な詩の雜誌の名としてつれに記憶に新たであり、その名を想い出す度に私の心はおどろのです。實際この雜誌（わづか八頁位のリーフレットでしたが）をはじめて見た時に受けた激烈な衝擊をおもうと、私の詩作生活の唯一の急端はそこによつて、その後は洋々たる大河に比してもよいのであります。まもなく私は招かれてこの仲間に加わりました。關東大震災によつて雜誌の發行は中絕し、再出發のさきは同志も增えて、組織は擴大されましたが「赤さ黑」が持つていた詩へらしい純粹さは失われず、それは一つの氣風さなつて長く私たちの運動を性格づけていたようであります。昭和十三年の十一月に萩原が溶血性貧血で死にました。これは私たちにさつて大變悲しいこさでした。彼がいまなお生きていたらと言うこさはぐちですが、彼の詩精神の中にあつた類稀なあの靜謐を私はまた近ごろ時々想い出すのです。しかし岡本さ壺井が近來益々元氣なこさは私にとつては心强いかぎりです。最近私たち三人は相前後して詩集を出しました。三人三樣でお互いに世界は多少ちがつてきていますが最初の方向に狂いがなかつたように、私たちが目指すところはやはり正確に一つです。幸い私もいまは非常に健康ですから、これから何か新しい仕事が出來そうな氣がします。生意氣を言うようですが、エセ民主々義が橫行している現在の日本で、私は詩人として最後の、いや最初の革命的インテリゲンチヤをもつて自ら任じているのです。そういう意味の私は民衆詩人ださ。抒情の變革などさ言つたつて、短歌的なものの批判すらロクになされていないような現狀では前途は遼遠ださ思います。歌人相手に短歌否定論など振り廻していゝ氣になつていては駄目です。詩に關するかぎり短歌はいろいろな象徵的意味を含めて自分のこさなんですから。批判はあつても詩人としての憎惡と嫌惡の表明が足りないのです。二十數年昔の詩運動「赤と黑」はこの一點に關しては永久に新鮮です。

★アンケート

詩精神の在り方

近藤　東

こんにちの精神のうちで、もつと注目しなければならないところは、三十代、四十代のジエネレイションさ二十代のそれとのつながりである。われわれ（三十代、四十代）に對して二十代が、意識的、無意識的に不信をいだいている事實は、たしかにあるのだ。二十代の發言が少いのは、單に「空白」時代のおかげで發言の自信が得られていないさいうだけではなく、うつかりするさ轉々向者はまた轉向するかも知れないし、非轉向そのものに對しても信賴していないようである。このへんの事情は「りべらる」2月號で三好十郎氏がうまく書いている。

そこについての二十代側の意見は「純粋詩派」2月號の北村太郎氏のコトバに耳をかす必要がある。氏は、われわれが「空白」だと稱している時代は二十代にさつては肉體し、思想して來たのだから決して空白ではない。そんな時代さ知りながら、不本意に詩をつくつてきたお前たちにこそ空白だという。この人の思想的背景は別として、このコトバは主觀的である。けれど、「歷史的、客觀的に見れば……などという反ばくは僕にはほさんど意味がない」といつているしするから說得しようなどとは思わないが、現在を二十代自體が惠まれたものにしないかぎりはよい時代であるさはいえないことだけはたしかである。（ついでにいうが、私が惡時代さいうのは現在であつてこのコトバに關するかぎり空白時代をさしているのではない）

ここにおいてジエネレイションおたがいのけつ別か、從來の詩さいうガイ念の終末（いいかえれば新らしい詩の藝術の出發）かが劃期的におこなわれなければならない。それで伊藤信吉氏は「國鐵詩人」2月號で短いがきわめて重大な發言をしている。氏は「現代詩はその新らしい道をどこにひらくべきかについてまだ確信を得ていない。……わたしは近代詩の終末さいうことを考えている」という。いわゆる「近代詩」はその生活力がおさろえはじめていることを感じている。伊藤氏のコトベが正しいとするならば、近代詩は終エンする。そのときに新らしい詩が生れていなかつたなら、それこそブランクなのである。この終末を早やめるものが二十代に要求されているのである。

そのためには——それが革命的であるがためには近代詩自體の歷史を、今よりくわしく知らればならぬ。いわゆる空白時代は、その事實上の連絡をたちきつてしまつたのである。いま、二十代が革命的精神活動だと思いこんでいる行爲も、具體的には革命されるべき對象さなつているかも知れない。これは喜劇である。二十代は急速にその事情をじぶんの陣營で整理しなければならない。この意味においてわれわれが啓もうさ稱してやつていることに無批判で從う必要はないが腦でどう考えようさ、一應はこれを利用するのがケンメイである。

香水

山崎馨

やがて私は、香水の匂ひをひと息吸ふのであつた。
おまへに求める情熱は、心よくかざり
私は、色あせたあの恐ろしい慾望と疲勞の眠りに落ちていつた。

そのめざめの醜さが見出されないやうに足をひきづり、路次をまがりまがつて　おまへは私を何處に連れて行かうとするのか……

そして、くちづけては生れようとするものを
その醜い心を見るのは、苦痛であるから私はどちらであるかをきめなければならない。

だが、どうやら私の心は香水にうなされてゐる

凡てを、おまへが眞實であればあるほど
それが悲しく情ないことであると思ひながら
ただ女であることだけが絶えず獲物であり
硝子の面を、その哀れつぽい顔がちよつと意識し
私は、救ひを肉慾に求めては香水の匂ひをひと息吸ふのであつた。

「氣球」「地球船」同人

夜の透視圖

柴田元男

ふいに、するすると雲間から
蒼白い瘠せた腕が下界をめがけて垂れさがつてきた。
浮き出た靜脈の襞を

月が滑る。――巨大な白熊のやうに。

荒廢した都會が打揚げる、
無數の氣泡〟と、澱んだ惡臭の蕩揺……。
沸騰するフラスコの鋭角な交叉、を縫ひ
　その微かなざわめきの底を衝いて、
譬へば無邊大の絶望と憤怒に膨らみ、手垢に
　染んで晦《くら》いリュックサックを背負ひ、
自らを苛責《さいな》む重い歴史の足枷に繋がる、あか
るい陽の目も持たぬ疲れた一ぐんの「影」た
　ちが
夜ごと
ちりぢりに半壞の小屋へと消え失せる。

明日は？
あすも又、何程のことがあらう。
蟻のやうにひとびとは各々の蜜を索めてさま
　ようのだ！

醜い疥癬があたりいちめんに瀰蔓つてゐる、
雜草を押しのけて。神が嚴かにこれら腐爛し
　た夜々の肉體を磨く。
曉を磨く――。

と。はつきりと宙に刻印して
みるみるうちにあざやかな疥癬圖繪を織りな
　す、
ひかつた千萬の腕となり。
千萬の非情の氷柱《つらら》と化して。
ひつそりと、今、それならば
味爽の天に。
うたふ。
――はや、月は西にかたむき……。

どこからともなく、
凍結したフラスコのくだけ飛ぶ、
鈍い莊重なものの音が

柔和な半獣神の這ひ廻るせわしげな息遣ひとともに、断え間もなく渦へた黎明の牀を襲つてひびいてきた。

「新詩派」同人

航跡

村松武司

跫ぶみしてゐる。

波の飛沫と共謀で、雨がときをり喚いてゐる。そのたびにかれは夜の黄色い船室で冷たい打診に耳をすませてみる。

――一回。そして二回目だ。圓窓のガラスを雫がすべる。止る。また、すべる。止る。かれは確める。巨大な船の震動が細蜜に測るおのれのかすかな呼吸を。


盗汗だな。雫を瞶めると血糊のついた膚着が一枚。二枚。つぎつぎに疲嚢からずれ落ちてくる。　靜かに！　韮が流れる！　左胸の銃創がうづきはじめる。乏しく流れ、慌しく凝固する圖表を讀むべきだ。そつと聞いてみろ。いつたい生きてゐるつもりなのか。


ひとしきり、舷の厚さをはかり、暗い底から叩いてはかへつてゆく。

波に剥げ、いまは堅く閉ぢられた爪音が碇を攀ぢのぼつてくる。吃水の塗料を剥ぎほぐしてみたり、瘦せたこぶしの音がかすかに響いてそいつが言つてゐる、**イルカ？**さうだ。この安緒を待つてゐた。

甲板に急速調の跫音が崩れ、錨鎖孔からなだれ落ちる。やがてすさまじい音響を浴びながら匐ひのぼるけものの姿が見えて、そして黑い蹠が濡れた板を踏んで止み寄つてくる。

イルカ？　はいれ！

けものの足が重くずれた音をたてる。けものの足に絡みついた藻には、まだ褪めやらぬ蒼さが殘つてゐて、からだの各所に寄生した無數の貝の眼窩が、けものとかれとの距離を懸命に測りはじめる　凍つたやうに、無垢の水がかれらの間に點々と途切れしたたつて。

★

朝。　港灣の淺い眠りが防波堤を打ち、白い余喘のなかで戯れる小波。舞踏に向つて海底の小魚の群はいつせい浮びあがると街はすべての運河の扉を開放し、幾艘もの繋船が河口を解かれる。群つた純白の帆船。曳船。戎克はやがて散つて、無數の船が無數の放射線を徐々に、恣まに、敷き始める。そしてそのなかに、昨夜の船影が見えない。嵐と共に、一夜にして、昨夜の古びた船體が見えない。

歐洲航路の巨大な客船の一室。

彫模様のデスクの上に汚れた日記と、部厚い幾何學書が置かれ、安樂椅子には身を沈めた背の高い男がひとり煙草に火を點ける。ときをり海圖をながめて

……つまり、L（緯度）＝H（北極星の高さ）—S（第一次徴分）cosp.極）—$\frac{S}{2}$ptomHに これによつてすべてが認知に運ばれてきたといふこと……

船體は一定の傾斜を保ちながら針路を變へはじめる、船尾の卷綱のかげに、煙を浴びながら先刻から猿に似た見知らぬ男がイちつくしてゐる。

やがて古めかしい青銅製の望遠鏡をとりあげると、片目をつぶり、徐ろにいま一つの目にあてがふ。

「純粋詩」同人

太陽と月との均衡の土眞中

外川三郎

太陽と月との均衡の土眞中に在つて
傷口は腐爛への一途をたどる
愛や憎悪や生き死や
はかない約束ごとの秒針
無盡の懐疑を吐きながら
〈ふりもぎれ　ふりもぎれ　ふりもぎれ〉
叫んでゐる
宿命を推進するそれらよ
空間

幻想

皮膚を引き裂いて零度の風が
お前を叩きのめそうと　大きくよぢれ
曲りながら　無限量の氷片を吹き散らす
〈全ての音を呑み込んで無言の重量は　しん
しんと…………〉
白銀色の奔流のヒラメキの中
女の瞳が輝やきを失つて遠走る
影を見た
〈雪姫だつたらうか〉
立ち止まつた時お前は
その軸心に立つてゐた
季節の舞臺が廻つてゐた

北川冬彦氏推薦

犯罪心理 そのほか

濱田耕作

暗い悲しい谷底で
犯罪心理が泣いている。
僕が覗きこむとその聲はぱつたり止んだ。
暗い悲しい谷底は
一單位の光量子すらもない眞暗の闇である。
僕が眼をそらすと
犯罪心理はまた泣き出した。
宇宙の外から響いてくるような無氣味さで
犯罪心理の淋しい泣き聲は續いている。
今も續いている。

黴

アナクロニズムの大腦を解剖してみたら黴が
生えていた。
その黴は妙に鑄物の匂いがした。

インフレと手紙

ずいぶんひどい洪水だ。
こんな具合だと五重の塔でもだめらしい。

北川冬彦氏推薦

二つのうちの一つの夢

眞壁新之助

ぶしような　こんなそうごんな夜
樹氷がみたい
灰色の樹氷がみたい
つくしのようなのが　見たい

希望
陥穽
生活
情慾
そのほかの
（さびしいことに）
かけがえのない　がらくたの住んでる世界で
のほほんと　すずしいつらした　よそもんが
みたい

おなじく

海わなつてるだらう
夜わくらいだらう
葉つぱわあおいだらう
そのとき
やすつぽい　まわりくどい　おれわ
どんな思想おもつて
そいつと面接するのか

○

巨木が　たおれる
かわいた音だけだ
何もしない

「詩と詩人」より

★アンケート

岡本潤

友情について

詩人だからさいつて、友情にとくべつのものがあろうさは僕には考えられません。もともさ僕は、詩人さいうものを特殊の人種とは考えていないので、世間のひとから「あんたは詩人だから」などさいわれると「あんたは病人だから」さいわれるのさ同じような氣がして、甚だおもしろくないのです。從つて僕はむかしから、あまり詩人くさい詩人とはつきあいがありません。詩壇というようなフンイキも僕にはなじみのないものです。

しかし僕も詩人にはちがいないので、詩人に友達がないわけではありません。すこしはあります。壺井繁治、小野十三郎、金子光晴、伊藤和、秋山清、中野秀人などみなふるい友達です。二十幾年來の友達です僕がこの連中と前後して知りあうようになつたのは、たしかに詩を通じてでした。だが、かれらが二十年來の僕の友人であるさいうことは、特に詩人だからさいうわけではありません。詩をもひつくるめての、何と云いましょうか、人間的さいう言葉はあまりつかいたくないのですが、敢えて云えば、人間の確かさ、何を云はうと、何をしようさ、信用のおけることさ。道徳的な意味でなく、ある種の節操をもつていること—そういつたものが、不自然でなく、云わず語らずのうちに、僕らを結びつけてきたことになるさ思います。

この二十幾年の間には、誰もが知つているような社會的激動があり、未曾有の大きな變轉がありました。僕らはその激動のなかでもみぬかれ、多少の差はあれ、いずれも相當の重壓をうけ、あるいは傷つき、あるいは汚れもしました。しかし、ある一線だけはまもりぬいてきたと思います。そのある一線に僕らの結びつくものがあつたということ、それは、僕らの友情というよりも、友情以上のものが、云わず語らずにあつたからでしょう。

それは思想さかイデオロギイさかいうものともいくらかちがいます。思想やイデオロギイさいう點では、僕らは必ずしも同一ではありまん。詩にたいする考えかたもそれぞれちがつています。この連中は、それぞれ獨自の個性を鮮明に發揮しているし、人間的にもそう單純ではありません。なかなか一筋縄でゆかないところに、僕らを結びつける結節點があるのかもしれません。それは、僕らの精神にあいつうじてある一種の抵抗作用さでもいうものではないかと僕は考えています。これはもちろん詩人特有のものではないでしょうが、いわば僕らの友情の心棒のようなものではないかさ考えています。詩人くさい詩人は單純な詩人には、そういう心棒になるような抵抗作用があまり感じられないので、これは日本の詩壇というフンイキとは、ほとんどかかわりのないものさ思つています。僕らの友情はいわゆる素朴なものではありませんが、しかしあまり融通のきくものでもありません。

むかし親しくしていた詩人で、現在では友人といえなくなつている人もあります。僕はあいまいな感情でいいかげんなつきあいをするよりは、きつぱりまじわりを斷る方が、友情として誠實ださ思うからです。あまり融通のきく友情というようなものは感心しません。

★アンケート

安藤一郎

「太平洋詩人」から「思想以前まで」

もう二昔も遠いことになる……私も年老つたものと思ふ。「抒情詩」（内藤鋠策編集）の新人推薦に、千家元麿の選で、三席かに入つた。また、「日本詩人」の後期、佐藤惣之助編集のとき、一篇採られて、小さい活字で出た。いづれも中學を出たばかり、十九歳の年だつた。

大正十五年、私は、渡邊渡の「太平洋詩人」へ二三度投稿してゐるうちに、渡邊渡と一緒に仕事をしてゐた菊田一夫（現在、賣出しの劇作家と相知つた。ボードレールを慕ひ、ルパシカをまとうた菊田）、金ボタンの制服を着た外語の學生だつた僕――あの頃の二人の交遊ほど、なつかしく、うら哀しいものはない。菊田よ、今でも憶ひ出すか？

「太平洋詩」には、萩原恭次郎、草野心平、岡本潤、野村吉哉、壺井繁治、小野十三郎、友谷靜榮（今は上田）、金子光晴、大鹿卓、赤松月船、サトーハチロー、林芙美子、北林透馬等が書き、またよく集まつた。講演會もやつた。林芙美子が島田の髮で壇上に現はれ、朗讀したりした。やがて「太平洋詩人」は、アナ系社會主義詩人の舞臺と化した。

「太平洋詩人」の投稿家には、私や菊田の代に、伊藤信吉、壺田花子、青木茂若（若くして死んだ）等がゐた。壺田花子さんは、非常に美しい抒情詩を當時から示してゐたので、いつたいどういふ女だらう、と菊田などと噂さしたものだつた。（壺田花子さんとは、つい最近まで言葉を交はす機會もなかつた。）

大正十五年の末、菊田と二人で「靑豚」（これは菊田の渾名だつた）といふ、版畫を入れた高踏的な雜誌を出したが、發送の金がなかつたかして――何といふ素晴しい貧乏よ――たうとうどこへも見せなかつた。それから、やはり「太平洋詩人」に投稿してゐた、平享爾、深水澄子（一時、一木醬子といふ筆名で少女小說を書いた）を加へ、菊田と四人で。「花畑」といふ雜誌を刊し初めた。「花畑」とは、私の附けた名前だつた。年上で落着いた平の助言に賴りながら、私の家を發刊所にして、編集、印刷所の交渉、資金、發送は、私一人でやつた。私の最も情熱的な時期だつたのであらう。作品もよく書いた。金の算段もした。封筒も自分で書いた。

併し、これで、私は少し一人起ちが出來るやうになつたのかも知れない。同人が散りぢりになつてからも、「花畑」を「詩人」と改名して、私はこれに打ち込んだ。

黃瀛、木山捷平、倉橋彌一、長田恒雄、月原橙一郎等と親しみだしたのも、その頃であつた。

それから、「詩神」を編集してゐた神谷暢が、年下の私を隨分いたはり、勵ましてくれた。「詩神」には、殆んど最初から本欄に作品を載せ、また個人的に、樣々な知識を受けた――北村初雄、山村暮鳥、高村光太郎、吉田一穗等の詩を薦めたのは、この神谷氏だつた。アナキズムとダダ的デカダンスの混沌に渦卷いてゐた詩壇の雰圍氣に、いきなり飛びこんで途方に暮れてゐた私に、清純のヒユーマニズムを注いだ神谷氏には、今でも感謝を捧げてゐる。

私は、所謂「師匠」といふものにつかなかつた。併し、黃瀛と時々訪れた高村光太郎先生は、若い私に、いつも何かを感じさせた。アトリエの智惠子夫人の姿は、ありありと記憶に殘つてゐる……

昭和五年四月、處女詩集『思想以前』を上梓した自家版で百五十部、費用八十五圓だづた。これは、母が全部拂つてくれた。「花畑」「詩人」に發表したものから、二十一篇、四年にわたる作品を選んで整へた私は二十五歲、左翼文學の最も旺んなとき自分では思想的にも深く惱んでゐた。抒情詩は、これでもう書けまいとも思つたのだ題名には、さういふ意味も含まれてゐた。

川路柳虹氏が「新潮」に、笹澤美明氏が「詩と詩論」に、能村潔氏が「獅子」に、他の多くの詩誌に、『思想以前』の批評が出た。

私は、これまで詩壇にもヂヤーナリズムにも、大してもてはやされたことはないので、いつ詩壇に出たかといふハツキリした區切りはつけられない――本當を言へば、一人でこの道を歩いてゐるうちに、他の人々が段々ゐなくなつて、殘つた一群の中にいつか自分が入つてゐるのに氣がついた、といつた工合である。

ただ、强ひて言へば、『思想以前』が詩壇の入口であつたかも知れない。

『思想以前』の後、私は、都築益世、倉橋潤一、一瀨直行等の「別作地帶」に入つたが、一方ヂヨイスの『ユリシーズ』は翻譯に參加し、ウルフ、ロレンス、エリオットなど英米モダニズム文學を多く讀むやうになつてから、「詩と詩論」「新文學研究」「世界文學」の流れへ近よつてゆき、シユールレアリズム、新心理主義、行動主義の詩人や作家の圏に多く接するやうになつていつた。

素樸な人生派から出て、藝術とイデイオロギーの岐路にあつた『思想以前』はその意味でも私の一期を劃してゐるものである。

一部、疎開しておいたので、燒失を免れた『思想以前』を手に取り、跋文を書いてくれ黃瀛のことなど思ひ、十七年前を振返つて、やや撫然としてゐる……

一度「太平洋詩人」を思ひ出す會をやつたらどうだらうなども思ふ。

＝編集手帳＝

過日『獨立展』を參觀したが、案外同人の無氣力な作品に接してがつかりした。これに反して選を受けた新人の作品が、實に野心的で、そして良心的で、純粹に藝術にとつくんでゐた。何かを創造しようとする努力を見て、私は嬉しくなつた。ここに藝術の進展があるのだと確心した。

ここ一二年の間に、詩壇に於ても、新人がたいさうして、大膽に、構想の上においても、表現の上に於ても、又は世界觀の上に於ても、獨創的な作品をつくることに傾力してゐるのを見ると、私はこれら新人を尊敬し、期待する。かうした意味で、今集は、新人特集號を企畫し各誌のホープに依頼して見た。私の希望を新人の作品との距離がどうあるかは、新人の責任かも知れぬ。最初は六十四頁の豫定であつたが今日の狀態では不可能なので中止した。それが爲に、依賴原稿が次集になつたこととの責任は私が負ふ。

（杉浦　伊作）

サン・ルーム

室町詩社

よせがき詩語

○ 西脇順三郎

詩は常に新しい關係

○ 村野四郎

秩序の中にある神々

○ 城左門

去來只露心

○ 岩佐東一郎

高く美しく愉しく

○ 坂本越郎

詩人の居るところ新らしい雰圍氣が生れる。花々が蝶を呼ぶやうに。

★

詩人は環境を作るべきだ。

○ 長田恒雄

家出した僕の精神がここに來てゐた

○ 江間章子

月曜日ハンカチィフにぶどうの匂いが泌みている

○ 近藤東

春だ！ ただそれだけであつてもいゝではないか。

○ 乾直憲

凧揚げの友の來ぬ日のめんこかな

○ 野田宇太郎

すみれ、つまり永遠の春、つまり、私だけの。

○ 木下常太郎

詩の春に新しい意味の美しいシャツトツでつくらう

○ 門田穣

人に告げても
あなただけには告げられぬ

○ 安藤一郎

遠く近く
搖れさやぐ
みどりの翼廊に
あなたの中に——

○ 北川冬彦

日本の詩は、人間臭い生まなましいものにならなければ嘘だ。

○ 杉浦伊作

僕は春の豪華船で出航する世界一周に。そして當然會ふであらう太平洋の眞中で DINAAに。僕の詩は、そこで生れる。

★アンケート

お答へ　城左門

1. 第一書房から「近世無頼」を出版して貰つたことが詩壇への僕の所謂デビユウでせう。別に苦心した覺えはありません。
2. 探求法とに困りますな。強いて云へば、「不用意にして之を得たり」とでも申しませうか。作つて作れず、たくまずし 自ら生れるものでせう。
3. 苦節などといふ大したことを經過したとは思ひません。何となく、時が經つただけです。若い時の思ひ出は、戀をしたり酒を飲んだり夜更ししたりこれと云つて人と變つた點もありません。
4. スランプに陥ち入つた、といふ記憶がありません。書ける時に書くのですから。
5. 岩佐東一郎などとは廿五年も交際してゐます。僕は友達と會ふと、盃を擧げることが大好きです。僕
6. 自分で自分の詩について、あげつらうことは、些か恥づかしく、客觀性を缺きますから返つて混亂するし、公正でもないでせう。
7. 時に、今日に於る、といふ色合を、僕は持ちません。僕に飾り時代的でなく、これまで詩作しました。今後も亦、さうでせう。曾てのプロレタリヤ文學全盛當時、僕の詩人態度は噴火山上の舞踏だと云はれましたが、別に吹き飛ばされもせず、批評した人が消え去りました。次ぎの非常時呼ばはり時代にも關心を持たず、所謂戰爭詩、隣組當時にも冷淡でした。今日のゼネ・スト時代も風馬牛です。僕の詩は、處女詩集時代から古いと云はれました。今でも古いと云はれます。詩作して廿五年一貫して、同じ批評を受けることが、逆に、僕の詩精神の在り方を語つてゐるでせう。

編集後記

△今日最も注意を要することは、ことの眞實にふれ、そのことが正義に從つているかいないかということを、きわめることであらう。從つて詩人の政治、經濟えの活眼は大いにはたらかなければならない。それなくしては文學の基盤、根元を根太くささえることはむつかしいし、詩人の批判、觀念の形成に背反、不確實を露出することになる。ここに大いにそれを强調したい所以がある。

△詩壇の現狀、正にこの言をこと新しく述べたてる意味なしとしない、なぜならば、詩の發想の源にこの弱さを含んで、今日多くの作品がものされているからである。このことは、政治、經濟の問題をはなれて、文學の上でも、いえると思う。詩人はもつと詩魂をみがき、ペンを洗わなければならない、

△今日多數の詩誌が發行されているが、その個々の作品について、日本詩の未來につながる主張、詩人の指向の問題は當然問題とならなければならない。若い人達の勉强の中にわずかにそれを發見するが、詩雜誌の編集者の努力は、それに集中されればならぬといえよう。

△ところで、どこの雜誌でもきまつて書きたてられている、紙の問題、本誌もまた、印刷用紙の現物をともなわぬ空配給で、正によきプランもスケヂュールも詩文化と共に心中一歩手前にあると報告せざるを得ない。

△日本の文化政策、政治の不信は、一体いずれに落ち、正義は如何に擁護すべきか。もはや、例えば配給用紙のないのに豪華な書籍が出版され、何十日の食糧缺配で人間が死なず、學校を休むことが缺配對策と考えて不思議と思わぬところえ來た、如何にすべきや、如何なることぞや、

△本誌は物價の氣狂現象に襲われて止むを得ず、少額の値上げを敢てせねばらぬことを悲しむ（値下げ運動の貼紙はもう街から消えて、雷雨にはがれて、張りあとがみにくい）にもかかわらず熱心に、支援を與えてくれる會員讀者には、心から感謝の禮を申述べたい。おそらく將來も、本誌えの支援はかわらないと信ずる。本誌もまた、かわらざる努力を續ける覺悟である。

△本號内容の御覽の通り、大いに御批判を仰ぎたい。日本詩の高次の發展、文學性のより深い獲得、その爲にこそ編集者はするどい鞭をよろこんで受けたい、當分は用紙と印刷その他の事情を突破する意氣の、苦しい編集でいかればならぬと思うが、寄稿家、會員、讀者の變らざる後援を願つてやまない。

現代詩　第二卷　第三號
定價　金拾五圓

詩と詩人社會員費一年六拾圓、送料金十圓（共ニ分納可）會員ニハ本誌ヲ直送ス（雜誌「詩と詩人」ハ別）
廣告料ハ一頁マデ相談ニ應ズ
送金ハ小爲替又ハ振替利用ノ事

昭和廿二年七月廿五日印刷納本
昭和廿二年八月一日發行

編集部員　杉浦伊作
浦和市岸町二ノ二六

編集兼發行人　關矢與三郎
新潟縣北魚沼郡廣瀨村大字並柳

印刷人　本田芳平
新潟市西堀通三番町
昭和時報社・[illegible]

發行所　新潟縣北魚沼郡廣瀨村大字並柳乙一一九番地
詩と詩人社
淺井十三郎
振替東京一六一七三〇番
新潟五二七番
本出版協會員番號A一一九〇二九

配給元　日本出版配給株式會社

昭和二十二年七月廿五日印刷納本
昭和二十二年八月一日發行

現代詩

第十三集

定價金拾五圓

詩と詩人

★内　容★

★發賣中★

定價拾圓、〒1圓半、會員募集中一年六拾圓・〒拾圓・詩と詩人社

第66集

THE CONTEMPORARY POETRY

現代詩

昭和二十二年九月十五日印刷納本
昭和二十二年十月一日發行
第二卷第四號

現代詩人論特集號

第十四集

詩と詩人社

現代詩

第十四集

—表紙・鐵指公藏—

ゆめみる夜つづきておもうこともしきりなり

島崎曙海

五臓六腑の疲れか。頭腦の昏亂か。痴呆性か。惡血の逆流か。この愚劣さ。ゆめみる夜つづきておもうこともしきりなり。晝はうつうつと雪雲の、うつろな眼にうつり。棚引けるさま行方も追わず。夜は本などひらく氣もせず。電燈ひくめて、おのれの後に影あるその座に默して坐す時には些細なことに怒り、亂暴して家族を困らす。果ては狂人じみた已れに憎惡しきり。泣きしづみ。赤ん坊のごと。なにも求めず。なにも語らず。髪むしりては、指にかかり抜ける白髪の長さなど計りてあり。朝くればとく起きて、元氣なり。俺は百歳まで生きるぞ。なんどつぶやきながら、靑疊をゆるがす。土間の鷄は主人のかけ聲におどろき、敬禮し、警戒す。子供らつぎつぎと目覺め、ちちの朗らかな號令に拍子をとり、掌をうち合す。朝日が座にさすと、妻はもう高粱のおかゆをつくり　餅子をふかし。私は鷄の箱をかかえ出しては外に放つ。鷄は朝空に首を上げ、ここことないては土を堀り、蟲などついばむ。軒では國破れぬ春植えし、うす紫の鉈狀の實の今は枯れ、からからとされこうべのごと、なりて止まず。うら悲しさもなし子供らは葉散りしライラックの生垣をまわり、門に出て、右にッ連赤旗を、左に靑天白日滿地紅中國旗をひるがえらす。美しと思うこともあり。わたしは自分の好みで、十二軒長屋のぐるりの落葉を掃き、集めては火を焚き、悠悠と股火に時をすごす。部屋にもどると、靑疊の上まで鳥影がうつり、わたしの若き日、描きのこした壁の繪がおもいおもいのおしやべりをやる。小鳥はさえづる。竹籠がないかのやうに。本箱はだまつて叫ばないが。その前で子供達は食べなれない包米の餅子の大きい奴を高高とさし上げ、食事をはじめる。米を食わせろと子供はせがむ。なにを言うか。この唐變木。腹の足しには水でもたらふく飲めよ。大きい奴から順順にささやかな商賣道具をもつて、雪凍る街に出かけていく。小さい奴は赤い毛糸の玉をほどいては短かに切り。一人日向に背むけて綾取りをはじめる。私はどこえ行くあてどもない。ただ雪空におどり出ては、街やバザールをうろつき廻り、足を重くす。晝食は食はない。廻轉燒のうた友をやあと尋ね。俺が世を謳歌している共產傾向の男の營む喫茶店にあらわれては、にこと笑い。古本屋にも聲をかける。委托販賣所に行つては、その儲け方につばをはき、奉仕團の僞善者共をけなしてやる。これで俺の懷には一錢の收入もないが、章魚のやうに、已れの足の指から、飢じさのまま、一本一本食いはじめる。五体は繃帶だらけで。血潮がじみ出ている。天下國家を論じていた奴が、てのひらをかえすやうに、大福餅も賣れまいつて。お前はまだまだ困窮ということを知らないのだ。いまにみろ。大福餅も賣るだろうつて。俺には賢明な女房や子供のあること忘れていませんかつて。俺の女房は義理かたい奴でしてな、今までの御恩返えしに食はしてあげませうつて。この俺にだよ。俺は普通ごとのやうに、ぶんぞりかえつているが心の中では餘計なおせつかいだ。といわぬ顏して、のうのうとしているけしからん奴なのだ。凍りついた日暮れ道に靴ひきずつて。（國破れて山河ありというが、まこと山河のこれど、あのひとはかえらず）なんて、雪空に已れの影をうつし、風來坊のように已れの家の門戶をたたき。（おたのみ申す。あけて下され。下宿人でござんす）と叫べご。風強き日はガラス戶の中の耳にはきこえず。それでもやつと家の中に入つて、子供や女房の顔を見ると、うれしくて、はづかしくて。手をもみ合はす。え、へへへ……。

一九四六、一、大連にて、

七年目の歸國

黒木清次

泥のたゆたつている黄浦江、
その泥の中から這いあがつたやごのように
鐵あばらの入りくみもりあがつた橋。
外白渡橋《ガーデンブリツチ》。

そこは　かつて
東洋の花道とよばれた。

おびただしい
泥の軍靴と
眼《まなこ》うすい

千貫のもぐらのごとき戦車ら
流氓のようになだれ渡り
歸ることを知らなかつた日。
その幾年かの歳月に
あの花道は汚れ
重たくきしみ。

外白渡橋。
あの東洋の花道につづく未來はなにであつたか。
カーキー色と
銅鐵製の物物しいもののひしめき。
氾濫。
その中を
中國の藍。
中國の藍の衣衫。
裾ひらめかし
ぼうようと大きく來り
なんとなく語り
なんとなくあの橋に群れ。
信と愛と

わたしに
千萬人の中の一人の自愛湧きたち
あの橋になんなく群れあい
はるかに渡り
また群れ歸つた曆日よ。
　范君博や徐桃桃や
　　丁樂仁や　陳曾基よ。

群れ。
なんとなく群れ。
信と愛と
第三の群れ。
あれら第三の群れの渡つたあの橋。
外白渡橋は默つている。
うつ伏せになつた泥だらけの人間のやうに。

忘却

祝算之介

砂濱は、とうの昔、干あがつてゐた。そして海は、はるかなところまで退いてしまつた。…………海はそこらで、いつしんに浪を卷きかへしてゐる。うちつづく砂、砂、砂。てんてんと、名もない鳥の足あとが落ちてゐる。

このあたり、強い日照りに、磯の香が妄念のやうにたゆたふきりだつた。海ははるかなところで、白い牙をむいて挑みかかりつつ、だんだん遠のいてゆく。

（さかまく波。たちきれ絆。）

やがてこのあたり、いちめんの砂漠と化してしまふのだらう。海はだれの眼にもとどかなくなるだらう。しかしどこかで、永却にわたつて、浪を卷きかへしてゐるのにちがひなからう。

詩を編むもの

勝　承　夫

お前はこの世の何處《どこ》から來た
私の感情の糸を紡《つむ》ぐ小さな蜘蛛《くも》よ

お前は
私の悲しみを紡《つむ》ぎ
私の悲しみの糸で藝術を織る
私の詩はお前の住家
お前の懸命な勤勞と砦《とりで》
私の詩は風の中に光る破れ易いカーテン

小さな蜘蛛よ

お前は遠い東方の樹林の梢から
凰のオルゴールに乗つてこの部屋に來た
秋の日の東京上目黒
この卓の上には白い湖が光り
新しい魚族の歌が終日きこえる
この椅子は詩人の夢見る椅子だ

小さな蜘蛛《くも》よ
お前は智慧も經驗もまして教養もないが
お前の生理こそはこの世の秘密《ひみつ》だ
この部屋にお前は巣をいとなみ
感情の糸の中央にうづくまる
けふ　私の詩はお前が編み　お前の歌で搖《ゆ》れる

第三の影

木原孝一

蝙蝠が夜の眼球を喰ひやぶる
暗い眼窩のなかに石の十字架が立ちならび
未來を持たない賓客たちが風に吹かれてゐる

僕は糜爛した地球を
君の頭蓋骨の向側に對位させる
華麗な葬列と生命の戴冠式の上に
清教徒や仲買人の腦髓の化石の上に
すべての思想の灰にみちた地上に
靜かな巴里祭の雨が降りそそぐ

さかさまの人間を映す眼球の裏側へ

巧妙のシャンソンの繰り返しのやうに涙がたまる
それが僕の背髄を濡らして行く

僕は狂亂する空間を
君の肩胛骨の向側に對位させる
地上では胡廊や消毒器や
夜と晝との隙間に向つて孤獨な狼が吠えてゐる
僕は君の皷動を僕の皷動に重ねながら
存在に架けられた繩梯子を一歩一歩昇つて行く

死の時のために生はあるか
生きる日のために愛はあるか
確く信じ合つた掌と掌とが石の上で風化して行く

僕は沸騰する時間を
君の骨盤の向側に對位させる
むかし僕はその生命の洞窟のなかに誕生した
兇暴な風と非情な空氣にみちた地上の
それは傳説のシャングリラの町の如く永遠である
いま再び僕のなかに次ぎの世紀に贈る第三の影がゆらめく

北川冬彦小論

——遠いところから、身近に至る——

杉浦伊作

その詩人を理解しないで、その詩人論はなりたつものでない。憎むことも愛することとの逆説的な意味あひがあるとしても・その人を愛していない限り、正鵠な人物論はなりたたない。僕が今、北川冬彦論を書くが、決して不適任だと思はない。いなむしろ最適任者とすら確心してゐる。僕は北川冬彦とは思想的な繋りはない。一貫して讀者の立場にあつた。それは北川イズムに傾倒したのではない。ひたすらに彼の詩作品に繋る愛情であり、憧憬でもあつた、だから、彼が「詩と詩論」の一派から離れて「詩●現實」（昭和五年）に移つた後の彼の思想性（コンミユニズムに對するシンパシー）にあきたらなくて、ひところ、彼から離れたことすらあつた。この離れたといふことは、年の如き友情的繋りの隔離でなくて讀者としての憧憬の離反であつた。思へば、どのへんから北川の藝術に接近したか、僕は、彼の處女詩集「檢溫器と花」（一九二三、一九二六）は知らなかつた。（處女詩集と書いたが、その實氏はそれ以前に「三半規管喪失」といふ詩集があつた。

僕が最初に知つたのは、抒情詩社編の「一九二七年詩集」（昭和二年）の作品『晝の月』『入日』『馬』からである。『馬』も『入日』も短詩型で、これは、詩集「檢溫器と花」に集錄されてゐるもので、彼が、大連から出てゐた詩雜誌「亞」の短詩運動の所産のものであらう。『晝の月』は、彼の作品に見のがすことの出來ない或る面のロマンチックさがあるものとして、興味あるものである。

北川冬彦ほど、オリヂナリテイを持つてゐる詩人は一寸めずらしい。北川冬彦程本質的な詩を書く男は、日本詩壇にさう多くゐない。とまれ。とにかく、僕は、ここから、北川冬彦に向つてスタートしたのは事實である。これらの事は北川冬彦自身には何等關係のないことではあるが、或る意味では北川冬彦の一面が、僕の一面に繋るものがあつた、彼が、今更こんな作品を盾にとつては、彼は迷惑がるかも知れないが彼の性格の一部にさうしたものがあることは、おひかくすことは出來ないであらう。『晝の月』に持つ、彼のロマンとエロチックさは、僕と「氣球」の新鋭安彦敦雄のやうな詩人を身近に寄せる因縁があることを見のがしてはならない。僕は彼と年齢的にはいくつも相違がなく、同時代に生きて彼、にしたがひ、彼安彦の如きは、彼の子供ぐらいひの年齢のひらきがある。ここにある興味が涌く。且北川冬彦の作品が、ある意味に於て、多岐性を持つてゐることと、彼の作品が古色蒼然たる古典にならないことの証據にもなるのである。なんとなれば、北川冬彦の純粋の讀者は、むしろ詩集「戰爭」や「氷」に依つて「いやらしい神」について行つた者が多いからである。

僕は、詩集「檢溫器と花」に納められた作品から這入つたとしても、もつとも彼に心醉したのは「詩と詩論」時代からである。「詩と詩論」の出たのは昭和三年である。この雜誌には、當時の新進氣鋭の詩人（彼等は青年學徒だつた）が集つてゐた。今日名をなしてゐる。三好達治、春山行夫、上田敏雄、安西冬衛、瀧口武士、竹中郁、近藤東、吉田一穗、神原泰、岡崎清一郎、梶井基次郎、笹澤美明、阪本越郎、佐藤一英、外山卯三郎、北川冬彦等の連中であつた。

僕の如く二十四、五にして詩作過程に這入り、しかも、この連中に無詩學詩派と輕蔑された詩話會詩人の後塵を拜してゐた者にとつて、この運動の展廻はまつたく、僕に大きなショックを與へ、そして、詩に對する新しい認識を與へた、かうした詩のルネッサンスにあつて、舊時代人（詩話會の詩人）と新時代人（「詩と詩論」一派）の權威（彼等が詩と信じてゐた詩への權威）と新詩論（方法論）の闘爭時代でもあつた。かかる時、僕は「詩と詩論」第三號に依り、北川冬彦の『戰爭』と『菱形の脚』『花』『埃』『灰』『機械』を知つた。（全部詩集「戰爭」に納められてある。昭和四年十月厚生閣刊）僕は『戰爭』に依つて驚いた。一つの思想、このアンチ、ミリタリズムに。僕の如きあまりにも、思想的常識家にとつて、この『戰爭』の一篇は大きなショックを與へられた。然し、この時代は、すでに、プロレタリア文學が熾で、アナかボルか左傾すべきか停まるか喧騒を極めてゐた時代でもあつた。僕はその詩集「戰争」の出た翌年に處女詩集「豌豆になつた女」を刊行したのだが、その序に『世はなべて階級闘爭に餘念のない折、資本家《ブルジョア》と勞働者《プロレタリア》の中間に怖びゆる者——中産勤勞階級《インテリゲンチア》は憂鬱である。彼等は最早宗教的な信仰を失つてゐる。行く徑は虛無思想への一筋。』と述べてゐるやうに、ひかげに咲く隱花植物のやうに僕は、エロチズムの詩を書いてゐた時代だけに、かうした思想の裏づけのある詩を讀むと、ますます自分がいぢけて行つたやうに思ふ。かうした思想性の相違に依つて、僕は、單に、北川冬彦に憧憬してはゐるが、少しも近づかうとはしなかつた。同時に、一面では、彼の詩のテクニック、メタフイジクカルな作品に心を索かれ、尙彼の詩のコンポジションに、小說的なテーマのあること知ると、いつのまにか、彼の詩の上にのしかかつて行くのを制止することが出來なかつた。彼の詩は一見主知的なメタフイックで、抒情性がないやうに感じるが『埃』なぞを、よくよく剖象すると、そこには、彼が意識しない抒情性がロマンの型をかりて、裏づけになつてゐる。ここに、彼が、シユール、リアリス詩誌としての「詩と詩論」の一派にあつてひときわめだつた故因であるかも知れない。勿論全部の同人がシユール、リアリストであつたのではない。この「詩と詩論」同人であつて、この抒情性の裏づけの濃厚な詩人のみが、今日なをよく詩人としての生命を持續してゐる人には、丸山薫、三好達始、竹中郁、梶井基次郎（故人になつたが）北川冬彦、笹澤美明、阪本越郎、近藤東らである。多少の異論はあるとしても、詩の主體が抒情性にあることを是等の詩人がよく裏書してゐる。僕が、今彼の詩に、「ロヂイク」と「意味」があると云へば、おそらく、當時の北川冬彦だとすれば、僕に向つて、無智呼ばりしたかもわからぬ。なんとなれば、彼は『詩の進化』で、

詩《ポエヂイ》が人間のもろもろの實際的要求が生んだ効用的特質を、その身から振り落すには、非常な歲月と努力が拂はれた。詩のユヴオリユウシヨンの最初の段階。

×

しかし、まだまだ詩《ポエヂイ》に、振り落すべき大きな石を脊にしてゐる。

×

それは「ロジイク」であり、「意味」である。

×

ランボオ。彼こそはロジイクから詩《ポエヂイ》を開放せしめた第一人者である。

×

彼以後、詩《ポエヂイ》は「意味する」義務からまぬがれ得たのである。詩の獨立。

さ云ふてゐるからである。然し、これは、
北川冬彦の詩學であつて、彼の詩《ポエヂイ》ではない。彼はこの詩學に忠實であつたろうか。彼は確に、「ロジイク」も「意味」も捨てやらうとしたに違ひない。しかしこの「ロジイク」と「意味」も彼の詩そのものにでなくて、彼の教養、彼が修得した學問であつて、彼は、これ等の彼がいふところの「ロジイク」も「意味」も捨てきれないところから、後に、彼は小說『北方』『レール』其の他を書いたのではないか。

然し、彼が小說を書き出したことは、詩《ポエヂイ》を捨てたのでなくて、詩の對象をあらゆるものに求めたのに外ならないのである。

彼程詩に對して貪慾な詩人もない。だから彼は、『如何なるものも、詩の對象となり得られないものはない。推積。エヴオリユウシヨン。』といふやうに、シユウレアリスムにも傾注した時があらうし、シネポエムの詩作の後は、シネマの世界に深い入りをしたこともあつたであらう。

ある意味では彼は、彼の「詩學」に忠實でありたいために「ロヂイク」と「意味」を捨てきるために、創作の世界、シネマの世界に這入つて、振り捨てるべきものを振り捨てるために、身を以て行動したのであるかも知れぬ。ここに彼のあがりにも素直性な一面が現はれてゐるのではないか。「詩學」を建てて「詩學」のために、彼は身を捨てた。この行動はある意味に於て彼の鋼直性に依るものではないか、かかることにこだわらない三好達治と違ふ點ではないかと思ふ。

と同時に、「現代詩」の確立にあまりにも忠實なる詩徒であつたが故に、彼の徑は蕀の道でもあり且つ受難者でもあつたのである。ここに、彼北川冬彦の偉大さがあるのではないか。彼は、野草の一つ一つをためして、藥草の發見に努めた先覺者の一人のやうに、ある時は毒草に、彼の身心をしびれきらしたこともあつたに違ひない。

これは、彼の詩集を逐次追つて行けば、もつとも理解されるところではないか。いみじくも名づけたり、彼の總合詩集の名が「實驗室」である。

彼の生涯は「現代詩」の進展過程であり得る。しかし、彼が詩の「實驗室」であらゆる實驗をした結果ここに、現代詩人の北川冬彦の實驗であつたのみならず、これは、又社會の實驗室でもあつた。それは、外でもない戰爭が、日本にかつてもたらしたことない大きな破滅を實驗して見せたやうに、北川冬彦も戰爭の渦に或る意味では捲きこまれたであらう。彼は、そこで、どんな實驗したかは、彼の戰後の活動に依つて顯現されるものがある。彼が終戰後、大膽にも詩人に投げた詞は、詩壇に大きな波紋を描いたのであつた。（東京新聞に掲載された「敗戰後の詩と詩人」の一文）これに依つて、ある無智の徒輩は、北川の言を奇異として、彼を卑しい心でせめた者があるが、これは、岡本潤の言ふやうに（彼も亦その奥で反撃を受けたが）

『前略その高村氏の戰爭責任を僕は一ばんに追及した。これは僕の身ほどしらずといふことになるだらうか。前號に金子がこの欄で書いたやうに、僕はそれについて、坊主じみたザンゲとか反省とかいつたような氣もちは、とんとないといつてもいい。だが、高村氏の戰爭責任を追及することによつて自分の身にかんじる痛さ――それは僕だけがかんじていることかも知れない。僕はその痛さをかんじなくなるまで追及の手をゆるめてはいけないと自分に命じてゐる』（「コスモス」第五號）。北川冬彦自身に於ても、彼が彼の痛さをためすためになした行爲でもある。と同時に、北川冬彦が素裸になつて見せる前提でもあつたのである。ここに於て彼は、みずから敗戰日本の現實に身を晒らして、苦惱と混迷の世界に身を挺してかかつたのである。かうした彼の行爲は、時代認識への銳敏さを示すものである。彼の時代認識の銳敏さは彼の叡智《インテリジエンス》であり、彼の批判精神の正しさ銳さにある。この彼の批判精神の正しさ銳さが、實の處心なき詩人の怖れをなすところのものであり、誤解をまねく起因にもなるのである。僕は彼の素直性を前言で觸れたが、彼は彼自身に對して苛酷であると同時に、他人にも容赦しない苛酷さがある。この苛酷さが恒に彼を變化さし進展さすのである。彼が一つところに停つてゐられない故因もここにある。彼は他人が實驗したところのものをイーヂーを受け入れない。かならず實驗しないことには承服出來ない素直性が、彼にかなりのマイナスをしてゐるかも知れない。彼が功利性を好まないからである。彼が「詩と詩論」と決別して、昭和五年に「詩・現實」に據つたのも、實の處、彼はある思想性を實行に移すべく實驗したからである。彼は敗戰後ある時僕に述懐した。『僕はこりたよ。政治にかかづらふことは所詮作家にとつては政治は一つの現實にしか過ぎない。だから僕は、もう決して政治化す文學の如何なる團體にも所屬しようと思はない』と語つた。それは、ともあれ、彼程詩を愛し、詩と格鬪する詩人もめずらしい。彼は戰災に依つて、その凡てを失ひ、身一つを以て、信州に疎開し、そこから又浦和に疎開して、すでに、足かけ三年ここに踏みとどまつてゐる。かうした彼の生活環境のいちぢるし變化に依つて、彼は、今素裸で、立ちあがつた。「詩、現實」時代の彼のリアリズムは、まだ、現實を客觀視するところのリアリストであつたが、今日の彼は、彼自身が現實の中に身を晒し、身を以て行動するリアリズムであり、リアリストである。客觀の現實でなく、現實の中で主觀がのはうちまわるやうなざんこくさに、身を晒してゐる。ある意味ではスタイルリストであり、フオルマリストであり、メタフヂカルストであつた彼が、それ等と一緒に彼の身上の教養さへもさうしたものをかなぐり捨てゝ、彼は、今あまりに人間的な彼の剖象に眞劍であり過ぎる。彼が最近の詩作品には、鬼氣せまるものがある。

彼の科學的實驗は、暗箱の中に投寫される美人の骸骨でなくて、ついに現實の中に彼の素裸にメスを加へる　臨床科學にまで進行したのである。是れを立證するには、彼が、最近出版する詩集「蛇」を見れば。誰しも理解することが出來るであらう。と同時に、彼が投げたアイクチも、（前述東京新聞の問題も）他をせめるに急なのでなくて、已をせめるためのアイクチであつたことを知るのであらう、この剛直性が、彼を決定するところの詩人としての偉大さである。

今日の彼のリアリスムは、最早描寫の世界ではない。現實の記錄でもない。報告でもない。彼の現實生活が、現實に對する客觀であり、主觀であり、批判であり、把握であり要約であり、彼自身が生きて行く設計としての詩精神そのものなのである。

今日の彼の詩こそ、もつとも理智的で、刺戟的で、赤裸々で、無慈悲で、冗談の排擊、殘念で、眞實で卒直で震憾的な體驗そのもののリアリスである。しかしてかくの如くでありながら、彼の詩が依然として藝術であることは、彼が思想そのものを詩とせず、思想性を裏づけにして詩作してゐるがためであらう。彼が若し單なる思想家であるならば、戰後の疲弊が（インフラチオーン時代）に彼自身が疲弊してしまふが爲である。さう云へば彼程疲弊しない詩人もない。彼こそもつともプロレタリア的詩人であると同時に、最も貴族的な詩人北川冬彥、これ程割り切れない詩人もない。この割り切れない詩人面を割り切るのは、彼と同じ教養と文學イデアと體驗が必要である。人を割切つて、割切れたと思惟する詩人こそもつとも、單純で一番始末の惡るい常識家なのである。

とまれ　兎に角今の北川冬彥は人間的にもつとも圓熟してゐる時で、興味深いものがある。明日の過程を想像すると、僕は、彼が五十か六十になると、詩集「大陸の雪は霏々として」（一九三九、一九四〇）の簡素な描寫（これは風景的のものだ）の世界にかへり、今後は肉體的の愛情を詠ふではないかと思ふ。或は又彼の精神的、肉體的な强じんさは、再び散文世界に戻り、外國の老作家のやうに、そこで雄篇の創作に專念するか、興味はここに繫るのである。日本人の老年期にかならず陥ち入るであらうところの日本人的風流わび、さび、（短歌的、俳句的）の世界には絕體踏み入らないであらうところ北川冬彥の將來に、彼が又そこで、かならず實驗するところのなにものかに依つて日本詩の奧行が展けるかもしれない。是れが。彼に對する最も興味ある問題であらう。日本詩そのものに對する期待もそこに繫るが。

丸山薫論

山崎馨

こゝに一人の詩人がゐる。

詩人には生々とした過去をもつ。悲しみの中で慰さめの意識を昂揚し、慰さめの中で悲しみを悟りながら、ひたすら思ひ惱み詩人は成長したのである。過去は生きた肉体を失つて影のやうに力なくなるか、人形のやうにぎこちなく歪められてしまふ。その人形のやうにぎこちなく歪められた過去を、意識し認識することによつて、詩人は現實の中に行動してゐるのである。詩人にとつて過去ほど不可思議なものはあるまい。現實は過去によつて、過去は現實によつてさゝへられてその不可思議な迷路を氣ちがひのやうに駈け廻りながら、（眞に自己自身を知つてゐたソクラテスは、即ち又何事も知らないことを告白したソクラテスであつた。）詩人は自己の心を把へることができるのである。そこで詩人は自己の周邊に心惹かれて第二義的な存在を考へる。その第二義的な存在こそは、即ち眞の人生そのものの姿なのである。もし人が人生の眞實に觸れ得たりと、觀念的信念のみによりて、第二義的存在を單なる過去のものとして棄て去るとするなら、その人は人生を眞實に愛しもせず、理解しなかつたことの證據である。眞の人生とは、眞に愛を知ることである。徹底的に自分自身を愛し、自己の愛するものを求めることによつて、理智的、實證的に人生の眞實に觸れることができるのである。そこには美しく存在する過去がある。

狹い校庭を歩きつくして
たぶんめいめいの想ひと夢とが
土の上で支へ切れなくなつたので
高いところに駈け上つたのだらう
枝の岐れに臥そべつて
校舍の時計が午前一時を打つ音をききながら
ふたりの感傷は　つよく

なにごさかな星空にしるしたらう（春の夜）― 詩集「北國」より

詩人は愛情の誇人こそ眞の人生の存在を捕へるものだ。その眞の人生の存在を捕へた詩人の現實に向つて何を求めたであらうか、ひとしれず「灯のとどかぬ闇の」中から。大きな袋を背にして、さ迷ひ歩いたのである、その袋の中には、愛情の美がいつぱい。コルネットから流れ出したメローデのやうに、愛と美、現實と無限との生の流れそのものの中に、やがてはくるであらう。「秘密」なき完全さを求めて、その時代と現在の志向を追ひ、「椎の木」は花を咲かしたのである。袋の中をのぞいてると、「椎の木」の花は眞つ黄色に咲きみだれて、爛熟した情緒を、人々の心に明るく映し出すのである。しかし、その花を誰れが知るであらう。花はひつそりと袋の中で咲いて、人の目につかづに散つて行く。そして日がまだ西に落ちきらないのに東の空にはすでに星が瞬きそめる夕映の晴々しい一ときに似て、やがて「椎の木」の實が人々の記憶に殘る。その詩人の袋に、椎の實が十粒あり、この十粒の實は、この詩人にとつては生命をかけた愛情の實であつた。子供にとつては感覺をよびかへす乳の味であり、大人には懷かしい故郷の感覺をあたへるのである。風にうたれ雨にたたかれて、長い詩人の年月の中で、こつこつと十粒の「實」をみがいて來たのである。

詩人丸山薫は、この十粒の「實」に吾が子のやうな名前をつけた。いま、詩人丸山薫に無斷で、この袋の中の十粒の「實」を机の上にひろげて、ひもときはじめたのである。「幼年」（四季社）「一日集」（版畫莊）「涙した神」（臼井書房）「帆ランプ鷗」（第一書房）「鶴の葬式」（第一書房）（以上第五詩集を收めたものが昭和十八年昭南書房から刊行された「丸山薫詩集」それである）（點鐘鳴るところ」（版畫莊）「物象詩集」（巽集―河出書房）「こうもり館」（臼井書房）「強い日本」（少國民詩集―國民圖書刊行會）「北國」「爐邊詩話」これが丸山薫の詩集の足どりである。百田宗治は「爐邊詩話」の中で「偶然その當時私の家の近くに住んでゐた丸山薫君とも知り合ふやうになつた。そしてこの丸山君から、私はまた不思議なさういふあたらしい詩の世界に觸れることができたのだ。この人もまたユニックであつた。」といつて『丸山薫の「帆ランプ鷗」はおもしろい紙のやうな馥郁さを撒き、』と評してゐる。この丸山薫のおもしろい紙のユニックは、どの道を探求して進んでゐるのであらう。彼の若き日の希望は「海」にあつた。そして彼の希望は破れ、ふたたび學窓の人となり、赤門を出たのである。彼が、身を投ぜた詩によつて「海」を詩《うた》はずにゐられなかつた。何物かの意志に驅られたやうに、彼は現實の「海」を深い意味にをいて觀る眼を失はなかつた。

　　帆が歌つた

暗い海の空で羽搏いてゐる鷗の羽根は肩を廻せば肩に觸れさうだ
暗い海の空に啼いてゐる鷗の聲は手を伸せば掌に掴めさうだ
掴めさうでだが姿の見えないのは首に吊したランプの瞬いてゐるせゐだらう私はランプを吹き消さう
そして消されたランプの燃殼のうへに鷗が來てとまるのを待たう

この詩の中の現實のイメージは、讀後になにか呑氣さうなものをあたいるが、こゝで注意せねばならないのは、彼の現實の捕捉は、行爲とそれから來る苦惱が併はねばならなかつた。「丸山君と附合つてゐると時々大きな駄々つ子といふ感じがする」（萩原朔太郎）このやうに彼は意識の先をいつも眺めてゐるのだ。「おしろい紙」のやうにみせかけて、彼はいつでもその先を歩いてゐるのだ。

ランプが歌つた

私の眼のとどかない闇深く海面に消えてゐる錨鎖
私の眼のとどかない闇高くマストに逃げてゐる帆索
私の光は乏しい　盲目《めくら》の顔を照らしてゐるばかりだ
私に見えない闇の遠くで私を瞶めてゐる鷗が啼いた

鷗が歌つた

私の姿は私自身にすら見えない
ましてランプや　ランプに反射してゐる帆に見えようか？
だが私からランプさ帆ははつきり見える凍えて遠く　私は闇を廻はるばかりだ

この二篇の詩の中で、彼の迷ひは「闇」である。ただ「闇」であることだけが、待望され暗示されてゐるだけである。ただが、この描かれぬ「闇」といふことを中心として、彼の意志は人々に出逢い、あるいは交渉して動いてをるのであり、「私の闇を廻はるばかりだ」その深淵の中に新しい生は芽生えてゆく。『「帆ランプ鷗」の丸山さんの世界にはランプの光のとどかぬ闇があり霧があつた。』（大木實）そのランプの光のとどかぬ闇の中で、彼の根深い眼は、自分自身の深く愛して來たさまざまなものを追求した。その一定の眼と一定の聲が、彼の知識を物語る。彼の知識とは彼のもつ藝術的アプリオリにある。

鶴の葬式

夕暮れ　たうたう　陽に瞼を泣き腫らした雲がひとりで築山のかげにおりてきた
風を待つてゐるらしかつたが　聽て　曲らなくなつたその羽根を撥ぎ上げるさ逃げるやうに裏門から出て行つた
松の枝の垂れた坂から　姿はしばらく西の空に寒く見えてゐた
雨はまだ二三日は降りさうもなかつた

『丸山薫の詩「水の精神」はこのごろ私の眼にふれた詩の中で一等心惹かれた作であつた　いまゝで私は丸山の詩は隨分澤山よんできてゐるのだが、それらは夢心地に匂ふものとして感銘してゐる諸作であつた。ところが、ここでは、厳し、て激しい精神を感銘した。表面はごく靜かなうちに動かうとし、動いてゐるこゝろ——それを丸山薫は水に託し、そのこゝろの狀態を解析して歌つた。私の惹かれたのはこの張力であつたのである。』「詩人の行方」（北川冬彦—昭和九年二月—）と云はれてゐる。彼の「夢心地に匂ふ」詩精神は、ともするとかりそめごとのやうな「虫のよさ」を讀者にあたへる。しかしこれらの作者の點景は、全精神的肉体の發作を語る指標である。この丸山薫の眼は生活の表面には止まつてゐず、「幼年」あるひは「父」「兄弟」のもつ内部の力の發生と動向に注がれてゐるのである。

一さ刷毛の草の芽が萌え
水が光に打たれるやうに溜つてゐる
太陽は雲のうらを照らし
小鳥の顔もちらさ振り向いてすぎる
私は心にはげしく跪く
ああ　この甘い辱に涙する

『これは丸山薫の詩集「一日集」の中の「砂上」と題する詩である。この「甘い辱」といふ言葉の表現には丸山らしいロマネスクな夢が感ぜられる。餘り長い詩を書かない詩人であるが、ごんな短章のなかにも、この詩人の春の日に透ける一杯の葡萄酒のやうな詩情が溢れ、詩人の凡ての所有をみせて餘さない。私が新らしい浪曼派の心象詩人の一人と數へる所以である。（中略）一つの現實のイメーヂが、何か暖かな詩人の心の上であたためられ、生れ變つてくるやうに思はれる。』「詩について」（阪本越郎）と云はれてゐるやうに、彼のもつ「夢」はその生來の詩精神がより純化されて一つの現實のイメーヂが不思議な力を呼びもどすのである。それは彼が病身的な難解の表現の重心に支配されることなく、味のある飛翔の狀態に生命をその生命の求める方向へ伸ばさうとするからである。そこでは、自然的に動物や植物への彼の愛情が、藤田嗣治畫伯の「私の夢」のそれであるやうに。現はれでるのである。その彼の詩精神と態度の正當さを決定するものは、「文藝汎論詩集賞」が設置されて、第一回の詩集賞が丸山薫の「幼年」それであつた。かくして彼は、實生活によつて暗い愛情の中へ灯をささげ住みはじめたのである。「ふいに、はらはら涙がこぼれ落ちた。」「愛し愛される友をもたない」「彼が太陽のやうに金色の翼を生やしてゐるのを」これが彼の自覺的な愛情態度である。この自分自身の愛情をもつて彼は、「涙した神」の道を求めたのである。「そごを通る瞬間の心をしづかにする」と。個性的な感覺と深遠なる愛情を具有し、孤獨を内に藏し、純粹を愛し、時と所の敏感な感受性をもつて、現實の惱みと愛情の中に入り、心的内容の生活を極度に尺り、詩に涙を流し、それに身をひたしたのである。それが彼の「春の日に透ける一杯の葡萄酒のやうな詩情」のあらはれであつたのです。ひいては他の人々に對し、その詩集における無垢な太陽のはたらきをしてゐるのである。その知性の感情からいへばあはれであつたかもしれない。「いつも跣足で地面から見上げてゐることが可哀想でならなかつたのだ」と、この彼の世界は、彼自身が憐憫と同情の言葉に生き慰められて來たのだ。その表現の技巧になんらかざるところがない。その言葉は萬人に摑み得る、考へざる素直さがあり、現實の魅力をもつのである。人はやはりそこに彼への思慕を寄せ、愛情に戀ふることを決して止めない。詩も彼も愛情のこの本然の願ひから生れた存在である。詩のための詩ではあらずして、大衆に求められる詩もまたかうした人間の愛であつた。人はやはりそこに永遠への思慕を寄せようとするのである。だから彼の詩に描かれた生のに中は、さ迷ふことのできない「いまもなほ寂かな詩の灯を倒さずにゐる。」のだ。しかし彼はこの灯のとどかぬ先の「闇」をみつめていた。その彼が、この灯のとどかぬ「闇」からなにものを得ようとしたのか、何もありはしない、となげだしてしまふのが人間の本性である。しかし彼は、悲しみにうちのめされ、希望と理想を求める詩精神を、忘れることなく「闇」と苦鬪してきたのである、「闇の中に何かある。いつもこのこころをもつて、より深くその光を自覺せしめ闇が深ければ深いほど、人間は精一杯に明るい生活に光を求めだすように彼の詩精神は更に完成さるべき唯一の原動力として、認めらるべきことであらう。もし彼の力が再びこの青春を呼び出すならば、彼はこの詩精神の中に人生地底の消息を探り、何ものかを得て蘇つてくるだらう。もしこのまま老いるならば、愛情の責任においてその罪に沒落するのである。彼はその決意に際し心ひそかに「春の夜」を「劇中之劇」でなげだしてしまつたのである。こゝに一人の詩人がゐた。

——一九四七年六月二日——

村野四郎小論

——近代詩の遺産——

岡田芳彦

ゆうとぴあ3號に村野四郎 は『亞流論』というエッセイを書いた。その內容は實に痛快であつたが。ぼくはこれを讀んだ直後、ある友人に宛てた手紙の中で「村野四郎の亞流論をよんだ、しかし問題なのは、村野四郎自身が今日ではすでに亞流的存在になろうとしている事實だ。誰の亞流かつて？勿論、村野四郎自身のだ」と書いたことを、いま思いだしている。恐るべきものは、外部からくる影響ではなく、自己の內部につみかさねられた建築物の投影をみながら、そいつを自己のあたらしい創造物と誤認するところにあのるだ。つまり一つの限られた圓のなかでうろうろしている自己に氣付かない——こうした詩人の悲劇を悟ることが、一層重大な問題ではあるまいか。ぼくが一九四七年を『自己革命の季節』だと呼んでいるのは• かかる詩人の運命に叛逆を試みているにすぎない。外部からの影響、こいつは大して恐れる必要のない代物である。吸收してしまつたあとには密柑の皮がのこるだけだ。自己のものをいかなる場合にも捨てることのできぬ詩人こそ、詩人とよばれるにふさわしく、村野四郎は、ぼくにいわせると詩人志望者をつかまえて說敎している態にみえた。これはかれの罪ではない。戰後の日本文學の貧困がさせたことなのだ。ぼくはつねに詩人志望者と詩人を區別する。しかし詩人とよぶにふさわしい人間のなんと少いことだろう！ そして詩人志望者のうようよしていることつたら………。

★

村野四郎には大正十五年『罠』、昭和十五年『體操詩集』昭和十七年『抒情飛行』、昭和十九年『珊瑚の鞭』、昭和二十年『故國の菫』の五つの詩集がある。ぼくがかれの作品をよみはじめたのはすでにかれが「近代修身」を書いた頃だと記憶している。これについてはすでに書いた。いま故意に、このエッセイをぼくはふたたび開くことなく、全くあたらしい場合から、詩人村野四郎を論じたいと考えている。詩に限らず、すべての藝術作品が、時代が移り、思想が發展し、歴史の餘白が埋められてゆくに從い、その價値の修正を受けねばならぬ運命にさらされているのは、當然である。（それにしても人間は、いつまでたつても同じようなことばかりやりたがるものだ）かれをブルジョア詩人だと一言で片附けるプロ派評論家が、いつ現われぬともしれぬ時代である。この幾十度も幾百度も繰返される價値の修正に耐え得た藝術作品のみが、人間にとつての財産となるわけである。誰かはいうであらう、政治權力がきみのいう古典の成立にも一役買つている、と。ぼくは民衆をそれほど阿呆だとは思わないものである。たとえば、その政治的利用價値の故に俗惡な藝術作品が一時的に保存されるという事實を、ぼくは見てきた。しかしかかる僞者の横行は永遠にぼくを欺くわけにはゆかない。民衆は、それほど阿呆ばかりではない、と。

★

『民』を讀んだことのないぼくは『體操詩集』以後についてのみしか語れない。最初の詩集から第二詩集までの十年間は決して空白ではなかつた。その間こそこれの活動の季節であつたように思える。いまはすでにかれも疲れた。ぼくは敗戰直後に出された北國克衞、長田常雄、村野四郎の共同詩集『天の繭』をひらいて間違いなくそう直感した。その後のかれは沈默しがちにみえる。ぼくはここで豫言してもいい。すでにかれの青春は燃えつくした、この役にやつてくる村野四郎は、すでに自らの畫いた圓形から出ようとはしないだろう、自らの制限を破壞するには、かれの精神が年老いてしまつた、と。

　しかし『體操詩集』は古典としてぼくの文學史の一頁にその足跡をのこしている。

僕には愛がない
僕は權力を持たぬ
白い襯衣《シャツ》の中の個だ
僕は解體し、構成する
地平線がきて僕と交叉《まじわ》する
僕は周圍を無視する
しかも外界は整列するのだ
僕の咽喉は笛だ
僕の命令は音だ

僕は柔い掌をひろがえして
深呼吸する
このとき僕の形へ挿される一輪の薔薇

（體操）

今日の暗い太陽をあびていても、かかる健康さは必要である。このポエジイのあたらしさをぼくは否定できないのだ。いつだつたか、これは笹澤美明との話の中で、これからの文學は女性的なものから男性的なものへ移らねばならぬという意味のことを喋つた。『抒情飛行』『珊瑚の鞭』『故國の菫』かかる題名から想像するまでもなく、『體操詩集』のごとくその對象に肉體の美をとらえていても、かれはリリカルな表現にしてしまうのである。リリカルな表現になつてしまうというべきかもしれぬ。ぼくは男性的なポエジイといえば、永田助太郎の『冬間』『時間』『作用抄』を對照的におもいだす。村野四郎のいつた男性的なものとは、たしかに永田助太郎的な世界であつたにちがいない、と。

☆

「近代修身」でかれは（あの歌をおききなさい、うすい純粋な肋《あばら》をひびかせ、夕ぐれと過去と、生理のためにうたつているのですよ、青年たち、あれは、つまらぬ文學の歌ですよ）と書く。これは皮肉ではない、自嘲の歌なのだ。ニヒルがここでは上品な帽子で街をさまよつているのである。かれが「近代修身」と自らに說き聽かさねばならなかつた弱さを、ぼくは見本の一部として提供する。むかしぼくはかれの女性的なポオズについて感動していたものだつた。この知性はあまりにもポエジイをうすめすぎていた、氷で割つたポエジイに、いまは躓きがきた。これは進歩であるか、あるいはぼくの生理的現象であるか。いまのぼくは「もつとはつきりしろ！」と、かつて先輩を非難するのである。

『抒情飛行』は1白の圓錐、2抒情飛行、3近代修身、4德のある田園、5春の祭と小題目にわけられている。かれの作品の年代表が作製できるならば、ぼくはもつと巧みに村野四郎論をやつてのけるに違いないが、いまの多忙さがそれを許さない。ぼくはおそらく多くの誤謬を侵すにちがいあるまい。しかし確かなのは、『體操詩集』は「近代修身」につづき、それから「抒情飛行」「白の圓錐」（ここからは愛國詩の領域である）『故國の菫』と、つづくにちがいないことである。敗戰以後のかれは、自己の經歷のどのあたりにつづいているか。これを調べることによつて、村野四郎がすでに前衛の位置からバックしている事實を、ぼくは認める。

ぼくは燒失した原稿の中に小さな村野四郎論をもつていた。その中で、かれの代表作品として「體操詩」「市民廣場」と「抒情飛行」をあげていたように記憶している。すでに三、四年むかし、空襲と空襲とのあいだのわづかな時間に書きつけたノート。人間の記憶というものがどれほど見當違いになりやすいものかは、ぼくも承知している。松原董夫の死んだ年齡ですら、いまは傳說めいているから。だからぼくは今更のように燒失した『村野四郎』論に固執する氣持はない。

「年とともに知性と感性との均衡の失われてくるのを、私ははつきりと感じる。若き日の感性も今日となつては悲嘆に値する。珊瑚の鞭は私の悲嘆の書」であると『珊瑚の鞭』の序にかいたかれの總明さは、ぼくにとつて腹立たしい位だ。

その出發においてすべての藝術志望者は既製の文學に叛逆する、そして叛逆は成功しあるいは失敗し、いつか自己が次の世代にとつては既製の文學となり果ててしまう。ピカソの若さは異例だ。多くは年とともに枯れて骨だけが露骨に皮膚の上に突き出てくる。ぼくは村野四郎の青春の通過してゆく足跡をながめ、いつかはぼく自身がかかる慘酷な否定に逢う覺悟せねばならぬ。（村野四郎よ、ぼくの感傷を嗤うな！）つまりひとりの人間にとつて花ひらく季節は、ただの一度しかないのだ。すべてはそのために苦惱をつみかさねているにすぎない。

市民廣場

時に雲たちが
ビルデイングのかげから出てきて遊びやがて遠い田園の
不明瞭な山へかくれてゆく廣場
ここで目をたのしませるもの
赤いツツジと內地產馬醉木《あしび》
それから
ロオタリイの砦を見て
市民を休息《やす》ませるための
小さな腰掛
その傍の
おづおづとした一寸ばかりの飲料用噴水
ここへ口蓋の乾いた市民がきて
小鳥のように口を濡らしている

おお　この愛すべき文化施設
市民の信頼のために
今日も明日もあるこの泉を信じよう
これらささやかな
民族の愛を信じよう

水盤の上に傾くあなたの頭へ
けふも外線の線の中から
市民女學校附屬幼稚舍の歌がひびくだけだろう
ハルガタタ
ハルガキタ
ドコニキタ——

ぼくはこの一篇を引用することによつて、今日に忘れている近代詩の遺產の一部を提供しているつもりである。かかる明るさはもう不要であるか。絕望をさけぶことの流行している時代にこそ、村野四郎の古典的作品はふたたび生き生きとしてくる。『地獄の季節』とは正反對の位置にあつて。ぼくは詩人が自己の繼承した遺產について語る必要を、誰よりも痛切に感じている。これは繼承すべきポエジイの歷史であるや否やは、ぼく自身の問題である。しかも、なぜに村野四郎の抒情詩は前衞の陣營から脫落してゆくか——つねに解答が疑問を生みつける。

あまりにも感傷的になるな！本音を吐け！ぼくの內部ではいまや烈しい格鬪のおとが聞えてくる。尖つた耳を傾けて、ぼくは聞かねばならぬ。


（一九四年六月七日）

三好達治論

鮎川達夫

三好達治は自然詩人であるとよく言はれる。そしてさう言はれる理由は、彼のおびただしい詩が四季的な自然とか風光を對象としてゐるからであらうか。私には、彼が如何なるものを對象として擇ぶにせよ、又彼のぺんを持つ心がどのやうなものに回歸するにせよ、彼は人よりも多少立優つたテクニシアンに過ぎぬといふ考へが第一に頭に浮んでくる。自然詩人とか抒情詩人とか言はれる人にテクニシアンが多いといふことは面白い現象だと思ふ。三好達治の海や空、山川草木は傳來の短歌的な詩精神によつて詠じられてきたところの海や空、山川草木であつて、そこには何らの新しさもない。新らしさがあるとすれば、テクニシアンとしての新らしさである。

彼は自然を動かないものとして扱ふ。彼の自然に對する觀照的態度そのものも動かなければ、自然そのものも動かない。讀者の眼には色々に變化して見えたとしても、實際は傀儡をあやつる彼の指先の糸が微妙に働いてゐるだけである。彼は自己の感受性によつて自然を知るのである。私が彼をテクニシアンであるといふ理由である。これはなにも彼を貶しつけて言つてゐるのではない。

彼をテクニシアンと呼んでも、勿論極めて日本的な意味に於てであつて、短歌的な詩精神の持主としてである。日本の古い藝術論のうちには、詩の技巧に關するなかなか妙を得た注意書が散見されるが、彼の詩の場合によくあてはまりさうなものが多い。「一字かき損じぬれば一句其品を失ひ、句でなければ一首その姿をけぶるとかや」とか、「上手といふはおなじ事をきよくつづけなすなり。ききにくき事はただ一字二字も耳にたちて卅一字ながらけがるるなり。まして一句わろからんよりは、よき句まじりても更々詮あるべからず」などといふ（三五記）や（詠歌一體）などの技巧論が彼の技巧論ではないのだらうか。

　私は彼の作品の個人的發展の經過とか、彼の思想的內容といふものに、それほど關心を持つたことはないし、詳細のことは知らないのであるけれど、以上に私の述べたことが少しでも當つてゐれば、さうした古風な技法が、どうしてテクニシアンとしての新らしさになり得るか、といふことが問題になる。それは短歌と詩といふ形式上の相違からでもなければ古い技法の新しい活用などといつたものでもないだらう。

　本當のことを言へば彼はテクニシアンとしての新らしさなども持つてゐるわけではない。それを新しく感ずるのは、三好達治の詩に感心する讀者の記憶が、古い詩精神である短歌的傳統を一時忘れるだけなのである。もしさうでないとしたら、彼の讀者が短歌的浪曼主義を唯一の絕對的な詩精神の本質として遵守してゐるという一層惡質な固定觀念を抱いてゐる場合である。敢て三好達治に於ける短歌的浪曼主義にかぎらず、大ていの詩人は、讀者の詩に對する固定觀念を或程度あてにして自分の詩を形成してゆくのではないだらうか。現代詩のテクニシアンは勿論みんな詩の月並性に凭れて詩を書いてゐる。詩の聯想効果、アイデイアの結合、映像の推移には、なにか月並な一定のコースが感じられる。三好達治に限らず、北園克衞、村野四郎、菱山修三等も、かうした詩の言語の持つ月並な効果といふものを熟知し、それを極度に技法として活用せしめてゐるところに、所謂彼等の詩の巧さが現れるのである。

　私はこれらの所謂巧い詩人達の詩句をあつめて、「現代月並詩句辭典」といつたやうなものを作つてみようと考へたことがあつたが、それを思ひついただけで面倒臭くなつてやめてしまつた。しかし、月並に達することの困難さを思ふと、月並を一概に月並として片附けることが出來ないものかも知れない。詩の月並性を熟知し、その効果を極度に利用してゐる詩人の作品に較べて、所謂新らしい詩人や獨創性に憧れてゐる若い詩人の作品が殆んど落第であることが多いからである。とにかく月並性を攻擊するためにいろいろなことが言へると同樣に、月並性を擁護するためにさまざまなことが言へるのであらうが、實際にさうした傳來的な技法効果を修得するとなると容易なものではなからう。

　どんな詩だつて、十行のうち九行は月並なものだと思つて間違ひない。如何にソフイステイケートな工夫を凝らしたとき、所詮風變りな月並詩を書くといふことになるのが落である。さうなると月並性に熟達した詩人でなければ、まづ良い詩を書くといふことは望めぬといふ詩作法の第一課みたいなことが問題になつてくる。これはアイロニイではない。三好達治が比較的多くの讀者を持つのは、彼が古いからであり、現代人がそれ以上に積極的な新らしさを詩に求めるといふことをしないといふ簡素な理由にもとづく。この理由はいくらひねくつてみてもこれ以上の解答に出てこない。クラフトはクラフトとして樂しむより仕方がない。その方がむしろ彼に對して親切な態度であり、又我我が馬鹿をみないで濟む正しい方法であらう。

戰時中のことであるが、私は彼の戰爭詩を讀みながら、一體三好達治のやうな詩人は、日本が敗北したときはどうなるのであらうかと考へた。彼は日本をなつかしむやうに、戰爭を肯定し讃美してゐるやうに思はれた。私は詩のおかげで、自分が日本人であることにどうにもやりきれぬ想ひをさせられてきた　勿論それは彼ばかりではない。

今日になつて私は彼のやうな自然詩人に對してなんとしても不愉快でやりきれぬのは、いはば戰爭中に私が敵意を抱かざるを得なかつた「日本的なもの」に彼等が未だに凭れてゐるからである戰爭を自然現象のやうに肯定して歌ふといふやうな、反思想的な自然詩人に對すると、私はすつかり逆上してうまく物が言へなくなるばかりか、敵の虚さへもまるつきり分らなくなつて、なにか私だけが大變な錯覺を犯してゐるやうな氣さへしてくる。私は勿論戰爭といふものに對して人間がどの位無力であつたか、又如何に或行爲を餘儀なく强制されたか、とこふことはよく知つてゐる。しかし、彼の戰爭詩はそのやうに强制されたものではなかつた。それは彼の誤まれる愛鄕心の所産であつた。そして今それを肯定する口實も又我々の時代が持合はしてゐるといふことは、何といふ詩人の愚かさであらう。

最近私は桑原武夫の三好達治への手紙といふ文章を讀んで何かうんざりした想ひであつた。文學の世界は、まやかしものの世界である。思想のないところに、責任もなければ罪惡もない。戰時中は如何に自ら戰爭を謳歌し、戰爭を肯定しても、戰爭が濟めば別にそれについて責任は負はなくてもよいのである。我々はさういつたことを呟く前に、我々自身が錯覺と罪惡の子であるといふ理由で、自分が詩人であつて大した人間ではなかつたといふことにむしろ喜びを感じなければならないのであらうか。

そして「なつかしい日本」によつて更に我々が侮辱を甘んじて受けなければならなぬのは一體どうしたわけであらう。今日の文學の世界、言論の世界ぐらゐ我々にとつて腹立たしいものはない。「闇商人が横行するが如く言論が横行してゐる狀態はうかつにも遂に豫想し得なかつた。といふより、そこにある戰ひに勝つたが如さ、一種の賑かさに眼を瞠らざるを得なかつた」と黑田三郎が書いてゐるやうに、全く我々は敗戰は豫想し得ても、まさか戰爭中、戰爭文學や戰爭詩を書いてゐた人間が、相變らずペンを握つて書いてゐるとはうかつにも豫想し得なかつたのである。なるほど彼等に責任はないのかも知れない。結局それは自覺の問題であるし、人から問はれてみなければわからぬといつたやうなものではない筈である。

そんなことはどうでもよい。彼がペンを折らうと折るまいとどつちだつて私は一向構はない。彼が自分の好む政黨として共産黨を擧げ、理由として清潔だからと言つたからして、我々はただ苦笑するだけである。それも自然詩人一流の無責任な感受性のなせる業だ。「なつかしい日本」の喜劇の序幕に我々が見てしまつたところのものだ。彼のいふ清潔とはどんなものであるか知らないけれど、我々の言ふ清潔とは大部違ふやうである。

私がいくらこんなことを書いたとて、彼の亞流達は依然として今後も存在するだらうし、彼の隱遁的詩精神によつて揑造された「日本的な」自然の世界を美しいと思ふ讀者は存在するだらう。彼の詩の巧さは、たしかに一流のものであらうし、彼の逃避的心象世界は或人達にとつては、多少とも上品ななぐさめであるのだらう。

とにかく私は、戰爭中に戰爭詩を書いて、戰爭を肯定したり、謳歌したりして、甚だ目前の現實に對し積極的な意志をもつて詩を書いてきた人間が、戰爭が終ると「逃避幻想」によつてその代用的滿足を見出してゐるといふやうなことは我慢が出來ない。もともと三好達治は逃避幻想の詩人であるから、現在の彼はその本領に立返つたものと言へようが、其處には何といふ反思想的態度が見られることだらう。戰爭といふ現實は肯定し得ても、人間が踠いたり苦しんだりして救ひを求めてゐる終戰後の現實は何故肯定し得ないのか。尤も思想のないところに、肯定とか否定の責任があるわけではないのであるから、こんなことを言つても無駄かも知れない。

戰爭をも自然現象のやうに扱ひ、山川草木に自己の感情を假托する如く戰爭に自己の偏狹な愛國心をとかしこんだ自然詩人のまへで、我々はいまどのやうに沈默したらよいのだらうか、依然として「日本的なもの」に頑强に固執する逆行的精神を賞讃するために、我々にはどんな嗄れた聲があるのだらうか。

彼が逃げこむ古くさい韻律と語感と雅語の世界、短歌的情論によつてしなびた山川草木のそよぎ、擬音的な海のひびき、――彼の指先の言葉のあやつり糸によつて敏感に反應する自然はつくりものの世界である。そして詩は、愚鈍な讀者や樂天的な詩人が何といはうともつくり物の世界なのである。その點で彼を非難することは出來ない。ただ私が「逃避幻想」の世界に隱者のやうに住みこんで、一種の風格をつくるとき（これは或程度讀者の責任である）、私は彼の反思想性と「なつかしい日本」を書いた彼の感じ方に嘔氣を催すのである。私は勿論詩の幻想的効果を否定するものではない。この幻想について、M・ロバアツが述べてゐることは傾聽に價することであると思ふから次に書き記して置く。「詩には二通りの幻想がある。尤もその區別ははつきりしないかも知れない。一つは逃避幻想で代用滿足を與へるものであり、もう一つは比喩幻想で、我々の衝動を再教育し强化するものである。いづれも必要であつて、兩者ともいいものもあれば惡いものもあらう。逃避幻想の中にも現實を否定するといふ危險に導くものがある。比喩幻想の中にも精力を一層よい水路に導くのではなくて、一層惡い水路に導くものがある。大事なことは、幻想といふものがとにかく根絶できないものである以上、幻想を一概に排撃するのではなくて、いいものと惡いものとを區別することである。」

三好達治の幻想は自然である。しかし彼の自然は、彼の頭の中に巣くつてゐる短欲的自然であつて、我々が見るやうな自然ではない。日本がよくよく駄目な國なら、彼も長命であらう。

6. 15, 1947

日記

安西冬衞

一九四七年七月二十七日　大連櫻花臺

北川からデユフヰの「寄席」のヱハガキ。

（門司―吉松間の消印）

午后富田來る。詩展の件。八月二十二、二十三の兩日三越でやる。瀧口に電話。來。三人で食事。食後夏草の中へ白い卓を沈めて話。

瀧口「トチスの繪にあるやうですね」

安西「さうですね、しかしマチスには婦人がゐる」

瀧口「あゝさうですね」

それから骨牌。（中畧）十一時過彼等去る。

散文詩二篇

日村晃

雨

雨にけむる橋。夜は對岸のはるかな堤からたちこめ、河面に重くたれてしづかに流れを壓へ。黝ずんだ空の深さを人知れず測つている。

　橋は、大きく對岸に伸びて堤のくぼみに、確信をもつて置かれた時計の針のように、その手を沈ませている。未來につながるたしかな聲よ。

　僕のわずらわしい思いが、一つ一つ雨滴に吸われて、橋桁におちてゆく。眞直に河底に沈んでゆく。波紋さえひそませて。

　むなしい靜寂に打ち抜かれ、どんなに暗く雨が降ろうと。家は、あの太い堤の向うにあるのだ。きつと、新しい住家がかくされている――。

　僕の背中が濡れている。雨に。僕の文字盤が、ぐつしよりと濡れている。

船

日沒にせばまる空間、水平線のもりあがある橙色に、船は消える。東と西の半球が、觸れ合つて、風を吹かすか。

　今日と明日とのギャップの深さが。裏側の世界をのぞかせ。しかも、絶え間ない海鳴りと、耐えきれぬ空氣の重量で、人人の思惟の手をさえぎつている。

　いらだたしい聲の速度よ。

　彈道を、地球の地肌に、押しちぢめる浪のうねりに。僕は。さらわれて、ゆられながら、「今日」の中にすりおちてゆく。

　奇怪な船が。何日も、いつも。人人のプリズムの中にメーンマストをかざして、海に浮いている。日沒の風景にクロズアップして。

河港

扇谷義男

岸壁とすれすれに、成熟した河の胸幅があつた。潮に揉まれ、押されてくる重油の匂。ああ　潮に揉まれ、幾たびでも繰りかへす流木たちの低い呟き。私の竟に知ることのない、冷やかな生活の愚痴。そして話はいつまで盡きさうにない。かずかずの昔の憶ひ出が沈んでゐる水の底、そのうへに私は虚しい指紋を捺しつづける。――やがて曇天の錘が額を壓し、あんなに遠く、黄昏の手がよごれた塗料を押し流す。誰やらに肖て、風がつめたい影を着る。と、にわかにあわただしい波が河の精神を搖すり始める。猖獗する炭酸のやうな氣泡。さかんに河の動悸がきこえてくる。この悲しい苦役。ああ、竟にわななく疲勞を冒して私はみた。遠くの風のなかの赤い焰を。――と不意に、私のけむつた視野をせばめて、痙攣の橋梁の間から、ゼラチンの海が縹渺と鰭型にひらけた。

×

がくん！―といきなり肩を衝かれてあなたはよろめいた。慌てて鹹からい水をがぶりと一口呑んだ。理不盡な！　あなたはいつとき眉をひそめたが、もう多くは云はなかつた。耐えがたいほどの孤獨が胸を浸し、死のやうに底ふかい冷たさで、あなたのうへに一つの諦めが駐つた。汗を拭ひ、頷いてすり減つた船腹がひとしぎり泥を嚙んだ。

×

この煙つた河港、このきたない、燦やかな水、この…………

そして私が近づく、私よりも巨きな肉體。――ごらん！　べつとり黑く汗と脂肪に濡れひかつた顔。その焚かれる脂肪の焔の、前後にただ茫々と擴がつてゐる一つの姿勢。眩しいほど均齊ある重量の、それらがいきなり私の脚を折つた。私はあらい息づかひをする。ぎらつく眼を遠い空へはめる。それから、私はひとりで脈搏ち、ひとりで死のかたちを眞似て、けじめもつかぬ陥穽のやうに、輕い眩暈が私をふしぎな倦怠《アンニユイ》にまでもつてゆく。肋のうしろで、つよい惡徳がかすかに音たてて流れる。もつと自由を。放縦を。甘い囁きを交して。私はかくまで孤獨を感じたことはない。――やがて數知れぬ焦燥の手が暗い運河のギヤザを縫つてせつない灯でとつぜん闇を愕かす。ああ　たえだえに、海をみてゐる人の魂を借りて、一しづく涙を落すと、お前はひそかにやさしい喉を閉じた。このとき、私のみすぼらしい胸に挿されるはきまつて年老いた一輪の薔薇であつた。

夢と時間

牧　章　造

一、貝殻

どう仕様もなく　私は退屈してゐる。
とぼけた貝殻のやうに、口をあけて眠るんだ。
ひとの氣配のない、がらんとした眞晝間だ。
ただ私は聽いてゐる。波音のやうに、あの日街角ですれちがつた儚ない夢と時間を。

二、繪本

とある日、私は千切れた子供の繪本に見とれる。それは遠い思ひ出を私に强ひ、ひとりぼつちにして、だんだん大きくひろがつてゆくやうだ。

　またしても、逆立ちした時間が私の胸を締めつける。
子供の繪本がずり落ちる。私のふしくれだつた掌から。

……………

　私は少年の肩を叩きながら、少年の歌聲に聽き入らうとするが、思へばもうどう仕様もないこの手、この足。この身の不自由さ。

　がんじ絡めにされて、ああ私は河のやうに押し流される。さうして、この大きな流れの涯から、私は私の瞳のみ奪はれる。…………岸邊のむかうの夕燒に、その少年のうしろ姿に。

　聲の限り私は呼んでみるが、もう決して振返へらうとしない、その少年のうしろ姿に。

三、孤絶

暗い壁に圍まれた家のなかから飛び出した。矢庭に私は射抜かれた。熱い熱い太陽が私を遮切つた。ひとたまりもなく私は盲ひてしまつた。燦然と輝く太陽の下で、燦然と輝く萬物の前で。

　私は私の犯した過誤から、さうしてこの深い迷夢から醒めることが出來たなら、逃れることが出來たなら、………あゝ赦された日の朝の明るさ！一輪の薔薇をかきむしる。滅入つた私の夢が汚點のやうに小さくなるまで。

　過ぎ去つた私の日々。さうしてこの孤絶。この孤絶の斷崖から、私は祝福の花瓣をまき散らさう。――私に想像される生の涯に、死の涯に。

四、海

障子に映る日は次第に翳る。庭の一隅から靜かにひろがる夕べの海。ひととき、私の胸にかへつてくる帆船のやうな思ひ出。

　思ひ出遙かな波路を分けて、…………私にその水足がはつきり見える。

　私は思ひ出にかへるひとの名を呼ぶか、古い錨のやうに沈んだひとの名を呼ぶか。…………

　ああ、また打ちよせる未知の海、遠い海。その海にもあのひとはゐない。

　ふたたび、あたらしい邂逅が用意されて、私も波音のやうに出發しやう。誰のものでもない、果てしない日のために。

詩壇月旦

×

「現代詩」「ゆうとぴあ」「詩人」これらの雑誌が揃つて、詩作品を叮重に一段組で扱つてゐるのはいい。この扱ひは、是非とも崩さないやうにして貰ひたいものである。それに比べて、「新詩人」とか、「建設詩人」とか「新詩派」とか「コスモス」とか「ルネッサンス」の詩作品の扱ひやうはどうしたことか。如何に用紙がつまつてきてゐるとは云へ、詩專門の雑誌でありながら詩作品を二段組、三段組、追込みと、扱ふのは自らを恥かしめるものだ。何もさう盛り澤山にすることはない。僅かな頁なら僅かなりに作品を嚴選すればよいのだ。その點薄つぺらな「鷹」を見習ふがよい。（A・K）

×

僕は、詩雑誌やアンソロヂーの詩を讀むのに、まづ題目、詩人名を見てから、その詩を愛誦するといふ方法の反對をとることが多い。もつとも、一詩人、一篇の場合は、この限りではないが、數篇掲載されてゐるのを、おしまいの一篇から讀んで行くのは、なかなかたのしみなものである。有名とや知人的の繫りをたちきつて、最初から白紙で、その詩に向ふ。そして、その詩の確さに敬服すると、凡そ誰かとせぶみして、あらためて名を見る。大方想像が當つて、矢張りなと思ふ。かと思ふと亦、全然、新人であつて、あらためて、その詩をくりかへして讀む。新人であるからといふやうな、最初からハンデーキャップをつけ 讀む（自然と）するとがなくて、眞に詩から這入つて行く。詩精神の確かなる把握には既成詩人、新人なんてけぢめはない。

色目鏡で物を見るといふことは、考へなほさなければならぬ。（I・）

×

近頃莫迦にケチケチしたゴシップ的な時評を書く上林猷夫に杉浦伊作が、こんなことで足ぶみしてゐないので、君の友人、佐川や池田、宮崎のやうに勉强して、作品を發表したらと、注告したら、次のやうな返事が來た。次の一文は惡意あつて發表するのではないが、詩の本質論から離れたくだらぬ時評を、若い有望であつた上林がどうして、こんなものを書くのか。

かうした變質的な性格の所有者だから同時代の友人らも彼から離れるのではないか。友人の愛情から見放され、そのグルッペから脫落したが最後、もうその詩人は浮ばれないであらう。（I・S）

「歸郷してゐたので今はかき拜見した。外の人のやうに思つてゐても默つてゐることをしないで書いたに過ぎない。「批判は個人ではない」自分は今も敗戰時の氣持からしかすべてを考へられないでゐる。調子がそうなるも止むを得ない。僕はあたりさわりのよい社交には慣れてゐないからたまには我慢出來なければ書く、個人的な立場ですら何も好んで敵を作らうさ思つてはゐない。逢へる機會あれば何時でも逢つて話したい。岡本の問題も愉快、不愉快の問題でなくお互にもつさ裸になるべきだ。時評について共感の手紙も來てゐる。こういふことは誰も書きたがらないことだ。（岡本潤も君のやうに僕を見損つたと云ふて來た。何が正しいかなどは簡單に分るものではない。御註告は有難いがしんけんに詩作續けてゐる。何れまとめて發表することがあらうさ思ふ。とりあへず御返書まで。（上林献夫）

×

ある人には云はせると、堂々と正面きつての論陣ならいいが、いやに猫のやうになれなれしく近づきあの昔の特高のやうに、人のすきを見て、その人の行爲を暴露するケチな行爲が氣にくわぬといふのだ。岡本潤の場合だつて北川冬彦、杉浦伊作の場合だつて、みんなそうなんだから、やりきれない。詩人のゲス根生特高や犬より不愉快だ。

×

「現代詩」一周年記念號巻頭論文について感じたことがありますので、別紙同封のもの「生活のなかにある文學」批判を一讀して見て下さいませんか。私は詩人や藝術家の作品が決して、自然のなす業に滿足ゆかなくて、それに逆行して、不滿を充足させるための「つくりかへ」さは何としても納得ゆかないです。この點で、私はあの論文に對しては根本的に對立いたします。あの論文を、私は、現代日本詩壇に對する作意ある一つの波紋を描かうための投石さ見たくないのです。眞面目な詩に對する思考の論文さして見ます。それ故私は眞面目に、私の信じてゐたものを自己批判して見ましたけれども私の信念とは凡そ正反對のものであるばかりでなく、或は極端かも知れませんが、あの論文をそのまま肯定するさ「現代詩」の存在や行動までも否定するに至りませう。暴言かも知れませんがさうなりませう。私は、而し、尙々この兩思考について、もつさ批判の度を深めてみたいと思ひます。（山崎央）

『現代詩』 第2巻第4号 1947（昭和22）年10月 574

旱魃譚

淺井十三郎

野も山も
しらちやけてみえ
草々がまるで灰かぐらをかぶつてるみたいだ。
緑なんてない
深呼吸などできつこない
わんわん畝の上をあるいている熱病なんだ
風塵とゆうやつわ。
すつかり俺をあざむいて汗だか鹽だかわからないざらざらの肉體を押しつけただけだ。
絶望なんかない。何十日とゆう時間のある限り　二度も三度もこころみるつもりだ
それに千草をよせるとまつくろく地面を覆うてとびだしてくる　こいつらにわさわさと　ものの一時もやら
れたらたまつたものでないが
俺は知つている。病氣にかかるのわ俺でわないと。むしろ　俺の恐怖わ大都市の荒癈や昔のまんま　俺たち
の中にある
あの茫々たる荒癈に　巣喰う　こいつら　無數の蟲類についてである。
俺はその一匹を捕え

兩足をつまむと　ぽろり胴體が落ち　暫く　わざついていたが　たちまち動かなくなつた。
じいつとみつめている。
首をふつて　汗をはろうと　しうつと音をたてる。赫土。
實に炎熱やくがごとしとわ
かかる日の
かかる風景のことだろう
たしかに。
こんな枯れつ原で
物だとか
智慧だとか
神だとか言つてみたところで
風景はいつしよくたにとびこんでくるだけだ。あの入道雲の底を流れる氷河にひたいをすりつけて。
俺は言つてやる。
幾日たつても芽ぶこうとしない
大根や蕎麥に
働くことがたのしいなんてうそだつてことを
そしてまた　ここを　鬱蒼とした樹林に夢みたり
狼のねぐらにしないだろうつてことを　言つてやるつもりだ。

靜寂

曾根崎 保太郎

夜の深みへ落ちていく時間のよどみに
私の靜座がとけいる様な
おごそかな空間

窓をひらいて星にむかへば
山も眠らぬ暈《カサ》にそばだつ
あゝ光り冷たい音譜の滿開よ
そこからやがてうごいてくるさゝやき
そこからしのびいる風の様な季節の歌

私は忘我の膝をかかへて
しばらく無數に放たれくる矢をこらへる

射られた胸に氣がつくと
空への途がかゝつて
ほのとしづかに降りてくるものが見える

蔓のやうに片手をあげて招いてみる
夜の世界で眠らぬものゝ聲なき對話が
しんしんと私の指にふれてくる

私はいのちの火を感じ
自分の領域の倦怠から飛び
一ひらの雲の散歩に乘りうつる

北アルプス

高島高

エーテルは稀薄にいちめんに
朝空は虹の感覺を帶びて
しづもり
なみよろび馳ける山脈の上に
深い朝の祈りを祈る
その頂上の雪の白さに
その陰影のするどさに
夜明けは
今日もおごそかに
歴史の頁をめくるに
ふさわしく
麓の村々の戸をたゝく

（原始に山ありしか
人ありしか
森ありしか
天ありしか
地ありしか）
知らず電線にはあまたの雀ら
高らかに
新しいいのちをさえづりうたひ
稲田は麓まで一色の青さで
朝風に波打ちつゞく
草露を踏み素足のまま
今日も又私は
この故郷の田園をひとり山脈への道を辿る
私はこのうれしい日課に何もかも忘れて
私の苦悩も
私のたゝかひも
（私はまつたく俳優ではなかつたが
しかしこの偉大な自然にくらべたら何んといふ鼻もちならぬ俳優であつたらう）

現代詩を繞る諸問題（エッセイ集）

小林善雄 秋谷豊 古川賢一郎
保坂加津夫 池田克己

現代詩の在り方

近代詩の一つの特徴は、アンチ・ヒユウマニズムの精神であつた。詩の世界は、日常的な世界ではなく、卑俗な人間性の世界を、過大にとり扱けないといふことが、一つの條件だつたのである。從つて俳優が、脚本と舞臺の法則のもとにあるやうに、詩もまた詩の自律性のなかになければならない。そして詩を一人の人間や、その生活に直結することは、俳優が演技といふ技術と實際の生活とを混同するのに似てゐると考へるやうになつた。ところで現代の異常で特殊な時代においては、ヒユウマニズムの精神を、もう一度とりもどすことが必要なのである。どんなに純粋な藝術でも、その時代や社會と全く無關係に存在することはありえない。殊にこのやうなただならぬ時代に、社會や人間性と詩を切り離して考へることはできない。從つて詩は日常的な人間の世界の投射角や、屈折率をつれに計算してゐなければならない。

詩を原理だけで精算しようとするには、われわれはあまりにとほうもない經驗をしてしまつた。今日の詩は理論ばかりでは、かたのつかないものになつてしまつたといつても、詩をこのとほうもない現實に投げこんだだけでは解決されないのである。

しかしながら美しい故に瞬間的で、こはれやすい詩に、果してどれだけ、われわれは滿足できるであらうか。近代音樂の新しい角度は、不共和音の內面的な振り下げにあるといはれてゐる。不共和音をソノリテの基調としてゐる現代詩は、もう三度共和音の世界をとり戻すことが必要である。不共和音の世界も、共和音として流通してゐるうちに、單なる裝飾音に終る宿命と限界をもつてゐるのである。たぐひ稀れな不共和音の世界も、一個の寶石の世界にすぎないのであらうか。

共和音の世界を、不共和音の技術で築きあげることも、考へられてよいのである。もちろん共和音の世界だけしかもたぬ詩は全くこれと別な批評が下されなければならない。

我々は文化にも敗れた。敗れた文化からわれわれは何をプラスすることができるだらうか。

元來傳統とは、歴史的な存在なのだからいはば無意識的な狀態であり、從つて何ら知的批判の加へられない既製品にすぎない。僕が提唱した詩の國際性（近代詩苑二號）といふことも、まず最初に文學の傳統をすてることから出發しなければならないであらう。かつて傳統がないと評された詩は、他のどの文學よりも、傳統をすてやすい位置にある。

短歌や俳句から傳統をすてて、何が殘るであらうか。そもそも現代詩は、傳統に對する革命と放棄に出發したのであつて、現代詩には、貴重な〈自由〉が殘されてゐる。自由であるために、困難な道を歩まなければならない。

「ホトトギス」の五十周年に、虛子が石に嚙りついても努力してきたのだと、感想を書いてゐた。しかしわれわれにはなんの感銘もあたへないだらう。

文學雜誌が五十周年、半世紀も續いたといふことは、その間なんの革命も起らなかつたからであり、文學の價値を一歩前進させようとする文學運動の起らなかつたことを語つてゐる。「ホトトギス」が五十年も續いたことは、傳統の上にだけ位置してゐる俳句だからこそで、詩の雜誌が五十年も續いたとしたら、敗北以外のなにもないのである。

戰爭は文化の停頓であつたが、再び日の光のなかに現れて戰後の詩は、永い冬眠中に、少しづつ形や色や組織を變へてゐたはずである。夜の間に續けられてゐて漸進的な苦しみが、現れてもよいはずなのである。しかし戰後の詩からは、なんらの新鮮なダイメンションもみせない。

かつてのダダも未來派も、表現派も姿をみせない。

またみかけは異つてゐるが、その圖案には共通性があり、外見は似てゐるが、異つた山水であること圖面を正確に讀みとることのできる批評家はごく稀れだ。このやうな時代には、オーソドックスなものはいつも傳統の上にあり、傳統に反對なものは必ず異端であると、簡單に考へられがちだ。

普通速度といへば、方向を考へに入れた速さである。方向をもたずに速さだけをもつてゐるのがダダだ、といへよう。われわれの慾しいものは速度であつて、速さだけではない、しかし速さへもたない詩の如何に多いことであらうか。

詩に作法はない、と作家たちはいつもいふ、作法のあるために、詩が惡くなつたとしたら、その作法が誤つてゐたので、作法がいらないのではない。詩の技術の說明ぐらゐ、大衆に分らないものはないだらう。詩人でさへ分らないのだから。

戰後の詩は、最も利用價値のある生活文化との戰ひでもある、高い生活文化から高い詩が生れるにしろ、また生活文化は低くてもよい詩が生れるにしろ、そのどちらにしても、詩が生活文化に敗北するか否かは今後の詩人の力ひとつにかかつてゐる。この鬪爭は、戰後の詩人の擔ふ宿命の一つだ。

デホオメホションは客觀的な底邊から出發した一つの頂點である。生活文化のない現代を、一應嚴密に分析して、再び計畫的に組みたてだ一つの頂點において、より高い文化の勝利があるにちがひない。

デホオメホションの底邊は、日常的な人間性の世界であることはいふまでもない。書籍不足が世界共通の惱みであるやうに、この混沌たる時代から、新しい時代を指さす新人が現れないのも、世界に共通した現象だ。それにしても、アラゴンやモノリアックの戰後の冷嚴な淸掃運動も起らず、いたずらに老巧詩人がひき出されてゐる事は寒心にたえない。ダダの最初のアンフエストには＜何故君は書くか……＞といふのがある。

戰爭によつて詩人たちは、新鮮な經驗には不自由しなかつたから、戰爭は必ずしもマイナスばかりは、もたらさなかつたはずである。戰爭はさまざまなかたちで、われわれの精神生活を激しくゆり動していつた。相互に無關係な多くの結果が同時に起きたり、互に關連し合ふ幾つかの結果が、斷續的に現れたりして、マイナスの向が少しも整理されてゐないだけだ。

—小林善雄—

反抗精神について

「吾々に文學は不要だ」と言ふ福田律郎君の言葉として現れたものはなんであつたらう。吾々の詩が直接に政治であり 科學であり 哲學であると言ふ福田君のイデオロギイも 所詮 文學の假設的なスケエルに外ならないのではないか。詩が强烈な自己表現のジャンルにある以上、この手段的意味を無視していかなる論理もなりたたない。最近の「純粹詩」に示された多くの作品が 詩に重量感を與へることにおいて一應の成巧を示してゐるとしても、その實際活動から彼等の主張する文學否定の論據を受取り得ることは出來ない。だがさうした散文的なモテイフの束へを持つたこれらの作品が、わづかに現代詩の技術的水準の上に頭角を現してゐることは確かだ。

近い將來に天才的な新人が出現して「絕對詩」なるものを發明しない限り、もはや僕達は現代に詩の可能性を求めることは出來ない。僕達のイデアする最高の美の概念と言ふものは常に宇宙的である。僕達の自負する方法論的な或ひは形式論的な新しい試みすらもすべてなんらかの形でイミテーションの世界にある。文學といふ藝術の一分野にあつて、僕達の世代はもはや新しいスタイルを發見することは出來ないであらう。たゞ僕達にとつて現實や實在への激烈な反抗精神の活動のみが可能である。

ポエジイで小說を書く。勿論それは單なる詩の散文化を意味しない。僕達は自らの內部的イマジネーションとセンスによつて詩と散文との危險な限界を一歩々々前進するのだ。

—秋谷豊—

切實な怒り、悲しみ

詩壇、或ひは新人に對する不滿を書け、と杉浦氏の注文である。詩壇なんて壇はないとか、俺たちだつて新人だろうぢやないかとか、氣せわしいことはもう言わぬことにする。詩壇とは、俺たちのめぐりにぼおッとかすみのようにかゝつている奴だ、と位に思つておこう。不滿なんてのは無い。もつと切實な怒りと悲しみだ。

昔し、わが國には同人雑誌と言うものがあつた。そこでは言いたい放題のことが言われ、權威には尻まくり、强壓には齒をむき、先輩なんてものには片ッ端しから食つてかゝつた。しかもそうした雑誌の幾十、或は幾百のものから湧きあがる聲々が、一つの協和音となつているところに、われわれは日本詩の巨大な未來その流れを夢見た。しかし今はどうだ。薄つぺらな雑誌一つすら、申合せたようにヂヤナリスチックな體裁をとゝのえている。宗匠みたいな人物が、中心におさまり、その周圍でいゝ若い者が、御行儀のよい御座敷藝の口元で「眞理が」「美が」とつぶやいている。しかもそれらの雑誌は、それぞれ、傲岸さ、ものほしげさとの垣根をめぐらし、協和音なんで、かすかにも聽こえぬ。垢まみれの小娘の唇に點じた紅のような、敗戰國の美よ、眞理よ、詩よ。

同人雑誌精神は喪われた。のたうちわめき、たけりくるい、生きる野性の必然のような、同人雑誌はもうない。

—池田 克己—

絶望はしなかつた

日本へ引揚げて來て、まだ半歳である。しかも、この間、家族を引つれてジプシイのように轉々としてゐるため、なつかしい日本詩壇を落ちついて眺める餘裕がない。ただ僅かに、書店の店頭であさり讀んだ程度の感想にすぎないが、すでに新しい主流の萠芽を期待してゐたことが、期待してゐたほどでなかつたと云ふことである。

これは、或は敗戰後、一ケ年半、全く日本との接觸を斷たれてゐたため、祖國を戀ふあまりの期待はづれであつたかと思ふ。先日、菱山修三氏の盜作問題を「詩壇の闇だよ」と友人に云はれて・なるほどと思つた。しかし、詩の闇思想の闇があるにしても、とにかく、我々の前途が展けて來た事實の前には、胸が廣くなつた思ひである。

戰爭中、中國の詩友と共に行動する賣國的自由主義者なりと白眼視され、敗戰後は自由主義のプチブルなりと、勞働組合から敬遠されて日本へ歸へされたが、飢餓と絶望の中で、いくど、死を覺悟したことであろう。

しかし、生きぬいて日本へたどりついたことは、よかつたと思ふ。たとへ闇取引の世界があらうとも、解放された詩の道は廣くなつた。上陸第一歩、失望はしたが、決して絶望はしなかつた。

また、私にとつては、二十五年ぶりに接する日本の詩壇である。新しい世界である。生活はたのしくないが、詩を思ふことはたのしい。

—古川賢一郎—

現代詩のマンネリズム

A 私は現代詩について、現代詩そのものがマンネリズムなんだと言ひたい。

それも時代感覺銳敏な現代詩に於ては、時代が不安定で無氣力だから止むを得ないさと、簡單に片ずけられぬものがあるのではなからうか、ともかく私はもつと新しい意慾的な此の然も苦悶のなかから立上れる我々の創造になる所の淸涼劑のやうな思潮なり、形式なりが表れることを切望すると共に現代に生きる詩人の共同責任に於て掛る創造えの努力を注ぎたい。

B　これを機會に詩界の問題としてでは無く詩人の問題として一言したい。

私は現代の最も惡い面の表れとしての派閥觀念の拂拭を叫びたい。恐らく此問題は先輩、新人を問はず意識しての言動ではなかろうが、未だ詩人間に掛る動きのあることは殘念でならない。特にその派閥觀念の表れである詩壇なる言葉の抹殺を提言したい。もう一つは私自身を含めた。我々の世代の大きな反省として特に新人と自他共に稱する人達に一言したい。我我は口を開けば既成詩人はと言ふ。然し我我は我我自身の仕事に於て、そう言えるだけの仕事をしたであらうか。仕事もせずは要求する賃金などは、あまりに蟲が良過ぎる要求ではなかろうかと思ふ。我々は既成詩人はと言つて人を言ふ前にまず自己を正して言ふべきだ。仕事もしない。非人間的な自己の行動を棚にあげて於て人の非を鳴らすといふ不德はもつとも恥ずべきであると思ふ。我々は飽迄、いかなる行動に於ても若き紳士であらんが爲には永遠に謙讓であらればならぬと言ひたい。然し私はあえて先輩にあげへつらつて交外詩人であれと言ふのではない。藝術に於ける批判に立つては飽迄も私の感情を排除し、公正で峻嚴であらればならぬと思ふが人間と人間とに於ては謙讓であらればならぬと言ひたいのだ。

特に我々のなかには有名病に取り付かれてゐる人はないか。誇大盲想狂に取りつかれてゐる人はないか。私は我々の年代の人達が醸し出す色々の無節操な話題を耳にする度に慚愧に耐えない。まず我々は素直な青年である爲に、謙讓であらんが爲に大きな反省をせねばならぬと呼び掛けたい。と共に先輩も、純眞な精神を傷けられた我々の世代に對して出來る限りの寬大な愛情を持つて抱いてやつてくださる樣願つて止まない。

―保坂加津夫―

編輯後記

『ヘルマン・ヘッセを「詩人」だといふとき、この「詩人」といふ言葉の意味についてまづわれわれは意見の一致を設定して置かなければなるまい。ヘッセが善い「詩人」であるのは、語の狹い意味に於いてもさうであるとともに、語の最も廣い意味に於てもさうである。』と片山敏彦は詩人としてのヘルマン・ヘッセに就いて語つてゐるが（至上律、第一輯）狹い意味にも廣い意味にも詩人として稱揚され、スエーデンのノーベル文學賞を與へたとき—「ヘルマン・ヘッセは、シユテンフアン・ゲオルゲライナー・マリア・リルケ以後のドイツの最大の詩人である」といふ意味を發表したとある。

狹い意味に於ても、廣い意味に於ても、詩人だと云はれるやうな詩人が、現在の日本詩壇に何人ゐるであらうか。そしてかりに、ノーベル賞の豫選（といふものがあつてたら）を通過するやうな作品と、そしてその詩人、先づあの人なら、といふような人を擧げることが出來るであらうか。日本人、日本の詩人が、その一人をも推薦することが出來ないやうでは、實の處、日本の文化なんてものはたいしたことはないし日本の詩の世界的地位なんて、これは問題でないのであらう。なんか云ふと、リルケだのヘッセだの杜子だのと外國の詩人ばかしの詩風に言を致し、それに傾倒するのを名譽と心得てゐるのでは日本の詩人の數幾のさむしさ、毎月發表されるおびただしい詩雜誌の詩を見ても、傑作にぶつからないまるでバラック文學時代だ。

かへり見て、狹き意味に於ても、廣き意味に於ても、詩雜誌でありたく創刊された現代詩の先々輯を以て一周年記念號を出して、卷數の上に於て、今第二卷、第四號の編輯を終る。いささか感なきを得ない。再び熱情をかりたてて狹い意味でも、廣い意味でも、眞の詩の雜誌としての面目で第五號までまみえたいと思ふ（杉浦伊作）

最近やや元氣をとり戻して來たかにみえる詩人諸氏の活動は主として一つ一つの雜誌に據り場を求めてなされて來た。そしてかつての同人雜誌の精神はうせ、いづれもが綜合雜誌的名目のかげにかくれて激しい主張と言つたものや又それを作品によつて示そうとする努力が僅しかみられなかつた。

時たまそうした努力かみられぬでもないがそれは又一方的偏見にしかすぎないものが多かつた。特に「文學の思想」とイデオロギーの混亂や政治と文學の關聯における無思索或は又個性の喪失等幾多不名譽な現象を呈した。一しきり流行語のごとくヒューニスムが叫ばれたにもかかわらず、ほんとうに「人間」の思想を尊嚴を作品に示した詩人は僅しかいない。詩人としての我々も又雜誌製作者としての我々も又一人の讀者としての我々も共に招かれる客であつてわならない。そういうためにもこの雜誌が所期の目的を果してゆく上に一層詩人諸氏と讀者諸氏の御協力を願いたいとおもつている。本誌を手にしたならば是非ともキダンなき批評や注文をよせて戴きたい。讀者と作者の對決それが僕のエンヂンでさえあるだろう。

先般道路二間をへだつた正面の家が全燒。危く類燒をまぬかれた。午前〇時、まだ夕食もたべていないとゆう闇米買いの宿のない不幸をみかねて三人の壯者をとめてやつた親切が禍いした。失火原因ローソクの置き忘れ。惡意不認。被害者。半農。模範郵便集配手。類燒しなかつたのが全く奇蹟的。家一つ拾つたのだからそのぶつも加へて一層に筆法を淸めるつもりだ。

（淺井十三郎）

現代詩 第二卷 第四號
定價 金二拾圓

詩と詩人社會員會費一年六拾圓、送料金十圓（共ニ分納可）會員ニハ本誌ヲ直送ス（雜誌「詩と詩人」ハ別）
廣告料ハ一頁マデ相談ニ應ズ
送金ハ小爲替又ハ振替利用ノ事

昭和廿二年九月廿五日印刷納本
昭和廿二年十月一日發行

編集部員 杉浦伊作 浦和市岸町二ノ二六
編集兼發行人 關矢與三郎 新潟縣北魚沼郡廣瀨村大字並柳
印刷人 本田芳平 新潟市西堀通三番町 昭和時報社・電話[illegible]

發行所 新潟縣北魚沼郡廣瀨村大字並柳乙一一九番地
詩と詩人社
淺井十三郎
振替東京一六一七三〇番
新潟五二七番
本出版協會員番號A一一九〇二九

配給元 日本出版配給株式會社

昭和二十二年九月廿五日印刷納本
昭和二十二年十月一日發行
現代詩 第十四集
定價 金貳拾圓

THE CONTEMPORARY POETRY

現代詩

昭和二十二年十一月廿五日印刷納本
昭和二十二年十二月一日發行
第二巻　第五號〈十一月・十二月合併〉

エッセイ特集號

第十五集　詩新風を
讀書週間　11月17日より
11月23日まで

詩と詩人社

刻・小笠原啓介

表紙・カット
鍛指公誠

現代詩第十五集

目次

トピックス

近頃社會のあらゆる面の變貌は全くものすごいスピードぶりである。時事を取り扱ふ雜誌なんて、一寸印刷の方につまづきが出來たら、それこそことだ。雜誌ではホットニュースは取り扱へない。法律だつて、今朝のものが、夕方は空文になることさがある。それはさておき。詩壇の雜誌の變貌もものすごいものがある。來年の一月になると現代詩も足かけ三年目だ。もうそろそろ、大きく變貌してもいい頃だ。出發當初から、不變不則、係派、黨派に關係なく公器的存在を持續して來た。そして初期の目的を一應達したかのやうにも考えられるから、今度は百八十度の轉廻で、來年の新年號から變貌した姿でお目にかかる。

巻頭詩

ライナー・マリア・リルケ

笹澤美明譯

捲き返す波に住み　時の中に故郷を持たぬ、それは　あこがれ。
永遠性を持つ日常の時間の囁きの對話。
それは　のぞみ。

そして他の姉妹たちとは別な微笑を浮べつつ
あのあらゆる時間のうちで最も孤獨な時間が昨日の中から
歩み出るまで永遠に向つて默つてゐる、
それが　いのち。

（「處女詩集」の巻頭詩）

詩論

北川冬彦

浦和の或る旅館の一室。夜。兩側の壁際には、雜誌や本がゴチヤゴチヤに積み重ねてある。書きかけの原稿用紙が亂れている大机を挾んで、主人と客（若い詩人）とが對坐している。コオロギと蛙の鳴聲。

客　マチネ・ポエテイツクの詩ご覧になりましたか？

主人　あゝ見たよ。「詩人」の5號で。どうだい？

客　つまりません。「近代文學」に出てるのも讀みましたが、一寸も感心しません。

主人　そうか。やつぱり、つまらんかね。この間、江口榛一が、一日會の若い詩人をつれて尋ねてきた。杉浦さんに會いたいと云うので杉浦君のところへ案内した。そのとき、机の上にあつた「詩人」を見て、「脚韻が効果があるかどうか僕が讀んで見ますから聽いて下さい」と云つて朗讀したんだよ。マチネ・ポエテイツク作品集のところを開き、中村眞一郎の「炎」と、福永武彦の「火の島」と云うのをね。目で讀むと、一行の末が「に」、次の行が「を」、その次が「に」次が「を」と云つた具合になつて、いかにも形はとゝのつているが聽いて見ると、何のことはない。てんで効果がないんだ。座にいた者皆同意見だつた。福永武彦が解説でおそろしく意氣込んでいるが……

客　われわれの韻文詩は日本詩の歴史上先例のすくないものだ、なんて。

主人　「うん。韻文定型詩は、今までに眞面目に取り上げられたことがない」、など云つているが、川路柳虹や福士幸次郎、佐藤一英なんかの韻文定型詩の試作をどう考えているのだろう？まんざら知らないわけでもあるまいに。この連中なんかより、もう少しましな業蹟だと思うのだが。結局は失敗したけどね。尤もソネット形式はやらなかつたかも知れないが。

客　あの連中は、明治、大正、昭和と發展してきた現代詩の歩みに、風馬牛のようですね。

主人　それやどうだか。君なんかは知つてるだろうが、明治の韻文定型詩が壞滅してから、ときどき、韻文定型えの憧憬を詩人が持つたことはたしかだね。僕なんかも、現代詩の新定型と云うものはないものかと考えたことがあつた。と云うのは、自由詩と云うやつは、精神力一途で、いゝ詩が出來るなんてことは、偶然なんだからね。まるでサイコロを投げてるようなものだ。苦しいんだ。その苦しさが、何か定型があつたらと想わせるのだ、彫琢の苦勞の據りどころがいるんだからね。だから、あの連中が、定型韻文詩を試みようとするその意圖はわかるね。「自由詩の優秀作が日本語に依つて生れるためには、言葉の感覺に對する訓練を押し進める必要があり、そのためにも、まづ韻文詩を試みる必要がある。」と云うのはわかるけれど、その試みがあんな幼稚のものでは意味がない。

客　つゞけて、「自由詩の作者達の無研究、無批判な獨善的態度に對して、日本詩の未來の一方向を指示したい」なんて云つてますのは思い上りと思います。昭和の初めに、自由詩の革新運動としての、「新散文詩運動」、のあつたことなぞ知らないでしようか。その運動によつて、自由詩の行分けに對する徹底的反省批判がなされていますのを、いつか、「ルネッサンス」が、自由詩の行ワケはなぜするか、どう云う風にするか、中堅詩人五六の人にアンケートしていましたが、あれを見ても現代自由詩の行ワケは出鱈目には爲されてはいないこと、明かでした。

主人　しかし、こう云うことはあるね。この頃詩の朗讀が盛んだろう。僕も、二、三回、ひつぱり出されて「自由詩」を朗讀したのだが、そのとき、詩に、耳に心よい響きがあればよいがなあと思つたよ。現代の日本語に、響きがあればなあと嘆かざるを得ないね。

客　現代の口語ばかりでなく、雅語、文語にしても、外國語にあるような響きはないのではないでせうか。そもそも日本の言葉にはアクセントの響きと云うものがありません。だから、響き、韻律、を出すには音數律以外には手がないと思うのですが。

主人　そうなんだ。萩原朔太郎なんかも、晩年には全然詩を書かなかつた。現代日本語に絶望して、日本詩として短歌俳句にまさるものはないなんて結論に到達したものだから、書けないのも無理はない。……

客　マチネ・ポエテイックの作品ですが脚韻の効果も全くありませんし、そのうえあの古ぼけた詩魂は何でしよう。

詩を書くことは、道楽や遊びぢやない、と云つてやりたいです。

主人　その通りだよ。しかし、あの連中はあの連中の考えがあるのだろう。あれが自由詩えの反省を促すものだとすれば、日本詩の未來にとつて何かの役には立つだろう。

客　いいえ。私なぞ、定型詩のことを考えると、途端に詩が書けなくなるんです。私には韻文定型詩なんてバチルスです。むしろ、小説を讀んだ方が詩想が湧きます。

主人　ほう。どんな小説なの？

客　フランスの自然主義の小説なのです。ゾラとかユイスマンとかフローベルとかです。

主人　それや面白い。面白いね。ふーん。つまり何んだね。君がそう云うものを讀むと云うのは、現實に接すると同じ意味があるんぢやないかね。現實として小説を讀むのだろう。

客　はあ。そうかも知れません。

主人　そうに違いないね。現實に接するつもりなのだから自然主義の小説を撰ぶんだね。君はロマンチックな小説や詩情にあふれた小説はうけつけないのだろうね。

客　えゝ。ドイツ浪曼派の小説なんかムシズが走ります。

主人　ぢや、日本の小説は？

客　日本の小説は大低好みません。

主人　でも誰か少しはいるだろう？

客　えゝ。德田秋聲と正宗白鳥、岩野泡鳴位です。

主人　やはり自然主義小説だね。いつか、たしか神西清だつたかと思うが、日本で現代詩が、ぱつとしないのは、小説が詩的だからと云うような意見を吐いていたが、なかなか穿つた意見だと思つたことがある。その人が、詩と考えているのは所謂「抒情」のことだろうと思うが、小説が詩の代用をもしていると云う譯なんだ。君が、日本の小説を大低好まないと云うのは、そう云うところから來ているのかも知れないね。自然主義小説を讀むときのように現實感がないからね。

客　なるほど。そうかも知れません。そう云えば川端康成にでも、上林曉にも、高見順にも詩がありますね。

主人　さつき、君は岩野泡鳴をあげたが、僕はいまゝで泡鳴は讀んでいなかつたんだ。つい先日、横光氏が激賞するので、五部作の一つだと云う「毒藥を飲む女」を讀んで見たがなるほどもの凄い散文だと思つたね。どうして詩人岩野泡鳴が、あんな散文が書けたか。僕はこんな風に考えたんだよ、勿論素質と云うこともあるけれど。
泡鳴があんな乾いた小説が書けたと云うのは、彼が、詩をぐんぐん書いたからだと思うんだ。つまり、現代の小説家が小説の中にもつている詩を、泡鳴は詩として吐き出してしまつたのだ。小説に詩が殘らないほど吐き出してしまつたのだ。

いや、詩人だから、詩にならないところばかりを小説に書いたのだとも云える。僕は思うに、あそこあたりから日本の散文の、散文らしい散文の確立の萠芽があつたのぢやないか。そんなことを思つたんだよ。

客　それは卓見です。詩人が小説を書くといまゝで、きつと詩を小説の中に持ちこんでいましたね。島崎藤村、佐藤春夫、室生犀星なぞ初期は皆そうです。

主人　僕もそうなんだよ。處女作「北方」はことに、そうだつた。それに、ジャーナリズムも、詩人には、所謂詩情にあふれた詩的小説を期待するところがあるね。

客　この頃、私達若い詩人仲間で小説を書きたいと云つているものが少くないのですが、いま仰つたそこのところがハッキリ考えている者は全然居ません。これはほんとに大切なことだと思います。あゝ私も小説が書きたくなりました。書けそうな氣がして來ました。

主人　書いて見るといゝ。僕は思うんだが、詩では書けないところを小説の方で吐いてしまつたら、一方詩を書けば、純粋な詩が書けるかも知れない。つまり、詩人が小説を書くと云うことは、詩を純粋なものにする。現在、小説に書くべきものを、詩に持ちこんでいるから、詩が純粋にならなかつたと云うところがある。下手に韻文定型詩なんか無理して書くよりも、この方がどれだけ詩を純粋にするか知れない、と思うね。

客　ほんとうです。ほんとうです。

主人　話は、變るが、西脇順三郎の詩、君はどう思ふ？

客　あまり見てはいませんが、「詩人」に出ていた「紀行」なんか、つまらないものですね。

主人　北園克衛は、西脇順三郎の詩を、「スタイルに依つて書かれた爲後の寳石にもたとえるべきものである。西脇氏によつてもはやスタイルによつて書かれる詩は終つた」、なぞと云つているが、僕にはそんなものとは思えないね。「詩と詩論」時代のシユウルレアリズムめいた詩は、わけのわからない寢室にしか思えなかつたし。最近のなぞは、何の變哲もない抒情詩にしか過ぎないと思うんだがね。

客　心には浮草の
春は去れども
水甕にまたも
ひと知れず來る
春のわびしさ

だなんて、小野十三郎さんがしきりに云つている短歌的リリシズムではないでしょうか。

主人　そう云われても仕方がないね。

客　ときに、「新詩派」の平林、柴田があなたに喰つてかゝつていますがご存じですか。〈五十一頁え〉

詩人における社會性と孤獨感

壺井繁治

日本の詩壇において詩の社會性がはじめて强調されたのは石川啄木あたりからであり、さらに降つて「民衆詩派」の詩人たちやプロレタリア詩人たちもこの問題をとりあげている詩にかぎらず、すべての藝術は最も廣い意味で社會的性質を持つていることはいうまでもない。何故かといえば、藝術は人類が創造したところの文化的產物であり、文化は一般的について、人類が社會的な人間關係の下に生活を營みはじめた時期に至つて、人間自身の手によつて創り出されたからである。原始時代において、すでに人類は詩という藝術を持つていた。そしてそれは彼等の思想や感情の交換手段であつたという意味で、最も社會的性質を持つていた。その當時の詩は、いわば彼等の共同的感情の集中的表現であつたのだ。それが原始の共產社會の崩壞、私有性の確立と中世の封建主義社會から近代社會になるにしたがつて、社會における階級と階級の對立や分裂が次第にはげしくなり、特にヨーロッパにおける近代資本主義社會の成立と共に、個人の利害は必ずしも社會全體の利害とは一致しなくなり、それが藝術に反映して個人的色彩が濃厚になつて來た。資本主義社會の成立前後から生れて來たところの近代的な個人主義的思想は、中世の暗黑時代において王侯、貴族に壓迫された。市民の人間的權利を獲得するための戰いと結びついたイデオロギイであつたのだ。ところが、ブルジョジーが封建的社會を打ち倒した近代的な資本主義社會の主人公となつて見ても、そこには社會と個人との利害が一致する何等の社會的保證をも見出すことは出來なかつた。つまりそれは非常に尖銳なかたちにおいて階級と階級とが分裂した社會であつたからであり、したがつて個人個人の生活について見ても、ある個人にとつて利益であることも、他の個人にとつてはその生活が根柢から破壞されるほどの不利益をもたらした。けれどもそれであればあるほど、個人主義的思想がその社會の支配權を握つている階級によつて強調され、それがその社會の支配的イデオロギイとなつたのである。

ヨーロッパの近代文學はこういう社會的背景をもつて生れた文學であり、日本の詩は短歌や俳句とちがつて、こういうヨーロッパの近代文學を傳統として出發したものである。日本の近代詩は「遂に、新らしき詩歌の時は來りぬ。そはうつくしき曙のごとくなりき。」（「島崎藤村詩集」自序）と叫んだ通り、それはあくまでも詩人の情感を染めた曙の光りであり、日本の社會が近代的な曙をむかえたことを意味しなかつた。反對に日本の社會は明治維新から二十數年經過したにもかかわらず、それが半封建的な資本主義社會としての獨特な發展の道を辿つて行つたがために、ヨーロッパの近代的市民社會で見られるような個人の自由な感情の發露は社會的に抑壓され、人々の精神の內部には德川時代以來の封建性が深々と根を張つていた。藤村の詩は近代性に目覺めた人間としての個人的感情の自由にして拘束なき內部的横溢であるといふ意味で、作者の意識するとしないとにかかわらず、それ自身が古い半封建的な日本に對する一つの戰いであり、それが戰いであるという意味で、社會性を持つていた。藤村の詩はもつぱら感傷にあやどられ、それは一方において日本の傳統的藝術としての短歌の詠嘆とも相通ずるところがあるが、また他方において感傷のあやに織りこまれた青春の悲哀や煩悶は、時代と先驅的に隔絶した詩人の孤獨な感情の抵抗的發露であつたという點で、近代性を持つていた。そしてその近代性こそが、半封建的な古い日本に對する批判として社會的意義を持つているのである。つまり日本の近代詩の發展のある時期において、詩人の感情が個人の目覺めとして、個人的に發露されればされるほど、それが社會的意義を持つた時代があり、藤村は日本近代詩史の上でまさにそういう時期の詩人の一人として大きな役割を果したのである。

ところが、日本の社會がヨーロッパにおけるように、近代市民社會の成立の過程に見られ、下からの政治的な戰いの結果としてつくりあげられる代りに、上から押しつけられた半封建的な資本主義社會として成り立つたがために、そしてそこから露骨な政治權力が强壓的に個人の上にのしかかつて來たがために、文學が社會機構の中で大きな役割を果している國家權力や政治というものにほとんど關心を持たぬようになつた。そして作家や詩人の思想や感情がそれに對するはげしい抵抗の精神に支えられて表現される代りに、そういうものからの無關心、逃避の精神に支えられた個人的表現に傾いて行つた。ヨーロッパの自然主義文學は、近代的ブルジョア社會の中から生れた文學であり、それは根本的にはブルジョア・イデオロギイを反映したものであるが、それにもかかわらず、ブルジョア社會が內部的にさまざまの複雑な矛盾を持つていたということと關聯して、そのよき部分は批判的レアリズムとなつて、ブルジョア社會を否定的にさえ描き出している。このヨーロッパの自然主義の流れを汲んだ日本の自然主義文學も、はじめは半封建的な日本の社會に對する批判的な文學として現われたが、前にものべたような事情によつて、その批判的精神を失つてしまい、社會的現實に積極的に立ち向う代りに、作家は自分のまわりのささやかな日常茶飯事をいわばあきらめをもつて、そのあきらめがつくり出すところの一つの心境をもつて描くことに專念するようになつた。これが今日もなを日本の文學に一つの傳統として根強くはびこつているところの私小説あるいは心境小説であるといえよう。これは日本の現代詩ともつながつている問題である。

詩及び詩人における社會性というものは、例えば一時日本の詩壇に大きな勢力を占めた「民衆詩派」の詩人たちのように、ただ詩の題材として田園や農民や工場や勞働者を歌うことを意味しない。ある場合には詩人の「孤獨な感情」を歌うことがかえつて社會的意義を持つことさえあり、その「孤獨な感情」がその詩人の生きている時代とどういう關係を持つかによつて、いろいろ意味を持つて來る。ある詩人が孤獨であるということは、それを社會的に見てはじめて意味があるのであつて、ただ詩人が社會から孤立しているということは意味のないことであり、まして社會からの孤立をまるで詩人の運命であるかのように考え、そこから詩の社會性を否定し否定することそれ自身が詩の純粋性の確保であるかのように考えることはなおさら馬鹿げたことである。啄木が詩人という特殊な人間の存在を否定し、

『詩人たる資格は三つある。詩人は先第一に「人」でなければならぬ。第二に「人」でなければならぬ。第三に「人」でなければならぬ。さうして實に普通人の有つてゐる凡ての物を有つてゐるところの人でなければならぬ。』（「食ふべき詩」）といつたのは、當時の詩人の詩が民衆の生活からあまりにかけ離れた存在であつたことに對するはげしい抗議の言葉であり、當時の詩が民衆の生活からかけはなれていたということは、とりもなおさず社會性を喪失していたことを意味するものがある。そしてこれは單に啄木の時代の詩にかぎらず、日本の現代詩を強く支配して來たところの一つの傾向である。

啄木は藝術上における功利主義を、一つの藝術論として積極的に主張した最初の詩人といつてよかろう。すなわち彼は「食ふべき詩」の中で次のようにのべている。

『謂ふ心は、兩足を地面に喰つ付けてゐて歌う詩という事である。實人生と何等の間隔なき心持を以て歌ふ詩といふ事である。珍味乃至は御馳走ではなく、我々の日常の食事の香の物の如く、然く我々に「必要」な詩といふ事である。――斯

ういふ事は詩を既定のある地位から引下す事であるかも知れないが、私から言へば我々の生活に有つても無くても何の増減のなかつた詩を、必要な物の一つとする所以である。詩の存在の理由を肯定する唯一つの途である。』

この啄木の考え方はプロレタリア文學によつて繼承され、文學、藝術における階級性と黨派性の主張となり、文學、藝術が、作家の主觀的意圖の如何にかかわらず、客觀的にはある階級のイデオロギイを何等かのかたちにおいて反映するものである以上、プロレタリアートの解放事業に意識的に役立つために、その階級的、政治的必要に從屬されねばならぬという理論にまで發展させられるに至つた。プロレタリア文學が詩における社會性を强調したのは以上のような理論的根據からであつて、それは最早「民衆詩派」のような漠然とした「社會性」の强調ではなく、もつと明確な階級性の主張となつて現われたのである。

詩を最も廣い意味で階級的必要に從屬させるということは藝術を超階級的存在であると考える人々によつて猛烈に非難された。そして詩人が現代社會の不合理や矛盾に眼を向け、その不合理や矛盾が作り出すところのさまざまな社會的現實を歌うことは詩の純粹性を汚すことであり、詩人はもつぱら詩人の內部の魂を歌えばよいのだという風な主張さえ起つて來た。そして多くの詩人はその個性が獨特なることによつて社會から孤立しているのではなく、社會から孤立し、超越することによつてみずからを獨特存在たらしめようとするような傾向が現われた。プロレタリア文學運動が活潑に展開された一時期に、多くの詩人の間に社會的現實に對する無關心の傾向が强く現われたのは、右のような事情に基ずくのである。

詩人における社會性と孤獨感ということを考える場合、僕は現代詩の當面している諸問題と關聯して、石川啄木の步んだ道と高村光太郎の步んだ道とが敎訓的に思い出されて來る。啄木は詩の社會性を最も强調した詩人の一人であるが、彼自身はある意味で最も孤獨な詩人であつた。詩人としての彼の孤獨はどこから生れて來たか？それは彼が社會の本質的動向にあまり早く目覺め　彼の目覺めと社會の一般的目覺めとの間に大きなギャップが生じたところから來たものである。つまり彼にあつては、社會的な詩人になることによつてかえつて孤獨な詩人となつたのである。それは彼の社會的な目覺めを保證するだけに、勞働者階級の力が當時まだ十分に成熟していなかつたがためであり、したがつて彼の目覺めは十分彼の詩において藝術的形象として具體化されず、それが焦燥をともなつた未熟な觀念として現われざるを得なかつた。彼の晩年の作品「呼子と口笛」におさめられた一連の詩は、時代にあまりに先驅したがために、かえつて時代と隔絕した一人の孤獨な詩人の焦燥感が、遺憾なく表現されている點で、非常に興味深い。この焦燥感は、啄木にあつては、社會變革とつながつている問題であり、個人の自由や解放はそれ自身で解決されるものではなく、それをはばんでいるところの社會組織の變革過程の中で徹底的に解決されるものであるといふ理論に到達し、遂に彼は晩年みずからを社會主義者であると宣言した。つまり彼は社會と自己とを眞正面に對決させて、そこに自分の進むべき道をきりひらいて行こうとしたのだ。彼が文學の世界に、國家の「强權」との戰いの問題を持ち出したのは、彼の批判的な詩精神の內部からの發露であつたのである。この啄木の行き方にくらべると、高村光太郎はちがつた歩み方をしている。彼も啄木とおなじく、近代的に目覺めたる一個性として、反動的な時代のぶあつい壁につきあたり、その壁を突き破るために苦惱し、呻吟した。その痛々しい苦惱の聲は、「寂寥」や「新綠の毒素」の中にきびしい近代的韻律をもつて表現されている。

何處にか走らざるべからず
走るべき處なし
何事か爲さざるべからず
爲すべき事なし
坐するに堪へず
脅迫は大地に滿てり
（「寂寥」第三連）

ああ、走る可き道を敎へよ
爲すべきことを知らしめよ
氷河の底は火の如くに痛し
痛し、痛し
（「寂寥」第七連）

家に入れど
臥床に入れど
沐浴すれど
にがき膽を嘗むれど
三昧を聞けど
歌を聽けど
飲めど
泣けど
いづくまでも、いづくまでも
息ぐるしき辛辣のただよひは
我が身を包み、我が魂をとどろかす
あはれ、あはれ
靑くさき新綠の毒素は世に滿てり
「新綠の毒素」

このように近代的に目覺めた、そして目覺めたが故に感ずる個性の寂寥と焦燥を、彼は現實社會の眞正面な對決の中に解決して行く道を避け、俗物的な社會から超越することによつて、個性と自我の完全な確立をはかろうとした。そしてはじめは、時代との抵抗を歌うことによつてみずからの孤獨と寂寥を歌つた詩人、そして孤獨であることによつて社會的であつた詩人が自巳社會から超越させることによつて個性の完成をはかろうとする道を次第に押し進めて行くにしたがつて彼は何時の間にやら日本的な諦念の世界にすべりこみ、ヨーロッパ的に肉づけられた近代的批判精神を失つて、日本的な精神主義者に變つて行つた。この精神主義こそが、やすやすと今度の侵略戰爭を肯定するために、彼の內部ですでに用意されていたのである。戰爭の開始と共に、彼をはじめとして社會的現實に無關心であり、それからの超越的存在の中に孤獨な詩人の魂の世界を作りあげようとした多くの詩人たちがかえつて「社會的」になり、「政治的」にさえなつたといふことはまことに意味深長であつて、それは彼等が社會と眞正面に對決し、それと抵抗的に戰つた結果としての個性的な世界の確立でもなければ、孤獨な世界の死守でもなく、單に頭の中で觀念的に假定した世界にすぎず、したがつてひとたび戰爭といふ現實が國家の强權をもつて彼等においかぶさつて來ると、それらは他愛なくふつ飛んでしまつて、本來の正體を白日の下にさらけ出したわけである。彼等の詩が、戰爭中「社會的」であり、「政治的」であつたということが、彼等の社會的、政治的無關心に對する現實の復仇となつて、彼等自身の上にかえつて來たと見なければならぬ。

敗戰後における現代詩壇の注目すべき一つの特徴として、またもや社會的現實に對する無關心的傾向が見られ、民主々義革命の進行過程の中から社會的現實を歌い上げようとする詩人に對する批判として、戰爭中あれほど「政治的」であつた詩人たちによつて、それをあたかも戰爭中の詩の政治への隷屬と同一視し、政治からの詩の獨立という理論的基礎に立つて、詩の純粹性の擁護が叫ばれはじめている。しかしそのような理論は、彼等が戰爭中「政治的」であつたことに對する何等の自己批判でなく、かえつて今日民主々義革命の進行過程中に、自己變革の道をきりひらき、そこから新らしい詩の言葉を創造して行こうとする人民的立場の詩人への挑戰であり、それは戰爭中の彼等の政治的立場の今日的延長である。

久しい沈默を破つて最近發表された高村光太郎の「暗愚小傳」（「展望」第十九號）は、この雜誌の編集者の言葉によると、「孤獨な老詩人の生涯の精神史」であるといわれているが、戰爭中、「社會的」であり、「政治的」であることによつて詩人でなくなつた彼が、自分の落ちこんで行つた暗黑の世界から脫却するための何等の自己批判をも行なおうともせず、依然として暗愚の世界にあぐらをかいていることを示している。そしてかつて僕の尊敬したこの老詩人の「孤獨」は今日の時代に對して最早何の意味もなく、したがつて彼は眞實の意味で「孤獨の詩人」ですらないことを、その終章の「山林」という詩ではつきり僕たちに示してくれた。詩人における孤獨感とは、その時代、その社會の不合理、矛盾、抑壓と眞に戰う者によつてはじめてその精神の內部に起る抵抗の感情であり、その抵抗的感情こそが、その詩人の詩をして眞に社會性のあるものたらしめる內部的モメントである。このような詩、このような詩人を僕は現代詩の今後の發展の中に求めてやまない。

（一九四七年・九・二八）

朝まだ暗いときに

江口榛一

朝まだ暗いときに私は思う
木の間にまたたく青い星々を仰ぎながら
親星であつたあなたのことを
無數の子星であつた小さな豫言者たちのことどもを

おお　そうして私はほんとに思う
うまやの藁の上で呱々の聲をあげ
まずしい臺所のそばで育ち
いつぽんの若い槻の木のように生長しては
野に伏し　山にい寐　路傍にまろ伏し
いつも本來の無一物で
しかも誰よりもつねにゆたかだつたあなたのことを

ひと籠のパンで多數の飢えをすくい
葡萄酒のひとつきではたちまち萬人の渇をいやし
そして自分ではすこししか食べず
ひもじさを心から喜んでいたあなたのことを

そのあなたのような人はいないか
いまや地上は百鬼夜行
またしても闇と影の世になつて
血なまぐさい風が吹きはじめた
それゆえやさしいをみなたちや
心まずしい若者たちがもつともなげきもとめているのは
光そのもののような人
愛そのもののような人

それはあなたを措いてはない
ケーザルのものはケーサルへと返さしめ
さわがしいあきつ人らを鞭もて追い
高らかに神と劍の讃歌をかないでた

あなたを措いてほかにはない

おお　イエス・キリスト
時が來たのだ　あなたの時が
あなたがふたたびわれわれの下界にくだるべき時が
見給え　きこえるだろう
はるかに無數の聲々があなたのみ名を呼んでるのが
あれは荒野で呼ばわる者
小さな星々であり豫言者なるこの世のなべての詩人たちが
はだしの足に血をしたたらし
いばらのかむりで額をきずつけながら呼んでるのだ
力つきてあなたの救いを求めてるのだ

いばらのとげでその廣い額をきずつけながら
彼らは祈つている　歌つている
父なるあなたのみ名をたたえ
あのかがやく親星であるあなたの出現を待ちのぞんで………

作業

川島豊敏

木枯の丘につれられて來た。白衣をきよと言ふ。白いネルである。日本の傷病兵が着るまだ一度も手を通さぬやつである。庖丁をくれる。はじめて牛を屠るのだときかされる。誰もが苦笑した。午後二時、雪風つよく、かじかんだ手をもみあはす。ソ連兵が牛の角を捕へては次ぎに牛をつれてくる。薪割を右手に隱し持ち、ついと近づく。突差に牛の眉間に發矢と一撃をくれる。牛は一聲もなかず、かすかに悲しい眼をみはつたまま大きく頸を左右にふり、ドサと四脚を折つてうづくまる。斧は用捨なく丁々とぶちこまれ、喉笛はグサリと突きさしてえぐる。赤ペンキのやうな血がべつとり斑雪のうえに動物くさい臭ひに染め、肉はまだピクピクしてゐる。腹の皮を斷ちきると、死にきつたはずの四肢がピンと宙を蹴る。吹きつけの風が指をこごえさすのでぐんぐん骨と肉の間に突つこんでは水ばなをすする。巨大な內臟の重量・紫の、灰色、紅の堆積。折から暮れかかる丘の焚火に映えてここらあたり一面に妖氣を吐き、死にそこなつたものだけの、どんらんな眼だけが動いてゐる。生きても死んでもなかなか壯絶でいいものだ。

現代詩に於ける言葉の問題

黒田三郎

（一）

カナモジロンシヤやロオマ字論者、漢字制限論者や、其れ等の反對者達が、何十年かを賭けて尙今日の狀態であることは、皮肉である。習慣のなかにかくされてゐる愚劣さを列擧してみたところで、列擧はしよせん列擧である。人間が愚劣な動物である限り、人間の習慣は愚劣さの上に成立するものであり、其の愚劣さ加減を、單なる取決めで、一日か二日の中に聰明にかへてしまほうといふことは、言ふ迄もなく、とんでもないことであるにちがひない。習慣はそのなかにかくされてゐる愚劣さに依つて愚劣な動物に否定されるよりもより以前に、人間の生活に於いて持つてゐる其の無知にして強大なる力、其の內面的經濟主義に依つて一應肯定されればならない。しかも言葉といふものが如何に根強く我々の生活に根を下ろしてゐるか、其の大いさ、深さ、重さを考へることと無しには、一時の便宜から、其の表現形態を改革せんとする企みは、無暴といふ外は無いであらう。何故ならば、表現形態を意識的に變更することに依つて齎されるものは、人間が合理的生產物でなく、其の思考、其の習慣が合理的でない以上、必しも合理的な意圖の結果のみでなく、思考の形式である、言語そのものに外面から新しく手を入れることとなるからである。

　詩人ほど言語を愛する者はない、といふことは、必しも、言語習慣に對して忠實であり、之を愛惜することを意味しはしない。詩が言語無しでは成立しないといふことは、言語無しでは、思考が形をとることが出來ない點に意味がある。オリヂナルなイデは、オリヂナルな言語無しには、形をとることが出來ない。詩人が忠實であり愛惜するものは、かような意味に於ける言語の母体であり、オリヂナルな言語といふものが、如何にして、生み出され、如何なる役割を果すか、さいふことは、公共器官としての言語、人間の習慣の内外にはりめぐらされた精神の交通機關についての觀察が、答へを與へるであらう。

漢字が我國の文化に與へた意義の大いさが、どのやうなものであつたか、此の點に付、未だ十分の開明が行はれたとも思へないのは甚だ殘念である。從つて、漢字の流してゐる鑛毒の大いさについても、人々は、其の末端をのみあげつらふに急である。字數が多いさか、字劃が繁雜であるとか、そのため敎育に貴重なる生長期の數ケ年が無益に費されるさか、さういふことも無いではない。大いにある。だが、はつきり考へなければならぬことは、我々の今日の文化そのものが、漢字による有形無形の影響の下につくられ、且つ、傳へられて來たことである。漢字が我國にはいつて來てから既に千何百年が經過したであらう。

ロオマ字やイロハ文字の如く音標文字と違ひ、漢字そのものは、それ自身に於いて、音さ共に意味を持つてゐることを見逃してはならぬ。といふのは、此の理由から、夥しい新造語が安易に造られて來、又、造られつつあるのである。一枚の新聞紙を手に取りたまへ。之を立證する例の餘りの夥しさにびつくりした後で、かへつて、當り前のことではないか、と反問するであらう。日本語の繁雜さは此の安易に造られる夥しい新造語に責任無しさは言へないのである。おまけに「ナイカクソウリダイジン」が「シユシヨウ」となり、「ロウドウクミアヒ」が「ロウクミ」となる。文字を意味に依つて結合した後で、音讀し出來上つた言葉のさころどころの音を拔いて、略字をつくる。そこには、誠に複雜怪奇なものがあるのである。之が漢字を輸入して以來千何百年かの結果なのであらう。

むしろ我々自身このことについては、殆ど無意識の内に其の日、其の日を送つてゐる。異民族の前に、我々自身の持つてゐる言葉の法則について話す機會を與へられた時、我々は自分が餘りにも日本語そのものについて無知であつたことを敎へられるのである。比喩的な表現から新しい言葉が生み出されて來た歷史さ、今日、安易なる漢字の結合から生み出された新造語の氾濫してゐる現實とは、餘りに對照的である。

殊に明治以來、新しい外國文化を漢字による新造の譯語に依つて受け入れて來たこと、政府及陸海軍の用語が、石の如き、無味乾燥にして安易なる新造語に依つて出來したことさは、過去十ケ年にわたる拙道が、いかに、馬鹿馬鹿しい、我々の胸にぢかに觸れることのない、多くの言葉の羅列に止る結果を招いたか、について示唆し全く思ひ半ばにすぎるものがあるのである。

かような新造語の作法と詩に於けるオリヂナルな言葉の組合せさか、いかに距離の遠いものであつたか、公共器官としての言語をかかる方向へのみ追もやつたものは何であつたか、を我々は今知られ ばならぬ。

E・A・ポオ以來、現代詩は、詩人の言葉に對する意識なくしては其の純粹さを保持することが出來なくなつた。ポオル・ヴアレリイが屢々難解と云はれるのは、何に由來したか。このやうなことを今はくどくど言ふ必要はないのである。日本語のやうに安易に每日の新聞が新造語で飾られてゆくさころさ、ヨオロツパに於ける詩人の言葉の問題とは、そこに直譯出來ない溝があるのである。溝の深さに氣がつかない者は、詩人の果す社會的役割を、ヨオロツパの詩人達が果してゐるやうには、日本で果すことが出來ないであらう。漢字に依る新造語の無味乾燥さを日本の詩人は如何にして、彼自身の作品から驅逐し、更に、公共器官としての、且つ、精神的交通器關としての、言語そのものに新しい血を通はせるか。

㈡

言葉が考へる道具であり、思想の形式である、さいふことは、我々が、日常の生活に於いて、考へ、反省し、人に語る時には、必然的に言葉が豫想されて居りその結果は言葉で示されるといふことである。人生觀とか世界觀とか、いふものは、我々の日常生活をはなれてはあり得ない以上、我々の人生觀とか世界觀とかが形をとるときに示される言葉は、我々の日常の生活に於いて、ヒンパンに、浮んでは消える、程度のものにちがひない。さういふ意味に於いて、日本語に論理性が缺けてゐる。といふ口實で、徒に文化人達が漢字による抽象的思辨語を積重ねて、事足れりとしてゐるのは、餘りにも、不自然といふ外はない。文化人達の使ふ言葉が運轉手や農夫、ブローカアや警官　水夫、否我々ひとりひとりがその日その日使つてゐる言葉とは、まるで緣がない。といふことは、單に、大衆の敎養の低さとか、無知さにのみ、罪を歸してすむ問題ではないのである。抽象的思辨語を使用することなしには、論理の世界が成立せぬことは、當然であるとしても、哲學者達が、一人の市民として身の起りの現實について發言するときにも、常に、僅かに、抽象的思辨語を盾として糊塗してゐるといふことは、誠に情ない事實である。例へば、田邊元の「政治哲學の急務」などは、若し、田邊博士がプロフエッサアであり、名高い哲學者であるといふことを知らなかつたとしたら、そして、要するに、哲學だと思つてよまなかつたとしたら、恐らくよむに耐えない代物である。要するに、政治哲學が當面の急であるとか、社會敎育が必要であるとか、言つてしまへば、あとは、プラトンを引合に出したり、自覺だとか、絕對だとか揚棄だとか、衣裳のかげに何物も殘りはしないからである。自由黨や共産黨の間に一體何があるのであらうか。このやうな言葉の現實からの遊離、從つて、思想の社會からの遊離は、一體何處から來たのであらうか。といふ疑問を起さざるを得ないのである。單に言葉への無關心と云ふだけに止らぬ物があるからである。

例へば、フランス語で人間の内的生命が語られ思惟の絡み合ひがひとつの形をとつて現れる時、それは、かつて語られ、かつて聞かれた。農夫や商人や貴族達の聲音を、倂宿してはゐないだらうか。日常的な思惟には、生活に緣の深い川や木立や窖や青々とした作物などの表象が、自然に、影を殘してゐるのである。フランス語に較べて、言語表現のニユアンスの點で、より拙劣で、より鈍重なドイツ語でさへ思辨語には、どのやうな、ノンセンスな、所謂「詩」が潜んでゐることであらう。日本語を思惟するにふさわしくない、と言ふならと「朝が日覺める」とか「地方長官階級の尖端に立つてゐる」とか、いふやうな非論理的な表現にみちみちてゐる點ではドイツ語でも、同じことであり、「發展」は襁褓をほどくことであり物理學が「自然法則」を明かにするならば自然が國家のやうに法律を持つことになり、そして、法則といふからには誰かゞ何處かに「坐る」こととなり、概念の背後には常に像の世界があつて、像の世界をいぢくり廻してゐれば、いつのまにか拔け出し難い迷妄の世界に這入りこむのである。思想を運べる思辨語は、それがくりかへしくりかへし人間の思考の道具として使用されてゐる中に、新しい比較から新しい言葉が生れ、眼の前の風や木の葉や水車やテコなどの像を止めながらも。ひとつの異つたものとして、思考の道具となるのである。文化の傳統が根を張つてをればなるが、思辨語は、生活から生れて來た比喩のニユアンスを豐富にかくしてゐるやうに見えるのである。

之に較べるならば、殆ど思辨語のすべてを飜譯に際してつくられた漢字の新しい組合せに限つてをりしかも、そこに終始してゐる日本の文化人達の思想の結果は、誠に、生活のニユアンスに乏しいものと言はなければならない。西田哲學は典型的な代表とする。此の夥しい漢字の集積には、その漢字の夥しい反覆に比例して、思想は生活のニユアンスを喪失してゆくやうにさへ思へるのである。そして我々は我々の思辨語が、このやうな安易な人造語の上に立つてゐる歴史的事實を遡及的に考へざるを得ないのである。

最單的に言へば、封建制の社會に於いて、漢字は、支配階級のみのものであり、大衆は「よらしむべく、知らしむべからず」といふ政策によつて、操られた愚民に外ならなかつたのである。漢字は武士のものであり、農工商に屬する者は、一部の者が、專ら假名書を修得するに止つてゐたのである。明治維新に依つて、教育制度もまた改革された。漢字は、必しも、一部支配階級の獨占するものとしてでなく、人民すべてに解放されることになつた。しかしながら、そこに生じた事態はどうであつたらうか。

後進國として急激に先進資本主義諸國の間に伍して行かればならなかつた。日本資本主義は、ヨオロッパから、新しい技術を輸入し國家權力の庇護の下に、新しい産業を建設してゆかねばならなかつたのである。ヨオタッパ文化も、同樣に輸入され、このやうな輸入品を消化するためには、之迄支配階級に獨占されてゐた。漢字により、專らその新しい組合せで出來た譯語を、之に對應せしめたのである。生活のなかから生み出された言語でなく、このやうな譯語で新しい文化が築かれて行つたこと自體、竝にそこに築かれる文化が生活から遊離することの明かな證據であると共に、そのやうな文化の荷ひ手達が社會に占めてゐる地位を明日に示してゐるのである。漢字は人民に解放され、普通教育制度は行き渡つたにしても天皇制の下で行はれたことは、このやうな教育の普及を利用して、支配階級の利益を計る。劃一的な知識の注入に外ならなかつたのである。ヨオロッパから輸入され、官學を中心として築かれた文化が、やがて徐々にそれ自身ひとつの方向を持ち、自由主義の萠芽が現はれはじめた時にもそれは、人民の生活から遊離した。有閑的、非實踐的なものとならざるを得なかつたのは當然一のことである。人民の生活と小數知識階級による文化の特徵であり、思想の形式としての言語に於いて、その明かな結果が示されてゐる、と言はなければならない。むしろ、言語に依つて、その結果が示されると共に、その原因が示されてゐるのである。思想といふ言葉が現實に占めてゐる聲音には、何か危險思想を思はす響があり、それと共に、我々の日常生活とは、まるで別な世界にあつて、觀念の領域をさすらひ現實に實用的な實を結ばぬことに依つて、かへつて、思想としての概念をはつきりさせてゐるやうに見える。明治以來の歴史が示してゐるやうに、そして、思想といふ言葉それ自身が示してゐるやうに、日本に於いて思想は、農夫や船頭や政治家やらエトレスや家庭婦人などとは、まるで味がなく、馬丁と思想とを結びつけようとしても、それは、むしろ狂人騷ぎでしかなかつたのである。詩人でさへ、その例に洩れないのである。詩人達が今日迄思想をどのやうに毛嫌ひし自己と無味の所のやうに取扱つて來たか、それは思想をこのやうな所謂思想といふ、特殊な概念に於いてしか考へなかつたからでもあるがその結果詩人達がどのやうに詩人といふ單なる通人や粋人や世間知らず、になり下つてしまつたか。

思想はひとつの出來上つたものとして、外部にあるものではなく、まして外部から詩に持ち込まれるテエマでもなく一人稱としての人間が、彼自身になるために、彼自身に語りかける。言葉の中に形をとつて現はれるのである。戰後の廢墟と惡德の中で汚辱にみちた無力な存在としての人間を、自分自身の内に省み、そのやうな人間の中のひとりとして自分自身を現實に見出だすとき、自己を乘り越えるために、架けられるひとつの橋以外の何物でもないのである。コミュニズムにしてもヒユウマニズムにしてもそのやうなものとして人間の胸に生きて來てはじめて、思想の名にふさわしく、手を汚さずに學びとることの出來る觀念の積み重ねの中には、何物も無いのである。あるものは壯麗なる建築物のみであるそれは、取りも直さず、日常生活に於いて我々の胸に去來する。身近かな、親しみ深い言語によつてのみ、思想が形をとることを意味してゐるのである。日常生活とは、必しも、金錢の算段やパンを喰らふことのみではない。生活の名に於いて、詩人達が、個人の安價な處世智や感情のみを吐露したがる習癖は既に久しいものであるが、我々にとつては、日本の現實のみでなくヨオロッパの運命についてもある力の管理についても世界の人間の個々の胸に共通な問題として考へられなければならない時代に住んでゐることを、忘れるわけにはゆかないのである。（一九四七、九、二一）

近藤東論

志村辰夫

1

近藤東―コンドウ・アズマと讀む。その名のやうに彼は常に太陽の出る〈東方〉に貌を向けてゐる。決してふりむかない。だから明るい。それにも拘らず彼の意識活動の內部には太陽の沈む〈西方〉への意識がないかと云ふに、答は然らずむしろ知的本能と言ひたいくらい强烈に自意識してゐるのである。つまり詩人として自らの依つて立つ時代的背景とその歷史的方位を何時も俊敏な主知的明察をもつてキヤッチしてをり、それあるが故にその具體的反應として彼の思考形態の特質をなす立體的な時代的適應性が生れてくるのであつて、彼の美質たる直線的エネルギイは、かくして遭遇する諸々の詩的素材として有効な社會的事象を貪欲に攝取し得る狀態にあると共に、その適用の舞臺は自ら多面的たらざるを得ない。しかしながら彼は所謂單なるファッションを追ふ輕薄なタイプの詩人ではない。單なるファッションを追ふ詩人とファッションを創る詩人として混同した認識からは彼の理解の有力な手がかりは奪取出來ない。嚴密な意味では前者は詩人の衣裳にしかすぎぬし純粋な詩的生命力に堪え得る比重を持續する詩人とは言ひ難い。誠實な詩人の態度は勿論後者であるが、彼は必ずしも所謂ファッション・メイカーとは言へないながら、しかし少なくともその時代の具體的表象であるファッションに對しては他の何物にも增してスピイデイに而も適度の知的冷徹と情熱をもつて關心しなければゐられない種族であるがそれらの行爲は多少ジャーナリステイクな稚氣をさへ感じさせないこともないが、それは亦彼の文化感覺の豐かさに照應してゐるので、それをマイナスとして計算したのでは彼の〈詩人〉は不在となるより仕方がないであらう。此處に彼を解くキイ・ポインドがある。

　この意識的感應力を詩人の生理としてあるひは詩人の條件として認めるか認めないかが彼の〈肯定〉〈否定〉の岐れ目となる。

2

　惟ふに彼はむしろ詩人と呼ばれることを多少の恥じらひを包んだ迷惑と感じてゐるかもしれない。もし彼をして詩人たる呼稱に滿足を感じてゐるものありとすれば、それは知識人のシノニムとしてであらう。事實彼は言つてゐる。∧今日の詩人は今日の知識人である。∨（新領土VOL1. NO1.1の37‖詩への希望‖）この認識内容は勿論現在に至るも變つてゐないであらう。

このエッセイの中で∧眞の詩人とは「詩のない時代」には詩を作らないのが眞の詩人である。或は「散文的な時代」には散文的な時代の詩を作るのが眞の詩人である∨と言つてゐるのはもはや常識化したフレエズであるにしても今日の詩の渾沌或は社會的渾沌と對比するとき新しい反省と意識の再生産を示唆ししゐると同時に、次の、當時の知識人が∧各種の形態をとつて出現する反對なる勢力に、實力上は敗れて、その内部意識に於ける思想性を痲痺させるか、外部表徴に於ける批評權を放棄するかの自殺的窮地に追ひつめられた∨その時、詩に於て∧從來の「飛躍的」「無内容」「難解」等の固定觀を「單純」「非直接的性格」「共感」にまで還元せねばならぬ∨とした轉身の妙は單一な技術的轉回の可能性としてばかりではなしに即時代的な詩の主知的位置を規定してゐるものでこの本質は現在の彼の行動をみても依然として不變に確保されてゐる。

3

彼の詩人的コオスは∧詩と詩論∨この方の長い旅程が語つてゐるやうに終始∧新しきもの∨へ一貫してゐる。換言すればこの∧新しきもの∨とは畢竟するに新しい詩的機能の擴充にほかならない。その一線を溯及してみると彼が如何に數學的才人であるかが解る。

彼は∧發明∨と云ふ言葉に―彼が日常生活に於て∧好きなもの∨として擧げる「驟雨」「白薇薔」「コンドビイフ」「キャベヂ」（新領土VOL1.NO4.1937後記）と同程度に特別な主知的趣向を持つてゐるが、その∧發明∨への趣向、と言ふよりはマテリアルなものとして詩の∧發明∨意識を彼が詩的實驗の過程中に如何ほど成功化したかはしばらく措くとして彼が如何ほど裁斷なき精神を嫌惡し自らに課した詩的責任に對しては滿々たる覇氣と微笑を含みつつ自己に對して射られた批判もしくは自らの知的反芻作用の結論として發見した不定のXにはいち早くその解答をそのマニフエストのアッピイルを發して整理しないでは止まないのをみる。彼の知的健康の所以が此處にある。即ち彼がどんなにか非合理的なもの、主觀的なもの、エモオショナルなもの、個性的なもの、に反撥してゐるかを物語り、同時に亦詩人の客觀的明澄性をもつてそのレエゾンデエトルとしてゐるかが解る。

かう言へば從つて彼の精神にはモダニスト的要素が彼が好むと好まざるとに係りなく生得的な素質として存在してゐることが自ら明らかとなるであらう。∧詩人は、詩作家であると同時に、依然として生活機構に於ける革新家であらねばならぬ。（新領土VOL 2. NO 12,‖詩の新領土‖）と言つてゐるが、これは確に現實に彼の日常行動に實踐されてゐる虛僞なき思考である。この事は彼が知的で現代的で而も社會的な現實把握の選手の一人であるかを立證してゐる。

4

彼は自ら一個の俳優でさへある。場合に依つては演出家でもある。

おそらく彼の消費する二十四時間の行動を追跡すれば特異な考現學的詩人として次々に愉快な材料を提供するであらう。彼は時間、空間の變化に素早く相應して自在にリアクシヨンを示す優れた技術家である。もしも彼がアメリカ、ソヴエト、イギリス、フランスそれらのどこかに生まれてゐたらもつと才能の精力的消費に惠まれてゐたであらうと思ふ。もつともこんな假定はノンセンスである。ノンセンスなことを敢へて言はねばならぬところに我が國の文化環境の脆弱性がうかがへると共によき＜才能＞へのかなしみがある。しかし今日、いや、今日以後の知的活動の範圍は昔のやうに＜輪のある世界＞内に限定されない擴がりを持つてゆくであらうから彼の多角的才能の行方に不自由な約束も時間と共に消滅じてゆくにちがひない。少なくも現在にあつては將來をかう希望的に觀測してをきたい。特に彼の歴史にとつてはこのやうな文學的季節を迎へるモメントはおそらく最初の體驗であり彼は今日そこに新しい詩への希望としての意味的擴大を計量しつつあるかにうかがへる。彼本來の詩的才能は初めてその在るがまゝの本質を有力に具體表現し得る條件下にあると言へぬであらうか。

　如上の意味で彼が現在自己の屬する働く者の組織を通じる＜國鐵詩人＞の育成に獻身し若き勤勞詩人と共に作品行動を果敢に推進してゐることと＜前衞詩人聯盟＞に所屬してゐることは嘗つてはその時代に對する知識人としての消極的抵抗の姿勢にわずかに詩に於ける積極的アクテイヴイテイを可能としたのに比し、今日の狀態はその積極的抵抗の姿勢を矛盾なく詩に於ける積極的アクテイヴイテイとして可能化し得る環境にあることよりすればその間に處する彼の太い睫毛、そしてその異國風な眼はいよいよ輝きを增しながらやうやく深い翳のなかから光に滿ちた廣場へ全貌を現しはじめたと言へよう。

5

　彼は機關車の詩人とニックネイムされてゐる、それは正しい。それは職業と密着した感覺的理解にほかならない。しかし彼は職業を超へて＜機關車＞に對し誰よりも親愛な挨拶をおくる資質を備へてゐる。何故なら彼の詩的思考は頗るメカニックである。そしてその＜詩＞は頗る即物的で機械と云ふ媒體なしには考へられない機能的世界を開いてゐる。抒情的散歩或は感傷的なノスタルジアにひたつてゐる暇はない。しかしもうすでに彼を機關車の詩人とニックネイムするのは陳腐であり不適當である。と言ふのは機關車は終日人間の作つたタイム・グラフの軌道を單に走つてゐるだけにすぎない。亦それ自體の機能は感覺的存在としても自ずと限界がある。

　彼の四つの詩集＜抒情詩娘＞＜萬國旗＞＜紙の薔薇＞＜百萬の祖國の兵＞、兒童物語＜鐵道の旗＞、編著詩集＜鐵道詩集＞その他多くのエッセイを讀んで理解される焦點はその探求の視角に比較的限界を感じさせない點である。それは彼自身＜現代詩の詩的機能の可能性の探求は、既に詩の技術的部面の各區を通り過ぎ、詩をつくる者の精神に及んでゐる。即ち詩は精神の適應度を究明する最初のものであらねばならぬ＞（新領土VOL.2.NO.9.1937＝現代に於ける詩の意義＝）とアンケエトしてゐる言葉に依つて具體的に表明されてゐるところである。しかし彼はそんな古風な固定化した殖民的環境からはさりげなく離脱して進んでゐる。

　彼は多分にコスモポリテイクな性格の詩人である。それは文化的感覺に銳敏であればあるほど濃淡の差こそあれ必然的に現はれる知識人一般の性格でもある。しかも彼は現代の日本人である。故に今日の日本の破局的運命を荷なふ知識人としての詩人の役割を誰よりも自覺的に把握してゐればこその詩的、實踐的希望を時代を先驅する新しい階級としての勤勞階級に寄せ且つ詩の進化のオーソドキシイを確保せんとするプライドに燃えてゐるのである。

　そのために彼の制作する最近の詩作品は勉めて平易であらうとしてゐる。事實やさしい。が、しかし難かしい。それは低俗化を意味しないからである。先にも觸れたやうに彼の詩に於ける即物的性格はこゝに於ても自由に飛翔してはゐるがしかし、いく分その尖銳・具象的な體驗的技術と映畫的方法はその詩的メカニズムを〈平易に書く〉條件乃至は制約に置かれてゐることから、從つて既往のごときオルガニックな密度に缺くるところあるに拘らず從來の比較的消極的・內包的にしか技術表現されてゐなかつたヒユーマニテイへの意識が參加してゐるのは彼の未來にとつて重要な意義を感じさせる。即ち彼が主體的體感としてのメタフイジックな個的追求に不足してゐた過去の詩業からみて今後〈人間意識〉の强化がどんなプラスを彼にもたらすか大へん興味がある。

　この詩の平易化と云ふことはとりわけ時代感覺に銳敏な感受性を裝備した彼の眞先に取りあげさうなことである。その平易化過程にある彼の作品活動はやはり依然として結實寸前の實驗の世界である。これは彼として當然であるがその實驗がその使命を完了したとき彼は亦次の實驗の舟に乘り移つてゐるであらう。

　即物的なメカニズムの仲介なしには彼の詩は考へられなかつたごとく詩の平易化と不即不離の關係にあるのが〈朗讀詩〉への熱情である。それはただ單に詩の平易化に關係あるばかりではなく詩的機能の擴大再生產を意味すると共に詩の對現實的な適應性もしくは適用性への不屈な能動的關心を示してゐる。要するに彼の詩の効用面にとつて利用價値ある存在は何ものでも攝取しないではをられない頭腦的プレイヤーである。彼の一擧手一投足はカメレオン的光彩を放つてゐる。彼の詩は何處まで廻轉してゆくのだらう。彼は〈新領土―朗讀詩に關する二、三のノオトー〉（新領土VOl.2.NO12.1の38）で彼の〈朗讀詩〉と稱して發表した作品について使用した方法を〈公開〉してゐるがその終の方にから書いてゐる。

　大衆ノ共通セル理念ノタメニ！

　この言葉は當時よりも今日なほ最大限に活用せられなければならぬ。すでに彼はこの事を十分計量してゐるであらう。

　彼は詩の歷史とその進化を正しく主知してゐる藝術家の一人である。彼は自れの過去形に屬するモダニズムの岸と今日の新しいヒユマニテイへの意識に兩足をかけてゐる。その溝渠が擴大するか或は縮少し乃至はどちらかへ踏み變へるか、僕は當分〈イジワルク〉見守つてゐい。　21, SEPT, 1947

小野十三郎論

飛鳥敬

木の名も
草の名も
あまり知らない。
鳥の名も昆虫の名も知らない。
みな忘れた。
おそろしく不正確な知識と記憶をたどつて
野外の草木を見る。農作物を指さす
小鳥たちの名を呼ぶ。
自然は應えない
私はもう永い間それなしですませたのだ。

自然嫌ひ　風景詩抄

詩人は花鳥風月に敏感であるとの、古い日本の傳統に投げられたかのやうな此の一篇でもすでに小野氏が詩において求めてゐるものは何であつたかの一つの出發點を見ることが出來る。第二藝術云々の喧しい時機故に云ふのではなく、現代の日本の詩人としての立場は大凡不鮮明である。小説も詩も何等新しい面を開拓せず徒らに歌句的雰圍氣の延長でしかない。ましてや詩に歌句的ニユーアンスを求めたり、詩評をなすに古歌古句を取り出さんとするの誤謬も甚だしい。神西淸氏の日本の隨筆文學の高純のために詩は育たない小品文にしか過ぎぬとの評は首肯出來るとしても決して現代の詩人としてそのまゝにしておくべき問題ではない。突きすゝめて云へば、抒情の質は少しも變つてゐないのだ。終戰後幾百種も詩誌は出たであろうが些うした本質的な問題を提示した詩人は皆無といつてよかつた。抒情の質の變革といふことは小野氏の場合、抒情の科學といふ言葉で往々語られてゐる。或る詩人の場合俳句と寸分變らぬ詩境で終生つらぬかれ笑ふべきエピゴーネンの群生を見る。そうした無自覺な詩人の中で抒情の科學を打ちたてゝ行かんとする內的必然は何によるか。詩が文學のジヤンルとして考へても不安定な日本現代詩の中での明瞭な詩人の良心的な批評精神がかく云はせる。春夏秋冬、日本的風土にことごとく左右されるといふ日本文化への反省と無興が、抒情の科學を說かしめる。成程實生活には秋風が吹き秋の衣裳を身につけるから詩もまた秋風の詩だなぞといふたわけた常識的感興の中から、將來とも昭和時代の詩といふ詩人の仕事はなしとげられない。詩人のはげしい批評精神のない惡抒情詩のはびこるのを見る時、あゝ又かと思ふは筆者だけではあるまい。そういふ古い歌や句のニューアンスへの訣別はやがて詩と韻律の問題にも小野氏をして切りこませジャンルとしても小説と詩とのはげしい對立を見せしめる。（詩論参照のこと）

　現代詩の位置するは小説、劇、映畫等他の文化部面に比し頗る不鮮明不安定なるは詩人の怠慢に他ならぬ。或ひは考へることを抜きにした感傷的抒情の洪水に他ならぬ。小野氏は適當に頭を働かしておる時が一番たのしいと簡單にいはれるが、そういふ樂しさすら味はひ得ぬ溺々派の詩徒の多きは日本の詩を前進させないであらう。考へるといふことは批評精神を露骨に出して、哲學的乃至シュールのエピゴーネンになれとのことではなく、今迄とは異つた、新しい象徴への努力だとの意である。だからモチーフそのものに凭れて、詩精神の燃燒の足りない詩も又多い。戰時中、ひたすらレオナルドについて勉强されたことやエリオットの批評論などを翻いて長い年月を、詩一筋にかけて來られた小野氏には、單なる贅文の糊塗策ではなく、詩人の場といふものゝ確認の努力以外はなかつたのだ。思はせぶりで人をたぶらかすことの上手な詩人や、センチメンタルな星菫的抒情派や小市民的暗欝の微光として詩をかく詩人に比して、はつきりと詩人の、生きにくい詩人の衿持をもつて書きつゝけることは餘程大した決心が要るものだ。若し、終戰後、日本詩壇に、その明確な詩人の線をひいていつた詩人を云ふなれば氏こそ筆頭であらう。

遠い世界で
神の如く
俺はおどろきたい。

海中の櫓

驟雨がきて
山は急に暗くなつた。
すぐ歇みますわさ
戸をたてながら
宿の女中は云つてゐたが
あふれるやうな吹き降りだ。
スウェン・ヘディン一冊あり。
豪雨の山に
電燈がついた。

温泉宿

みだりに愛の言葉を飾らず
天地の荒癈を友とせよ。

油田遠望

富士山の頂に
ケーブルをつけたらと云つた人がある。
いや、それは神聖冒瀆だと反對したひとがゐる。
ケーブル一本位で損はれるほど富士は小さくあるまい
と又或る批評家は書いてゐる。

由來こと自然に關すると
この國は議論が多い（後略）

未來風景

些うした詩篇に見られる氏の自然觀への角度は、機械的抒情から生れてきたのではない、氏の鑛工物素材を謳はれる近代都市大阪からの地理的必然からではなく、遂かにわれわれの感情よりも奥深く鋭い自然が詩の近代への疑惑と、幾分映畫的ですらある詩境へたゝせてゐる。氏は近頃よく映畫評論もかいてをられるが、近代藝術への目のたしかさをもつてはつきり日本舊來の未發達的自然觀への？を提示をしてをられる。

「荒癈」のイメージは小野氏の基底に流れてゐるものである然し、小野氏が云ふほどの巨大な荒癈感を抱いて、農工商、凡ゆるものに面していつた自然を、現代の詩人は誰も持つてはゐない　生粋の大阪人はよく近代の都市の面の奥に祕む自然へ、従來の誰も氣がつかなかつた大がかりな對決を以て望んでいつた、このことは第二藝術云々の先鞭をつけた十年前の詩人の出發であつたのだ。詩人が若し文化のパイオニアを以て任ずるなれば、美しい（實際美しいのだ）瞳に映る。巨大なるものの影を、荒癈のイメージから類推してゆくとき何かアメリカ西部劇のやうなフレッシユなものを感ずる。ことは彼が如何に古い日本への決闘をなしたかによる。＜古き世界の上に＞なる第二詩集の上に羽搏いてゐた巨大な影は近來益々その音を高く、日本詩壇の上た響かせてゐる。＜風景詩抄＞や＜大海邊＞にこもつてゐる朝鮮をうたつてゐるいくつかの詩篇にも廣いゆたかな諧謔とコスモポリチックなものが滿ちてゐる。邊狹な孤獨感を抱いて四海に眼をとぢてゐた舊文化人や古い世界觀の暗鬱だつた日に、その瞳は遙かな妖雲の彼方にあるものをじつと見てゐた。

風の日に
大葦原のゆれるさまを見るだらう。

われらは。
われらの精神の在りやうについて
永久に逆算をくりかへすだろう。

一村が湖底に葬られるだらう。

滿々と水を湛えて
なほ多くのものが太古の相をおびてくるだらう。

農十二篇

或は＜吉野の羊齒＞の作品の如き、よく近代を知つた眼は蒼々とした原始へのはげしい憧れに滿ちてゐる。詩人としての骨格はその日常の言動の敵を持たぬ人としては不思議に強くこゝでこそ、自らの敵と激闘しつづけてゐる。近刊される「詩論」は　彼の復興期の精神と共に、終戰後、前進して行く文化人のよき證明となる貴重な勞作である。フランスのボワローの詩學に劣らぬ日本の、その日暮しの溺れた詩人への一本葦ゝとなるであらう、物思ふ葦は繁らず、誇大視してきた葦原の慘たる癈墟　青々と、甦り咲くべきは高さ詩人の不絕の汗であらう。

「家の主人は賣れる原稿をよう書きませんので………」奥樣がいつか云はれたことがある。終戰後、インテリは窮乏に負け、書かでもの賣文に走り、その馬脚を幾人かは露呈し未來に雲を見るヤンガトレジエネーションから見はなされた時只管自らに忠實に、私個人の問題として掘り下げてゆかれた小野氏には筆疲れが少しも見えず、その映畫評論もまた樂しい。

物質はいま
怒りもて自らの宇宙を透視する
炭素や　クロームや　ヴアナジユムが
鐵に入つてその性能を強化する
かゝるみごとな生命現象の例示を
さきにわそらの「魂」共は忘却するのだ。

精神と物質

この「魂」の忘却に恐ろしい終末が來たのだ、
雜白な
脅迫がましい精神どもが立ち去つたあとから、
私は物質をこゝに呼びかへしたい、
その酷烈な形象で
餘地平を埋めつくしたい。

不當に物が否定されたとき

見よ　赤錆びた葦を。
炭化する羊齒のやうに
この索莫とした原へ、
徐々に精神の同化を完了してゆく禾本科植物。
それからすでに透きとほつた或種の小鳥、
蜻蛉、蜆蝶。
そいつらの小さな魂たち。
人間はすうつとまだおくれてゆく、

今日の羊齒

こゝに云はれる「物質」や「羊齒」のもつ象徴はいゝ氣な懶い精神しか持つてゐない人間への何といふ強い鞭であろう、

こゝまでくればすでに小野氏が何とたゝかつて來たかがわかる。自然とであつた。從來の騷客の云ふ東洋的自然、日本的自然なるレッテルにおだてられない一つの精神の風土の確立にあつたのだ。そしてその風土のなかで、みだりに愛を飾らなかつた氏の愛情が、ガラガラに燒けただれた大阪から、もつとひどい自身の荒廢の心の中から一つのはるかな世界へ、星のやうに輝やいてゐる、凡ての詩集にエスペラントを使つてみるその精神の星は彼我なき文化の共通な精神の探索をなす、誠に高い精神の示す世界性に他ならない。

おれが草つて。
むしろ鑛物よ。

鑛物的モチーフは多い、人間―死―風化―鑛物、この却初よりの基本の線にそふてゆかず鑛物の眼から逆に人間をふりかへる、たいへんな時間の彼方から、そんな時間を信ずることの出來る人間だけが後世に殘る仕事をするだろう、誰でも持つてゐる眼だけでは鑛物の思ひは見えぬであらう。

いろいろな風景を荒しつくした。
美は新しい秩序を索めるが
心理はまだそれに追つつかない。

この素直な生々しい心の決鬪を。何ゆえにいろいろな風景を荒しつくさねばならなかつたかを。概念は秩序を求めてゐるが心理が追つかない――そういふもどかしいたゝかひのあとが見える時、我々の態度はどうあるべきか、たゞ血みどろな古き胸へのたゝかひより他に血路はない。

此の稿を終つた日筆者は〈詩論〉を手にした。詳論出來なかつたことを遺憾に思ふ。

✱時評

不振の一年

岩佐東一郎

今年も詩の世界は不活潑のまゝに暮れて行かうとしてゐる。この混亂さ變動の甚だしい今日、詩にのみ活潑な進展を求めるこさは無理であるかも知れない。しかし無理だから仕方がないと云つて放置してはゐられない切實な不滿を感じさせられる。

詩人同志ですら、「この頃の詩はつまらない。何とかならぬものか」と痛感してゐるのだから、一般の詩愛好者にさつて現在の「詩」や「詩人」に對しての失望感は相當に激しいものがあるだらう。

沈滯した空氣。微温的な一年。誰もが何か新機運の將來を待望したまゝ過ぎ去らうさしてゐるこの一年。この低調な一年の中に、何か新活動の萠芽が育成されてゐるのであらうか。どうもこの樣な樂觀は持つこさが出來ぬのである。

「詩」の不振、「詩人」の不活潑の理由は色々あるであらうが、まづ印刷出版の面から見ても、用紙難、印刷難、經費の昂騰、資金難、購讀力の減退、等々の隘路ばかりが横つてゐる。詩誌で、毎月刊行をつづけ得たものは、いくつも無い。反對に、刊行困難で影を消して行くものは今後も相當に増して行くことと思はれる。一冊の公器的詩誌をも支持し得ぬ微力な現狀は全く寂しい。

雜誌ですらこの樣な狀況だから、まして單行本の詩集 詩論集などの刊行も、まことに寥々たるもので、妙に偏した出版傾向すら感取されたのだつた。舊詩集の再刊やら、舊作品の選詩集やらが大部分を占めて、戰後の新詩集として著眼注視し得る詩集の無かつたことも甚だ物足りぬ氣がする。

一方、各地に詩人グループは作られてゐるけれど、それらを連絡する有機體がないために、各個ばらばらで何の交渉も持たぬ現狀は物足りぬばかりか、お互ひの不幸であらう。

個々の藝術思想行動とは別な、全國の詩人によつて組織維持される、詩人協會または詩人共同組合が何故出來ぬのであらうか。色々な實際面で、詩人の代表的公的團體の創立の必要があるのに、何故みんな無關心なのであらうか。

この集合組織があれば、全國的に詩人グループの充分な連絡も計れるし、各地での詩人の文化運動に對してもお互ひに協力し得るであらうし、更に他の文藝團體との交渉連絡も可能であるばかりか、この組織の力で、將來は、詩人會館やら詩書文庫の設立も成し得るであらう。年に何回かの組合會議で、詩人賞や詩集賞の設定もやれることだらう。まだ、この他にいくらもやるこさはある。それに、講和會議後に當然起る外國詩人團體と交渉連絡などすべてこの組合で行へるようにすればよからう。これは是非實現したいものである。勿論、實現までに起草委員會で充分愼重に制度その他を検討してかからればならないのだ。

不振の一年ではあつたが、各詩誌の編集發行者の涙ぐましい努力は充分推察し得るところである。數頁の詩誌やプリントの詩集を送られると、その苦勞を思ひ、その意慾の激しさに打たれるのである

失はれた「生活」を再建しなくてはならないのだ。「生活」を再建しなくてはならないのだ。「生活」を與へなくてはならないのだ。この不振の一年を、その再建のための土壤たらしめよう。

★時評

明日のために

淺井十三郎

一つの停滞と混亂期をすぎてこの昭和二十二年卽ち敗戰後三年目の日本の詩雜誌は既成新人、カムバックの詩人をそれぞれに擁して一應でそろつたさいう感じをあたえている。然もこの一年を特徴ずけるものは大凡の雜誌が各傾向をとはず同人雜誌的精神を喪失して綜合的詩誌或は公器を標ばうし一つの雜誌が日本の代表的詩誌としての存在を求めつつあつたとも言える。そしてそれらの各誌がそれぞれ新人の紹介に勉めながら各誌に於ける新人の落差と言ふものわ非常なひらきをもつていた。一體これわどうゆうことであろうか。當然さ言えば當然でもあるがその當然ささ言うものわ紹介した側の高さや深さによるものであり方向への認識差によるものさ言つても過言ではない。と考えるならば一應、落ちつきつつあるさ見られたのわ、それわ一種の凝體にしかすぎなく何ら「詩」の上に大きな革命をもたらすほどの新人わ出現しなかつたさも言える。そして各誌が新人、新鋭さして紹介したその紹介の意義すら判然さしていなかつたのである。でなかつたらまづ異見の相違はあるとしても甚しい落差のその質的な相違がハッキリと示されて來た筈だとおもう。

日本の文學の傳統に對する脫走によつてつまり如何に傳統を否定したかさ云ふその上に得られたものが何であるかに深く思いをいたすことなく一つの固定的美意識に據りかかつて新人新人さ騷ぎたてたことは餘りの無定見を示す前半期であつた。新人は又その辭に甘んじ苦節十年の勞を思う努力は夢にも見られなかつた。ただ既成詩人の模倣を見出すばかりでなくそこには時代精神の皮相的見解を一方的に掲げて、現實を逃避することによつて詭辨的まわりくどさをもつて詩の革新を圖ろうさする超現實の影さえ見得だしたのである。かかる反動に對しての是々非々は新人と言われる人々の間にさえ論議が起り進歩的な新詩人の一群がそれらに對して左翼的な立場へ移行して行つたことも見逃すことのできぬ一事實なのである。今日、さやかくさ言われる浪漫派現實派主知派さこの區別をすることの論議はさもかく、封建的日本文學の傳統を如何ように否定し、眞に人間「世界」を文明の名に於いて世界的現實の中からそれを獲得しようさする努力をもたない詩人群は既成新人をとわず如何ようにそれらの旗をかかげようさも人民のあづかりしらないものであることの證左を論議はさもかく作品に於いてそれを示してしまつたのである。色々さ問題になつた虛構の擴大とか私小説の否定或は又、短歌的抒情の否定なども共にこの一線上に關聯して初めてその意義がハッキリして來るものだと思う。不振さ言えば不振であつたとも言えるが又別な立場から考えるならば詩を守るに詩人がこれ位努力した年もないとも言えるし、私は又この半期後こそ日本詩運動の再出發を意味する年であつたとも思う。

一つの混亂から傾向的に、集團化しつつある詩人達の動きをみるなら、その萌芽は各所にみられた。例えば詩と社會性の問題、文學と政治の限界戰犯追放の問題等々が再論議されつつあつた云うことなどもその問題の在り場を示す一例であり、そして又中央と云う幽靈を誰しも信じなくなり（そんなものをまだ肩にくつけている詩人連中もたくさんいるが）詩が地方民衆の中に滲透しつつあると言うことなども共に詩に新しい地盤を示すものであろうと思う。詩人自らの自己革命と各傾向各派の獨立とその理論的追究の强化や同人雜誌精神の復興なくして近代とゆう批評精神による現代日本詩の將來への道はてまどるばかりだ。

――遺稿詩集――

失脚

千田光

これは、詩誌「時間」に發表された千田光の作品である。詩誌「時間」は私の主宰した約三十頁ほどの雜誌であつたが、丸山薫、三好達治、千田光、三谷三郎、兒玉實用、秋山晴夫、小生などを同人としてゐた。「新散文詩運動」の機關誌のごとき觀を呈してゐた。昭和初頭のことである。千田光は、この雜誌に約十篇ほどの、このやうな異色ある作品を發表して夭折した。二十四、五才であつたと思ふ。この詩人は小さいながらも天才と云つてもよいだろう。當時、私が依囑され編輯してゐた「映畫往來」といふ映畫評論の雜誌の助手として彼は現はれたが、色の淺黑い金屬のやうなキツカリした輪廓の顏の小男であつた。詩を書いてゐるが見てほしいと云ふので見たところ、作風の特異感覺なのに一驚した。早速、「時間」の同人にして作品を發表させた。三好達治や梶井基次郎等に認められてゐたが、詩壇で問題となることもなく、逝つてしまつた。私は千田光の作品を愛惜して、其の後「麵麭」に作品を特輯したり、私の編纂した詩集「培養土」に收錄したりしたが、恐らく彼の作品を知つてゐる者は殆どゐないであらう。夭折するだけあつて、彼の作品には病的なところがある。底氣味がわるい。單に感覺が異常であるばかりではない。いつも底知れぬ虛無の深淵をのぞかせるのである。しかし、その表現は、讀まれた者はわかるやうに數字のやうな正確さを持つてゐる。まるで八面鏡の中に立たされたやうな眩暈を感ぜしめる不思議な力はその拔き差しならぬ適確な表現技術からきてゐるのに違ひない。いつのまにか彼獨自の世界へ引き廻はされ、ぽんと抛り出されて、現實の周圍があまりにも尋常なのでかへつて奇異の感を抱かせさするのである。（北川冬彦）

失脚

私は、私の想像を二乗したやうな深い溝渠の淵に立つて居た。溝渠の上には、溝渠から噴きあがつたやうな雲が夕燒を映して蟠つてゐた。

不意に人のけはひがしたので雲から目を落すと、そこに一人の少年が私の同じやうな姿勢で、雲から目を落して私を發見《みつけ》した。彼は自分の油斷を狙はれて了つたかのやうに溝渠の半圓へ遠ざかりはじめた。それは宛然、鏡面から遠ざかる私自身ででもあるかのやうに、少年の一擧一動は私のいらだたしいままに動いた。一體この溝渠の底に何があるのか、私は知らない。次の瞬間、少年は四つん這ひになると溝渠の周圍をぐるぐる廻りはじめた。ぐるぐる廻つてゐるうちに、いつか得體の知れない數人の男が加つた。然し溝渠の底は依然として暗く何物もみとめられなかつた。

突然、それら數人の男が一齊に顏を上げた。驚いたことには、それが各々みんな時代のついた、私の顏ばかりであつた。私の顏はなんともいへない不愉快な犬のやうに、私の命令を求めてゐた。氣がついて見ると、その顏顏の間で私は四つん這ひになつて、駄馬のやうに興奮しながら、なんにもない溝渠の周圍をぐるぐる這ひ廻つてゐた。

失脚

私は運河の底を歩いてゐた。この未成の運河の先きには必ず人間の仕事がある。私はただその目的に急いでゐる。

太陽は流れて了つた。それからどの位ひ歩いたか判らない。運河の兩壁は次第に冷却しはじめた。

地上は未だ明るいらしい。時たま猛烈な砂塵が雲を崩して飛び去つた。私は突然この水の無い運河の底で恐怖の飛躍を感じた。私は用意を失つてゐる。私はもう駄目だ。私の行手僅かの地點で歡喜の聲が震動してゐるのだ。私はたゞ走ることによつて慰ぐさめるより仕方がない。私の背後には大海の水が磊落と迫つてゐるに違ひない。私は走つた。走つてゐるうちに、最早や動かすべからざる絶望が墜ちて來た。逃げる私の前方に當つて又も海水の響きは迫つたのだ。私はもの淋しい悲鳴を起しながら昏倒した。海水が私の頭上で衝突するのを聽きながら。

足

私の兩肩には不可解な水死人の柩が、大盤石とのしかかつてゐる。柩から滴たる水は私の全身で汗にかはり、汗は全身をきりきり締めつける。火のないランプのやうな町のはづれだ。水死人の柩には私の外に、數人の亡者のやうな男が、取卷き或は擔ぎ又は足を搦めてぶらさがり、何かボソボソと呟き合つては嬉しげにからから笑ひを散らした。それから祭のやうな騷ぎがその間に勃つた、柩の重量が急激に私の一端にかかつて來た。私は危く身を建て直すと力いつぱい足を張つた。その時圖らずも私は私の足が空間に浮きあがるのを覺えた。それと同時に私の水理のやうな秩序は失はれた、私は確かに前進してゐる。しかるに私の足は後退してゐるに拘らず私の位置は失張り前進してゐるのだ。私はこの奇怪な行動をいかに撃破すればいいか、私が突然水死人の柩を投げ出すと、墮力が死のやうな苦惱と共に私を轉倒せしめた。起きあがると私は一散に逃げはじめた。その時頭上で燃えあがる雲が再び私を轉倒せしめた。

善戰

敵だ。敵がゐる。私にさう遠くない所だ。敵の正體には根がない。ただもやもや浮動し屯してゐるばかり、一度たりと私に攻勢を執つたことはないのだ。が然し、少くとも私に眼を着けてゐるといふことは否めない事實なのだ。いはんや敵は不思議な自信の中に私を銜へて放さないかのやうな威嚇を示してゐるのだ。そこで私は密に物物しい武裝に取掛つたが、武裝意識が私よりも敵の大きさを強からしめた。それが私を過らした最初だつた。果せる哉敵は常に意識の上に攻め込んで來た。次いで早くも敵の觸手は私の頭上を掠めた。

追撃——追撃は極つた。茫然たる眼前には暗い泥海が盛りあがつてゐた。と思つた時は既に遲く私の胴體はその泥海の上を風のまにまに流れ。私の背後にうねつた夜明の方へ少しづつ動きはじめた。それから夢のやうな苦しみが肉體を刺しだした。私の全身は泥の中へめり込んでゆく。私の周圍の泥の上には草が生えくんぐん伸びる。火のやうな太陽がカッカッと昇る。全身の下降が止つた。すると泥海はみりみり音をたてながら太陽の下で凹つて行くのだ。その時だ。かの怖るべき敵は、大敵は私の無視の下に消失して了つたのだ。續いてその時。一大亀裂が私を再び地上へ投げあげたのだ。

肉薄

沛然たる豪雨の一端が傷口のやうな仕關を掘り返して行つた。さうしてとりとめのない雲が二三と、太陽は壁の中へ墜ちかかつてゐた。

突如、颱風だ、怒號だ、かくて群集は建築場の板塀に殺到した。

林檎の眞中から腐つた人間の足が硬直し、逆さに露出してゐるのだ。

群集に蝟集する群集。原野の炎は群集の眼に擴大した。彼等に驚くべき沈黙が傳はるや彼等は死體を痛快なる場所へ持込んで行かうといふのだ。痛快なる場所へ！

ボオドレエルの精神病理 (一)

松井好夫

(1) 精神的傾向

(A) 性格

(1)

十九世紀最大の詩人、ロマン主義の最後の人、サムボリズムの父祖と仰がるゝこの天才の生涯も、その外面は案外平凡で何等特異な點は認められないのである。

されど、一度び「惡の華」の詩人として深く觀察するとき、その外面生活が現はれて來る。ユゴオの所謂「新らしき戰慄」を覺えしむところ複雜極りなき内面生活が展開されるのである。

辰野氏も云はるる如く、ボオドレエルの一生は外部から觀て寧ろ平板單調であるにも不拘、内部から考察する時始めて近代的悲劇となつて我らの心を打つのである。

(II)

精神感覺的比例

(a) 微細感と過敏性

ボオドレエルは少年時代から甚だ多感で神經が鋭かつた。彼の母が再婚してからは、少年にも似合はしからぬ嫉妬の念さへ交へて母を憾んだ（精神分析學派のエディプス複合）それ故、友人に向つて「俺のやうな子供をもつて再婚するのが間違ひなんだ」と云つてゐる。斯く鋭敏纎細な感受性を持てる彼の魂にとつては、この世の倦怠と單調は如何に痛切に强調されて感ぜられたことであらう。

餘りにも神經が過敏なるため、不斷に現實の世界及現在から傷つけられると云ふ不安にかりたてられてゐたのである。その結果彼は惱まされることのない環境を求め、現實を離れた內的の夢想及希望の中に室咲きの花を咲かせようとするのであつた。かくて、時の忘却、自己忘却のために人工樂園を創造し、毒物に醉ひ痴れ、苦惱の彼は遂に「この世の外ならばどこへでも」とさへ叫ぶに至つたのである。

(b) 感覺過敏

彼は感覺過敏で。常に自己解剖（自己の魂の分析）と比較を行つた。見る我と見らるゝ我との對立は、享樂し苦惱する彼の傍に、それを觀察し批判する彼を立たしめたのである。＜惡の華＞に＜我は創にして且刀、打つ掌にして且打たるる頰、四肢にして且拷問車、死刑囚にして且死刑吏＞と歌つたのがそれだ。從つて斯る感覺過敏は、藝術上特殊なる美を描き出すのである。

(一) 嗅覺（匂ひの感覺）

彼の嗅覺の鋭敏さは＜惡の華＞や＜散文詩＞が雄辯に物語る。まこと惡の華の＜髮＞や＜異國情調の薫り＞、散文詩の＜髮に宿る他の世界＞の如きは素晴らしい匂ひの酒場であり匂ひの交響樂である。そもそもボオドレエル以前に於て誰れが斯くも豐かに匂ひの感情を表現し得たらうか。

(二) 視　覽

彼の視覺の發達も亦顯者であつた。之彼が十九世紀最大の美術批評家たる所以である。特にボオドレエルの色彩感覺の鋭敏さは、「惡の華」のジャンヌ・デュヴァル篇や巴里情景に著しい。

(三) 聽　覺

彼は音樂の愛好者で、聽覺型の詩人である。それ故＜惡の華＞を繙くものは、その詩篇の行間で奏でらるる妙なる樂の音を聞くであらう。

(四) 更にボオドレエルは觸覺　味覺等に於ても亦極めて

鋭い感覺を持つてゐた。＜惡の華＞で＜暖かき秋の夕＞、＜汝がぬくもれる胸の匂ひ＞＜味よき果物＞等の詩句が之を立證してゐる。

(五) 共感覺（感覺聯合）

ボオドレエルの病的に鋭敏纖細なる魂は、遂に聽覺、視覺、嗅覺の共感を呼び起す。その詩「交感」に「響と色と物の音と、かがみに答ふ」とあるのがそれだ。

C ——ボオドレエルは神經質で、内氣で、興奮性で、皮肉で、無諧謔であつた。彼は「赤裸々の心」95に「まだ極めて幼なかつた。僕は生の恐怖と恍惚との二つの相反する感情を抱いてゐた。神經質な怠け者にはありさうなことだ」と云つてゐる。

彼は又「内氣なものにとつては、芝居の入口さへどうやら閻魔の廳のやうな氣がする」と覺書8に書き、親友ナダールの言葉に「彼が遊び場へ足を踏み入れた時、女達は一樣にボオドルエルの控目なおどおどした態度にあきれかへつてゐた。さてこれから女と二人だけで禁制の室へ入るといふ段取りになると、彼だけは仲間からさつさと逃げ出した」と云ふのがある。

彼は興奮性のたちで、錯亂狀態に落ち入る前には色々と刺戟的な行動をやつた。例へば硝子の破れる音に快感を覺ゆるため二階から通りの店の硝子窓に植木鉢を投げつけたことなどある。（散文詩、けしからぬ硝子屋參照）

ボオドレエルの皮肉も亦有名である。實際考へやうによつては、「覺書」及「赤裸々の心」は殆んど皮肉で埋まつてゐるやうだ。例へば、覺書5にこんなのがある。

〈一人の男が病床に就いたさすると、彼の友人の殆んどすべては、心ひそかにこの男の死ぬのを樂しみに待つてゐる。或る者はその男が自分より健康が弱かつたことを證據立てるため、また他のものはその男の斷末魔を研究する爲〉

彼は無諧謔の態度をとる。それ故笑ひをひどく忌む。即ち笑ひは惡の現れであり、無智や冷酷や傲慢のしるしであるさなす。哲人は笑はない、笑ふことを恐れると云つてゐる。

(四)

社會的適應性

(一) 孤　獨

ボオドレエルは既に少年の頃から環境に順應出來ない性癖を有してゐた。彼の中學時代の言葉に、〈一八三〇年以後、リヨンの中學教師さも校友さも喧嘩擲り合ひ、沈痛なメランコリイ〉さ云ふのがある。又〈孤獨感は子供の時分からである。家庭にあつても、友達の間では特に孤獨、永遠に孤獨なる運命を擔ふ心持〉さ述べてゐる。彼は孤獨を求める。彼自らも天才は孤獨であると云つてゐる。

(二) 非 社 交 性

彼は往々憎惡で、皮肉で、好んで逆說的な言辭を弄する習癖が著しかつた、ボオドレエルの青春時代は、ロマン的ポエームで風彩態度の特異性、主張や言語に於ても故意に社會さ乖離せることであつた。それ故、ル・コント・ド・リイルは云ふ。〈强いて凄みある嘲笑的な態度、好んで怪異を求めんがために腦漿を攪き亂す〉と。俗人の因襲に對しても挑戰的で絕えず大衆を驚かせ、憤らしむる意圖があつた。彼は常に卑俗なる民衆を蔑み惜んでひとり象牙の塔に立てこもる。而も孤立して孤高の精神的貴族ならんさする。彼自らも〈ダンディは民衆を嘲弄する以外に彼等さ話すことはない。〉さ公言してゐる。

斯る態度は、その會話などにも現はれて、戯畫的、術奇的となるのである。從つて、彼の言葉には花文字やイタリックが感ぜられ、その服裝にしてもすこぶる特異な意匠がこらされるのであつた。かくて、彼は常に一般人とある距離を保たんとし、周圍の俗人共に對する烈しい侮蔑感を表白し、自分をそれらさ異つたものさ思はせようとする要求を持つてゐたのである。

(三) 對　女　性

ボオドレエルの女に對する感情は、溫い自然的な愛情ではなく、消魂的惑溺か爲酸なる冷淡であるゝ美しき女を求めるのではなく、〈絕對なる女〉を要求するのである。娼女か賢女かであつて、その中間には何物もあり得ない。マドンナのやうな理想美に輝く頭さ、サディスムにまで荒び果てた幻想とが、この同じ人間の魂を狂めき流れるのである。要するに、ジヤンヌかサバチエかである。

(四) 對　宗　教

ボオドレエルは神さ語り、又法皇を夢みる少年であつた。〈子供の頃からの僕の神秘に對する傾向、神さ僕さの對話〉（赤裸々の心

104）又＜地上に宗敎程興味あるものは何物もない。＞（赤裸々の心79）と云つてゐる。

斯くの如く、彼はカトリックとして生れ、且つ死んだ。篤心な母により、搖籃のうちから信仰の道を開かれたのである。ボアザは云ふ。＜十九世紀に於て、ボオドレエルのやうに精神的詩人で同時にカトリック信者である人間は他に一人もなかつた。＞と。

（Ⅲ）

精神的テムポ

ボオドレエルは「少年の頃から自分の內部には生の恐怖と生の法悦との相矛盾する二つの感情が存在してゐた」と手記に書いた。又彼の女性に對する態度は、之を靈的な存在として耽溺的に崇拜するか或にそれを賤しき動物として仇敵のごとく憎むかである。更に彼の感情は、夢幻の世界に恍惚としてゐるか、將倦怠、悒鬱に沈湎してゐるかである。

斯くの如く、ボオドレエルの精神的テムポ飛躍的であり、極から極へと飛び越える。その曲線は鋸齒狀を示す。而して情緒の平衡狀態を持たないのである。

（Ⅴ）

以上の所見を總括すれば次の如くである。

(1)ボオドレエルはその生涯に於て、外面平凡なるにも不拘、內面的には實に複雜極りなき、さんらんたる生活を有する。

(2)その精神感覺的比例は無諧調、內氣、神經質、興奮性、皮肉な過敏性等の性格的特徵を示す。

(3)彼は孤獨、非社交的であつて、環境に順應せず、社會的不適合である。

(4)精神的テムポは飛躍的で、その曲線は鋸齒狀を呈する。

扨、此等の諸點は、性格學的にクレッチュメルの所謂乖離病性氣質（シツオイド）に一致するものである。尙茲に注意すべきは、ボオドレエルを以て精神病なりと斷ずるものがあるけれども、彼は決して精神病者ではない。單に性格異常者であるに過ぎないのである

(B) 愛慾

1

ボオレエルの女に對する感情は、溫い自然的な愛情ではなく、消魂的惑溺か皎潔なる冷淡である。美しき少女を求むるのである。聖女か賣女かであつて、その中間には何物もあり得ないのである。マドンナのやうな理想美に輝く顏とサデイスムスにまで荒び果てた幻想とが、この同じ人間の魂の中をくるめき流れるのである。

かゝる愛慾の形式は、性格學的にシツオイド氣質者のそれであり屢々精神異常者に見らるるところのものである。茲に自分は、ボオドレエルの對象となれる女達を一瞥し、併せてその戀愛を通じて彼の性格の一端を窺ひたいと思ふ。

2

ボオドレエルの女性に關する最初の經驗は、十九歳の頃とされてゐる。それより順次以下述べるが如き人物が登場して來るのである

（Ⅰ）赤茶色の髪の乞食娘

これは、ギタアを彈き、唄を歌つて羅典區をさすらふてゐた乞食娘である。この女は詩人や美術家に知己が多かつたと云はれてゐる。ボオドレエルは彼女の爲に、

赤い髪毛の色白な娘よ
おまへの衣のほころびより
貧しさと美しさとのほのみゆる

と歌つた。

（Ⅱ）サ　ラ　ア

「惡の華」に「屍の傍に横はる屍の如く、己れは或晩猶太醜女と共に寢た」と歌はれた女、これがサラアである。この女は容貌の極めて醜怪な猶太種の女乞食である。

（Ⅲ）ジャンヌ・デュヴアル

ボオドレエルが始めてジャンヌを知つたのは、一八四二年で、彼が南海の旅から巴里に歸つた年である。これは、混血の女で、名もないオペラ女優に過ぎなかつた。感情の荒んだ、アンニユイに惱む蓮葉な、あつかましい、冷やかな謎の眼付をした、征服的なる、意志の强い、惡性の、病的な○氣や無頓着に惡意を雜へた猫のやうな風貌をした女である。

かゝる容姿が、實にボオドレエルの求める「美を形成する愛すべき風情」なのである。

玆に注意すべきは、ボオドレエルは女それ自身よりも、より多く女の姿態に對して大なる關心と熱情を持つてゐたことである。彼は覺書17に女の姿態に就て、

――人を魅了し、且美をかたちづくる姿態に次の如きものがある。すれつからしな姿態、屈託げな姿態、廣薄げな姿態、不貞くされた姿態、冷たげな姿態、内にものを見つめるらしい姿態、横柄な姿態意地惡るげな姿態、病氣らしい姿態、子供らしさと、そして幾らか狡猾げなところのまぢつた猫のやうな姿態 ― と云つてゐる。

これは恐らくジャンの風情でもあらうが、斯樣な言葉からするもボオドレエルのジャンヌに對する愛は決して淳良な乙女の床しく、穩やかに强い愛ではなく、寧ろ怖るべく、慨かはしく、恥づべき愛で、娼婦等の病的な愛なのである。だから彼は「惡の華」の中で、ジャンヌを屢々不純なる女、罪の女王、賤しき動物、吸血鬼等と呼んでゐる。實際ジャンヌ又は何等の才能も、美も、機智も、溫情もない取るに足らぬ女であつたばかりでなく、終生ボオドレエルを惱まし續けた廢頽無智の女である。

而もボオドレエルに彼の特異なる感性の鋭さから、この女に素晴

らしい美を發見してゐるのだ。彼にとつて、ジヤンヌは驚くべき詩の源泉なのである。

（Ⅲ）マダム・マリイ

ジヤンヌからサバチエに移る過度期に現はれた女、秋のやうに澄んだ青い眼の女である。ボオドレエルのマリイへの思慕は全くプラドニークであつた。彼は歌ふ。

あゝ君が膝にわが額を押し當てて
暑くして白き夏の晉を嘆き
軟くして黄ろき晩秋の光を味はしめよ

マリイに與へた手紙に、「我が天使、我がミユウズ、我がマドンとなりて我を美の道に導き給へ」と云ふのがある。

（Ⅴ）サバチエ夫人

彼女は猶太系の一銀行家の妾で、社交的才能に富み、稀れに見る美貌の持主であつた。それに多少の教養があつたので、當時知名の文人や美術家に愛されて、彼女のサロンは常に多くの藝術家達で賑はつた。ユゴオ、ミユツセ、フロオベル、ゴオチエ等はそこの常連だつた。

ボオドレエルが始めてサバチエ夫人を知つたのは、オテル・ピモダン時代、一八五二年である。彼女に對するボオドレエルの愛は、徹頭徹尾精神的で彼はサバチエ夫人を天使或はマドンナとして讃美したのである。

讃歎と題する小曲には次の如き一節がある。

最愛にして最美のもの
わが心を光明もて充たす御身よ
天使よ不死の偶像よ
不滅の祝詞を奉る

然るに、かく靈的なる存在として崇拝してゐたところのサバチエ夫人が一度び彼に總てを許さんとするや、彼の憧憬れの天使はたちまち一個の娼婦と化したのである。それ故、ボオドレエルは彼女に向つて云つてゐる。

「おまへは幾日か前には神だつた。あんなにも優しく、美しく、犯すべからざるものだつた。今やおまへは女なのだ」と。

3

斯くの如く、ボオドレエルの好める女は、赤茶色の乞食、サラア、ジヤンヌ、デユヴアル等の如き賣女か、或はマリイ、サバチエ等の如く天使として崇拝する靈的な女かのいづれかである。その中間に位する凡々たる女性は、彼のとらざるところである。

まことに、ボオル、ブルジエも云ふ如く、ボオドレエルのうちには、神秘家と享樂兒が共棲してゐるのだ。茲に彼の變質的なる、複雜極りなき戀愛の悲劇が生れるのである。

（以下次號）

ROLEROの町

右原 厖

その夜　星は落䰟れて　掏摸の眼のやうに澄んでゐた
その夜　星は落䰟れて　掏摸の眼のやうに澄んでゐた

　　こんな
淺夜の

軒並に、誰もゐない。
開け放した座敷の壁や家具に
電燈が一様にむせかへつて
表通りの果物屋も留守。三面、鏡をすゑた理髪店も留守。
登記所の官舎も留守。
ガレーヂはがらんどうで、石油罐を積んだ正面の柱時計はとまつてゐる。木彫の鳩が一匹、羽根をひろげて、晝の時間でからくりのとまつてゐるその古風な文字盤を覗いてゐた。
三號踏切に立つと國境近いこの町は一葉の銅版畫だ。
町の西南。水涸れた砂河に臨んで大きくされかうべのやうに光芒を放つ映畫館。その人いきれで一番蒸し暑い場所へ、みんな、殘らず追ひ込まれてゐると云つたかたちだ。
人つこゐない、まるで氷河の
奇妙な時間。ふりかへると
靜かな夏夜の町の路上一面、てつさら光る影蝙蝠が頻りに翔び交ふてゐた。

詩壇月旦

※

『現代詩』第十三集の新人作品特輯號（十三人）、『ルネサンス』七・八・九合併號の新鋭詩人集、全國詩誌コンクウル作品（二十六人）『BUOY』の第四輯新鋭詩人集（三十三人）に集つた新人が、どうやら、或る意味で、現代日本の詩同人雜誌の新詩人としてのホープであるらしい。もつとも、かかる（新人扱ひを）企畫を心よからずとして、全然參詣しないき骨のある新人詩人達と、（その實、さうした行動を見せて、ひそかに有名になりたい）あまり詩壇づきあひをしない新人詩誌の同人とをのぞいては、既成詩人の十目十指が、或る程度ここに行くではないかと思ふと、ここの三誌に登場した連中は（三誌にかならず詩を掲載してゐる詩人は、ある意味で、新進として、もうレッテルをはらした人ではないか）現在並に未來を期待されてゐる詩人である。期待にそむかないで生長して、次期の詩壇のよりよき展開に活動してほしいと思ふ。（A・S）

※

詩人でもないくせに、いかにも詩人面して詩人はあまく取り扱つてゐた男が馬脚をあらわした。外でもない京都は『詩風土』の編輯者、發行人、そして臼井書房とやらの主人、臼井喜之介である。もつとも、彼のカラクリ性のあるインチキさを見破ることも出來ず、彼がおだてるがままに、その手にのつて、彼のおもふ壺にはまつた日本抒情詩派の詩人諸君にも、今これらの人々が、彼臼井書房刊行にかかる著書の印税不拂で、大いにふんがいしてゐるさうだが、先見のめいなくして、今更彼の不實をなじつたつて薄情な舍田女郎のやうな臼井とも思はないですましてゐる。どん欲なつぼまなこをしばたき赤い舌を出し、商賣は商賢と、うそぶきながら、かきあつめたれいさいな利益金を、京都山科産の竹筒の中に、落しこんではゑつに入つてゐることであらう。彼が廣告して、四十圓、五十圓と讀者から（通信販賣的に）まきあげる詩集が實になんと、おそまつな裝幀であり、造本であるか。あの裝幀本を見ると、著者ならぬ、われわれ第三者までがりつ然とするれ。お氣の毒な著者よ。あまい抒情詩人よ。（R・B・T）

※

中村眞一郎・加藤周一・窪田啓作・中西哲吉・白井健三郎・山崎剛太郎・福永武彦氏等のマチネ・ポエティック運動（詩人八年號掲載）これは、現代詩を脚韻を踏んだ韻文詩に構成しようといふのにあるらしい。

これは昭和十七年に大學を出た（前記の人々）ばかりの二十代に屬する世代が、戰爭の時代のなかで、文學とは何かといふ宿命的な命題を研究するために月に一度づつ集會を開いて、朗讀それ自體よりりも、相互の鋭い批評による勉强が第一の目的であつたと云ふ。これ等の運動が、現代詩の未來に、どう影響するかは、未知のものだが、これまでの作品を見ると、たいしてプラスするものとは考へられない。なんとなれば、脚韻が、韻として、少しも、詩を美しくも、してゐないしひびきとしても何等の效果が見えてゐない。試作時代だから、どうとも云へないが、現在の日本の言葉では、どう發展してもと思はざるを得ない。然し、せつかくだから、これらの熱心なる詩人等に依り、マチネ・ポエテイツクの將來に期待してみよう。現在の詩は、次の通り。

（全部十四行詩）

火の島　福永武彦

ただひとりの少女に

死の馬車のゆらぎ行く日はめぐる
旅のはて　いにしへの美に通ひ
花の香料さ夜とは眠る
不可思議な遠い風土の憩ひ

漆黑の森は無窮をとざし
夢をこえ樹樹はみどりを歌ふ
約束を染る微笑の日射
この生の長いわだちを涉ふ

明星のしるす時劫を離れ
忘却の灰よしづかにくだれ
いくたびの夏のこよみの上に

火の島に燃える夕べは翳り
あこがれの幸をささやく小島
暮れのころ空に羽むれるまでに

四、四、三、三行十四行のソネットに、火の島の象徴をもるに、どこかきゆうくつなところはないか。無理はないか。脚韻ために、言葉を殺し、言葉を拾ふの無駄とおろわしさはないか。いや脚韻とうせいに依るひびきの美しさが、どの程度まびに効果をあげてゐるか。朗讀しても見た。特に女性の聲でも朗讀さしたが、韻に依る効果と、詩が象徴するところの內在美とが一致して、感ぜられないところに、まだ研究の餘地があるのではないか。一度佐藤一英氏の頭韻詩とも比較研究もして見たいと思ふ。かうした研究に依つて、日本の詩が美しく生長すればこれにこしたことはないから。次の脚韻を踏める英詩を一篇揭示して見る（杉浦伊作）

The Ibin

When father taKes his Spade
to dig,
Then Robin Comes along;
He sits udon a little twig
Anp sitgs a little Song.
Or, if the trees are rather far,
He does not stay alone,
But Comes up close to where
we are
And bobs upon a stone.

※

歌壇や俳壇の運命論を云々すると、その宿命的なものは定型の問題である。そこに進歩を生まんとすればその型を破ることにあると云はれている。このような問題から詩壇を眺めると面白い傾向を發見する。私は昨年ある雜誌に發表され伊吹武彦の定型を取扱つた批評を讀んだことを思いだす。思いだした動機と云ふのは、さいきん中村愼一郎の定型詩の問題にふれたからである。だがそこに私のもう一つの疑問があつた。それは伊吹中村の同意見のようにみえる理論が、伊吹はまさしく進步を叫び、中村は觀念的な進步論からあまりにも後進を身に付けているからだ。伊吹は中原中也から逹歩の一方向を示し、中村はその反對に中原中也、あるいは立原道造のソネット型にはまり込むところに、わが物顔に成つた後歩があるのだ。そこには中村の自己の個性を失つてまでの後進的な普變性があることを發見するであろう。それは中村がある雜誌に發表された小說「妖婆」を讀んでも解るように。その評論的小說と云ふか、非現實的さにあらず、後進性があるばかりだ。既成詩人によつてうけていた既念が、私たちをどの方向に進步させるであろうか。それは各自がもつ努力にある。努力の中には個性がある。伊吹の理論に同意できるといふことを一寸

〃K〃

エスキイス

ペイソオスについて　小林善雄
何をなすべきか　黑木清次
新散文詩の詩集『あやめ物語』に觸れて　羽田敏明

ペイソオスについて

小林善雄

純粋詩（九月號）で三好豊一郎氏が「時代と詩人」といふエッセイのなかで、僕の詩と北園克衛氏の詩について述べてゐる。

〈社會的意識を示してはゐるが、傍觀的態度だ〉といふのである。この意味を前後から推察すると多分、僕がかれがれ考へてゐたやうに、テーマがまだ露出してゐる、それを裏づける肉体や色彩が稀薄だといふ意味らしい。とすると僕の場合、甚だカンガンの至りである。

ただ〈冷靜さは結構であるが、一番大切なペソオスを失くした〉といふことは少々頷けない。

テーマの露出（現文傍觀的）はペソオスの不足からくるとはかぎらない。またポエジイの價値は、ペソオスだけにかかつてゐるのでもない。われわれはまず、詩をペソオスだけで書かないことから出發したやうなもので、主觀的なペオソスだけで書く詩の無意味さは、退屈な私小說同様、あきるほどみてきた。これまで〈ポエジイとしての感動〉と〈個人的な感動〉とを區別して、この二つのものを、機能的に全くちがつた世界として扱つてきたが、個人的な感動もポエジイの感動の從屬的な要素とみなすやうになつた。しかしどちらが大切だといへば、ポエジイとしての感動である。どんな素晴らしい個人的な感動でも、詩としてなんの感動も示さないなら意義がない。

自分の感動を激しく表現すれば、詩としても素晴らしい感動になるとしたら問題は簡單だ。だから「傍觀的な態度」が少しもなく、ただ現實のなかでの叫びにすぎなくなると、やづぱりつまらない。

もつとも、アポロ的かシイオニソス的か、形態的であるか、色彩的であるかによりて、〈ポエジイとしての感動〉と〈個人としての感動〉の距離もちがつてくるし、ボードレエルからヴアレリイへのひらきもあるわけだ。

詩のスタンザが、その部分だけで、一

つのポエジイを形成しなければならないことは、いふまでもないことではあるが、起承轉結のあるコンストラクションの、まんなかだけ例にとられたのは恐縮である。

ついでだから書くか、春山行夫氏の〈詩の社會性より、詩の藝術から出發する〉といふ意見を、〈特殊な狀態に安眠する態度〉といつてゐるのは、少しォカシイと思ふ。あれは〈詩とは何ぞや〉といふプリミチブな質問に對する場合の詩人の心構へをいつたもので「詩の社會性といふ問題を論じてゐたのではない。それから同氏がここでもホルマリストにされてゐるのが、あまりかけ離れてゐて妙である。（二二、九）

何をなすべきか

——日本に歸つて——

黑木清次

日本に歸つてから、わたしは、故國えの愛や、中國えの鄉愁ばかりで詩を書いてきた。七年間中國に住んでいたことが自國に新たな愛を、他國に信と誠をおく悲願の切なさを訴えつづけてきたようだ。

このようなわたしの境地から言えば、日本の詩壇（この言葉には疑問があるがかりに用ひることにする）に手をあげてにぎやかに自らとびこんで行くだけの肌合を、いまわたしは持ちあわせていないかも知れない。

故國の敗戰から二年近くを經た今日・日本の詩壇にもかなり多くの詩誌が生れそれぞれ詩人たちが、處を得て作品を發表している。一應この眺めは、戰前のひところのすがたにも似通つたにぎやかさを感じないこともない。そしてまた、これから詩を書こうとしている若い人たちが非常に多いことも見逃せない。しかし總體的に言つて、今日の日本の詩は、その自己俗化に陥ちて行く危險、必ずしもなしとしない。これは若い人たちばかりを指すのでなく既に今日まで詩人としての誇の中に生きてきた者の中にも指摘することが出來る。わたしは日本の詩の自己俗化と先に言つたが、しかし正しくは詩人の自己俗化と言うべきで、つまるところ、詩人としての個性の確立と、眞實性の把握による詩精神の、執拗な、そして適確な樹立がなされずに、安易に詩が書かれていることにあると思う。

勿論わたしは、幾人かの信賴すべき詩人を見出すこともやぶさかでないが、それはしばらくおき、とにかく前述のような事實を、詩人の一人一人が、我が胸底でしづかに反省してみるとき、詩を書くことのきびしさの喪失　眞に獨りに徹することの喪失——を發見する者は少くないであろうと思う。多くの詩がつれにその一歩手前で生れていることは大いに戒めらるべきことである。

わたしの言うことは決して耳新しいことではない。しかしこの自己省察は、たえずくり返えされなければならない。詩人が　その高邁な詩精神に一つ一つ年輪をつける度に、この自己省察を鋭いメスとして我が詩人たることの自負の上に、冷酷にふるわなくてはならない。でなければ、年の功と閲歷のみが、象皮のように、詩精神の外側を、ぶあつく取りまいて行くであろう。

新散文詩の詩集
『あやめ物語』に觸れて

羽田敏明

『若草』の『耀春』號（昭和二十二年第二輯）に北川冬彦氏の「詩論」が掲載されてある。その中の一章に「現代詩の形式」として、新散文詩の方向を示してゐる一文に『現に敗戰後、すぐれた詩作としてあらはれてゐる「あやめ物語」（杉浦伊作）、「龍」（祝算之介）、「梨花譚」（安彦敦雄）、これ等はこの散文形式によつてゐるのである。』と、散文詩の形式でかかれてゐる詩集や詩節を推せうしてゐる。祝算之介氏の詩集「龍」安彦敦雄氏の「梨花譚」ものの詩篇には、ここでは觸れないとして、杉浦伊作氏の詩集「あやめ物語」をとりあげて、いささか批評して見る。

實の處、杉浦伊作及祝算之介其の他、現詩壇に於て多くの散文形式に於て詩作する人々の作品に對する批評を總合して見るに、毀譽相半するものがあるのではないか。この毀譽相半するところのものあるこそ、現詩壇に於て問題の中心にあるものの證明になるのではないか。終戰後非常に多くの詩集が刊行された。既成詩人と新人の詩集が、これも相半するものがある。新人に氣力なく、既成詩人のマンネンリズムの詩の在り方の中にあつて、杉浦伊作氏が、冒險的に一つの詩作上の行動を示したのは、現無風狀態な詩壇に一つの投石として、注目に値するものである。

傳統的な詩精神で以て獨創性のない、イーヂーな詩作の上に、過去のいささかの虛名を保つために、懸命にしがみついてゐる既成詩人の裡に、いささかでも、大膽に、構想の上に、そして世界觀の上に、新しいものを發見しようとするアバンギャルト詩人として杉浦伊作をとりあげるのも、あながち無駄ではあるまい。

彼が終戰と同時に、彼の過去の詩型を脫ぎ捨て、新しくよそほふ散文詩形式は決して、彼（彼等）の創意ではなく、是れは、昭和四、五年頃すでに、新散文詩運動として、展回された運動の起伏の、一つの凸起であるが、その詩精神には、特殊なものがある。その頃の新散文詩運動に參加した詩人は、丸山薫、三好達治笹澤美明、春山行夫、安西冬衞、近藤東竹中郁、菱山修三、北川冬彥等がある。この中、今でも繼續して、この散文詩の形式を執つてゐるのは、菱山修三一人である。その頃、杉浦伊作氏がどう云ふ詩を書いてゐたか、わたしたちの若い者には知る由もないが、この運動に參劃してゐなかつたの事實であるとすると、その系統に依つてゐて、又散文詩の形式に戻つたのでなくて、これらの運動が、地下潜行したが、杉浦伊作等に依つて、新しく又地上に現はしたのである。菱山修三が依然として散文詩を描いてゐる。その在り方に就いては、詩精神の强い表現のためといふよりは、肉體のヴォリームの問題であると思ふが、杉浦伊作氏の場合は、もつと意識的なものではないか。詩の解放に根强く發展を展回する爲の行動ではないかと思ふ。たゞ單なる抒情詩の世界に沈りんすることなく、抒情の世界に、新しいモラルを發見しようとするものである。『氣球』の論客安彦敦雄君が云ふところの主智的抒情詩をめざすものではないか。女性の肉體的なものを追及して、女性の新しい倫理を發見しようとしたら、詩の視野を廣げるために、散文の世界に詩精神を押し廣げやうとする努力が、彼の詩、「あやめ物語」に看取出來るのである。詩集『あやめ物語』はさうした野心的の詩集ではあるが、未だ多くさうした詩篇のないのはいかんではあるしかし詩篇「あやめ物語」の一篇は、確に現詩壇に於て充分問題とさるべき唯一の詩である。かかる詩が中心となつて、今「地球船」あたりで、抒情詩と主智的抒情詩の問題が討論されて來だしたのは顯著なその例である。

詩集「蛇」最近の北川冬彦

永瀬清子

　北川氏の最近書かれた詩論、その徹底的な國語主張や、抒情の否定や、詩と小說との境界の問題や　積極的なそれらの說は、非常に興味がある。北川氏が詩評のための詩評家でなくむしろ、詩人として詩の本當の意味の創作家として、つゝ立つていられる故にその意味はふかい。

　つれに氏は自分の體當りでその問題を解決してゆかうとしてゐられる。又常に氏の詩論は氏の作品から浸出してゐる。その故に新詩集「蛇」を見ることの期待も大きかつたわけだつた。氏はその詩集の題に突然な名を與へられる。「いやらしい神」の出た時に「何より先」と云ふ題で私は書いた

　詩の言葉が何より先だ。

　或る女の人が云つた。「いやらしい神」を讀んでみたいけれど、いやらしいと云ふ言葉が氣味がわるいので讀むのがいやなのよと。私は云つた。

　いやらしいと云ふ言葉は今まで氣味がわるかつたけれど、あの詩人が使つてから新鮮になつたのです。

「蛇」と云ふ詩集の題は再びそのことを思ひ出させる。「いやらしい神」は軍艦のことを暗示した象徴の言葉であつた。それは軍閥主義に對する憎惡と、のしかゝる威壓とその上一種の魅惑とを意味してゐた。それに比べて今度の「蛇」は何を意味してゐるのであらう。

　人々は讀む。そこにあまりにも散文的な蛇を。「蛇」は美しい鱗をもつて裝はれたキラ〳〵つめたくひかる動物としての蛇ではなかつた。「蛇」は人間に智惠の木の實を採つて食べることをいざなつた理智の蛇でもなかつた。北川冬彦の「蛇」は實に「大麥ばかりのとぎ汁を釜から」土の上に描かれた架空の蛇の姿であつた。それは美しくもなければ理智的ないざないもなかつた。あまりにも現實的な意味をもつた架空であつた。

「よく見ると蛇は、乾き固まつた土の上を匂配につれて流れ下つたとぎ汁から成つてゐた。その蛇は、瞬く間に土の下に滲み込み姿を隱した。」

　その蛇は盛夏の、のこり少ない食ひ物の、自炊生活の疲れきつた孤獨な飢渇狀態が描く幻想である。それは北川冬彦の肉體そのものから成つてゐる。何ものか乾ききつてた土に還つて、一瞬にして消える、しかしそれ故にあやまたず彼の肉體の貌をうつし取つた幻想ではある。そ

こに北川氏は憤懣と諦觀とをこめて書かれたものと思はれる。然しその詩の姿はいかに抒情と云ふことから遠いのであらう。

私はその抒情との距離そのものに北川冬彦の鬼氣をみる。身をもつて日本的な抒情と戰ひ、日常の語そのもので詩を磨かうとし　かくまで危險と冒險とを身をさらしてゐられる北川氏の鬼氣を。集中「蛇」のほかの他の詩をみれば、それは更に判然とする。ことに「行列の顏」の奇怪さ「武州松山郊外」の非人情。しかしそこに新らしい意味の詩を求めようとする人の斷崖を感じずにはゐられない。北川冬彦の魅力は私にとつてはその斷崖の魅力である。それは「氷」とか「いやらしい神」に引つゞき、更に徹底したものである。それはこの集の最初に出てゐる「詩」と題する詩、或は主張に、「新らしさや鋭さばかりが、美ぢやないだろう。頽げ山の美は君には判らないかね。あの丸味は、のつけからあるんぢやないんだぜ。とつこつたる山の幾千年幾萬年ののちの姿なんだぜ」とある。それがすつかり云ひあらはしてゐる。前集から引つゞいたものではあるが、前集にはまだとがつた鋭い美があつた。然るにこの集にはずんべらとした、によろ〳〵とした不思議な美がある。美と云へるかどうかと云ふその境まで押しつめたそれであるこゝに出てくる女の人は、美しいと云ふ言葉の限界點の美しさである。或は狂氣か、痴呆かしかも神がもしれない佛陀であるかもしれないのだ。世の意味の美しさとは幾千萬年の距離があるのだ。

しかしそれも別個な意味における美の創造に屬する。北川氏が「爐」その他に引つゞき書いていられるエッセイ、「かわいた文章について」のそれや「散文との混淆について」のそれはきつちりこの集で自らの實踐、誠實そのものである所の危險なる實踐であつた。果して然しこれをしも新らしい意味の抒情とは云ひ得ないだらうか。その問題を追求する事も意味があるが、そして私としてはこれをしも高度の或は純粹的なる抒情とみたいのであるがそれは短いこの文では割愛するとして、私が一歩しりぞいて云ふならば北川氏へのこれら魅力そのものに北川氏の弱點がありはしないかと云ふことだ

北川氏のあらゆる危險を冒して男らしい詩の創作――本當の意味の創作――それが本當の詩にとつて何であるかと云ふことだ。かくまで身を挺して不毛の土地に詩を發見してゆかれる、その努力が眼につきすぎることが彼の詩の最後の致命點ではないのが。たとへこの新らしい意味の美が、萬人の認める所となり、彼の冒險は成功したとしても　それでもすべての理解とともに一つの根本的惧れがある。言葉の問題、形の問題、それは詩の全部を象徴してゐることは確だけれどかくまでの戰ひの不必要な境地、それが戰ひつくした彼への最後最終の懸案となるのではないかと思ふ。

病愚譚

杉浦伊作

八月上旬いささか無理かと思はれた旅行から歸ると私は、とたんに倒れて、それからもう二ケ月もあまり、一歩も外に出られないどころか、殆ど起きてゐることも不可能で横臥した儘の日が續いた。煩惱したのは最初の十幾日で、確にこの期間は、病をより進行さした以外の何ものでもなかつた。微熱がとれて、肉體的な苦痛が薄れて來た時、私の精神狀態も稍々平靜を取り戻したやうである。微熱が毎日變化を生じて、病狀が流動してゐる時、〃現代詩〃第十五集の編輯企畫の時にあたつた。私の煩惱も亦頂點にあつたやうだ。私は、山崎馨、日村晃の二君を家に招いて、これらの人々に活動して貰ふことにきめた。山崎君には、大體のプランを筆記して貰ひ、これの修正を北川冬彦氏にお願ひすべく、北川さんを訪れて貰つた。心得ていらつしやる北川さんはこれに手を入れられると同時、わざわざ御見舞にきて下さつて、色々智慧をつけて下さつた。山崎君が全部企畫の依頼狀をプリントにして發送すると同時に、日村君には、寄稿家としての、初めての方を訪問して貰ふことにした。都下の隨分遠いところに、一高の教授の島田謹二氏がゐる。島田氏が、相當試驗と何やらの原稿で今月は駄目だとなると、私は俄に、外國詩壇の消息を語る人を選定しなければならなくなつて、最近の雜誌十幾種類を枕もとに集め、それらの中から適當な人を選ぶに、肉體的な苦痛を感じながら努力した。

宇野浩二が文學の鬼なら私は詩の鬼になりたい。寢ても覺めても、詩と詩の雜誌の名編集（を願ふ）以外に考えは及ばなかつた。と書いてしまつて、ほんとか自問自答すると、これには多少嘘のあることに氣づいた。それではその他のことは何であつたかといふと、實は生活のことであつた。旅行ですつかり、あり金を（いつでもそのくらひの金は稼げると思つてゐたから）そつくり使ひ果した處で、病氣で倒れたので、私の手許には、もう百圓札が三枚しかない。寢てゐて、一日百圓くらひの小使が消えて行く。競技の放送ではないが、あと百圓あと五十圓、かうなつて來ると私の思案はもう金以外にはない。まあ家族の生活資金は別に心配ないやうにしてあつても生活に餘裕のないものが今倒れたら、全く慘なものである。幸にも運輸日報と東京タイムズから夫々の原稿料が這入つた時は少しく安心した。いつか、ある詩會の設立の時、詩人の共濟的（救濟でもある）事業が問題になつた時、私は、それを何等意に留めない冷淡さで、ききながしてゐたがかうして、その日稼ぎの人間（然も文筆だけで、一家を支へる詩人であつて見れば）だと、あとの後悔なんさかやらで、金の事ばかし苦になつてしかたがなかつた。田舍に半年も引き込んで療養しようかとも考へたが、さうすると、家族の住宅と別居の經費で、思ひ惱む。折も折、田舍の田地は不在地主として、一つも餘すところなく、取りあげがきまつた、どうして呉れると母からの通信。もうどうにでもなれ。と捨鉢な氣持で、私は自殺すら空想した。實の處自殺の空想は樂しかつた。だが、死んでしまつてさて、自分には、作品さして何が遺るかさ考へた時、こいつは、もう少しがんばつていい詩集一册だけは遺すまでは死れないさ思つたが、半年は愚か二年、三年も病床に横臥さいふことになると、眞から考へなほさなければならないと思つた。空想だけでない自殺。いや、喰ふて生きて行くだけの生活方法等を。

喰ふて生きて行けるだけの生活に、私の家族全員が承知して呉れれば、私は、ここさここ二三年病氣で動けなく、寢たままでも喰ふて行くだけの蓄財（現金は一文もない）はある。手を通さない洋服もワイシヤツもシヤツもある。賣り喰ひして行けば、本だけでも、一年位（但し生活費は別で）はあるし、本箱机、洋服ダンス、ベビダンスこれもみんな賣り喰ひすれば、やつて行けさうだ。だが、かうしたことを知らないで育つて來た子供達が、いよいよこのレ・ミゼラブルナ生活環境を彼等の幼い頭でどう判斷し、どのやうに苦懊するかと思ふさ、こいつは何より親さしてたへがたいこさだ。大地變で、どうしても、さう餘儀なくされたなら、子供達も納得いくが、私が病氣なるが爲に、さうした逆境に立ち至り、オーバーを失ひ、靴を失ひ、浮浪兒のやうな姿で學校に通つて、にはかに變る生活姿態を友達に見られることは、耐えられない精神的苦痛であらう。

喰ふて生きて行くだけの生活、餘裕のない生活、こいつは思つたゞけでも、ぞつさする。私は今更思ふこさであるが、私のやうな病弱者で、しかも詩の鬼さなるやうな者には家庭生活は不用であつたのではないか、（家族の愛情に對する冒瀆でなくて、それ以前のことである）妻帶したら、子供をもうけたことが間違ひであつたやうな氣がする。獨り者なら、こんな時に處決の斷が下し易い。遠くては正岡子規、近くは竹內てる女史等の病床生活を想ふさ、私の如きは、まだまだ贅澤なロではあるが、そこにてつするまでの覺悟が出來てない。

私が病に倒れてから、私の家には、金と物とが蝕の徑がたたれたやうに還入らなくなつて、ザリ貧は、眞綿で首をしめるやうなものであつた。野菜は愚か調味料、果物、そんなものは二の次さしても、主食の米がなくなつた。病人さしての私が、毎日食する白米は、たちまち米櫃を輕ろくして、一家は麥ばかしの日が續く。かうした、一人稼ぎの、私の今までの生活方針が悪るかつたのだ。何もかも私に依存する家族の安易さ、いな、私だけで私の家を支へて行くのが、私の誇りでもあつた私の小ブルジョアイデオロギー、かうした間違つた私の生活方針が、私の體をそこれるの原因にもなつたのである。ある日の新聞に統計醫學の專門家の調査に依るさ、最近は四十代の男で、腦いつ血で倒れる者は前年度に比して、二割五分へつたのに對し、四十代の肺病患者が激增したと報じてゐる。腦いつ血の方は、最近うまい物がなくなるビールも酒も鯨飲出來ないが爲に、血壓が誰も三十ミリから四十ミリ下つてゐるおかげださうだが、一方肺病は思春期から青年期の若いところときまつてゐたものが、一變して四十代、六十代まで壓倒的だといふ。これはまつたく、一家の主人に、生活の重荷が加重されてゐるからである。私の如き體質では、私一個がやつと生きて行ける死加重に、四人の家族が活加重として加はつたのだから古い橋脚が、くたくたさ沈下したのも無理ない。思へば面白くない世の中である。働かざる者は喰ふべからずはいい、だが働けない者も喰つて行けることも考へて貰はなければ困る。人間働けない時もあるし、働けなくなつて來る時もあるのだから。こんなこさを書いてゐると、又熱が出てくる。いまいましいことだらけだがぐちはよして、少し眠る。

消　息

詩と音樂の午後、詩の朗讀研究會第三回研究發表會秋の詩祭は、十一月十六日（日）午後零時半より東京・京橋公會堂において次の如き內容で開催される。

1.自作詩朗讀
2.朗讀と合唱
3.詩の實驗室
4.俳優の詩朗讀
5.獨　唱
6.謠曲の近代詩化朗讀
7.組詩秋の花束

※

主な參加者は、山本安英、石黒達也、村瀬幸子、德川夢聲原一泉、高倉彰、富田仲次郎其の他
勝　承夫、前田鐵之助、近藤東、壺井繁治、阪本越郞、中野重治、岩佐東一郎、江間章子、寺田弘、深尾須磨子、北川冬彦、野田宇太郎、南江治郎、高田新、長田恒雄、安藤一郎、關谷忠雄、壺田花子等その他津田誠、加藤玉枝、放送劇團等

高知縣詩作家同盟結成　詩同人雜誌「蘇鐵」「蝶」「朝」「らんぷ」「南方浪漫派」「心學」等中心になつてこのたび縣詩作家同盟が結成された。島崎曙海、川島豐敏、牧原獻記、翁田朱門、安岡亘、嗚海彌一郎、近森敏夫氏らが主な委員で

A　各誌の作品批判
B　縣詩朗讀の研究發表
C　同盟報年刊編集刊
D　岡本彌太郎碑建立
E　各種文化團體との連絡等をあげているが、その連絡所は高知市帶屋町大丸隣喫茶店「笛」內である。

岡本彌太詩碑建設企劃　高知

＜五頁より＞

主人　あゝ讀んだ。下心がわかるんで大して腹もたゝないが、この頃はどうやらあの連中は、北川冬彦をやつつけようと決議でもしたようだ。それと云うのは、例の僕が、「東京新聞」で、壺井、岡本は「文報」の催した壁詩なんか書いていて、何の自己反省もなく戰犯追求するのは怪訝だと指摘したのが、よほど痛くこたえたと見えるんだ。僕は、この二人がケシカケているとは思わないが、取り卷き連がしきりに陣笠振りを發揮していると云う譯だ。

客　それにしても平林の駄文は何とも不愉快ですね。

主人　あいつの陣笠決議振りは一等だよ。岡本の詩集「らんるの旗」が、よく見えすぎて成つた朦朧茫膜がない、突きつめ方が足らぬと僕が批評したからと云つて、「愕くべき惡文だ」とか、「甘つちよろけた言葉に凭れきつている」とか吠えついてくるのはおかしい。何もそう吠えなくてもいゝ筈だ。

客　平林は共產黨になつたのですか。

主人　それは知らない。しかし、「新詩派」は少くとも實質上は共產黨文化部（こんなのあるのか知らんが、そんなもの）の一外部團體化していることはたしかだろう。「新詩派」で、壺井繁治論を、平林、柴田なんかゞ書いたが、一人として、壺井が例の、戰爭中に、戰意昂揚、建艦献金運動と

縣が生んだすぐれた詩人の一人である岡本彌太氏の物故五周年を迎えて同縣内關係有志があつまりその詩碑も建設することになり高村光太郎氏の書、島村文治氏の刻になる一碑を生地岸本町にたてることになつた。

白牡丹圖

白い牡丹の花を
捧げるもの
劍を差して急ぐもの
日の光背くはてなく
このみちを
たれもかえらぬ

——詩誌「瀧」より

詩碑建設委員會々長町田昌直氏、詩人としては前記高知縣詩作家同盟の中心が委員さして參加、およそ百餘の有志で資金その他協力、支援が要望されている。

詩誌「詩作工場」創刊 新潟縣詩人協會の詩研究グループ「詩作工場」では毎週水曜日、詩作、朗讀研究の外詩文學一般、ゼミナール等三十數熱心な相互研究を行つて來たが去る十月、詩心集まつて詩誌「詩作工場」第一集を發行した。發行所新潟市旭町二新郷莊內。編集堀内甕政氏、その內容は新鋭ばかりでこの種の詩グループの最も新しい姿を示している。堀内甕政、村松直治、眞貝欽三、笹々木勸池主淳、竹下篤治、佐藤英介その他である。

第二回全國鐵詩人大會 十一月一日、二日の兩日「國鐵詩人連盟」の全國鐵詩人大會は新鐵詩話會擔當幹事で新潟イタリア軒に「詩と演劇さ音樂の夕」を、勞働會館に「詩人協議會」を開催多大の成果を收めた。なお東鐵詩話會より近藤東氏來席講演され盛會であつた。

しての「壁詩」を書いたことなんかにはオクビほども觸れていない。小田切だとか荒なんか、アレは合法ギリギリのところでやつたことだと滑稽なほど苦しい辨解をしているが、それさえしない全然ぬけぬけの顚覆り振りだ。

客　私達は、あの連中は眼中にありません。詩人だなぞと思つていません。政治の手先だと思つています。

主人　そうまでキメ付けるのは可愛そうだけれど、段々妙にいきり立つてきたことは、たしかだね。奴等にはイキリ立たざるを得ない何かゞあるのだろう。

客　柴田元男と云うのは、いつか浦和詩話會にきていたでせう。あの席上で、「現代詩」にのつたあなた「新綠」と云う文章を口に出して感心していましたのに、こんどの北川冬彥論では、まるで反對に、手の裏を返えすようにケチをつけていますね。信念節操と云うものが全然ないのには呆れました。

主人　それがあの程度の人間の政治的性格と云うものなんだよ。飛んだ詩論になつたが、詩壇の現實の一面にはこんなところもあるんだよ。

客　いろいろ勉强になりました。

——蛙の聲しきり——（昭和廿二年十月）

編輯後記

『現代詩』『詩人』『純粹詩』『詩と詩人』『日本未來派』『コスモス』『ルネサンス』『新詩人』『鵬』『建設詩人』『爐』『詩風』『詩學』（ゆうとぴあ改題）『荒地』その他兎に角これらの詩誌は今年度をよくがんばり通すといふことが今日程努力の大いなる時はあるまい。努力のみで經濟的の利益のちつともあがらない詩雜誌を、かくも必死に護り通して來たことは、是れら雜誌の關係者の詩に對する熱情が如何に大なるかを示すもので、このことは全く涙なしでは語れない。人事でない。みんなこの人々が（編輯者、發行者、寄稿家及同人）日本詩の未來の爲に闘つてゐるのである。

△かうした努力を熱情とに依つて展開した今年度の詩壇もかへりみると、幾多の不滿の點もあつたであらうが、輕卒の男が、つまらない詩壇（いい詩がないなど）と、安易に口をすべらす程、決して無意味な展開であつたのではない。

△それは兎に角として、『現代詩』今年度最後の編輯を終る。幾多の問題を提供したが、まだ幾多の問題を遺して、來年に至らなければならない。ともあれ『現代詩』が現代詩誌として、現詩壇に存在價値をはつきりさしてゐるのは、一重に寄稿家各位の御協力に依るものと感謝する次第である。五十日餘の病床生活、編輯は身近の人々に隨分お世話になつて編輯が出來た。（杉浦伊作）

△創刊以來本誌は主として日本詩に關するその理論展開えの足場を提供して來たとも言える。然しながら他の意見を默殺又は罵言をもつて報い、相互の異なる意見の中から、正常の一つの頂點を求めようとすることのきらいな人たちにとつて、この雜誌は好ましくない存在であつたかも知れぬ。さわいえ各々の異なる世界を明確ならしめるためにも又各派各派に强固な集結を必要ならしめる素地を知らず知らずのうちにつくりだしたと云うことわ認めないわけにわいかないであろう。終戰後に於ける混亂から各々が形をつくりつつある現在、その强固な獨立がなされるまで。本誌も又ここにひとつの立場をもつて望んだ方がいいのでわないかと思う。とにかく二十三年度は一層の頑張りを發揮したい。諸氏の御支援を重ねてお願いしたい。（淺井十三郎）

現代詩　第二卷　第五號
定價　金貳拾貳圓

詩と詩人社暫定會費一年百貳拾圓、送料金十五圓（共ニ分納可）　會員ニハ本誌ヲ直送ス（雜誌「詩と詩人」ハ別）
廣告料ハ一頁マデ相談ニ應ズ
送金ハ小爲替又ハ振替利用ノ事

昭和廿二年十一月廿五日印刷納本
昭和廿二年十二月　一　日發　行

編集部員　杉浦伊作
浦和市岸町二ノ二六

編集兼發行人　關矢與三郎
新潟縣北魚沼郡廣瀬村大字並柳

印刷人　本田芳平
新潟市西堀通三番町
昭和時報社・電話七三四番

發行所　新潟縣北魚沼郡廣瀬村大字並柳乙一一九番地
詩と詩人社
淺井十三郎
振替東京一六一七三〇番
新潟五二七番
本出版協會員番號A一一九〇二九

配給元　日本出版配給株式會社

昭和二十二年十一月廿五日印刷納本
昭和二十二年十二月一日發行
現代詩 第十五集
定價 金貳拾貳圓

現代詩 原稿募集

☆今まで「現代詩」に掲載の新人の原稿は寄稿家の推薦によつていたがこれを廢し左記の通りに原稿募集します。

☆應募寄稿家は　本誌は投稿さ言わない）既成の詩人同人雜誌の諸君無名の新人等一さいの人々にして本誌に作品發表希望の方は詩作品、評論、その他を寄稿して貰いたい。

☆掲載原稿は依頼原稿と同筆に扱います。原稿の選定は嚴選であることを承知願います。原稿の返却、掲載等の照會には應じかれます、採用の場合は通知します。

☆原稿の審査にあたる人々は次號に發表します。

☆原稿宛名は浦和編集部又は、本社編集部え御送り下さい。

詩と詩人 原稿募集

☆本誌は現實主義的歴史主義的立場から人間の尊嚴を生活の中に求めようとする批評的な詩文學雜誌です。

☆そして本誌は同人雜誌の精神を生かしている會員制の非同人雜誌です。

☆今迄新人の紹介發掘等に力を入れてきましが二十三年度からわ各同人雜誌又は新人諸君の公器的存在に解放するさ共に一層新人の紹介につさめたいさおもいますので……

☆作品、エツセイ、抗議其他各雜誌の主張や批評をどしどしお送り下さい。原稿の選擇わ、淺井十三郎、田村昌由兩氏の擔當であります。會員御希望の方は會費100圓（分納可）と共に原稿お送り下さい。原稿送り先は詩と詩人社宛何

☆現代詩、詩さ詩人兩方をかれる原稿は其旨附記本社へお送り下さい。

詩集 風　田村昌由著　B6版150頁定價45圓送料5圓

☆（現 代 詩）　創刊號より15輯迄取揃い　¥ 90圓 送料5圓

☆（詩と詩人）　5 8 輯より67輯迄取揃い　¥ 70圓 送料5圓

現代詩・詩と詩人兩方まさめて御希望の方へは送料共150圓でお分けします。
殘部若干を殘して整理しましたので御希望の方はお申越下さい。

詩と詩人社

THE CONTEMPORARY POETRY

現代詩

新出發號

1

昭和二十二年十二月廿五日印刷納本
昭和二十三年一月一日發行
第三巻第一號

第十六集

詩と詩人社

現　代　詩

新　出　發　號

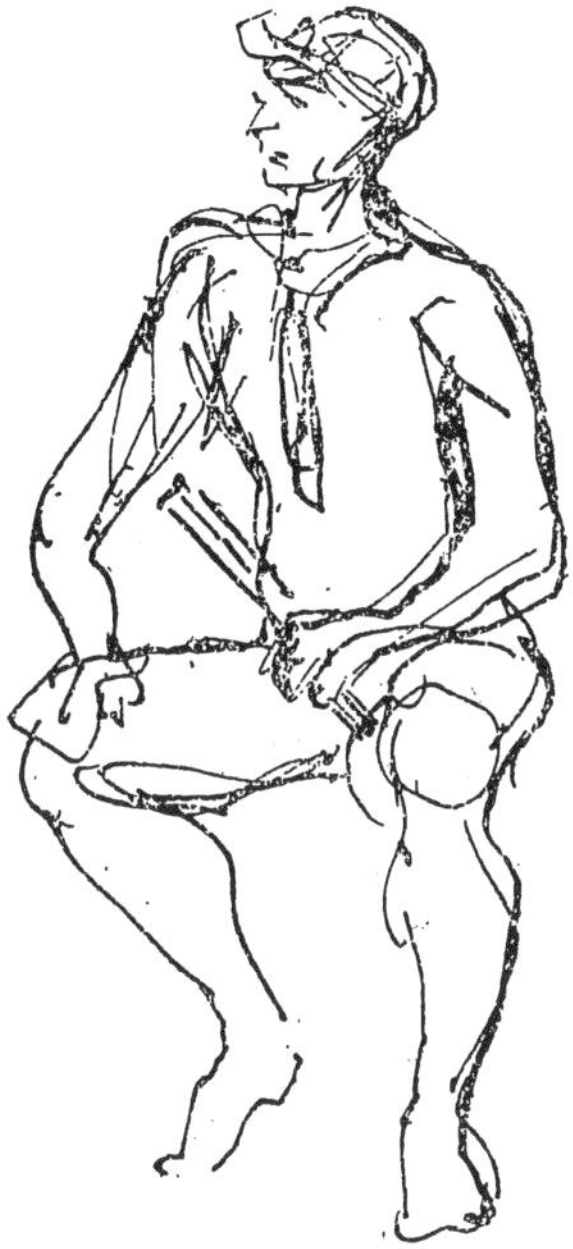

MCMXL. Ⅷ

現代詩　第十六集　目次

表紙デザイン　北園克衛
題字　門屋一雄
扉カット　鐵指公藏

スタート・ライン

この新しい歳を以つて、ほゞジエネレーションを同じくするわれわれはここに結集した。われわれは、その思想その詩觀を同じうする詩人群ではない。或いは古典主義詩人と云はれ或いはアヴアンギヤルドの詩人と云われ或いは浪漫派の詩人と云われ、或いはリアリズムの詩人と云われている詩人群である。しかしながら、われわれが日本現代詩の行方を憂慮し、日本現代詩の確立に邁進しようとする熱意に、殊のほか燃えている詩人群であることでは一致している。何よりも詩と云う近代藝術様式を第一義の對象として思考する點で一致している。詩の仕事のためには、物質的報酬を度外視してかかる純粋な熱意とエネルギーを持つている點でも一致している。われわれはそうした熱意とエネルギーの完全に自由な發現の場所を近年持たない嘆きを抱いていたが、今度はこの「現代詩」の紙面が、われわれのために無條件で提供されることゝなつたのである。

われわれは、いずれも少くとも二十年三十年の詩的經歷の所持者達である。もうそろそろライフ・ワークに取りかゝつてもよい年齢に來ている者達である。われわれは、ジヤーナリステイクでない純粋の仕事を、この雑誌の上で仕遂げようとするのだ。それは評論であるかも知れない、詩作品であるかも知れない、斷簡でさえあるかも知れない、論爭であるかも知れない、また飜譯であるかも知れない。しかし、いずれにしても、他から、求められたものでない、われわれ自らの發意によつて書かれるものである。その性質の上からまたは量の上から、他の如何なる雑誌の上でも不可能な仕事が見られるであろうことは期待されていいのである。

われわれが何の拘束もなく、自由に潑剌とする、創意のギリギリの仕事は、われわれの、二十年、三十年の詩的経験と熱意とエネルギーとが物を云つて、恐らく、日本現代詩のオオソドックスを樹立するのに役立つであらうことを確信する。もとより、われわれの思想も詩観も、それぞれ異つているのであるから、その間、强烈な藝術上の自己主張は、われわれの雜誌の上で、同人同志の論爭を惹き起すかも或いは測り知れない。だが、われわれは、それを怖れ避けようとは思わない。その際、われわれはその論爭を誠實と明識によつて、泥仕合と爲すところなく日本現代詩進展の上の歴史的事件として意義あらしめる自信がある。由來、これは詩藝術の分野に限つたことではないが、詩の世界に、リアリズムとロマンチシズムの二大流派が、何れの時代にも並び行われている。或は現實派を云ひ或いは浪漫派をとなえる。われわれは思う、この二流派は、その時々に詩人自らの素質の多量な部分を强調するか、または自らに缺ける部分に憧憬するかによつて起るものなのであらう、と。

　われわれは、この二つのものを圓滿に抱攝した境涯に到着することを念願としたい。或る面から見れば浪漫派であり、或る面からすれば現實派でありうるような詩の境地、古典派でもあれば、前衛派でもあるような詩境、そのような具足完璧の境地が、もし實現しうるとすれば、われわれ現役のジエネレーシヨンによつてより他にないことを信じても、さして不遜ではなからうと考えるのである。われわれの念願するのは、日本詩の純正化である。純粋などと云つては不足だ。純正である。オオソドックスである。されば、われわれが日本純正詩の樹立を目指すところから、われわれの一群を純正詩派と名付けることも或いは出來るであらう。われわれはわれわれのエネルギーを傾けて仕事をする。われわれは活潑な行動をとるであらう。われわれの趣旨に贊同する詩人群、殊に新人群をなお抱攝しながら

同人（アイウエオ順）

安西冬衛　安藤一郎　淺井十三郎　江口榛一　北川冬彦
北園克衞　笹澤美明　阪本越郎　杉浦伊作　瀧口修造
永瀬清子　村野四郎　吉田一穂

春

北園克衛

生は陋劣である
realtie は間断なく溶けていく
藝術はあまりに疑はしい
あらゆる哲學は石膏の粉のなかの菫の花のやうににがく
美は皆無または秒瞬である
裂けたパラソルに全く覆はれた胸像　あるひは戀の絶對は頭痛ににてゐる
そして夜は鶩の焦げた骨片のちらばる部屋で

食器棚の裏を撫でてゐる鷄の頭をもつた野獣
または美貌の寡婦の點眼器をよぶ
すべての破壊は美德
結合は奢侈
絶望と眼鏡に縁取られて
遠い柱廊の向ふに
いらだつ海と傷ましい春の空を見る
詩人よ
ホラテイウス流に*dajaire*をもつて武装せよ
その光榮にきらめく憂愁の頤髯を
なんぢの蠟燭臺にひつかけよ
Ah
燦然たる人間の孤獨よ
悪意にみちた空虚の椅子のその占斷の葡萄をとれ
告白もなく
祝福もない純粹の砂糖
あるひはキヤラメルのパラダイス

ほとんどちぎれるばかりの沈默をもつて火酒を
朗朗たる白晝を
噴水の夜を
大增正の恍惚を
怠惰を
夢を
電光のはためく洗濯桶に投げいれよ
その先験の雲崩のなかに
流動と攪拌のなかに
薔薇のかたちに爆撃された圖書館のなかに
果物の心臓をもつた馥郁たる戰慄のなかに
起きあがれミユズよ
激烈な*memoria. technica*の時よこい

一九四七年一二月

脱走計畫書起因

淺井十三郎

その夜。
壁わ　おとされ
雨戸わ　やぶられ
寢込みをおそわれてたまつたものでない
俺わお前の親類だつてなことをぬかしながら
鬼たちの亂暴ろうぜきつたらない。
どこから探しだしたか
濁酒《どぶろく》なづあおり
男だ女だ　鬼面鬼女　鍋釜わ　ひつくりかへす　茶碗わ　たたく
まるで人間そつくり。
あいつ　鬼に似げない美人だとおもつたら
その中の一人が　づかづかと來て
君も舞えとゆう　君も唄えとゆう
僕わ生れてから　まだ一ぺんも歌や踊をやつたことがない
そんな馬鹿なことがあるもんか

と、いきりたつて毆る
その手のつめたさつたらない
もう時間わ　ぎりぎりいつぱいだ、と一枚の紙つきれをつきつける。
どんがらどんがん。ちやんがらどん。
それがまた　僕にわ　どうにもならない癪の種だ　餘りの言いがかりに　ひよい
とその顏をみるとなんだ美人どころか　二、三日前、火葬にしたばかりの叔父
でわないか
僕わ　暫く　問答しているうちに　これわ　おかしいと氣附く
そつと紙片をのぞく　と　なんのことわない　戰爭中の日附だ
蚤や虱がわさわさしている。
よし　そうだとすれば　こんな紙つきれにおどかされる必要わ　もうどうない筈だ
僕わ　僕の山犬に合圖をしながら四つん這いの姿勢をとる　が早いか、だつとそ
いつにとびかかる
じりつとあとかたもなく紙片を踏みにじる。
と、鬼たちの馬鹿つ騒ぎわ一層ひどく
仕事にあぶれて困らんか　と、ほざく
今朝方、配給になつたばかりの豆つ粉やキビつ粉をふりまきながら
吹雪だインフレだと勝手なことをぬかしやがり　じやんがら、じやんがら　ちや
んがらどん　食べものと名のつくものわどんどん運びさつてしまう
嬶や餓饑共の泣き面つたらない。

とうとう僕わ　身ぐるみひんむかれてしまい
まるで平手うちのリンチだ。

いまいましいつたらない。
悲しいなどとわ　つまり　憤りをもつことだつた。
　1鬼わ　この世のどこにいるか
　2だまされず
　3生きること
生きること。つまり僕わ脱走を決意するが　悲しいなどとわ　髪の毛をかきむしるほどのおもいでしかない。雪の中えほおりだされた魚類みたいに囚人とゆう自意識が鐵のように重たい。ががんと一撃をくわされたあとの　しびれそつくり　眼も耳も口もさいなまれる。ぐれつだとか。ふあんだとか。こうゆう傾斜地えさしかかると　夜でなくてさえ　僕の山犬わ一層くんくんやりだすからたまらん。

雪わ　ぼうぼうと煙り　地の底からふきあがつてくるし　みていると　崖下の茅や芒の踏みしだかれざまつたらない。百鬼夜行と誰かがゆう。じやんがらごんじやんがらどん……僕わ　ぶるつと吹雪の中え身をおとす。走る。安全な仕事場え。そうだ完全なる仕事場え！僕わ消える。

感覺と冒險

—詩の動向—

阪本越郎

われわれの精神の最も高價な所產である文學藝術は、あらゆる精神の桎梏から解放されることを望んだ。藝術家がいつもその時代の良心であつたといふのは、人間であることを欲したからである。時代の壓迫に對して、ヒューマニズムを主張したといふよりは、あらゆる環境に對して、いつも新しい自由な精神を要請したからである。時代の重壓が强ければ、一層人間性の回復を求めてやまなかつた。ところが今は人間の精神は頽廢の危機に瀕してゐる。あらゆる精神が新しい自由を求めてゐるにも拘らず個性は沒落に近づいてゆく。かうした精神の夕暮に燈をかかげる者はないか。新しい感受性によつて新しい環境を開いてゆくためには、一體何が必要か。

それは新しい環境に敏感に反應することではないだらうか。一九四五年、ヴァレリイは書いてゐる。「人間は自己を知つてゐると思つてゐた。人間であることは一種の傳統であり、彼の周圍の「自然」も傳統であつたのである。今は變化が起る時ではなからうか。何でも冒險してみることが、新世紀の時代なのだといふ時が來たのではなからうか。人間自身が冒險であることを理解することは、人間にふさはしいのではなからうか。」と。あのクラシックを頑固に重んじたヴァレリイまでがかういはずにはゐられない時代が來たのだつた。

われわれの詩壇は、かういふ新時代に對して、何事をなしてゐるであらう。いかなる冒險がいかなる新しい試みがなされてゐるであらうか。詩は過去になづんで、最も古い感傷へ轉落しようとしてゐる。精神の頽廢に抗するために、クラシックを觀るといふことも意識的になされてゐない。

回顧的なものの中では、このほど木下杢太郎の詩集「食後の唄」と、北原白秋の「思ひ出」が再刊行された。木下杢太郎は昨年、北原白秋は四年前の秋になくなつた頽唐派の詩人である。

「思ひ出」は明治四十四年東雲堂から出た白秋の第二詩集であつた。「食後の唄」は、大正八年アララギ發行所から出た木下杢太郎の唯一の單行詩集であつた。

明治末期から大正の始めにかけて「明星」に關係したこの二人の詩人は、知性的にはデカタンを感じながら情緒的に昔ながらの感傷に溺れてゐた。しかし日本の詩に感覺官能の窓をあけたのは、兎も角これらの詩人であつた。白秋の「思ひ出」は處女詩集「邪宗門」の上梓から約二年餘を隔てて世に出て、その印象派風の感覺表現は、當時の詩壇に劃期的作品として認められたのであつた。杢太郎の「食後の唄」は日本の三味線と呂昇の聲をなつかしむ江戸情緒のけんらんたる詩の繪巻として、耽美派的な饗宴の新體であつた。白秋は「邪宗門」の序に「予が象徴詩は情緒の諧樂と感覺の印象とを主とす。故に、凡て予が據る所は僅かなれども生れて享け得たる自己の感覺と刺戟若き神經の悅樂とにして、かの初めより情感の妙なる震慄を無みし、只冷やかなる思想の概念を求めて強いて詩を作爲するが如きを嫌忌す。」と宣言した。情緒主義のかういふ勇敢な宣言は、詩における官能解放の冒險であつた。そこには、當時の詩人や畫家たちの集まりであつたパンの會といふ新しい環境があり、南蠻趣味とデカダンとが横溢し、二人はその立役者であつた。

しかし、泌々見ると、そこには眞のデカダンがあつたであらうか。南蠻趣味といふ言葉が現すやうに、そこには明治末年における我が國資本主義擡頭期の心の贅澤官能の放蕩、感覺の花火があつた。アッシシュの醉ひとギオロンの哀愁と赤い邪宗僧と性の芽生えとが感覺的聯想によつて、一つの醉ひをもたらしたのである。木下杢太郎には「日本」と「西洋」を感じるもつと知的な感受性が多分にあつたが、それだけに官能的な描寫には限られたものがあつて、知識階級の趣味家であつた。デガダニズムとは思想でなければならないのに、感受性だけでそれを受け取つてゐたところがある。彼等はデカダニズムを空想として樂しんだのであつた。それは正しく大正期の時代意匠であつた。が、彼等はデカダン詩風に醉ふことが出來た、幸福な時代の子であつたと、今からはいへるのである。

　戰後のわれわれを見舞つた精神の虚脱は、詩においても思想の空白、安易な感傷を將來した。われわれの詩が抒情にのみすがらうとするのは、感傷主義であつて、詩感の貧困を哀傷と嗟嘆でまぎらしてゐるにすぎない。一方世紀末的な頽廢が現はれはじめたやうに見えるが、肉體的な放蕩と同しやうな遊戲氣分のものである。久しく陰鬱な部屋に閉ぢこめられてゐたものが、急に自由になつたので、安價なエロテイシズムに追ひすがらうとするのである、一種の精神的飢餓である。

　我が國の文學藝術は一度はデカダニズムといふ思想をくゞらなければならないと、私は思ふが、精神はまだ空白狀態からどれほども回復してゐないのであらう。

　これに比すると大正初葉の白秋、杢太郎の感覺の饗宴は、優美で贅澤であつた。官能の解放情緒の謳樂は、「生れて享け得たる自己の感覺と刺戟若き神經の悅樂」と白秋が書いたやうに、人間としての藝術家の出發であつた。健康な翼をもつて、詩の天馬は象徵の空を輪舞したのであつた。最も個性的であるためには、新しい官能の窓を開けばよかつた。谷崎潤一郎の惡魔主義、佐藤春夫の殉情挿曲も、これにつゞいた耽美派文學であつた。

　木下杢太郎は伊豆伊東の生れであるが東京人といつてもいいが、北原白秋にしても室生犀星にしても田舍者であつたから、都會は珍奇であり驚異であり、「劇しき歡樂の巷」であり、「靑白き巢窟」であつた。この驚異すべき都會への憧憬が彼等の詩の魂を搖つた。都會は彼等の鄕愁であり、新らしい藝術でさへあつたのである。强烈な藝術意慾がそこから湧いたのであつた。あの華麗なまた憂鬱な東京風物詩――そこに歌はれた銀座や築地や日本橋や兩國や柳橋や、寄席や映畫館や博覽會や花街の艶めかしく、またあえかに哀しいそれらの情緒や情景やが、今や一片の反古のやうに燃えて、遙かな記憶の彼方に遠のいてしまつた。さうして詩人も亦それらとともに、この世から立ち去つた。

　今や、われわれにとつては、「思ひ出」も「食後の唄」も豊饒な影を漂はせて行つた過去の時代の、「かなしい幻燈」であり、「消えゆく韻致」である。われわれの最も近い時代のクラシックとして、われわれはそれを手にする。傳統は立ち消え、われわれは精神の頽廢の中に茫然と立つてゐる。ヴアレリイのいふやうに、來るべき新世紀のために、「何でも冒險をしてみること」が要求され、「人間自身が冒險」であることを理解し、行動するといふ、そんな時代が「新しい日本」にも來たのである。

詩人や作家が、現代精神史の最大の課題を課せられて、混亂と苦悶の靄の中から立ち現はれる時ではないか。文化の混亂を救ふために、藝術の社會化即ち社會的にいかなる存在意義をもつか、藝術の歷史的必然性として眞摯に追求されようとしてゐる。近代人間主義の據點である自我が、今や詩人や作家の仕事に一層大膽不敵な展開を要請されてゐるのである。この混亂の暗さの中に居ながら詩において自我の解放された、明るさを感覺することが出來る。かういふ自我の苦悶の中に、新しい現實と人間性の自由とを把握しようとしてゐるのである。その點ではアランのいふやうに、「詩は極めて眞摯なものとなる」先づ、詩が凡ゆる眞摯な思想の如く全く意識的に作られるといふ事、而もまた、詩が全く偶然的なものであるといふことを認めなければならない。ここでいふ詩が全く偶然的であるといふことは、他の意味では更にその眞摯さを意味するのである。

かういふ冒險の意志は、詩において、新しい現實像を描くに違ひない。それは新しいフオルムとして、何か感覺的なものとして、感ぜられる。亡びてしまつたわれわれの都會が、自由の風の吹く近代都市として華咲かうとしてゐるやうに、詩人の中に新らしい詩は出發しようとしてゐる。白秋や杢太郎の華麗な感覺がしきりに思ひ出される所以である。あらゆる新しい感覺の底には、青春の憧憬があり、冒險の意志が根づよく夢みてゐるのであらう。われわれは浪漫的な精神がわれわれの衷心から燃え上るのを感ずるであらう。

おるがん破調

「おるがん調」を作つてから十何年か過ぎた。
これは「續々おるがん調」である。ここではもう
フォルムは問題ではなく一つの精神が必要である。

笹澤美明

序

わたしのオルガンは壞れかけた。
もう古くなつてキイが剝げたり、
中には全く鳴らない鍵盤もある。
押すわたしの指に力があつても
それは神經のないもののやうに
もう永久に生命を失つてゐる。
わたしのオルガン調が妙ならば
かすれたキイの音調とは又別に
わたしの歌は異彩を持つだらう。
聲のないところに眞實の歌が
音のない世界に本當の音樂が

存在するといふ說に適ふから。
わたしのオルガンは木の間を
あの夕月に向つて吹く風の如く
響の世界から無音の界へ行く。
それは何をしても徒勞だつた
しかし人生とはこんなものだと
何か意義をもたせたがる言葉が
このオルガン調にもあると思ふ。
生れてから死ぬまでの道を通り
若々しさから老い朽ちる順序を
くりかへして行く法則の中で
不滿もなく又退屈もしないで
胸をふくらませてはすぼめる
この動作をくりかへす人間族。
わたしは眞夜中の蒲團の端で
はからずも鳴る自分の呼吸が
哀れに思はれてならないのだ。
動物や植物以上を誇る人間の
どこに强力なものがあるのか、
只人間の哀史を物語るに過ぎぬ
あの呼吸の複雜した單音を聞く

夜の時間をわたしは怖れてゐる。
せめてあの呼吸に音階を與へて
色彩と意味とを持たせたならば
獣以下の下らぬ人間の存在から
少しは救はれるやうな氣もする。
いつか壞れてしまふオルガンに
わたしの荒みかけた抒情を托し
わたしの生涯の最後を整へよう。

1

わたしの行き着く所は村だつた。
つひにやつぱり村へ來たのだ。
それはわたしの究極の理念だ。
わたしの追憶はいつも純粋へ行く
一つの憧れの現れだと言ひたい。
村も又、憧れの中に住んでゐる。
幼稚と古さを傳統のフォルムに入れ
一つ一つの家が孤獨を守るやうに
しかも頑くなであつて締りがなく
自由ではあるが常に罪障を湛へ
素朴な形をした露骨な肉體の塊、
その一つ一つの家の間の空間に

無限の青い光の空氣が輝いて
魂が呼吸する自由の時を與へる。
きまつて錆びた綠が神社を抱き
丘の石段の奥には寺を据えつけ
いつも骨の匂ひのする墓地がある。
晝の月はうすく　しかし溫かく
花は時計よりも正確に咲いて散る。
鳳仙花や彼岸花はあまりに赤く
怖れと嫌惡のうちに季節を飾る。
シキタリは常に悲しく淋しい
あの繭を煮る手や鍬を握る手、
煙さへも季節の方向になびく

2

わたしは老婆に聞いた、
ここは何といふ村かと。
アオタキ村ですい。
老婆の唇は信じられぬ。
オオタケ村かも知れぬ
オオタキ村かも知れぬ
わたしは勝手に呼んだ、
青瀧村とはよい名です、

老婆は怪しげに見つめ
口をもぐもぐさせながら
街道を斜にそれて行つた。
このロマンテイクな褥の中で
わたしは好きに眠ればよい、
わたしの下駄は輕く鳴つて
もう毛氈を踏むやうである。

わたしは愛さずにはゐられない、
その村が嫌はれる部落でも
レプラの匂に滿ちた村でも。

風はしづかに綠を流して
山から落ちる青い空氣は
わたしに一つの方向を示した。
わたしは決して旅人ではない、
わたしは故里へかへるものだ。
盲縞の着物の母たちに向ひ
古い灯と茶を煮る鍋に向ひ
わたしは一つの世界に歸る。
わたしも又シキタリの中で、
新しい出發を求めねばならぬ
プロフエートの決意を持つ者だ。

（つづく）

同人語

キャルネ

北園克衛

こんど『現代詩』が組織をかへて、同人組織となり再出發を始めるといふことは、いいことだと思ふ。といふ意味は、敗戰後混亂狀態になつてゐた現代詩の系譜をととのへていく上に時代を同じくする詩人が、作品行動のための共同の場をもつといふことか先決問題であるからである。で『現代詩』といふ一つの共同の場が現代詩の運命にどのやうな影響を與へるかは、同人の詩に對するサンセリテにかかつてゐる。詩に對すると言ふよりか詩を書く人間としてのサンセリテにかかつてゐると言ふべきかもしれない。

『詩と詩論』以來、ながい間僕たちはこのやうな共同の場を持つ機會がなかつたが、今度それが可能となつたわけである。しかし現在決定してゐる同人以外にも有能な同時代の詩人が居るのであつて、それらの人々も追々參加してもらうやうな狀態にしていくのが本當であるやうに僕には思はれる。また僕個人としてもさういふ方向にこの雜誌の雰圍氣をもつていくやうに努力したいものであると思つてゐる。

惟ふに日本に於ける現代詩の系譜が、ながいあひだジアナリズムによつて攪き亂されてきたのは彼らの無智と一部の文壇人のギルドに據るところであるとは謂へ、それを許したところの原因は、詩人のセンチメンタルなセクト精神と、權威ある共同の場を持つことに怠惰であつたことにもあるのである。今日幼年雜誌から小中學校の教科書に到るまで風靡してゐる一人のアマチュア詩人の劣惡な詩のことを想起してみるのもいい一事が萬事である。このやうな恥づべき狀態へと導いたところのものは、要するに詩人であり、われわれ全部である、ひどくお人好しで氣のちいさい、お互のこととなると鼻血の出るほど昂奮したりピンセットのやうなものでホジクリあつたりしてゐるが、ショベルのやうなもので根こぎにされても一向に氣がつかないベコニヤの上の奇妙な昆蟲のやうなものと何ら異るところがないとなめられてゐたかも知れないのである。もつと純粹な昆蟲などになると雨にもまけず株式會社の私設宣傳係を買つて出るといふ徹底ぶりである。

今やこのやうな侮蔑すべき茶番狂言の一切を粉碎するためにも、僕たちが何をなさればならぬかを知るべきであり、このことたるやすべてのジェナレイションを通じて自覺されるべき事柄でもあると思ふのである。

一九四七・十二月

同人の辭

瀧口修造

前略お手紙拜見いたしました。轉居しましたためおくれてすみません。原稿などまに合はないと存じます。すぐお送り出來るとよいのですが、すこし健康を害して休んでいるので〆切までに書けないのは殘念です。來月上旬までしたら何か書けるかと思ひますが、とにかく次號から勉强したいと存じます。いづれくわしくお話承け賜り度取急ぎ御返事旁々おわびまでに。

新年

村野四郎

盃の中に
液體がのこつてをり
まだ夜は終ろうとしないのではないか
それだのに
もう寒氣のなかで焦らだつ
梅の小枝
福壽草のかなしき黄金色《こんじき》

僕はこれらの訝しい新年の事物を、
おづおづと
漂着者のように見詰めている
すると　遽に
僕の背後を氷がとざし
おどろくひまもなく
たちまち　小さい結晶の中に僕をとぢこめる
かがやく悲哀と絶望
その上を
やがて日の出が
血の色をしてそめてくる

かの人々は

永瀬清子

かの人々は私とはすつかりちがふのだ。
かの人々は私よりずつと脊が高くて
かの人々は立派な肩巾を持つてゐる。
かの人々は太いはつきりした聲をもつてゐて
中心だけを云ひ周圍を云はない。
かの人々は心がはつきりきまるので
云つたらあとへ退かない。
私の執着し迷ふことを
かの人々は一言で斷定してしまふ。
その一言がなければ私はいつも未完成なのだ。
私はその一言をいつも待つてゐるのだ。
かの人々は會へばにつこりしてお互を叩きあい

又かの人には私が肉刺だらけになつてしてゐる仕事を
子供をねさせるようにやさしくやりとげる。
私は長いこと自分で知らなかつた。
かの人々に對する自分の感情を。
はゞたくだけで
物の云へない植物のように私は唖だつた。
その言葉のあることとさへ忘れてゐた。
今はさうではない。
同じ人間と云つても
私とかの人々とはすつかり極がちがつてゐることが
あまりにもどうにもならないことだと
あまりにも美しいことだと
あまりにも切ないことだと
いまは思はれだしたのだ。
十一月に枯れる草のように
なぜか心がいそがれだして
早くその言葉を云はねばと思ふのだ。
目にみえぬ千萬の矢をうけながら
その不思議を語りたいのだ

「韃靼海峡と蝶」界隈

安西冬衞

「韃靼海峡と蝶」のアイデアは詩集の輯後に記したやうに、大連の伏見臺、電氣遊園のエスパリエに沿うた阪道で採集した。

さきごろ瀧口武士から借覧した自分の彼に宛てた手紙を調べて、採集の日付が大正十四年四月三日であることを明かにした。

この阪道は「亞」時代の僕達の廻廊で、北川冬彦は室の

中で蛇を飼つてゐる秋の少女の秀抜な詩を書いてゐるし、
又あの愉快至極な「菱形の脚」　構造した。

阪道の反對側にはホリホックのある前庭をもつた植民地
官吏の官舎があり、北川の妹の友の家があつた阿南《あなん》さんと
いふそのひと。佛蘭西語の發音を聯想させるそのよびなの
もつアクサンは何か幻想の世界へ私を誘つた。

憶へば僕達のエッチユージャンともいふべき愉しかつた
時代のなつかしい回想。土地を喪くしてしまつた今となつ
ては再びよび還し難い久戀の場《にわ》である。

※

電氣遊園のことは夏目さんの「彼岸過まで」の「風呂の後」に詳しい。

滿鐵の經營してゐたひどくアルカイックな空氣に富んだ遊覽施設。あの小說の中に現はれる森本といふへんな男が實在の人物でありヒョックリ物かげから出てきさうな氣のする場所であつた。

アメリカから購入した自動樂隊入の回遊木馬があり菌《きのこ》の笠を冠つたやうな圓屋根の下には所謂「馬は革製の耳を揃へてゐた」。

メリゴランド（私は訛つてさう呼んでゐた）だのジャッ

クラビットだの十九世紀の末葉から二十世紀の初頭へかけての文明を象徴するアミューズメントも、今ではもう遠眼鏡の中の風俗になつた。そして私は老いた。

※

「韃靼海峽と蝶」の原核である「春」は、その前年「亞」で發表した。原作では韃靼海峽、間宮海峽になつており「軍艦北門にて」と副題がついてゐる。

「韃靼海峽と蝶」は昭和四年四月の「文藝都市」に初めて載つた。その雜誌の表紙は阿部金剛さんの書であつた。

そんな緣起の今度の詩集の裝幀を特に氏を煩した。氏とは詩集「亞細亞の鹹湖」以來二度目の協同の仕事である。但、私の識性に一任すると氏から特に委された印刷効果が主として私の未熟の爲不充分に了り、精到無比な原畫の趣を盡し得なかつたことを深くおわびし度い。

「春」と

そして「韃靼海峽と蝶」は當時期せずして同時代人のサンパテイを得た。

三好達治君の「獅子」。

新興俳句では「天の川」の横山白虹氏が最初にマークされたのではないかと思ふ。それは山口誓子氏の「郭公や韃靼の日の沒《い》るなべに」との對比をテーマとした論考であつたやうに記憶する。

山口誓子氏の「横山白虹と僕」の中の短いアンケート。

短歌では「短歌と方法」がこれをとりあげた。

データとして、「春」を傍題に使つた阿陪悦郎氏の一聯の作品。

それから「軍艦肋骨號遺聞」が觸媒となつた田村泰次郎故河田誠一氏等の「東京派」の作家達との當時の交通。

※

私が大連を去つてこちらへ歸つてきたのは昭和九年だがその年の春の獨立展で私は三岸好太郎の遺作「海洋を渡る蝶」に應接した。

このことは「博愛なる海洋」に書いた。彼に對するオマアジユである。

蝶は又日本シユールレアリスト達が頻りに好んで用ひた假說の美學である。

この方では古賀春江氏が最初の秀れた仕事を遺してゐる。

※

蝶がきて喪章のやうに駐つてゐる二つの空いた椅子。

※

マイルストンの使つた「西部戰線異狀なし」のラストの
蝶。

※

蝶のcarrespondance
だが、蝶はもう古い通劵であり、黴びた証文である。
私は再び用ひることをしないであらう。
私は四つ辻を曲らねばならぬ。
影はすでに行手の地上に濃く墜ちてゐる。
影をひきおこして私の實體に据え定める時、新らしい視
野が私の前に展開するのではないだらうか。

同人語

純粋詩の表現的分離

吉田一穂

何んの懸念もなく活快に、自由に、このやうな詩の場を與へられることは、わが三十年詩壇史に經驗しなかつた嬉しい事です。詩を歌や句から分離し、同時に西歐詩からも、また日本的運命からも引き放すために、私は實驗室的に、やつと純粋詩の表現的分離に成功した。その形式原理に就いて書くつもりです

詩集『美し國』

永瀬清子

「爐」社から出る詩集「美しい國」、は最初英譯對照にしようと思ひ、それに一頁ごとに木版のカットを入れたものにしたいと思ひ（ブレークの「無垢の《ソングスオブイ》歌」《ノセンス》のようなものにしたいと思ひ」木版の山本遺太郎さんに相談すると大いに讃成して下すつた。それで集める詩も英譯しても美しさのそのまゝ出るようなものと云ふことを念頭において編み、一々の言葉も英譯の場合を考へ考へした。さうしてゐる所へ「爐」社から、分量も何もかもすつかりあてはまるような詩集の發刊の申入れがあり、私の詩、木版、英譯の三拍子で計畫してゐるものがあることを云つてやると、冬木康さんから大いに乗氣になつてお返事があつた。それで本氣になつて取かゝつてみたが實地に仕事にかゝるといろ／＼難點があつた。私の詩も横書きにするかどうか。もし横書きにしなければ一頁ではおさまり切らない詩の多い私のものでは、頁毎に英譯對照にすることがむつかしい、私の詩を右開きで印刷してゆき、英譯を左開きで印刷していつては、と冬木さんからも云つて來られたが、それも落つかないように思つゐる。やはり現在のように日本語が、右から縦書きの習慣であり英語はその反對であると、詩集としては無理であらうと、ことに經費の上も考へてこの計畫は先きに解決をのばすことにした。それは去年の（昭和二十一年の）秋のことであつた。英譯と云ふことが可能ならそれはこの國の語學生も買ふだらうが、それよりも精神的な外國への贈物が出來るだらうとごく現實的夢想をしたのである。

私の詩と云ふものが土臺なので一寸豪さうに思はれるかも知れないけれど實はごくつゝましい考へである。

他の二つの考へ、私の詩と山本さんの版畫は、計畫の通りすゝめて、もうすこしたら世に出る筈である。

繪と詩とのコンビについてはいまも二三の他の夢想がある。

（十一月十日記）

四十二歳

安藤一郎

既に　私の肩から
匂ふ粉のやうなものは剝がれん
ひとは言ふだらう
私は少し老いて硬くなつたと

私の内部　見えない隙間を
日に日に崩れてゆくものがある
しかもなほ

私は　柔かい朝の光りに背伸びする

ひとは知らない
私の眞下で　瓦礫に砕かれてゐる苦惱を
時々　若い幻影を見上げて
うつとりとする　この眼を

果して　かつての私に
花咲いたことがあるだらうか
いつか　一つの實りとなり
自分のまわりを豐かにしようと夢みたのに

あゝ　ひとを愛し　ひとに愛されることを
ひそかに希ふ歡び――
私は　それだけで生きてゐる
少し老いて　硬くなつて

獅子

江口榛一

獅子は目をとじていた。目をとじてじつと見つめていると、はるかに山が見え、谷が見えた。かつて意志するまゝに驅けめぐり、獲物をねらつては一擊に屠つたあのなつかしい山や谷が。千萬里かなたの、熱帶の大森林の風光が、パノラマとなつて浮んで來た。

獅子は耳を立てていた。耳を立ててじつと聽いていた。するとざわめく風のまにまに、唸り呼び交わす猛獸の、木ぬれを渡る蛇のうろこの、たわむれ騒ぐ猿の群の、聲や音などがきこえて來た。激流の岩にくだける音にまじつてはるかにかすかにきこえて來た。平原の白く乾いた砂の匂いや、野馬を追つて百里も一度に驅けた日の記憶もあざやかによみがえつた。血潮がはげしく高鳴つた。

獅子は目をあけた。目をあけて、だがどこを見ているのでもなかつた。虛空にうつろにまなこを放ち、すさまじい嵐の夜の原生林の、はためき、閃き巨木を引き裂くいかづちの、篠つくスコールのあの身もおののく爽快無敵な地方のことを、もう死んでもふたたびは還れぬ山河大地のことを、切なく辛く、まさ目の如くに幻想していた。

獅子は目をとじた。目をとじて身をよじる思いを押しこらえ、なおもじつと腹這つていた。そして千萬浬の波濤のかなたの、太陽と砂漠と熱風の、故鄉の原生の密林への、その鋭いすべての齒を以てしても嚙み殺せぬ、胸に湧きたぎる鄉愁を、ぎりぎりと食いしばつてこらえていた。

現代詩

「世界文學」十月號「中國の詩を語る」さ云う三好、吉川の對談の中で、三好達治が、中國では、「作者の詩人さいうのは樂器は自分でもつて來ないで、讀者の方の側にある。西洋の近代の詩人なんかは讀者の側で豫め用意しないもの、つまり樂器も自分が持つて來て、それもなるべく新しい、もつて來たその珍しい樂器である。しかし中國の詩は、ごうも讀者の方の側に既に樂器がある。それを彈いてみせる演奏してみせるさいうようなやり方に見えますね」と云つているのは面白いと思つた。こゝで云はれているのは、中國の詩と云つてもそれは古典詩のことだろうが、それは日本の場合は、丁度短歌や俳句に該當するようだ。讀者の方に樂器があるると云うのは詩に定型があると云うこさと大いに關係がありそうだ。われわれも定型がほしい。われわれの現代口語詩に定型があつたら詩人はどんなにか樂しいこさだろう。しかし、現在ではそれが形成される根底はない。めいめいが自由詩の中に定型的なものを求めるより外はないのであらう。マチネ・ポエチックのようなイージーな無意味の定型模索では、兒戲である。

×

「ヨーロッパ」4號のコクトオの近作詩集「はりつけ」(堀口大學譯)は、たしかに三好の云う、作者の方が樂器を持つてきて新しい、珍らしさのある樂器で演奏している種の、尤なるものであろう。殆ご難解である。原文を見てないので推測だが恐らくフランス語のリズムによつてあれらの詩は僅かに了解されるのであろう。それにしても、あのような難解の詩の、ちやんともて發表の可能であるこさは、さすがフランス詩壇だけあつてうらやましいこさである。それさ云うのは近代詩のオオソドックスが確立されていればこそ可能のこさなのであらう、「中國の詩を語る」對談で、吉川幸次郎が、「中國の詩では論理的な要素が骨格さしてほさんご必須のものゝように意識されている」と云つているが、日本の現代詩は、まだそのような段階を通つていないこさか反省される。してみるさ、日本の現代詩の前途はなかなかに遼遠だと云うこさになる。一飛びにコクトォに行こうとするのが日本のモダニズム詩のそれで、淺薄たるこさをまぬがれ得ないのも當然なこさである。

×

岡本潤が「改造」十一月號に發表した「旗」と云うのは、アレは詩ですか、さ或る一流のジアナリストに訊ねられた。私は即座に答えた、「アレは詩ではありません」「それで安心しました。アレが詩ださなると自分の鑑賞眼を疑わればなりませんかられ」。アレが岡本潤のものさしても、近來にない愚作である。私の云う「現實を凝めた果ての朦朧」が全然ないのだ。ポエジイが全くないのだ。そうかさ云つて意志の熱燒もない前進の旺んな感情もない。だから詩ではないと云うのだ。それに、高村光太郎の「暗愚小傳」の模造であると云うオリヂナテイの無さだ。政治國體は、藝術を殺す、とは近頃の私の信念だが、まさしくそのいゝ實例である。

×

「ヨーロッパ」5號のために依頼されて私は、ルウスロオと云う若い詩人の書いた。マックス・ジャコブの追悼文を飜譯したが、それによつて、私は、マックス・ジャコブがゲスタポの牢獄で暗殺されたことを知つた。よぼよぼの老人で或る小さな村で陰遁生活を送つていた彼が、たゞユダヤ人であると云う、たゞそれだけの理由で暗殺されたのである。彼がゲスタポに連れて行かれたと聞いて、彼の友人達、コクトオとかピカソとかゞ運動したが間に合わなかつたのだそうである。何と云う痛ましいことであらう。それにひきくらべて、日本の詩人達の、何と安穏であることよ。私は自責の刄で胸を刺す想いに驅られずには居られなかつた。

×

「蠟人形」十一號の詩壇時評に、「詩壇の權威確保のための工作二件」（V・L・R）と云うのがある。

一件は、詩を尊重するのなら、せめて詩雑誌編輯者は詩を一段組みさせよ、と云うのである。スペースがないのら詩の數を減じてゞも一段組みとせよと云うのである。これは時宜に適した提案で大賛成である。

もう一件は、菱山修三の前代未聞の醜聞剽窃事件に對し、詩壇が實に寛容であることは、心外である。甚だしいのはこれを辯護してかゝる者さえある。それが若手詩人に多いのはとうしたことか敗戦のモラル喪失によるのか、まことに情けない限りである。菱山修三の剽窃事件は、詩壇の名に於て徹底的に究明、處斷されねばならない。それは、詩壇の權威を確保するため爲されればならぬ要件の一つである。と云うのが大意である。これ、また誰かゞ强調せねばならぬところの至言である。去る秋、催された詩の朗讀研究會に、菱山修三の詩も朗讀されるのを聞いて私は啞然とした。誰の責任なのか知らないがあんなことはあり得べからざることである。詩の朗讀會は意義ふかい催しだが、あのようなことをしては臺なしだ。會の恥辱である。V・L・R氏の云うように、「菱山修三の剽窃事件は、詩壇の權威のために、詩壇の名によつて徹底的に究明、處斷されねばならない。」

北川冬彦

對談

杉浦伊作

私の病氣のために。私たち夫婦は、もう半歳も前から、ひそかに世を避けて、田舍の生家で、わびしい其の日暮しをしてゐた。

訪ねる人は、週末になつて會ひに來る三人の子供の外は、野良犬が、時々うすら寒い風と一緒に垣根をくぐつて、這入つて來るの外は、物の氣配も感じられないやうな寂しさであつた。

藁ぎれや古新聞が乾いた音をたて、生垣の根に吹き寄せられて、からから空まわりしてゐる或る日の午後、めずらしくも誰やら見知らぬ人が訪ねて來た。

「先生はいらつしやいますか」

「はい。でも、只今、病氣で臥つてをりますので、どなたにもお會ひいたしてをりませんが」

玄關で應對してゐる妻の聲が襖ごしにきこえて來る。

若い學生らしい。

「それは承知で訪ねて來ました。」

「それはまあ」

「僕、先生に牛乳を呑まして差上たく、お金を持つてあがつたんです。貧者の一灯、受けてください。

「それは、まことに有難うございますが、見ず知らぬお方から、左様なことしていたゞいてわ。」

「たつた百圓、猫が十歩も歩るけばなくなる些少のお金ですが、しかし、これは僕がアルバイトして儲けたものです。」

「まあ、そんな尊いお金をいただきましては。」

妻は躊躇してゐるらしい。

それにしても、百圓の價値を、猫の歩み十歩とは――どう云ふ比喩なのであらうか。

「僕は詩を愛する青年です。詩人の愛情は無條件で受けてください。」

いささか語氣が強くもなつた。しかしその聲はいかにも凛然としてゐる。

なんといふ若さの情熱であらうか。

青年の純情が私の心をうつ。

私もに、そんな青年時代があつた。純情だけの行爲で、養老院の老詩人を訪ねて
なにがしかの金を呈したことがあつたではないか。
私は、私の青春をまざまざとみせつけられた。
私は、私の青春を想ひ出すために、この青年と對座して、今の沈靜してゐる精神
を昂らせなければならない。
また、何かと戸まどひしてゐる妻に「おい。おい。そのお客さま。お通し申せよ」
と大聲で叫んだ。
そして、ひそかに、青年の氣配に聽き耳を立てて。

狷介な青年詩人が、この私の病床にぐんぐんと力強い足どりであがりこむ。
私の前で、彼の青年の青春が胡坐をかく。
私のよみがへる青春が又胡坐をくむ。
二十年前に失つた私の青春が、このみずみずしい青年の青春と對峙し、そこに展
回される會話は、そも、どんなものであらうか。

同人語

長篇敍事詩の創作方法に就て

北川多彦

これに就ては、「文壇」十一・十二月號に「現代詩興隆のために」さ云う論文のなかで、やゝ詳説したさころであるが、結論を云えば、われわれ詩人は、片々たる短詩を書いていたのでは（短詩の價値はそれさして充分認めるが）文壇に確たる存在を示すことは不可能であろう。社會的に詩人の眞價を認めさせるには、どうしても長篇の詩を書かなければならない。長篇の詩は、私の場合は敍事詩として身につく。

私は、顧て見た、明治年間に「文學界」「文庫」「明星」「スバル」などの雜誌に據つて、島崎藤村、薄田泣菫、蒲原有明、岩野泡鳴、森鷗外などの詩人達が輩出活動した時期には、詩人は文壇の中にあつて確たる地位を示していたようであるがどうして、そのようなことが可能であつたのか、私の考えでは、端的に云うさ、そのことの可能であつたのは、詩人達が長詩を書いたからである。薄田泣菫にしろ、岩野泡鳴にしろ、蒲原有明にしろ長篇敍事詩を書いたからである。そのことが詩人の文壇的または社會的地位を確固たらしめたと考えるのである。長詩さなれば、獨善的な內容や形式ではやつて行けない。そこで、長詩は、社會性を、大衆性を獲得しえたのである、と私は考えるのである。

それならどうして、彼等が長詩を書き得たのか。私は思うのだ、それは一にかゝつて形式の問題にあると。彼等は、ヴォキャブラリイの豐富な文語雅語の音數律のリズムに乘つて長詩を書いたのである。つまり、定型が長篇敍事詩を書くこさを可能さしたのである。ところが、文語雅語による定型詩は間もなく口語自由詩運動によつて破壞された。それ以來、長篇敍事詩を書く方法を詩人は喪つたのである。長篇敍事詩を書こうとする詩人も時にないでもなかつたがこの方法の喪失は作を失敗に終らせるより外はなかつた。

ところで、今日、われわれが長篇敍事詩を書こうとするに當つて、文語雅語による定型へ戻るわけには行かない。そのような時代錯誤をおかしては意義がない。われわれは、いやが應でも現代口語を以つてそれを敢行しなければならない。

そこで今の私に考え得られるのは、現代口語を以つて長篇敍事詩を書く方法に三つあることである。

一は、「詩人が小說を書くことは敍事詩を書くことだ」、さ云う考えである。これは、私が小說の第一作「北方」（昭和六年「中央公論」）を書いて間もなく考えたこさであるが、散文の中に詩を疊み込もうとする考えである。

もう一つは、「シナリオの形式が敍事詩の形式として、好適であることである。シナリオは映畫をイメージする文學の一形式である。アランは『詩は時間の法則に從う』『後戾りのない動きが聽く者を詩人ぐるみ運び去るのだ』、詩の讀者は、『導かれ行く感じ』を味い『何時も前のめりになつて情熱的な疾走者のあとを追う』ものであるとその『散文論』の中で書いているが、この性質は映畫をイメージするシナリオの性質そのまゝなのである。映畫は、時間藝術でありながら、そこには物語が疊み込まれる。シーン（場面）の堆積は、その間おのずからテンボ、リズムを生む。しかも、今日にあつては、ヒチコックやルノアールの作品のように散文性をさえその中に孕んできているのである。こうした映畫と云うものをイメージするシナリオが、新しい敍事詩の形式として存在することを詩人は悟らなければならない。もしも、詩人がこのシナリオの形式を生かし得たなら、詩の復興はこの一角に興隆すること、目前にある。何故なら、シナリオは「定型なき定型」であるからである。新しい詩の定型の一つたりうるからである。映畫と云う時間に制約されるものを、それはイメージするからである。それぞれのシーン（場面）は諧調のために組立られ、シーンの堆積より成るシークエンス（挿話）は全體の構成のために自己制約をなすからである。起承締結が殿格に守られればならぬものだからである。」（「文境」十一・十二月「現代詩興隆のために」より）

もう一つは、詩の「行ワケ」を意識工夫することによつて、現代口語を以つてする自由形の形式でも、長篇詩は書けないことはないかも知れないと云う考えである。しかし、その際必須なのは、「行ワケ」を意識工夫することである。長詩を書き續けるための「行ワケ」の意識工夫である。

　以上の三つの方法を採用することによつて、詩人は長篇敍事詩を、復興し、現代詩の興隆をもち來らしうることを必至であると私は信じるのである。長篇敍事詩創作方法が確立したから、あとは、作品實踐である。それは、詩人の才能にかゝつている人間探求力と時代認識の如何にかゝつている。詩人の「思想」と「藝」の如何にかゝつているのである。（十二月・廿日）

ジェネレーションを守る

笹澤　美明

時代といふものは面白いものだ。古いジェネレーションと新しいジェネレーションがあつて、假令新しいと言はれたり思つたりしてゐても、時間の司令者の手によつて、忽ちこの二つの境が作り上げられてしまふ。昨日の攻擊者は今日の守勢の位置に置かれる。因果應報とはこの場合にも通用する。かつて遊擊隊の一員として、あの神經の針金で圍んだ城砦にこもつてゐた萩原朔太郎を攻擊したり、何の防備も施さない呑氣な一城の主であつた惣之助を輕く攻めてみたりしたのも、つひこの間のことと思つてゐる。孤獨と貴族主義で超然としてゐるやうに見えて俗人の非難を氣にして神經をいらだたせる朔太郎も、平氣のやうな顔をしてゐて、時々素ばらしい皮肉と機智で應酬する惣之助も、結局今から思へば、敬愛すべき詩人であり、問題にすべき人だからこそ攻擊の的としたかもしれない。

　人は常に半分の味方と半分の敵を持たればあまり價値がないと思ふ。そして七分の理解者と三分の無理解者があつてもよい。盲目的な心服は、無理解な攻擊者と同樣、眞實有がたくはないものである。それは、實際に理解してゐないからかも知れない。

　とにかく時代は面白いものである。攻擊も鮮かであれば、被害者も胸のすく思ひがする。いつの世でもアイコノクラズムは必要だ。そこには生命の躍動や發展があるからだ。生命の本質は抵抗にある。生きることは抵抗することにすぎない。

　その時代が來たのだ。私も城

を守る年齢と位置に來た。私は戰ふ。しかし戰ふことの眞義は仕事にある。議論の應戰は、生存はすべき肉體の役割である。これをつとめるのも好い。しかし本道は仕事より他にはない。そして眞實の批判者は、文學史と理解のある讀者である。かう言つた負惜しみのやうなことも安心して仕事をするのに大切な要素である。

はつきりと云う

淺井十三郎

○

僕に涙もろい文學など必要ないんだ。涙もろい自分も涙もろくさせる客體もこいつあいかん現狀維持的痲藥にかかつているんだ。そいつに反抗するところに僕らわ在る。歴史的現實に反對する自己。そうゆう對決わ我々に持ちすぎたと云うことわないしその對決の方法が現實的に過ぎたと言うこともない。僕わ僕の罪や傷を洗うのに涙もろく眼鏡を曇らせたくない。歴史と言う方向をわれわれ民衆の中に求めるなら夢や未來わ、偉大な現實なのだ。對決に主客をきめて初めつから勝負をきめてかかる馬鹿げた考えわない。求めるのわ、その比重の批判だ。主體性の確立と方法の確立。

だが日本の社會革命わ、詩に定型の完成を求めるような社會的條件をまだもつていない。詩人わ、よろしくあの歌や小説とゆう家族制度から泣き男を追放してしまうがいい。

○

現實の把握わ、現實の中に身を晒すことによつて得られると云う意味のことをかいたら「現實をわかるには十分間の靜止があればいい」と言うような意味の天才論がとびでてきた。天才とか、稟質とか、そうゆうものにうぬぼれている連中がまだいるらしい。支えられた精神と云うものわ、決して天才や稟質に基礎を置いて得られたものでわない。又天才や稟質わ、誰にも在る偶然でわない。何とかと言ふ雜誌が僕を「一つぱし黄いろい嘴をとがらして」とか「素姓のいかがはしい不逞のやから」とか何とか大へん元氣のいいことをならべていたが、發田某と云うのは廿代だと云うから、批評と惡意をハキちがえている、まことに立派な天才的稟質だとおもつた。隨分とみんなが元氣になつて來たから面白い。

○

お互い腫物の膿わだしたかいいのだ。はつぽらかして癒る場合よりも命とりの方が多い。みんなが言い合つてとことんまで底をみつめるがいい。朔太郎だ光太郎にしろまた、恭次郎や重治にしろ或わ又金子や北川や小野にしろ、價値わ我々の歴史の發展過程の中にあるのだ。いくらこづきあつても導きだされるものがなかつたらつまらん。僕らは自分の汚れを洗うに眞劍でありたいことと、そうゆう汚れを身につけさせない社會や自己を求めるために一層恥の多い努力をつづけることだ。秀れた批評家がいないから困るとも言えるし、詩人自らの雷同性もいかんのだ。いま二三年もすれば見向きもされなくなるだろう方向さえ、「新しもんがり」を發揮するからいかんのだ問題わ既成だ新人だとゆうことにかかわりのない文學上新人が必要なのだ。「偉大とわ方向を與えることだ」と言うこと、偉大とわ否定を加えることだ、と言うこととどれだけの違いがあるか一應その相似と背反をハッキリさせる必要があるのでわないか。

苔寺と石庭

江口榛一

はじめに苔寺を見た。文字通り苔寺で、塀の外からもう美しい苔が敷きつめ、緑のじゆうたんを見るようだつた。一歩庭園にはいると木の間はいちめんの苔で、それが木洩れ日に映えて得も云われぬ眺めを呈した。一樹一樹が細心の注意を以て配列され、一石といえどもおそらかに置かれたものはない。その微妙な木と石と水との諧和を、青い苔の主調低音が更にひき立てていた。

　云わば、苔寺は和歌的な世界である。大和繪風な、純日本式の庭園だが、和獄の至りついた最も美しいセタイルが新古今であるように、苔寺もまたはかない程の優艶さである。

　次に石庭を見に行つたのだが苔庭で暇取つたので着いたときはもうたそがれで、石庭はほの白く夕闇に浮いていた。が、何という強烈な庭であろう。砂ばかりで、どころどころに奇妙な形をした石が置いてあるだけのものだが、そのあらゆる不用なものは拂い捨てたといつたような無愛想さには、取りつく島がなかつた。虚無とはこんなものだと痛捧を食らつた氣がした。

　沙漠の眞只中にただ一人で立つてるような、孤獨と寂寥感におそわれた。思いなしかまんなかにつくばつた石がスフィンクスに見えて仕方がない。まさしくここに表現されているのは沙漠の思想だ。そうしておそらく人生とは沙漠なのだ。ここには人生を沙漠だと觀じ切つて、しかも微動もしない境地にあつた達人の、強烈な個性がにじみ出ている！

　完全に敗北した感じで寺を出ながら、しかしこの表現の仕方は俳句に似ていると私は思つた。リズムとハーモニーの世界ではなく、核心だけをどかりとすさまじい力で投げ出している白砂の上に石を幾つかあしらつただけというのも、俳句の「取り合せ」に似ていはしないか。まさに、「荒海や佐渡に横たふ天の川」の感じである。

　ところで、苔寺を和歌的精神の象徴と見、石庭を俳諧的精神の象徴と見るならば、近代詩的精神の庭もあつてよいはずではないかというようなことを考えた。しいて云えば西歐風な庭園たとえば明治神宮外苑風なものがそれにあつたらうか。然しそれにしては外苑はあまりに無内容すぎるようである。フランスあたりにでも行つてみれば、きつと苔寺や石庭に匹敵し得るような、近代精神を表現した庭があるにちがいない。そしてそれは必然に近代詩的であるに相違ない。

　われわれが理解している近代精神、われわれが作つている詩と稱するものも、現在ではせいぜい外苑程度のところではあるまいか。このことをもつとしつかりと腹におさめ、すくなくともかの苔庭や石庭の象徴する和歌俳句的精神に匹敵する庭の近代精神を把握しないかぎり、この國に眞の自由詩の花開くことはないのではあるまいか。

　これが私の受取つた、苔寺と石庭の敎訓であつた。

個の純正化の運動

杉浦伊作

詩壇の公器的と稱せられてゐる雜誌も、よくよく檢討して見ると、其の雜詩の系統による（グルッペの）公器的で、決して嚴密に云ふところの公器性は絶對にない。

例へば「詩學」がもつとも公器的だと自稱しても、「コスモス」派の金子光晴も岡本潤も壺井繁治等が招かれて登場する譯のものでなからうし、又「コスモス」がもつとも公器的であるとしても、城佐の抒情詩を揭載する勇氣はないであらう。

京都の「詩人」然り。「蠟人形」に至りては、西條八十このみ意外の公器性は存在しないと思ふ。

ひそかに公器的であらうとした「現代詩」に於ても、その寄稿を仰いだ範圍を檢討すれば、廣い意味の公器性はなかつたやうだ。だからこの公器性にはすこぶるあやふやなものがある。文字的解釋でなくて、その取扱ひにである。かうなると公器性を、その雜誌自體が强調するのは甚だ僭越なことになる。

詩壇が政黨的黨派に分裂するといふ意味でなく、ある系黨以外には、決して、その夫々のアイデアは成長しないからだ。いくら、三好達治が、時代的にお世辭を述べて、共產黨は淸潔でいいと云つた處で、共產黨系の雜誌に三好達治の詩を揭載するものでもあるまいし、本人だつて、のこのこ氣輕に出向いて行かれないであらう。そんなら最初から、さうした社交的な言動はよして、あくまでも僕は、「四季」派の重鎭で、藝術派だ。と共產黨の問題には觸れない方が賢明だ。

一時的に寄り合つても、流れに添ふ芥は、芥でどうにもならない。お互に判然と、好きな者同志で手を握り合つた方が面白い。と云つて、この「純正詩派」がかならずしも、人間的な繫りに依つてむすばれたと思はれては、各自の誤解を招き易いから斷つて置く。思想的の繫りでなく、純正詩に對するアイデアをもつとも、他に依つて、掣肘されたり、汚がされたりすることを嫌つた詩人が、さうした拘束のない「現代詩」を足場にしてより自分のために忠實たらしめんが爲に、自分の雜誌にしたに過ぎない。さうした意味に於て淺井の信念も僕の信念も甚だ、排他的でヱゴイステックに思考されるかも知れないが、その實その正反對で、もつとも純粹な氣持に於ける公器的なものだ。他を制することなく、且又自分をも强ひられることがなければもつとも公器的であり得るではないかと思ふ。なるが故に、雜誌「現代詩」は依然として存在する。

これは、ここに集つた詩人の數の問題でなくて、各詩人の質である。ここに集つた詩人が、詩の純正化にのみ集るチギリであつて、各詩人の方向は誰をもが冐すことは出來ない。

これは聯立內閣ではない。だから、何等政治的な組織力はないが、綜合の研究所ではある。

アカデミックではあるかも知れないが、ペダンチストの集團ではない。研究相互の問題に協力はし合ふであらうと同時に、ここに集つた詩人は又他のあらゆる方面に、協力をおしまない。もつとも秀れた社會人であるからである。

各員がどつちを向いてゐるのも自由だし、どこに聯繫の手を伸ばさうが自由である。恒にこれ等の詩人は、詩の藝術性を純正に守り通さうとする人々であるだけに、さうした意味に於ては、この集團は太陽であるかも知れぬ。純粹に各自が詩に對して純正派であれば、各自の節操が保てるではないか。この運動はここに集つた人々の問題のみでなく、實は、詩界全體の個の純粹化の運動なのである。

魯迅原作

阿Q正傳 ㈠

北川冬彦

豚のうごめいている圖（タイトルバック）

産土神《うぶすなさん》の祠堂裏

手足をくねらしたような格子の、太い木《ぼく》が一本春かぜに、そびえている。楡《にれ》の古木である。殆ど枯れているらしい。

その古木の周圍には、新芽をふいたばかりの樹々が雑然と立っているが、その威容は到底この楡の古木には及ばない。

それが妙にユーモラスである。

その楡の枝と、塀と、祠堂の庇とを利用して、掘立小屋が掛けてある。

小屋の中では、男が一人いぎたなく惰眠をむさぼっている。二日酔いらしく、酒くさい息である。

ワラを束ねて寢臺にしている。

榮養が足りなくて赤茶けた辮髪を、豚の尻尾のように土間に垂らしている。

午さがりの陽が、そのテカテカの禿げに落ちている。

この禿げは、年寄りの禿げではない。禿頭病の禿げで後頭の鉢をしたゝかやられているのである。一見四十がらみの男と見えるがまだ三十五、六なのである。何か、あんまり香ばしからぬ夢を見ているのだろう。顔をしかめ、體をピクピクさせて魘されている。

それが、急にニヤニヤしたかと思うと、

「ふふん、畜生！　世の中ア逆《さか》さまだ、餓鬼が親父をブン毆んだからなあ」

これだけハッキリ云つて、あとはケロリとして、また鼾をかき續けるのである。

どうかすると豚の鼻聲に似た音を立てることがある。また、實際に祠堂の塀の外では、豚が五、六匹鼻を鳴らしながら、うようよしていたものである。

村にたつた一軒の居酒屋

咸亨と云う。

街道に面している。街道と云つても狭い道である。

肘を突いても潰れぬ程度の、粗末な板つ切れの飲み臺がしつらえてある。

村の旦那方はめつたに見えないが、下々の衆は、晝休みにも、夕方の仕事仕舞いにも、巾の狭い腰高の床几に腰をかけ、安酒をアホつては（と云つても、精々茶碗に二、三杯である）無駄話に花を咲かせるのである。

いま飲み臺に、ずらりと、

もういゝ歳の船頭、七斤《チーチン》。

日傭い仕事をしている貧相な小男、小D《シャオデ》。

村一番の財産家趙《チャオ》旦那の小作人、色黒の阿伍《アーウ》。

村での學者だが、乞食のような生活をしている、孔乙《クンイツ》己《チ》。

この四人が目白押しに並んでいる。

早朝、城下へ舟を擢いで行つたが途中から引き返えして來た七斤《チーチン》の話を、三人は興がつている。

帳場で酒屋の親爺が、ボンヤリ街道を見詰めている。

ボンヤリと云つても何か思いつめてる目付だ。

その脊の上には黒板が一枚かけてある。

街道の向うは、花をつけた桃の木のある畑。

「そうかなあ」と阿伍《アーウ》がニヤついている。

「そいつア見ものだつたなあ」と小口が大聲を出す。

ドッと笑い聲があがる。

ボンヤリしていた親父が

「何だね？」

と尋ねるが、四人ともニヤニヤしている。

「あんた方、いま話してたのは何の話だね？」

「何でもねえ」と色黒の阿伍。

「話は云つたとき聞くもんだよ」と小口。

「そう勿體つけねえで敎えてくれろよ、え？何の話だね？」

「南京豆《つちまめ》一皿くれたら話してもいゝや」と阿伍。

「爺さん、止めた方がいゝよ、何でもねえんだよ、くだらねえ話さ、河ん中で女がおダブッになりや、上向くか下向くかつて云うだけの話なんだよ」と孔乙己。

「いらんこと云うな、ほんとに南京豆《つちまめ》一皿食いたくなつちやつたぢやねえか！」と阿伍。

「は、はは、は。俺ア、けさ、城下へ擢いでゆく途中女のおダブッにぶつかつたんだよ。それで、こいつらに早く聞かせてやらうと思つて、仕事ぶんなげて引つ返えして來たんだア」

「へえ、仕事までぶんなげて、神さんに小言いわれるんぢやねえのか？」と孔乙己。

「何アに。ところで女のおダブッあ上向くか下向くかこいつら試して見たんだが、てんでわかんねえんだ」


七斤《チーチン》は得意になつて、親爺さんに云うが、親爺さんは「南無阿彌陀佛《ナマンダブ》、南無阿彌陀佛《ナマンダブ》」と口の中で唱えながら、そばに置いてある鑵の中から、南京豆《つちまめ》を一つかみ摑み出して、皿に入れ。孔乙己の前にアケた。

七斤《チーチン》、阿伍《アーウ》、小D《シャオデ》「オヤ」てな顔をする。しみつたれの親爺の、この珍しいサービスにしばし呆れている。

「こいつあ、かたじけねえ」

と孔乙己がその南京豆《つちまめ》を掻き寄せようとすると、阿伍が、

「おい、それやこつちのもんだよ」

と床几から立ち上り手をのばす。

「おれにも、くれろよ」と小D。

孔禾己は、學はあるが腕力がない、あらかた阿伍と小Dにとられてしまい、泣面になつている。

すると、阿伍は、いよいよ圖に乘つて、イジメにかゝる。

「何アんだ、その面《つら》。どうだい、こんなときこそ、阿Qの奥の手を使つて見たらア？」

孔乙己はそつぽを向いている。

「おれが教えてやらうか」

と南京豆《つちまめ》を食いながら小D。

小D、阿伍、期せずして二人、異口同音に暗誦するように、云う。

「ふん、畜生！世の中ァ逆さまだ、餓鬼が親父をブン毆んだからなあ」

「どうだい氣がサッパリしたらう！」と阿伍。

いつの間にか立つて行つた親爺が佛に線香をあげている。それが飲み臺から見える。

悄げ切つている孔乙已、精氣のある顏になつて云う、

「親爺さんは、女のおダブツの話で思い出したんでねえか」

「あゝそうか」と七斤。

「何んだ？、何んだ？」と阿伍、小D。

祠堂裏掘立小屋の中
表を誰かゞグワン、グワンと銅羅を叩いて通る。さすが、飲んだくれの寢坊の禿げ頭も、その音に眼を醒まして、ノビをする。

居酒屋
「その豆、少しくれたら話してやるよ」と孔乙已。

阿伍と小D、五、六粒宛、孔乙已に提供する
「あの親爺さんのお神さんと娘が、河ん中へ投げられておダブツになつちまつたんだよ」と孔乙已。

「ふーん、それや、いつのことだ？」と阿伍。

「そんなの俺ァ前から聞いて知つてらあ」と小D。がそれは小聲で、くわしいことは知らない顏付である。

「長髮賊の亂のときなんだがなァ。ならず者が、大威張りで村を練り歩いていてね、物は盗るし、女は片つぱしから冒すし。女はおとなしいのは命はあつたが、抗《さから》つたのはみんな、河ん中へ投げられちやつたんだ、なァ、七斤」と孔乙已。

「あのときは凄げえもんだつたなあ。俺たちは、どうしていゝんだか、てんでわかんなかつたよ。長髮賊が勢いのいゝ間は、こいつがないと（自分の辨髮を片手で握る）これがチョンだ「と片手で首に手をやる」。ところが、あいつらが平らげられると、こんどは辨髮垂らしていちや、一寸來いて云われるのさ！」

と七斤、阿伍の首筋をつかむ。

銅鑼の音。

春かぜに乘つて、遠くから次第に大きく聞えてくる。

そこらで餌を漁つていたアヒルが驚く。

七斤は阿伍の首筋を離す。

小D、七斤、阿伍、何事かと、振り返えり見る。

見れば小肥りの趙家の下男、趙司辰が得氣に銅鑼を打ち鳴らしながら、街道をやつてくる。

そのうしろに、長衣を着、ヒゲをはやした村長が勿體ぶつた樣子で歩いている。

村長は酒屋の前へ突つ立つ、

「おいみんな、聞けよ。こんど趙旦那んとこの息子さんが、秀才試驗に合格なさつたんだゾ。芽出てえこつちやろうが、芽出てえこつちやが！」

と白檀の大きな扇子を揺らがせながら云う。本人は勿論エライ積りなのだが、チンドン屋めいている。

ゾロゾロついて來た總角の子供たちが、遠まきにしている。

酒屋にいる連中は、皆、口を開けえボカンとしている大いに感心したのである。

すると、床几を飛び越して街道へ出てくるやつがある。

阿伍である。

「芽出たいこつちや、芽出たいこつちや」

と小躍りして驅け出す。趙司辰のドラにぶつからんばかりにして。

畑のある途上

寢坊の禿げが、ボロ袷を着て、すつかり寢足り顏で歩いてくる。しかし、フラフラしている。まだ醉いがすつかり醒めないらしい。

くねつた街道の向うに、酒屋が見え出した。

それより手前に、驅け出してくる奴が小さく見える。近ずくと、そいつは阿伍だ。

「おい阿Q、聞いたか！うちの若旦那が秀才試驗に合格なさつたんだよ！」

阿伍は息せき切つている。

「ほう」

禿げは、何をあわてゝるんだと云わんばかりの顏をし

「それや芽出たいな」

と落付いて云う。（しかし體はフラついている）

「うんうん、芽出たいこつちや、芽出たいこつちや」

と、阿伍は、走つて來たそのまゝのあわて方で、走り去る。

阿伍は、趙旦那とこの小作人である。いつも搾られている趙旦那とこのお芽出たが、そんなに芽出たいのかとおかしく思われるほどである。

（阿Qは、趙旦那のところへ米搗きによく傭われて行く男である。

趙旦那のところと限つたことはないが、田舍村の習慣として、夕方となれば燈をともさずに寢てしまうものである。

ところが阿Qが米搗きに來たときには、特別に燈がともされる。趙旦那としては、日當を出すからには出來るだけ澤山の米を搗かせる魂膽であるが、阿Qは、特別に燈をともして貰うのを名譽と心得ているのである。

そんな阿Qだから、趙旦那とこの息子さんが、秀才試驗に合格なすつたことは、實は阿Qにとつても只ごとではない筈である。あやかり度い氣持は充分であるのである）

阿Qは阿伍の姿が道の曲り角に消えるとスタコラと足早に歩き出した。

錢旦那の家の前

錢旦那の家は、この村でたつた二軒ある瓦屋根の本格作りの一つである。高い厚い土塀をめぐらし、表門にはノックのために金輪が付いている。

（本格作りは二軒だけだと書いたが、もう一軒は、趙旦那の家である。こんな場合趙家と錢家とが何かにつけて對立し、仲のわるいのは有り得ることだろう）

錢旦那の家は、街道から、かなり這入つたところにあるのだが、村長の一行は、わざわざこゝへもやつて來たのである。趙司辰に銅鑼を打ち鳴らさせながら。ゾロゾロ子供のお供を引きずりながら。銅鑼の音を聞いて、年寄りのくせに物見高い錢旦那の母親が、門を開けて、よちよち出てくる。纒足なので、まるでアヒルが歩くような格好である。

門の中から、黑い眼の上に茶のブチのある犬が、こちらを向いて吠えつく。村長の一行を眺め廻わし、エゲッない顔付で婆さんは、

「何だい？」

と嗄れ聲を出した。

村長は、瞬間タジタジとなつたが、すぐ威勢を取り戻し

「趙旦那とこの息子さんが秀才試験に合格しなさつたんだよ。そのうち役人になれるんだよ」

と云つて除ける。

村長は、これだけ云うと趙司辰に眼くばせする。

グワン、グワンと銅鑼、一行は街道へ。

「ちえつ！タイコモチめ。趙家から幾ら貰いやがつたんだ」

婆さんは、投げ付けるように悪態ついたが、村長には恐らく聞えなかつたらう。（よし聞えたにしても聞えない振りをしているに違いない）

婆さんが、尻を振り振り門を手荒くガタガタ閉めながら、呟く。

「大旦那が亡つてから、何でもかんでも悪くなつちやう、あんな奴まで馬鹿にする！」

婆さんの鼻息に、犬は尻尾を垂れ、オズオズ、従いて行く。

錢《チエン》家の内庭

亡つた錢大旦那は、こんな寒村にしてはシャレ者で新しガリ屋で、内庭には、低い小つちやなものではあるがガラス張りの温室が作つてあつたり、池が掘つてあつたりしてある。しかし、それらは、もう古びコワレかゝつている。

池の中には緋鯉が五、六匹ゆつくり動いている。錢若旦那は、ぞろりとした長衣を着、ステッキをつき、池の縁に突つ立つて池の中を眺めている。長身で面長、辮髪はなく、頭髪を角刈りにし、黒眼鏡をかけ沈鬱な感じである。

この男は、大旦那の趣味から、城下の新式の學校を卒業したのだが、職にもつかず、家でブラブラしている。幾らすゝめても、嫁を貰おうとしない變り者である。婆さんは、息子のノンビリした姿を見ると、

「何にボンヤリしているんだ。趙んとこの息子が秀才試驗に合格したんだつてよ！」

と怒鳴る。

「そうらしいな」

息子は、池の中に眼をやつたまゝ、物靜かに答える。

「知つてんのか？」

「いま聞えたよ」

「ぢやア何にポンしてんだ？」

「だから考へてるんだよ」

「何に考えてるんだ？」

「お母さんに云つたつてわかんないことよ」

息子のしんみりした態度に、婆さんは折れる。

「それぢや、誰れに云つたら、わかんだ？」

「誰れに云つたつてわかんないよ」

母親には、もう言葉がない。

ニガリ切つた顔して出てゆく。

「大旦那が亡つてから、何んでもかんでも惡くなつちやう、息子までわしをバカんする！」

と呟きながら。

居酒屋

阿Qが這入つて來て、几床に腰掛けるなり勢いこんで
「二杯溫《あ》つためてくれ、それから南京豆《つちまめ》一皿！」

と大聲を出した。

親爺は、ムヅかしい味氣ない顔して帳場に坐つていたが、默つて、脊の上の黑板を指空した。その黑板には、何か書いてあるらしい。よく見ると「阿Q十九文貸し」とある。

「覺えているよ。そいつはこの次にしてくれ。きようは芽出てえ日なんだから」

「バカに、ご機嫌だね」と七斤。

「趙旦那とこの息子さんが秀才試驗に合格しなさつたそうぢやねえか、芽出たいこつちや。もともと旦那とこと、オラとは緣つづきなんだからなア。えーと、あの息子さんより、オラは三代の目上に當るんだよ。だからオラも鼻が高けえよ」

と禿げ頭をふり立て、のけぞつた。

「ふーん、そいつは、いよいよ芽出てえ！」と小D。

「なるほどなア。そいつは芽出てエ！」と七斤。

（七斤は、日頃、阿Qをカラカイこそすれ、敬意を表したことなぞ一度もなかつたのだが、このときは、一目も二目も置かざるを得なかつたのである。）

親爺だけは、ムッとしつゞけている。

「ほんとに、芽出たいなア」

と隅で孔乙己がキンキン聲をあげた。

そして、阿Qの前に置かれた一杯の茶碗に手を出し、

「一杯よばれようかな」

「あゝいゝよ、やつてくれ。親爺、もう一杯！」と阿Q。

親爺はムッとした顔のまゝ阿Qの前へコップを出す。

「ふーん、そうだつたのか、阿Qさんが趙旦那とこへ米搗きに行きなさると、趙旦那とこでは、きつと燈をつけなさるが、どうも解せなかつたよ。趙旦那とこで、燈りをつけなさるときは息子さんが勉強なさるときと、阿Qさんが行つたときと二度つきりなんだからなア」と孔乙己。

「禿げてつとこなんか趙旦那と……」

と七斤は、ひやかす積りではなく、うつかり云う。

「何、何だと、もう一度云つて見ろ、この野郎」

と阿Qは大部酔いが廻つてきている。

「すまねえ、悪氣で云つたんぢやねえんだよ」

と七斤、頭を下げる。

「阿Qさん、まアまア」と孔乙己。

「全く芽出てえこつちや」と小D。

「芽出てえこつちや」

「芽出てえこつちや」

合唱みたいになる。（阿Qも一緒に「芽出てえこつちや」と云う）

その翌日（夕方）

空は花ぐもり

趙家の玄關先

玄關に頭のつるりと禿げ上つた趙大旦那が仁王立ちに突つ立つている。

二重アゴのいかにも金持らしい顔を、眞つ赤にしている。

兩手はピカピカ光る自分の長衣の端をひつつかんでいる。

「阿Q！バカ野郎奴！貴様は、このわしと緣つゞきだとぬかしおつたそうだな！」

土下坐し首垂れている阿Q。

阿Qのうしろに、村長が、こ奴めと云つた顔して睨み下している。

趙大旦那のうしろ横には、息子の秀才旦那が立つている。

阿Qは、默つて一言も云わない。

趙大旦那は、ツカツカと側へよつて來て、こぶしを固

めながら
「貴様とわしとが縁つゞきだなんて！そんなバカげたこんがあるか！貴様は趙と云うのか？」

阿Qは、やはり黙つている。

「おい、何とか云わんか？」と村長。

阿Qは、趙大旦那と村長からツメ寄られ逃げ出そうとする。

趙旦那は、躍りかゝつて阿Qの横面に一撃をくらわした。

「貴様なんかゞどうして趙ちゆう苗字なんだ、貴様ごときが！この野郎奴！」

と、こんどは足をあげて蹴りつけた。

阿Qはよろめいて、そのまゝうしろずさりにスゴスゴ引き下つた。

村長は阿Qのあとについて外に出た。

趙の家の門をダラダラ下ると舟着場に出た。

趙家の親戚の娘呉媽《ウーマー》が門の前に立つて、阿Qと村長の去つた方を見ている。

鄒七嫂《ジョーチイサオ》と云う耳敏い老婆が、家の前で怪訝そうに二人を見送つている。静修庵の若い尼がつゝましやかに、うつむき加減の姿勢で二人とスレ違う。阿Q、尼の姿をギユッと睨む。

船頭の七斤の家がある。女房がバタバタいそがしそうだ。煙突から夕餉の煙りが立ちのぼつている。

二人は黙つて河に沿うて歩く。

二股道。

一方の道を、阿Qは、スタスタ行く。

「阿Q！そのまゝ行く積りか、ひどく世話を焼かせやがつて」

と村長はうしろから聲をかける。

阿Q立ち止る。

村長、歩みより手を差し出す。

阿Q、不承ぶしよう、股引のかくしから財布を引き出し、黙つて二百文村長に渡す。（手數料、つまり酒手なのである。）

趙家の玄關
引きかえした村長が、趙旦那から、酒手若干を貰つている。

祠堂裏の小屋の中

阿Qうす暗闇の中で、ごろりと寢ころぶ。

「何でえ?オレだつて趙ぢやねえか、オレの祖先は、エれかつたんだゾオ。趙旦那がオレのこと毆つたが、ちつとも痛かアねえや。は、はア、撫でなすつたのかな」

と阿Qは聲に出して獨語し、自分の手で自分の頬つぺたを撫でながら、ニヤニヤしている。

農良

畑の隅に、小さな丘のような土饅頭が五つ六つ、かたまつている。(墓である)

雜草が一面に生え、タンポポ、スミレなぞ咲いている

農夫が數人、腰をおろして中休みしている。

「阿Qが趙旦那に毆られたんだつてな」

「バカな奴さ、趙旦那と緣つゞきだなんて出鱈目云つて」

「いくらバカだつて、わざわざ毆られるようなこと喋る奴があるかね?」

「そんなら、阿Qの苗字は趙つて云うのか?」

「さあ」

「そんなことあつてたまるかい。本當に趙なら、いくら趙旦那でもあんなひどいことはなさるまいよ」

と阿伍が躍氣になつて云う。

舟着場(眞晝)

岸から閑人が幾人も釣糸を垂れている。

「趙旦那は阿Qを毆つたそうだが、輕はずみなことをしたものだな」と閑人A。

「うん、よつぽど虫の居どころがわりかつたんだろ」

と閑人B。

「息子が秀才試驗に合格したんだから、あればつかりのこと大目に見てやればいゝのになあ」と閑人A

「阿Qが趙旦那の緣つゞきと云つたつて、誰もほんとにするものなんかいないんだからな」と閑人C。

「それやそうと趙旦那は、息子のことよりも、妾のことで頭が一杯なんだ」と閑人D。

「へえ、圍つてなさんのか?」と閑人B。

「とか云う話よ」と閑人D。

「旺んなものだなあ」

「大奥さんは默つちやいめえ?」と閑人B。

「默つちやいねえざ。鬼婆みてえな顔して、三日も四日もおまんま喰わねえとよ、それで大旦那大弱りがとよ」と閑人D。

「よく知つてるなあ、おめえ？」と閑人B。

「うん、趙旦那とこの呉媽《ウーマー》から聞いたんだよ」と閑人D。

「へえ、おめえお安くねえんだね」と閑人B。

「それほどでもねえよ」と閑人D。

「あの女、色つぽい格好してるが、なかなか固てえつて云うぢやねえか？」

「ん」

居酒屋（夕方）

七斤、小D、孔乙已、その他二、三人飲んでいる。孔乙己は、七斤にタカつているのである。親爺は相變らずムツツとして、何も云わない。

「趙旦那は阿Qをブツたつていうが、どうも解《げ》せんな」

「オレも解せんよ。でも、まさか趙旦那に間違いのあろう筈はないからな」

「阿Qは、ブタれても蹴られても、ひと言も口げえししなかつたそうぢやねえか、だからよ――」

「だからつて、阿Qに間違えがあるとは云えねえよ。阿Qにして見りや、趙旦那が一生懸命に怒つてなさるときに、口がえしをしちや無禮に當ると思つたかも知れねえからなあ」

「ふーん」

「なあーるほど」

「こいつアうつかり、どつちがどうとも云えねえな」

「そりやそうだとも」

「そうだともよ。趙旦那が趙つて云う苗字なたあ間違げねえんだし、阿Qが趙つて云うんなら、それでもいゝでねえか」

「たとえ 阿Qが趙ぢやねえとしても、こいつア孔子廟にお供えする牛みてえなもんだからなア。あの牛はな豚や羊と變らん畜生だが、聖人にお供えしたと云うだけで、門人の生先方ア、粗末にやなさらねえ」

こう云つたのは、斤乙己である。一同、さすがは村の學者の云うことだと感服顔。

それから數日して

祠堂管理人の家

祠堂の門の中、阿Qの棲居のすぐ傍である。

その入口。

趙家の下男、小肥りの趙司辰が扉に顔をつゝこむようにして云つている。

「趙旦那の使えで來たんだが阿Qを知らんかね？」

「阿Qはこゝんとこ七日ばかり家を空けてるようだなア」

と、家の中からの聲。

趙司辰、首をかしげている。

塀の外で豚の鼻聲がしている。

錢《チエン》家の臺所（夜）

薄暗いランプの光の中。

米搗き場で脊中をこちらへ向け、上衣をぬぎ、汗ダクダクになつて、米を搗いている腰付は、どうやら阿Qに似ている。（阿Qは趙旦那のとこのお出入り者、趙旦那と仲のわるい錢旦那とこへ來ているのは、おかしいと思う人があつたら、その人は阿Qが、ついこの間、趙旦那の息子さんの秀才試驗合格に興奮せるあまり、趙家と縁つゞきだと云い出して趙旦那から頰に一撃くらつたのを忘れているに違いない。しかし、汗ダクダクで、夜更しして精勵している阿Qの様子には、そんな意趣返えしの肚は微塵もなさそうである。事實、阿Qに他意はないのである。他意のあるのは錢若旦那なのである。

錢若旦那は、阿Qに米を搗かせるばかりが目的ではない。米搗きの休み休みに、趙旦那の家のことを、根掘り葉掘り聞き出そうと目論んでいるのである。）

錢若旦那が奥からカンテラを持つてやつてくる。

「阿Q、精が出るね、少し休まんかね」

と云い、床几に自分も腰掛ける。錢若旦那は、ふところから紙袋を出す。南京豆が這入つている。

それを阿Qにすゝめる。

阿Qは汗を拭き拭き上衣をつつかけ、南京豆を頰張る
「趙んとこと手間賃どちらがいゝかね？」

「どつこいどつこいだなア」

「そうか、それなら明日から家《うち》ぢや、もう百文上げてやろうかな」

「ありがてえな」

「それやそうと、趙家の間《ま》かすは、うちと大體同じよ

うだね」

「さあ」

「大奥さんの部屋は立派かね？」

「オラ見たこたアねえが、義娘《むすめ》の呉媽《ウーマー》の話ぢや、大奥さんの寢臺の下にも、つづらが幾つも幾つも置いてあるつて。中にや、寶物やピカピカする着物がうんとこさと入れてあるつてことよ」

「その部屋には、どこから行つたら一番這入り易いかね？」

「旦那も物好きだなア。そんなこと聞いて何にするんだね？」

錢若旦那はギョッとする。

その鋭い眼光。

（しかし、黑眼鏡の奥で瞬時光つたので、榮養不足で視力の弱つている上に、薄ぐらいカンテラの光りだから阿Qにそれが氣付ける譯わない。）

「いや、わしんとこも、そんな部屋作つて見ようと思うから……。阿Qもう寢ろよ、わしも寢るからな」

「あア、オレもすぐ寢るよ」

錢若旦那は、阿Qの少しも變りのない態度にホッとして、カンテラを下げ奥へ這入る。阿Qは
「酒が飲みてえなア」と呟きながら、隅のワラの上にゴロリとなる。

犬が鳴いている。

錢旦那の家の門（翌日の午さがり）
阿Qがお辭儀をする
門を脊にして錢旦那の母親がバツの悪い顏をして、
「阿Qよ、惡く思わないでお呉れな。うちの息子は近頃、少し氣が變なもんだから」
「そんな心配いらんことよ。でも、オラあ一寸おどろいた、夕べ、明日から手間賃百文がとこ上げて呉れるつて云いなすつたばかりなもんだから」
「何に云い出すやら、何に考えてるやら、てんでワシにもわからないんだよ。ほんとに大旦那が亡つてから、ロクなことなくてね」
錢家の犬が向うから尻尾を振つて驅つて來る。

途上
阿Qは、急ぎ足である。

居酒屋を目指してるのである。

ノドから手の出そうな、前のめりに急いでいる阿Qの格好つたらない。

後から、

「阿Q！」

と呼びかけられて、不意をくらい、のけぞりそうになつて止り、振り返えると村長がヒゲをぴんとさせている。

「おどかすない、このピン髭！」

「コラ、ぬかしたな、野郎、オレを誰と心得てるんだ！」

阿Qは、村長はまさか手出しはすまいと思つて

「酒手ぬすつとよ」

とうつかり吐き出してしまつた。

「ぬかしたな。手前、一つ喰わして貰えたいんだろう！ようし」

と村長が白檀の扇子を構えて近よる。阿Qは、まさかと思つていると、扇子が頭に一つ飛んできた。

「旦那方は口で云わしやつても、手出しはされねえつて云うぢやねえかよ」

「何にを、小癪な奴め！」

と、こんどは阿Qの辨髪を摑んで引きずり始めた。

「旦那、ご免なすつて」

村長は、このとき、阿Q常套の精神的勝利法を思い出した。やつつけられてもすぐ後で、親父が餓鬼に毆られるようなもんだと思い、ケロッとする阿Qの奥の手を思い出したのである。

で、なおも、阿Qの辨髪をぐんぐん引きながら、

「阿Q！いゝか、これはな、餓鬼が親父をやつつけるんとは違うぞ、人間さまが畜生をお毆りになるんだぞ！」

阿Qは兩手で辨髪のつけ根を押え、頭を横にネヂ向けながら云う。

「蟲ケラをやつつけてなさる……。オラあ蟲けらだよ離してくれよ」

村長は、なおぐんぐん、五、六度引き廻わして、やつと離してやる。

「貴樣、いま、錢家から出て來たな？」

「へい」

「何しに行ってたんだ？」

「米搗きに行つてたよ」

「誰が行けと云つた？」

「錢若旦那が來て呉れつて云つたからさ」

「この恩知らず奴!」

と扇子で額をゴンと突く。

「旦那、オラ蟲ケラだよ」

と、地べたに平たくなつて、頭を打ち付けんばかりに何度も下げる。

「よし、こんどのところは許してやる」

と扇子で長衣の裾をパッパッと拂い、立ち去る。

阿Qは、ものゝ五、六間も歩くと、もう元氣になつている。

歩きながら呟いている。

「オラあ、これくれえ自分を馬鹿にすりや、大したもんだ。オラあ、大したもんだよ。オラあ、ほんとに大したもんだ。へん、手めえなんか何でえ?」（續く）

REVUE NOUVELLE

「美女と野獸」に就て

ジャン・コクトオの映畫

詩人ジャン・コクトオの映畫が初めて、日本へ輸入された。コクトクは一九三三年に映畫の第一作を出し、これで四本目（うち一本は脚色）だそうである。コクトオの映畫を聞いて思い出すのは廿年も前、日本にも數本輸入されたことのある所謂アヴァンギャルドの映畫である。「ひさで」「貝殼ど坊主」「時の他何ものもなし」「秋の霧」なぞの映畫である。これらは、二卷或いは五卷のいわば試作的な、觀客のことなぞ考えない純粹に作者の藝術意欲のみに據つた映畫であつた。私は、コクトオの映畫さ聞いて、嘗てのアヴァンギャルド映畫に近いものかさ想像していた。ところが、コクトオの「美女さ野獸」は、アヴァンギャルド映畫のような試作品ではない。堂々映畫時間二時間に涉る興行作品なのである。私はコクトオの演出が本格であるのに驚いた。コクトオの詩からは到底想像も出來ない映畫演出法のオオソドックスがそこにあるのである。コクトオが映畫の監督としては、まだ駈け出しだのにどうして、このような本格の映畫演出が可能なのであろうか。私はふさコクトオの小說「怖るべき子たち」を想い出した。あそこには、コクトオの詩には見られない小說作法のオオソドックスがあつた。コクトオの映畫演出の本格的なのは偶然ではない。コクトオは、久しくバレエや演劇の演出もやつてきている。それが映畫演出に當つて物を云つたのである。さ云う說がある。これは傾聽に價する。コクトオの「美女さ野獸」の演出が本格であろこさは、コクトオの近代藝術感覺の鋭さを示す以外の何ものでもないのであろう。コクトオは「美女さ野獸」で映畫藝術の本質を見事につかんでいるのである。

映畫藝術の本質的表現として、實寫さトリックとの二方面があるが、その一方面であるトリックの表現を、コクトオはこの作品で縱横に驅使しているのである。撰擇した原作が童話であるさころから、その事は可能であつたが、それを撰んだのはコクトオその人に外ならないのである。コクトオは、演出の本格を示しながら、作品に映畫のアヴァンギャルド性を與えている。フランス映畫には、ルネ・クレエルのようなアヴァンギャルディストがいるが、「美女と野獸」に關する限り、クレエルよりもコクトオの方が映畵藝術としてのアヴァンギャルド性は濃厚である。この映畫の物語では戀愛が扱われているが、戀愛の情感性は殆ごない。こゝでは戀愛が知的に把握されているのである。それ故、これは最もフランス映畵らしい映畵さ云うこさが出來るであろう。コクトオの才能はまこさにひろい。この國の詩人の殆どは、詩を書く以外に能がなく、いや、むしろ詩だけを書くこさを誇りとしているが、コクトオのこの映畵作品を見てどう思うか。少しは眼を開いたらよかろうさ思うのである。尤も日本でも詩人が才能をびろげる場合はないでもない。しかし、それがサトウハチローや菊田一夫のようにしかならないのはどうしたことか。（K）

編輯後記

北川冬彦
杉浦伊作
淺井十三郎

△われわれは、ここに結集したが、ここでは同人めいめいが主人である。主人達は何れも驅け出しとは違う詩壇一方の雄である。現役活動の詩人群だ。日本現代詩の歴史は淺く、ことに敗戰後の詩壇は混亂と錯誤を重ね、その方途に迷つている。われわれが何とかしなければ、一體誰がするか。そのような自信をわれわれが持つても、ながち不遜ではあるまい。日本現代詩の「純正」はどこにあるか、それを探求披瀝しようと云うのである。「純粋詩」だとか「前衛詩」だとかそんな狭いものではない「純正詩」の把握、そのオオソドックスの樹立である。それには恐らく幾多の困難や模索が伴うことであろう。迷妄さえあるかも知れない。しかし、それは覺悟の上のことである。何ものをも克服しようとする强靭な意志の上に立つ。（北川冬彦）

△短歌や俳句が第二藝術と攻擊受けてゐる中に、詩は、文學の正座を占めつつある。是れは詩人が闘ひ奪ひ取つた正統の價値であり、場であり、地位である。喜ぶ可き現象でもあるが當然の現象でもある。然し是れには、名質伴なはなければならないものがある。

△これなる集結は決してギルド組織で他を納れないといふものでなく、此の運動に參加する新人その他を抱擁するに、決してやぶさかでないことを断つて置く。尚新人の原稿は、編輯所に集つたものを、同人會議で詮衡して、掲載して行く。それに就いては、コマ切レ的の一篇などでは、新人が力量を發揮することが出來ないので數篇を纏めて發表したい。新人もそのつもりで傑作をうんと寄せられたい。尚、掲載決定の上は、同人と同じ扱ひ（組方）によることを約束する。今輯にも十四枚の作品 IOMの向井孝君の『出發』）を發表するつもりでゐたが、スペースの關係で次號廻しになつた。

△再出發の『現代詩』は期せずして作品主義的となり、同人の詩作品の外に、北川冬彦の力作シナリオ「阿Q正傳」を一擧に四十枚程掲載した。これは、百八十枚い雄篇で連載になる。讀者は一號讀みそこれも、全意を汲むことに事缺くが故、極力發行所の方に豫約購讀してほしい。

△『現代詩』は、同人會議で決定して、毎月同人が交代で執筆する。今輯は北川冬彦が擔當した。鋭い詩壇時評で、他誌の從を許さないものにしたい。（杉浦伊作）

△一昨年二月創刊以來公器として一應の役割を盡して來たかと思ふ。言つてみれば筆者諸氏の盡大なる御支援の賜である。紙上で甚だ失禮とわ思うが改めて感謝の意をのべたい。

△本號からわれわれ同人の機關誌として出發企劃編輯等わ凡て同人會議にゆだね、又その運動の方向を決することにした。れて御支援をお願いしたい。

（詩と詩人社主人）

現代詩　第三卷　第一號
定價　金貳拾五圓

詩と詩人社暫定會費一年百貳拾圓、送料金十五圓（共ニ分納可）　會員ニハ本誌ヲ直送ス（雜誌「詩と詩人」ハ別）
廣告料ハ一頁マデ相談ニ應ズ
送金ハ小爲替又ハ振替利用ノ事

昭和廿二年十二月廿五日印刷納
昭和廿三年一月一日發行

編集部員　杉浦伊作　浦和市岸町二ノ二六
編集兼發行人　關矢與三郎　新潟縣北魚沼郡廣瀬村大字並柳
印刷人　本田芳平　新潟市西堀通三番町　昭和時報社・[illegible]

發行所　新潟縣北魚沼郡廣瀬村大字並柳乙一一九番地　詩と詩人社　淺井十三郎
振替　東京一六一七三〇番　新潟五二七番
本出版協會員番號A一一一九〇二九

配給元　日本出版配給株式會社

昭和二十二年十二月廿五日印刷納本
昭和二十三年一月一日發行 現代詩 第十六集
定價 金貳拾五圓

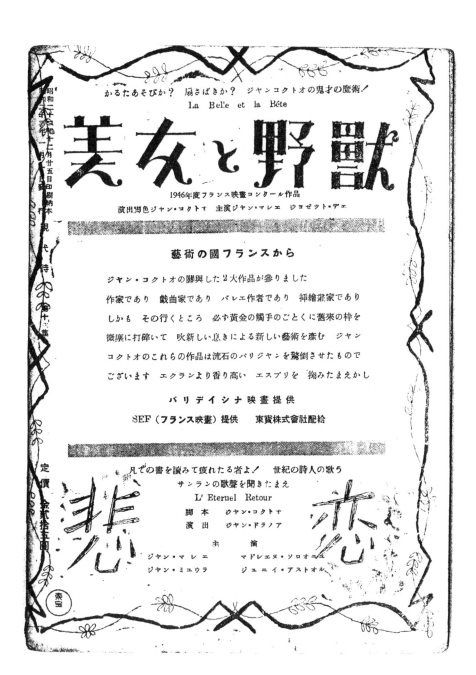

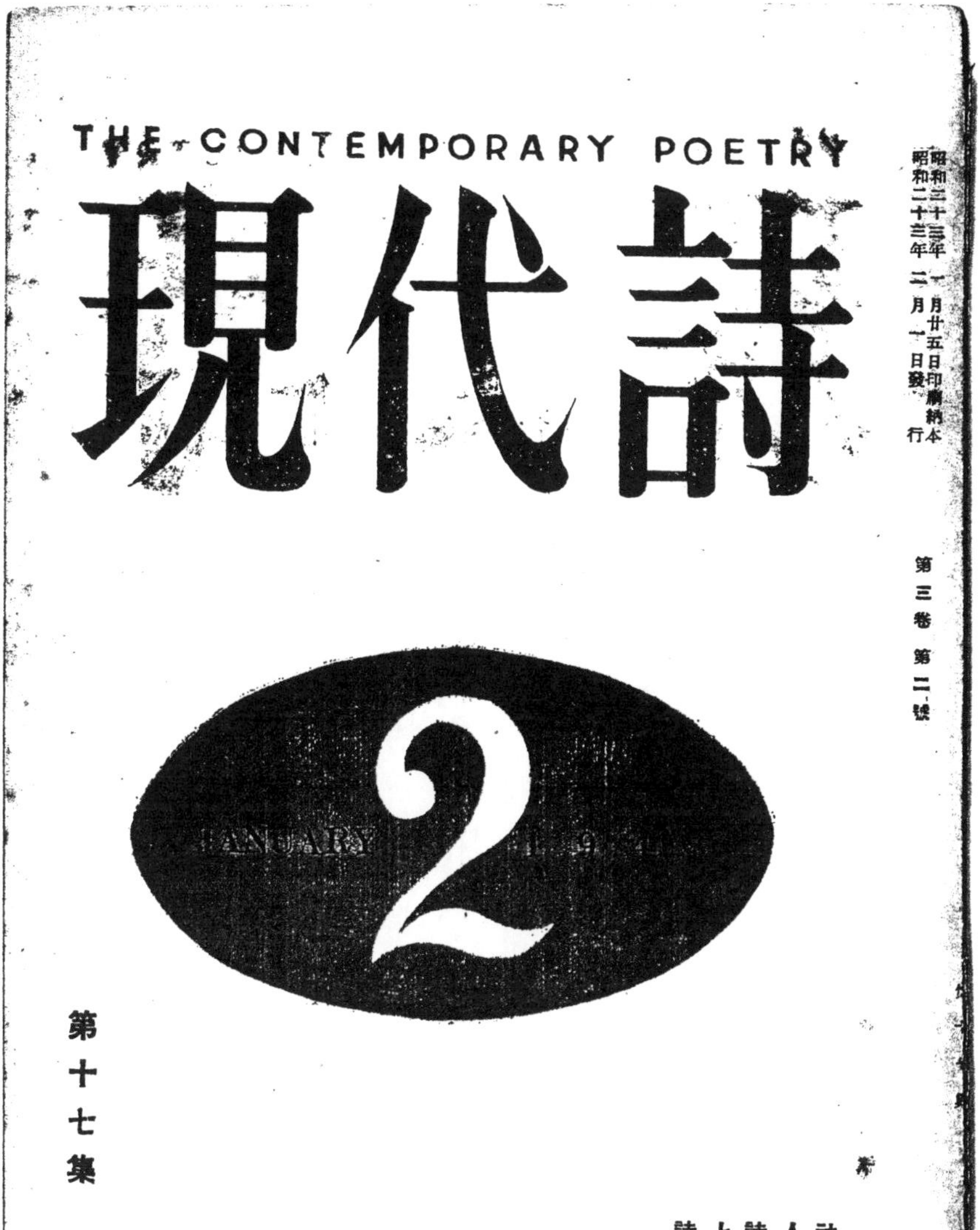
THE CONTEMPORARY POETRY
現代詩
昭和二十三年一月廿五日印刷納本
昭和二十三年二月一日發行
第三巻第二號
2
第十七集
詩と詩人社

目次　現代詩　三月號

第三卷　第二號　第十七集

大椿事

瀧口修造

鐵道の大椿事。

列車の箱が三重の塔みたいに空中にのしあがつている。青黒い客車が青い空にぴかり光つている。巨大な昆蟲の死體。それにしても見物人は一人もいない。僕はくさむらを掻きわけて、やつとここまで辿りついたのだが………蟲の音。朝だか夕方なのか、時間がはつきりしない。眞ひるのやうでもある。空の一つ星が妙にはつきり光つた。それに――この列車は塗りたてのように生々しい。ペイントのにほいまでしてくる。

すると矢庭に現はれた男、實際はこそこそと身を忍ばせてきたらしいのだが。これはどう見ても異國人だ。顔の色はわからないが、僕はアヂス・アベバの使者だときめてしまつた。彼の上半身に捲きつけた白い布、たくましい、骨つぽい裸の脚。彼は盛裝しているらしい。どこやらに寶石が光つた。彼は僕の手を引つぱるようにして、河原の上を案内する。カムフラージュしたような、さしかけ小屋がある。胡瓜の花がその上に咲き亂れている。その中にマイクロフオンがぶらさがつている。こゝから放送しろという。いまに大音響と共に……だが椿事はもうすんでしまつているのではないか。

するとやつと鐵道椿事の撮影だということがわかつてきた。僕に撮影實況を見て、感想を放送しろというのである。かの「アデス・アベバの使者」はもうどこかへ姿を消してしまつた。なかなか初まらない。僕は淋しさでぞくぞくしてくる・僕はいらいらして、口の中で「放送」を豫習しはじめる。

――物すごい音でした。聽こえますか、いや聽こえましたか。砂けむりが濛々とあがつています。……やつとけむりがすこし晴れると、列車の姿が見えてきました。この列車は、そうです、實際の倍ぐらいはあるでしようか。映畫の撮影にはミニアチユアといつて、實物よりもずつと小さい模型を使いますが、これは實物倍大というところです。マグニチユード(Sic)です……どうして?そりや僕にもわかりません、ジヤン・コクトオ氏に聞いてみなければわかりません………

といつてしまつてから、これがコクトオの映畫撮影なのだということを想ひ出した。そこでいそいで、コクトオの言葉を附け加えて、放送を終りにしようとする――鐵道の椿事に關するコクトオの有名な警句を……ところがその正確な言葉がどうしても想ひ出せない……

☆　☆　☆　☆

階下のラジオからアナウンサーの聲が聽こえてくる。

出發

向井孝

出發 1

とつぜん夜がまひるのようにかゞやきだした。

みじろぎながら、そのときまぶしげにたゝずむ父母の顏や軒先にうつるクモのスを、わたしたちはぼんやりみおぼえたのだ
みんなうすあかりの路上にでてくると、とおい火明りにみとれながら、となりの人かげにはなしかけた。

あがつた火の手にむかつてバケツリレーの一團が、ちいさくくろくうごいていた。

水をぶつかけてはのろのろあるいてもどり、またかけていつた。

上手の國道ではいろんなかげがゆきかいながら、ほのほのなかをあるいていた。

だれかがたちどまつて夜空にふきあがる火の子のうつくしさにほおと聲をあげた。

いつしかバケツリレーをやめたひとたちが、あちこちちらばつて、しばらくやすんだりたゝずんで、激しい火勢にみとれていた。

二三人ずつザブトンをかぶつた避難者が、しやべりあつて通りだした。

どこかののんきそうな高聲がふとやむと、あたりはひつそりうすぐらくなり、かすかな火音ばかりきこえた
もうみんなおもいおもいに荷物をもちだして路面を入りみだれてゆききした。

やがて、おき去られたうすらあかりの軒並に、ひとすじけむりがたゞよいはじめ、しだいにあかるく家の内部がかゞやいてきた。

ばらばらとおくで、立止つてみかえつたり、よこむいてしやべりながら、ひとびとはあてもなくどこかえ出發した。

出發 2

四つかどに馬が二頭やけしんでいた。

ほとりつぽい町はずれの空地に、だれかれとなくあおむきながらまぶしい朝日をあびてみんなねころんでいた
一瞬、とおくの二階家がごおつとくずれおち、ひとしおはげしくもえひろがつた。

めのまえで、二つにおれた電柱がしずかにもえさかつていた。

たきだしがある、とどこかでなんども大きく呼んでいるようだつた。

荷物をかついで三四人立上つていつた。

ときどき地面をゆるがせて爆破音がおこり、あちこち無數のけむりがまいあがつた。

あたりはひるすぎのようにかわききりながら、じりじり頭上に夏の陽がてりつけた。

一組の親子がおもいだしたようにぎりめしをたべだすと、ひとびとはぼんやり、あてもなくおきあがりはじめた。

ひとりがだまりこんであるきだすと、ばらばらとあとにつゞいた。

救援物資をつんだトラックが何臺もほこりをあびせかけながらはしりさつた。

がらんと奥まで空いて無人のタバコ屋の軒先から、ちらちらあたらしいほのほがみえだしていた。

やがて、日蔭ひとつない國道のまんなかをまばらにぞろぞろうごいてゆくのだつた。

今はどこからともなく群れてくるひとかげが、はげしくてりつけるまひるまを、とめどもなくつらなりながら、ものもいわずひねもすどこかえと進んだ。

出發 3

なまあたたかいやけぼこりのみちが、そのまゝ河中へくずれおち、とだえていた。

無數の電線がからみあつて足許をはつていた。

とおく操車場はずれの石炭置場の山が三晩四日まだ火の子をあげてもえていた。

赤ぐろくやけひずんだ貨車を竝べて、音ひとつしない貨物驛が、まじかに迫つてみえた。

どこかでゆるゆる水のわく音がきこえた。

あれはてた燒野原のすえまで、瓦や梁や壁の上をでこぼこ上下し曲りくねつて、いくすじも細いみちがふみつけられ亂れでいた。

やがで、誰ひとりいない午后四時すぎのむしあつい日射しのなかをあたりは一帶もやのようなかげろうがもえながら、かすかにゆうぐれはじめてきた。

一面ちらばつた燒けとたんや、立ちのこつた壁に、あかあかと西日がやけだしながら、ふと氣付くと、細長くわいてきた影のうすぐらい瓦礫のかげに、一人の老婆がひつそりうずくまり一心地面をほつているのだつた。

かたわらに、ひねもすさがしあつめた缺け皿やまがつたナベをつみかさね、わきめもふらず息をはずませていた。

みればそのまわり、一せいにわいてきた物影のなかに、いつのまにかとおくちかく、そんな人影がちらばつてうまれ、うすあかくてらしだされた小さな横顏をいくつもうかばせながら、もうみじろぎもせず一心手先をうごかしはじめていた。

出發 4

待避線や物蔭からぞろぞろうごきだしたひとびとが、ふたたび柵をこえ線路をわたりもどつてきはじめた。

やぶけたリユツクを背おい、なわでくくつた家財道具をぶらさげて、小さな子供にまでそれぞれ荷物をもたせていた。

あちこちからプラツトホームにもどりつくと、もうそのまゝものもいわず、日にやけほこりにまみれた顏を地面にもたせかけて、一様にごろりとからだをたおした。

朝からこれで三度目の待避だつた。

みんなやけだされた着のみ着のまゝ、もはやかえる家もなく、荷物のあいだにねころんで、これからたよつてゆく故鄕や兄弟の顏をぼんやりおもいうかべていた。

ときに立上つて線路におり、レールの果をながめていつくるともない汽車をまちながら、ながいあいだ小便していた。

まわり一面、壁だけの倉庫や、がらんとつゝぬけたビルがくずれながらばらばらのこり、きらりと光つてのびる鐵路をはさんで、人影ひとつない廢墟がまぶしく耀やいていた。

いつしか晝もすぎたらしく、だれとなくばらばらおきあがると、水筒の水をのみながら何かをたべた。

みわたすかぎり燒野原の、かわききつた太陽の下で、みんないつまでもプラットホームにむらがりながら、次第にだまりこんで、あてどもなく汽車をまちつゞけるのだつた。

出 發 5

西の果にかすかに殘照がのこりながら、燒野原はすつかりくらかつた。

柱をよすみにたてた燒トタンをのせた假小屋の下に、うすじろくちやわんがならべてあつた。

少しはなれたコンロのそばにひとり子供がしやがみこんで、なにか煮えるのを待つていた。

物蔭で地面をほる音がしてとだえた。

誰かうすらあかりにまぎれながら、つみかさねた燒け瓦の壁にせつせとドロをぬりこめていた。

くずれた土塀をふみこえて母親がバケツに水をくんでかえつてきた。

何かよびかけながら、ふと立上つてきた若い父親の顔が、あかりがわりにたきつけた火にてらされて消えたりうつつたりした。

そのまゝやけあとはずれまであるいてゆくと、小便する後影のまゝ、くらい地上をながめていた。

かぎりない夜の燒野原一面、見えない人影がおなじように、あちこちたゝずんだりすわりこんでさざめいていた。

やがて親子三人、むしろをひいた小屋の下にあつまると、だまりこんだまゝくつつきあつて、くらがりで夕餉をたべた。

いつしかあたりはまつくらで、みまわせば、みんなの肩のまわりもう一ぱいの星であつた。

出 發 6

あかるい夏空の下を、日の丸の紙旗をもつて、みんな汗ばみながらぞろぞろつゞいた。横むいてしやべつたり追いこして互に挨拶しながら、うしろには子供や近所のおかみさんたちがやがやつらなつた。

赤だすきをかけた夫が子供を抱き、會社の友人たちとはなしながら先頭をあるいていた。

列の中ほどから軍歌がおこりかけてやめたあと、ほこりつぽいやけあとみちをじりじり朝日にてらされて、みんな次第にだまりこんですゝんだ。

驛へつくとしばらく夫をかこんでだれかれとなく聲をあげ手をにぎり肩をたゝいて挨拶をかわした。

聲をあわせて進軍歌をうたい、二三節でおわると一せいに萬歳をさけんだ。

いつまでたつても汽車がこず、てもちぶさたで柵にこしかけたり石にすわりこんでいた。

やがてふたたびよつてきて、もう一度大きく萬歳をさけぶと、そのまゝばらばらになつてみんな歸りだした。

子供と一しよにブラットホームにはいり、發つてゆく汽車をいつまでもみおくつた。

子の手をひいて驛をでてくると、あたりの人影もまばらで、いつのまにか警報が發令されていた。

影ひとつない燒野原をよこぎり、かわききつたやけあとみちを、ひつそりわが家へもどつてきた。

戸をあけるとバラックの中はうすぐらくしいんとしずかだつた。

子供の服をきかえさせ、晝仕度のコンロの火をおこしながら、ふと氣付すくと子供はどこかへ遊びにでかけて、自分ひとりになつていた。

臺所へおりてゴクゴク水をのみ、しばらく敷居にこしをおろしていた。

出發 7

うすぐらい夜明けから起きだして小屋のまわりの燒跡をかたすけた。

燒土をほりかえしてガラスや瓦のかけらをのぞき、畝をつくつて芋づるをさしていた。

朝日がまぶしくてり出すとあたりはまひるのようにかわききつて暑くなり、汗がしきりにながれてきた。

氣付くとつとめにでかける男たちがばらばら道をとおりかゝつていた。

小屋へもどつて雑炊をたべ、新聞を何度もよみかえして見おわるとごろんとねころんだ。

今日も、かすかに警報がなりはじめ、あちらからもこちらからもサイレンが響いてきた。

立ちあがつて畠へゆき、はだしになつてなんども水をまいた。

戰災以來、すみきつた川には、學校のない子供達が集まつて朝から鮒とりで夢中だつた。

小屋へかえると金すちをもつておもいついた壁や柱に釘をうつてまわり、家をでたりはいつたりした。

ふと耳をすますとどこからか爆音がきこえたが、いくら空をみあげても雲ひとつ見當らなかつた。

毎日あかるい夏晴の日がつゞくのだつた。

出發 8

ゆうぐれ、子の手をひいて燒けのこつた町へ錢湯にでかけた。

大戸をおろした呉服屋や、ほこりまみれの荒物屋がならぶ軒並のはてに、あかるい夕日がかすんでいた。

男湯の入口をあけると、うすぐらくむつと體臭がたちのぼつてきながら、あふれるほど一ぱいのひとが板の間におしかさなつて、がやがや着物をぬいでいた。

一人が驛前にはつてある新聞社の「ボツダム宣言受諾」「阿南陸相自刄」のビラのことを大聲でしやべつていた。

ヨコスカ海軍が承知せず飛行機でビラをまいている、と誰かがはなした。

だれもかれも奇妙にあわてて、それから陛下の放送や、ひるま自轉車ではしりまわつてきいた情報をかたりあつた。

みんな湯ぶね一ぱいにつまつて湯をあびた體をこすりかけてはしやべつていた。

あらいおわつてフロを出るとそとはいつしか夜になり、ゆききのとだえたくらい空に、子の下駄音丈がカタカタなりひゞいた。

どこの家も遠慮ぶかく灯をひそめて、わずかに戸口からもれたあかりが糸のようにほそく、みちをよこぎつていた。

市電の線路をこえると、はてしない燒跡のうえに天の川がかたむいてひろびろながれ、行手の立ちのこつたエントツのあたり大きくわが家のはだか火が、まわり一ぱいにあかるいひかりをながしているのが見えた。

抒情の否定と現代詩の布石

阪本越郎

現代詩は國風の抒情を否定しながら、ポエトリイとしての新しい抒情詩を建設しなければならぬ。これは明治以來の泰西輓近詩風に刺戟され影響された我が國詩壇の古くして常に新しい課題であつた。何故なら、現代詩は新しいエスプリを求めつつ、未だに現代詩の布石圖を完成してゐないからである。

中野重治はその詩集の中に次の詩を書いてゐる。

お前は歌ふな
お前は赤まゝの花やとんぼの羽根を歌うな
すべてのひよわなもの
すべてのうそうそとしたもの
すべての物憂げなものを撥き去れ
すべての風情を擯斥せよ

一見抒情を拒否したように見せかけながら、否定することによつて抒情するものをとらへてゐる。かういふ手法は、高村光太郎などが既にメチエとして使つてゐるもので、大して珍らしものではない。意志の志向をあらはすところの一つの抒情詩である。そして小野十三郎が「あきらかに彼の生活感情の中には抑へることの出來ない一つの抵抗があつた。」（「詩風土」十二月號）というふうにいつてゐるが、詩自身としては確然たる獨立性をもつてゐない。詩人の顔を豫想せずしてこの詩に接したら、案外つまらない詩ではないか。中野重治という署名がなかつたら、千家元麿以下の感想詩にすぎないのではないか。小野のいうやうに。短歌的なものに對する反撥ということも、中野重治といふ作家個人において意味があるので、詩壇的には昔からある議論の蒸し返しで、別に新らしいことではない。

森鷗外が大正六年に書いた「なかじきり」といふ一文の中で「抒情詩に於ては、和歌の形式が今の思想を容るゝに足らざるを謂ひ、又詩が到底アルシャイスムを脱し難いことを云つてゐる。又、鷗外は「わたくしは詩を作り歌を詠む。前にアルシャイスムとして排した詩、今の思想を容るゝに足らずとして排した歌を、何故に猶作り試みるか。他無し、未だ依るべき新なる形式を得ざる故である。」とも書いてゐる。アルシャイスムを排斥するとは、中野のいう風流、花鳥風月趣味の擯斥をいうのであらう。抒情詩の中における短歌的抒情の否定は、大正期の口語自由詩の興隆によつて、一應經驗ずみのことに違ひないのである。

小野十三郎の詩論の中心は、恐らく「短歌の封建的な性格の中に潜んでゐる桎梏」の自覺と反撥が問題なのであらう。そういう觀念的な點では、僕も一致するが、（おお伊藤整よ抒情詩というものは僕等の青春期には若く新しく、ふりたての雪のやうであつた。「雪明りの路」の詩人よ、抒情詩は素朴な生活感情の中から羽搏いてあらはれた。それ故、それは君の青春と共に終りを告げた！）觀念的にではなく具體的に詩形式の新生が示されなければならない。抒情の變革は、生活感情の解放であるとしても、小野氏等の從來の自由詩形式では自然主義的で、新しいリリシズムの生誕にはならない。詩は批評だといふことは、詩人の內容の問題である。詩の純粹の發想は、詩人の內部にあるリズムであるから、それが新しくならなければ、新しいリリシズムは生れて來ないであらう。例へば短歌的な發想があの奇數音律によつて支へられてゐるのであつて、それは日本文語のもつ完成形式ともいへる。そのように日本の現代口語が新しいリリシズムを支へるためには、リズム形式が變革されねばならない。現代口語が含んでゐる陰影やニュアンスを出來得るかぎり生き生きとさせ、直接的な感じを深めることのために、詩人は口語の性質や色調を探らなければならない。その點で、萩原朔太郎の言葉に敏感な詩人的資質を私は高く買うのである。彼は抒情詩の一變種《バリエーション》を作つた。

複雑で微妙な心理のリズム、——萩原朔太郎の詩はあの時代の無意志的なアンニュイの情緒を表現するために、日本の現代口語のもつ、やはらかな感觸を開いて、あのなよなよした、齒切れの悪いスタイルを作り出したのである。

次に、中原中也の詩にあるリズムは、行爲と沈默とのリズム、音樂の濫用及び過用に對する克巳主義のリズム、心理的にアンニュイのリズム、それらを綜合する或る種の象徴精神の把握に立ち向つたのである。小野十三郎のいうやうに中也の「抒情の變革は自然發生的に成し遂げられた」のではない。奇犖徵韻のヴエルレエヌへの私淑と彼の改宗とが、この詩人の中にニイチエのいつた「懷疑精神と敬虔との綜合から生れる種類の神秘主義」を形づくつた。

中原中也は「現代詩」の意識的な冒險者の一人であつた。

新しい日本の「現代詩」は、浪漫的個性の詩的奔騰の中に動搖しつつある。抒情詩の否定とその後の建設は、詩人の意識的な作意がその動悸あるリズムになつてはじめて達せられよう。口語のリズムが自然發生的に放置されてゐること、形式が安易で、安價なデカダンスに深刻を見たりするマンネリズムの形式に墮ちたりすることなどを見ると、まだ短歌的リリシズムの優位が目立つて、小野のいう如く、ややもすると短歌的な咏嘆性が持つ聲調に流されてしまふのである。

そこでわれわれは現代詩を眞に現代詩たらしむるために、詩のメチエを輕蔑してはならない。「詩と詩論」が新しい詩運動たり得たのも、要するにポエジイとしての自覺ということを新しいメチエの發見に示したからである。「詩と詩論」に據つた新しい詩人達は詩を進める者こそ詩人の名に價すると考へた。詩を進める者とは新しいエトスであり、新しいエスプリの體現者として意識的に新しいメチエの探究を志した。彼等は新しい詩法によつて、無自覺な自由詩の慣習を打ち破つたのである。

近頃加藤周一、窪田啓作等の試みてゐるマチネエ・ポエテイクの作品は十四行のソネツト形式である。これはフオルムを重視してゐる點で、現代詩にメチエを求めたものとして注目される。しかしこのソネツト形式は古くは明治二十八年當年十九歳の薄田泣菫がキイツのソネツトのひそみにならひ八六調の十四行のソネツト形式を書いてゐる。泣菫は「一句を八六とす。合せて八行六行――十四行を以て一體となしたるは西詩ソネツトの體にならひしもの。面も押韻のみは詮なし」と斷り書して、明治三十年五月號の文藝雜誌「新著月刊」第二號に、杜甫の詩「百舌」から取つて來た句「花密藏難見」の題下に公表した。「押韻のみは詮なし」と泣菫はいつたのであるが、加藤周一氏等のマネエ・ポエテイクでは、日本語の助詞によつて韻らしいものをつけてゐる。それは日本語の助詞の性質上簡單に語呂合せになつてしまつてゐる。吾々はもう一度明治二十八、九年頃から詩というものの興隆を考察して現代詩を進めて行く必要があると思ふ。それは藤村の「若菜集」が出る一、二年前で、新しい詩というものを卒直に海彼岸の近代詩風に學んだのであつた。泣菫の「語り得ぬ惱み」といひ、有明のパルナシアンの不感無痛といひ、彼等の心理的イメーヂの表出には、新しい試みをしたものもかすかすあり抒情ということも今日よりもつと深刻に考へられてゐたのである。

抒情詩を主知詩の反措定として考へるような考へ方を私はとらない。人間の思想と感情とをそんな風に分離して考へることは出來ないからである。ただ吾々の現代詩には國風の抒情には盛り切れない主知的要素――抒情を否定する批評精神が働いてゐる。その精神の活動が當然要求するものは、新しい詩の世界であり、詩のフオルムである。純粹詩が示すものは、新しいエスプリの受胎、新しい表現形態の模索運動であつた。これは現代詩の布石の上に必要な運動ではあるが、今日の新詩人には、依然として受胎された「現代詩」をう進めて行くかという問題がのこされてゐるのである。

黒いブルース

安藤一郎

虚しい黄昏を截る
地下室の灯
階段の果てに
呻くやうなヂャズが漏れくる
扉……匂ひ

——イラツシヤイマシ！
——イラツシヤイマシ！

異國的な慇懃さを持つボーイたち
壁に掲げた青天白日旗
次々と百圓札を吸ひ寄せる
計算器
ガチャン！　ガチャン！チリリリン！
——御同伴　五百圓
カウンターにゐる婦人は
一寸貴族的な横貌だ

――Spanghai　を思はせるね
――Shanghai;　はもつと豪華よ

あゝ　浪費　浪費
日本の貧しい頽廢
何も考へようとしない
上つ面の
物質似贅澤は悲しい

ガアン！
打樂器が引き裂く
空間の光る波を
縦のやうに
幾つかの細い靴が動き廻る

マヌカンに似た
無感覺なポーズで
肩に凭りかかる女

眼だけで
相手の正體を讀み取らうとして
――あなたは誰ですか
――僕はいつたい誰だらう
――あの男は?
――あの娘は?

三色の紙帽を斜めに被つて
少女の細い腰を抱いてゐる
中老の肥大漢……どこかでみたことがある。
新聞の寫眞に出た
前大臣
追放財閥
それとも

あゝ 浪費 浪費
自由は悲しい
忘れるための
墜ちるための……

現代詩　時評

詩の世界的地平線の回復

北園克衛

一九四八年一月十二日付讀賣新聞の「今年への提言」の筆者の一人として福田恒存は「藝術至上の風潮」のなかで「現代の文學は二流であり、重量感に乏しく、また一人まえの社會人の讀むにたえぬものとなつてしまい、たかだか文學青年や婦女子の玩弄物になりさがつたと慨歎する——文學は昔日の威容を回復し世間の信用をとりもどさればならぬ、そこにはいちおうの反省が必要である。昔の威容ははたして回復しうるものであらうか。」と書いてゐる。さうして彼は「文學そのものが——藝術そのものが、つひに第二義的な地位に轉落しつつありはしないか。」と彼は問ふ。かういふ彼れの不安の背後には、文學の最强の敵として映畫が考へられてゐるのである。さうして彼は結局「ひとりの文學青年のふえることは、それだけ日本の近代化を遲らせることだ、とぼくはかたく信じている」と言ふ。にもかかはらず文藝批評家たる彼はまた言ふ。映畫のために文學は文學自身の純粹な領域に追いこまれようとしてゐる。そして作家はこの狹少な領域を再發見することに依つて、そこに全生涯を賭けざるを得なくなるであらうということを文學青年的でも藝術至上的にでもなく、政治や科學の優位を認めることによつてしぶしぶながら肯定しようとしてゐる。しかし自分に言はせると、さういふ考へかたこそは文學青年的な考へかたなのである。そしてさういふ文學青年がふえることによつて日本の近代化は進められるということこそ信じられるべきであると思ふのである。僕と福田恒存の結論のこのやうな喰ひ違ひがどうして生れてくるのであらうか。彼が結局この十年間救ひがたいまでに文壇を腐敗させて來たカンマアシヤリズムのなかに育つてきた批評家であるということでなくて何であらう。確かに彼は敏感にも映畫という强敵を發見することが出來たが、それについて最早や政治、科學の優位を認めるといふ消極的且つナンセンスな手を考へるより他に身動きも出來ない程に彼の頭が文壇的に煮詰つてゐたことには氣付かなかつたのである。文學といへば小說しか想像することが出來なくなつてゐる日本の批評家の自家中毒がこれ程に痛烈にあらはれたと言ふことは却つて福田恒存の批評家としての才分を示したことになるとしても、あまりに戲畫的である。

大正の後半期より詩との連繫を急激に失つていつた小說家たちは、昭和初期にシユルレアリズムが現はれる頃には全く現代詩との關聯を喪失してしまつてゐた。殊に文藝批評家達に於ては、伊藤整や阿部知二の主知主義、新心理主義の文學論が擡頭しつつあつた當時の極めて短い一時期を限界として、完全にカンマアシヤムリズムに屈服してしまつてゐたのである。某社を背景とする彼らの文壇獨裁の企畫は戰時中見事に成功した。批評はすでに批評家としての權威を失ひ、單なる一つのギルドの宣傳員に過ぎなかつた。かうした傳統は、今日なほ歴然として、彼らの文章を支配し、福田恆存の文章にさへまざまざとその痕跡をのこしてゐるのを見ることが出來るのである。

現代詩に就いての知見を喪失した文壇が、文學に於ける世界的地平線を喪つてしまつたのは當然である。獨裁者たちはこれを益々利用し日本の文壇を孤立化し地方化することによつて極めて容易にそのギルド的野望を實現することが出來たのである。今日、「文壇の詩人」と自らを誇らしく卑めてゐるところの少數の詩人達の詩に現はれてゐる詩精神は、一九一〇年代の詩の地平線上をさまよふ人生派以外のなにものでもないことを一見して指摘することが出來るのである。さうして、この一つの反時代的なギルドの事務員と化し去つた編集者によつて商品化されつつある文藝雜誌に現代詩が印刷されることは、全く偶然以外に求めることが出來ないのはあまりにも當然な話である。

しかし乍ら、今や彼ら獨裁者達は勿論、その宣傳員たる批評家、その事務員である編集者、そして小説家たちが自らのカンマアシャリズムに依つて倒れつつあるのだ。福田恆存が「俳句が第二藝術であることに異論はないにしても、文學そのものが――藝術そのものが、ついに第二義的な位地に轉落しつつありはしないか。」といふ恐怖は、現代の小説家達の商品化された低級なストオリイそのものへの危惧といふよりか、それらが内包してゐるところの俳句的な卑俗なポエジイへの絶望を、映畫といふ抵抗をとりあげることに依つて合理化してゐるに過ぎないのである。この十年間、小説家たる文壇人は自らの低級且つ時代錯誤の詩精神によつて詩を輕侮し、詩人を愚弄してきた。だが實際に於ては、彼ら自らの詩精神を輕侮し、愚弄してゐたにすぎなかつた。しかも彼らは彼らの古風な詩的認識が結局、彼らのスタイルを制約し、彼らの想像力を限定し、そして彼らの創造力のを支配してゐたことに氣付かなかつたのである。今日彼等が作りつつある小説は、福田恆存の批評をまつまでもなく第二藝術の特徴であるところのアナクロニズムとスノビズムの奇妙な合成物以外の何ものでもないのである。日本の小説家たちが犯した共通の誤謬は、ポエジイが時代とともにあるものではなくて作られるものであるといふシュドクラシズムの誤謬に陥ちてゐた點である。彼らは現代のポエジイに對して怠惰であつたばかりでなく、現代詩人のポエジイを利用する能力すらも失つてゐたのである。その結果は遂にあの單調なアメリカ映畫にさへ抵抗することが出來ないほどにリアリテイを喪つてしまつたのである。今日彼らの輕侮と愚弄の雨に濡れてゐる小犬のごとき「文壇の詩人」志望者ほどにサイ人はない。彼らこそは明日の利益のために今日の詩の世界的地平線を捨て去つた人々なのだ。

（一九四八・一月）

凛烈厳しいものの翳

杉浦伊作

あいつは
はるかな方から
まるでウオター・シュートのやうに
上から下へと
恐ろしく早く馳け降りて來た。

氷の歯をガチガチ音たて
あいつの息吹に觸れば
ああ
凛烈嚴しく
萬象が
氷原化してしまふ

凍れる風景に音なく

生物が死滅するであらう
雪白《せつぱく》の薄明《うすあかり》に

生命の
凍傷を怖れ
私は、いつさんに
逃亡する。

疾風《はやて》のやうに通りすぎる
魔性の！
滅却せる灰のやうに
地球の凡てが滅亡しようとする時
獨り生きたいとするか
醜い我執。

私は凡てのものと同じやうに
私を破滅の世界に投げ出してみたい。
氷の曠野。

氷原の彼方に燐光が燃え熾えてゐた。

同人語

仕事に就て

北川冬彦

「花」と云ふ季刊誌で、室生犀星氏が「詩の運命」と云う文章の中で　詩人は生活のために小説を書かればならぬ、書いているうちに懲れたようになるのだと書いていられる。そして、僕のこさにも言及されて、北川君なぞはもつされぼるべきであつたさ書かれてある。僕が思いがけなく中央公論の記者に認められて小説「北方」を書き「中央公論」に發表したのは昭和六年の四月のことであつた。それまで一篇とて小説を發表したことがないのに、突然小説を依賴されたのは、今でも不思議なことゝ思つている。それから「レール」「稅關のない町」「樂天家」「破山」さ續けざまに「中央公論」に發表する幸運を持つた。「中央公論」の他には「詩と現實」に「河」を、「行動」に「曠野」を、「新潮」「翅蟲の群れ」、「若草」に「受難者」「大雪」、多分これ位しか書いていないのだが、どうして小説を書くことを中斷してしまつたのか。その根本原因は、ほんとうに小説を書く意欲が僕には熱していなかつたこさに歸せられるように思う。依賴されて書きはじめた處に不幸があつたようである。しかも、當時「中央公論」さ云えば文壇の檜舞臺であつた。固くなつたさころもたしかにある。それに詩人として小説を書く以上、何等かの創意がなくてはならないさ云う野心もあつた。しかも創作の方法論が僕の中で樹立されていなかつた悩みもあつた。詩人が小説を書くことは敍事詩を書くことだとは考えたが敍事詩とは何かと考えると五里霧中なのであつた。そのうちに、映畫批評家の仲間さシナリオの研究會を開いたが、その方に魅力が出て引きずり込まれ、小説のこさをいつの間にか忘れてしまつたのである。迂濶と云えば迂濶なこさであるが、眞の小説家への情熱さ云うものがなかつたのであろう。シナリオの研究に沒頭して十數年間が經過した。その間詩へもそれほど打ち込んでいなかつたようである。戰災のショックは、私に詩を情熱させた。賴まれゝば、同人雜誌の類に至るまで書いた。最初の一年は賴まれなくても書けた。二年餘りで詩集四册分位の作品が出來た。「爐」書房の「蛇」をきつかけに、天平出版部の「夜陰」、その他秋頃までには次々と出る豫定だが、詩が依賴されなくては書けなくなつた頃、勃然さして小説への意慾が復起した。昨年の一月の「人間」のアンケートには、ことしは小説を書く積りであると返答したが、昨年書いたのは、「惡夢」「原色の中」「召いの女」「視幻」「夜の陸」「船舶」位のものである。それも、丁度室生犀星氏が、北川君はもつされぼるべきであつたさ書かれた頃、三篇つづけざまに書いている。これらのうちの二三はすでに雜誌に出ていて四月頃までには出揃うのだが、これらは筆ならしの積りで書いたものではあるけれど、書きながら方法論が樹立しつゝあるこさを身に感じた。僕は十數年間をシナリオの研究に沒頭していたが、どうやらそれが物を云いそうなのである。その方法論については「文壇」十一、十二月號の「現代詩與隆のために」で書いたことで大體つくしている。あとは、實踐あるばかりである。僕は、どうも、すべてが人より遲いようである。五十歳近くなつて、漸く本氣で小説を書く氣になつた。小説と云つても型破りのものを書こうとするから、なかなかに困難は去らないかも知れない。しかし書かずにはいられないことが次々と浮んでくるから今度は大丈夫だろう。犀星氏が手帳文庫に書かれた「名木」には萩原朔太郎さ佐藤惣之助のこさが書かれていて興味深く讀んだが淡々さしてしかもコクがあるのは流石は犀星氏の筆であるさ思つた。あの作品は室生氏にとつては書かずにはいられなかつた材料なのに違いない。

おるがん破調（前承）

笹澤美明

3　花について

秋、この村は花で飾られる
濃むらさきの友禪菊といふ
うすむらさきの陰を秘めて
山脈の肌の色によく似合ふ
不可思議な植物の分布圖よ
國境のかなたの隣りの國に
シオンの花が咲くといふに
この國土は荒い風に吹かれ
人の心もまた風の如く怒り
風のごとくに素速く消える
この國にこの花を見るのは
この荒い感情の住む只中に
瞑想にふける人の住む如く
又、この國の人の心の隅に
暗い、靜かな影がある如く
この秋の國土の隅にひらく

私はこの花を裾に觸れさせ
さもさりげなく秋を見送る

4　鶯

十月の空は曇りを拭きとられ
風の一群が遠い海へ流れ去る
山肌はすでに冷い色を映して
褶は冬の影を重く沈めてゐる
そこで鶯は目覺めておどろく
もう冬がノドを締めつけたと
彼女は風と共に南方へ飛んで
人家の窓から部屋に飛び込む
一羽の鶯は私の部屋に淡ちて
私のセルの袴の中で息絶えた
後女は遂に身に花粉も裝はず
落葉の下で草色の物質と化し
遠い春から尙も遠のいたのだ
動かぬ追憶よ　靜かな思出よ
ウグヒスと鳴くといふ歌聲に
昔の人の靜心を心憎く思つた

あの上品な樂器も最早朽ちた
この日の鶯は歌もうたはずに
私の口笛にわづかに羽を振り
小首を傾げたにすぎなかつた
壊れた樂器よ　歌はぬ小筥よ
かくして私のペンは飜譯する
昔の鶯のみやびた歌の言葉を

5　ア　ト　リ　エ

奇妙な戰爭の時代のために
人間の分布が度々行はれた
疎開といふ人類の個の移住
民族の運命は木から落ちる
木の葉も自然界から奪つた
平坦な村の古い地圖の上に
風變りな建築物が印された
森の近くにあるアトリエは
朝と夕べの光に異樣に輝き
恰も人の感情の炎であつた
果してアトリエの主人とは

時代の上に突き出た藝術の
ガラスの塔の住人であつた
彼はなじんだ私に高言した
ぼくは怒つた、常に怒つた
ぼくは魂を映すカンヴスの
鏡に向つて何をしたと思ふ
ぼくは鏡に向ひ心を鎭めた
お洒落な夫人のするやうに
繪具はぼくの怒を融かして
カンヴスの所々に燐の如く
ほどよくちりばめ整頓した
だが米をかみ水を飲む度に
ぼくの口の中は怒に燃えた
ぼくの頭髪は燃え爪は焦げ
アトリエはテンピのやうに
ぼくの怒を一層掻きたてた
つひにぼくはあの忠實なる
カンヴスまでも怒に焚いた
だがそれはぼくより複雑だ
黄は黄に赤は紅に綠は蒼く

この落莫とした世界の中で
おのおの異つた色で燃えた
ぼくは恥ぢなくてはならぬ
ぼくの怒は人間から時代へ
時代から宇宙へ次第に變る
ぼくは數萬光年の星の下で
如何に小さく燃えてゐるか
ぼくの最近の自畫像を見よ
どんなに愚かしい苦笑ひと
力甚だ微弱な皮肉をもつて
ぼくに復讐してゐるだらう
しかも自畫像はぼくよりも
遙かに神に近い位置にある
私は畫家の家を辭し去つた
アトリエのガラスは蒼ざめ
既に夜の感情を映してゐた
流星が森の上を斜に切つた
畫家の怒を抹殺するやうに

6　ゴムの樹と醫師

おれは何より村の生理に興味をもつ
若い、逞しい醫師は私にかう言つた
この村の一ヶ所だけが過重なんだね
つまり胃袋だけがふくれてゐるのだ
一部の家が肥え太つて突立つてゐる
瘦せた手足は動かなくてはならない
空虛な腦髓の中を時々狡猾が走るか
慾が石斯體となつて滿してゐるかだ
しかしおれには診斷だけ許されるが
治療することは無論不可能なことだ
（診療室の一隅に鉢植のゴムの木が
分厚い葉をひろげて立つてゐた）
おれは南洋にゐた、明るい南の國に
偶然のやうに落ちて來る椰子の實と
突然ひらめくやうに現れる蛇の他に
驚きといふものを與へない南の島で
おれは徹底した原始人の生理に就て
簡單な土答のやうな肉體を研究した
おれは星の世界へ登つて行くやうに
椰子の木の上の家の梯子をのぼつた

おれがかけた魔術を禮拜する人々に
おれは發見した、總てが平等なのを
おれが彼等に與へることも取る物も
感謝も喜びも精神に屬することさへ
すべて平等であるとおれはみとめた
しかしこの村では全くさうではない
時に感謝の表現が多きにすぎるのだ
そして蔭では共産黨だと惡口を言ふ
青空の明るさが心にまで射し込まぬ
ああ　おれは超然とすべきだらうか
おれは本を讀んで自ら慰めるやうに
あのゴムの木の葉をひるがへすのだ
過去の、しかも數頁の生活について
又しても秋が來た　そして又去るが
幸福が短時間の間だけ立停るやうに
おれは過日靜かなひとときを欲した
そして午後の部屋の中で獨り眠つた
おれは遠くの方に微かな音を聞いた
それがはつきり聞えて來るまでには
おれは夢と現實の境を度々往來した

この村の街道を上品な古代の人達が
土製の鈴を鳴らしつつ通つて行つた
おれはこの行列の氣品と靜かな姿に
南洋で發見した平等の意義を感じた
平和な風が行列のあとに尚も殘つて
土製の鈴はいつまでもひびいてゐた
おれは椅子から立ち上り窓を開けた
土製の鈴の音を探し求めてゐるのだ
すると晩秋の空の下では少年たちが
桐の木の枝から黒い乾いた桐の實を
長い竿でがらんがらんと落してゐた

7　山

山はあくまで冷酷だ
その地肌を眺める眼も凍える。
傲慢な突起を自然はお前に許した。
しかし近づけないことは立派で美しい。
測候所の旗がお前の額の邊に昇ると
もう冷たい風を吹きつける。
無心と言ふが、お前はすでに壯大な死だ。

アフォリズム

詩に就いてその他

永瀬清子

○詩に就いて

必ずしも抒情詩と云ふ古い言葉を用ひなくてもいゝのだ。

それは「よりふかき主觀の披攊」だ。

それがなぜ「主知」と反する觀念であらう。

それは「人生の批評」そのものであるがよりせゝらぎがあるのだ。

それは「言葉の構成」そのものであるがより素質に根をもつてゐるのだ。

それは「思想の獨白」そのものであるがより多數の心に浸透する力をもつてゐるのだ。

それは「韻律の調整」そのものであるがより傳統をたのまぬ創造なのだ。

それは瞬間に來たり永くひゞくのだ。

それは單純それ自身のなかに深淵をもつのだ。

それはうたふこと即ち思ふことだ。

それは觀ること即ちつかむことだ。

それは悟ること即ち生きることだ。

○「主觀の披攊」

より大いなる精神力をもつものはより大いなる主觀をもつ。「よりふかき主觀の披攊」を抒情の同意語とするならば抒情詩のもつ消極的な、はづかしさうな、なまやさしさうないけないかと自ら疑つてゐるような表情はすべて消える。

わたしはやすんじてわたし大の抒情を書くが、誰かあつて地球大の抒情を、宇宙大の抒情を書くことを希望する。

○シユベルヴイエル

私は外國の詩人のうちで最もシユベルヴイエルに親近を感じる。その大きさ豐潤さに於いて段がちがふことは判つてゐるけれど私がその詩的系圖の末席にあることを願つてゐる。山内義雄氏が「諸國の天女」等に就いて、その願ひをあてゝ下すつた時には嬉しいと思つた。

彼のコント「ノアの方舟」で、もうノアの方舟が沖の方へむかつて進みだし、岸邊ではその舟に乘せてほしいと希望する人々がとり〴〵に哀願する。そして町でアクロバツトをやつてゐた藏人の一群は、忽ち波打ぎわに人體のピラミツト形をつくつた哀れな彼等は何物にもうたよらずただ自分たちの藝にかけてその舟にのらんことを神やノアに願つたのだ。さう云ふ表現もほんの數語で盡してあつて心を打つが、（彼の短い詩は言葉の適確さそのものである。）同時に最近彼の長い詩「未知なるものへの祈り」には感動した。それの書かれたのは一九三七年の七月！　丁度支那事變のはじまつた時だ。

あの年のはじめに野上彌生子女史が「地球上の國々が、それ〴〵自國のみを特別に優れた國だとの自惚れを持つことをやめて、他の國も同じく立派な個性をもつてゐることを認めなくてはならぬ」と第二の世界戰爭の豫感をもつて書いてゐられたことを思ひだす。然し一方、或る雜誌の問ひに答へて始ど八十パーセントの智識人が

「前大戰の結果をかへりみて再び地球上の戰爭は起るまい」と豫想してゐたあの一九七三年。

あの時にシユペルヴイエルはこの「未知なるものへの祈り」を書いたのだ。しかも七月、戰爭のはじまつた月に。

よしんばあなたが、數千年も前のひとつの息吹に過ぎないとしても。

ひとつの、習性となつてゐる大きな速力に過ぎないとしてもまた、かずかずの圓い天體をそれぞれの旋律のなかになほ回轉させてゆく、幾久しい憂鬱にすぎないとしても。

顏《かんばせ》もなく、ともすれば希望もない神樣、私はあなたの注意を惹き寄せたいのですありあまる宇宙のなかをさまよふあなたの注意を、

地球の上でもはや休息のない人間達の上に。私の云ふことをよく聞いて下さい。それは差し迫つてゐることなのです、人間達が皆勇氣を失ひかけてゐるのですさうして年寄りも若者も見分けがつかなくなりさうです。

毎朝彼等は、虐殺が始まらうとしてゐるのではないかとあやしんでゐます。

方々でひとは準備してゐるのです、

血と哀訴と、涙の、奇怪な分配者を。

これらの詩の哀禱は神にきゝとられずに世界は戰爭の段階に着々と歩いていつた。これらと同じような系統の詩をその時なぜ私が書かなかつたか。今はたゞそれが悔いとなる。

又よむ。「渾沌と創造」を。今私が歌ひたいことそのまゝを彼はもうこのように書いてゐる。

樹々よ、私のところへ來い、私はお前等を思考する故！

それは單一の身體、一種の胴體をもつにすぎないが天邊に於いてかずかずの枝條にわかれてゐる。それは彼の思考の姿

そのものである。かくのごとく自然と合體することは、そして自分を自分であらしめることは、まだ私には出來なかつた。たゞそれをどんなにか希望した。

わが及びなき先驅者、シュペルヴイエエルー

○田と詩

「詩を作るよりも田をつくれ」と云ふ言葉は淺い實用主義から來てゐて私には意味ないものに思つた。田を作ること即ち私の勤勞の生活そのものが詩をつくつてゐるのだ。それは又詩をつくるから私は田がつくれるのだ。實際問題として農繁期により多くの詩を書くのである。だからこの警句には田も詩も作つた事のない者がこしらへたものの匂ひがする、と或る時云ふと小倉豊文氏が、この文句は、詩を立派につくるためには田を作れと云ふことの反語なのだ。と云はれた。さう云はれればこの句には生命が生じる。氏の持ちこんでゐられる宮澤賢治風の言葉でさへある。「鰯の頭も信心から」と云ふことがあるがこんないやな言葉さへひかりだすとはおそろしいものだなあと思つた。

○短歌の笹舟

宮澤賢治が短歌をかいてゐるのは巨人が笹舟でも作つてゐるようである。一生懸命つくつたとて乘せ切れる何物もないのに。それはすぐ沈んでしまふのに。

短歌よ、罪な魅力！

○定形律

大正十四年八月十一日に宮澤賢治が早地峯登山をした時の詩「下背に日の出をもつ山に關する童話風の構想「（作品第三七五番）は、彼の風景詩の中で最も好きなものの一ッである。然るにその同じ構想を年經てから病床で文語定形詩に四行七聯に書き改めてゐる。そのためには「酷烈極まるトレーニングが加へられてゐる」と「農民藝術」誌は傳へてゐる且その一部が寫眞版にのせられてもゐる。

文語定形と云ふことが作品をつくる上に、形式的な規範をもつため一種の困難をともなふ故に、それを克服することがヴアレリーの所謂將棋をさすような喜びを感ずることは判るが、それ以上の必然性は私には判らない。

古い韻律は古い韻律だ。新らしい皮袋に入れてあつたものをなぜ古いそれに入れかへたのか、シートンの描いた野生の馬のようにみづ〳〵しく美しかつたものがなぜ自ら轡を欲したのか。身體的の衰弱と、彼がよい友をもたなかつたことが孤獨でありすぎたことが、その原因であらうとしか思へない

○音樂への志向

詩の音樂への志向。それは絶對的なものだ。然しそれを文語定形律で解決すると云ふのは安易すぎるやり方だ。たとへよそ目にはいかに「酷烈」とみえてもそれは一つの慰安だ。

すべて本質的な詩人は音樂をもつてゐる。視覺的な詩をたとへ書いてもそれは音樂の一種としての視覺なのだ。そのメロデイ、そのハアモニイ、それはいかに散文的にみえても小野十三郎氏の所謂「異質の韻律」なのだ。

それ故にこそ、本質的な詩人ほど少し身體的に衰弱した場合や老齢に傾いて慰安を欲する場合に、安易な道を選んでしまふ。はじめから音樂的志向をもたない非本質的詩人には陥りようのない落し穴だが。

○甕から出た人

アルバムのその頁へくると見てゐた人は誰でも「ほう」とか「あゝ」とか「これが貴女！」とか云つた。それ位云ひようのない抽象的な顔をしてゐる女學生時分の寫眞。

ある友だちは「甕から今出て來たようだ」と云つた。私はそれを波打ぎわにうちあげられた甕と一人で解釋して面白く思つてゐた。

然し今はすつかりおばさんじみてぬか味噌甕からのようだ

そして時々あの外界をとざしてゐたかぎりない海原の波の音を戀ふ氣がする。

○新　年

新年があることはよい。本當に祝ふ氣持が判りだした。よいことばかりつゞいた人にはそれが判らない。

今私は自分を何かの樂器のように思ふ。

どんな手が私にふれて、そのかぎりない聲を發するか、ふかいたのしみときづかひを感じる。

その手でありその樂器である私。

私が豫想し　けれどもまだ聽き知らぬその調べ。

新らしい年よ、お前の來るだけのものを來つくして吳れ。

それが新年の唯一の願ひだ。

人生

江口榛一

人生はあてどのない旅
羅針盤をうしなつた船の旅です
あすの日もひとときも後のこともわからず
風のまにまに　波のまにまに揺られて行きます

いまは冬　物なべて枯れつくし凍つていますが
季節　季節はかわらずに毎年こうしてめぐつて來る
私たちの人生でも——あれは暗い春でしたが
もういちどいつかはめぐつて來るものときまつていたなら……

いとけない時　ゆりかごで母の歌ごえにまどろんでいた

あの頃がいちばんよかつたのか知ら
ほんとにあの頃はしあせでした
乳色の　あまくてたのしい日日でしたが

しかし私は思うのです
あの變らぬと見える自然さえやはり永劫の目から見たら
おなじぐ　萬法流轉の空な一環のなかにある
ちようど私たちがこうして絶えず別離と出發のなかにあのように

それだからこそ　人の額が美しく
それだからこそ
冬枯れたあの並木の幹たちがかがやくのです

朝明けの歌

夜が明ける　たゆたいながら

青い褄の裾をひきながら
くれないがひと刷け雲のふちをいろどる
小鳥たちがさえずり出す

ああ　あの小鳥たちも待つてたのだ
つめたい氷雨にふるえながら
揺れる梢にすがりながら
永いあいだ　夜の明けるのを待つてたのだ

夜つぴて嵐に揉まれながら
もうふたたびはばたく日は来ないかしら
何もかももう駄目かしらと思いながら

けれどもう暗い夜の影はどこにもない
落ちついて小鳥たちは朝の歓喜を歌い出す
光の滴を浴びながら　かすかにのど羽をふるわせながら……

同人評論

日本浪漫派に浪漫主義の詩人わいない

淺井十三郎

歴史とか社會とか言う問題を意識することなく作品活動を續けられるのわ概して年少の時代であるようにおもえるのである。そうした時代のように主情のおもむくままに作品が生れると言うことが假にあつたとしても、そう云う考え方が如何に安易に日本の詩を小さくしてしまつたかをおもわればならない。尠くとも歴史が否定と發見の集積であるとおなじように、詩も又批評の歴史であり否定えの努力だと考えてもあながち無理だとわおもえないのである。いやむしろこれからの日本詩の負わなければならない宿題わ、そう云う「近代」の獲得でなければならない。

かつて全ヨーロッパを支配風靡していた唯理主義擬古主義の因襲的古典崇拜のシッコクから人間解放の火の手をあげたルソーの「自然に歸れ」の叫びに根を發して擡頭した浪漫主義わあくまでも形式主義えの反抗であり自我の尊重であつた。古典偏重の打破を叫び獨創の自由を尊重した。この思想的な背景わ唯物論であり實證主義であり科學的精神であつたのである。熱烈奔放に情緒の働くにまかせた結果遂にわ自らの場を人間以外の神秘界に求めたりするに至つて完全に空想的、超現實的の姿をとり永遠と云う帽子を後生大事に抱きながら逆に科學的精神の復讐的反抗に會はればならなかつたが今十九世紀の初頭に起されたこの一大文藝運動の精神を今日に於ける日本詩の中に見出そうとしても即ちローマン主義の正統を傳える浪漫派わ日本にわない。所謂浪漫派と言われるものの中にあるのわ擬古主義であり古典主義えの願望だけである。あの文語論者や定型詩えの復起を希う詩人の封建性を考えてみるがいい。「花うつくしく候」以外の何物が存在しているのか。いづれも穏健なる紳士の現狀維持の修身的思想に衣裳を着せたにしかすぎないのである。だからいつそのこと日本の詩に關する限り朔太郎以後浪漫派と呼ばれる詩人などいないと言つた方がよいのだ。その朔太郎ですらロマン主義から敗北してしまつたのではないか。今日幾分その派の詩人のなかに殘つているものがあるとすればそれわ翼をなくした盲目の天使だけでしかない。むしろ古典への反逆と人間解放の浪漫主義的精神わ現實主義派の中に育てられていると言うことわ、一つの皮肉でさえあるが、このことわ無批判的な浪漫わ其の名に値しないと言ふことであり又、歴史とか社會とか思想とか言う問題を意識せずに作家、詩人の存在わ成立しないと言う現實的證明でさえもありうるのでわないか。このことが其儘素直にうけとられるとするならば、歴史とか現實の上に根をおろしていない抒情などと云うものは、詩の原型から正さなくてわならないし、もつと我我わ、歴史を現實を直視しなければ個の解放も確立も言葉だけにすぎなくなるだろうと言うことをおもわればならない。そうして我々わ我我とわれわれの容體としてある一切の存在の矛盾對立と對決することによつて詩の主體を一層ハッキリさせなくてならない。と言う極めて當然な論に達するのである。

日本の浪漫派が浪漫主義であるがためにわ、個我の確立と言うことが最大の急務である。然も今日のその派の陥つている、身邊雜記的私小說式の日常感想詩からぬけでなければならないし、日本文學の傳統と言われる「わび、さび」を虚無の中にたたきこまない限り現實の中に永遠を見ようと言うようなことわ考えるも愚なことだ。藝術として昇華しているかいないかと言うような職人根性だけがこの派に限らず日本の詩を如何にスケールの小さいものにしているかわ曰く何々文學曰く何々文學と屑詩文學の狹田や一つの作品に何が描れているかを研討してみるなら餘りにハッキリとそれが示されているのである。

日本の浪漫派が浪漫主義でなく古典主義であると言うことわ、傳統的な均整や調和が尊ばれたり文語雅語えの執着やその思想的內容が後を向いていたり、恐しいことにわ、その思想の眼わ人間の弱さにのみ向けられて、一種の定型的現狀維持に納つていることである。だから獨創の自由などみられないし、このことも他派にゆずらなければならない。とすると日本の浪漫派の詩運動わすでに滅亡の機にさらされており、正しい運動わ今後にまたなければならないと言わなければならない。

然もリアリズムと正しく結ばれない限り。それに多くの望みなかることさけわ今日に於てわ殆ど絶望的でさえある。

かつて岡田三郎が二十行小說(四百字)を主張したことがある。これなど散文の詩えの攻勢を極端に示したものである。僕わ、日本の詩が從來の儀で定型え移ると言うことに就いてわ絶望を感じる。むしろ今まで小說に喰われていた詩の分野をとり戻し、詩精神の擴充を圖る方法としてわ、詩が失つていたところの敍事的精神の回復を求めなければならないと思う。

劇詩や敍事詩の復活或わ又敍事的性格の導入によつて詩わ新たな領域を開拓するのでわないか。今こそ詩が歷史や社會や生死を對象にして散文の中に旗をひるがえさればならないのでわないか。僕わそこでこそ日本の詩の中に浪漫主義もリアズムもハッキリした姿を持ち成長を持つことが出來るので、わないかと思う。

個の世界

笹澤美明

×

時代は全く個の世界になつた。この個の世界で徹底すべきだ。時代は冷い。人も冷酷だ。何故なら各々が個の世界に住んでゐるからだ。この際自分自身に對して冷酷になつて見るのも必要だと思ふ。自分を突き放して見て、自身の正體を冷酷に眺めることが大切かも知れない。これをやらないと中途半端になる。他人には冷酷で、自身には甘いといふことは、決して本當の生き方ではない。ここに個の體驗が問題になつて來るだらう。私は抱擁よりも遠くへ放す方が本當の愛だと思つてゐるが、自身を突き放して冷酷に眺めることも、自身を愛することになるだらう。孤獨とは自分を甘やかすことではない。一つの自分が他の自分を突放すことによつて始めて孤獨の味が判るのだ。

ここに徹してみてからでないと將來の民主主義國家だの社會だのは成立たないだらう。私は自分を苛めつけてゐる。そして周圍の人の攻擊や非難に對して 一緒になつて自分を責めることにしてゐる。反省などといふものは、藥さうな言葉だが、好い加減なものだそんな生溫るいことより、自分を冷酷に扱ふことだ。

×

この時代位、エテイケットを忘れた時代はない。失禮とは正に現今のことだ。遣り切れなく思ふのは、原稿依賴だ。原稿取放しで何の挨拶もないのが多い。原稿料を謝禮程度にして、雑誌の出なくなつたことを辭つて來るのは上々の部である。中央でも地方でもそれ放しになつた原稿は隨分ある。詩人は皆私みたいに呑氣だからそんなにやかましく言はない。いつしか忘れてしまふ。しかし思ひ出すと殘念である。何だか侮辱をうけたやうに思ふ。もつとも現今は、何をしてもどこへ行つても屈辱ばかりだが、苦心と努力によるものだけに原稿の問題は忘れがたい。大地書房とかいふ出版社の「ぷろめて」などは最もひどい。一年以上になるが、何の挨拶もない。被害者も多いだらうと思ふ。感心するのは奈良縣の「爐」書房で、延びたと言つては挨拶狀をよこし、實行が遲いから發行部數を減らすと辭つて來る。當然なのだが、なかなか出來ないことだから感心して、快く思つてしまふ。

出版社も經濟界の不安もあり、實行も思ふやうにならぬから、大いに同情すべきだが、依然とした資本家根性は不快なものである。いづれにしても、詩人側に强力な團體を作るのが必要だと思ふ。詩人協會といふ確かりしたものがあれば、不快なことも少くて濟むし不快な感情も團體として消化するから氣樂でもある。

×

中桐雅夫君の「純粹」誌上の「萩原朔太郎論」は近頃、立派な好論文だつた。矢張り評論家の素質のあるもののオピニオンといふものは詩人的感情では言へない領分のものである。

作品批評に對する一括的應酬

安藤一郎

或るときには、主知派の代表に入れられるかと思ふと、或るときには、抒情詩人の群に叩きこまれる。

さういふ私は、自分で苦笑してゐるだけで、眞面目に抗議する氣も起らない。第一、主知派とか抒情詩人とかいつた分類が極めていい加減で、どこをどう取り上げていいか分らないのだ。それに、かういふことを書く連中は、小さな詩壇意識を政策的に表はすのに急であつて、文學上の問題として、深く、また大きく考へてゐない。だから、結局氣紛れである。少し經つと、全く別なことを言ひ出し兼ねない。だから、さういふ氣紛れに、一々腹を立て、應酬することは何の益もないのだ。

最近、若いヂエネレーションの批評といふものに。呆然として驚くことが尠くない。とにかく、批評といふことの根本的態度――公正と視野と敎養――を持たない。尤も、これは。旣に一家をなした詩人にも。見受けられないとは言ひ難い。グループの中の樂屋話がそのまま。他にも當てはまると思ひ込んだり。また、身近にある先輩の意見に迎合して、ただそのお先棒をかつぐに留まつたり、自分で苦しんで見つけた知識でなく。誰かから一寸耳で聞いたことの受賣りだつたり――所謂「詩壇」の批評といふものは。およそ程度が低い。

それで。詩作者としての私は、自分の作品に對する批評は大抵默殺することにしてゐる――一旦、自分が作品を發表したら、もはや一つの運命に任せてしまつたやうなもので、作者がそれに對して、どのやうに辯解したり、解說したりしても、正しく見直されるといふことはない。それに、私などはまだひとに知られてゐることが、實に少ない。これは、自分の方が惡いのだ、と反省する他ない――

私は、矢繼早に、澤山の作品を發表する程多くも書かないし、また私の自由になるやうな、特定の雜誌も持つてゐない。自分の詩集も寥々たるものだ。それは、つまり私の非力を證據立てる事實ではないか！これでは、ひとに理解されないのも仕方がない、と諦めてゐるのである。

それにしても批評といふことは何といふ都合のよいことであらう――私が數日、骨身を削つて、あらゆる構成を考へながら書いた二百行の長い詩は、あまりに技巧的だといふ一言で片附けられてしまふ。私が時々素樸な詩を書くと、君は逆戻りしてゐるよ、と忠告を受ける。暗い、メタフイジツクなものを書くと、難解だと言ひ、苦惱から救はれる思ひで、明るい新鮮なものを書くと、ここには懺悔の圓光がないと言ふ。やさしい抒情詩を書くと、いい年をして甘すぎると言ひ、諷刺的な尖つたものを書くと、もう少しうるほひが欲しい、と言ふ。

尤も、かういふことは、私一人

に限つたわけでないだらう。あらゆる作家，詩人が、さういふ批評の廢滓に取り除かれなければならない。幾世紀を潜つてきた古典作品に加へられた、夥しい註解さいふものを、それを書くときに豫想し得た作者があらうか？あの世にゐる作者が、自分の作品に寄せられる批評を一々聞いたら、びつくりするさ共に、あまり馬鹿げたことに、思はず映笑するであらう。

されば、自稱「批評家」諸君！今後も、大いに批評を盛んにしてくれたまへ——私は私で、勝手に作品を書き、どこにでも發表してゆかう。私には、それ以外の途がない。ただ、私は、次のやうなことも承知してゐることを、ここにハッキリさ言はねばならない——作品そのものの眞價が明白になるためには、惡い批評も必要であること、また、どこかに必ず二三人の作者の眞意を幾分かでも酌み取る少數者がゐること、そして、最後にもつさ重大なのは、批評は瀕び、作品は殘る、少くとも、批評は當る當らないに拘はらず、作品が生き延びることに手を貸すのださいふこさ。私は、さう信じてゐるのだ。

ローマ字詩管見

江口榛一

ローマ字では詩は書けない、というのが詩人の定説になつているようだが、これについてぼくは異見がある。しかし、事實として戰後二、三發表されたローマ字の詩に關するかぎり、ひどく讀みづらく、美くさがなかつた。それからしてローマ字で詩は書けないというのも一應尤もであるが、然しほんとにそうなのだろうか。

今年の春、偶然の機會からぼくは山本有三氏にすすめられ、はじめて某雜誌にローマ字で詩を書いてみたが、作品の良し惡しは別として、ローマ字獨得の表現が出來たのではないかと思つた。すなわちローマ字で書いて行くと母音がいやでも應でもはつきり見える。そのためおのずさ韻がふみたくなつて來るのだ。

それから、耳できいて意味のわからぬ言葉がいつさい使えぬ。そのために自然と漢語を排除し、却つて古い日本のみやびな言葉を使いたくなる。日本の昔の言葉というものは蕪雜な現代語とちがつて實にこころよく、力づよい。きいただけでわからぬさいうこさは絶對にない。その、よい言葉が復活して來るのだつた。

韻をふむことは自由自在で、脚韻はおろか、あらゆる種類の押韻がいともたやすく出來るのである。詩の本質が言葉の音樂であり韻律がその方法であることは説くまでもないが、この自明な原理がわが現代詩では全く等閑に附されている。そのため散文と何ら變りのない作品が横行して、だれ一人怪しむ者もないと云つた奇現象を呈しているが、ローマ字になれば譯もなく本質に即した詩が作れるのである。

思うにこれまでローマ字の詩を發表した人たちは、無定見で流行好きな雜誌社の註文を鵜呑みにして、ノートに「日本字」で書いておいたものをそのままローマ字に引き移したにすぎまい。さらでだに汚い現代詩が、そのままローマ字に移されることによつて、いよいよ讀むにたえぬ代物となるに至つたのであろう。はじめからローマ字で書いて行つたら、あんな不自然な詩が出來るわけはないからだ。

だれでも新かなずかいで書く場合、歴史的かなずかいの場合とはやや發想法の異るのをかんずるだろうが、ローマ字の場合にはそれが更に甚しいのだ。その文字から來る制約を敏感に感じ得ないようでは、詩人さ稱することも出來ないのだが悲しいことには、わが國には、その底の鈍感詩人がまことに多い。

とにかく、ローマ字で詩を書くというさ、現代口語では眠つていた日本語の韻律的機能が目ざめ、やさしくうるわしい言葉のハーモニーが生じて來る。これだけでもありがたいことであるが、更に漢字制限の問題などは一擧に吹きさんでしもうし、新かなずかいの問題も一ぺんに解決してしもう。ぼくは、詩人がこのことになぜもつさ氣がつかないかさ、不思議でならない。

かつて土岐善麿氏はローマ字の歌集を出しているが、短歌形式の場合短かすぎて、ローマ字の機能は全幅的に發動しない。そのため平がなで書いた場合とさしたる相違を示さないが、詩の場合長さも適度であるし、はつきりした押韻さいざ方法も活用できるので、ローマ字のあらゆる可能性が目ざめてはたらく。

ぼくはローマ字會員でも何でもなく、むしろ戰時中からの復古論者なのだが、それ故に却つてローマ字のありがたさが身に泌みる。日本語の持つ傳統的な美しさは、もはやローマ字を採用する以外に發揮できない。そんな時期にまで來ているのである。

萬葉集が漢字でしるされ、紀貫之が斷乎として平がなを用いた、あのぼくらの先祖の英雄的態度にならつて、いま全詩人がローマ字で詩を書くことは、さらさらお先棒かつぎなどではなく、むしろ「祖先ノ遺風ヲ顯彰シ」かつ又ダンテ、プーシキンなど先輩詩人のひそみに習うことにすぎないのだが……。

同人語

阪本越郎

同人語を書かうとして書いてゐるうちに、別紙のやうなエッセイを書いてしまつた。僕は今引籠つて「明治、大正詩史」的な簡單な著述を書いてゐる。簡單といつても、もう五百枚位になつてしまつた。「現代詩は國風の抒情を否定しながら、ポエトリイとしての新しい抒情詩を建設しなければならぬ。」と考へてゐる。その「現代詩」の限界は普通に口語自由詩をわれわれの先輩が書き出した頃からと考へられてゐるやうだが、そう簡單には行かぬ。その胎動は泣菫、有明あたりからはじまり、生活の意識的評判が詩に現はれたものとして、石川啄木の詩を見遁すわけには行かないであらう。抒情詩の面では藤村よりも以前に、その先驅として牧師宮崎湖處子等の流麗な「抒情詩」を見落してはならない。

山

永瀬清子

雲かげのはためく日歩きながら六つになる子供に「あの山はオルガンのやうぢやないの」と云ふと、「さうだ。彈かう」とすぐ應じたので却つてこちらがびつくりした「くらい所がド、ひかつてゐる所がシ、ドレミファ、ドレミファ」と山の連りにむかつて練習をしながら歩いた。

本物のオルガンは燒け失せたことをその時私だけ思ひだした。でもあれは去年の夏のこと。

今はその山にはふかい一ト色だ。沈默して、然し彼等の不屈な性格をあらはにしてゐる。それでゐて春が來ることも彼等が一番よく知つてゐる。

詩作態度

杉浦伊作

「小説新潮」昭和二十三年一月號の口繪寫眞に、太宰治の醉態寫眞と坂口安吾の創作工房の寫眞が掲載されてゐるが、私は兩方ながら感心して見た。太宰の醉態、これは酒場のスタンドにある椅子を二つ揃べて、その上に横臥し、醉眼もうろう、饒舌くたくたといふポーズである。かう云ふ風に醉ひまくられば、太宰文學のロマネスクは創造されないのだと思ふから、世の識者のやうに、彼等の醉態に眉をひそめ、彼等を責める氣持にはなれない。

坂口安吾の創作書房に至つては只に唖然とするばかりである。凡そ筆舌では云ひ盡くせないとは、この光景を云ふ詞であらう。彼の創作工房を描寫するには、全く現象そのままを投影するカメラ以外には絶對ない。いかなる高校のデカダンボーイが騷起きする宿舍も絶對彼の前には、汚たないの文字はいさ慚ろきにあるであらう。おそらく、紙屑屋の引越の後よりもさんらんたる廢紙、考現學的には夏目漱石、芥川龍之介の書齋の對照の妙とならう。

坂口安吾の肉體小説、創作の秘密を私は、彼の書房（絶對書齋ではない。工匠の工房に等しいものだから、私は書房と表現する）に見い出した。鼠の喰ひちらした喰物と、巢營のために、喰ひやぶつた新聞紙、いやいや、はれた田舍劇場（坐つて觀る）を掃除し、その集積のやうな塵芥の中に、机を置て、破れ布團の萬年床から、ビコポリンをかみかみ、醉態的（醉態は知らないから的とした）な兩眼をカアット見開き(?)古机にかぢりつき萬年筆一本で、坂口安吾の文學が悲愴に制作されて行くのである。このきたならしい書房は、坂口安吾の以前にもなく、又後世これを模似するとしても絶對之に兄たりがたいであらう。健康、不健康の問題を離れて、彼の文學はしよせんかうした雰圍氣の裡のみに依り、胚胎し創造されるのであらう。彼は、彼の創作に必死であるに違ひない。決して、彼は只單なる流行作家であるがために創作する作家でないことを、ここに知つたのである。彼は確に、文學に憑れた職人である。

　他をかへり見て己を語るやうだが、坂口的マリヒズムは多分に私も持つてゐる。私は、私の詩を創作するに、決してイーザーに詩作してゐないのである。私は私の詩に、かならず何かのテーマが考想されなければ筆を執らない。そのテーマを得るために、私は病氣になる程の無理な旅行をもし、旅情に依る官感、官能するところのものを以て思索、構成し、然して詩の一篇を創作するのであるが、さうした行動も病氣すると出來ないので、私は又別に、私の詩を構成するために、別の方法を講ずるのであつた。精神的に坂口安吾の書肪のやうに、私は私の腦漿をくたくたにして、そして、精神のくたくたの亂雜のなかから、芽生へて來るただ一つの糸をたぐつて、私は妖氣ぢみたもの、神秘めいたもの、怪奇的な詩を生み出すのである。それは外でもない夜眠る前に私はポオの小説をボードレールの散文詩を讀む。そして今晩は夢を見ようと覺悟して眠る。勿論眠むれない程、頭を疲勞さして眠るのである。安眠なんて、全體出來ない狀態にして置て眠るのであるから、淺眠、夢魔、グロッキーの儘であるから、あらゆる魔が不思議の現象を夢に描き出すことが出來るのだ。夢の中で、私は詩を作る。もうこれで出來た（夢の中でこれはいい詩になると夢識する）と思ふと、ガバと跳ね起きて、夢の中で夢想した詩的なものを、纏めあげて、ノートするのである。まるで魔法の糸のやうに、メルヘン的ストリーがくりひろがつて來るが、書く手が遲く、一寸杜絶すると、もうその後が續かなくなる。かうすると私は、くたくたに疲れる。それがために、一層私の病勢は惡化もするやうである。

　然し、私はノートするのは別として詩を作る時は机の上には、ほこりさへあつても駄目で、つやぶきんでふいてから原稿用紙をひろげる神經である。私が詩作するのは、私としては神聖であるからである。然し、詩想するため、詩を得るまでの過程に於ては、私はいかなる徽の世界にも立入り、且私の肉體も精神も酷使するについては、いささかの苛責も敢るさないのである。

　私が肺病になつたのは當然の結果のことでもある。今更驚くにも當るまい。

詩學の確立

吉田一穗

原稿〆切までに間にあはなかつた。

　これで二回目のすつぽらかしを喰はした譯だ。でも、君どうしても書けなかつたのだ。書く意志はあるのだ。君も認めたらう。あの通りノートもとつてあるのだから。あれから二晩徹夜したがついに書けなかつた。

　うん、僕は、吉田の詩論を書くのでなくて、君日本詩の「詩學」を確立するのだから、今少し待つて呉れ。次輯には大丈夫だ。きつと書くよ。

魯迅原作

阿Q正傳 (二)

北川冬彦

或る家の土塀際（途上）

日溜りで、のらくら者の王胡《ワンフ》が肌ぬぎになつて虱を取つている。

　Qが勢いよく通りかゝる。

ふと、王胡が虱を取つているのを見ると、自分も體がムズムズし出した。

王胡と並んで、ボロ袷を脱ぎひつくり返えして探す。ひつくり返えし、ひつくり返えししても、幾匹もいない。

　隣りの王胡は、しきりに、口の中へすり抛り込んではピチンピチンといゝ音をさせ、ペッペッと吐き出している。

　阿Qは、アセつたがアセればアセるほど王胡にはかなわない。たまに居て、口へ抛り込むが嚙んでも、王胡みたいないゝ音は立てない。

遂にカン癪を起してしまう。上衣を鷲摑みにし、立ち上つて、

　「この蝨ケラ奴！」

　「お前は、誰のことを云つてるんだね」

王胡も、立ち上る、上衣を着ながら。

　「何だと？」

阿Q先きに手出しをしたが、王はその手を拂い除けて

阿Qのノドの邊をゴンと突く。阿Qヨロヨロとする。王胡は、阿Qの辮髪を握つて壁のところへ引き寄せ、ゴッンゴッンと頭を打ちつける。

總角の子供が無表情な顔で三、四人遠まきにして見ている。

「おめえのこと云つたんぢやねえよ。そら、あいつらのことよ」

と顔を子供らの方へよじ向ける。

「噓つけ！」

「噓ぢやねえよ」

「ほんとにそうか」

「ほんとにそうだよ」

「よし、それなら行け！」

と王胡は、阿Qの辮髪でくるくる引つぱり廻わし、ドンと子供の方へ押しやる。

阿Q、子供らの方へ游ぐ。

子供らバラバラッと逃げて行く。

酒屋の前

阿Q這入ろうとすると

向うから

靜修庵の若い尼がやつてくる。

「チエッ、緣起でもねえ」

と呟きながら、尼の前に立ちはだかり、

「カッ！ペッ！」と唾を地べたに吐いた。

若い尼は、頭を垂れて相手にならず歩く。

阿Q、近寄り、

尼さんの剃り立ての頭をツルリと撫で、ゲラゲラ笑いながら云う、

「トットと歸れ！和尚がお待ちかねだア」

「お前さん、何だつて手出しなさるの！」

尼は眞赤な顔をして云うと走り出した。

酒屋の中で、ワアワア囃し立てる。

阿Qは追つかけて、

「和尚は手出しするのに、オレは手出ししていけねえのか？」

と云い、尼さんの頰ぺたをキユッと抓つた。

酒屋の中でドッと笑い聲があがる。

すると阿Qはいよいよ得意になつて、もう一度尼の頰ぺたをキユッと抓る。

またドッと笑いがきた。

「あと繼ぎなしの阿Q！」

と遠くから、尼さんが泣きながら罵つた。

「はつはつはつ！」と阿Q。

「はつはつはつ！」「はははつ！」と酒屋の中。

その笑い聲の中を、阿Qは、ふんぞり返えり、ニヤつき顔で這入る。

酒屋の中
常連がいる。七斤、阿伍、小D、孔乙已である。

「えらい馬力だなア」と誰か。

阿Qニヤニヤしながら飲み臺につく。

「二杯溫つためてくれ、それから南京豆を一皿！」

ムッツリしている親爺うしろを指さす。

黒板。（數字が書いてある）

阿Q、股引から財布を引き出し、

「そこへ書いてあるのも一緒に取つてくれ」

と錢を渡す。

「阿Q、いゝ景氣だなア」

「一杯よばれようかナ」と孔乙已。

「よし、親爺、もう一杯だア」

と小錢數枚を付け加える。

「どこで儲けて來たんだい？」

「錢旦那とこへ七日ばかり米搗きに行つて來たんだよ」

「へえ？」

「錢旦那とこへ？」

「趙旦那に聞えたら、また毆られるぞ」

「なあに、毆られたつて平氣だよ。撫られるとおんなじだからな。痛くも何ともねえや」

「旦那に聞かせるぞ」

「勝手にしやがれ」

「趙旦那よりは出すらしいね」と小D。

「うん」

「おめえ、仲々仕事熱心だからなア」と孔乙已。

「それやそうと、きのう、城下で、俺ア擧人旦那のお通りを見たが、てえしたもんだよ。金ピカの輿にお乗りになつて、お供をよ、そうだなア、カレコレ三十人もお連れだつたぜ」

と船頭の七斤が、話を、阿Qがやつてくる前やつていた無駄話に、返えした。

「へえ、擧人旦那つてそんなに偉えんか？」と小D。

「小D、おめえ知らねのか。偉えもんよ。お役人のお頭さ。秀才さんよりも偉えんだよ」と阿Q。

「俺ァ知らねえ、阿Qさん見てえに、城下へ何度も行つたこたアねえんだからなア」

「行かねえだつてよ、なア。孔乙己、おめえ知つてるなア」

「うん」

とはつきり云う。

「孔乙己は學者さんだもの」

「阿伍も知つてるなア」

「う、うん」と阿伍、曖昧である。

その夜
祠堂裏の小屋の中
遠くで蛙が鳴いている。

阿Qは、寢付かれなくて弱つている。こんなことは、今までにないことである。どうやら、拇指と人差指とが何だか變なのである。

拇指と人差指とを合わせて擦つて見ると、へんにすべつこい。これが原因らしいのである。

「あと繼なしの阿Q！」

尼の聲が耳についている。

「ふむ、違いねえ、女ッ子《アマ》が一人ほしいなア。女ッ子が居れや、あと繼も出來るつて譯だ。女ッ子が一人ほしいなア」

へんに惱ましいのである。いゝ歳をして、こんな經驗は阿Qには初めてなのである。

阿Qは、夜通し轉々反側していた。

翌日
こゝのところ春らしい、いゝ天氣續きだが、今日は一しおである。
畑の桃の花が散りはじめ、家々のまわりでは、梨の花が咲き出している。
阿Qが睡眠不足の顏して、フラフラ歩いている。
河の端へ出て見る。
ぽん、ぽん。ぴしやつ、ぴしやつ、ぴしやつ。
いゝ音である。

女たちが河原で洗濯をしているのである。（平ったい石の上に洗濯物を置き、棒で叩いているのである）

ゆつくり流れている水。

阿Qが女たちに近よる。

足許に、
女たちの中には、振り返つて見る者もある。

阿Qは、首を突き出して「どうだい？」てな顔をするが、もちろん、一人として相手になる女はない。

趙家の呉媽もいる。そつぽを向いている。

阿Qは、「こんな筈はない」てな顔付をし、何を！とばかり石ころを一つ拾つて、河へ投げる。

しかし、思い切つて女たちのすぐ傍へは投げられず、石は離れたところでボソと河面に落ちる。

女たちはそ知らん顔して洗濯を續けている。

阿Qの石が落ちた近くへ、ボソと石がまた落ちる。

阿Q振り返つて見ると、
河端の道傍に、孔乙己が蹲みこんでいる。

（もしも、これが小Dか阿伍だつたら、阿Qはぷんぷん怒るところだが、孔乙己のすることには妙に腹が立たない）


阿Q、道の方へゆく。

孔乙己、愛想笑いして迎える。

道傍

阿Qと孔乙己と並んで腰を下している。

二人は女性論をはじめるが、遠景には絶えず洗濯する女たちが這入つている。

「孔乙己、おめえ、女をどう思う？」

「どう思うかつて？」

「わるものか、どうか、つてんだよ？」

「それや、わるものさ、魔ものだよ」

「おめえも、そう思うんか？」

「そうともよ。男はもともと、みんな聖人君子なんだがそいつをプチ毀しちやうのは女なんだ。美人妲妃は商の國を亡したし、美人褒姒は周の國を滅ぼしたんだぜ」

「女つてほんとに憎いやつだなア」

「おめえ、さつきあそこで何してたんだよ」

と孔乙己は洗濯している女たちの方をアゴでしやくりながら云う。

「あいつら、男がほしくてたまんねえのに、知らん顔してやがるのよ」

「はははは」

「何がおかしい、笑いごとぢやねえ」

趙司辰が、

「阿Q、そんなとこにいたんか」

と遠くから、聲を掛ける。

いつも、無愛想なのに、ニコニコしている。

すぐ傍へ來て、

「いま、おめえのうちへ行つて來たんだよ。こないだも行つたが居なかつたなあ。錢家へ行つてたつてね。うちの旦那が米搗きに來て貰いたいつて云つてるんだよ。來てくれるかね?」

「厭だよ」

「そう云わんで來てくれろよ」

趙家の臺所(晩)
ランプがつけてある。
阿Qは腰掛け、タバコを吸いながら、
吳媽が食器を洗つている姿をぢつと見ている。阿Qはこの女と、しよつちゆうこゝで顏を合わせているが、コレと云う特別な興味を覺えなかつた。ところが、妙にこん夜は眼がこの女に吸い寄せられて仕方がないのである。胸がへんにわくわくする。尼さんの頰を抓つてからのことである。
「大奥樣は、また三日も四日も御飯《おまんま》をたべないよ。大旦那さんが若いのを圍いなさつてから、こんなこと度々あるんだよ。男つてひどく罪つくりなもんねエ」
阿Qはウワの空で聞いている。吳媽をぢつと見詰めながら。
とつぜん、阿Qがしおらしい樣子をして
吳媽に近寄ろうとすると、
足音がして大旦那が扉を押して出てくる。
阿Q、ちゞみ上る。
大旦那、吳媽に、
「大奥樣がお呼びだよ」
奥でカン高く呼んでいる、「吳媽《ウーマー》!、吳媽!」
「出來具合はどうだね?」と大旦那。
「半分がとこ片いたかな」と阿Q。
「なかなかハカいつだね。趙司辰から聞いたらうが、
手間賃は錢家より出すから精出してやつてくれな」

「うん、やるよ、あとの殘り半分は夜なべ、やろうと思つてんだよ」

趙大旦那、急にキツイ顏になり阿Qの頰を引つぱたく
「阿Q！どうだ、わしの拳固は撫でられるようか！」

つゞけ様に三つ四つ引つぱたく。

「旦那！オらあ、そんなこと……」

「てめえ、酒屋でぬかしたそうでねえか」

「アレやおどけだよ、おどけでさア」

「わしもおどけだよ」

「お、痛てえ」と阿Q頰を撫でる。

「痛かあねえ筈だがね」

阿Q、しおしお仕事にかゝる。

趙大旦那、見ている。

しばらくして、調子が出てくると、
阿Qは、のん氣な鼻唄をうたいはじめた。

趙大旦那、苦笑している。

阿Qの村、未莊から三里ばかり離れたところ、隣村と合同春祭りである。
　普段は家の中に引籠つている女たちも、大勢、この祭りには出て來ている。
近くの女は、不自由な纏足の足でよちよち歩いている。
遠方からのは、一家揃つて荷馬車に乘つてくる。
原つぱには、芝居小屋、見世物小屋、くいもの屋が出賭場が開帳されている。
群集の雜踏する聲。物音。
鉦、太鼓の音。爆竹の音。
馬の嘶き。
注意深い人は、この雜踏の中に、
七斤（年寄りの女房と、十五、六の男の子を連れている）
鄒七嫂（十一、二の娘を連れている）
趙大旦那とその妾、
錢若旦那と母親、
秀才旦那と趙司辰（秀才旦那はずつと家に閉ぢ籠つていて、外に出るのはまことに珍らしい）
小D、阿伍、村長、
趙家の義娘吳媽（吳媽は、いつぞや舟着場で、釣り仲間から、お安くないね、と云われた男と一緒にオドオドして歩いている）
洗濯をしていた女たち、
それから本篇の主人公阿Q、
等を發見することであろう。（續）

編輯後記

☆コクトオの「美女と野獸」を同人に見せて貰うよう、東寶の森宣傳部長に賴んで置いたところ、試寫室が一杯だとて、一月十九日夜日比谷映畫劇場の特別試寫會に招待して貰えた。吉田、北園、阪本、瀧口、村野、安藤、江口、杉浦、僕の東京在住同人の全員が出席した。當夜觀たあとでお茶でも飲みながら諸君の感想がきゝたかつたのだが、丁度、家内のいのちの恩人である醫師の連れがあつたので不本意ながら失敬した。

☆この特別試寫會宛てにフランスからコクトオのメッセーヂが寄せられ、フランス人と東寶の新人女優によつてそれが朗讀紹介された。閉された扉が開かれた思いである。（北川冬彦）

☆新出發の第一號が出ない中に第二號の編輯を終ろうとしているわけだが、同人も第一號を見ないので、まだ感じが出ないやうだ。今輯は吉田、安西、村野の三同人の缺稿があつたが、原稿はかくの通り集りはいい。同人はますます張りきるから、讀者も安心してほしい。

☆瀧口修造の「大椿事」は、同人詩に一初歩」として寄せられたものだが、堂々たる作品なので、一應お斷りして、本欄に組む。

☆新人の作品として「ＯＮＩ」の向井孝君の力作詩篇を一擧に十四枚掲載する。ここに、新人推擧の一範を垂れたことをわれわれは誇りとする。力量ある新人の寄稿を期待するや切、枚數に制限しない。但し嚴重なる同人の銓衡によることを承知して置て戴きたい。（杉浦伊作）

現代詩同人

安西冬衛
安藤一郎
淺井十三郎
江口榛一
北川冬彦
北園克衞
笹澤美明
阪本越郎
杉浦伊作
瀧口修造
永瀬清子
村野四郎
吉田一穂

（アイウエオ順）

現代詩　第三卷　第二號
定價　金貳拾圓

詩と詩人社暫定會費、年百五拾圓、送料金十五圓（共ニ分納可）　會員ニハ本誌ナ直送ス（雜誌「詩と詩人」トハ別）
廣告料ハ一頁マデ相談ニ應ズ
送金ハ小爲替又ハ振替利用ノ事

昭和廿三年一月廿五日印刷納
昭和廿三年二月一日發行

編集人　杉浦伊作
浦和市岸町二ノ二六

發行人　關矢與三郎
新潟縣北魚沼郡廣瀨村大字並柳

印刷人　本田芳平
新潟市西堀通三番町
昭和時報社・[illegible]

發行所　新潟縣北魚沼郡廣瀨村大字並柳乙一一九番地
詩と詩人社
淺井十三郎
振替東京一六一七三〇番
新潟五二七番

本出版協會員番號Ａ一一一九〇二九

配給元　日本出版配給株式會社

昭和二十三年一月廿五日印刷納本
昭和二十三年二月一日發行 現代詩・第十七集
定價金貳拾圓

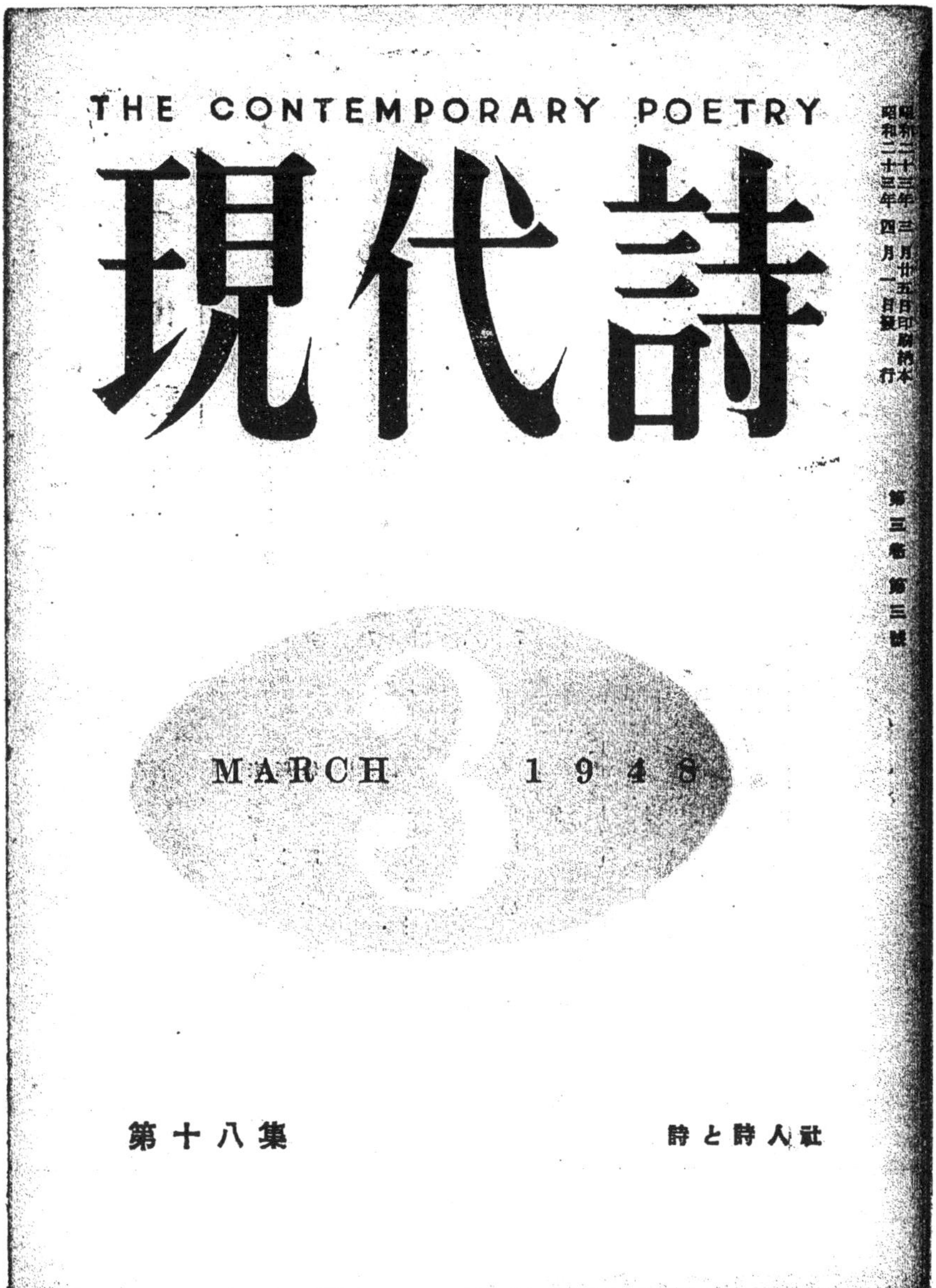
THE CONTEMPORARY POETRY

現代詩

昭和二十三年三月廿五日印刷納本
昭和二十三年四月一日發行
第三巻第三號

MARCH　1948

第十八集

詩と詩人社

現代詩

第十八集 目次

現代詩

第十八集

現代詩の反省

マチネ・ポエティックの詩人たちによつて、定型詩の運動が提唱されてきた。この詩人たちのいふように、定型律が絶對のものであるかどうかは別にして、現代詩の無詩學的な進行に對する一つの抵抗としては、意義があるだろう。なぜなら、この抵抗によつて、自由詩の詩人たちが、彼らの立つている基底を新しく考えなおす機會を與へられるからである。

わが國の自由詩が定型のアンチ・テーゼとして出發してきたといふことは、當時の詩人がポエヂイの本質を定型以外のものに發見したといふ自覺にもとづいているものである。けれども今日の自由詩々人たちはこの自覺は勿論自覺に到る探求の苦惱も全然經驗していないし、經驗しようとする熱意も持つていない。たゞ習慣的に自由詩をかいているにすぎない。今日の自由詩の自信なく頼りない足どりは、こうした基礎的な自覺の缺如にあることはたしかである。一つの展開を力づよいものにするには、必ずそのオリヂンへの吟味が重要な條件として行はれなければならないだろう。

こうしたことは新散文詩の運動についても同じことが言へるわけである。從來の韻律や形式を否定するには別に新しいポエヂイの本質や所在が明らかにされなければならない。

それは歴史的にも心理的にも證明されなければならない。文學であるからといつて單に感によるる方向へ自然的に流してゆこうとすることは、はつきりした證明を持たずに古い韻律や形式を固執する詩人と同樣に廿世紀の詩人の努力のしかたではない。

×

マラルメが上等な詩人であることは誰も、もはや否定するものはない。しかしマラルメの詩が何故に上等であるかといふことを考へることは實に重大である。

マチネ・ポエチィックの詩人はソネット風の定型を提唱して（それが最上のものであることは證明されなければならない）、作品を發表しているが、その定形詩はいづれも使い古された絨氈のように退屈であることは、すべての人々のしるところであろう。少なくとも朔太郎の自由詩より以上に後世にのこる程のものでないことは明瞭である。

これはすべてを解決するところのものである。マラルメの詩がなぜ立派であるかといふことゝ關連して。

村野四郎

— 2 —

失踪

阪本越郎

わたしの部屋はせますぎる
わたしは出て行かうとする
わたしが出て行つたら
わたしの部屋には夜の樹木が入つてくる
わたしは一本の裸蠟燭の火
この火を踏んで
斷崖の涯を
夜の馬が驟雨のやうに馳けつて行く

青白き疾患

ひとりでゐるとしくしく泣けてくる
わたしの心は群集をもとめて行く
わたしは群集の中を歩いて行く
するとわたしはつかれてしまひ
わたしは腹を立ててゐる
わたしはとがつた石ころを蹴つてゐる
柳なんかの青つぽく垂れてる
水あかりのする川つぷちを
わたしはわたしの心を蹴つてゐる
あゝ青白い疾患のたましひ

― 4 ―

照り映えるもののこころへ

小川富五郎

――白い吊橋が、遠景にあり
そこの行手をはるかに來ても
そこの行手をはるばると行つても
たどりつかない　その明瞭な位置

あゝ瑞々しい空色の
そこの香氣にまねかれながら
伴侶のやうにわたしとゆく
光りの水脈《みは》にさそはれながら
いつも
ほんとうのものが
そこにゐると
羽毛のやうに　心立ち
あゆみをつづける

――そこに
あちらを向いてゐる
その背に

白銀の耀よふ翼《つばさ》を
まざまざと　どらへながら
その明瞭な　白い吊橋のある遠景へ…………

波の歌

一九四七年の詩

波濤が都邑を蔽ひつくす
建物も樹木も　もみにもまれ
波濤は飛沫を上げて乗り越へてゆく
遠い地平の無限の空の
四季と時との變移をよそに
いつはてるともない表示をもつて
都邑のくまぐま　人々の上に
この波濤の倫理は終らうとしない
差し返る蒼暗な波狀のなかで
傾き搖らぐ建物の眞下を
なだれをうつて去來する人々

— 6 —

らせんのやうに曲折する樹々の
なきがらのうへを家畜らは奔り
もはや　祈りのこゝろごゝろは絶えた
波濤はおびただしいこの事象の中で
辯證もなく行爲しつづける
その制約のない行爲の眞實
その特定のない行爲の新鮮
その的確な行爲の絶對
すべては過失への自覺によつて
個々のめざめが及ぶところを
波濤はすべての都邑の上に
限界のない強たたかさをもつて
實踐による倫理をもつて
汚辱を　悲劇を蔽ふことなく
きのふも　けふも　行爲しつづける
あゝ　この稀有な愛の手の中
うち立てられる都市はあらうか
築かれてゆく邑々はあるか
あゝ　この痛烈な打力のもと
この波濤から　上昇して
都邑の朝明けを見ることはないか
わたしよ　すべての哀しめる人々と共に

白と青との彩色

眞尾倍弘

未來

星が豆をまいたようにばらばらと降つてゐました。
その中を私は飛んでゆきます
地上ではがらがらと家屋がくずれ
　車がレールからはみ出し、森が海のようです
人々がたほれてざわめいてゐます
それはほんの一瞬間の出來ことでした。

反轉

陸といふ陸はすべて底深い海となつた
その蒼黒い世界では深海魚だけが骸骨をつついて
笑ひ合つてゐる

ぽこんと突き出た陸は
どうやら過去にあつては大海洋であつたらしい
ほんの草の芽が出たての處で
アミーバが交尾をしてゐる

あやつり人形

見てゐる間に
その私でさえ足が地から離れてゐた
根をはつてゐないものはすべて
ふらふらと舞ひ上つて横になり逆さになりしてゐる
風が來れば風のまにまに
糸でつられた人形よりも奇抜で眞實である
そうしてどうやら小宇宙の一角があまりにも廣いのに
おどろいた

いまは方向さえ求められない地球は　うなつて凍つていつた。

燃える祭壇

腦味噌を捨て肉を腐らし
それでも何か要らうといふのか
そうだ
うしろで人間の焦げるにほひがしてゐるあたり
あのほむらは
新らしい仲間の祭壇ではないか

ある乘物犠牲者の言

ねえ　運轉手君
僕は相當高い運賃を支拂つて
乘つたんだよ

暗い世界の始め

わづかに暮し來つた部屋だけは判るのだが
それさえ手さぐりでなければ

— 10 —

抱いている幼兒より他にぢかに來る感動はない
肉身を呼ぶ聲
うめきによつて人の氣配がする
ひかりといふ光が消えた時
札束や米櫃の用はなかつた

あるとき

あゝ　魚が丘にほおり出された見たいだね
ぱくりぱくりと口をうごかしているのに
吐いているのか吸つているのか
だんだん間が遠のいて來る
たぶん
空氣中の酸素か何か一つなくなつたんだね

本當のニヒリスト

「妻や子が可愛いといつたとて同體ではないんだね」
男はつぶやいて

ぐるぐる廻つている地球を遠くの方で眺めていた
きつと　男は雲になつていたのだらう

掌

なんといふ大きな掌だ
親指が人間をちよんとおさえただけなのにもう死んでいるなんて
その日から私は蟻をころすのをやめたのです

人魂の話

とにかくにぎやかです
銀座なんて問題ではありません
何ですつて
あの早さで飛ぶのは新らしい仲間が挨拶として
たつた一ぺんだけです
それだけの道をつくるのに
われわれはどんな苦勞をしているとお思ひですか――

現代詩評

時評

ブランデン氏に會ふ

安藤一郎

英國の、桂冠詩人にも擬せられてゐるエドマンド・ブランデン氏が來朝し、東大その他で文學講演をなし、また、日本の雜誌にも寄稿しつつある。英國が日本の戰後の文化建設のために、精神的援助を惜しまない印として、我國に送つたところの、この一流詩人に就いて我々が一通りの知識を持つべきことは當然であらう。

ブランデン氏は、一八九六年の生れ、日本流に言ふと、五十三歳である。オックスフォード大學の出で、第一次大戰には西部戰線に出て、その戰記は、後に『戰爭の低音』（一九二八）となつて現はれた——これは、カロッサの『ルーマニヤ日記』にも比すべき、眞率で靜謐なヒューマニズムを湛へた戰爭文學である。

詩集『荷馬車馭者』（一九二〇）と『羊飼ひ』（一九二二）に依つて、夙くから注目され、英國初期浪漫派の流れを酌む田園詩人として出發した。その詩風は、傳統的ながら、細密な自然觀察に立ち、新味のある豐かな用語と練達した韻律によつて、極めて精緻なものである上に、美しく溫かい心情に溢れてゐる。

大正十三年、東大に招かれ、四年間英文學を講じ、日本の英文學研究にかつて見ない程の深い影響を與へ、その後歸英してから、オックスフォードのマートン・カレッヂの特待研究生に舉げられ、英國の正統的な國文學者として、既に一家をなしてゐる人である。

私は、最近、三度ブランデン氏と逢つてゐる——一度目は、東大の英文學研究で、初對面で、しかも短かい時間の會見にすぎず、二度目は、私自身加はつてゐる日本アジア協會（在日外人の日本研究團體）例會で、氏の講演を聞いた。三度目は、或る要件で、英國大使館内の住居に訪れたが、このときは、割合ゆつくりと話が出來、エリオットや、C・D・ルイスやスペンダーのことにも觸れて、時間が許せば、もつと色々聞きたかつた位で、ブランデン氏も、名殘惜しさうに、階下の玄關口まで送つて來られた。私は、いつかまた機會を得たら、今日のヨーロッパのことや、現在の英國詩壇の樣子、詩の問題などについて、詳しく意見を交はしたいと思つてゐる。

といふのは、私は、第一に、ブランデン氏の品格といふか、その人柄に魅きつけられたからである——氏には、英國人にあり勝ちな、つんとして近寄り難いところが、少しもない。親しみ易く、氣さくで、やさしい心の持主だといふことが、直ぐに傳はつてくる。そして、どこからどこまでも、詩人であり、文學者だといふ、快い匂ひがするやうにおもはれた。モダニズムを通つた日本の詩壇が、英國の傳統をひくブランデン氏から、どのやうなものを享受し得るか、それは俄かに測り難い。併し、詩人たる者の人間性を、ブランデン氏から、直接に學ぶところがあるかも知れない——我々の周圍にゐる、日本の詩人たちを思ひ浮べると、私は尠からず耻かしい思ひがするのである。

詩の飜譯

昨年の春來朝したアメリカの前衛的詩人ロスコレンコ氏の作品を、私が飜譯して「詩學」第二號と第五號に紹介したが、割合評判がよい。

　私は、ロスコレンコの詩集二冊を全部通讀した上で、あれらを選擇したのだが、それにしても、彼を全部理解し得たといふ自信はないし、また、ロスコレンコに首つたけ感心してゐるわけでもない。實際のところ、彼はまだ未完成で、かなり荒い作品もあるやうだ。そこで、私は、飜譯する作品を選ぶにあたつて、出來得るかぎり、こつちの觀念で追ひつけるもの（語學上からも作品の着想としても）を操つたので、私なりに、自分の性向に合ふ作品を集めたことになつたかも知れない――つまり、私の好みがそこに出てゐるわけである。そして、勿論、ロスコレンコのスタイルを重んじてなるべくそれを出さうと試みたが、日本語に變るとき、自然に、私のスタイルへ捩りこんでくる。私自身が實際の詩作者であるだけ、さういふ公算性が一層大きいと言はなければならない。

　併し、逆に、それだけに、ロスコレンコの飜譯は、一つの意義を持つのである。彼もいま現に書きつつある詩人で、私もまた書きつつある詩人である。ロスコレンコと安藤一郎は、同代の詩人である（年齢は略々同じだ）。それに、彼が影響を受けたT・S・エリオットは、私も一應は理解してゐるし、且つ米、英詩壇のことも、大體知つてゐる。私のロスコレンコ飜譯が成功してゐるとすれば、ロスコレンコの面白さに、私の飜譯者としての資格が、或る程度物を言つてゐることになるだらう。

　私は、これを自慢に言ふのではない――一つの反省として考へてゐるのだ。抑々詩の飜譯は、どこに價値があるか？さういふことになると、私なども、答へる方法がない。日本語になると、原詩の觀念はずれてしまふ、外國語の音は滅却される、文脈の違ふところから、構成のロジックは全く崩れて、別なものが現はれてくる――かういふ數々の誤差を承知の上で、なほ飜譯を試みるといふのは、何のためだらう？

　結局、僅かに殘されてゐる部分から、我々は、自分たちに缺けてゐるものにあこがれを持ち或る新奇さを想像するのだ。飜譯された詩は、これを讀む者が、また自分勝手に、いろいろ補つて、散らばつた斷片をかき集めた全體を、歌の中に築くために在るのだ、といふ位に考へる外ない――だからといつて、飜譯が無用なわけでない。むしろ、飜譯が以上の如き運命にある故に、文學の新しい思考を、絶えず刺戟してきたのではなからうか。

　ただ、かういふことは、躊躇なく言へるのだ――外國の新しい詩を飜譯する者としては、現代詩を書いてゐる、もしくはよく知つてゐる人であることが望ましい。新體詩、象徴詩位しか分つてゐない書齋の學者や大學の教授が、二十世紀の詩を飜譯しても、我々に何も寄與することがないであらう。

　更に、古典の詩でも、古風なディレッタンティズムに頼る必要はない――過去の詩を飜譯するといふ動機には、現代の詩につらなる何物かを見出す、價値判斷がなければならない。さうとすれば、古い詩でも、現代詩を體得してゐる者によつて飜譯されたとき、初めて正しい意義を持つのである古典は現代詩の立場から、飜譯されていいのだ。好事家、趣味家の飜譯には、我々はもう飽きあきしてゐる。

おろがん破調㈢

笹澤美明

8

冬山は雪を着てゐる
この地球の凸出部は
深い凹みの海と共に
自然のトリックだ
彼等を讃美する人間
弱者の感情の歌聲よ
それは死への恐怖だ
或ひは死への禮讃だ
肉眼で見る死の象徴
まざまざと死に向ひ
私は村の街道を行く

9

ふと歌がきこえる
かすかに
それだけ
世界が一瞬揺れた
私の過去がひらく
花のやうに
光のやうに

10

午後の村は
雨のために
重く沈んだ
それから
パンの如く
新しくなつた
西方の岩山は
暗い花キヤベツだ
そこで私は
空腹のために
空氣をたべる

11

文明は腐敗した
腐敗すべき文明は
腐敗すべきだ
腐臭がこの村にも
ただよつて來た
山から流れ落ちる
風が俄かに中止すると
惡臭が南から寄せる
山の中腹にかゝる
青い瀧よ
淸新な閃めきよ
新な風を吹き起せ

12

ふたたび雨が降る
黑い洋傘をひらく
灰色の風景の中で
凝結した一つの影
雨のためにではなく
時代に向つて展いた
一つの意志のやうに

13

冬の扉をたほせ
凍る手を熱して
白いノブを摑め
夏の前の日々が
扉の向ふにある
鶯の寐床を燃せ
雪を焚きつくせ
火山は雲を噴け
冷酷な冬が沈み
變裝した季節が
扉に現れるまで

14

冬將軍が
並木道を
凱旋する
私は刺客
けれども

力もなく
恨を抱く
愚かな奴
只後から
隨き從ふ
せめても
鬱積した
心の爲に
木を抱き
ゆすぶる
梢の雪が
私の襟に
降り注ぐ

鶯は目覺めよ
鶯は目覺めねばならぬ

第三審判律　4 反吐

淺井十三郎

おまんま　おまんま、と泣きじやくりながら　寢しずまつた　子供たちの留守に夜ががばつくりと大きな口をあける。がつがつと鳴る齒ぐきの奥で　疑問がどつかと坐り　逃れようにものがれない皮肉を笑う。反轉。反芻。石だつて嚙まねば承知できんのだろう。こりや住居だつて變えんことにわたまらんぞ。僕わ　ゆつくりとマッチをすり　强制購入の新生をこすりつける。

とにかく一年の收穫を誇つた季節の移動について語ることわ、彼の氣嫌をそこねる。「こらあ立派だ」とその作物をほめようものなら、ぺつと唾を横つちよに吐きすてて、みるみる、輕蔑が彼にひとこともしやべらせない結果におわるだろう。「獨立獨立と言うけんど、そんな擔稅能力が村民にあるかつてんだ」。「併設わ絕對反對だとぬかしながら千や二千の分擔がなんだ」。「だせんもんわ出せんず」と砂漠にいるのわ誰であろうか。耐えきれない苦痛がギラギラと彼の眼に光り、やはり一言も發しないうなりを僕わきいてきた。疲れや興奮。ひといきにすいこむ煙草の煙があつつぽく肋のあたりで雷鳴をつくる。

「なにもかも吐いてしまいばいいんだよ。」

横光利一氏追悼

巨木の倒れ

永瀬清子

一月一日のおやすみ番組に私の詩を放送するとの報せがAKからあつたので、それまで一ケ月以上も故障のまゝほうつてあつたラジオを岡山へなほしにやつて、十二月三十日の夜主人が持つてかへつて呉れた。それのダイヤルを廻しながら調子をみてゐると突然横光利一氏の死去を報ずるアナウンサーの聲が入りだした。身體がしんとして硬直したようになつた。やはり以前にながく調子のわるかつたラジオが大東亞戰爭の開始をひとりでに放送しだしたことがあつたのを思ひだした。遠くにゐられても何のおたよりもなくても何となく私一人の考へではあつたが、大きな支え柱の感じがしてゐたのに。そしてこの時はじめて私が東京にゐないこと、遠い辟遠の地にひとりゐることを身にしみて感じた。

東京の私の家は横光さんのお宅の横丁であつた。この報が入つたら當然誰より早くかけつけてゆくであらうに。どんなに早くかけつけたとて、もうとゞかぬ所へ行つておしまいになつた事を忘れてかけつけてゆくであらうに。そしてせめて最後の奉仕にと心かぎりお手傳ひをするであらうに！

はじめ移つていつた家が横光氏のすぐお側であることに氣づいてからも、お仕事のお邪魔をしてはと思つたりして、長くお訪れもしなかつた。はじめてお目にかゝつたのは岡本かの子女史の追悼會の時だつたと思ふ。それからは時々お目にかゝつた。然しあの門をくゞつて玄關の格子をあけるまでには足がぶる〳〵するやうな感じがいつもあつた。私は非常に怯れてゐた。「時間」にいつかいたゞいた詩「油」その他は私に大きな影響をあたへてゐた。ある時詩の話になつて、もう一人の客を省みて

「僕はね、戰爭のはじまるずつと前にもう大東亞戰爭を豫言した詩を書いたんだよ」

とにつこりして云はれた。私はたゞちに

「暗夜の襲撃――」と暗誦して云つた。氏は笑つて聽いてゐられた。そして

「僕の友人には詩人が多いのだ。北川、三好、草野――」と名をあげられた。そして

「詩人の友だちになりうる作家とさうでない作家とあるね」と云はれた。

「諸國の天女」の出版がまだきまらない時その草稿をみていたゞきたいと云つたが、

僕は遠慮しやうと御覽にならなかつた。その少しあとで池の上の驛でお目にかゝり、出版がきまつた事を申し上げると「それはよかつた。どこですか。」とたづねられた。

私は小さく「河出書房です」と云つてうつむいてゐた。「序文は」と又たづねられた。「高村さんです」とます〳〵下うつむいて私が云つた。私は横光氏に對し、假にも得意さうに見えはしないかと心配だつたのだ。

私の詩に就いて評價せられた事はたう〳〵なかつた。たゞ

「K君が大變貴方を推賞してゐますよ。○○の點では唯一だとね」と云つて下すつた。又ある時

「小説をかくのはもうすつかり疲れたよ。詩の方がよかつたよ。一つ永瀬さんに弟子入りしますかね」と冗談をおつしやつた。

「本氣になりでしたらやはり情容赦はありませんよ」さ私も笑つて應へた。

　去年「大いなる樹木」をお送りする頃、御病氣の噂を雜誌でみた。がその詩集への御禮狀は立派な紙に毛筆で書いて下すつたので意外でもあり嬉しくも思つた。然し私の詩集に就いての御言葉はほんの少しで、病氣で非常に弱つたさ云ふことが主に書いてあつた。

　「日本未來派」で詩作品を其後拜見したが「情容赦なく」云へば往年私を引づつたやうな氣魄は失はれ、すつかり墮性的な弱いものに思つた。「未來派」が横光氏にもう詩を乞ふ意味はもうないさも思へた。たゞかぎりない哀感がたゞよつてゐた。私は別の意味で改めて卜胸をつかれた。「小說ではくたびれたよ」さおつしやつたお聲がまだ耳にあるやうに思はれた。

　秋になつてから古谷綱武さんから新版の「横光利一」を送つて下すつた。私も古い方の「横光利一」や「書方草紙」などを燒失してゐたのでめぐりあひのよろこびを味はつた。その卷末には新らしく加へられた「木蠟日記」への感想があつた。私は「木蠟日記」は讀んでゐなかつたが、そこに引用してある横光さんの文章にはすつかり同感した。古谷さんは必ずしもさうは思つてゐらつしやらないでそれを特異の感想さして取あつかつていられるのだつた。

　古谷さんに私が横光氏に加擔した長い手紙を出した所古谷さんはそれを大變面白がり、その寫しを横光さんへ送つて下すつた由だつた。それでもやはり「貴女の見方は貴女だから意味があるのです」と古谷さんはお書きになつたが。私はそれをちやんとしたエッセイに書いて發表してから改めて横光氏にみていたゞかうと思つて一つのたのしみにもしてゐたが、その一部「農民の言葉」等は「新詩人」一月號に私の書いたアフォリズムのうちに採用したが、時おそくもうそれは再び望めぬ事になつた。そして古谷さんの御好意ばかりが最後のせめてもの心やりとなつた。

　考へれば、私のは片思ひばかりみたいなものであるが、そして「友人」の列に入れて戴けたかどうかさへも判らないが、それでも大きな人格のあたゝかみを信ぜずにゐられない。「人間」に川端康成氏の書かれた名文はあまりさゝのうた名文ゆえにいくらか悲しみの方が誘引かれるが、心にしみるふし／＼があつた。嘸みな泣きたい思ひをどんなにかしたことだらう。私は遠くから巨木の倒れた時のその渦をどんなにか切なく感じる。

　　横たわる幹の傍に
　　垂直な空虚が
　　圓柱の形に殘つて
　　わなないて立つ
　　聳えたつこの想ひ出の高い
　　あたりに
　　探せ、小鳥よ、探せ
　　そのわななきの止まぬ間に
　　かつて君らの巣のあつた場所を
　　　　　　（シュペルヴィエル）

追記

　以上の文章を昨夜書いて、なほ二、三の個所をなほさうさ思ひながら何か忙がしくしてゐる所へ、郵便がさゞいた。それは名古屋から出てゐる「果實」と云ふ雜誌であつたが思ひがけず古谷綱武氏が「横光利一さ永瀨清子」と云ふ表題で書いてゐられた。古谷氏は横光氏へ私の手紙の寫しを送つて下すつたばかりでなく、今又それらの事に就いてくわしく書いて下すつた。その上私の手紙も掲載してゐられる。このやうに私の手紙が優遇（？）をうけたことはない。私の「片思ひ」を横光氏につたへて下すつたばかりか「永瀨さんの意見を横光さんがどうおもつたか、そのことだけはもはや永久にわからなくなつてしまつたわけである」と私の思ふことを思つて惜しんで下すつた。古谷氏に私が横光氏とどれ位ひのお近づきか、或はお目にかゝつた事もなかつたか、それさへ御存じない筈だつた。評論家と云ふにはあまりに溫かい氏に感謝せずにはゐられない。横光氏と私との間に、何かほんの一點の誰にもみえないほんの一點のかゝわりあひがあるとすれば、それを古谷氏が感じて下すつたのだらう。横光氏は多分それは意にお介しにならなかつたらう。

同人語

一つのlost generationについて

瀧口修造

詩を書くことについて。

長い期間、詩を書く習慣から離れていた。終戰後、何度か雜誌から詩を送るようにすゝめられたが手につかずにいる。戰爭中に書きためたエクスペリメントのような私稿も燒失してしまつた。こういうものは日記と同じように書きかえすことの出來ないものだ。別の形で、新しい仕事にあらわれてくるのを待つほかはないだろう。

詩の斷想はいろいろに浮んでくる、——が、それは着物もない、行くところも知らない裸の子たちである。時には始末におえない腕白小僧であつたりする。あるいは青ざめた幽靈のような月たらず子である。時には癪にさわつて横面をぴしやりとなぐりたくなるのもいる。だが結局はそれらの地下の生物どもはどれも一定の形に閉じこめられることを嫌う厄介な代物なのである。

このごろ論ぜられている定型律は私には緣の遠いものである。書けばどうしても散文形式である。しかし私には下手をすれば、主觀的な自己表白が好ましくない結果に落ちそうである。このごろの英米詩をよむと、定型への復歸がかなりつよいようである。しかし私には、西歐の詩形の造形性は明確な客觀性を確保しているので、傳統に復歸するということも、新しい思想や態度でのぞめるのだと考えられる。——散文の「行わけ」にも、私にとつては新しい創作方法が必要らしい。とにかく住むところもない詩想の持主の現狀は、作家的な活動をつゞけている同業者に對して決してほめた圖ではない。

戰爭から歸つた二十代の畫家が遊びにきて、繪を描くことがまだるつこくて、詩の方が今の氣持にぴつたりするような氣がしますと語つている。この若い人に今の私の氣持をつたえるのがまた、まだるつこいのである。この人は詩というかわりに散文といつた方が適確なのだろうと思つている。するとひと月もして、その人がやつてくると、今度は小說に興味をもち出している。めまぐるしい精神の狀態に私は啞然としながら、ある距離で私もまたこの世代に共感しているのを感じる。

最近のアメリカの文藝時評には一九二〇年代の主にパリ移民文學のアヴァンギャルディストの群れをlost generationと呼んでいる。私などもこの「失われた世代」の仲間入りであるかも知れない。そしてすくなくとも詩に關してはその中から立ちあかれずにいるのである。しかし私としてはこの世代をつきすゝめる以外に路はない。遲れているのは私の責任である。

×

「書かれざる傑作」について。

戰火で燒けた私稿の中に若干の夢の記錄があつた。私には夢を記錄する習癖が學生の時からついていた。その一つの動機はシュルレアリスムの實驗によつてだが、私にはフランスの一派の實驗とは仝く別なものになり、いつかそれが私獨自の内的傾向を形成したらしい。そしてそれは一つの文學的な興味の對象にさえなり初めた。というのは、まだ夢からさめたのち

（私は一時、枕元にたえず紙と鉛筆とを用意して置いた）、心像が去らないうちに速記しなければならぬのだが、やがてその印象を出來るだけ正確にあまさず書くためには、獨特の文章法を案出しなければならぬ。實際には、傍註からさらに傍註が飛び出してくる――これが一つの連續した文章になるのには、異常な訓練と創作力とが必要なことがわかつてくるのである。これは私には怖るべき文學の次元であり、近づきにくいものなのだが、また一つの文學的魅力として時々執拗に回顧してくるのであつた。

現實の、出來るだけ僞りのない夢か、あるいは夢的方法による全くの創作かのいずれかになるのだが、私は戰前に前者の斷稿を何度か「私家版」で出版したい慾望にかられて、ひそかに計畫したことがあつた。しかし夢の心象はあまりにも個人的である。突然あらわれた一つ心象はその背後に（私だけの知る、あるいは知らない）個人的な聯想や意味がある。その上夢の記録はおそらく「日記」以上に裸にされた記録で、發表をためらわれるものである。そうした理由からついに實現されなかつた。

（まれに新誌に書いたものは無難でまとまりのあるものだけであつた）

面白いのは夢の中でまれに見る映畫や畫集や一册の本のことである。それらは全く無作法で無類極まるものであるが、時にはその架空で、しかもあまりにも鮮明な印象のために、それと全く同じものを作りあげたい誘惑にかられることがある。たとえば一册の本、私はその獨特な表紙から、扉の文字その中の一頁一頁に書かれてある文章まで知つている氣で眼がさめる。私は大いそぎでメモをしはじめる。心象は書くのと逃げるのと同時である。出來たものは――無殘な漂流物のような、空間だらけのノートにすぎない。

それは永遠に「書かれざる傑作」の一つであろうか？しかし私にとつて、それは相變らず誘惑的な事實であり、一つの意味なのである。

なぜ私はこんな「不完全な詩人」の「暗室」めいたことを書いたのか。

戰後、ふとある通信社のために初めた私としては柄にない海外文化情報の處理という相當めまぐるしい仕事と、一方、私の慢性的な病氣の苦痛とに狹められて私の現實的な生活意識は極度に稀薄になつてきた。生活のパラドックスだ。それに引きかえて、時折あらわれる夢の比重はなんと私の生活にずつしりと重く、造形性をもつて展がつてくることだろう。この不均衡はたしかに不健全で警戒にあたいすることだと思つている。こうして現實の詩は書かれないのだ。私もやがて回復するであろう。

シナリオ詩論について

阪本越郎

詩と散文の地平線に、今や、取つて代るべき新藝術として映畫が次第に登場しつつあるという江口榛一の評論（「日本詩の宿命」群像二月號）は面白かつた。その他の部分は格別目新しいこともないが。

❖

詩と散文の行きづまつた果に、われわれの感覺の驚異をひらくのはシネマ的世界であらう。詩の世界はシネマ的感覺の冒險を企てることもあり得るのだ。もつといへば、詩的思考がシネマの中に最も斬新なシエマとして現象しつつある。このアインステルングは新藝術の領土となるべき未開墾地である。

◆

北川冬彦のシナリオ詩論―詩をシナリオの樣式に書くことによつて、イマヂナリイに新しいエフエクトを出すという――は隨分以前から同氏の持論であつたし、幾多のシネ・ポエムも書き、詩の行間にもシネマ的効果を發揮してきてゐるのだが、今度はそれを發展させて、「長篇抒事詩の復興」ということを言ひ出した。

明治の詩人達、蒲原有明、薄田泣菫、土井晩翠、岩野泡鳴などは長篇抒事詩を書くことによつて世にあらわれたが、彼等がそれを爲し得たのは、文語雅語の音數律定型で詩を書いたからだといひ、大正、昭和の詩人達が抒事詩を書き得ないのは定型が破壞されてしまつたからだというのだ。この説の當否は別として、（抒情詩の方面では必ずしもさういへない）シナリオ形式というものを音數律定型に代るものとして もち出し、これに據れば抒事詩が書けるといつたのは、近頃稀な面白い建設的議論であつた。

シナリオのもつイメーヂの形式とコンストラクションというものが、一種の新しい藝術方法であることはいうまでもない。現代詩はその行き詰りを打開し、新しい感覺への冒險を試みるべきだ。我々の肉眼以上の新しいレンズの採用について、ブレーズ、サンドラルスなどの試みた「世界詩」のことを思ふと、冬彦のシナリオ詩論は日本現代詩の發展への一つのよき示唆たるを失はない。

短章

永瀬清子

○

山の中に在つては海をうたふのだ。
春が來たら夏を。

○

心を凝らして一つの生を終らう。
それ以外にはない。

○

博物學が今必要になつた。それから地質學も。
わが無智を知ること。それが生を驅りたてる。

○

我はかしこに耕やさう。
その時眼も口もない遠景の人にならう。

○

「愛される」と云ふことが政略に墮したのだ。
すべてをわが「愛する」ことにはじめやう。

○

かの人の面影は心に燒きついてゐるが
自分の姿はとらへられぬ。

○

詩、それはもう古いものだ。
中空にみちるくらひあるがまだ
空中衝突はしない。

世に出る出ないの問題

杉浦伊作

北川さんの小説集『惡夢』——（手帳文庫三十六輯）に「大雪」といふ實名そのままの人物が登場する小説がある。

外村繁氏の處女出版の出版記念會のくずれが、七、八人一緒になつて、銀座から新宿、それから秋澤三郎といふ人の家にまで行つて第三次會くらひの亂醉と多少の同時代人の考現學的生態を描いたものだ。秋澤氏の屋敷で、秋澤が檀一雄に向ひ「大宰治の腰巾着ぢやあないか」と云ふのが、きつかけで、檀がフンガイし、醉ひのあまりに、秋澤の頬を平手打ちたをした。それから檀が歸りその問着は納つたが、心平でない秋澤の述懐「やつぱり若い者は偉いですれ。さう思ひませんか。僕は彼位の年頃には、あゝでした。北川氏、あなたには、年下の者に毆られつ放しの經驗がありますか。つらいものですよ。——さうだ。偉くさへなれやいゝんだ、僕に文壇の地位があれや檀だつて毆りやしない。帝大を出た男が三十二にもなつて何てざまだ」と秋澤はぽろぽろと涙を落した。

私は、この秋澤三郎なる男の述懐めいた、くやしさの詞に大變興味を持つた。どういふ風につてか彼がいふ通りに、「偉くさへなれやいいんだ。その偉くなるといふことは、文壇に出ることなのである。文壇に出たさ出ないとで、彼等がスクラム組んでスタートした同人雜誌の同人に於てすら、ぢきに懸隔的なかくしゆうが生じるのだ。出られない奴はひがみ、出た奴は、どこかあたるべからざる態度が意識的、無意識に出て來て、一人か二人文壇に出ると、その同人雜誌はくずれて行つたものだ。石川達三の「ろまん殘黨」を見てもわかるし、その他の世に出た作家の彼等が同人雜誌の終刊當時の内情を伺へば、たいていかうした同人間のあつれき、スキャンダルに依つて壞れたものが多い。

終戰時から、文壇では、新人を待望しその出現を待つた。多くの新人が紹介されたが、さて作家として本統に明日に殘れる新人は幾人もいないであらう。たとへば今日の丹羽文雄、石川達三たり得る新人、期待に添つて、明日に生きられる眞の新人さしての今日の作家では、梅崎春生、椎名麟三、野間宏の三人くらひではないかさ思ふ。

彼等は、もう大丈夫だといふやうなレッテルを貼られた作家であり、彼等もその批評に耐えられさうな自信を持つて來たらしい。だからジャナリーズムの上に於て求められれば、いい氣持になつて新人鼎談會とかなんとか、稱する座談會で、いい氣持でお饒舌してゐるではないか。さて彼等が若し文壇に出られなかつたらどんなんだつたらう。梅崎春生だつて、「素直」の「櫻島」に依つて認められなくまだ無名で、世に出られなかつたなら、彼より後輩にして出て行つた中村眞一郎や其の他のマチネポエチックの連中に對してすらも、白眼視しながら、どつかで勤人をしてゐたか知れない。だが流行の新人の作家になつて見ると、島田淸二郎が世に出たと同じやうに、先に出た同年輩の先輩作家を君呼ばりですることが出來やうが、世に出られなかつたならばさうした君呼ばりもしないで、反つて作品を酒の肴に酷評して、うつを晴してゐたかもわからない。

椎名麟三なんかに至つては、文壇に出たから、椎名、椎名と大變な人氣であるが、文壇に出られなかつたら、どこの馬の骨か、牛の骨かと、誰にも相手にもされなかつたであらう。勿論、無名ならば賣込に行つたとしても雜誌編輯者は、彼などに見向きもしなかつたであらう。

文壇に出て、文名が擧れば見向きもしなかつた編輯者も、膝を屈して彼を訪れ、原稿依賴するであらう。其の位置を替えて、今度は椎名が稲手を君呼びにして、「出來たら送れよ」といふかも知れない。

野間宏にしても、彼が「暗い繪」で文壇に出られなかつたら、十年位前に出版した處女詩集「歷史の蜘蛛」をたずさえて、詩人の誰かを訪問してゐたかもわからない。今では、大方の詩人を君呼ばりして、作家的地位で、うそぶいてもゐられるのである。二十三歳や二十四歳でも横綱になれば天下の名士で、堂々と貫祿を持たして貰へるが、ふんどしかつぎで終つたらうどの大木の男女川であつたかも知れぬ。なんでもいいから、まあ早く、無名の新人よ早く世に出て呉れ。

同人語

笹澤美明

或る會合の席で聞いたが、大阪では今、詩人などと言ふと相手にされないと言ふ。小野十三郎氏も詩人といふやうな顔を絶對にしないと言ふ。場所がらのことはあるいや、實際に現代では、どこでも物質萬能であるから、精神の使徒などといふやうな氣持では通用されないのだ。アメリカでも藝術家は狂人扱ひにされると聞いてゐる。本當に今は、人間も又物質だ。考へる物質に過ぎない。肉體の詩の流行も正にこの一つの現れだと思ふ。根を切られない野菜みたいなものである。肉體が完全に物質に化するときは死だ。

詩人も最後の門の處まで追ひつめられてゐる。寢ても醒めても、生活のこと、金錢のことが頭を離れようとしない。落ちついて原稿用紙の前に坐つたことはない。貧乏を訴へる家族はまさしく借金取りだ。怨嗟の聲、憤懣の聲と闘いては、机の前に坐つてもゐられない。それで滿足な作品が書ける筈がない。何故なら物質がペンをとつてゐるからである。

戰爭中、奈良、京都の空爆中止を提言したのはピューアアメリカンだと言ふ。彼等は常にウォール街と戰つて來た人たちだ。それこそ勇敢な、堂々たる精神の使徒である。ウイーンの作家、フランツ・ウエルフエルのオペラロマンで、作曲家の生涯の苦闘史である「ポエルデイ」の飜譯が、世界で最も賣れたのがアメリカであつた。

僕たちはピューアジャパニーズでありたい。周圍の侮蔑や非難に對して、卑屈な態度はとりたくない。表面に現れた態度はどうでも内心は昂然とした、毅然とした態度、心の構へを持つべきだ。俗中に生きて心を高くもつことは、元祿の大詩人のやうに大切なことだ。ピューアアメリカンの態度こそ學ぶべきだと思ふ。なるほど物質は必要だ。空氣のやうに生活の一大エレメントである。だから輕蔑することは出來ない。しかしそのために、他の一面を、周圍の人々と共に輕蔑することは出來ない。只詩人といふ概念を、舊時代のまま受けつぐことは大きな誤りだ。詩より他に仕事の出來ない詩人は、最早現代詩人ではない。時間あれば、あらゆる科學を勉強し、社會全般を知悉すべきだ。それが現代のインテリジエンスの相貌になるかも知れない。

抒情詩が其のままの抒情詩ではレーゾンデトゥールを持ち得ないといふ理由も、この邊にひそんでゐるのだ。舊時代の抒情詩の存在理由を主張する人は、時代の背景とその力を忘れてゐる。すべての詩歌藝術が時代と無關係で生れる道理はない。リリシズムは今や變貌しつゝある。それは或ひは分散して他のジャンルに、生活樣式に融け込むことになるかも知れないいや、なりつゝあるのだ。民衆は常に詩人よりおくれて歩いてゐる。その支持の故に、レーゾンデトゥールを主張するのはアナクロニズムに過ぎない。

魯迅原作

阿Q正傳 ㈢

北川冬彦

阿Qは後頭部の禿げをテカテカさせて、うろうろしてる

趙家の呉媽が、若い男と寄り添つて床几に腰掛け、小屋掛けの芝居を見ている。

秀才旦那が、群集の頭越しにそれを見つけ、人を掻き分け近よる。うしろから趙司辰、従いてゆく。

フト振り返つたその若い色白の男は、秀才旦那の詰問するような眼付を見ると、ツト呉媽から離れて、人ごみに紛れてしまう。

趙司辰のうしろに従いて、しぶしぶ歩いている呉媽。

呉媽、隙を狙つて趙司辰をまく。

趙司辰、群集の中を、うしろに呉媽がついて來ている積りで歩いている。

群集の輪の中で

奇術師が刀を呑んでいる。

秀才旦那、見物している。その向う側に、黒眼鏡をかけた錢若旦那とその母親が見物している。

互いに氣付かない。

秀才旦那は、趙司辰と呉媽はどこへ行つたかと思い、歩き出す。

「面白くないな、近ごろは何もかもわるくなるなア。

昔は、もつと刀を深くのんだもんだつたがなア」と錢若旦那の母親が息子に云う。

錢若旦那、答えない。默つている。

錢若旦那と母親、歩き出す。

二人 秀才旦那と群集の中でスレ違う。

流石は紳士たちだけあつて、双方たゞ睨み合うだけである。

呉媽、連れの男を探して群集の中をアチコチしている。

趙大旦那とその若い妾とが、ハグ片れ屋の前にいる。

呉媽、それを見付けて、「まあ」と云う顔付をする。

芝居小屋の傍
地面に小さな輪を作つて蹲んでいる一群の人々。

阿Qが割りこんで行く。

「青龍に二兩張つたア」

阿Qの高い聲である。

「ああい――、あけるよウ」

壷元は、唱うような調子で牌の蓋を除ける、汗ダラダラ流しながら。

阿Qも汗ダラダラ流している。

「そおら、おめえの錢だア」

壷元は、阿Qに堆み重ねた小銀貨を押しやる。

「夭門に三兩張つたア」と阿Q。

皆張る。


「そおらおめえだア」

阿Qの勝である。

芝居小屋では、笛太鼓で賑かに囃し立てゝいるが、阿Qの耳には這入らばこそ。

阿Qにとつては、今日と云う日はどんな吉日なのか、賭れけば賭ける度に勝つのである。

いつの間にか小D、覗きこんいる。

「何てこつたよ、何てこつたよ。おかしなことがあるもんだなア。阿Qが勝つなんて」と呟く。


またゝく間に、大銀貨が阿Qの足元にどんどん積み上げられた。

喧嘩をおつ始めた奴がいる。

罵る聲。毆り合う音。

阿Qは、下敷となつて踏みつけられる。

やつと逃げ出した。

ホツとすると、氣が付いた。

堆高い銀貨は一枚も持つていない。

引き返えして見ると、そこの賭場は隣村の者の開帳で早くも風を喰つて消えていた。
二、三人、阿Qのあわてふためいた様子を訝しげに見ている。

阿Qは、地だんだ踏んで叫んだ。

「畜生！どこえ失せやがつたんだ！」

日が暮れかゝつている。阿Qは、呆然自失した有様で歩いている。

足は自然に家路に向いている。

人がゾロゾロ歩いている。娘たちが荷馬車で歸つてゆく。

——銀灰色にギラギラ輝き、小山のように積み上げられていた大銀貨。

口惜しそうな阿Qの顔。

阿Qは、自分の拳固で、自分の頭をゴンと毆つて見る。ひどく痛かつたので思わず、眼の前にある自分の拳固を眺める。

阿Qの歩調のテンポが、人々のと違う。

人々に、突つかゝりそうになる。

人々の間を掻き分けるようにして、向うから呉媽がくるのが見える。

「阿Qさーん」とうしろから女の声。

阿Q、キョトンとする。まさか、女から聲を掛けられようとは思いもよらなかつたからである。

振り返つて呉媽だとわかると、阿Qの胸はドキンとした。

「？」

「趙司辰さんとハグレちやつたのョ」

「趙司辰さんと一緒だつたのかね？」

「いゝえ、えゝ。よかつたワ。一人でどうしようかと思つてたのョ」

あたりは薄暗くなつている。

二人は、並んで歩いている。

荷馬車や人々が二人を追い拔いてゆく。

阿Qは、女とこんなにして歩くのは初めてゞある。しかも、呉媽と會うと、妙にしおらしい氣持ちになるこの頃の阿Qである。心の中では「女ッ子女ッ子」と云う叫びが起り出した。

阿Qは、靜修庵の尼さんや、河で洗濯している女たちに對しては、テキパキした態度が示せるのに、この頃、この女にはガラッキシ意氣地がないのである。

水田がニブク光つている

蛙の聲。

田舎道（宵闇）

人々は、もう殆ど通らない。

霞んだ星空である。

阿Qと呉媽が二人歩いている。二人とも物を云わないどうしたのか、二人はこんな場合に不釣合いなほど離れて歩いている。

すぐ道端に農家があるのだろう闇の中でニワトリのククと鳴く聲がする。

ニブク光る帶。河である。

「もう、すぐだワ」

呉媽は、阿Qに云うともなく云う。

すると、
阿Qは、しおらしい樣子をして。呉媽にすゝみ寄り
「呉媽、オレんところへ來いよ、オレンところへ來て寢ろよ。オレと寢ろよ」

と哀願するような聲を出した。

呉媽は、ハタと立ち止り、

「アア！」と一聲低くうめき、一息ついてブルブルふるえ出した。

それから、

「ワアアア！」と大聲をあげたかと思うと、呉媽は驅け出した。纏足で走るのだから、まるで竹馬に乘って走るようである。

走りながら、「ワアアア！」と大聲をあげている。

星あかりに、呆然とたゝずんでいる阿Q。

居酒屋の中
こんな夜は、珍らしくランプをアカアカと燈している。
春祭りの夜だからである。
飲み臺一杯に、人々は押しかけて、喧々囂々としている。
その中に、阿Qもいる。なけなしの金で二杯ガブ飲みするところだ。
親爺は、こんなに繁盛しているのに、帳場で、浮かぬ顔で凝然としている
ついぞ見かけない十五、六の小僧が、てんてこ舞いしている。

祠堂裏の小屋の中（夜）
遠くで蛙の聲がしきり。靜修席の近所の水田にいるらしい。
外のかこいで豚が時々なく。

阿Qがいぎたなく眠つている。

寢言を云い始めた、

「穿堂に三兩張つたア。やあ、オレの勝ダア！青龍に五兩張つたア。またオレの勝だア！こんだァ天門だ、五兩と行こう！わあ、オレの勝だア！どんなもんでえ」

と大聲上げている。

急に、低いしおらしい聲となり、

「呉媽、やつぱりオレが好きなんだろう。そうだろうさうだろう。そうだと思つてたよ。もつと、こつちへ寄れよ、いい女だなあ」

祠堂裏の小屋の中（夜中）

村長が斷りもなしに、カンテラをかざし、えらい權幕で這入つてくる。

阿Qは酒臭いにおいをさせ、グウグウ鼾をかいている。

村長が
「おい阿Q．起きろ！」

と怒鳴る。

阿Q、眼を醒まさない。

村長、寢床を足蹴りにする。が、まだ眼を醒まさない。

村長、面倒だとばかり、阿Qの辨髪を握り、ぐいと引つぱる。

「痛て、痛、そんな無茶な」

と阿Q、兩手で辨髪を握るが、まだ起きない。

村長、阿Qの辨髮を手にぐるぐる捲きにして引き曳る。

阿Q　寢床から、ドタンと地べたへ落ちる。

やつと眼を醒ます。

「ああ睡むエ！」

「この不埒ものめ！」

と村長は頰を一つパンとひつぱたく。

阿Q　何だかわからないが。惡いことをしているような氣がして、

「もう、これからしないよ」と頭を下げる。

後頭部の禿げがカンテラの光の下に浮き上つて見える
「こんな禿げ頭しやがつて。大それた！どんな積りで趙旦那とこの呉媽サンに手出ししたんだ！この野郎！」

村長は、また一つ喰わせる。

阿Q．寢床の上へのけぞり倒れる。

「趙旦那は、こんだァ、錢旦那とこよりいゝ手間賃出して下さるつてのに、恩知らずめ！」

阿Q、うらめしそうに、上目使いで村長を見上げているだけである。

ガタガタ音がして、寝卷姿の、祠堂の管理人がカンテラを持つて這入つてくる。

「何々騒いでるんだア？アレ村長さんぢやねえか」

「うん」

「おごろかすんだなア、一體どうしたんだア」

「阿Qの野郎、大それたことをやりやがつてね。趙旦那とこの呉媽サンに手出ししたんだよ」

「へーえ」

「阿Q！呉媽は、もう少しで庭の樹で首縊つて死ぬとこだつたそうだゾ。いゝ具合に、大奥様が起きてたもんだから、助かつたんだぜ」

「呉媽、ゆるしてナ！」

阿Qは泣き聲になつて云つた。

村長も、管理人も呆氣にとられた。何故なら阿Qが泣き聲を出すのを聞くのは、これが初めてゞあるから。

「まだそんなことを云うのか。飛んでもねえ野郎だ。阿Q、よく聞け いゝか。あす、紅蠟燭一對と、香一封を持つて趙家にお詑びにゆくんだゾ。趙家ぢや道士さんを頼んで首縊りの惡靈のお祓いをするんだが、その費用は、阿Q、おまえ持つんだゾ。

今後趙家の出入りは一切まかりならぬ。それからこんどの手間賃は拂わぬゾ。いゝか、わかつたか！てめえ、オレに夜も眠られぬ目に合わせやがつて 酒手は、いつもの倍だゾ」

意外にも、阿Qはケロリとし、

「へい、へい」と
一々頭を下げ承諾し、

「いま錢ねえが、きつと何とかするよ」

「きつと間違げえねえナ」

村長はカンテラを揺すぶりながらツカツカと出てゆく。

管理人、何でこゝをしたんだ、と云う顔で、カンテラをさゝげ、阿Qを照している。

阿Q「うーん」とのびをする。

そしてボンと膝をうつ。

「これで片は付いた」と云わんばかりである。

「何んて男なんだろ」

と呟いて呆れかへつた管理人、出てゆく。

遠い蛙の聲

（續）

編輯記後

▽今月號に作品を發表した小川富五郎君は三好豊一郎君たちと一緒に「新領土」に所屬した詩人である。彼は當時詩集「近世頌歌」を出してその鋼帶のように彈力性ある簡潔な形式さ、新鮮な感覺とによつて、彼の仲間であるモダニスト連の中で妙な異彩を放つていた。彼は「文藝汎論」の寄稿家でもあつた。彼は其後の轉換のために今日まで苦しみとおした。そして今日もなほ、その苦しみから完全に脱出しえないでいる。しかし彼が今日どんなに自らのスタイルを創造するために苦しんでいるかを、その作品の上に見れば、彼がさうに今日一般の新人の領域を通過していることを知るであらう。

彼はようやく最近その手がかりを得たようだ彼の詩的思考は、力量ある詩人さしての準備を大體ととのえたことを示していると見ていい。彼は一九四八年の新しい顔となるであろう。（村野四郎）

▽「白と青との彩色」の眞尾倍弘君は、雜誌「文壇」の編集者である。「文壇」の編集委員の一人である私は、しばしば、彼に彼の詩を「文壇」に載せるようにすゝめたが、いつも、「いえ、それは潜越です」と云つて肯んじないのである。これは、彼のやうな立場にある詩人が本來持つべき態度に違いない。この良心的な態度だけでも、すでに彼が立派な詩人であることが窺えると云うものであろう。

眞尾倍弘の詩は、いまや、抒情詩の世界から抜け出しつゝある。それは、彼の現實への「眼」が開かれたことであり、それを開かせたのは彼の誠實な良心以外のものではない。その纎細にして鋭敏な、しかもオーソドックスの詩風は、新詩人群の中にあつても異彩を放つものさ思う。これらの作品は、彼の詩模索途上のものだが、こゝから、どんな世界へ踏み出すか、樂しみである。（北川冬彦）

一日延ばしに延ばしてゐた入院問題も、いろいろなものを未解決のままで、一先入院して見ることにした。今日の進んだ科學の力で一日も早く治癒出來るものなら、最新式の外科手術も受けて見たいさ思ふし、それもまだ臨床醫學として、試験中なら早まることなく、まあ、療養日課を教はつて來るつもりで、二ケ月くらひは入院する豫定でゐる。家にゐて、どうさ云ふ譯ではないが一日家にくすぶつてゐるさ、俗事にかかと、肚の立つ事が多いので、保養かたがた仕事をするつもりで出かける。然し、家からは、しよつちゆう常便が來るので、通信は自宅の編輯部宛にほしいと思ふ。本集は編集途上で、御迷惑とは思ふが北川さんに仕上げをお願ひした。（杉浦伊作）

現代詩　第三巻　第三號
定價　金貳拾圓

詩さ詩人社暫定會費一年二百圓、（共ニ分納可） 會員ニハ本誌ヲ直送ス（雜誌「詩さ詩人」「女神」ハ別）廣告料ハ一頁マデ相談ニ應ズ
送金ハ小爲替又ハ振替利用ノ事

昭和廿三年三月廿五日印刷納
昭和廿三年四月一日發行

編集人　杉浦伊作　浦和市岸町二ノ二六
發行人　關矢與三郎　新潟縣北魚沼郡廣瀨村大字並柳
印刷人　本田芳平　新潟市西堀通三番町　昭和時報社・電話七三四番

發行所　新潟縣北魚沼郡廣瀨村大字並柳乙一一九番地
詩と詩人社
淺井十三郎
振替東京一六一七三〇番
新潟五二七番
日本出版協會員番號A一一九〇二九

配給元
日本出版配給株式會社

昭和二十三年三月廿五日印刷納本
昭和二十三年四月一日發行
現代詩 第十八集
定價 金貳拾圓

編者紹介

大川内夏樹（おおかわち・なつき）

早稲田大学大学院文学研究科日本語・日本文学コース博士後期課程在学期間満了退学。「北園克衛「記号説」論—モホリ＝ナギ《大都市のダイナミズム》を手がかりに—」（『日本近代文学』第93集、2015年11月）、「北園克衛のシュルレアリスム—反復表現がもたらすもの—」（『国文学研究』第178集、2016年3月）、「北園克衛『円錐詩集』論—〈抽象映画〉およびシュルレアリスムとの関わりから—」（『昭和文学研究』第73集、2016年9月）。

コレクション・戦後詩誌

第5巻　戦前詩人の結集 I

2017年2月16日　印刷
2017年2月24日　第1版第1刷発行

［編集］　大川内夏樹
［監修］　和田博文

［発行者］　荒井秀夫
［発行所］　株式会社ゆまに書房
〒101-0047　東京都千代田区内神田2-7-6
tel. 03-5296-0491 / fax. 03-5296-0493
http://www.yumani.co.jp

［印刷］　株式会社平河工業社
［製本］　東和製本株式会社

落丁・乱丁本はお取り替えいたします。　Printed in Japan
定価：本体25,000円＋税　ISBN978-4-8433-5071-3 C3392